KB001893

의천도룡기 6

The Heaven Sword And The Dragon Sabre by Jin Yong
Copyright©2005 Original Chinese Edition Written by
Dr. LOUIS CHA 査良鏞博士 known as Jin Yong 金庸.

All rights of Dr. Louis Cha vested in the Chinese language novel are reserved and
any infringement there of is strictly prohibited. Original Chinese Edition Published
by MING HO PUBLICATIONS CORPORATION LIMITED, HONG KONG.
Korean translation copyright 2007 by GIMM-YOUNG PUBLISHERS.
This Korean edition is published by arrangement of JIN YONG and GIMM-YOUNG PUBLISHERS.

All rights reserved.

이 책의 한국어판 저작권은 저자와의 독점 계약으로 김영사에 있습니다.
저작권법에 의해 한국 내에서 보호를 받는 저작물이므로 무단전재와 무단복제를 금합니다.

의천도룡기 6 — 명교의 비밀

1판 1쇄 발행 2007. 10. 8.
1판 19쇄 발행 2022. 5. 10.
2판 1쇄 인쇄 2023. 10. 16.
2판 1쇄 발행 2023. 10. 30.

지은이 김용
옮긴이 임홍빈
발행인 고세규
편집 임지숙 디자인 정윤수 마케팅 박인지 홍보 반재서
발행처 김영사
등록 1979년 5월 17일 (제406-2003-036호)
주소 경기도 파주시 문발로 197(문발동) 우편번호 10881
전화 마케팅부 031)955-3100, 편집부 031)955-3200 | 팩스 031)955-3111

값은 뒤표지에 있습니다.
ISBN 978-89-349-2076-2 04820
978-89-349-2079-3 (세트)

홈페이지 www.gimmyoung.com 블로그 blog.naver.com/gybook
인스타그램 instagram.com/gimmyoung 이메일 bestbook@gimmyoung.com

좋은 독자가 좋은 책을 만듭니다.
김영사는 독자 여러분의 의견에 항상 귀 기울이고 있습니다.

중국 문학의 원류 〈사조삼부곡〉의 완결판

오천 년 동양의 지혜와 문화를 꿰뚫는 역작

김영사

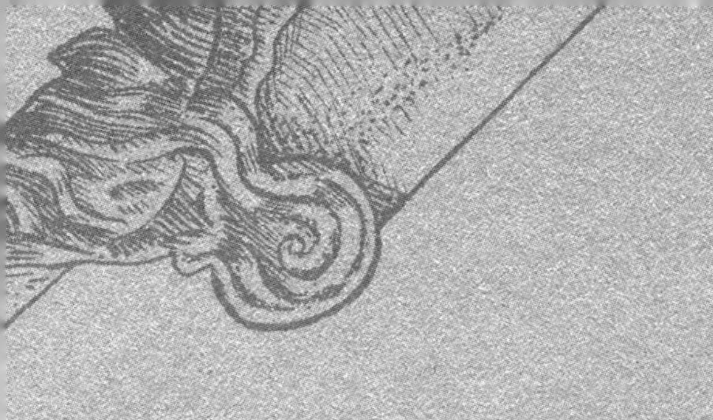

끝에 가서 이 한 몸, 그날만큼은 피할 수 없지
하루아침 누릴 수 있거든 그날만큼 실컷 즐기렴
백 년 흐르는 세월 속에 칠십 인생 드물다네
한해살이 급류와 같아, 출렁출렁 흘러 사라지는구나
흐르는 강물처럼 왔다가 바람처럼 사라지니
어디서 오고 어디서 끝날지, 아! 난 모르네

倚天屠龍記

6권

명교의 비밀

【5권】 광명정 전투

【6권】 명교의 비밀

【7권】 의천검 도룡도를 잃고

【8권】 도사 영웅대회

▲ **은사배**銀槎杯

신선이 뗏목을 타고 한가로이 책 읽는 형상으로 꾸며 만든 은제 술잔. 원나라 지정至正 5년 (1345)에 제작된 일품이다.

◀ **만안사 보탑**

지금은 베이징 천녕사天寧寺 불탑. 이 사찰과 탑은 북위北魏 때 건축되어 굉업사宏業寺란 이름이 붙여졌으나, 당나라 때에 천왕사天王寺로 개칭되고 다시 금나라 때에 대만안사大萬安寺로 개칭되었는데, 원나라 말엽 화재로 무너진 것을 명나라 초기 연왕燕王 주체朱棣가 중건했다. 연왕 주체는 훗날 제3대 황제 성조成祖가 된다. 불탑의 높이는 130척(40m), 도합 13층이다.

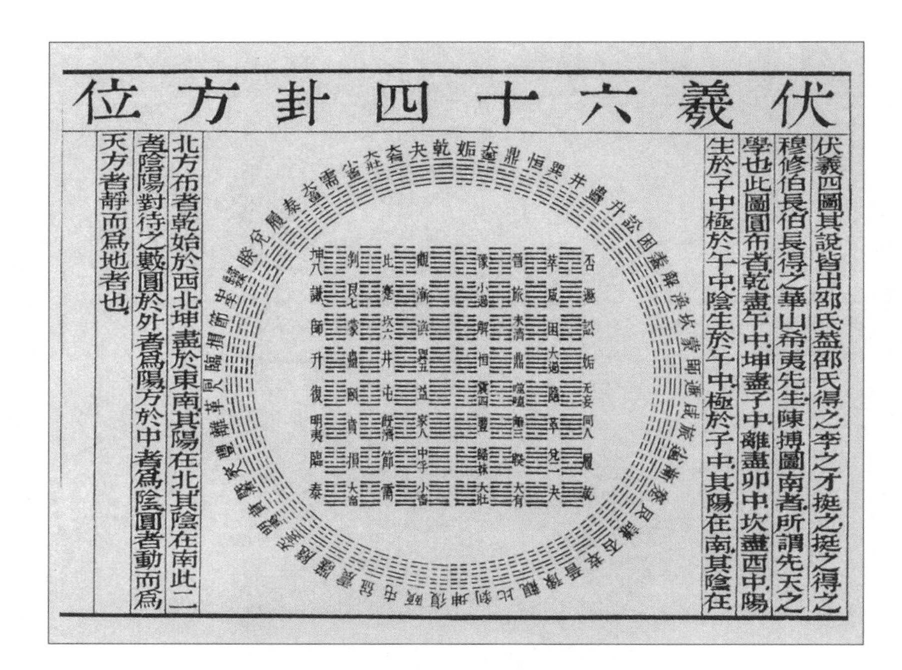

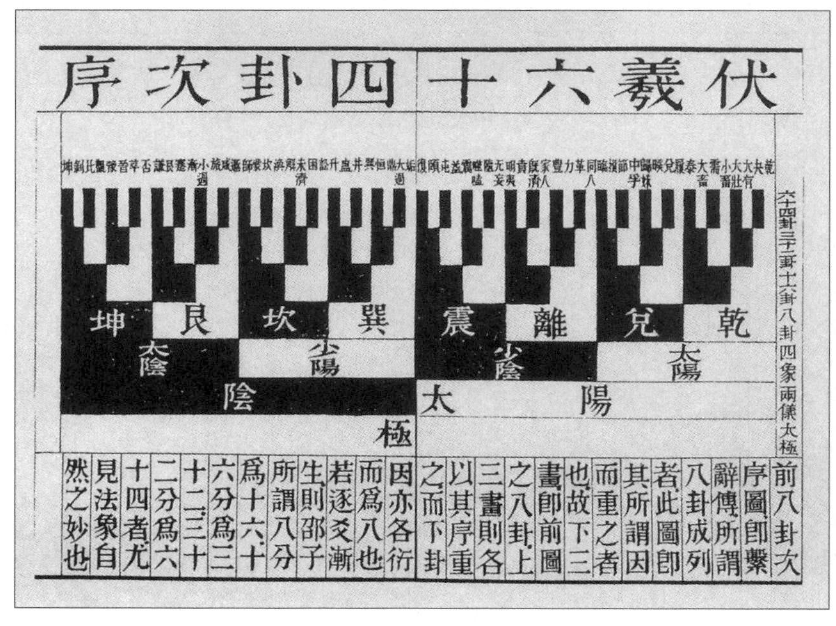

▲ 위 그림은 복희伏羲의 〈육십사괘방위도六十四卦方位圖〉, 아래 그림은 〈육십사괘순차서열도六十四卦順次序列圖〉이다.

▲ 태극과 팔괘

영국 런던 '혜강의약사회惠康醫藥史會'에 소장된 채색화.

▼ 조맹부 〈조량도調良圖〉

준마 길들이기 그림. 조맹부趙孟頫(1254~1322)는 송 태조 조광윤趙匡胤의 11세 후손으로 절강성 오흥현에 살았다. 원나라 초기의 대서화가였다.

▲ 몽골 전함과 전사들

일본의 〈몽골습래회사蒙古襲來繪詞〉 두루마리에 수록된 그림. 부포석傅抱石이 저술한 《중국미술연표》 기록에 따르면 이 두루마리 그림은 원 세조 쿠빌라이 재위 지원至元 30년(1293)에 완성되었다. 그림 속의 선체 크기가 너무 작아 보여 바다 건너 일본까지 공격할 원양선박으로 흡족한 감이 들지 않는데, 혹시 거대한 함선에 따라붙은 상륙함정이 아닌지 모르겠다.

◀ 원나라 때 '유리홍화훼대완釉裏紅花卉大碗'

유약을 입힌 바탕에 붉은 꽃잎을 그려 넣은 대접이다.

▲ 중국 경내에서 출토된 고대 페르시아 은화

이 은제 화폐들은 투르판 코초高昌 왕국 옛 성터와 정현定縣 소재 북위 시대 불탑 터전, 섬현陜縣 소재 수나라 시대의 무덤과 서안 소재 당나라 시대 무덤 등지에서 각각 출토된 것이다. 이로 미루어 북위-수-당 연간에 이미 페르시아인과 중국 간의 교통 왕래가 빈번했음을 알 수 있다.

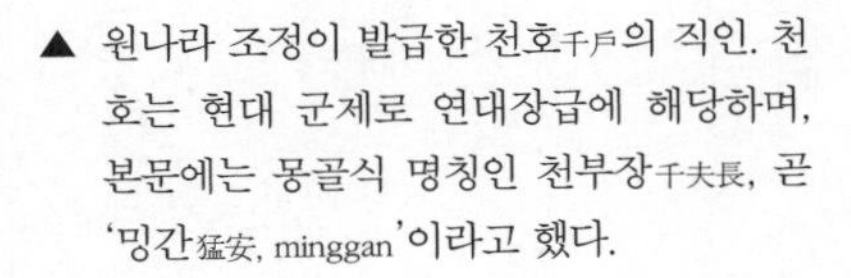

▲ 원나라 조정이 발급한 천호千戶의 직인. 천호는 현대 군제로 연대장급에 해당하며, 본문에는 몽골식 명칭인 천부장千夫長, 곧 '밍간猛安, minggan'이라고 했다.

▲ 원나라 사람의 이름을 새긴 압자인押字印.

▲ **북원北元 조정 〈태위太尉의 관인〉**

선광宣光 원년(1369)에 제작된 것인데, 그 무렵은 이미 주원장이 대도를 공격 점령한 직후, 원 순제가 북방 사막지대로 도주한 지 얼마 안 되어 세상을 떠나고 소제昭帝가 즉위하여 그 연호를 선광으로 고쳐 썼다. 태위 직함은 원나라 조정에서 최고 군통수권자로 본문에는 당시 여양왕 차칸테무르가 태위였으나, 훗날 그 아들 쿠쿠테무르, 곧 왕보보가 북원의 군정대권軍政大權을 장악하였으므로, 이 관인은 왕보보가 사용하던 것이 아닌가 싶다.

하태충이 손에 목검을 한 자루 들고 서 있었다. 칼 끄트머리를 헝겊으로 감싸서 뭉툭하게 만든 것이라 사람을 다치게 할 수 없는 것이었다. 맞은편 상대자는 키가 후리후리하고 덩치가 큰 서번西番 출신의 라마승이었다. 그는 서슬이 시퍼런 순 강철 계도戒刀를 들고 있었다. 이쪽은 부드럽고도 둔탁한 병기인데 저쪽 병기는 날카롭기 짝이 없으니 너무 현격한 차이가 났다. 그렇다면 싸움은 이미 승부가 난 셈이었다.

26. 고두타는 옥같이 준수하던 용모를 훼손했네

이날 오후, 세 필의 말과 마차 한 대가 지름길을 따라 북쪽을 향해 떠나갔다. 그리고 며칠 후 이들 일행은 원나라 황성 대도大都에 도착했다.

이 시절 몽골인들이 보유한 철기鐵騎는 수만 리 바깥 외국에까지 뻗쳐나가 인류 역사가 생긴 이래 가장 넓은 영토를 차지하고 있었다. 대도는 원나라 제국을 다스리는 황제가 거처하는 도성으로 정복당한 여러 약소국과 종족들이 보내온 사신, 공물을 바치는 관원과 수행원, 그리고 무역하러 드나드는 상인들로 넘쳐났다. 멀리서는 극서極西 지역에서 온 외국인도 적지 않았는데, 이들을 통틀어 눈동자에 빛깔이 있다고 하여 '색목인色目人'이라고 불렀다. 장무기 일행이 도성 문에 들어섰을 때 길거리에 왕래하는 사람들 가운데 노랑 머리, 푸른 눈동자의 서양인도 숱하게 볼 수 있었다.

네 사람은 도성 서문 쪽 어느 객점을 찾아 투숙했다. 돈 많은 장사꾼으로 변장한 양소는 일부러 거드름을 피우면서 2층의 상등 객실을 세 칸이나 빌렸다. 모처럼 돈 씀씀이가 후한 손님 일행을 맞아들인 심부름꾼은 이 귀하신 네 분의 비위를 맞추느라 애쓰면서 은근하고도 친절하게 시중을 들며 분주다사하게 뛰어다녔다.

심부름꾼과 이것저것 수작을 건네는 동안 양소는 대도의 명승고적을 묻다가 슬그머니 가장 오래되고 이름난 사찰이 어느 것이냐고 떠보았다. 심부름꾼은 제일 먼저 서성西城에 있는 만안사萬安寺를 꼽았고, 입에 침이 마르도록 자랑을 늘어놓았다.

"만안사야말로 가장 크고 훌륭한 총림叢林이지요. 절간에 있는 삼존대동불상三尊大銅佛像은 세상 천하 어딜 가셔도 그에 견줄 만한 불상을 찾아내지 못할 만큼 대단한 걸작품이니까요. 구경하실 값어치가 충분한 유물이랍니다. 그런데 손님들께선 공교롭게도 때를 잘못 맞춰 오셨습니다. 반년 전부터 그 절간에는 서역 지방에서 온 라마승들이 묵고 있어 보통 사람은 섣불리 범접할 수 없답니다."

양소는 짐짓 의아한 기색을 띠면서 되물었다.

"외국 스님들이 묵는다고 가서 구경도 못 한단 말이오?"

그러자 심부름꾼이 혀를 날름 내밀더니 사방을 둘러보고 나서 나지막하게 귀띔을 해주었다.

"이런 얘기는 해선 안 되는 겁니다만, 손님들은 이곳에 처음 오신 모양이니 말씀드려야겠군요. 아무튼 각별히 조심하셔야 합니다. 서역에서 온 그 라마승들은 성질이 무척 사납고 거칠어 누구든지 사람을 보기만 하면 기분 내키는 대로 두들겨패고 심지어는 죽이기까지 하니까요. 예쁘장하게 생긴 여자가 눈에 띄면 곧바로 만안사 절간에 끌고 들어가기도 한답니다. 황제 폐하께서 칙명으로 그 스님들에게 무엇이든지 마음대로 해도 좋다고 허락했다고 합니다. 그러니 어느 누가 서역의 부처님들 근처에 얼씬거리기나 하겠습니까? 차라리 호랑이 머리통 위에 있는 파리를 때려잡는 게 낫습지요."

서역 라마승들이 몽골인의 세력을 믿고 불법을 자행할 뿐 아니라,

한족 백성을 탄압하고 있다는 소문은 양소를 비롯한 일행 모두 오래 전부터 들어 알고 있었다. 그러나 황제가 거처하고 있는 도성 안에서도 이렇게 거리낌 없이 날뛰고 있을 줄은 몰랐다.

저녁을 마친 후 저마다 잠시 눈을 붙이고 피로를 푼 다음, 이경二更이 될 때까지 기다렸다가 아소를 제외한 세 사람은 살그머니 창문을 통해 빠져나와 서쪽으로 길을 찾아 나섰다.

문제의 사찰 만안사는 4층 누각 건물인 데다 절간 뒤편으로 거대한 13층 보탑을 높이 세워 멀찌감치 떨어진 곳에서도 쉽게 알아볼 수 있었다. 장무기와 양소, 위일소 세 사람은 경공신법을 펼쳐 잠깐 사이에 절간 앞에 다다랐다. 그들은 높은 담장 그늘 밑을 끼고 왼편으로 돌아갔다. 보탑 꼭대기에 올라가서 절간 내부 상황을 살펴볼 계획이었다. 그러나 뜻밖에도 보탑 부근 200여 척 떨어진 곳 탑 위에 사람의 그림자가 오락가락 얼씬거리는 것을 발견하고 원래의 계획을 포기할 수밖에 없었다. 층층마다 어김없이 순찰꾼들이 돌아다닐 뿐 아니라 보탑 아래에도 20~30명이나 되는 파수꾼이 삼엄하게 지키고 있었던 것이다.

세 사람은 놀라면서도 기뻐했다. 보탑의 경계 태세가 이렇듯 엄밀하다면, 소림과 무당 등 육대 문파 제자들이 그곳에 감금되었을 가능성이 높았기 때문이다. 그렇다면 포로들을 어디다 숨겼는지 애써 찾아다니러 헤맬 필요가 없었다. 다만 적들의 경계가 이토록 삼엄하니 사람을 구출하기가 쉽지 않을 것은 분명했다. 더구나 소림파의 공문 방장과 공지신승, 무당칠협 가운데 으뜸인 송원교를 비롯해서 유연주, 장송계처럼 무공 실력이 탁월한 일류 고수들이 모조리 사로잡혔다면 상대방에게도 유능한 인재가 많을 것이고 수단 또한 악랄할 터였다.

그들은 조용히 상의한 끝에 일단 만안사에서 철수하기로 의견을 모았다. 이 절간에 오기 전부터 섣불리 덤벼들었다가는 어떤 계략에 말려들지 알 수 없으므로 매사 신중을 기하기로 약속한 것이다. 그들은 미련 없이 발길을 돌려 슬그머니 그곳을 빠져나왔다.

그런데 보탑 6층에서 불빛이 반짝 비치더니 여덟아홉 명이나 되는 사람들이 횃불을 손에 든 채 슬금슬금 움직이는 기척이 눈에 띄었다. 횃불잡이들은 6층에서 5층으로, 그리고 다시 4층, 3층으로 천천히 내려오고 있었다. 이윽고 맨 아래층에 도달하자 반달처럼 둥그런 탑문이 열리면서 그들이 걸어 나왔다. 그러고는 만안사 절간 후전後殿 쪽을 향해 움직여갔다.

장무기가 동료들에게 손을 내저었다. 세 사람은 아주 천천히 다가들기 시작했다. 만안사 후원에는 해묵은 고목들이 하늘 위로 치솟아 있었다. 그들은 커다란 나무를 은폐물로 삼아 바람 소리가 날 때마다 번개같이 앞으로 20~30척씩 달려 나갔다. 경공신법이 뛰어나다고는 해도 적들에게 발각될까 봐 일부러 바람 소리와 낙엽 지는 소리가 날 때마다 이동한 것이다.

이렇듯 200여 척 거리를 접근했을 때에야 비로소 10여 명의 횃불잡이들을 확연히 알아볼 수 있었다. 하나같이 누른빛 도포를 걸친 사내들이 저마다 수중에 병기를 잡은 채 소맷자락이 헐렁한 도포를 입은 노인 하나를 압송해가고 있었다. 끌려가던 이가 홀끗 고개를 돌렸을 때, 장무기는 그가 누군지 알아보고 흠칫 놀랐다. 바로 곤륜파 장문인 철금선생 하태충이었다. 과연 이 사람마저 여기에 끌려온 것이다.

횃불잡이들이 만안사 뒷문 안으로 사라졌다. 세 사람은 좀 더 기다렸다가 주변 둘레에 아무도 없음을 확인하고 재빠른 몸짓으로 뒷문에 들어섰다. 절간에는 건물이 숱하게 많아 그 규모가 숭산 소림사를 방불케 할 정도였다. 뒤뜰 한복판에 거대한 대웅전이 있었고, 건물 지붕 끝 처마 아래 기다랗게 뻗어나간 장창長窓 안쪽에서 등불 빛이 대낮처럼 환히 비쳐 나왔다. 보나마나 하태충은 그곳으로 끌려간 것이 분명했다.

유령처럼 번뜩 다가든 세 사람의 그림자가 마침내 대웅전 바깥에 이르렀다. 장무기는 바닥에 납죽 엎드린 자세로 창문 틈서리를 통해 조용히 대웅전 안을 들여다보았다. 파수꾼 역할을 떠맡은 양소와 위일소가 좌우로 나뉘어 교주를 등진 채 호위했다. 제아무리 무공 실력이 뛰어나고 간덩어리가 크다 하더라도 한밤중에 용담호혈龍潭虎穴 한가운데로 뛰어들었으니, 세 사람 모두 가슴이 두근거리는 것을 억제할 길이 없었다.

건물 벽을 따라 기다랗게 뚫린 창틀은 워낙 틈서리가 좁아 장무기는 고작 하태충의 하반신만을 볼 수 있었을 뿐, 그 안에 또 다른 자들이 얼마나 있는지 알아볼 도리가 없었다. 그저 하태충의 노기등등한 음성만 쩌렁쩌렁 울려 나올 따름이었다.

"나는 기왕지사 네놈들의 간계에 빠져든 몸이니, 죽이든지 배를 가르든지 딱 한마디로 결판내라! 날 핍박해서 조정의 앞잡이로 만들 모양이지만, 개꿈들 작작 꾸려무나. 3년 아니라 5년, 10년을 지껄여봤자 네놈들 혓바닥만 아플 거다!"

창문 바깥에서 엿듣던 장무기가 속으로 고개를 주억거렸다. '철금선생이 비록 정인군자는 아니라 해도 역시 지조를 지키는 면이 있구나. 과연 한 문파의 장문으로서 기백을 잃지는 않았어…….'

뒤미처 또 다른 사내의 목소리가 얼음같이 싸느랗게 들렸다.

"정말 고집불통 늙은이로군! 네가 정 고집을 피우겠다면 주인 어르신도 굳이 강권하지는 않으실 거다. 이곳의 규칙은 잘 알고 계시겠지?"

"내 열 손가락을 모조리 끊어도 항복은 안 할 거다!"

"좋아, 내 다시 한번 말씀해드리지. 네가 우리 편 세 사람을 이긴다면 즉시 석방해서 보내주겠다. 하지만 졌을 때에는 손가락 한 개를 끊고 다시 한 달 동안 감금시켰다가 또다시 항복할 것인지 말 것인지 물을 것이다. 알겠느냐?"

"손가락 두 개를 끊긴 처지에 하나쯤 더 잃는다고 대수로울 게 뭐 있겠느냐? 어서 칼이나 다오!"

"흐흠, 열 손가락 다 끊기고 나면 투항해도 소용없지. 손을 쓰지 못하는 폐물 따위를 어디다 써먹으란 말이냐? 얘들아, 칼을 갖다줘라! 그리고 마카바쓰摩訶巴思, 네가 나서서 상대해드려라."

"예에!"

발음이 서투르고 걸쭉한 응답 소리가 울려 나왔다.

장무기는 손가락 끝에 신공을 모으고 살그머니 창문을 쳐들어 소리 안 나게 틈새를 좀 더 벌려놓았다. 하태충이 손에 목검을 한 자루 들고 서 있었다. 칼 끄트머리를 헝겊으로 감싸서 뭉툭하게 만든 것이라 사람을 다치게 할 수 없는 것이었다. 맞은편 상대자는 키가 후리후리하고 덩치가 큰 서번西番 출신의 라마승이었다. 그는 서슬이 시퍼런 순강철 계도戒刀를 들고 있었다. 이쪽은 부드럽고도 둔탁한 병기인데 저쪽 병기는 날카롭기 짝이 없으니 너무 현격한 차이가 났다. 그렇다면 싸움은 이미 승부가 난 셈이었다. 그럼에도 하태충은 털끝만치나마 기가 꺾이지 않은 채 상대방의 눈앞에 목검을 가볍게 흔들어 보였다.

"자, 덤벼라!"

나무칼이기는 하지만 일검을 찔러드는 기세가 매서웠다. 과연 곤륜검법은 독보적 경지에 이른 비전절기가 분명했다. 마카바쓰라 불린 라마승은 몸집이 무척 헌걸차면서도 동작 하나만큼은 극도로 민첩했다. 하태충이 선제공격으로 나오자, 수중에 들린 계도 역시 재빠르게 움직였다. 그는 칼을 베어 내릴 때마다 상대방의 급소만 노렸다.

장무기는 몇 초의 공방전을 엿보고 문득 이상한 점을 발견했다. 어째서 하 선생의 걸음걸이가 저렇게 들떴을까? 숨결도 고르지 못하고 헐떡거리는 품이 내력을 모조리 잃어버린 것 같지 않은가?

하태충이 구사하는 검법은 여전히 정교했다. 그러나 어찌 된 일인지 내력은 보통 사람이나 별다를 게 없어 매서운 위력을 전혀 발휘하지 못했다. 라마승은 역시 무공 실력 면에서 하태충보다 한두 수쯤 아래였다. 그는 상대방이 알아듣지 못하는 말로 호통쳐가며 몇 차례 맹렬한 공격을 퍼부었으나, 매번 하태충의 정교하고도 묘한 검초에 걸려 오히려 기선을 제압당하곤 했다. 50여 초가 지나자, 하태충이 결판을 내려는 듯 외마디 기합을 터뜨렸다.

"간다!"

수중의 목검이 동쪽을 찌르고 들어가는 듯싶더니 어느새 서쪽으로 비스듬히 감돌아 뚫고 들어갔다. 이른바 '성동격서聲東擊西'의 기만 술책이었다.

목검의 뭉툭한 끄트머리가 상대방의 겨드랑이 밑을 찌르고 들었다. 만일 수중의 병기가 보통 때 쓰던 예리한 장검이었거나 내력을 잃은 상태가 아니었다면 칼끝은 진작 상대방의 몸통으로 꿰찌르고 들어갔을 것이다.

다시 얼음장보다 더 차가운 목소리가 들려왔다.

"마카바쓰, 물러나라! 우나르溫臥兒, 다음은 네 차례다!"

장무기가 호통치는 쪽을 보았다. 얼굴은 검정 연기 한 겹을 덮어씌운 듯 시꺼먼 데다 희끗희끗 세기 시작한 수염이 코와 턱밑에 듬성듬성한 늙은이였다. 바로 현명이로 가운데 한 사람이었다. 그는 뒷짐 진 자세로 두 눈을 뜨는 둥 마는 둥 절반쯤 내리깐 채 목전의 승부 따위에는 관심도 없다는 기색으로 냉랭하게 분부만 내릴 따름이었다.

다시 앞쪽을 내다보니 비단 보료가 깔린 나지막한 탁자를 디딘 두 발목이 보였다. 옅은 황색 빛깔의 여인용 신발 한 켤레를 신었는데, 신코에는 각각 희귀한 야명주가 한 알씩 박혀 있었다. 섬세하고도 보드라워 보이는 각선미, 동그랗게 튀어나온 복사뼈 한 쌍, 그것은 장무기가 녹류산장 함정 속에 떨어졌을 때 부여잡았던 조민의 두 발이었다. 무당산에서 마주쳤을 때만 하더라도 설검순창舌劍脣槍으로 날카롭게 대립했으나, 이제 와서 다시 비단 걸상을 딛고 선 처녀의 섬세한 발목을 보니 지하 뇌옥에서 부여잡았던 손바닥 감촉이 되살아나 저도 모르게 얼굴이 화끈거렸다.

조민의 오른발이 흠칫흠칫 움직였다. 온 신경을 하태충과 우나르의 무예 대결에 쏟고 있으면서 보법을 따라 흉내 내느라 제 발까지 움직이는 줄 모르는 모양이었다.

뜨거운 차 한 잔 마실 무렵, 돌연 하태충의 입에서 또 한 차례 기염이 터져 나왔다.

"맞아라!"

그와 동시에 조민의 오른발도 탁자 위에 "쿵!" 소리가 나도록 세차게 굴렀다. 우나르가 또 패배한 것이다.

얼굴 시꺼먼 현명 늙은이가 다시 호통쳐 분부했다.

"우나르, 물러서라! 헤린보후黑林鉢夫, 네 차례다!"

하태충의 숨결이 무거워졌다. 연속 두 사람과 싸우느라 기력이 소진한 듯했다. 그러나 또다시 헤린보후와 극렬한 싸움이 전개되었다. 헤린보후가 쓰는 병기는 무척 길고 육중한 강철 지팡이로, 한바탕 휘두를 때마다 바람을 가르는 소리가 대웅전을 온통 뒤흔들었다. 전당에 배치해놓은 촛대의 불꽃이 바람결에 흩날리면서 쉴 새 없이 가물거렸다. 그러다 갑자기 강철 지팡이가 일으킨 거센 돌개바람에 전당 안의 촛불이 모조리 꺼지더니 어둠 속에서 "우직!" 하는 소리가 들렸다. 목검이 부러져 나간 것이다.

하태충은 장탄식을 터뜨리면서 손에 들고 있던 칼자루를 툭 내던졌다. 끝내 패배했음을 인정하는 탄식이었다.

"철금선생, 항복하시겠는가?"

현명 늙은이가 물었으나, 하태충은 고개를 바싹 쳐든 채 떳떳이 대꾸했다.

"내 벌써 항복하지 않겠다고 말하지 않았던가? 내 무릎을 꿇릴 생각일랑 아예 하지도 말아라! 내력이 옛날 같았다면 저런 오랑캐 승려 따위가 어찌 내 적수가 됐겠느냐?"

말끝이 떨어지기 무섭게 현명 늙은이가 부하들을 향해 지시했다.

“저자의 왼손 무명지를 끊어내고 보탑으로 돌려보내라!”

그때 장무기는 무엇인가 기척을 느끼고 흘끗 뒤돌아보았다. 양소가 그를 향해 손사래를 쳐 보이고 있었다. 지금 달려들어 사람을 구하려다가는 자칫 큰일을 그르칠지도 모르니 침착하라는 시늉이었다.

대웅전 안에서는 하태충의 손가락을 자르고 약을 바른 후 헝겊으로 상처를 싸매느라 분주했다. 하태충은 처음부터 끝까지 신음 소리 한마디 내지 않았다. 이윽고 황색 장포를 입은 사내들이 손에 횃불을 밝혀 들고 그를 보탑으로 데려갔다.

장무기 일행은 몸을 잔뜩 웅크린 채 담 모퉁이 뒤에 바짝 붙어 숨을 죽였다. 불빛 아래 끌려가는 하태충의 안색이 종잇장처럼 하얗게 질리고, 악다문 입술 틈으로 뿌드득 이를 갈아붙이는 소리가 흘러나왔다. 손가락을 끊긴 아픔보다 억울한 패자의 분함이 더욱 큰 모양이었다.

포로를 압송하는 패거리가 멀찌감치 사라진 후, 대웅전 안에서 부드럽고도 맑은 여인의 목소리가 울려 퍼졌다.

“녹장 선생, 곤륜파의 검법이 과연 대단하더군요. 조금 전, 그 사람이 마카바쓰를 찌른 마지막 일초는 먼저 왼쪽으로 이렇게 후려 찍다가 오른쪽으로 이렇게 돌려서…….”

장무기의 시선이 다시 그쪽으로 쏠렸다. 방금 말한 사람은 바로 조민이었다. 그녀는 입으로 설명하면서 대웅전 한가운데로 걸어 나오더니 황양목黃楊木으로 다듬어 만든 나무칼을 들고 하태충이 구사한 검법을 똑같이 펼쳐 보이기 시작했다. 마카바쓰 역시 하태충과 겨루었을 때처럼 두 자루 계도를 춤추어가며 그녀와 공방전의 초식을 맞춰주었다.

조민에게서 '녹장 선생'이라 불린 시꺼먼 얼굴의 늙은이, 녹장객鹿杖客이 여주인에게 찬사를 보냈다.

"주인께서는 정말 총명하시군요! 구사하는 초식이 한 푼 한 치도 틀리지 않습니다."

한 차례 흉내 내기 연습이 끝나자, 그녀는 다시 한번 거듭해 익혔다. 연습을 반복할 때마다 목검의 칼끝은 가차 없이 마카바쓰의 겨드랑이를 찌르고 들어갔다. 칼은 비록 나무로 깎아 만든 것이지만 똑같은 부위를 몇 번씩 거듭해서 찔리고 있으니 무척 고통스러울 게 분명했다. 그러나 마카바쓰는 정신을 모두 집중시켜 주인의 상대 노릇을 하는 데만 열중할 따름이었다. 공격의 일초가 내지를 때마다 여전히 그녀가 찌를 수 있도록 겨드랑이의 허점을 통째로 드러내고 전혀 피하거나 원망하는 기색을 보이지 않았다.

첫 번째 대결 초식이 손에 익숙해지자, 그녀는 다시 우나르를 앞으로 불러냈다. 그러고는 하태충이 그를 격파한 검법마저 연습하기 시작했다.

그제야 장무기는 조민의 속셈을 꿰뚫어보았다. 그녀는 납치해온 육대 문파 고수들을 이곳에 가둬놓고 약물로 저들의 공력을 억제시킨 다음, 조정에 귀순하도록 핍박을 가하고 있었다. 포로들이 굴복하지 않을 것은 보나마나 뻔한 일이다. 그럼 조민은 부하들을 시켜 그들과 차례차례 싸우게 하고 곁에서 지켜보면서, 육대 문파의 정교하고도 오묘한 무공 초식을 훔쳐 배우고 있었던 것이다. 실로 지독한 심보, 악랄하기 짝이 없는 그 계략이야말로 기상천외하다고 할 수밖에 없었다.

이어서 그녀는 헤린보후를 상대로 연습하기 시작했다. 마지막 초식에 다다르자, 그녀는 어딘지 모르게 머뭇거리는 기색을 띠더니 녹장객을 향해 물었다.

"녹장 선생, 이렇게 하면 되나요?"

녹장객은 대답하지 않고 잠시 생각에 잠긴 끝에 고개를 딴 데로 돌려 물었다.

"학 사제, 자네가 똑똑히 보지 않았는가?"

그러자 왼쪽 모퉁이 어둠 속에서 또 다른 목소리가 들려나왔다.

"고 대사라면 아마 분명히 기억하고 있을 겁니다."

이 대꾸에 조민은 방그레 웃으면서 손짓했다.

"고 대사, 수고스럽겠지만 날 좀 지도해줘요."

오른편 그늘 밑에서 기다란 머리털을 어깨까지 치렁치렁 늘어뜨린 장발두타長髮頭陀 하나가 걸어 나왔다. 몸집이 우람한 것은 둘째로 치고 얼굴이 온통 가로세로 칼자국투성이라 본래의 모습이라곤 털끝만치도 알아볼 길이 없는 괴인이었다. 머리털 빛깔이 누른빛 섞인 갈색을 띠고 있는 것으로 보건대 중원 땅 출신이 아닌 게 분명했다. 그는 조민의 부탁에 한마디 대꾸도 하지 않고 그녀의 손에서 목검을 받아 들더니 "쏴악, 쏵!" 소리가 나도록 세찬 칼바람을 몇 차례 일으키면서 헤린보후를 공격해 들어갔다. 그 손에서 펼쳐진 것은 역시 극도로 정교하고도 순수한 곤륜검법이었다.

'고 대사苦大師'라 불린 이 두타는 하태충의 검초를 흉내 내면서도 전혀 내력을 쓰지 않았다. 반대로 헤린보후는 혼신의 기력을 다 끌어내어 상대하고 있었다. 싸움이 한창 무르익었을 때였다. 헤린보후는 또

다시 하태충과 겨루었을 때처럼 강철 지팡이를 가로 휩쓸어 쳤다. 대웅전 구석구석에 밝혀놓은 굵다란 홍촉紅燭의 촛불이 먼젓번과 마찬가지로 일제히 꺼져버렸다. 앞서 하태충은 이 공격 초식 앞에 피할 길이 없어 부득이 목검으로 강철 지팡이를 가로막았다가 병기를 부러뜨리고 패배자의 신세로 전락했는데, 고두타의 목검은 이 대목에 와서 급작스레 방향을 바꾸더니 날렵한 기세로 칼날을 강철 지팡이 위에 얹은 채 그대로 베어 내리는 것이 아닌가? 그야말로 물 찬 제비가 수면을 훑고 날아오르듯 경쾌하고도 민첩한 '연자초수燕子抄水'의 기막힌 역습 동작이었다.

강철 지팡이를 부여잡고 있던 헤린보후는 목검의 칼날이 지팡이를 타고 훑어 내리자 손아귀 부위 혈도가 찌릿하고 마비되는 촉감을 느꼈다. 그는 지팡이를 계속 붙잡고 있지 못하고 얼른 놓아버렸다.

"텅그렁!"

육중한 강철 지팡이가 대웅전 바닥에 떨어지면서 요란한 굉음이 메아리쳤다. 지팡이가 떨어진 부분의 단단하고도 두꺼운 청석靑石 돌바닥이 산산조각으로 깨져 나가면서 이곳저곳 돌 부스러기를 흩날렸다. 헤린보후의 얼굴이 온통 시뻘겋게 물들었다. 만일 목검이 진짜 예리한 장검이었다면 지금쯤 강철 지팡이를 쥐고 있던 자신의 손가락 여덟 개가 고스란히 끊겨나가고 말았을 것이다. 그는 벌겋게 달아오른 얼굴빛으로 고두타를 향해 공손히 몸을 굽혔다.

"고 대사님, 소승이 탄복했소이다!"

그러고는 허리 굽혀 강철 지팡이를 주워 들고 제자리로 돌아갔다. 고두타는 목검을 두 손으로 떠받들어 조민에게 넘겨주었다.

목검을 받아 든 조민이 빙그레 웃었다.

"고 대사, 마지막 일초가 정교하고 오묘하던데, 그것도 곤륜검법이었나요?"

고두타는 절레절레 고개만 흔들 뿐 말이 없었다.

"어쩐지 하태충이 할 줄 모르더니……. 고 대사, 그것 좀 나한테 가르쳐줘요."

고두타가 맨손으로 검술 겨루기를 해 보였다. 조민 역시 목검을 들고 그가 하는 대로 따라해 보았다. 세 번째 연습이 끝났을 때였다. 고두타의 동작이 번갯불처럼 빨라지고 빈손으로 펼치는 검초 또한 불가사의할 정도로 쾌속하게 전개되어 조민으로서는 도저히 따라잡을 길이 없었다. 그러나 조민의 검초는 비록 완만하기는 해도 모양새만큼은 여전히 흉내 내고 있었다. 단지 통쾌한 맛이 전혀 없을 따름이었다.

고두타가 훌쩍 몸을 뒤채더니 양손을 앞으로 불쑥 내밀었다. 이쯤에 싸움은 끝났다는 시늉이었다.

창문 바깥에서 엿보던 장무기는 속으로나마 갈채를 퍼부었다. '정말 훌륭하다! 기가 막힐 정도로 고명한 솜씨구나.'

조민은 그게 무슨 뜻으로 하는 시늉인지 얼른 알아차리지 못하고 고개를 갸우뚱한 채 고두타의 자세를 눈여겨보았다. 그러고는 생각을 좀 해보더니 이내 깨달았는지 고개를 끄덕거렸다.

"아하! 고 대사…… 무슨 뜻인지 알겠어요. 당신 수중에 병기가 있었더라면 지팡이 공격 한 번으로 내 팔뚝을 후려쳤겠군요. 그 일초는 어떻게 풀죠?"

그러자 고두타가 손바닥 뒤집는 자세를 취하더니 강철 지팡이를 움켜잡은 채로 왼쪽 발길질을 날리면서 고개를 번쩍 쳐들었다. 상대방의 강철 지팡이를 빼앗는 것과 동시에 발길질로 적을 걷어차 날려 보냈다는 시늉이었다. 몇 초의 동작이 얼핏 보면 허술하고 졸렬해 보였으나 실제로는 극히 굳세고 사나운 외문무공의 정화였다.

기막힌 효과를 보고 안달이 난 조민이 고두타를 졸라댔다.

"우리 착한 스승님, 어서 빨리 가르쳐줘요!"

끈적끈적한 어리광에 애교마저 뚝뚝 떨어지는 기색이 완연했다.

창밖에선 장무기의 가슴이 덜컥 내려앉았다. '조민, 요 앙큼한 것! 너 따위는 내력이 모자라서 그 일초는 배우지 못할 거다. 하지만 저렇듯 아양을 떨어가며 사람을 졸라대니, 저걸 무슨 수로 거절한단 말인가? 만약 나한테 졸라대면 어떻게 하지?'

아니나 다를까, 고두타가 쌍수로 손사래를 쳤다. 장무기의 예상대로 '당신은 내력이 모자라 배울 방법이 없다'는 시늉이었다. 그러고는 훌쩍 돌아서서 제자리로 뚜벅뚜벅 걸어갔다. 다시는 그녀를 거들떠보지도 않은 채.

장무기는 심각한 기색으로 곰곰이 생각해보았다. '저 고두타의 무공 실력은 현명이로 못지않게 강하다. 내력의 수준은 어떤지 모르겠으나, 공격 초식의 신묘한 점만 보더라도 강적임이 틀림없다. 말 한마디 없이 손짓만으로 의사표시를 하고 있는데, 혹시 벙어리가 아닐까? 하지만 귀로 남의 말을 듣는 것으로 보건대 귀머거리는 아닌 게 분명하다. 조 낭자처럼 콧대 높은 여자가 무척 예우하는 것을 보면 출신 내력 하나만큼은 대단한 모양이다.'

조민은 고두타가 더 가르쳐주려 하지 않는 것을 보고도 미소만 지을 뿐 성을 내지는 않았다. 그녀는 부하들에게 명령을 내렸다.

"가서 공동파 당문량을 데려오너라."

얼마 안 있어 당문량이 대웅전에 끌려왔다. 녹장객은 또 세 사람을 차례차례 내보내 그와 초식을 겨루게 했다. 당문량은 병기를 썼다가 골탕 먹은 경험이 있는지 맨손으로 장력을 겨루었다. 그러고는 두 판을 먼저 이겼으나, 세 번째 판에서 상대방이 내력을 쏟아붓는 바람에 저항할 도리가 없어 역시 손가락을 한 개 끊기고야 말았다.

당문량이 감금 장소로 다시 끌려간 후, 조민은 또 녹장객의 지도를 받아가며 공동파 장법 초식을 연습했다.

장무기는 이제야 모든 상황을 분명히 알았다. 조민 자신도 내력이 모자란 줄 빤히 아는 터라, 속성으로 수련하기 어렵다는 점을 깨닫고 여러 문파의 장점만을 모아 일세의 고수가 되려는 것이었다. 물론 그 방법도 쓸 만했다. 초식이 극도로 정교해지면 역시 공력 면에서 모자란 점을 크게 보완해줄 수 있을 테니까.

공동파 장법 연습을 끝낸 조민이 또 분부했다.

"멸절 비구니를 데려오너라!"

그러자 황색 장포를 걸친 수하가 말했다.

"멸절 비구니는 닷새째 곡기를 끊었습니다. 오늘도 유별나게 뻗대면서 주인님의 명을 받들려 하지 않습니다."

조민이 시큰둥하게 웃었다.

"굶어 죽고 싶거든 좋을 대로 하라지! 오, 참! 아미파의 젊은 아가씨, 주지약을 데려오너라."

"예에!"

수하가 한마디로 응답하더니 돌아서서 대웅전을 나섰다.

전당 바깥에서 유심히 사태를 지켜보던 장무기는 주지약을 끌고 오라는 조민의 분부를 듣고 가슴이 덜컥 내려앉았다. 오랜 옛날 한수 나룻배 안에서 병든 자신을 곰살맞게 돌봐주던 그녀의 고마운 뜻을 언제나 가슴속에 간직한 채 잊지 않고 있었다. 광명정 일전에서도 그녀가 역리易理의 방위 보법을 지적해준 덕분에 화산과 곤륜 양대 문파 고수들의 연합 공격을 막아낼 수 있었다. 그 직후 기습적으로 일검을 찔려 치명상을 입긴 했으나, 그것은 스승의 엄명을 받드는 제자로서 부득이한 행동이었을 뿐 굳이 탓할 일은 아니었다. 그런데 이제 주 소저를 끌어다 하태충이나 당문량처럼 맞대결을 시켜놓고 손가락을 자르려 하다니.

잠시 후, 한 떼의 황색 장포를 걸친 사람들이 주지약을 압송하고 대웅전에 들어섰다. 장무기는 그녀의 모습을 똑똑히 볼 수 있었다. 광명정에서 보았을 때보다 초췌하긴 했지만, 예전이나 다를 바 없이 곱고 맑았다. 적의 손아귀에 잡혀 있으면서도 태연자약해서 진작부터 생사를 도외시한 것처럼 보였다. 이윽고 녹장객이 항복할 것인지, 안 할 것인지 따져 물었으나 주지약은 고개만 가로저었을 뿐 대답조차 하지 않았다.

녹장객이 막 부하들을 내보내 검술 대결을 시키려 하자 조민이 물었다.

"주 낭자, 그 어린 나이에 벌써 아미파 문하에서도 촉망받는 제자가 되었다니, 정말 부럽기만 하네요. 얘기를 듣자니 그대는 멸절사태의 마음에 꼭 들어 그 어르신의 검초 절학을 모조리 터득했다던데, 안 그래요?"

주지약이 조용히 대꾸했다.

"내 스승 되시는 분의 무공은 너르고 크며, 정밀하고도 심오합니다. 그 어르신의 검초 절학을 나이 어리고 배움도 천박한 내가 모조리 터득했다니 정말 꿈같은 얘기로군요."

"호호, 겸손이 지나치시네. 이곳 규칙은 누구든지 우리 편 세 사람과 싸워 이기면 손가락 하나 건드리지 않고 무사 평안하게 내보내드리도록 되어 있어요. 그런데 당신 스승 되시는 분은 왜 그토록 고고한 척 콧대만 높아서 우리와 겨루는 걸 하찮게 여기는 거죠?"

"우리 사부님은 죽을지언정 치욕을 당하며 살아남지는 않으실 겁니다. 천하에 떳떳한 아미파 장문께서 당신네들 손에 구차스럽게 목숨을 살려달라고 구걸할 듯싶은가요? 당신 말씀이 옳아요. 사부님은 확실히 비루하고도 음험한 소인배들을 우습게 보신답니다. 그래서 당신네처럼 악랄하기 짝이 없는 소인배들과는 무예 같은 것도 겨뤄볼 값어치가 없다고 생각하시죠."

모멸적인 대꾸를 듣고도 조민은 화를 내기는커녕 여전히 빙긋 웃음 지었다.

"그럼 주 소저, 당신은?"

"나처럼 어린 여자에게 무슨 주견이 있겠어요? 사부님이 어떻게 분부하시든 그대로 따를 뿐이죠."

"스승 되신 분이 당신더러 싸우지 말라고 하셨군요. 아닌가요? 왜 그랬죠?"

"아미검법이 비록 대단한 절학은 아니지만 그래도 중원 명문 정파의 무공입니다. 그러니 염치라곤 눈곱만치도 없는 오랑캐 족속들이 훔쳐 배우게 할 수야 없죠."

점잖은 기색이었지만 내뱉는 말은 칼끝처럼 예리했다. 조민은 흠칫 놀랐다. 자기네 속셈을 멸절사태가 꿰뚫어보고 있을 줄은 꿈에도 생각지 못한 것이다. 주지약이 말끝마다 "비루하고도 음험한 소인배"라느니 "염치라곤 눈곱만치도 없는 오랑캐 족속"이라고 몰아붙이자, 그녀는 화가 치솟아 허리춤에서 의천보검을 쓰윽 뽑아 들었다.

"당신 사부가 우리더러 염치없는 족속들이라고 욕을 했단 말인가? 좋아, 그럼 내 한마디 묻겠어! 이 의천검은 분명 우리 집안에 대대로 전해 내리던 보검인데, 어떻게 해서 명문 정파라고 자처하는 아미파가 도둑질해간 거지?"

"의천검과 도룡도로 말하자면 벌써 오래전부터 우리 중원 무림계에 양대 신병이기로 알려졌을 뿐 당신네 오랑캐 여자와 상관 있단 말은 지금껏 들어본 적이 없어요."

조민의 얼굴빛이 확 붉어지더니, 노기 띤 목소리로 따져 물었다.

"흥! 주둥이 하나만큼은 날카롭다만, 솜씨도 그만한지 모르겠구나. 어디 대결할 각오는 되어 있겠지?"

주지약이 말없이 고개를 흔들자, 조민이 다시 말했다.

"무예를 겨루다가 지든 아예 싸움을 안 하든 간에 나는 꼭 손가락을 한 개 끊어놓을 거야. 네가 얼굴이 예쁘장하다고 이렇듯 건방지게 구는 모양인데, 그렇다면 나도 네 손가락을 끊지는 않으마. 그 대신에……."

조민이 독살스레 종알거리면서 손을 내뻗어 고두타를 가리켰다.

"……저 대사님의 흉측한 생김새처럼 네 얼굴에 칼자국을 스무 개쯤 그어주지! 그러고도 자랑스러워서 교만을 떠는지 두고 볼까?"

그러곤 손을 휘두르자, 황색 장포를 입은 부하 둘이 선뜻 나서더니 주지약의 등 뒤에서 양 팔뚝을 꽉 움켜 꼼짝달싹 못 하게 만들었다.

"호호, 네 그 고운 얼굴에 칼자국으로 바둑판을 그려놓는 데 굳이 아미파의 절묘한 검법을 쓸 필요는 없겠지? 내 서투른 솜씨로도 충분히 널 흉물스러운 추팔괴로 만들어놓을 수 있으니까."

주지약의 두 눈에 눈물이 글썽글썽 맺히고 온몸이 부들부들 떨리기 시작했다. 의천보검의 예리한 칼끝은 이미 뺨에 바짝 다가와 있었다. 이 마녀가 손목을 앞으로 불쑥 내뻗기만 하면 자신은 눈 깜짝할 새에 추루하고도 무시무시한 고두타의 모습과 똑같이 바뀌어버릴 게 아닌가.

"하하, 두려우냐?"

조민의 웃음 띤 물음에 주지약도 더는 완강히 뻗대지 못하고 그만 고개를 떨구고 말았다.

"좋아, 그럼 항복하는 거지?"

"항복 못 한다! 어서 날 죽여라!"

"난 사람을 죽여본 적이 없는 몸이야. 그저 네 낯가죽이나 좀 찢어놓을 수 있을 뿐이지."

조민의 수중에 들린 장검이 차가운 빛을 번쩍이며 곧바로 주지약의 얼굴을 그어갔다. 바로 그때 "땡그랑!" 하는 소리가 들리더니, 대웅전 바깥에서 날아든 물체 하나가 의천보검의 칼날을 빗나가게 했다. 그와 동시에 대웅전 위쪽 높다랗게 가로 걸친 기다란 격자 창틀이 우지

끈 박살 나면서 그림자 하나가 허공으로 날 듯이 뛰어들었다. 포로의 양 팔뚝을 움켜잡고 있던 두 사람은 "앗" 소리도 지르지 못한 채 전당 바깥으로 튕겨 날아갔다. 창틀을 부수고 뛰어든 사람은 어느새 왼팔을 휘둘러 주지약을 감싸 안은 자세로 오른 손바닥을 내뻗어 녹장객과 겨루고 있었다. "펑!" 하는 소리와 함께 손바닥끼리 맞부딪친 피아 쌍방이 제각각 두 걸음씩 밀려났다.

그제야 조민과 그 부하들은 불청객의 존재를 알아보았다. 명교 교주 장무기, 바로 그였다.

그야말로 하늘에서 비장군飛將軍•이 강림하듯 그의 돌발적인 출현에 놀라지 않은 이가 없었다. 현명이로처럼 뛰어난 고수들조차 전혀 낌새를 채지 못하고 있었으니, 다른 사람이야 더 말할 나위가 있겠는가. 아무튼 녹장객은 창틀이 부서지는 소리를 듣기가 무섭게 본능적으로 조민의 앞을 가로막아 보호하는 것과 동시에 장무기와 일장을 교환했다. 그러나 엉겁결에 수비와 공격 동작을 한꺼번에 취하느라 자세를 바로잡지 못하고 중심이 흔들려 두 발짝이나 뒷걸음질 쳐서야 겨우 몸뚱이를 가누었다. 그런 뒤 다시 한번 진기를 끌어올리려는데 온 몸뚱이에 뜨거운 열기가 퍼지면서 마치 용광로에 빠져든 것처럼 속이 활활 타오르는 것이 아닌가?

모든 것을 단념하고 있던 주지약은 뜻하지 않은 인물에게 구원을 받자 놀라움과 기쁨을 이기지 못했다. 그녀는 장무기의 넓고도 다부진 가슴에 안긴 채 저도 모르게 두 눈이 스르르 감기고 은근히 기쁨이 치

• 날쌔고도 용맹한 장수를 일컫는 말.

솟았다. 전신의 맥이 다 풀려 정신이 아찔해졌다. 장무기가 구양신공으로 녹장객의 현명신장에 맞서 싸우느라 온몸의 양기가 격렬하게 들끓으면서 용광로처럼 달아올라 주지약에게 그런 느낌을 주었던 것이다. 더구나 이 남자는 날이면 날마다 오매불망 꿈속에서나 연모하던 그 사람이 아니던가? 한순간 그녀의 가슴은 비할 데 없이 큰 희열로 가득 찼다. 사면팔방 에워싼 적들이 지금 이 순간에 난도질을 퍼붓는다 하더라도 걱정스럽다거나 두려워할 것이 없었다.

교주가 사람을 구하러 모습을 드러내자, 양소와 위일소 역시 번뜩 몸을 날려 대웅전으로 뛰어들었다. 그러고는 장무기의 좌우 양편에 갈라서서 날카로운 눈초리로 적들의 움직임을 지켜보았다.

창졸간에 변을 당한 조민의 부하들도 처음에는 당황한 기색으로 허둥거렸으나, 쳐들어온 적들이 고작 셋밖에 안 되는 것을 보고 이내 마음을 가라앉혔다. 그들은 대웅전 안팎을 지키고 있던 호위 무사들이 여기저기서 휘파람으로 호응하는 소리를 듣고는 더는 외부의 적이 없음을 깨닫고 즉시 앞뒤 문을 틀어막은 채 조용히 조민의 처분을 기다렸다.

조민의 표정에는 별로 놀랍다거나 두려워하는 기색이 보이지 않았다. 그저 한동안 넋 빠진 사람처럼 장무기를 물끄러미 쳐다보았다. 이윽고 그녀의 눈길이 대웅전 한 귀퉁이에 떨어진 황금빛 물체에 쏠렸다. 그것은 그녀가 정표로 선사한 황금 합이었다. 의천검이 너무나 예리했기 때문에 칼날에 부딪치는 순간 황금 합은 단번에 두 조각으로 쪼개져버렸다. 그녀는 반쪽이 난 황금 합을 한참 동안 응시하다가 비로소 입을 열었다.

"당신, 저 금합이 그토록 싫었나요? 아무리 싫다고 해도 저렇게 망가뜨릴 필요까지는 없잖아요?"

조민의 말 속에는 원망이 가득 서려 있었다. 장무기가 흘끗 고개를 돌려 눈치를 살펴보니 분노한 기색도 책망하는 기색도 아니고, 그저 이루 형언하기 어려운 처연한 표정이었다. 그녀에게서 쓸쓸한 모습을 발견하자, 장무기는 어쩐지 미안스러운 느낌이 들어 부드럽게 변명했다.

"나는 암기를 지니고 오지 않았소. 엉겁결에 손길 가는 대로 품속을 뒤지다 보니 그 합이 잡히기에 무심코 던졌을 뿐이지, 일부러 마음먹고 한 것은 아니었소. 부디 이해해주기 바라오."

이 말을 듣자, 조민의 눈매가 반짝 빛났다.

"그럼 저 합을 줄곧 몸에 지니고 다녔단 말인가요?"

"그렇소!"

그녀의 또렷한 눈망울이 자신을 바라보자, 장무기는 저도 모르게 얼굴이 화끈거려 아직도 왼팔로 감싸 안고 있던 주지약을 슬그머니 풀어놓았다.

조민이 한숨을 내쉬었다.

"난 몰랐어요…… 주 낭자가 당신…… 당신의 친구라는 것을……. 아니면 내가 그렇게 대할 리가 없었을 텐데……. 원래 당신들 두 사람은……."

조민은 말끝을 다 맺지 못하고 고개를 돌렸다.

"주 소저와 나는…… 사실 아무 관계도 아니고…… 그저…… 그저……."

장무기는 머뭇거리다가 더 말을 잇지 못했다. 조민이 다시 두 조각이 난 채로 바닥에 떨어져 있는 황금 합을 굽어보았다. 말 한마디 없었으나 그 눈빛과 표정에는 수만 마디의 말이 담겨 있는 듯했다.

그것을 본 주지약은 속으로 깜짝 놀랐다. '이 마녀가 그에게 깊은 정을 쏟고 있구나! 어쩌면 이럴 수가…….'

장무기의 심정은 이들 두 처녀만큼 치밀하거나 섬세하지 못했다. 조민의 기색에서 뭔가를 어렴풋이 깨닫기는 했어도 그 깊은 뜻을 온전히 이해할 수는 없었다. 그저 황금 합으로 유대암과 은리정의 상처를 고쳤는데, 이제 그것을 부러뜨렸으니 몹시 미안할 따름이었다. 그는 아무 말 없이 적들의 포위망을 헤치고 전각 모퉁이까지 걸어가 반 조각으로 부서진 황금 합 두 쪽을 집어 들었다.

"내가 솜씨 좋은 세공장細工匠에게 맡겨서 다시 고쳐놓으리다."

그제야 조민의 얼굴이 환하게 밝아졌다.

"정말 그렇게 하실 건가요?"

장무기는 고개를 끄덕이면서도 속으로 의아스러움을 금치 못했다. '이 여자는 나처럼 숱한 영웅호걸을 거느리고 있는 몸인데, 어째서 별로 중요치도 않은 금은패물 따위에 저렇듯 신경을 쓸까? 황금 합이 정교하게 만들어진 것이긴 해도 세상에 다시없을 진귀한 보물은 아니지 않은가? 합 속에 담겼던 흑옥단속고를 모조리 꺼내 써서 이젠 크게 쓸모도 없지 않은가? 이것을 다시 원상태로 고쳐놓는 일이야 어려울 것도 없겠지. 참으로 한심한 노릇이다. 눈앞에 처리해야 할 큰일이 한두 가지가 아닌데, 이런 자질구레한 장식품 얘기나 하고 있다니. 정말 여자의 소견머리는 어쩔 수 없구나.' 그는 더 얘기하고 싶지 않아 두 조각 난 황금 합을 품속에 쑤셔넣었다.

"됐어요. 당신은 이만 돌아가세요."

조민이 명령하듯 불청객들에게 말했다.

하지만 장무기는 대사백 일행을 구출하지 못한 채 빈손으로 떠날 수는 없었다. 그렇다고 뾰족한 수가 있는 것도 아니었다. 상대방은 고수들이 구름처럼 많은데 자기네들은 고작 셋뿐이었다. 이런 중과부적의 상태에서 사람을 어떻게 구출하겠는가?

"조 낭자, 당신이 우리 대사백 일행을 사로잡아 억류했는데, 도대체 무슨 의도로 그런 것이오?"

장무기가 묻자 조민이 비웃는 말투로 대꾸했다.

"난 호의로 그러는 거예요. 그 사람들더러 조정을 위해 힘쓰고 각자 부귀영화를 누리라고 권유했죠. 그런데 모두 고집을 부리며 듣지 않는군요. 그러니 나도 어쩔 수 없이 천천히 두고두고 설득하고 있지요."

"흥! 당치도 않은 소리!"

장무기는 콧방귀를 뀌더니 주지약 곁으로 돌아섰다. 수많은 적방의 고수들이 호시탐탐 노려보고 있는데 황금 합을 주워 들고 오는 등 눈앞에 아무도 보이지 않는 것처럼 방약무인한 태도가 놀라울 따름이었다. 그는 차가운 눈초리로 뭇사람을 한차례 휩쓸어 보고 나서 조민에게 작별을 고했다.

"정 그렇다면 좋소, 어디 두고 봅시다. 이만 실례하겠소!"

말을 마친 그는 주지약의 손목을 부여잡고 돌아섰다.

"잠깐!"

조민이 싸늘하게 외쳤다.

"당신네 셋이 떠나겠다면 나도 말리지 않겠어요. 하지만 주 소저를 데리고 가면서 내게 한마디도 묻지 않다니, 날 도대체 뭘로 보는 거죠?"

"오, 이런……! 내가 결례를 범했군요. 조 낭자, 주 소저를 석방해 나와 함께 갈 수 있게 해주시구려."

장무기가 양해를 구하자, 그녀는 대꾸하지 않고 현명이로에게 눈짓을 보냈다. 학필옹이 한 걸음 나서며 말했다.

"장 교주, 그대는 오고 싶다면 오고, 가고 싶다면 가고, 사람을 구하고 싶으면 구하고……. 당신이 그렇게 하면 우리의 체면은 뭐가 되겠소? 그대가 절묘한 솜씨 한 수 남겨두고 가지 않는다면 우리 형제들이 심복하기 어려울 듯싶구려."

장무기는 학필옹의 목소리를 듣자 가슴속에서 노기가 치밀어 견딜 수 없었다.

"내 어릴 적 당신 손에 붙잡혀 거의 목숨까지 잃을 뻔했었지! 그런데 오늘 무슨 낯짝으로 내게 수작을 건단 말인가? 내 일장부터 받으시오!"

훌떡 내뻗은 손바닥 일초가 번개 벼락같이 학필옹을 후려쳐갔다. 녹장객은 방금 직전 장무기에게 혼뜨검이 난 터라 학필옹의 힘으로는 결코 장무기의 적수가 될 수 없음을 알고 뛰어나가 일장을 후려쳤다. 오른손으로 학필옹을 공격하고 있던 장무기는 적이 협공을 가해오자, 나머지 한 손을 반대편 팔뚝 밑으로 내뻗어 녹장객에게 반격을 가했다. 진력과 진력이 맞부딪는 상황이라 그사이에 몸을 피하거나 꼼수를 써볼 여지가 없었다. 셋이서 네 손바닥이 마주치자 몸뚱이가 제각각 휘청했다.

몇 달 전 무당산에서 장무기와 쌍장으로 맞섰을 때 현명이로는 각자 손바닥 하나씩으로 장무기와 맞부딪친 채 나머지 한 손으로 기습 공격을 가해 명중시킨 일을 떠올리고 지금도 그때의 그 수법을 다시 한번 써먹으려고 했다. 하지만 장무기는 똑같은 실패를 되풀이할 만큼 어리석지 않았다. 쌍장을 맞부딪친 상태에서 좌우 양편으로 무서운 일격이 한꺼번에 날아들자, 그의 양 팔꿈치가 축 처지는 듯싶더니 어느새 건곤대나이 심법을 펼쳤다.

"팍!"

현명이로의 귓결에 엄청나게 큰 충격음이 울렸다. 그들은 도대체 무슨 일이 벌어졌는지 미처 깨닫지도 못했다. 기습 공격을 가하던 학필옹의 왼 손바닥이 어떻게 된 노릇인지 사형인 녹장객의 오른 손바닥을 정면으로 후려친 것이다. 이들 형제의 무공은 한 스승에게서 전수받은 것이라 장법이 똑같았고 공력 또한 엇비슷했다. 그런 무시무시한 뚝심으로 형제들끼리 맞부딪쳤으니 양 팔뚝이 당장 으스러질 것처럼 아팠고 뼛속까지 쑤셔댔다. 도대체 어떻게 해서 한 사문의 형제들끼리 골육상쟁을 벌이게 되었는지 무공 실력이 뛰어난 그들도 그 까닭을 알지 못한 채 귀신에게 홀린 듯이 멍한 기색이나 지을 수밖에 없었다.

두 형제의 가슴속에서 놀라움과 분노가 한꺼번에 치밀어 올랐을 때, 장무기의 두 번째 쌍장이 한꺼번에 후려쳐왔다. 가까스로 정신을 가다듬은 두 형제 역시 쌍장으로 맞받아쳤다. 저마다 쌍장을 뻗어 공격과 수비를 동시에 펼쳤다. 그러나 장무기는 좌우 쌍방의 공격을 이끌어들이는가 싶더니 또다시 방향을 바꾸어 길게 끌어나갔다.

"팍!"

또 한 차례 육장肉掌끼리 맞부딪는 소리가 울렸다. 녹장객의 왼 손바닥은 앞서와 마찬가지로 학필옹의 오른 손바닥과 정면으로 충돌했다. 순간적으로 목표에서 빗나가 엉뚱한 곳을 치게 만드는 교묘하고 정확한 건곤대나이 심법이야말로 불가사의라고밖에 달리 표현할 길이 없었다.

아연실색한 현명이로에게 장무기의 세 번째 공격이 들이닥쳤다. 두 형제는 약속이나 한 듯이 제각기 손바닥 하나만으로 가로막았다. 셋이서 진력으로 맞부딪쳤을 때, 현명이로는 상대방의 장력에서 한 줄기 순수한 양기가 폭풍 노도처럼 밀어닥치는 느낌을 받았다. 그것은 어떻게 감당할 수 없는 강력한 힘줄기였다. 장무기는 혼신의 기력을 두 손바닥에 쏟아부으며 어릴 때 학필옹에게 현명신장을 맞고 수년 동안 얼마나 큰 고초를 겪었는지 생각할수록 이가 갈렸다. 따라서 녹장객을 향한 일장에는 그나마 여지를 두었으나, 학필옹에게는 털끝만치도 사정을 두지 않았다.

20여 장의 공방전이 지났을 때, 학필옹의 시퍼런 얼굴빛은 이미 붉다 못해 죽은 잿빛으로 바뀌어 있었다. 상대방이 또 일장을 후려쳐오자 학필옹은 짐짓 왼 손바닥으로 이끌어내 풀어버리는 한편, 오른 손바닥으로 비스듬히 찔러들어 치명타를 먹이려 했다.

"파팍!"

살갗을 후려 때리는 둔탁한 소리가 거의 동시에 울렸다. 학필옹이 치명타를 가하려던 일장은 어느새 녹장객의 어깨머리를 호되게 후려쳤고, 더군다나 무산시키지 못한 장무기의 일장이 자신의 앞가슴에 들이닥친 것이다.

그래도 마음 여린 장무기는 학필옹의 목숨까지 다치게 하고 싶지 않아 그 일장에 겨우 3할의 공력만 쏟아부었다.

"으악!"

학필옹이 시뻘건 선혈을 한 모금 토해내더니 당장에라도 쓰러질 듯이 비틀거리기 시작했다. 얼굴은 시뻘겋다 못해 자줏빛으로 바뀌었다. 이때 장무기가 일장만 보탠다면 학필옹은 여지없이 그 자리에서 즉사할 터였다. 사제의 엉뚱한 일격에 어깻죽지를 얻어맞은 녹장객도 고통을 이기지 못하고 얼굴빛이 하얗게 질린 채 피가 나도록 입술을 악물고 서 있었다.

조민의 부하들 가운데 최정상급 고수 현명이로가 겨우 30여 초를 넘기지 못하고 모조리 부상을 당할 줄이야 누가 상상이나 했겠는가! 조민이 거느린 부하들과 무사들은 아연실색하고 말았다.

양소와 위일소도 깜짝 놀랐다. 이들은 무당산에서 현명이로의 장력에 장 교주가 상처를 입은 것을 두 눈으로 똑똑히 보았다. 그런데 불과 몇 달 만에 이렇듯 무공이 신속히 회복되고 엄청나게 진전했을 줄이야 전혀 뜻밖이었던 것이다. 그러나 이들은 이내 장무기가 산에서 몇 달 머무는 동안 유대암과 은리정을 치료하는 한편, 태사부 장삼봉에게 무학의 오묘한 도리를 배웠다는 사실을 생각해냈다. 구양신공, 건곤대나이 심법에 무당 절학인 태극권과 태극검법을 하나로 융화시킨 것이다. 그리고 무당파 개창 조사 장삼봉의 학구적인 경지가 천인天人의 수준에 이르렀음을 깨닫고 새삼스레 탄복을 금치 못했다. 장삼봉이야말로 진정 "깊이를 헤아릴 길이 없다"는 말에 꼭 들어맞는 무학의 천재였던 것이다.

장력을 겨루다 참패한 현명이로가 일제히 기합 소리를 지르더니 동시에 병기를 뽑아 들었다. 녹장객의 수중에는 짤막한 지팡이가 한 자루 들려 있었다. 지팡이의 머리 부분이 작살처럼 갈라져 사슴뿔 형태를 이루었는데, 몸통 전체가 거무스름한 것이 도무지 무엇으로 만들었는지 알 수가 없었다. 학필옹의 양손에는 쌍필이 들려 있었는데 붓끝이 주인의 별명 그대로 두루미 부리처럼 뾰족하고 날카로웠으며, 수정과 같은 빛깔을 번쩍이고 있었다. 이들 두 형제는 조민을 수행한 지 오래되었지만, 조민조차 이들이 병기를 사용하는 것을 한 번도 본 적이 없었다.

이윽고 병기 세 자루가 어지러이 춤추기 시작했다. 시커먼 기운과 두 줄기의 서릿발같이 하얀 광채가 순식간에 장무기를 위태로운 지경에 몰아넣었다. 장무기는 적수공권赤手空拳이라 상황이 무척 불리했지만 추호도 두려워하지 않았다. 오히려 자신의 무공을 시험해볼 좋은 기회로 삼았다.

현명이로는 스스로 내력이 깊고 두텁다고 자부해왔었다. 그리고 현명신장 또한 천하에 다시없는 절학이라고 믿고 있었기에 장무기와 2 대 1로 맞서 싸울 경우 패배하리라곤 꿈에도 생각지 않았다. 그런데 세상 천하 어떤 내공도 장무기의 구양신공에 미치지 못한다는 사실을 알지 못하는 그들은 결국 20~30초 만에 일패도지를 당하고 말았다. 이들 두 형제의 병기는 원래 괴상야릇한 초식으로 번번이 승리를 거두어왔다. '녹장객'과 '학필옹'이란 별호 역시 이들이 쓰는 병기에서 나온 것이다. 사슴뿔처럼 생긴 짤막한 지팡이와 학의 부리처럼 생긴 쌍필 두 자루는 공격 초식을 펼칠 때마다 하나같이 매섭고 악랄하기로 세상에 보기 드문 것들이었다.

장무기는 온몸 구석구석에 정신을 집중시키고 세 자루 병기 틈서리로 오락가락 드나들면서 공격과 수비를 자유자재로 구사했다. 다만 병기를 쓰는 이들의 공격 초수가 어떤 방식으로 운용되는지 좀처럼 간파할 수가 없어 승기를 잡지 못했다. 그러나 다행히도 학필옹이 중상을 입어 공격 초식이 간간이 막히고 끊겼다.

조민이 손뼉을 세 차례 치자 서릿발 같은 병기가 눈부시게 번쩍거리더니 부하 셋이서 양소를 공격하고, 네 사람이 위일소를 협공했다. 그리고 두 명은 병기를 뽑아 잡은 채 주지약을 꼼짝 못 하게 제압했다. 공격을 받은 양소가 대뜸 앞질러 상대방의 칼 한 자루를 빼앗더니 번개 벼락 치듯 한 사람을 거꾸러뜨렸다. 위일소 역시 그가 자랑하는 경공신법을 펼쳐 눈 깜짝할 사이에 한빙면장으로 두 명을 때려눕혔다. 그러나 적의 인원수가 너무나 많아 한 명을 쓰러뜨리기 무섭게 다시 두 명이 달려들었다.

현명이로에게 발목을 잡힌 장무기는 마음만 다급할 뿐 어떻게 도와줄 방법이 없었다. 손오공처럼 분신술이라도 쓰면 이곳저곳 도와줄 수 있으련만 그것은 애당초 불가능한 일 아닌가? 사실 장무기가 양소, 위일소와 그곳을 빠져나가기란 그리 어려운 일도 아니었다. 하지만 주지약까지 구하는 것은 아예 꿈도 못 꿀 일이었다. 정신없이 몰아치는 현명이로의 공격을 맞받아치면서 동료들과 주지약의 안위를 걱정하고 있는데 돌연 조민이 한마디 외쳤다.

"모두 멈춰요!"

그리 크게 울린 음성이 아니었으나 조민의 부하들은 그 즉시 뒷걸음질 도약 자세로 훌쩍 뛰어 물러났다.

양소는 쥐고 있던 장검을 땅바닥에 내던졌다. 위일소 역시 적의 수중에서 빼앗은 단도 한 자루를 껄껄대고 웃으면서 주인에게 툭 던져주었다. 장무기는 아직도 조민의 부하 하나가 손에 비수를 잡고 주지약의 등줄기를 겨눈 것을 보고 저도 모르게 우울해졌다.

주지약이 암울한 기색을 지으며 말했다.

"장 공자님, 세 분은 빨리 떠나세요. 여러분이 보여주신 호의만으로도 소녀는 이루 말할 수 없이 고마운 심정입니다."

조민이 그 광경을 바라보면서 실쭉 비웃었다.

"장 공자, 저렇듯 어여쁜 화용월태花容月態를 보고 있으려니 나마저 애처로운 생각이 드네요. 아무래도 주 소저가 당신의 마음에 드는 사람인가 보군요."

장무기의 얼굴이 붉어졌다.

"주 소저는 나하고 어릴 적부터 알던 사이였소. 내가 어릴 때 저 사람에게 현명신장을 얻어맞고……."

그는 학필옹을 손가락질하면서 말을 이었다.

"조 낭자는 모를 거요. 현명신장에 얻어맞고 음독이 몸속까지 스며들어 꼼짝달싹 못 할 때의 고통을 말이오. 그때 주 소저는 내게 음식을 먹여주고 달래주었소. 그 은덕은 내가 저세상에 가서라도 잊지 못할 거요."

"호호, 그러고 보니 두 분께선 죽마고우셨군요. 주 소저, 당신은 마교의 교주 부인이 되고 싶은 거죠? 안 그래요?"

장무기의 얼굴이 또 한 번 화끈 달아올랐다. 그는 감정을 억제하느라 일부러 큰 소리로 호통을 쳤다.

"아직껏 흉노匈奴의 오랑캐를 멸하지 못한 마당에 내 어찌 가정을 이룰 수 있겠소?"

이 말을 듣는 순간 조민의 얼굴이 굳어졌다. '흉노'라면 북방 오랑캐, 곧 몽골족의 옛 조상이 아닌가?

"당신은 끝까지 우리를 적대시하고, 날 멸망시키지 않으면 안 되겠다고 생각하는군요. 그렇죠?"

장무기는 고개를 내저었다.

"난 지금까지 낭자의 출신 내력조차 모르고 있소. 비록 몇 차례 다툼을 벌였지만 그 역시 모두 낭자가 이 장무기를 도발해서 일어난 것이고, 장 아무개가 일부러 낭자에게 트집을 잡아서 일어난 것은 아니었소. 난 그저 낭자가 우리 사백 사숙님들과 여러 문파의 무림계 인사들을 석방해주시기만 바랄 뿐이오. 그러면 내 절대로 낭자에게 적대감을 품지 않으리다. 하물며 낭자께서 영약靈藥을 선사하신 은덕마저 입지 않았소? 나더러 당신을 위해 하라는 세 가지 일만큼은 내 마음을 다하고 힘을 다하여 해드릴 것이고, 절대로 무성의하게 핑계를 대어 책임을 회피하지는 않을 것이오."

장무기의 말투에는 간절한 정성이 담겨 있었다. 그제야 조민은 기쁜 빛을 띠면서 방그레 웃어 보였다.

"호호, 역시 그 일을 잊지 않고 계시군요."

그녀는 고개를 돌려 주지약을 한 번 흘낏 보더니 다시 입을 열었다.

"이분, 주 소저는 당신이 마음에 담아둔 사람도 아니고 또 무슨 사형 사매지간도 아니고 약혼한 사이도 아닌 만큼, 내가 이분의 용모를 좀 훼손한다고 해도 당신과는 상관이 없겠죠? 그러니까…….”

그녀의 눈언저리가 꿈틀하자, 녹장객과 학필옹이 저마다 병기를 번쩍 들고 나서더니 주지약의 앞을 가로막아 섰다. 뒤미처 날카로운 단도를 잡은 사내가 주지약의 뺨에 칼끝을 겨누었다. 만일 장무기가 그녀를 구하러 뛰어든다 해도 현명이로의 관문을 돌파하기가 쉽지 않을 터였다.

조민의 입에서 얼음장같이 차가운 목소리가 흘러나왔다.

“장 공자, 아무래도 나한테 실토하시는 게 좋을 듯싶군요.”

바로 그때 위일소가 느닷없이 양손을 불쑥 내밀더니 손바닥 한복판에 침을 퉤 뱉고는 제 신발 바닥에 두세 번 쓰윽 문질렀다.

“으하하하!”

그러고는 무엇이 그리 재미있는지 큰 소리로 웃음보를 터뜨렸다.

뭇사람들이 그가 무슨 꿍꿍이속을 차리는지 어리둥절해하고 있는데, 돌연 푸른 그림자가 눈앞을 스쳐 지나갔다.

조민은 자기 두 뺨에 누군가의 손길이 더듬고 지나간 느낌을 받았다. 흘낏 위일소 쪽을 보았더니 그는 어느새 제자리에 우뚝 서 있었다. 양손에는 언제 누구의 허리춤에서 끄집어냈는지 단도 두 자루가 들려 있었다. 그녀는 자신에게 뭔가 이상한 일이 벌어졌음을 깨달았지만, 제 손으로는 직접 뺨을 더듬어보지 못하고 황급히 손수건을 꺼내 닦아냈다. 아니나 다를까, 시꺼멓고도 끈적끈적한 액체가 묻어났다. 조민은 생각만 해도 구역질이 나왔다. 그것은 위일소가 제 신발 바닥에 묻어 있던 흙을 침과 섞은 오물이었던 것이다.

위일소의 음성이 귀청을 때렸다.

"조 낭자, 그대가 주 소저의 용모를 망가뜨리고 싶거든 그건 당신 마음이니까 좋을 대로 하시오. 당신이 그토록 악랄한 수단을 쓴다면, 나 위씨 성을 가진 사람이 절대로 그냥 두지 않을 것이오. 그대가 주 소저의 얼굴에 칼자국을 한 개 그어놓으면 당신 얼굴에 칼자국 두 개를 그을 것이오. 당신이 두 개를 그으면 네 개를 그어놓을 테고, 주 소저의 손가락 한 개를 끊으면 그대의 손가락 두 개를 끊어놓겠소."

여기까지 말하고 나서 양손에 쥔 칼날을 "쩡!" 소리가 나도록 힘차게 맞부딪쳤다.

"위씨 성을 가진 나는 무엇이든지 한다면 하는 사람이오. 청익복왕은 지금까지 입에서 나온 말은 모두 실천했소. 평생토록 빈말이라곤 단 한마디도 해본 적이 없는 사람이오. 그대가 1년이고 반년이고 날 피하거나 막아낼 수 있을지는 모르겠으나, 평생을 계속 피해 다닐 수는 없을 거요. 날 죽이려고 사람을 보내보시오. 아마 날 따라잡지는 못할 거요. 그럼 실례……!"

"실례!"란 말이 입 밖에 나왔을 때 그는 벌써 그림자조차 보이지 않았는데, 널따란 대웅전 건물 안에서 그저 "팟! 팟!" 하는 소리가 메아리치며 두 자루 단도가 번개같이 날아가 기둥에 깊숙이 꽂혔다. 뒤미처 누군가의 외마디 비명 소리가 울렸다. 대웅전 문턱을 지키고 있던 라마승 두 사람이 맥없이 스르르 주저앉았다. 수중의 장검을 자신도 모르는 사이에 위일소의 손에 빼앗기고 동시에 혈도까지 찍힌 것이다.

청익복왕이 던진 그 몇 마디는 억양 하나 없이 담담했으나, 듣는 사람은 모두 그것이 빈말이 아님을 분명히 깨달았다. 뽀얀 얼굴, 발그레하니 홍조가 피어난 조민의 두 뺨에는 더러운 손으로 문질러댄 위일소의 손자국이 시커멓게 찍혀 있었다. 만약 그 수중에 단도가 먼저 잡혀 있었다면 조민의 두 뺨은 진작 망가져 끔찍스러운 몰골로 바뀌었을 것이다. 이런 도깨비 같은 신법은 제아무리 무공 실력이 뛰어난 고수라 할지라도 감히 막아낼 수 없을 것이다. 장무기 역시 속으로 부끄러움을 느꼈다. 만약 둘이서 장거리 경주를 한다면 장무기가 월등한 내력을 바탕으로 이길 수 있을지 모르나, 면적이 좁은 건물 안에서 이렇듯 귀신처럼 들락거릴 수 있는 사람은 아마도 세상 천하에 위일소 하나뿐일 것이다.

장무기가 조민 앞에 몸을 굽혀 읍례를 건넸다.

"조 낭자, 오늘 여러모로 언짢게 해드렸소. 그럼 이만 실례하리다."

그는 양소의 손을 잡아끌고 대웅전을 나섰다. 위일소가 이렇듯 강력하게 위협을 준 이상, 조민도 감히 주지약을 어떻게 하지 못할 것이 분명했다.

문턱을 나서는 그의 뒷모습을 조민은 물끄러미 바라보고만 있었다. 수치심과 분노가 들끓어올랐지만 그들을 가로막으라는 명령을 내리지 않았다.

장무기와 양소가 돌아왔을 때 위일소는 이미 객점에 앉아서 기다리고 있었다. 만안사에서 벌어진 일을 생각하니 장무기는 웃음이 절로 나왔다.

"위 복왕, 오늘 저 친구들에게 정말 호된 맛을 보여주셨구려. 아마 이젠 저들도 우리 명교를 섣불리 건드릴 상대가 아니라는 것을 분명히 깨달았을 거외다."

"어린 아가씨 하나 놀라게 한 것이 뭐 그리 대수로운 일이겠습니까. 그 처녀가 흉신악살凶神惡煞처럼 군다 해도, 자기 얼굴을 망가뜨린다는 말에 놀라서 아마 사흘 밤은 잠도 제대로 못 잘 겁니다."

이 말에 양소가 껄껄대고 웃었다.

"그 처녀가 잠을 못 자면 그것도 곤란한 일 아니겠습니까? 우리가 사람을 구하러 가기가 더욱 어려워질 테니 말이오."

"양 좌사, 기왕 말이 난 김에 여쭙겠는데, 사람을 구출할 만한 무슨 묘책이 없겠습니까?"

교주의 물음에 양소는 쭈뼛거리기만 할 뿐 신통한 대책을 내놓지 못했다.

"우리는 겨우 셋뿐이고 행적까지 들통 났으니 그 일이 보통 어렵지 않겠군요."

장무기는 미안해하며 사과했다.

"주 소저가 위급한 상태에 몰린 것을 보자 나도 모르게 손을 쓰고 말았습니다. 결국 내가 대사를 망쳐놓은 셈입니다."

"일이 그렇게 되었을 때는 어느 누구도 참을 수 없었을 겁니다. 교주님께서 단독으로 현명이로 두 늙은이를 패배시켜 적들의 위세를 크게 눌러놓으셨으니 그것만 해도 잘된 셈이지요. 더구나 우리가 이곳에 와 있다는 사실을 저들이 알았으니 송 대협 일행에게 섣불리 무례한 짓을 저지르지는 못할 겁니다."

양소가 위안의 말을 건넸으나 장무기는 대사백 송원교와 둘째 사백 유연주 일행이 모조리 적의 수중에 잡혀 있다는 생각을 하니 마음이 절로 무거워졌다. 조민이 하태충이나 당문량에게 그렇듯 심하게 치욕을 주는 장면을 목격했으니 그저 가슴속이 답답할 뿐이었다.

세 사람은 한동안 머리를 맞대고 궁리를 거듭했으나 좀처럼 뾰족한 수가 떠오르지 않았다. 제풀에 지친 그들은 제각기 잠자리에 들었다.

이튿날 새벽, 장무기는 꿈결에 객실 창가에서 나는 인기척을 듣고 눈을 번쩍 떴다. 창문이 슬금슬금 열리면서 누군가 머리통을 쑥 들이밀고 자기를 보고 있는 것이 아닌가! 깜짝 놀란 장무기는 황급히 침대 휘장을 걷어붙이고 다시 한번 자세히 바라보았다. 그것은 얼굴 전체가 온통 칼자국투성이인 조민의 부하 고두타였다.

장무기는 깜짝 놀랐다. 침대를 박차고 벌떡 일어섰을 때에도 고두타는 여전히 물끄러미 자신을 바라보기만 할 뿐 좀처럼 공격해서 해칠 기미는 보이지 않았다.

그는 다급히 고함쳐 불렀다.

"양 좌사! 위 복왕!"

"예에!"

옆방에 있던 두 사람이 목소리를 합쳐 응답했다.

마음이 다소 놓인 장무기가 다시 창문 쪽으로 눈길을 돌렸을 때, 고두타의 얼굴은 이미 사라지고 없었다. 황급히 창가로 가서 내다보았더니 대문 밖으로 총총히 나가는 뒷모습이 보였다. 이 무렵, 양소와 위일소가 달려왔다. 바깥에 적이 없음을 확인한 세 사람은 그 즉시 땅을 박차고 힘차게 고두타를 뒤쫓기 시작했다.

길거리 모퉁이에 서서 기다리던 고두타는 추격자들의 모습을 발견하자 이내 돌아서서 북쪽으로 향했다. 걸음 폭이 크긴 했으나 치닫는 기색은 아니었다. 장무기 일행은 손짓으로 의사를 교환하며 그의 속도에 맞춰 뒤쫓았다.

서서히 동녘 하늘에 희부옇게 여명이 깃들기 시작했다. 길거리에는 행인이 거의 없었다. 얼마 안 있어 그들은 도성 북문을 빠져나갔다. 계속 앞만 보고 걷던 고두타가 한적한 샛길로 접어들더니 다시 7~8리나 되는 길을 걷고 나서 마침내 무덤이 어지러이 널린 어느 공동묘지 앞에 이르러서야 발걸음을 멈추었다. 그러고는 양소와 위일소를 향해 손짓으로 멀찌감치 물러나게 한 다음, 이내 돌아서서 장무기에게 포권의 예를 건넸다.

무언의 답례를 보내면서도 장무기는 사뭇 의아한 느낌을 지울 수 없었다. '도대체 우리를 여기까지 데려온 의도가 무엇일까? 이곳은 사방 천지에 사람 하나 없는 공동묘지인데, 1 대 3으로 싸워서는 자신에게 불리할 것이 아닌가? 아무리 보아도 적의라곤 전혀 보이지 않는 기색인데 그것은 또 무슨 이유일까……?'

한참 생각을 하고 있는데 고두타가 입속으로 "혁혁!" 소리를 내더니 양손을 갈고리처럼 구부린 자세로 후딱 덤벼드는 게 아닌가? 왼손은 호조수虎爪手로, 오른손은 용조수龍爪手로 열 손가락이 갈고리 형태를 이룬 채 사납고 모진 공세를 퍼붓기 시작한 것이다.

장무기는 엉겁결에 왼 손바닥으로 일장을 후려쳐 공세를 풀어버린 다음, 내처 질문을 던졌다.

"상인上人(승려의 존칭)의 의도는 뭐요? 먼저 분명히 말하고 나서 대결해도 늦지 않을 것이오."

그러나 고두타는 들은 척 만 척 무작정 공격을 계속했다. 왼손의 호조수가 응조수鷹爪手로, 오른손의 용조수가 이내 호조수로 바뀌더니 하나는 장무기의 왼쪽 어깨를, 다른 하나는 오른쪽 아랫배를 공격해오는데 수법이 매섭기 짝이 없었다.

"정 싸우지 않으면 안 되겠소?"

장무기가 외쳐 경고를 발하는 사이, 응조수는 사자의 앞발 사장獅掌으로 바뀌고 호조수는 두루미 부리 형태의 학취수鶴嘴手로 바뀌어 하나는 앞발 후려치기로 공격하고, 다른 하나는 길고도 날카로운 맹금의 부리처럼 쪼아왔다. 초식이 거듭 변화하면서 불과 3초 사이에 양손이 여섯 가지 공격 자세로 전환된 것이다.

장무기는 섣불리 대하지 못하고 태극권법을 펼쳐 응수하기 시작했다. 이윽고 몸놀림이 마치 둥실둥실 떠가는 구름처럼, 흘러가는 냇물처럼 막힘없이 자연스럽게 움직여가며 황량한 공동묘지 언덕 위에서 고두타와 일대 혼전을 벌였다.

고두타의 공격 초식은 무척이나 번잡했다. 어느 때는 정면을 활짝 열어놓고 시원스러운 자세로 정정당당하게 싸우는가 싶더니 눈 깜짝할 사이에 교활한 독사처럼 은밀하고도 괴상야릇한 사파의 무공으로 돌변하기도 했다. 그것은 고두타가 정파와 사파의 무공을 두루 겸비했다는 증거요, 비할 데 없이 해박한 지식의 소유자라는 증거이기도 했다. 장무기는 태극권 하나만으로 그와 맞서 싸웠다.

70~80초식을 겨루고 났을 때, 고두타가 "훅!" 하는 바람 소리와 함께 일권을 내질러 장무기의 중궁을 곧바로 들이쳐왔다. 장무기는 여봉사폐如封似閉 일초로 그 주먹 힘을 봉쇄한 다음, 이어서 단편單鞭 초식으로 채찍질하듯 그의 등줄기에 왼 손바닥 한 대를 먹였다. 내력을 쏟아

붓지 않은 일장의 역습 동작이라 손바닥이 목표에 닿기가 무섭게 떨어져 나왔다.

고두타는 그가 손속에 사정을 둔 것을 보자 뒤로 훌쩍 뛰어 물러나더니 한참 동안이나 곁눈질로 장무기를 바라보았다. 그러고는 느닷없이 양소에게 손짓을 보냈다. 허리에 찬 장검을 쓰게 해달라는 시늉이었다. 양소는 말없이 칼 끈을 끄르더니 두 손으로 칼집째 떠받들어 고두타의 면전에 내밀었다. 장무기는 속으로 흠칫 놀랐다. 어째서 양 좌사가 적에게 병기를 빌려줄 수 있단 말인가?

고두타는 칼집에서 장검을 뽑아 들었다. 그러고는 손짓으로 장무기더러 위일소에게 장검을 빌려 쓰라는 시늉을 해 보였다. 장무기는 고개를 내젓고 나서 말없이 상대방의 왼손에 들린 칼집을 넘겨받았다. 그런 뒤 청수請手 일초를 써서 칼집으로 장검 앞에 맞서는 자세를 취했다. 상대방에게 공격해도 좋다는 기수식이었다. 나머지 왼손이 검결劍訣을 맺은 채 칼집을 가슴 앞에 가로누였다.

"쐐악!" 하고 세차게 바람을 가르는 소리……. 고두타의 일검이 비스듬히 찌르는 자세로 들이닥쳤다. 장무기는 앞서 그가 조민에게 검법을 지도하던 장면을 목격한 터라, 그의 검술 실력이 무척 뛰어나다는 사실을 익히 알고 있었다. 그래서 방심하지 않고 지난 몇 달간 무당산에서 깊이 연구한 태극검법을 펼치면서 온 신경을 칼집 끝에 모으고 조심스레 접전을 벌이기 시작했다. 상대방의 검초는 갑작스럽게 빨라지다가 이내 완만해지고, 느려졌는가 싶었을 때는 어느새 쾌속 공격으로 바뀌어갔다. 공격 초식과 방향 구석구석에 날카로운 예봉銳鋒을 감추고 있어 언제든지 치명적인 일격을 가할 태세였다. 장무기가 공격 초식을 하나하나씩 여유 있게 풀어나갈 때마다, 그는 즉시 앞서 구사하던 검초를 걷어치우고 또 다른 새 초식으로 바꾸어나갔다. 한번 써먹은 초식을 다시 쓰는 경우가 거의 없었다.

장무기는 속으로 찬탄을 금치 못했다. 만일 자신이 반년 전에 이 사람과 맞닥뜨렸다면 검법으로는 아예 적수가 되지 못했으리라. 고두타의 검법 수준이야말로 팔비신검 방동백보다 한 수 위였다.

그는 차츰 인재를 아끼고 싶은 마음이 우러나기 시작했다. 태극검법 초식으로 분명히 이길 수 있었지만 그러고 싶지 않았다. 이제 고두타는 장검을 춤추듯이 휘두르면서 난피풍亂披風의 일초로 공세를 취해오고 있었다. 글자 그대로 바람막이 외투 자락을 어지러이 나부끼면서 칼끝에 뻗어나오는 흰 무지개 서슬이 햇빛 아래 반사되어 마치 천만가닥 금빛 물결처럼 정신없이 마구 찔러들고 쑤셔대는 것이다. 칼끝의 움직임을 유심히 노려보던 장무기는 급작스레 칼집을 되돌려 마주 찌르기로 내뻗었다. 어느새 칼집은 상대방이 휘두르던 장검의 칼날을 덮어씌워 고스란히 제집 속에 가둬놓았다. 뒤미처 장무기의 양손이 둥그런 고리 형태를 그리더니 고두타의 양 손목을 가볍게 거머잡은 채 빙그레 미소를 한 번 지었다. 그것도 한순간이었을 뿐 장무기는 뒤로 훌쩍 뛰어 물러났다. 만에 하나, 손목을 잡은 순간 힘을 약간 보태기만 했어도 그는 상대방의 장검을 쉽게 빼앗았을 것이다. 그것은 실로 위험하기 짝이 없는 탈검 수법奪劍手法이었다.

몸을 솟구쳐 뒤로 도약해 물러난 그가 미처 지면에 내려서기도 전에 땅바닥에 장검을 내던진 고두타가 "훅!" 소리가 나도록 힘차게 일장을 후려쳐왔다. 장무기는 돌아보지 않은 채 바람 소리만 듣고도 그 일장에 진력이 담겼다는 사실을 알아차렸다. 장무기는 상대방과 내력을 겨뤄보고 싶은 욕심이 생겼다. 훌떡 뒤집은 오른 손바닥이 방향을 돌리기가 무섭게 상대방이 내지른 일장을 강제로 맞받아쳤다. 그 순간에야 비로소 왼발이 착실하게 지면을 디뎠다. 삽시간에 고두타의 손바닥을 통해 진력이 샘 줄기처럼 밀어닥쳤다. 장무기는 즉시 건곤대나이 심법 가운데 제7단계를 운용해 상대방의 장력이 쏟아져 들어오는 대로 차근차근 축적시켜놓았다가 돌연 대갈일성을 터뜨리면서 도로 튕겨 보냈다.

고두타는 무슨 일이 벌어졌는지 미처 깨닫지도 못했다. 그 충격은 마치 까마득히 높은 산 위에 있는 거대한 호수의 제방이 무너지면서 산사태와 더불어 물이 한꺼번에 산 밑으로 밀려 내리듯, 고두타에게 장력을 되돌려보낸 것이다. 상대방이 후려친 10여 차례의 장력을 일장에 모아서 고스란히 돌려보냈으니, 세상에 그렇듯 강대한 힘줄기는 다시없으리라. 만약 고두타가 그 힘줄기를 착실히 받아냈다면 그 즉시 손목뼈와 팔뼈, 어깨뼈, 갈빗대가 한꺼번에 으스러져 피 한 모금 토해 내지 못한 채 말로 형언하기 어려울 만큼 처참한 핏덩어리가 되어 널브러졌을 것이다.

쌍방의 두 손바닥이 아교처럼 찰싹 달라붙은 상태에서, 고두타는 어떻게 피할 도리가 없었다. 순간 장무기는 왼손으로 고두타의 멱살을 움켜잡아 하늘 위로 냅다 던져 보냈다.

고두타의 우람한 몸뚱이가 허공으로 붕 떠오르더니 잠시 후 커다란 포물선을 그리면서 지상으로 떨어져 내렸다. 순간, "꽈당!" 하는 소리와 함께 부서진 돌무더기가 사면팔방으로 튀어 날았다. 위력이 비할 데 없는 손바닥 힘에 여기저기 널린 돌무더기가 모조리 박살 난 것이다.

"아앗!"

곁에서 지켜보던 양소와 위일소가 이구동성으로 외마디 경악성을 터뜨렸다. 이들 두 사람은 고두타와 장 교주의 내공 대결이 적어도 뜨거운 차 한 잔 마실 시간이 지나야만 판가름 날 것으로 예상했다. 순식간에 생사의 막다른 고비에 다다를 줄은 미처 생각지도 못한 것이다. 그들은 무엇인가 할 말이 있었으나 미처 입 밖에 내지 못했다. 잠시 후 고두타의 몸뚱이가 아무 탈 없이 지면에 떨어져 내렸다. 둘의 손바닥에는 하나같이 식은땀이 흥건했다.

고두타가 두 발을 땅에 붙이고 즉시 두 손을 둥그렇게 모아 활활 타오르는 불꽃 형상을 지어 가슴 앞에 놓더니 공손히 몸을 굽혀 장무기에게 큰절을 올렸다.

"광명우사 범요范遙, 삼가 교주님을 뵙습니다. 불초한 저를 죽이지 않고 살려주신 은혜 깊이 감사드립니다. 무례하게 하극상을 범한 죄, 부디 용서해주십시오."

고두타의 입에서 떠듬떠듬 첫마디가 흘러나왔다. 10여 년 동안 입을 열어 말하지 않은 탓에 억양이 무척 부자연스러웠다.

장무기의 놀라움과 기쁨은 이루 형언할 수 없을 정도로 컸다. 벙어리 두타의 입이 열리더니, 자신이 그동안 행방이 묘연했던 본교의 광명우사라고 하지 않는가! 정말 꿈에도 상상하지 못한 일이었다. 장무기는 황급히 손길을 내밀어 부축해 일으켰다.

"오오! 당신이 우리 명교의 범 우사였군요. 정말 기쁜 일입니다. 자,

어서 일어나십시오. 한집안 식구끼리 인사치레는 그만합시다."

양소와 위일소가 득달같이 다가와서 고두타의 두 손을 꽉 부여잡았다. 둘은 공동묘지 언덕에 이르렀을 때 어렴풋이 지레짐작은 하고 있었으나, 범요의 얼굴 모습이 너무나 크게 바뀌어 알은척을 하지 못했다. 그러나 고두타가 펼치는 무공 솜씨를 보고 십중팔구 그가 틀림없다고 예상했고, 이제 스스로 이름과 신분을 밝히자 비로소 확신을 얻은 것이다. 양소는 손을 잡은 채 한참 동안 그의 얼굴을 바라보다 소리 없이 눈물을 흘리기 시작했다.

"아우님, 이승에서 다시 만나게 될 줄은 생각도 못 했네!"

고두타 범요가 양소를 덥석 그러안았다.

"형님, 명존께서 은혜를 베풀어 교주님같이 능력 있는 분을 점지해 주셨군요. 정말 고마운 일입니다. 더구나 우리 형제를 이렇듯 다시 만나게 해주시다니……."

"그런데 아우님의 얼굴이 어찌 그 모양으로 변했는가?"

양소가 뜨악한 기색으로 묻자 범요는 사뭇 비장하게 대꾸했다.

"만약 내 손으로 얼굴 모습을 망가뜨리지 않았던들 어떻게 천하의 간적 혼원벽력수 성곤의 눈을 속일 수 있었겠소?"

세 사람은 이 말을 듣고서야 비로소 그가 고의적으로 자신의 용모를 훼손하고 첩자가 되어 호랑이굴에 잠입했음을 깨달았다. 진실을 알게 된 양소는 더욱 가슴이 아파 범요의 손목을 부여잡은 채 좀처럼 놓을 줄 몰랐다.

"아우님, 정말 고생이 많았네!"

오랜 옛날, 양소와 범요 두 사람은 강호에 '소요이선逍遙二仙'• 이라 불릴 만큼 준수하고도 헌걸찬 미남자로 평판이 높았다. 그런 범요가 제 손으로 자신의 얼굴을 이렇듯 추악한 모습으로 훼손하다니, 그 고심참담한 집념과 용기, 모질다고밖에 표현할 길이 없는 결단력이야말로 보통 사람의 능력으로는 도저히 해낼 수 없는 것이었다.

청익복왕 위일소는 사실 과거에 범요와 앙숙으로 지내던 사이였다. 그러나 이제는 범요에게 깊이 감동한 나머지 그 자리에 무릎 꿇고 머리를 조아리지 않을 수 없었다.

"범 우사, 나 위일소가 오늘에야 진정으로 그대에게 감복했소!"

범요도 무릎 꿇어 답례했다.

"위 복왕의 경공신법이야말로 천하에 독보적이외다. 신묘하기가 저 옛 시절을 능가하시니, 불초 고두타는 어젯밤에 안목을 크게 열었습니다!"

양소가 새삼스레 사방을 두리번거렸다.

"이곳은 도성에서 그리 멀지 않아 적의 이목이 많을 듯싶군요. 우리 저 앞쪽 산간 평지로 자리를 옮겨 얘기를 나눕시다."

네 사람은 공동묘지를 떠나 10여 리를 치달린 끝에 어느 야트막한 고갯마루로 올라갔다. 그곳은 2~3리 사방이 탁 트여 아무도 잠복하거나 엿들을 우려가 없었다. 아울러 먼 데서는 고갯마루 뒤편에서 누가 무슨 일을 하는지 전혀 내다보이지 않았다. 이윽고 네 사람은 땅바닥

• '소요'는 사물에 구애받지 않고 한가로운 마음으로 거닌다는 뜻이다. 《장자》 〈소요유逍遙游〉에서 비롯된 낱말. 여기서는 강호의 미남 한 쌍으로 알려진 광명사자 양소의 이름 '소' 자와 범요의 이름 '요' 자를 합쳐 만든 별명으로 쓰였다.

에 주저앉은 채 그동안 서로 겪은 사연을 털어놓기 시작했다.

전임 교주 양정천이 돌연 행방을 감추고 사라진 그해, 명교 내부의 고수들은 교주 자리를 놓고 쟁탈전을 벌였다. 그런 와중에 명교 세력은 지리멸렬한 상태로 치달았다. 범요는 야심을 지닌 경쟁자들을 타일렀으나 효과가 없었다. 그는 양 교주가 세상을 떠나지 않았으리라는 확신을 품고 혼자서 강호를 떠돌아다니며 그 행방을 찾기 시작했다. 그러나 몇 년 세월이 금세 지나고 양 교주의 종적은 털끝만치도 발견할 수 없었다. 나중에는 혹시 개방 측에 위해를 당하지 않았을까 싶어 남모르게 개방의 주요 인물을 몇몇 붙잡아 고문하면서 캐물었으나 역시 단서는 나오지 않았다.

그 후 명교 수뇌부 인사들의 분쟁이 갈수록 격렬해지고 몇몇 사람이 자신을 찾아다닌다는 소문까지 들려왔다. 광명우사 범요를 내세워 세력을 규합하려는 의도에서였다. 범요는 교주가 될 뜻도 없거니와 또 분쟁의 소용돌이에 휘말리고 싶지 않았기 때문에 아주 멀찌감치 도망다녔다. 또 명교 형제들과 우연히 마주칠까 봐 아예 수염을 길게 기르고 늙수그레한 서생으로 변장해 강호 천지를 정처 없이 떠돌았다.

어느 날, 범요는 번잡한 대도시 장터에서 한 사람을 만났다. 그자가 양 교주 부인의 사형 되는 성곤임을 알아본 그는 속으로 깜짝 놀랐다. 그 무렵 세상에는 강호 무림계를 뒤흔들어놓은 소문이 파다하게 퍼져 있었다. 적지 않은 무림계 인사들이 누군가의 손에 피살되고 현장에는 예외 없이 핏물로 찍어 쓴 글씨를 남겼다고 했다.

"살인자는 혼원벽력수 성곤이다."

그는 사건의 진상을 규명해보고 싶기도 하려니와 혹시 성곤에게서 양 교주의 행방을 탐문해볼 수 있지 않을까 싶어 멀찌감치 거리를 두고 뒤쫓아갔다.

성곤은 어느 술집에 찾아들어 2층으로 올라갔다. 술집에서는 두 사람이 기다리고 있었다. 바로 현명이로였다.

범요는 성곤의 무공 실력이 뛰어나게 강한 줄 아는 터라 멀찌감치 떨어져 앉아 술을 마시는 척하고 그들의 대화를 엿듣기 시작했다. 그리고 어렴풋이 들리는 몇 마디 얘기를 듣는 가운데 한마디가 귓결에 또렷이 들어왔다.

"광명정을 완전히 무너뜨려야 한다……."

명교가 자중지란에 겹쳐 외환의 위기에까지 처했음을 직감적으로 느낀 범요는 소매 떨치고 모른 척하고만 있을 수 없어 그들의 뒤를 몰래 쫓기 시작했다.

술집을 나선 세 사람은 뜻밖에도 원나라 조정의 중신 여양왕汝陽王의 저택으로 들어갔다. 나중에 수소문해서 알아낸 일이지만, 현명이로는 여양왕의 수하 무사들 가운데서도 정상급 인물이었다.

여양왕의 이름은 차칸테무르察罕特穆爾, 관직은 태위太尉, 곧 천하의 병마대권兵馬大權을 장악하고 지혜와 용맹을 겸비해 조정에서도 으뜸가는 유능한 인재이자, 몽골족의 순수한 혈통을 이어받은 세력가였다. 당시 장강, 회수 지역에서 봉기한 의병들이 예외 없이 전군 복멸을 당한 것은 바로 그가 파견한 토벌군에 의해서였다.

원나라 조정에 항거해 봉기한 의병들이 거사하는 족족 참패를 당하고 섬멸된 이유는 모두가 차칸테무르의 귀신같은 용병술 때문이었다.

장무기 일행 역시 오래전부터 그 악명을 들어온 터라 이제 녹장객을 비롯한 고수들이 그의 부하로 예속되어 있다는 얘기에 비록 놀라지는 않았어도 속이 뜨끔하지 않을 수 없었다.

"그렇다면 조민이란 아가씨는 누군가?"

양소의 물음에 범요는 씨익 웃으면서 질문을 되넘겼다.

"어디 형님이 한번 알아맞혀보시구려."

"혹시…… 차칸테무르의 딸은 아닐까?"

그제야 범요가 손뼉을 쳤다.

"역시 형님은 두뇌가 비상하오! 단번에 알아맞히다니. 그렇소, 여양왕은 1남 1녀를 두었는데, 아들의 이름은 쿠쿠테무르庫庫特穆爾, 그리고 외동딸이 바로 그 아가씨요. 이름은 몽골식으로 민민테무르敏敏特穆爾라고 부릅디다. 쿠쿠테무르는 여양왕의 세자로 장차 아버지의 작위를 이어받기로 되어 있지요. 딸은 황제로부터 '소민군주紹敏郡主'로 책봉되었고요. 이 두 아이는 태어나면서부터 무예를 좋아하는 성격이라, 제법 솜씨 좋은 무공을 배워 익혔소. 더구나 두 아이 모두 한족 사람 흉내를 내기 좋아해서 중국어로 말하고 제각기 중국식 이름을 만들어 쓰고 있소. 사내 녀석은 왕보보王保保, 딸아이는 조민趙敏이지. 조민이란 이름자는 황제에게서 봉호封號로 받은 '소민군주'의 '민敏' 자를 딴 것이랍디다."

위일소가 고개를 갸우뚱했다.

"그것참 괴상야릇한 오누이로군. 하나는 성이 왕씨요, 하나는 조씨이니 말일세. 우리 한족 사람들이 그렇다면 웃겨 죽을 노릇 아닌가?"

"사실 저들은 성이 모두 '테무르'지요. 이름자만 앞에 붙여 쓴 겁니다. 북방 오랑캐의 야만적인 습관이니까요. 오죽하면 아비 되는 여양왕 차칸테무르조차 한족의 성을 본떠서 이씨李氏라고 부르겠습니까."•

"하하! 하하하……!"

네 사람은 너 나 할 것 없이 폭소를 터뜨렸다. 웃음 끝에 양소가 조민을 새삼스레 떠올리고 말을 덧붙였다.

"조민이란 그 아가씨 말이오. 생김새는 영락없이 한족의 미녀인데, 하는 짓거리를 보면 북방 오랑캐 족속의 야만성이 그대로 드러난단 말씀이야."

이제 와서야 조민의 신분 내력을 알게 된 장무기는 착잡한 심사를 금할 길이 없었다. 벌써 오래전부터 그녀가 원나라 조정의 귀족 출신일 것이라고 지레짐작은 해왔으나, 천하 병마대원수 여양왕의 딸로서 직계 왕족에게만 부여하는 '군주郡主'의 봉호까지 받았을 줄이야 정말 예상치 못한 것이다. 그녀와 몇 차례 대결을 벌일 때마다 크든 작든 장무기는 번번이 열세에 처하곤 했다. 비록 무공 실력 면에서 자기보다 그녀가 뒤진 것은 사실이었다. 하지만 심지 깊고 변화막측한 기민성으로 온갖 기상천외한 짓을 저지르는 면에서 본다면, 장무기 자신은 결코 그녀의 적수가 되지 못한다는 사실을 인정해야만 했다.

범요가 양소의 말을 받아 장무기에게 보고했다.

• 중국 역사서 《신원사新元史》 제220권 〈차칸테무르전〉에 이런 기록이 있다. "차칸테무르의 증조부는 쿠쿠타이闊闊台, 조부는 나이만타이乃蠻台, 부친은 아로운阿魯溫이다. 집안을 따라 중원 하남 지방으로 내려와 영주潁州(지금의 안휘성 푸양시) 심구현沈丘縣에 자리를 잡으며 성을 이씨李氏로 고쳤다." 차칸테무르에게는 아들이 없다. 외조카 쿠쿠테무르를 수양아들로 받아들여 왕통王統을 이어갈 세자로 삼았다고 한다. 이런 사소한 일들은 이야기 전개와 상관없으므로 생략했다. — 원저자 주

"제가 암암리에 탐문해본 결과, 여양왕은 천하에 큰 동란을 일으키는 원인을 모두 한족 출신 백성들이 무학을 익히고 서로 무리를 지어 반역을 도모하는 탓으로 지목하고, 강호의 모든 방회 문파를 섬멸해버리기로 뜻을 굳혔습니다. 그는 성곤의 계책을 받아들여 첫 단계로 우리 명교 세력부터 제거하는 일에 착수했습니다. 저는 곰곰이 생각해보았습니다. 본교에 내분이 그칠 새 없는데, 이렇듯 강력한 외부의 적이 들이닥칠 경우 본교는 멸망의 큰 화가 목전에 임박했다고 생각한 겁니다. 이 엄청난 사태를 만회하려면 여양왕의 부중에 침투해서 저들의 음모와 계략을 알아내어 임기응변으로 해결책을 찾아내는 수밖에 없었습니다. 위험을 무릅쓰고라도 호랑이 굴에 뛰어드는 길 말고 별다른 양책이 없었으니까요."

장무기를 비롯한 세 사람은 모두 침통한 기색으로 말이 없었다. 범요는 얘기를 계속했다.

"그런데 아주 이상한 노릇은 성곤이란 자가 분명히 양 교주 부인의 사형이요, 또 금모사왕의 스승 되는 사람인데 어째서 그렇듯 악독하게 본교를 적대시할까……? 저는 도대체 그 이유를 생각해낼 수 없었습니다. 그저 부귀영화를 탐내어 본교를 멸망시켜 조정에 공을 세우려는 줄로만 알았을 뿐이지요. 본교 형제들 중에 성곤을 아는 이가 별로 많지 않습니다만, 저는 오래전에 그자와 만난 적이 있기 때문에 그 역시 제가 누군지 압니다. 따라서 제 계획이 누설되지 않으려면 어떻게 해서든지 그자를 죽여 없애야만 했습니다."

"아무렴, 그래야겠지!"

위일소가 앉은자리에서 무릎을 쳤다.

"하지만 그자는 실로 교활하기 짝이 없는 데다 무공 실력 또한 엄청나게 뛰어나 세 차례 시도한 암습이 모두 실패로 돌아가고 말았습니다. 마지막 세 번째는 단칼에 상처를 입히긴 했어도 저 역시 일장을 얻어맞고 가까스로 도망쳐 나왔습니다. 정체는 드러나지 않았습니다다만, 중상을 입은 몸이라 1년 남짓 요양하고 나서야 겨우 회복할 수 있었지요. 그 무렵 여양왕의 부중에서 꾸미는 계략이 급박하게 진전되기 시작했습니다. 저는 생각을 바꿔먹지 않을 수 없었습니다. 처음에는 변장을 하고 침투할 생각이었으나, 그래봤자 임시방편일 뿐 근본 대책은 아니었습니다. 저는 옛날부터 양소 형님과 나란히 미남자로 명성을 떨쳐왔습니다. 강호에 '소요이선'이 누군지 모르는 이가 거의 없는 만큼 하루하루 지나면 반드시 정체가 드러날 것이라고……."

예서 말을 끊고 물끄러미 양소를 보더니 다시 얘기를 이어갔다.

"저는 이를 악물고 칼로 제 얼굴을 마구 그어 아무도 알아보지 못하도록 망가뜨려놓고 머리 기른 두타로 변장한 다음, 약물로 머리카락을 누렇게 물들였습니다. 그리고 그길로 서역 땅의 호라즘花剌子模 왕국으로 떠났습니다."

"호라즘으로 갔다니? 만 리 길이 넘는 아득한 서역 땅이 그 일과 무슨 상관이 있다고 가신 거요?"

위일소가 뜨악한 기색으로 물었다. 범요가 막 대답을 하려는데, 양소가 먼저 손뼉을 쳐가며 찬탄을 금치 못했다.

"그것참 기막힌 묘수로군! 위 형도 생각 좀 해보시구려. 범씨 아우님이 호라즘에 가서 좋은 기회를 잡아 솜씨를 드러내면 그 지역을 다스리는 몽골 왕이 필경 소문을 듣고 아우님을 초빙해서 수하에 거두어들이고 중용할 게 아니오? 여양왕이 지금 한창 사방 천하의 무사들을 초빙해 들이고 있으니, 호라즘 왕도 여양왕에게 호감을 사려면 범씨 아우님을 왕부로 보내 충성을 바치도록 했을 거요. 이렇게 해서 범씨 아우님은 자연스럽게 서역 호라즘 왕국에서 진상하는 색목인 무사가 된 것이지요. 얼굴 모습도 딴판으로 바뀌었겠다, 말 못 하는 벙어리겠다, 이러니 성곤이란 놈이 제아무리 하늘만큼 높은 재간을 지녔다 하더라도 알아볼 턱이 없었을 거요."

"허어! 양 교주가 '소요이선'의 이름을 사대 법왕 위에 올려 세운 것을 보면 역시 대단한 안목이라 하겠소. 이렇듯 고명한 계책을 독수리왕이나 박쥐왕 따위는 죽었다 깨어나도 생각해내지 못했을 것이오."

위일소가 장탄식을 토해냈다. 범요는 쑥스러운 기색으로 말했다.

"위 형께서 과찬의 말씀을 하시는군요. 제 얘기를 마저 하겠습니다. 양씨 형님이 짐작하신 대로 저는 호라즘 왕국에서 사자와 호랑이를 때려잡아 나름대로 명성을 크게 날렸습니다. 그랬더니 호라즘을 다스리는 칸이 저를 초빙해서 여양왕의 부중으로 보냈지요. 하지만 제가 왔을 때 성곤은 왕부에 없었습니다. 어디로 갔는지 행방을 모르게 된 겁니다."

범요의 설명이 다 끝나자 양소는 성곤이 무슨 까닭으로 명교와 원수를 맺게 되었는지, 또 어떻게 광명정에 잠입해 기습을 가했으며, 어떤 경위로 장 교주에게 간계를 간파당하고 결국 은야왕과 장력으로 겨룬 끝에 맞아 죽었는지, 그 경위를 대략이나마 들려주었다.

사연을 다 듣고 나서 범요는 한참 동안 멍한 기색이 되었다. 그간에 이렇듯 숱한 우여곡절이 있었음을 깨닫자, 자리를 털고 일어서서 장무기 앞에 공경스럽게 큰절을 드렸다.

"교주님, 제가 교주님께 죄를 청할 일이 하나 있습니다."

"범 우사, 너무 겸양하실 것 없습니다."

"아닙니다. 제가 여양왕 부중에 도착했을 때 그의 신임을 얻기 위해 도성 번화한 장터에서 본교 향주香主 세 사람을 손수 죽였습니다. 그래야만 제가 명교와 오래전부터 깊은 원수를 맺고 있다는 걸 보여줄 수 있었기 때문입니다."

이 말을 듣고 장무기는 가타부타 대꾸하지 않은 채 시무룩한 기색으로 생각에 잠겼다. 본교 형제를 잔인하게 죽인 행위야말로 중대한 금기를 범한 짓이었다. 그렇기 때문에 양 좌사, 사대 법왕, 오행기 사람들이 교주 자리를 놓고 쟁탈전을 벌였을 때 비록 치열한 다툼은 있었어도 여태껏 형제들끼리 목숨을 다쳐본 경우는 없었다. 범 우사가 저지른 죄는 정말 가볍지 않았다. 하지만 그가 이런 짓을 저지른 본뜻도 명교를 보호하기 위해서였을 뿐 사사로운 원수를 갚으려 한 것은 아니지 않은가? 이치대로 따지자면 그를 문책할 수야 없는 노릇이었다.

"범 우사는 본교를 위해 고심참담 애를 써오셨습니다. 비록 계율을 범했다고는 하나 본인의 입장에서 깊이 탓하고 싶지 않습니다."

교주의 너그러운 말에 범요는 몸을 굽혀 사례했다.

"죄를 용서해주시니 고맙습니다."

그러나 장무기의 표정은 여전히 떨떠름했다. '이 범 우사란 인물은 무슨 일을 행하든 수단이 모질기 짝이 없구나. 자기 얼굴에 무수히 칼질을 해서 망가뜨린 것은 그럴 수 있다 쳐도, 본교 형제를 몇 명씩 죽여버린 행위는 명교가 세상 사람들에게 '사악한 마교 집단'이라고 지탄받을 만한 짓이다. 아무래도 엄명을 내려 세 가지 큰 교령과 다섯 가지 작은 교령으로 단속해야만 저 사악한 마교의 기질을 뜯어고칠 수 있을 듯하군.'

장 교주가 "깊이 탓하고 싶지 않다"고는 했으나, 얼굴 표정에 떨떠름한 기색이 피어오르는 것을 보자, 범요는 대뜸 양소의 허리춤에 있던 장검을 뽑아 들더니 자신의 왼 팔뚝에 일검을 깊숙이 찔러 넣었다. 느닷없는 칼질에 팔뚝의 근육이 베어져 핏물이 분수처럼 쏟아져 나오기 시작했다.

뜻하지 않은 사태에 대경실색한 장무기는 엉겁결에 집게손가락으로 장검을 낚아채면서 꾸짖었다.

"범 우사! 이게…… 이게 도대체 무슨 짓입니까?"

"잔혹하게 본교의 무고한 형제들을 죽였으니 그게 바로 중죄입니다. 불초 범요는 아직 큰일을 마무리 짓지 못하여 자결할 수 없는 몸입니다. 우선 제 몸에 한 칼 찔러 넣고 훗날 이 머리를 베어 바쳐 속죄하겠습니다."

장무기는 서글픈 기색으로 위안을 곁들여 듣기 좋게 타일렀다.

"본인은 이미 범 우사의 허물을 용서했는데, 굳이 이러실 게 뭐 있습니까? 막중한 대사를 앞둔 몸으로 일의 경중을 따져 행동해야 옳은 법입니다. 범 우사, 두 번 다시는 그 일을 거론하지 마십시오."

장무기는 바쁜 손길로 금창약을 꺼내 발라준 뒤 자신의 옷깃을 찢어 싸매주었다. '이 사람은 성질이 불같아 말 한마디 잘못하는 것은 둘째로 치고 얼굴 표정에도 언짢은 기색을 손톱만치나마 내보일 수가 없겠구나.' 더구나 무엇이든지 하겠다면 해내고야 마는 성격이라, 훗날 진짜 스스로 목을 베어 사죄할까 장무기는 겁이 났다. 범요가 본교를 위해서 이렇듯 크고 무거운 시련을 겪어왔다는 데 생각이 미치자, 가슴속에 격한 감동이 우러나와 도무지 그냥 있을 수가 없었다. 돌연 장무기는 범요 앞에 무릎을 꿇었다.

"범 우사, 그대는 우리 명교를 위해 막대한 공을 세웠으니 내 큰절을 받으셔야 마땅합니다. 또다시 자신의 몸을 다쳐서 불구로 만들 때는 내가 덕이 없고 무능해 교주 자리에 앉을 자격이 없는 줄로 여기고 당장 교주직을 사퇴할 겁니다. 나이도 어리고 식견도 천박해 무슨 일에나 잘못이 많으니, 아무쪼록 그대가 양해해주기 바랍니다."

범요와 양소, 위일소는 교주가 느닷없이 무릎을 꿇자 화들짝 놀라 부라부랴 땅바닥에 몸을 엎드렸다.

어느덧 양소의 눈에 두 줄기 눈물이 흘러내렸다.

"범씨 아우님, 제발 다시는 이러지 마시게. 본교의 흥망성쇠는 오로지 교주님 한 분께 달려 있네. 교주님의 영을 절대로 어겨서는 안 되네!"

범요가 땅바닥에 이마를 조아렸다.

"오늘 제가 교주님께 도전해 검술과 장력으로 겨뤘을 때 이미 감복했습니다. 고두타의 비뚤어진 성격을 부디 교주님께서 널리 양해하시고 용서해주시기 바랍니다."

장무기는 두 손으로 그를 부축해 일으켰다. 그날 이후부터 두 사람은 서로 상대방의 마음을 깊이 이해하고 격의 없이 지낼 수 있었다.

심경이 홀가분해진 범요는 다시 여양왕의 부중에 침투한 이후 그곳에서 듣고 본 상황을 차근차근 술회하기 시작했다.

여양왕 차칸테무르는 사실 원나라 조정에서도 으뜸가는 경국지재經國之才이며 용병술의 천재였다. 그러나 병권을 장악하고 있으면서도 여양왕은 조정 안팎에서 외톨이로 고군분투하지 않으면 안 되었다. 제국의 대권을 쥐고 흔들어 붙이는 간교한 톡토脫脫 승상에게 극심한 견제를 받는 데다 금상황제인 토곤테무르妥懽帖睦爾(원 순제)마저 혼암 무도昏暗無道한 폭군이었다. 게다가 해마다 남북 지역에 천재지변이 거듭되면서 온 천하가 대혼란을 일으키고 민심이 물 끓듯 흉흉해졌다. 이런 상황에서 오로지 여양왕 혼자 동분서주로 의병 세력을 무수히 쳐서 붕괴시키고 가까스로 원나라 제국 황실의 체통을 유지할 수 있었다. 그러나 이곳을 쳐서 섬멸하면 저쪽에서 봉기하고, 저쪽을 진압하면 다시 이편에서 반란을 일으켜 하루도 편할 날이 없었다. 여양왕은 병력을 이동시키고 장수를 파견하느라 바쁜 나머지 당초 강호의 교파와 방회들을 복멸하는 일은 제쳐두고 돌아보지 못했다.

몇 년 후, 그 아들딸이 장성했다. 왕세자 쿠쿠테무르는 아버지를 따라 종군하고, 딸 민민테무르는 부왕의 뜻을 이어받아 몽골족·한족, 서역 지방의 무사들과 라마승을 통솔해 강호 모든 문파 방회들을 노리고 대규모 공세를 발동했다. 성곤은 암암리에 그녀의 계획을 도왔다. 그는 육대 문파가 광명정을 포위 공격하는 틈을 타서 조민이 고수들을 대량으로 이끌고 출동하도록 부추겼다. 그리고 중간 지점에서 기회를 엿보아 명교와 육대 문파 중심 세력을 일거에 섬멸해 편히 앉은 채로 어부지리를 얻게 만들었다. 녹류산장에서 조민이 명교 수뇌부 일행을 중독시킨 사건도 이 계획의 하나였다.

당시 범요는 여양왕을 보호하고 서역 지방으로 여행 중이었기 때문에 참여하지 않았고, 나중에 가서야 그 내용을 알게 되었다. 범요의 생각으로는, 자신이 여양왕 부중에서 털끝만치도 정체를 드러내지 않았으나, 조민이 그를 서역 원정대에 참여시키지 않은 것은 범요가 애당초 서역 출신이었기 때문이라고 했다. 그리고 어쩌면 성곤이 반대했을지도 몰랐다.

조민은 서역 투르판吐魯番의 어느 라마승이 진상한 '십향연근산十香軟筋散'이란 독약을 당시 광명정에서 귀환하던 육대 문파 고수들의 음식에 몰래 타 넣어 중독시켰다. 십향연근산은 빛깔도 냄새도 없고, 그 맛도 누구나 마시는 물과 똑같아 음식에 섞어 넣으면 가려내기가 거의 불가능하다고 했다. 이 독약의 성분이 일단 발작하는 날이면 삽시간에 전신의 뼈마디 근육이 나른하게 풀리고, 며칠 뒤에는 여느 때와 다름없이 행동할 수는 있어도 몸속의 내력만큼은 반 톨조차 끌어올릴 수 없었다. 이런 극독의 특이한 성분 때문에 광명정을 들이쳤던 육대 문파 원정대가 동녘 땅으로 귀환하는 도중에 귀신도 모르게 중독되어 낱낱이 사로잡히고 말았던 것이다.

단 하나, 소림파에 대해서만큼은 일이 순조롭지 않았다. 공성대사가 거느린 세 번째 무리에 독약을 넣다 발각되어 진짜 창칼을 휘두르는 싸움이 벌어진 것이다. 공성대사는 아삼에게 죽임을 당하고, 그 나머지 승려들은 조민이 거느린 숱한 고수들을 당해내지 못해 10여 명이 전사한 끝에 모조리 사로잡히는 결과를 빚었다.

그 이후, 조민은 부하들을 이끌고 중원 육대 문파의 본거지 습격에 착수했다. 첫 번째 목표가 바로 소림파였다. 그러나 소림사의 방위는 엄밀하기 짝이 없어 절간에 잠입해 음식이나 우물에 독을 타기가 극도로 어려웠다. 여행 도중에는 각자 음식을 마련하니 독을 타기 쉬웠으나, 본거지에 상주하는 승려들의 음식에 그런 일을 하는 건 불가능에 가까웠던 것이다. 그들은 독을 타지 못하게 되자 다수의 힘으로 밀어붙였다.

"소민군주는 소림사를 공격할 때 병력이 모자랄까 봐 대도에서 응원군을 대거 출동시켰습니다. 그 응원대를 제가 거느리고 숭산으로 달려가 소림사 땡추중 녀석들을 포위해놓고 사로잡는 일에 가담할 수 있었지요. 소림파는 애초부터 우리 명교를 무례하게 대한 녀석들이라 한바탕 뜨거운 맛을 보여주는 것도 통쾌한 일 아니겠습니까. 설사 소림파의 고린내 나는 중 녀석들을 깡그리 몰살해버린다 해도 이 고두타는 외눈 하나 깜짝하지 않았을 겁니다. 하하, 교주님이 또 언짢은 기색을 보이시는군요! 죄송합니다."

양소가 얼른 끼어들었다.

"여보게, 아우님! 그 나한불상의 몸통을 되돌려놓은 것이 자네 솜씨였지?"

이 말에 범요는 빙그레하니 웃었다.

"하하, 역시 형님의 눈썰미는 대단하시구려! 소민군주는 부하를 시켜 나한불상의 등판에 열여섯 글자를 새겨놓게 했습니다. 모든 화근을 본교에 전가시킬 의도에서였지요. 저는 나중에 슬그머니 되돌아가 나한불상을 원위치대로 되돌려놓았습니다. 형님은 워낙 세심한 분이니까 그 일 역시 꿰뚫어보시리라 예상은 했습니다만, 도대체 언제 알아차린 겁니까?"

"우리가 추측해보니 적들 가운데 어느 고수가 암암리에 본교를 돕고 있다는 생각이 들더군. 하지만 그게 내 훌륭하신 아우님일 줄이야 어찌 상상이나 해보았겠는가?"

양소의 말에 네 사람이 모두 웃음보를 터뜨렸다.

양소는 이내 정색을 하고 범요에게 간략하게나마 설명을 해주었다. 명교는 육대 문파와 지난날의 원혐을 모조리 씻고 공동으로 힘을 합쳐 몽골 오랑캐 족속들과 맞서 싸우기로 결의했으니 무슨 일이 있어도 조민의 수중에 사로잡힌 고수들을 반드시 구출해야 한다고 했다.

이 말을 듣자 범요는 사뭇 난처한 기색으로 고개를 갸우뚱했다.

"적은 많고 우리는 적습니다. 우리 네 사람의 힘만으로 그 일을 해내기란 불가능하지요."

"물론 중과부적인 줄은 아네만, 그래도 이것만큼은 해내지 않으면 안 될 일일세."

"무엇보다 먼저 십향연근산의 해독약부터 찾아내야 합니다. 그것을 고린내 나는 땡추중 녀석들, 암내 나는 비구니 할망구들, 도사 녀석들에게 먹여서 잃어버린 내력을 회복시킨 다음 한꺼번에 뛰쳐나가 오랑캐들이 손발 못 쓰게 들이쳐 넋을 몽땅 뽑아놓고, 그 틈에 일제히 도성을 빠져나가야 합니다."

명교는 오래전부터 소림파, 무당파 같은 명문 정파 인사들과 죽기살기로 싸움을 벌여온 원수지간이었다. 그런 만큼 범요는 이들 육대 문파 고수들에 대해 일말의 존경심도 품고 있지 않았다. 양소가 연거푸 눈짓을 보냈으나, 그는 거들떠보지 않고 속에 든 말을 거침없이 토해냈다. 장무기는 이런 자질구레한 일에 마음 쓰고 싶지 않아 웃음 섞어 맞장구를 쳤다.

"하하! 범 우사 말씀이 틀림없습니다. 한데 십향연근산의 해독약을 어떻게 손에 넣지요?"

"저는 처음부터 벙어리 행세를 하느라 입을 열지 않았기 때문에 소민군주가 제게 무척 경의를 표하면서도 무슨 긴요한 일을 상의하지는 않습니다. 자기 혼자서 떠들어대기만 하고 상대방은 돌부처라 묵묵부답으로 있으면 얼마나 김새는 일이겠습니까. 더구나 저는 서역 땅 작은 나라에서 왔으니 심복 부하로 삼을 수도 없는 노릇이지요. 그렇기 때문에 저는 십향연근산의 해독약이 어떻게 생겼는지 구경도 못 해봤습니다. 또 알아낼 도리도 없고요. 하지만 제가 하는 일이 워낙 중대한 줄 아는 터라 벌써 오래전부터 마음에 두고는 있었습니다. 제 짐작이 틀림없다면, 그 독약과 해독약은 지금 현명이로 두 늙은이가 보관하고 있을 겁니다. 한 사람은 독약을, 또 한 사람은 해독약을, 그리고 늘 번갈아가며 간수하는 걸로 알고 있습니다."

범요의 설명에 양소는 탄식을 금치 못했다.

"허어! 조민이란 여자의 꿍꿍이속이야말로 수염 달린 사내들이 따라갈 수 없을 정도로 치밀하군. 혹시 그녀가 현명이로한테도 안심을 못 하고 있는 건 아닐까?"

"그들을 믿어서가 아니라 그들에게 맡겨놓아야 가장 안전하다고 생각했을 겁니다. 아무튼 우리는 지금 해독약을 훔쳐내야 하는데, 녹장객에게서 찾을 것인지 아니면 학필옹에게서 찾을 것인지 그걸 모르는 게 문젭니다. 그리고 또 한 가지, 소문에 듣자니 십향연근산이란 독약은 해독약과 냄새나 빛깔이 아주 똑같아서 그 약을 간수한 자만이 안다는군요. 그러니까 남이 해독약을 훔치려다 운수가 나쁘면 오히려 독약을 훔칠 수도 있다는 말입니다. 그 십향연근산이 다른 독약과 달리 더 지독스러운 점은, 중독되고 나서 근육과 뼈마디가 풀리는 것은 말할 나위도 없거니와 만일 해독약을 복용하지 않은 상태에서 두 번째로 독약을 먹게 되면 그 분량이 손톱만큼밖에 안 된다 하더라도 삽시간에 혈관의 피가 역류하면서 숨이 끊어져 구해낼 약이 없다는 겁니다."

위일소가 혀를 내둘렀다.

"그렇다면 해독약을 절대로 잘못 훔쳐서는 안 되겠는걸!"

"말은 그렇지만 그다지 걱정할 건 없습니다. 우린 그저 현명이로에게서 약을 몽땅 훔쳐내면 그만이니까요. 화산파나 공동파 졸개 녀석을 두어 놈 붙잡아놓고 약을 먹여서 시험해보면 당장 알 수 있지 않겠습니까. 어느 약이 사람을 죽이는지 알기만 하면 그게 바로 독약이지요. 어려울 게 뭐 있습니까?"

범요가 남의 목숨 따위는 아랑곳하지 않는 사악한 심성이니, 장차 이 노릇을 어쩌면 좋단 말인가? 장무기는 웃으며 타이를 뿐이었다.

"그건 썩 좋지 못한 듯싶군요. 어쩌면 고생해가며 훔쳐낸 두 가지 약이 모두 독약일 수도 있으니 말입니다."

양소가 제 넓적다리를 철썩 소리가 나도록 쳤다.

"교주님의 말씀에도 일리가 있습니다. 우리가 어젯밤 그토록 소동을 부렸으니, 어쩌면 소민군주는 놀란 나머지 그 해독약을 회수해 자기가 지니고 있을지도 모릅니다. 무엇보다 먼저 해독약을 누가 간수하고 있는지부터 알아내야 합니다. 그런 다음에 다시 계획을 의논하는 게 좋을 듯싶군요."

그러고는 잠깐 뜸을 들였다가 범요에게 물었다.

"여보게 아우님, 그 현명이로가 제일 좋아하는 게 뭔지 아는가?"

범요는 빙긋 웃더니 내처 대답했다.

"늙은 사슴은 여색을 좋아하고, 두루미 영감은 술이라면 사족을 못 쓰지요. 세상 살아가는 데 그런 것 말고 달리 좋아할 게 뭐 있겠소?"

양소가 다시 장무기를 돌아보고 물었다.

"교주님, 혹시 십향연근산처럼 사람의 뼈마디와 근육이 녹신녹신하게 풀려서 공력을 끌어올리지 못하게 만드는 약물 같은 게 없습니까?"

장무기가 곰곰이 생각하더니 빙그레 웃으며 말했다.

"사람의 전신을 무기력하게 만들어 혼곤히 졸음이 오고 내력을 끌어올리지 못하게 하는 건 별로 어려운 일은 아닙니다. 그러나 공력이 뛰어난 고수한테 쓰면 고작 반 시진도 못 되어 약효가 사라집니다. 십향연근산처럼 지독한 것을 만들 방법은 없습니다."

"하하! 그럼 됐습니다. 약효가 반 시진만 지속되어도 충분하니까요. 저한테 계략이 하나 있는데, 쓸모가 있는지 없는지 교주님께서 판단해주셔야겠습니다. 사실 계략이라곤 해도, 박쥐왕의 이름처럼 일소一笑의 값어치도 없는 얘긴지 모르겠습니다. 우선 범 아우가 무슨 방도를 세워서 학필옹을 끌어내 술판을 벌이는 겁니다. 그리고 술병에 교주님이 조제한 약물을 타서 마시게 하고, 범 아우가 먼저 두루미 영감의 십향연근산에 중독되었다고 한바탕 난동을 부리는 겁니다. 그럼 해독약이 두 늙은이 가운데 누구 손에 있는지 당장 알아낼 수 있겠지요. 그런 다음에 기회를 틈타 약부터 빼앗아 사람들을 구해내는 겁니다."

양소의 의견에 장무기가 고개를 갸우뚱했다.

"참 좋은 계획이긴 하오만, 성공 여부는 학필옹의 천성에 달린 셈이로군요. 범 우사는 어떻게 보십니까?"

범요는 신중한 기색으로 양소가 내놓은 계략을 처음부터 끝까지 상상해보았다. 계략이 단순한 것이 허술해 보이면서도 별다른 허점은 없어 보였다.

"제가 생각하기로는 양소 형님의 계략이 쓸 만합니다. 학필옹의 성격이 모질고 악랄하기는 해도, 음흉하고 지혜가 많은 녹장객에게는 훨씬 못 미치지요. 만일 해독약이 학필옹의 몸에 감춰져 있다면 제 무공 실력이 그에게 미치지 못한다 해도 어떻게 해서든지 손에 넣을 수는 있을 겁니다."

"만일 녹장객에게 있다면?"

양소의 물음에 그는 이맛살부터 찌푸렸다.

"그렇다면 적지 않게 애를 먹겠는데요."

그는 궁둥이를 털고 일어나 고갯마루 주변을 한참 동안 서성거리더니 갑자기 손뼉을 탁 쳤다.

"이러는 수밖에 없겠군요! 녹장객이 워낙 눈치 빠르고 빈틈이 없는 위인이라, 섣불리 속이려 들었다가는 오히려 계략을 간파당하기 십상입니다. 그자의 양심에 찔릴 만한 약점을 잡아서 협박하면, 그 늙은이도 자신에게 유리한 게 뭔지 경중을 따져보고 우리 요구에 굴복할지도 모릅니다. 물론 이런 무모한 행위는 위험성이 적지 않으니 산통을 깨뜨릴 수도 있겠지만, 지금 우리한테는 그것밖에 달리 해볼 좋은 계책이 없군요."

"그래, 녹장객이 양심에 가책을 느낄 만한 게 뭐가 있을까? 여색을 즐기는 걸 보면 몸은 늙어도 마음은 늙지 않았다 그런 얘긴데, 혹시 아우님한테 꼬투리를 잡힐 만한 것이 뭐 있나?"

"올봄 여양왕이 애첩을 하나 받아들이고 무척 기분 좋은 나머지 우리 심복 부하 몇몇을 화청花廳에 초대해서 잔치를 연 적이 있습니다. 여양왕은 애첩의 미모를 자랑하려고 우리 술잔에 술을 따르게 했지요. 그때 녹장객이 음흉한 눈알을 뒤룩뒤룩 굴리면서 군침을 몇 모금이나 꿀꺽 삼키는 것을 보았습니다. 색욕이 아주 크게 동한 눈치였습니다."

"그래서 어찌 되었소?"

위일소가 흥미롭다는 듯이 내처 물었다.

"나중에야 뭐 별일 있었겠습니까. 제아무리 간덩어리가 부었다 해도 감히 왕의 애첩을 넘볼 수는 없을 테니까요."

"음흉하게 소도둑같이 눈알을 몇 번 뒤룩거렸다고 해서 양심에 가책이 되는 일이라고 할 수는 없지 않소?"

"물론 그 정도로 양심에 가책을 느낄 만한 일은 아니지요. 하나 그 늙은이가 양심에 가책을 느끼도록 우리가 일을 꾸밀 수는 있습니다. 아무래도 이 일은 박쥐왕 어른이 수고를 해주셔야겠습니다. 위 형은 경공신법이 뛰어나시니까, 그 재간으로 여양왕의 애첩을 낚아채다가 녹장객 영감의 침대 위에 놓아두십시오. 그럼 이 늙은이는 십중팔구 제 욕심을 참지 못하고 한바탕 놀아날 게 분명합니다. 물론 막바지 순간에 이성을 되찾아 그 짓을 벌이지 않을 수도 있겠지요. 하지만 그래도 소용없습니다. 결정적인 순간에 그놈의 방으로 내가 뛰어들기만 하면 입이 열 개라도 변명할 여지가 없을 테고, 주인의 애첩을 범한 죄는 황하의 강물을 모조리 퍼다 끼얹어도 씻지 못할 테니까요. 그럼 내가 요구하는 대로 해독약을 고분고분 쌍수로 떠받들어 올릴 수밖에 없겠지요."

"하하하! 그것참 묘책이로군!"

양소와 위일소가 동시에 손뼉을 쳐가며 웃음보를 터뜨렸다.

"훔친 장물을 남의 집에 갖다놓고 절도죄를 뒤집어씌우다니, 참으로 고명한 수법일세. 음탕한 녹장객이 제아무리 간교하고 눈치가 빠르다 해도 꼼짝없이 망신살이 뻗쳐 낙심천만일 걸세."

장무기는 화가 나기도 하고 우습기도 했다. 자신이 거느린 이 사마외도의 무리는 하는 짓이 간살맞고 악랄한 것이 조민 일당과 별로 다를 바 없었다. 하나는 선을 위해, 다른 하나는 악을 위해 그런 짓을 저지른다는 점에서 큰 차이가 있었다. 음흉한 방법으로 악독한 자를 응징하는 셈이니 의술에서 독약으로 중독 환자를 고치는 이독공독以毒攻毒이라고나 할 것이었다.

장무기가 미소를 지으며 말했다.

"여양왕의 애첩에겐 좀 안된 일이군요."

범요가 덩달아 웃으며 대답했다.

"제가 좀 일찌감치 방 안에 뛰어들어 그놈의 늙은 사슴이 진짜 재미를 못 보게 만들면 될 겁니다."

이윽고 네 사람은 상세한 대목까지 의논을 마치고 할 일을 분담했다. 해독약을 빼앗은 다음에는 범요가 보탑에 올라가 소림, 무당을 비롯한 육대 문파 고수들에게 약을 나눠 복용시키기로 했다. 장무기와 위일소는 절간 바깥에서 호응하되 일단 범요가 불꽃 연기 신호를 쏘아 올리면 그 즉시 사찰 주변의 민가에 불을 놓아 대혼란을 일으키기로 했다. 해독약을 먹고 공력이 회복된 육대 문파 고수들은 그 혼란을 틈타 도망쳐 나오고, 양소는 사전에 마필을 사들이고 마차를 준비해 서문 밖에서 기다리고 있다가 저들이 성 밖으로 탈출하는 즉시 말과 마차에 나눠 태우고 대도를 빠져나가기로 계획을 세웠다. 그리고 모두 평창현平昌縣에서 다시 만나기로 약속했다.

민가에 불을 지른다는 계획에 장무기는 무고한 인명까지 해치는 것이 꺼림칙해 반대 의사를 보였으나, 양소는 딱 부러지게 받아들이지 않았다.

"교주님, 세상일은 간혹 양면을 다 온전히 하기 어려울 때가 있습니다. 우리가 육대 문파 사람들을 구하는 것은 훗날 몽골 오랑캐를 이 땅에서 몰아내기 위함이 아닙니까? 그때에는 온 천하 만백성이 복을 누리게 됩니다. 그러기 위해서 오늘 몇백 명에게 누를 끼치는 것도 부득이한 일이라고 봅니다. 대를 위해 소를 희생하는 것도 어쩔 수 없는 노릇 아닙니까?"

의논을 끝내자, 네 사람은 그 자리에서 헤어져 성안으로 들어갔다. 그리고 각자 맡은 일을 서두르기 시작했다. 양소는 마필을 구입하고 마차를 세냈다. 장무기는 마취약을 조제했다. 약 성분을 감추기 위해 세 가지 향료를 첨가해 술에 섞어 마실 때 더욱 향기롭고 순한 맛이 돌게 했다. 위일소는 길거리 장터에 나가 큼지막한 포대 자루를 하나 사서 날이 어두워질 때까지 기다렸다가 여양왕 부중으로 귀신같이 숨어들었다.

당시 범요와 현명이로, 그리고 그 부하들은 생포한 육대 문파 고수들을 지키기 위해 만안사 절간에 머무르고 있었다. 조민은 여전히 왕의 저택에 거처하면서 날마다 늦저녁 무예를 배워 익힐 때가 되어서야 마차를 타고 만안사로 건너오곤 했다.

범요는 장무기가 지어준 마취약을 가지고 만안사 절간으로 돌아갔다. 지난 30여 년 동안 지리멸렬하던 명교가 오늘 다시 중흥할 가능성을 보게 되었으니 지금까지 겪어온 그 숱한 고초가 헛되지 않았다는 생각에 위안을 받고, 돌아가는 걸음걸이마저 홀가분해졌다. 장 교주는 무공 실력도 뛰어날뿐더러 사람 됨됨이마저 아주 인자하고 의로워 뭇 사람을 진심으로 굴복시키고도 남을 만한 인물이었다. 단지 마음씨와 수단이 모질지 못하고 어수룩한 면을 보여 아녀자들처럼 쓸데없는 일에 이러쿵저러쿵 딴소리를 늘어놓는 점이 옥에 티라고나 할까, 그 나머지는 자신이 떠받들고 모셔야 할 교주로서 흠잡을 데가 없는 인재였다.

그는 절간 서쪽 곁방에 거처하고 있었다. 현명이로는 후원 보상정사寶相精舍에 유숙했다. 평소 그는 이들 두 형제의 무공 실력이 대단해서 무심결에라도 자신의 정체가 드러날까 봐 될 수 있는 대로 그들과의 접촉을 피했다. 따라서 쌍방의 거실도 아주 멀찌감치 떨어져 피차 얼굴을 마주 대할 기회조차 거의 없었다. 그런데 이제 새삼스레 학필옹을 초청해서 술자리를 마련해야 할 처지가 되었으니 상대방에게 이쪽 의도가 들통 나지 않도록 단단히 주의해야 했다.

흘끗 후원 쪽을 바라보았더니 석양이 비스듬하게 기울어 13층 보탑 아래쪽 절반은 이미 햇볕이 들지 않아 어두컴컴하게 그늘이 졌다.

탑 꼭대기 유리 기와를 비추던 햇빛마저 차츰 옅은 광채로 흐려지고 있었다.

그는 학필옹을 끌어낼 뾰족한 수가 좀처럼 떠오르지 않아 마음을 다잡지 못한 채 우선 뒷짐을 지고 어슬렁어슬렁 후원 쪽으로 걸어갔다. 그런데 갑자기 어디선가 고기를 삶는 구수한 냄새가 바람결에 실려와 콧속으로 스며들었다. 고기 냄새는 보상정사 맞은편 곁방에서 풍겨오고 있었다. 그곳은 바로 신전팔웅 가운데 손삼훼와 이사최가 거처하는 숙소였다.

한순간 머리에 퍼뜩 영감이 떠올랐다. 범요는 시치미 뚝 떼고 저들의 숙소인 곁방 앞으로 건너가 방문부터 활짝 밀어젖혔다. 그러자 고기 삶는 냄새가 코를 푹 찔렀다. 이사최는 땅바닥에 엉거주춤 쭈그려 앉은 자세로 숯불이 벌겋게 타오르는 화로에 연신 부채질을 하느라 정신없고, 화로 위에는 큼지막한 오지항아리가 놓여 있었다. 부채질 바람에 시퍼런 불꽃이 활활 솟구치는 대로 오지항아리 안에서 잘 익은 고기 냄새가 뜨거운 김을 타고 뿜어져 나왔다. 손삼훼는 젓가락에 밥주발을 챙겨서 늘어놓느라 곁도 돌아보지 않았다. 단짝 형제 둘이서 오붓하게 잔치를 연 모양이었다.

두 사람은 범요가 문짝을 밀어 열고 들어서자 흠칫 놀랐다. 그러고는 이 벙어리 두타의 얼굴 표정이 무뚝뚝한 기색인 것을 보고 속으로 이거 큰일 났구나 싶었다. 그도 그럴 것이 두 형제는 조금 전에 길거리에 나갔다가 큼지막한 누렁이 한 마리를 잡아서는 자기네 숙소로 살그머니 가지고 돌아와 삶아 먹으려던 중이었다. 만안사는 승려들이 거처하는 정결한 사찰이다. 절간에서 개고기를 삶아 먹다니 이거야말로

부정 탈 짓이 아니고 뭐란 말인가? 다른 사람에게 들켰다면 혹 몰라도 이 고두타는 불문의 제자인데, 만약 그의 성미를 건드려 치고받는 일이 벌어진다면 두 사람은 결코 그의 적수가 될 수 없었다. 더구나 자기네들이 잘못한 일이니 이 무서운 스님에게 얻어터져도 할 말이 없지 않은가?

두 형제가 조마조마하게 가슴 졸이면서 눈치를 살피고 있으려니, 고두타가 벌써 화로 곁까지 다가왔다. 그러고는 오지항아리 뚜껑을 열어젖힌 다음, 그 속에 무엇이 들었는지 물끄러미 들여다보았다. 간이 콩알만 해진 두 형제는 불벼락이 떨어질 것을 각오하고 두 눈을 질끈 감았다. 그런데 고두타가 숨 한 모금을 깊숙이 들이마시면서 고개를 끄덕끄덕하는 것이 아닌가? 벙어리라 말은 못 해도 '냄새 한번 좋다, 좋아!'라고 찬탄하는 기색이었다.

다음 순간, 벙어리 두타의 손이 오지항아리 속으로 푹 들어가더니 국물이 펄펄 끓는데도 아랑곳하지 않고 큼지막한 개고기 한 덩어리를 덥석 건져냈다. 그러고는 입을 딱 벌린 채 고깃덩어리를 통째로 집어넣고 우물우물 씹어 먹기 시작했다. 삽시간에 개고기 한 덩어리를 말끔히 먹어치운 고두타가 혓바닥으로 입술을 핥으며 쩝쩝 소리를 냈다. 기가 막히게 맛있다는 시늉이었다.

손삼훼와 이사쵀 형제가 그것을 보고 기뻐하며 말했다.

"고 대사님, 이리 앉으십시오! 어르신네도 개고기를 좋아하실 줄이야 저희가 정말 몰랐습니다."

고두타는 저들이 청하는 대로 앉는 대신 또 항아리 속에서 개고기 한 덩어리를 움켜 꺼내더니 화로 변에 쭈그린 채 우적우적 씹어 먹기 시작했다. 손삼훼는 그의 환심을 사볼 요량으로 술 한 대접을 듬뿍 따라 권했다. 대접을 받아 입으로 가져간 고두타가 한 모금 마시더니 급작스레 왈칵 뱉어버렸다. 그러고는 손을 코앞에 대고 몇 번 부채질을 했다. 술맛이 너무 형편없어 입에 맞지 않는다는 시늉이었다. 그는 기분이 언짢은 듯 벌떡 일어나 방문을 거세게 열어젖히고 바깥으로 휘적휘적 나가버렸다.

고두타가 씨근벌떡 휑하니 나가버리자, 손삼훼와 이사최는 슬그머니 겁이 나기 시작했다. 그러나 얼마 안 있어 되돌아온 고두타의 손에 큼직한 술 호리병이 들려 있는 걸 보고 뛸 듯이 기뻐했다.

"그러면 그렇지! 우리 술은 당최 고급품이 아니었으니까 고 대사님의 구미에 맞을 리가 있나. 그걸 아시고 좋은 술을 가져오셨으니 이야말로 금상첨화가 아닌가?"

두 형제는 신바람 나게 걸상을 끌어다 얌전히 놓고 개고기 접시에 젓가락과 술잔을 갖춰놓은 다음, 고두타를 모셔다 윗자리에 앉혔다. 그러고는 잘 익은 개고기를 한 쟁반 그득 담아 그 앞에 놓았다. 고두타로 말하자면 무공 실력도 아주 뛰어난 고수인 데다 조민의 수하 중에서도 일류급으로 꼽히는 인물이라 평소 신전팔웅 따위는 그 앞에서 감히 아첨 한 번 떨지 못했다. 그런데 뜻밖에도 오늘 개고기를 실컷 먹여서 이 어르신의 환심을 살 수 있게 될 줄이야 꿈에도 생각지 못한 것이다. 이 벙어리 두타가 기분이 좋아져 한두 가지 절기를 가르쳐줄지도 모르는 일이었다. 그것만 배운다면 한평생 요긴하게 써먹을 수 있을 테니 결코 손해 볼 일은 아닌 것이다.

고두타가 호리병의 마개를 뽑고 술 석 잔을 따랐다. 잔에 찰랑찰랑 가득 찬 술은 황금빛이 감돌고 꿀처럼 걸쭉한 데다 맑은 향기가 코를 찌르게 풍겨나왔다.

"히야, 기막힌 술이군요!"

두 형제가 손뼉을 쳐가며 이구동성으로 탄성을 질렀다.

고두타는 묵묵히 술잔을 들어 화로에 얹힌 냄비 속에 넣어 데웠다. 그러나 속으로는 슬그머니 걱정이 되기 시작했다. 지금 이 시각에 현명이로가 숙소에 있는지 없는지 모르기 때문이었다. 만약 외출해서 아직 돌아오지 않았다면 이 연극은 말짱 헛수고가 되고 말 터였다.

펄펄 끓는 개고깃국에서 더운 김이 무럭무럭 솟아올랐다. 더구나 따끈하게 데워진 술잔에서는 짙은 향기가 더욱 무르익었다. 손삼훼와 이사최가 군침을 꿀떡꿀떡 삼키면서 술잔을 집어 들었다. 데울 것도 없이 찬 술을 그냥 마실 작정이었다. 고두타는 손짓으로 제지했다. 두 사람더러 자기처럼 데워서 마시라는 시늉이었다. 이윽고 세 사람은 돌아가며 냄비 속 끓는 물에 술을 데워 조금씩 아껴 마셨다. 술 향기는 방 안에 가득하다 못해 바깥으로 풍겨나가기 시작했다. 모주꾼 학필옹이 지금 절간 경내에 없다면 모르거니와 그렇지 않고서는 건물 몇 채 건너뛰어 있다 하더라도 사냥개처럼 술 냄새를 맡고 달려올 것이 분명했다.

아니나 다를까, 건너편 보상정사의 널짝 문이 삐거덕 열리는 소리가 들려왔다.

"이것 봐라? 어디서 기막힌 술 냄새가 나는군! 헤헤, 어디야……? 옳거니, 이쪽이로구나!"

학필옹이 잰걸음으로 휘적휘적 뒷마당을 가로질러 오더니 체면 불고하고 다짜고짜 방문을 벌컥 밀어붙이며 들어섰다. 당장 눈길에 잡힌 것은 고두타와 손삼훼, 이사최가 화롯가에 둘러앉아 질펀하게 고기를 뜯고 술 마시는 기막힌 장면이었다. 일순 영문을 모르고 어리둥절하던 그의 입가에 웃음기와 더불어 군침이 돌았다.

"하하, 고 대사도 이런 재미를 아시는군! 우리가 한패인 줄은 까맣게 모르고 있었소이다."

손삼훼와 이사최가 얼른 자리를 털고 일어섰다.

"어이구, 학 어르신! 어서 오십시오. 이 술맛 좀 보세요. 고 대사님이 가져오신 건데, 맛이 아주 기막히게 일품입니다요. 아무 때나 얻어 마시는 술이 아닌뎁쇼?"

학필옹은 듣는 둥 마는 둥 고두타의 맞은편에 자리 잡고 앉았다. 그러고는 벙어리 고두타와 손짓 눈짓으로 인사를 나누더니 곧바로 술잔에 손을 뻗쳤다. 이윽고 두 사람은 허리띠를 끌러놓고 진탕 퍼먹고 마셔대기 시작했다.

사세가 이쯤 되었으니 손삼훼와 이사최는 선불리 그 자리에 끼어 대작할 처지가 못 되었다. 그야말로 주객전도라더니, 두 형제는 제집 잔치에 불청객을 모셔놓고 다 익은 고기 꺼내 담으랴 술 따르랴, 완전히 시중꾼 노릇이나 하는 수밖에 없었다. 술 욕심이 많은 학필옹은 두 사람을 본 척도 않고 제 술잔만 챙겼으나 고두타는 자상하게도 가끔씩 그들의 잔을 채워주었다.

넷이서 한참을 신바람 나게 뜯고 마시다 보니 얼마 안 있어 모두 취기가 얼큰하게 올랐다. 그제야 범요는 이제 일을 시작해도 되겠구나 싶어 남몰래 세 사람의 눈치를 살펴가며 계획한 일에 착수했다. 그는 우선 자기 앞에 놓인 술잔부터 가득 채우고 나서 술 호리병을 밀어놓는 척하다가 툭 쳐서 자빠뜨렸다. 호리병은 밑바닥이 평평한 게 아니라 둥글둥글해서 누이거나 세우거나 편리한 대로 놓아둘 수 있었다. 따라서 술병이 넘어졌다고 해서 놀랄 사람은 없었다.

그가 술을 가지러 갔을 때 미리 준비해둔 이 호리병은 애당초 나무로 된 마개 속을 칼끝으로 파서 그 속에 장무기가 조제해준 마취약 가루를 재여놓았다. 범요는 가루약이 숨겨진 마개의 겉면을 얇은 헝겊 두 겹으로 감싸놓았다. 호리병이 똑바로 세워졌을 때는 가루약이 떨어지지 않기 때문에 네 사람이 마시는 것은 여전히 기막히게 맛좋은 미주美酒였으나, 일단 호리병을 쓰러뜨리면 병 속의 술이 헝겊을 적시고 스며든다. 그러면 가루약이 모조리 녹아내려 호리병 속의 술은 삽시간에 독주로 변하고 마는 것이다.

학필옹이 술잔을 비우자, 범요는 기다렸다는 듯이 곧바로 병마개를 뽑고 호리병째 건네주었다. 학필옹은 우선 자기 잔에 술을 따라놓더니 인심 좋게 손삼훼와 이사최의 잔에도 남실남실 채워주었다. 그러고는 고두타의 잔에도 술을 따르려다 그 잔에 술이 가득 담긴 것을 보고 호리병을 내려놓았다.

"자아, 건배하세!"

네 사람은 일제히 잔을 들어 입으로 가져갔다. 네 목구멍에서 꿀꺽꿀꺽 기분 좋게 술 넘어가는 소리가 들렸다. 결국 범요를 제외한 나머지 셋이 마신 것은 독주였다. 손삼훼와 이사최는 비록 신궁이란 명성을 떨치는 활쏘기의 명수들이었지만 내공은 학필옹의 발치 밑에도 따르지 못할 정도로 약한 터라, 독주가 일단 배 속에 흘러 들어가자 이내 팔다리에 맥이 풀리고 힘을 쓸 수가 없었다.

"어라? 배 속이 좀 이상한데……."

손삼훼가 먼저 투덜거렸다. 뒤미처 이사최도 고개를 갸우뚱거렸다.

"혀…… 형님, 나도 그렇소. 암만 해도 중독된 모양이오!"

그제야 학필옹도 이상한 느낌이 들어 진기를 움직여보았으나 내력이 끌어올려지지 않자 안색이 싹 바뀌었다.

뒤미처 범요가 만면에 노기를 띤 채 벌떡 일어나더니 대뜸 학필옹의 멱살부터 움켜잡고서 "헉헉!" 사납게 거친 숨을 쏟아냈다. 벙어리 흉내를 내왔으니 말로는 감정을 표현할 수가 없는 것이다.

손삼훼가 기겁을 해서 소리쳤다.

"고 대사님, 왜 이러십니까?"

범요는 손가락으로 술을 찍어 탁자에 글씨를 써 보였다. '십향연근산' 다섯 자였다.

손삼훼와 이사최가 대경실색했다. 십향연근산은 바로 현명이로가 관리하고 있었다. 방금 벌어진 상황으로 보건대 고두타와 자기네 두 형제는 이 독약에 중독된 게 분명했다. 두 형제는 서로 눈짓을 주고받았다. 이들은 고두타의 손에 멱살 잡힌 학필옹을 향해 굽실굽실 절하면서 통사정하기 시작했다.

"학 영감님! 저희는 아무 잘못도 안 했습니다. 제발 용서해주십시오."

두 형제는 아무리 생각해봐도 자기네가 학필옹에게 죄를 지은 기억이 전혀 없었다. 이건 틀림없이 고두타를 노리고 쳐놓은 그물에 자기네 형제들마저 재수 없게 걸려든 것이 분명했다. 만일 학필옹이 자기네 두 사람을 처치해버리겠다고 마음먹었다면 구태여 이렇듯 독약까지 써가면서 일을 벌일 필요가 없을 터였다.

그러나 이들보다 당사자인 학필옹의 놀라움은 더욱 컸다. 도무지 꿈에도 이해하지 못할 사태가 벌어진 것이다. 이번 달에 십향연근산을 보관한 사람이 바로 자기 자신이었다. 그 독약은 틀림없이 자신의 애용병기 학취필鶴嘴筆 속에 들어 있었다. 그것을 단 한 치도 몸에서 떼어 놓은 적이 없기 때문에 누군가 이 독약을 훔쳐낸다는 것은 절대로 불가능했다. 그런데 아무리 진기를 끌어올려봐도 조금도 힘을 쓸 수가 없으니, 분명히 십향연근산에 중독된 증세였다. 정말 그렇다면 보통 큰일이 아니었다.

사실 장무기가 조제한 마취약은 약효가 몹시 강렬하긴 했으나 십향연근산에 비하면 어림도 없었다. 그러나 학필옹은 평소 자기들이 쓰는 이 독약이 사람의 진력을 흩어버린다는 얘기만 들었을 뿐, 자기네 형제들이 직접 먹어본 적은 한 번도 없었다. 그러기에 십향연근산과 장무기의 마취약 성분이 전혀 다른데도 끝내 판별해낼 도리가 없었던 것이다.

이제 눈앞에서 휘청거리는 몸뚱이로 손을 부들부들 떨며 자신의 멱살을 잡고 있는 고두타를 그는 당혹스러움과 분노에 질린 채 기가 막힌 표정으로 쳐다보기만 했다. 말 못 하는 벙어리가 어금니를 뿌드득 뿌드득 갈아붙이면서 고리눈을 딱 부릅뜨고 당장에라도 잡아먹을 듯이 사납게 자기를 노려보고 있었다. 귓전에서는 손삼훼와 이사최의 애걸복걸하는 소리가 그치지 않았다.

"고 대사, 너무 역정 내지 마시오. 우리 모두 형제같이 친한 사이인데, 소인이 언감생심으로 고 대사를 해치려 했겠소? 나 역시 중독을 당해서 온몸에 힘을 쓸 수가 없단 말이오. 도대체 어떤 놈이 몰래 이런 짓을 꾸몄는지 정말 이상한 노릇이구려."

학필옹이 떨어지지 않는 입을 열어 변명하자, 범요는 또 손가락으로 술 방울을 찍어 탁자에 글씨를 써 보였다.

'어서 빨리 해독약을 내놓아라!'

그걸 보고 학필옹이 얼른 고개를 끄덕였다.

"암 그래야지요! 우리 먼저 해독약부터 먹고 나서 몸이 풀리거든 이 짓을 꾸민 놈을 찾아내어 분풀이를 합시다. 해독약은 지금 녹 사형이 보관하고 있으니까, 나하고 같이 가서 달라고 합시다."

범요는 속으로 뛸 듯이 기뻤다. 양소의 계략이 기막히게 들어맞은 것이다. 이렇게 쉽사리 해독약의 소재를 알아낼 줄이야 꿈에나 생각했겠는가?

그는 학필옹의 오른 팔뚝을 꼼짝 못 하게 단단히 움켜잡고 일부러 비틀거리는 걸음걸이로 앞마당을 가로질러 보상정사로 건너갔다. 손삼훼와 이사최도 서로 부축한 채 뒤따라 나섰다.

학필옹은 고두타가 제대로 서지 못하고 비틀거리는 모습을 보자 내심 기뻐했다. '이놈의 고두타, 무공 실력이 대단한 줄 알았는데 이제 보니 우리 현명이로에 비해 내공이 형편없이 약하구나! 그동안 기회가 없어서 우열을 가리지 못했는데, 이 정도 중독된 걸 가지고 정신을 못 차려 허둥거리다니 진작 이런 줄 알았다면 그렇게 깍듯이 대우해 주지도 않았을 텐데, 우리 형제가 깜빡 속았구나.'

이윽고 네 사람은 보상정사 앞에 다다랐다. 정사 남쪽에 붙은 곁방이 학필옹의 처소였고, 녹장객은 북쪽에 딸린 곁방에 거처하고 있었다. 주인이 어딜 나갔는지, 북쪽 곁방의 방문은 단단히 닫혀 있었다.

"사형, 안에 계시오?"

학필옹이 부르자 방 안에서 인기척이 나더니 녹장객의 목소리가 들려나왔다.

"누구야?"

학필옹은 사형이 있는 걸 알고서 여느 때처럼 들어가려고 문을 밀었다. 그런데 무얼 하고 있는지 문이 열리지 않았다.

"사형, 나요! 문 좀 빨리 열어요. 급한 일이 있소!"

"뭐가 그리 급하단 말이야? 난 지금 내공 수련 중이니까, 시끄럽게 굴지 말고 나중에 다시 오게!"

뜻밖에도 녹장객이 문전박대를 했다. 학필옹은 더 채근하지 못하고 떨떠름한 표정으로 입맛을 쩝쩝 다셨다. 두 사람이 한 스승 밑에서 무공을 배워 실력은 엇비슷하지만 녹장객의 나이가 많고 지혜와 모략 또한 월등하게 높아 평소에도 학필옹은 그를 존경하고 어렵게 대해온 터였다. 그러니 이제 사형이 달갑지 않은 말씨로 퉁명스레 대꾸하는 소리를 들었으니 감히 더는 부르지 못하고 머뭇거릴 수밖에 없었다.

그러나 범요는 이 마당에 와서 더 이상 지체해선 안 되겠다는 생각이 들었다. 만약 지금 당장에라도 마취제의 효과가 떨어지는 날이면 이 놀음은 끝장나고 말 터였다. 그는 이러쿵저러쿵 입으로 따질 것도 없다는 듯이 대뜸 방 문짝을 어깨로 밀어버렸다. 안에서 질러놓은 빗장이 와지끈 부러져 나가면서 방문이 활짝 열렸다.

침상 머리에 서 있던 녹장객은 느닷없이 방 문짝이 부서지는 소리에 흠칫 놀라 뒤돌아보았다. 얼굴에는 당황한 기색, 얄궂은 기색이 역력했다.

범요는 침대 위에 길게 누운 여자를 발견했다. 머리통만 내밀고 마치 보쌈질을 당한 듯 온몸이 얇은 이불에 싸인 채 끈으로 친친 동여맨 모습이었다. 치렁치렁한 머리카락을 이불 바깥으로 늘어뜨렸는데, 그 머리카락 사이로 드러난 살갗이 백옥처럼 뽀얗고 매끄러웠다. 그는 보쌈질을 당한 여인의 정체를 단번에 알아보았다. 바로 조민의 아버지 여양왕이 새로 맞아들인 절세의 미녀 애첩 한희韓姬였다. 그는 속으로 혀를 내둘렀다. '박쥐왕의 재주가 정말 비상하기 짝이 없구나. 혈혈단신으로 여양왕의 저택 안을 제집처럼 드나들면서 그 숱한 후궁들 가운데 한희를 귀신같이 찍어서 납치해오다니, 이런 솜씨를 과연 누구에게서 다시 볼 수 있을 것인가?'

사실 여양왕의 저택은 경계 태세가 삼엄하기는 했어도 호위 무사들이 신경을 쓰는 대상은 주로 여양왕 차칸테무르와 왕세자 쿠쿠테무르, 그리고 중국식 이름으로 조민이라 불리는 소민군주 민민테무르 세 사람뿐이었다. 여양왕의 측실은 그 수가 적지 않게 많은 데다 깊은 저택 여기저기에 흩어져 살고 있었다. 그런데 이 숱한 왕의 애첩을 어떤 미친놈이 목숨 걸고 침입해서 업어갈 수 있단 말인가? 하지만 위일소는 제아무리 왕의 저택에 철통같은 경비망을 쳐놓았다 해도 귀신도 모르게 잠입할 수 있었고, 눈 깜짝할 사이에 한희를 찾아내 보쌈질해온 것이다.

정작 위일소가 당황한 것은 녹장객의 처소 방문 앞에서였다. 무슨 수를 써서든지 한희를 그 방 안에 들여다놓아야 하는데, 주인 영감이 안에서 꼼짝도 하지 않는 것이다. 그는 애물덩어리를 업은 채 반나절이나 안절부절못하다가, 녹장객이 뒷간에 일 보러 간 틈을 타서 겨우 침대 위에 여자를 누여놓고 살그머니 빠져나올 수 있었다.

볼일을 보고 자기 방으로 돌아온 녹장객은 침대 위에 난데없이 웬 여자가 누워 있는 것을 발견하자, 그 즉시 지붕 꼭대기로 솟구쳐 올라 사면팔방을 두루 살펴보았다. 하지만 그 시각에 위일소는 벌써 10리 바깥으로 멀찌감치 달아난 뒤라, 녹장객이 아무리 사방을 둘러보아도 수상한 기척을 발견할 수 없었다. 그저 건너편 신전팔웅이 묵고 있는 처소에서 왁자지껄하게 술판을 벌이는 소리만 들려올 따름이었다.

녹장객은 별 고얀 노릇도 다 있구나 싶어 의구심을 떨쳐버리지 못하면서도 한밤중에 소동을 벌이고 싶지 않아 다시 뛰어내려 제 방으로 돌아왔다. 침대 위에 누운 여인의 얼굴 모습을 살펴보던 녹장객은 그만 입이 딱 벌어지고 말았다. 바로 절세미인 한희였던 것이다.

여양왕이 한희를 총희寵姬로 맞아들이던 그날, 왕은 기분이 좋아서 부하들 중에 내로라하는 심복 고수들만 몇몇 불러들여 술잔치를 베풀었다. 한희는 인사 겸해서 초빙된 고수들에게 돌아가며 술을 한 잔씩 따라주었는데, 어쩌자고 그랬는지 녹장객 앞에서 살살 녹을 듯이 간드러진 웃음기를 던지고 지나갔다. 그 웃음 한 번에 녹장객은 오만 간장이 다 무너져 내리고 말았다. 그는 이미 인생의 황혼기에 접어든 고령이면서도 여색이라면 사족을 못 썼다. 한평생 그 음욕을 충족시키기 위해 얼마나 많은 양갓집 부녀자가 아까운 몸을 망쳤는지 그 수를 헤아릴 수도 없었다. 잔칫날 한희의 요염한 미색에 홀린 녹장객은 그 후 두고두고 시름에 빠져 장탄식으로 나날을 보내야 했다. 만일 여양왕의 눈에 들기 전에 녹장객에게 발견되었더라면 아마도 그 손아귀를 벗어나지 못했을 터였다. 그러나 얼마쯤 시일이 흐른 뒤, 녹장객은 새로운 노리갯감을 찾아냈고 그녀에게 홀딱 빠져 한희에 대한 상념이 차츰 흐려졌다. 그런데 오늘 난데없이 한희가 하늘에서 떨어지기라도 한 듯 그의 침대 위에 나타난 것이다.

녹장객은 놀라움과 반가움 속에서도 잠시 머리를 굴렸다. 아무래도 덥석 집어삼키기에는 너무 엄청난 떡이었다. 하지만 그는 마침내 현실적인 결론을 내렸다. 자신의 맏제자 우왕아푸烏旺阿普 녀석이 스승의 상사병을 눈치채고 소원을 풀어주겠다는 일념에서 한희를 남몰래 보쌈질해다 바친 것이라고 생각한 것이다.

얇은 홑이불에 싸인 절세미인 한희를 그는 곁눈질로 훔쳐보았다. 감히 상전으로 모시는 여양왕의 소실을 정면으로 마주 바라보기엔 속이 저렸다. 그는 저도 모르게 침을 꿀꺽 삼켰다. 눈처럼 하얀 목덜미와 홑이불 끝자락 아래로 살며시 드러난 맨살의 어깨머리를 보니 그 안에 옷도 입지 않은 것 같았다. 두방망이질 치는 가슴의 고동을 억누르면서 녹장객은 그녀 곁으로 다가서서 상반신을 굽히고 속삭여 물었다. 이게 어찌 된 영문이냐고…… 연거푸 몇 차례 물었으나 시종 대꾸가 없었다. 그제야 녹장객은 그녀가 누군가의 손에 혈도를 찍혔음을 깨닫고 우선 아혈啞穴부터 풀어줄 셈으로 막 손을 뻗치려는데, 그만 사제 학필옹의 기척이 문밖에서 들려온 것이다. 어디 그뿐인가, 학필옹을 고함쳐 쫓아내려는 판국에 느닷없이 고두타가 왁살스레 방문을 때려 부수고 들이닥치는 게 아닌가?

평생을 살아오면서 모진 풍파 속에 변고도 숱하게 겪어본 녹장객이었으나, 이토록 낭패스러운 경우를 당해보기는 처음이었다. 잠깐 방을 비운 사이에 오매불망 그리워하던 한희가 침대 위에 누워 있질 않나, 이날 이때껏 자기네 숙소 근처에는 그림자도 얼씬거리지 않던 고두타란 녀석이 나타나서 다짜고짜 문짝을 때려 부수고 들어오질 않나……. 고두타의 밉살맞은 눈초리가 한희의 몸뚱이에 쏠린 것을 보고 녹장객은 천길만길 낭떠러지 아래로 굴러떨어지는 절망감에 휩싸였다.

'이젠 끝장났구나! 애첩이 납치당한 것을 알고서 여양왕이 나를 잡아오라고 이 벙어리 두타 녀석을 보낸 게 틀림없다. 일이 이쯤 되고 보면 더 변명할 여지도 없지 않은가? 그저 삼십육계 줄행랑이나 놓을 수밖에……'

그는 대뜸 자신의 애용 병기인 녹각장鹿角杖부터 쓰윽 뽑아 들고 나머지 한 손으로 한희를 끌어안았다. 그러고는 창문을 부수고 뛰쳐나갈 자세를 취했다. 그런데 학필옹이 다급하게 불러 세웠다.

"사형, 어서 해독약을 내놓으시오!"

"뭐라고?"

"나하고 고 대사가 십향연근산에 중독되었소. 어떻게 된 영문인지 전혀 모르겠소만……."

"아니, 그게 무슨 말인가?"

사형의 물음에 학필옹은 자초지종 사연을 한바탕 늘어놓을 수밖에 없었다. 얘기를 듣는 동안 녹장객의 눈살이 저절로 찌푸려졌다. 아무래도 믿지 못하겠다는 기색이었다.

"십향연근산은 자네가 보관하고 있지 않은가? 어떻게 해서 그 독약이 자네 입으로 들어갔단 말이야?"

"나도 영문을 모르겠소. 우리 넷이서 한참 기분 좋게 술타령을 하고 있는데 갑작스레 한꺼번에 중독된 거요. 녹 사형, 어서 우리한테 해독약부터 먹여주시구려. 진상 조사는 그다음에 합시다."

녹장객은 그제야 놀란 가슴이 겨우 가라앉았다. 그는 품에 안았던 한희를 슬그머니 도로 침상에 누이면서 그녀의 얼굴을 벽 쪽으로 돌려놓았다. 학필옹은 평소부터 사형이 호색한인 줄 뻔히 아는 터라, 방 안에 계집이 누워 있다고 해서 새삼 이상하게 여기지 않았다. 더구나 자기 몸이 중독되어 정신 차릴 여유도 없는데 그녀가 누군지 신경 쓸 경황이 어디 있겠는가? 지금 같은 상황이 아니더라도 학필옹은 한희의 용모를 알아보지 못할 터였다. 여양왕이 술잔치를 베풀던 날에도 그는 온통 술 퍼마시는 데 정신이 팔려서, 온갖 화려한 노리개 장식으로 몸단장을 한 상전의 새 여자가 절색인지 곰보에 언청이인지 돌아볼 겨를조차 없었던 것이다.

역시 녹장객은 심지가 깊은 인물이었다. 학필옹의 얘기나 고두타의 출현에 아무래도 무엇인가 납득하기 어려운 복선이 깔려 있다고 의심했다.

"고 대사께선 잠시 학 사제의 방으로 가서 쉬고 계시지요. 제가 곧 해독약을 가져다드릴 테니까."

그는 이렇게 둘러대면서 학필옹과 범요 두 사람을 슬쩍 떠밀어 방문 바깥으로 쫓아냈다. 가벼운 손길이었으나 그 바람에 학필옹은 당장 쓰러질 것처럼 휘청거렸다. 범요 역시 공력을 모조리 잃어버린 사람처럼 비틀거려 보였다. 그러나 내력이 워낙 깊고 두터운 그는 외부에서 급작스레 압력을 받자 어쩔 수 없이 무의식중에 본능적으로 저항력이 발생하고 말았다.

녹장객은 두 사람의 반응에서 즉각 사태의 진상을 알아차렸다. 사제 학필옹이 내력을 잃어버린 것은 확실했다. 그러나 고두타는 거짓으로 꾸며대고 있음이 분명했다. 그는 혹시나 잘못은 아닐까 싶어 다시 한번 시험해보기로 했다. 그래서 이번에는 힘껏 두 사람을 밀쳐냈다. 학필옹과 고두타는 다시 두 다리가 휘청거리면서 바깥으로 밀려났다. 그런데 똑같이 비틀거리기는 했으나 한 사람은 무릎 아래가 맥없이 들뜬 채 휘청거렸고, 다른 하나는 발밑이 사뭇 단단하고 착실하게 땅바닥을 딛고 서는 게 아닌가?

"아니, 형님. 왜 자꾸 떠미는 거요?"

두 차례나 떠밀린 학필옹이 짜증 난 말투로 항의했으나, 녹장객은 그 말에는 대꾸하지 않고 범요를 향해 의미심장한 미소를 던졌다.

"고 대사, 정말 실례했소이다."

그는 일부러 손을 내밀어 범요를 부축해 일으켰다. 그런데 공교롭게도 그 손길이 닿은 곳은 고두타의 팔목 회종혈會宗穴과 외관혈外關穴 두 급소가 아닌가!

녹장객의 손속을 보는 순간, 범요는 일이 발각되었음을 직감했다. 그는 즉시 왼손을 휘둘러 곁에 있던 학필옹의 등줄기 혼문혈魂門穴부터 세차게 후려쳤다.

"우왓!"

느닷없이 고두타의 호된 일격을 등줄기에 얻어맞은 학필옹이 외마디 비명을 질렀다. 가뜩이나 마취약에 중독되어 맥이 풀린 상태에서 기습적으로 급소를 강타당했으니 배겨날 도리가 있겠는가. 삽시간에 학필옹은 온몸이 나른하게 풀려 그 자리에 축 늘어지고 말았다. 아마도 한두 시진 이내에는 손가락 하나 까딱할 수 없을 게 분명했다.

"흐흐흐흐!"

범요의 입에서 차가운 비웃음이 흘러나왔다. 상대방의 고수 둘 가운데 하나를 거뜬히 제압해버린 것이다. 일대일로 맞서 싸운다면 녹장객 한 사람쯤이야 별로 두려울 게 없었다. 그는 마침내 녹장객을 향해 입을 열었다.

"그대는 목숨이 아깝지도 않은가? 담보 한번 크시군. 여양왕의 애첩을 감히 도둑질하다니!"

"앗!"

이번에는 현명이로의 입에서 이구동성으로 경악에 찬 실성이 터져 나왔다. 세상에 이럴 수가! 벙어리 고두타가 말을 하다니……. 두 형제는 귀신에게 홀린 듯이 고두타를 멍하니 바라보았다. 고두타와 만난 지 벌써 15~16년이 넘었다. 그 오랜 세월을 함께 지내오는 동안 고두타가 입 한 번 벙끗하는 것을 본 적이 없었기에 이들은 그가 타고난 벙어리인 줄로만 알고 있었다.

다음 순간, 녹장객은 자신이 위험한 지경에 처했음을 직감적으로 깨달았다. 오래전부터 고두타가 자기네 형제에게 호의를 품지 않았다는 것을 눈치채기는 했으나, 이자가 15년 세월을 은인자중하고 벙어리 행세를 해오던 비밀까지 스스로 드러낸 것으로 보아하니, 오늘 사태가 우연히 벌어진 게 아니라 벌써부터 용의주도하게 계획한 일임을 알 수 있었다.

"호오, 이제 보니 고 대사께선 진짜 벙어리가 아니셨군. 허허허! 그토록 오랫동안 고생해가면서 남의 이목을 속인 의도가 뭐였소?"

"여양왕 전하께서 그대가 흑심을 품어 불궤不軌를 도모하고 있음을 아시고, 나더러 벙어리 노릇을 하며 그대 형제 두 분을 감시하라 명하셨소."

범요의 대꾸에는 사실 억지가 다분히 섞여 있었다. 잘 곱씹어보면 허점이 한두 군데가 아니었다. 하지만 당장 녹장객의 침대 위에는 여양왕이 총애하는 계집이 뒹굴고 있는 데다, 녹장객 자신도 엉큼한 생각을 품은 것은 사실이 아닌가? 그러니 뒤가 켕긴 녹장객은 의심을 버리지 못하면서도 고두타의 말을 믿지 않을 수 없었다. 더구나 여양왕이 평소에도 자기 신하들에 대해 곧잘 이런 술책으로 감시하는 줄 아는 터라, 그만 눈앞이 캄캄해지면서 온몸에 맥이 탁 풀리고 말았다.

그는 슬그머니 녹각장을 단단히 움켜쥐면서 고두타에게 수작을 걸었다. 고분고분히 끌려가지는 않겠다는 자세였다.

"전하께서 날 잡아오라고 명하셨단 말인가? 흐흐흐, 당신 고 대사의 무공이 제법 높다고는 해도 이 녹장객을 만만하게 오랏줄로 묶을 수 있을지 모르겠군!"

"하하하! 녹 선생, 이 고두타의 무공 실력이 당신보다 월등하지는 못하다 해도 아마 그 차이가 별로 크지는 않을 거요. 날 쳐서 패배시키려면 100~200초 안에는 해낼 수 있을까 모르겠군. 3~4초식쯤 날 이기기는 어렵지 않겠으나, 당신이 제아무리 날고 기는 재주가 있다 하더라도 한희를 겨드랑이에 끼고 또 사제분까지 구해서 데려가려면…… 글쎄요, 당신 녹장객에게 그럴 만한 능력이 있을까? 아무래도 벅찰 거외다."

녹장객이 흘끗 사제를 돌아보았다. 고두타의 말은 허풍이 아니었다. 자기네 동문 사형제는 어려서부터 한 스승 밑에서 동문수학하며 무예를 익혀온 사이였다. 청장년 시절을 보내고 노년기에 접어든 오늘날까지 수십 년 동안 함께 살아오면서 단 하루도 떨어져본 적이 없었다. 두 사람 모두 일가 처자식도 없이 오로지 서로만을 제 목숨처럼 의지하고 살아왔다. 이런 아우를 내팽개치고 혼자만 도망쳐 달아나다니, 그것은 꿈에도 생각지 못할 일이었다. 이윽고 병기를 단단히 움켜잡았던 녹장객의 손아귀에서 힘이 스르르 풀려났다.

범요는 녹장객의 마음이 흔들리는 낌새를 채고 이제껏 문밖에서 서성거리고 있던 손삼훼와 이사최를 고함쳐 불러들인 다음 방문을 걸어 잠갔다.

"녹 선생, 이 일은 아직 외부에 드러난 것은 아니오. 잘하면 이 고두타의 선에서 적당히 눈감아드릴 수도 있을 거요."

"어떻게 눈감아줄 수 있단 말이오?"

녹장객이 뜻밖이라는 듯이 의아한 기색으로 물었다. 범요는 대꾸하는 대신에 번개같이 손바닥을 뒤집어 손삼훼와 이사최의 아혈과 연마혈軟麻穴을 찍어 순식간에 벙어리 전신마비로 만들었다. 목표물을 돌아보지도 않고 내찌르는 솜씨가 빠르기도 하려니와 등 뒤로 겨누어서 혈도를 맞히는 정확성에 녹장객조차 속으로 탄복을 금치 못했다. 귓결에 고두타의 목소리가 계속 들려왔다.

"당신이야 물론 자기 입으로 떠벌려 소문낼 리 없을 테고, 아우님 되시는 분도 일부러 형님 되시는 분을 난처한 지경에 빠뜨릴 턱이 없을 테고…… 이 고두타는 당최 벙어리였으니까 앞으로도 여전히 말 못 하는 벙어리일 테고. 그런데 이들 손씨와 이씨 두 형제분은 어떻게 할까? 고두타가 당신을 위해 사혈을 찍어 입막음해버려도 별것은 아닐 텐데…….”

손삼훼와 이사최는 그만 혼비백산하고 말았다. 마른하늘에 날벼락을 맞아도 분수가 있지, 신성한 절간에서 개고기 한번 먹다가 고두타의 계략에 말려들어 귀신도 모르게 비명횡사를 당해야 하다니! 자기네 형제들과는 눈곱만치도 상관없는 문제에 어째서 자신들이 죽어야 한단 말인가? 마음 같아서는 그저 바짓가랑이라도 붙잡고 매달려서 애걸복걸 살려달라고 빌어보고 싶었으나, 아혈을 찍혀서 입이 열리지 않았다.

범요의 손가락이 다시 한희를 가리켰다.

“문제는 이 아리따운 여자인데, 불초 노납에게 두 가지 방법이 있소. 첫째는 쥐도 새도 모르게 깨끗이 처치하는 방법이오. 이 절세미인과 손씨, 이씨 두 형제분을 한꺼번에 으슥한 곳으로 끌고 가서 단칼에 죽여 파묻어버리자는 거요. 아니면 이렇게 할까? 이 여자하고 요 낯짝 반반하게 생긴 이사최만 끌어다가 한꺼번에 일도양단一刀兩斷으로 요절내버린 다음, 이 고두타가 왕 전하께 이렇게 보고를 올리지. ‘한희와 이사최 두 연놈이 배가 맞아 야반도주하는 것을 발견해서 쳐 죽였습니다.’ 이렇게 말씀 올리면 손삼훼의 한 목숨은 살게 될 테니까.”

“…….”

“두 번째 방법은 녹 선생이 한희를 데려다가 어디 깊숙한 곳에 들키지 않게 숨겨두고 마음껏 재미를 보는 거요. 그렇게 되면 손가하고 이가는 부득불 저승으로 떠나야겠지. 그다음에 일이 터지고 안 터지고는 오로지 녹 선생의 수완에 달렸소. 자, 어떤 방법이 좋겠소?"

녹장객은 저도 모르게 한희가 누워 있는 침상 쪽으로 눈길이 갔다. 애처롭기 짝이 없는 눈망울에 살려달라고 애원하는 빛이 가득 서려 있었다. 입이 열리지 않아 말은 못 해도 방금 고두타가 내놓은 방법 중에 두 번째를 받아들여달라는 뜻이 완연했다. 녹장객은 침을 꿀꺽 삼켰다. 이렇듯 아리따운 천상의 미녀를 단칼에 죽여 없앤대서야 너무 애처롭고 아쉬운 노릇 아닌가?

그는 마음이 크게 흔들렸다. 손삼훼와 이사최 두 형제의 눈길을 따갑게 느끼면서도 짐짓 모른 척 무시해버리고 다시 고두타를 향해 물었다.

"고 대사, 정말 고맙소. 내 처지를 생각해서 이토록이나 주도면밀하게 궁리해두셨을 줄이야 몰랐소. 한데 고 대사께선 내가 무얼 해드리기를 원하시오? 그쪽도 분명 요구하시는 바가 있을 텐데?"

그는 고두타에게도 반드시 어떤 요구가 있으리라고 확신했다. 그렇지 않고서야 절대로 이렇듯 위험을 무릅써가며 좋게 일을 끝내려 할 턱이 없으니 말이다.

범요가 기다렸다는 듯이 천연덕스레 말문을 열었다. 그 입에서는 엄청난 거짓말이 줄줄이 쏟아져 나왔다. 아마도 당사자가 듣는 날이면 당장 사생결단을 내려고 길길이 날뛸 터였다.

"내 요구는 아주 쉬운 것이오. 사실 말이지, 아미파 장문인 멸절사태와 나는 옛날부터 깊은 정분을 나눈 사이였소. 그 주씨 성을 가진 젊은 처녀도 실상 나하고 멸절 비구니가 사사로이 관계를 맺어 낳은 딸이라오. 이쯤 되면 내 말을 이해하시겠소? 나는 십향연근산의 해독약이 필요하오. 녹 선생께서 약을 주신다면 나는 그들 두 모녀를 해독시켜서 내보낼 생각이오. 소민군주에게는 내가 책임지고 잘 말씀드려 해결하리다. 만에 하나, 녹 선생에게 누를 끼치는 일이 생긴다면, 이 고두타와 멸절 비구니 일가족 모두 세세대대로 남자는 도적놈이 될 것이요, 계집은 갈보가 될 것이고, 제명에 죽지도 못할 것이며, 죽어서도 지옥에 떨어져 영세토록 환생하지 못할 것이오!"

그는 녹장객이 어떤 점에서 약한 면을 보이는지 그 성격을 충분히 파악하고 있었다. 여색과 풍류라면 사족을 못 쓰는 그에게 남녀 관계로 설명하면 쉽게 이해시킬 수 있을 것이라 생각했다. 범요는 바로 그런 점을 꿰뚫어보고 이용했다. 같은 풍류남아로 자신의 난처한 사정도 이해해서 녹장객이 제발 해독약을 내어주도록 간청한 것이다. 그런데 하필이면 아미파 장문인 멸절사태를 끌고 들어갔는가? 양소에게서 명교 신도들의 숱한 목숨이 멸절사태의 칼날 아래 희생되었다는 얘기를 들었으므로 가슴속 깊이 그녀에 대한 원한이 쌓여 있었다. 따라서 이따금 풍문으로 나돌던 승려와 비구니 사이에 얽힌 추문을 날조해 퍼뜨려서라도 멸절사태에게 앙갚음을 해주고 싶었다. 그는 평생을 두고 괴팍한 언동을 서슴지 않고 살아온 괴인이었다. 정인군자가 걷는 길이라면 억지로라도 피해갔다. 그렇기 때문에 "세세대대로 남자는 도적놈이 될 것이요, 계집은 갈보가 될 것"이라는 독한 맹세를 거침없이 입에 담고도 전혀 개의치 않았다. 자신을 '도적놈'으로 지목했기로서니 그게 무슨 상관이 있을 것이며, 또 멸절사태를 '갈보'로 지목해서 맹세한 것이야말로 그보다 더 통쾌한 노릇은 다시없을 터였다.

고두타의 통사정을 다 듣고 나서, 녹장객은 한동안 멍하니 생각에 잠겼다가 이내 빙긋이 웃었다. '요 엉큼한 놈의 고두타 녀석, 그따위 짓을 저지르고서 날 협박하는구나. 자기 옛날 애인하고 딸년을 구하려는 마음이야 인지상정이 아니고 뭐냐? 이번 일은 좀 위험하기는 하지만, 절세가인하고 맞바꾸는 것이니 그만한 값어치는 충분히 있으리라.'

녹장객은 고두타를 힐끗 쳐다보았다. 상대방의 눈빛에는 자기한테 간절히 애원하는 기색마저 엿보였다. 그는 선뜻 마음이 너그러워졌다.

"하하하! 그럼 여양왕 전하의 애첩을 보쌈질해서 여기 옮겨놓으신 것도 바로 고 대사의 솜씨였소?"

"이렇게 큰 부탁을 드려야 하는데 어찌 빈손으로 오겠소이까? 마땅히 보답을 해야지요."

녹장객은 여간 기분이 좋은 게 아니었다. 바깥에서 듣는 자가 있을까 두려워 목청을 놓아 시원스레 한바탕 웃지는 못했으나, 그 대신에 소리 없는 춤이라도 덩실덩실 출 듯이 어깨가 들썩거렸다. 그러나 다음 순간, 녹장객은 퍼뜩 의심나는 것이 있었다. 아무래도 이 문제만큼은 짚고 넘어가야 속이 풀릴 것만 같았다.

"한데, 내 아우는 어떻게 해서 십향연근산에 중독되었소? 그 독약을 고 대사가 어디서 구했소?"

"그쯤이야 쉬운 일 아니오? 십향연근산은 아우분께서 보관하고 계시지만, 그는 워낙 술고래가 아니오? 얼큰히 취해 기분 좋을 때면 그 다음에 이 고두타의 솜씨로 무엇이든 빼내지 못하겠소?"

범요는 시침 뚝 떼고 대답했으나 속으로 여간 켕기는 게 아니었다. 이 꼬장꼬장한 녹장객이 '그 독약을 내 아우가 어디다 감춰놓았습디까?' 하고 캐물을까 봐 겁이 난 것이다. 사실 아까 술자리에서 학필옹이 거기까지는 실토하지 않았기에, 범요로서는 지금도 모르고 있었다. 천만다행히도 녹장객의 의혹은 거기서 풀렸다.

"좋소이다, 고 대사! 이 아우가 당신과 친구로서 교분을 맺은 바에야 절대로 당신을 배반하지는 않으리다. 하지만 제발 부탁이니 다시는 내게 이런 못된 장난질일랑은 하지 마시구려."

범요는 껄껄 웃고 나서 한희를 손가락질했다.

"하하하! 다음번에도 이렇게 아리따운 장난감이 있으면 그때에는 녹 선생이 고두타를 한번 옭아 넣어보시구려. 노납도 감지덕지로 당해 볼 테니까 말이오."

두 사람은 마주 바라보고 통쾌하게 웃기는 했으나 제각각 마음속은 딴생각으로 가득했다. 녹장객은 이번 난관을 무사히 넘기고 나서 어떻게 하면 이 못된 놈의 두타 녀석을 소리 소문도 내지 않고 죽여 없앨까 궁리하고 있었다. 범요는 또 그 나름대로 장차 처신해나갈 일을 생각하느라 여념이 없었다. 이 녹장객이 지금은 일시적으로 자기 협박에 무릎을 꿇기는 했지만 현명이로가 얼마나 지독한 작자들인가? 이토록 크게 골탕을 먹고서 그냥 넘어갈 리 없었다. 녹장객이 일단 한희를 적당한 곳에 안전히 숨겨놓고 아우 학필옹의 혈도를 풀어주는 날엔 당장 안면 몰수하고 가차 없이 역습할 위인이었다. 하나 그때쯤이면 자신은 이미 육대 문파 고수들을 모조리 구출해낸 다음일 테고, 그들과 함께 멀찌감치 사라져버린 뒤일 것이다.

녹장객은 그래도 쭈뼛쭈뼛 망설이면서 해독약을 선뜻 내놓지 않았다. 범요는 애가 탔다. 그렇다고 더 애걸하거나 재촉하지 못했다. 머리

회전이 빠르고 의심 많은 녹장객에게 오히려 꼬투리를 잡힐 수도 있기 때문이었다. 그는 전술을 바꾸기로 작정하고 아예 걸상에 털썩 주저앉았다. 그러고는 느긋한 표정으로 목소리까지 높여가며 녹장객에게 수작을 건넸다.

"녹 형, 어서 한희 아가씨의 혈도를 풀어주시구려. 우리 여기서 술판이나 벌여놓고 기분 좋게 취해봅시다. 어떠시오? 촛불 아래 꽃같이 어여쁜 미인이나 감상하면서 잔을 기울이는 것도 별난 흥취가 아니겠소? 이런 염복艷福은 죽었다 깨어나도 두 번 다시 맛보지 못할 거요."

녹장객은 큰일 났다 싶어 얼른 손가락을 제 입술에 갖다 댔다. 제발 조용히 하라는 시늉이었다. 이 만안사 절간에 드나들고 오가는 사람이 얼마나 많은데 큰 소리를 지른단 말인가? 더구나 한희가 자기 방에 머무는 시각이 길면 길수록 들통 날 위험도 그만큼 컸다. 그는 더 지체하지 않고 녹각장을 집어 들더니 사슴뿔 중에 한 가닥을 비틀어 열고서 찻잔에다 가루약을 조금 쏟아부었다.

"고 대사, 당신의 신기묘산神機妙算에는 내 도저히 못 따르겠소. 이 녹장객이 두 손 다 들었소. 자, 여기 해독약이 있으니 당신 좋을 대로 가져다 쓰시구려."

"아니, 요만큼 가져다 누구 코에 바르라는 거요?"

"그 정도 분량이면 두 사람 아니라 예닐곱 명도 넉넉할 거요."

"녹 형, 그렇게 인색하게 굴지 말고 조금만 더 주시구려. 내 솔직히 말씀드리지. 귀하는 꾀가 너무 많아 탈이오. 한 사람 분량도 못 되는 걸 가져갔다가 이 고두타가 당신한테 골탕 먹을까 봐 걱정이 되는 걸 어쩌겠소?"

그가 더 많은 해독약을 요구하자 녹장객은 버럭 의심이 들었다.

"고 대사, 바른대로 말씀하시오. 당신이 구하려는 건 멸절사태와 따님 둘뿐만이 아닌 모양인데, 안 그렇소?"

범요가 막 해명을 하려는데 갑자기 보상정사 주변에서 일고여덟 명의 발걸음 소리가 어지럽게 들리더니 누군가 버럭 고함을 질렀다.

"이것 봐라, 발자국이 여기까지 찍혀 있다! 그렇다면 한희 마님이 바로 이 만안사로 끌려온 모양이다!"

바깥에서 인기척이 시끄럽게 들려오자, 녹장객의 안색이 싹 바뀌었다. 그는 해독약이 담긴 찻잔을 번개같이 움켜다 품속에 쑤셔넣고 나서 고두타의 눈치부터 살폈다. 아마 고두타가 정사 바깥에 부하들을 매복시켜놓고 해독약을 속여 빼앗은 다음 자기를 넘기려는 것은 아닐까 오해한 모양이었다.

범요는 당황하지 말라는 시늉으로 말없이 손사래를 쳐 보였다. 그러고는 녹장객의 홑이불을 한 벌 벗겨서 한희의 몸뚱어리를 머리까지 뒤집어씌워 둘둘 만 다음 휘장 아래 바닥에 내려놓았다.

이 순간 방문 바깥에서 인기척이 들렸다.

"녹 선생 계십니까?"

범요는 재빨리 손가락으로 자기 입을 가리켰다. '나는 벙어리이니까, 녹장객 당신이 응답하라'는 시늉이었다.

"무슨 일들이냐?"

녹장객이 목청을 돋우어 되묻자, 인기척을 낸 자가 공손히 대꾸했다.

"여양왕 전하의 저택에서 한희 마님이 어떤 못된 놈에게 납치당하셨습니다. 납치범의 발자취가 이곳 만안사까지 찍혔기에 소인들이 밟아왔습니다."

녹장객의 노기 띤 눈초리가 고두타를 사납게 흘겨보았다. 네가 나한테 뒤집어씌우려고 일부러 도둑질한 장물을 내 방에 옮겨놓지 않았다면 그 좋은 솜씨로 어수룩하게 발자국을 남겨놓을 리가 있느냐, 하고 따져 묻는 눈초리였다.

범요가 입을 찢어지게 벌려 웃어가며 오해 말라는 시늉을 한 다음, 그더러 바깥 녀석들을 빨리 따돌려 보내라고 지시했다. 그러나 한편 속으로는 위일소의 뒤집어씌우기 수완에 새삼 혀를 내두르고 있었다. '그 친구 정말 솜씨 한번 지독하구나. 보쌈질해오는 것도 모자라 여양왕의 저택에서 여기까지 발자국을 남기다니.'

고두타의 손짓 신호를 받은 녹장객도 우선 뒤가 급한 터라 짐짓 차가운 목소리로 문밖을 향해 호통쳤다.

"아니, 네놈들은 빨리 범인을 찾지 않고 여기서 시끄럽게 소란을 피워 어쩌자는 거냐? 어서 흩어져 찾지 못할까!"

녹장객의 무공 실력이나 지위, 게다가 그 표독스러운 성깔은 여양왕의 부중 안에서 모르는 사람이 없었다. 이 무서운 영감을 어느 누가 섣불리 건드릴 것인가? 문밖의 졸개들은 역정 난 호통 소리 한마디에 기겁을 하고 저마다 "예예!" 응답하는 소리를 지르면서 뒷걸음질 치더니 뿔뿔이 흩어져 사원 안팎을 수색하기 시작했다.

녹장객은 이맛살을 잔뜩 찌푸리고 다시 한번 고두타를 사납게 쏘아보았다. 일이 이쯤 되면 만안사 일대에는 추적해온 수색병들로 가득 찼을 게 분명했다. 따라서 주변 경계망도 삼엄해졌으리라. 저들이 감히 자기 방을 뒤지겠다고 들이닥치지는 못하더라도 한희를 딴 데로 옮겨 감출 일이 난감해진 것이다.

범요가 문득 생각난 것처럼 목소리를 낮추어 속삭였다.

"녹 형, 만안사 안에 어디 적당한 곳이 있거든 이 여자를 잠시만 그리로 옮겨 숨기는 게 좋겠소. 하루 이틀쯤 지나면 수색 작업도 느슨해질 테니까, 그때 기회를 봐서 데리고 나가도 늦지 않을 거요."

그 말에 녹장객이 참고 참았던 부아통을 터뜨렸다.

"당신 방에 감추면 어떻겠소?"

"흐흐흐, 이런 절세미인을 내 방에 모셔 들인다면 이 고두타도 명색이 사내인데 마음이 동하지 않고 배겨나겠소? 그래서야 녹 형만 헛물켜는 셈이지!"

"하면 어디가 좋은지 말씀해보시구려."

그러자 범요는 창밖을 가리키면서 빙그레 웃었다. 손가락 끝을 따라 창밖을 바라보는 녹장객의 눈길에 13층 보탑의 웅장한 자태가 꽉 차게 들어왔다. 녹장객처럼 두뇌 회전이 빠르고 꾀 많은 위인이 그 의미를 못 알아볼 턱이 없었다. 그는 엄지손가락을 우뚝 펴 보이면서 고개를 끄덕끄덕했다.

"과연 기막힌 생각이오!"

그 보탑은 육대 문파 고수들이 감금되어 있는 곳이다. 더구나 포로들을 지키는 총관摠管이 다름 아닌 녹장객의 맏제자 우왕아푸였다. 수색자들이 다른 곳은 다 의심하고 들쑤셔대겠지만 여양왕의 애첩이 가장 경계 태세가 삼엄한 감옥에 납치되어 있으리라고는 꿈에도 생각지 않을 것이다.

범요가 낮은 목소리로 채근했다.

"지금 이 시각이면 드나드는 사람도 없소. 지체 말고 당장 움직입시다."

그러고는 한희를 다시 번쩍 들어 침대 위에 올려놓고 이불 네 귀퉁이를 모아 매듭지어 큼지막한 보따리처럼 만들었다.

범요가 보따리를 넘겨주자, 녹장객은 얼굴빛이 바뀌면서 선뜻 손을 내밀어 받아들려 하지 않았다. 아무래도 이놈의 고두타 녀석에게 당할지도 모른다는 의심이 든 것이다. 만일 자기가 이 보따리를 등에 짊어지고 나섰다가 고두타 녀석이 배후에서 고함이라도 한 번 지르는 날이면 자신은 어떤 꼬락서니가 될 것인가?

범요도 이내 그 심중을 눈치챘다.

"한번 모험하기로 결심했으면 그대로 밀고 나가야지 뭘 그토록 망설이는 거요? 좋아, 정 마음이 안 놓인다면 이 고두타가 내친김에 함진아비 노릇까지 해드리리다. 옛말에 남을 도와주려거든 끝까지 돕고, 부처님을 모시려거든 서천 극락세계로 보내드려야 한다 하지 않았소? 이건 절대로 누가 시켜서 하는 일이 아니오."

주절주절 몇 마디 던져가면서 문제의 보따리를 선뜻 짊어진 범요가 방문을 밀어 열었다. 그러고는 바깥으로 나서기 전에 다시 한번 속삭여 당부했다.

"녹 형이 앞장서서 바람잡이 노릇 좀 맡아주시오. 누구든지 가로막고 검문검색하는 자가 있거든 가차 없이 죽여 없애구려."

그러나 녹장객은 끝까지 의심을 버리지 못했다. 고두타가 나서자 그는 선뜻 몸을 비켜 길을 터주었다. 어떻게 해서든지 고두타에게 등을 보이려 하지 않았다. 그래야 배후에서 암습을 당할 염려가 없으니까.

문턱을 나선 범요는 뒷손질로 방문까지 얌전히 닫아놓은 다음, 한희를 업은 채 큰 걸음걸이로 휘적휘적 보탑을 향해 걸어 나갔다.

때는 벌써 술시戌時(밤 9시)도 넘었을 무렵, 보탑 주변을 순찰하는 무사들 외에는 돌아다니는 사람이 없었다. 녹장객과 고두타가 접근하자 무사들은 저마다 허리를 굽실거리면서 공손히 한 곁으로 물러나 길을 터주었다. 두 사람이 보탑에 다다르기도 전에 미리 보고를 받은 경비대 총관 우왕아푸가 벌써 마중을 나와 기다리고 있었다.

"어이구, 사부님. 어서 오십시오! 오늘 기분이 좋으셔서 탑에 올라앉아 즐기실 모양이군요."

마음 급한 녹장객은 제자의 인사를 받는 둥 마는 둥 고갯짓 한 번 끄덕하고 나서 고두타와 함께 보탑 1층 문턱에 발을 들여놓았다.

바로 그때 보탑 동쪽 반달형의 월동문月洞門이 삐거덕 열리면서 누군가 한 사람이 걸어 나왔다.

녹장객은 가슴이 덜컥 내려앉았다. 방금 보탑에서 나온 사람은 다름 아닌 조민이었던 것이다. 그녀 역시 두 사람을 알아보았는지 방향을 바꿔 곧장 이편으로 건너오고 있었다.

도둑이 제 발 저린다고, 조민을 보는 순간 녹장객은 아예 그녀가 몸소 납치범을 잡으러 온 줄 오해했다. 그는 마지못한 기색으로 고두타, 우왕아푸와 함께 그녀 앞으로 마주 나가 문안 인사를 드렸다.

조민은 어젯밤 장무기가 한바탕 소동을 일으키고 사라진 후, 명교 측에서 침입한 자가 겨우 셋뿐인 줄은 까맣게 몰랐다. 그래서 오늘 밤에 대대적인 습격이 있을 것으로 예상하고 친히 보탑에 올라 순시를 돌고 내려오는 길이었다.

"아, 고 대사! 내 마침 찾고 있었는데……."

그녀가 고두타를 보자 반갑게 웃어 보였다. 범요는 시침을 뚝 떼고 다시 벙어리가 되어 있었다. 그는 여느 때와 다름없이 고개만 두어 번 끄덕였다.

"조금 있다가 나하고 어딜 좀 같이 가줘요."

범요는 다시 한번 묵묵히 고개를 끄덕였다. 그러나 속으로는 여간 낙심천만이 아니었다. 간신히 녹장객을 유인해서 탑에 몰아넣게 되었는데, 막바지에 요 귀신같은 계집아이와 맞닥뜨리다니. 무슨 핑계를 대서라도 못 가겠다고 버텨야 할 텐데, 창졸간에 맞닥뜨렸으니 도무지 뾰족한 수가 떠오르지 않았다. 설령 핑곗거리가 생겼다 하더라도 벙어리 신세에 무슨 재주로 표현한단 말인가?

하나 옛말에도 "궁지에 몰리면 통하는 길이 있다"고 했듯이 머릿속에 퍼뜩 스치고 지나가는 생각이 하나 있었다. '옳거니, 이 교활한 녹장객한테 떠맡겨보기로 하자!' 범요는 그 자리에서 짊어지고 있던 보따리를 냅다 녹장객에게 던져 보냈다. 엉겁결에 보따리를 받아 든 녹장객의 얼굴빛이 허옇게 질리고 말았다. '이 고두타 녀석이 기어코 애물단지를 내게 떠넘기는구나. 이 육시처참을 할 놈!'

"녹 선생, 그 보따리엔 뭐가 들었죠? 아무래도 고 대사 물건 같은데……."

조민의 물음에 녹장객은 할 수 없이 떠듬떠듬 대꾸했다.

"저어…… 저…… 이건 고 대사의 이불 보따리입니다."

"이불? 아니, 고 대사는 이불 보따리를 짊어지고 어딜 가시던 길인가요?"

어리둥절한 기색으로 묻던 그녀가 무슨 생각을 했는지 "푸웃!" 하고 웃음보를 터뜨렸다.

"고 대사는 내가 너무 멍청하다고 제자로 받아들이지 않더라니…… 맙소사, 만일 고 대사가 날 제자로 받아들이셨다면 스승님의 저 이불 보따리는 꼼짝없이 내가 지고 다닐 뻔했잖아? 호호호!"

범요는 고개를 가로저으면서 오른손으로 손사래를 쳐 보였다. 이제 모든 것은 저 늙은 사슴이 어떻게 둘러대는가의 여부에 달렸다. 이럴 때는 벙어리 노릇도 제법 편리한 점이 있었다.

조민이야 고두타의 손짓 발짓 시늉을 알아먹을 도리가 없었다. 눈길은 자연스레 녹장객에게 돌아갔다.

그사이에 녹장객도 간신히 둘러댈 핑곗거리를 찾아냈다.

"그건 이렇습니다. 어제저녁 마교 일당 가운데 몇몇 우두머리가 소동을 피우고 달아나지 않았습니까? 소인 생각으로는 그놈들이 노리는 건…… 저…… 저 보탑에 갇힌 포로들을 구출하기 위해서일지도 모른다 싶어 소인네 두 형제와 고 대사가 상의한 끝에 우리 셋이 아예 보탑으로 올라가 밤낮없이 직접 파수를 서기로 작정했지요. 밤에 경비를 서려면 침구가 있어야겠기에 고 대사의 솜이불도 가져가던 길이었습니다."

조민이 기뻐하며 말했다.

"나도 애당초부터 녹 선생과 학 선생 두 분께 청을 드리려고 했어요. 하지만 너무 수고를 끼치는 것 같아 말을 꺼내지 못했는데, 세 분이 미리 아시고 내 걱정을 덜어주시겠다니 이보다 더 고마울 데가 없군요.

녹 선생과 학 선생이 여길 지켜만 주신다면 그놈의 마귀들도 얼씬 못 하겠죠? 나 역시 더는 보탑에 올라가 순시할 필요도 없고 말이죠. 그럼 고 대사는 나하고 잠시 딴 곳에 다녀오기로 해요."

조민은 무척 홀가분한 기색으로 범요의 손바닥을 덥석 잡았다.

일이 이렇게 된 바에야 범요는 어쩔 도리가 없었다. 이 자리에서 녹장객이 납치범이라고 폭로해봤자 대세에 영향을 끼칠 것 같지도 않거니와 이제껏 자기가 '이불 보따리'를 짊어지고 있던 장면을 조민이 두 눈으로 똑똑히 본 마당에 그녀가 믿어주지도 않을 것 같았다. 그는 의미심장한 눈초리로 녹장객을 쏘아보았다. 아마 지금쯤 이 늙다리도 자신을 어떻게 요리할까 천만 가지로 궁리하고 있을 게 뻔했다.

의혹에 찬 눈초리에 질렸는지 녹장객이 냉큼 고두타를 향해 한마디 던졌다.

"고 대사, 걱정 말고 다녀오시오. 내 보탑에서 기다리겠소!"

범요가 고개를 끄덕였다. 무슨 얘긴지 알아들었다는 시늉이었다.

"사부님, 그 보따리는 제가 들고 올라가겠습니다."

물정 모르는 우왕아푸가 녹장객의 팔에 안긴 보따리를 받아 들려고 나섰다.

"필요 없다! 이건 고 대사님의 소지품이야. 나도 저 어르신네한테 좀 잘 보이려고 손수 이불 보따리를 져다 드리려는 거다."

벙어리 두타가 입을 쩍 벌리고 웃더니 이불 보따리를 냅다 한 대 후려갈겼다. 공교롭게도 그 손바닥은 이불 속 한희의 볼기에 정통으로 들어맞았다. 계집은 오죽이나 아팠으랴만, 혈도를 찍혀 꼼짝달싹도 못 하는 터라 비명을 지를 수도 꿈틀거릴 수도 없었다.

그러나 얻어맞은 당사자보다 더욱 놀란 사람은 녹장객이었다. 늙다리 음탕한 사슴 영감은 얼굴빛이 당장 흙빛으로 질린 채 더는 그 자리에 머뭇거릴 엄두를 내지 못하고 얼른 조민에게 꾸벅 절 한 번 하더니 부리나케 보탑 안으로 줄달음질해 사라졌다. 그는 이미 속으로 단단히 결심해둔 게 있었다.

'오냐, 이 밉살맞은 놈의 벙어리 두타 녀석, 어디 두고 보자! 탑에 올라가는 길로 당장 이 보따리를 진짜 솜이불로 바꿔치기해놓고 네놈을 기다려주마! 네놈의 입이 열려서 소민군주에게 밀고해도 좋다. 난 그저 죽기 살기로 딱 잡아뗄 테니까. 증거물이 없어졌는데 제까짓 놈이 무슨 재주로 나를 걸고 넘어갈 듯싶으냐?'

바야흐로 탑 건물을 자욱하게 에워싼 불꽃 연기가 이제 육대 문파 고수들의 신변까지 옮겨붙은 상태였다. 만약 뛰어내리지 않았다가는 너 나 할 것 없이 불구덩이 속에 한 몸뚱이를 장사 지내야 할 판이었다.

유연주는 이 불구덩이 지옥에서 몸부림치며 타 죽기보다는 차라리 허공으로 속 시원히 몸을 던져 박살 나 죽는 한이 있더라도 그쪽이 더 통쾌하리라는 생각이 들었다.

"좋다! 내가 먼저 뛰어내리마!"

버럭 고함지르면서 난간 바깥 허공으로 몸을 던진 유연주는 새가 날 때처럼 양팔을 활짝 펼치고 탑 아래로 곤두박질쳐 떨어져 내렸다.

27.

100척 높은 보탑 위에서 새처럼 비상하니

범요는 조민에게 손을 잡아끌린 채 곧바로 만안사 경내를 벗어났다. 가슴속은 온통 조바심과 의아스러움으로 가득 찼으나 그렇다고 어떻게 할 도리가 없었다. '도대체 이 밤중에 날 어디로 데리고 가는 거냐?'

조민은 챙이 널따란 바람막이 모자를 끌어당겨 고운 머리카락을 덮어씌우더니 비밀 얘기라도 하듯이 소곤소곤 귀띔을 했다.

"고 대사, 우리 함께 장무기란 놈을 보러 가요."

범요는 또 한 번 놀랐다. 곁눈질로 흘끗 보았더니 그녀의 해맑은 눈동자에 꿈꾸듯 일렁거리는 물결이 감돌고, 발그레하니 상기된 두 뺨에는 애교와 수줍음 그리고 뜻 모를 희열이 피어올라 있었다. 그 표정은 결코 범요 자신의 가슴속을 들여다보고 일부러 던진 말이 아님을 증명해주었다. 놀란 마음을 가라앉히면서 그는 어젯밤 만안사 대웅전에서 그녀가 장 교주와 맞닥뜨린 장면을 새삼스레 떠올렸다. 다시 생각해보니, 당시 두 사람은 생사를 걸고 싸우는 원수지간처럼 보이지 않았다. 원수지간이라기보다 어쩌면 '앙숙'이라고 바꾸어 표현할 수도 있을 것 같았다. 한창 젊은 남녀끼리 앙숙이라니. 문득 머릿속에 스치고 지나가는 것이 있었다. '혹시 이 처녀가 우리 교주님에게 정을 쏟고 있는 것은 아닐까?'

생각은 이내 바뀌었다.

'장 교주를 만나러 간다면서 하필이면 왜 날 지목해서 데려가는 것일까? 누구보다 신임하는 심복 현명이로와 함께 가는 것이 더 든든할 텐데……. 옳거니! 나는 말 못 하는 벙어리니까 자신의 비밀이 누설될 리가 없겠지!'

저도 모르게 고개를 주억거리면서 야릇한 웃음기가 떠올랐다.

"왜 웃는 거죠?"

눈치 빠른 조민이 어느 틈에 보았는지 물어왔다. 속을 꿰뚫려 보인 느낌에 당황한 범요는 그 즉시 손짓 발짓을 해가며 자신은 온 힘을 다 기울여 주인을 보호할 것이며, 설사 용담호혈龍潭虎穴에 뛰어드는 한이 있더라도 소민군주와 행동을 같이할 것이라고 의사를 표현했다. 조민은 더는 아무 말도 하지 않고 앞장서서 길을 인도했다.

얼마 안 있어 이들 두 사람은 장무기 일행이 머물고 있는 객점 문밖에 이르렀다. 범요는 속으로 흠칫 놀랐다. '소민군주, 이 처녀는 정말 신통력이 대단하구나! 이렇게나 빨리 교주님이 투숙한 장소까지 알아냈을 줄이야.'

조민이 객점 주인에게 용건을 밝혔다.

"여기 증씨 성을 가진 손님이 묵고 있죠? 우리가 찾아왔다고 일러줘요."

애당초 장무기가 객점에 투숙할 때 '증송아지'란 가명을 썼는데, 이 처녀는 어느새 그 이름까지 조사해 알고 있었다.

심부름꾼은 두말없이 2층 객실로 찾아가 통보했다.

때마침 장무기는 가부좌를 틀고 앉아 정신을 집중시켜 조용히 피로를 풀고 있던 중이었다. 이제 심신이 맑아지는 대로 만안사 절간에서 불꽃 연기 신호가 솟구쳐 오르면 그 즉시 달려나가 호응할 작정이었다. 그런데 느닷없이 방문객이 찾아왔다니 사뭇 이상한 일도 다 있구나 싶어 뜨악한 기색으로 일어나 응접실로 나갔다. 방문객은 뜻밖에도 조민과 범요였다. 이들을 보는 순간, 장무기는 속이 뜨끔해졌다. '아차! 야단났다. 범 우사의 정체가 들통났구나. 그래서 조 낭자가 따지러 온 모양이다.'

장무기는 마지못해 그녀 앞으로 다가서서 읍례를 건넸다.

"조 낭자께서 왕림하신 줄 모르고 미처 영접하러 나오지 못했소이다."

"여긴 얘기를 나눌 장소가 못 되니 우리 어디 작은 술집이라도 찾아가서 조촐하게 술 몇 잔 기울이면서 얘기하는 것이 어때요?"

조민이 단도직입으로 말하니 그 역시 어쩌지 못하고 한마디로 수락했다.

"그도 좋겠군요."

조민이 앞장을 섰다. 객점에서 길거리 점포 다섯 채를 지나자 허름한 주점이 나타났다. 그녀는 서슴지 않고 그 안으로 들어갔다. 술집이라고 해봤자 휑하니 텅 빈 식당에 널판으로 짠 식탁이 몇 개, 탁자에는 나무젓가락을 꽂아놓은 대통이 놓였을 뿐, 날은 이미 저물어 손님이라곤 한 명도 없었다.

조민과 장무기는 서로 마주 보고 앉았다. 범요가 손짓 시늉으로 바깥채에서 혼자 술이나 마시겠다는 뜻을 보였다. 조민은 그에게 고개 한 번 끄덕여 승낙하더니 곧바로 술집 시중꾼을 시켜 숯불 피운 신선로 한 틀과 양고기를 날것으로 세 근 썰어놓게 한 다음 술병에 독한 배갈• 두 근을 담아 내오게 했다.

그녀가 하는 양을 지켜보면서, 장무기의 머릿속은 온통 의혹으로 가득 차 뒤숭숭하기만 했다. '존엄하신 소민군주 귀족 처녀가 이렇듯 지저분하고 보잘것없는 술집에 찾아들어 원수나 다름없는 자기와 마주 앉아 끓는 물에 데친 양고기 요리나 놓고 술판을 벌이겠다니, 요 앙큼하기 짝이 없는 처녀가 또 무슨 꿍꿍이수작을 부리려는지 도무지 모르겠군.'

그 속을 아는 듯 모르는 듯 조민은 신비스러운 미소를 지은 채 술잔 두 개를 나란히 놓고 술을 남실남실 차도록 가득 따르더니, 장무기 몫으로 놓인 술잔을 먼저 집어 들고 한 모금 마셨다.

"이 술에는 독을 타지 않았으니까 마음 놓고 드셔도 돼요."

그러나 장무기는 한가롭게 술을 마시기보다 그녀의 용건을 아는 일이 더 급했다.

"조 낭자, 무슨 일로 날 이리로 불러내셨소?"

"먼저 석 잔 술을 마시고 나서 얘기하겠어요. 내가 당신을 존경하는 의미에서 건배 한잔하죠."

그러고는 잔을 번쩍 들어 단숨에 마셔 비웠다.

장무기도 제 앞에 밀어놓은 술잔을 들었다. 아담한 신선로 화덕에

• 중국 서민들이 즐겨 마시는 독한 술. 증류주란 뜻에서 '바이걸白乾兒'이라 부른 것이 우리나라에 들어와 '배갈'로 바뀌었다. 수수를 원료로 쓰기 때문에 흔히 고량주高粱酒라고 부른다. 이과두주二鍋頭酒 역시 배갈 종류인데, 소줏고리에 두 번 내려 빚었다는 뜻이다. 몽골인이 마시는 '아라키'가 고려 시대 우리나라에 들어와 소주燒酒로 일반화되었다.

파랗게 타오르는 촛불 빛 아래로 술잔 언저리에 보일 듯 말 듯 옅게 찍힌 입술 자국이 비쳐 보이고, 코끝에 맑고도 그윽한 향내가 스며들었다. 술잔에 찍힌 입술연지의 향내인지 아니면 그녀의 몸에서 풍겨나오는 체취인지 알 길이 없으나, 한순간 마음의 동요를 느낀 장무기는 아찔한 정신에 저도 모르게 덩달아 술잔을 단숨에 마셔 비웠다.

"두 잔만 더 드세요. 당신이 내게 마음을 놓지 못하실 테니까 한 잔 드실 때마다 내가 먼저 맛보고 드리죠."

다시 두 잔에 배갈을 가득 채운 그녀가 장무기의 잔을 끌어다 또 한 모금 홀짝 맛보고 나서 다시 그 앞에 밀어놓았다.

그래도 장무기는 끝내 방심할 수 없었다. 조민이란 처녀는 그만큼 귀신같은 모략이 백출하는 강적이었다. 그녀가 자청해서 술맛을 보고 독이 없다는 것을 확인시켜줄수록 더 큰 위험을 느꼈다. 하지만 그녀가 맛보고 남긴 술 석 잔을 연거푸 들이켜고 났을 때 장무기는 술기운이 거나하게 올라왔다. 독한 술 탓인지, 아니면 시음하느라 술잔에 잇달아 찍어놓은 그녀의 입술연지 향내와 접촉한 탓인지 이상하게 들뜬 심신에 가슴이 울렁거려 도무지 견딜 수가 없었다. 그는 자기도 모르는 사이에 고개를 쳐들고 조민을 바라보았다. 그녀의 얼굴에도 옅은 미소가 방실방실 떠오르고 술기운에 두 뺨마저 발그레하니 달아올라 아리따운 모습이 한결 요염하다 싶을 만큼 돋보였다. 아찔한 느낌에 장무기는 얼른 고개 돌려 외면했다.

"장 공자님, 내가 누군지 당신은 아세요?"

조민이 물었다. 장무기는 고개를 흔들었다.

"내가 누군지 오늘 얘기해드리죠. 내 아버님은 바로 당세 조정에서 병마 대권을 장악하고 계신 여양왕 전하예요. 나는 몽골족 여자고요. 민민테무르라고 부르죠. 황제 폐하께선 나를 소민군주에 책봉하셨어요. '조민'이란 이름은 내가 중국식으로 만들어 쓰는 것이에요."

만일 범요에게서 미리 듣지 않았다면, 지금쯤 장무기는 기절초풍하도록 놀랐을 것이다. 그렇기는 해도 조민이 제 입으로 자기 신분을 숨김없이 밝히리라고는 생각도 하지 못했다. 그는 내심 놀라면서도 무덤덤한 표정으로 아무 대꾸도 하지 않았다. 조민이 사뭇 의아한 표정으로 물었다.

"어떻게 된 거예요? 당신도 벌써 알고 있었어요?"

장무기는 고개를 내저었다. 이 내막이 고두타 범요와 직결되는 문제라 부인하지 않을 수 없었다.

"아니오. 내가 어찌 알겠소? 하지만 당신처럼 젊은 아가씨가 그 숱한 무림 고수들을 손안에 넣고 쥐락펴락 호령할 수 있다는 것은 출신 내력이 심상치 않다는 사실을 보란 듯이 증명하는 것 아니겠소?"

조민은 술잔을 만지작거리면서 한동안 말이 없었다. 무거운 침묵이 한참 흐른 뒤에 그녀는 술병을 집어 들어 다시 두 잔을 가득 채워놓고 천천히 입을 열었다.

"장 공자님, 내 한 가지 묻고 싶은 게 있는데 솔직히 대답해주셔야 해요. 만약 내가 주 소저를 죽인다면 당신은 날 어떻게 대하시겠어요?"

단도직입으로 물어오는 말에 장무기는 흠칫 놀랐다.

"주 소저가 당신에게 죄를 지은 것도 아닌데, 멀쩡한 사람을 왜 죽인단 말이오?"

"나는 아무 이유 없이 싫은 사람이 있어요. 또 그런 사람을 보면 죽여버리고 싶어요. 꼭 내게 잘못을 저질러야만 죽이는 건 아니에요. 또 어떤 사람은 내게 끊임없이 죄를 저질러도 굳이 죽이고 싶지 않아요. 바로 당신처럼 말이죠. 당신은 나한테 그만큼 잘못을 저지르고도 모자라다는 생각이 들지 않나요?"

장무기는 한숨이 절로 나왔다.

"조 낭자, 내가 당신에게 잘못을 저지른 것은 피치 못할 사정이 있기 때문이었소. 하지만 당신이 약을 주어 셋째 사백과 여섯째 사숙님을 구하게 해준 데 대해선 정말 고마움을 느끼고 있소."

"호오, 당신은 참 바보 같은 구석이 있는 분이군요. 유대암과 은리정 두 사람에게 상처를 입힌 것은 모두 내 부하가 저지른 일인데, 날 탓하지 않고 오히려 고맙다니요?"

조민은 어처구니가 없다는 듯이 웃었으나, 장무기는 그저 빙그레 미소만 지을 따름이었다.

"우리 셋째 사백님은 상처를 입으신 지 벌써 20여 년이 지났소. 그때는 당신이 세상에 태어나지도 않았을 거요."

"그 사람들은 아버님의 부하이기도 하고 내 부하이기도 하죠. 내가 자라서 인계받은 사람들이니까요. 그게 무슨 차이가 있겠어요? 말을 딴 데로 돌리지 말고 대답이나 하세요. 내가 만약 주 소저를 죽인다면 당신은 날 어떻게 대할 거죠? 날 죽여서 원수라도 갚아주실 건가요?"

실로 난처한 질문이었다. 장무기는 한참 생각한 끝에 자신 없게 대꾸했다.

"나도 잘 모르겠소."

조민은 눈을 동그랗게 뜨고 다시 물었다.

"어째서 몰라요? 말하고 싶지 않다, 그거죠?"

"내 부모님은 남에게 핍박을 받아 돌아가셨소. 부모님을 죽게 만든 사람들은 소림파, 화산파, 공동파 등 명문 정파 사람들이었소. 그런데 나이가 들고 사리 판단을 분명히 할 수 있을 때가 되자 부모님의 진정한 원수가 도대체 누구인지 알 수가 없었소. 도대체 누가 부모님을 죽음으로 몰아넣었을까? 소림파 공지대사, 곤륜파 철금선생, 그런 사람들이라고 꼭 집어 말할 수도 없고, 또 내 외조부님, 외숙부님이라고 말할 수도 없었소. 심지어 당신이 부하로 거느린 아이라든가 아삼, 현명이로 같은 인물이라고 지목할 수도 없소. 이 잘못된 사건의 내막에는 운명이랄까 아니면 하늘의 도리라고나 할까, 이해하지 못할 아주 우연한 요소들이 숱하게 개재되어 있소. 설령 그 사람들이 진범이라고 해서 내 손으로 낱낱이 찾아내어 죽여 없앤들 그게 또 무슨 소용이 있겠소? 원수를 갚든 말든 어쨌거나 부모님은 살아 돌아오시지 못하는데 말이오. 조 낭자, 요 며칠 새 나는 속으로 한 가지만 생각해왔소. 모든 사람이 살인을 저지르지 않고 친구처럼 화기애애하게 사귈 수만 있으면 오죽이나 좋으랴? 부모님이 돌아가신 일은 나도 말로 형언하지 못할 만큼 가슴 아프게 여기고 있소. 하지만 그렇다고 나 자신이 사람을 죽여 보복하고 싶지는 않소. 또 다른 이가 남을 죽이고 해치기를 바라지도 않소."

이 말은 장무기가 벌써 오래전부터 생각을 거듭하고 정리해 가슴속에 담아둔 진심이었다. 그리고 양소, 장삼봉, 은리정에게도 내비치지 않은 말이었다. 그런데 어찌 된 일인가, 느닷없이 오늘 이 허름한 술집에서 조민에게 속내를 다 털어놓고 후련한 느낌이 들다니 자기가 생각해도 이상한 일이었다.

조민은 그의 말이 진실이란 것을 알고 자못 심각한 기색으로 생각에 잠겼다. 그러고는 두세 번 힘차게 고개를 흔들며 말했다.

"그것은 당신 마음씨가 인자하고 후덕한 탓이죠. 나 같으면 절대로 안 그럴 거예요. 누구든지 내 아버님, 내 오라버니를 해쳐서 죽게 한다면, 나는 그 집안 일족을 멸문시켜버릴 뿐 아니라 일가친척과 가깝게 지내던 벗들, 그자와 알고 지내던 사람까지 말끔히 죽여 없애 씨를 말려버릴 테니까요."

"그렇다면 나는 당신을 막을 거요. 반드시!"

"당신이 왜 막아요? 내 원수들 편에 서겠다는 거예요?"

"당신 손으로 사람을 한 명이라도 죽이면 그만큼 죄를 짓고 업보가 쌓이는 법이오. 당신에게 죽임을 당한 사람은 죽은 뒤에 아무것도 모를 테니까 그렇다 치고, 그 부모 형제나 처자식들이 얼마나 슬퍼하고 괴로워하겠소? 아마 당신 자신도 훗날 돌이켜 생각해보면 양심의 가책을 받고 불안해질 거요. 내 양부도 사람을 적지 않게 죽이셨소. 그분이 말은 하지 않아도 마음속으로는 크게 후회하고 계시리라는 것을 나는 알고 있소."

조민은 말이 없었다. 가슴으로 묵묵히 그의 말을 되새겨보고 있을 따름이었다.

"당신 손으로 사람을 죽여본 적이 있소?"

장무기의 물음에 그녀는 빙그레 웃으며 대답했다.

"아직은 없어요. 하지만 나이가 들면 사람을 많이 죽일 것 같아요.

우리 조상님은 위대하신 제왕 칭기즈칸을 비롯해서 톨루이拖雷, 바투拔都, 훌레구旭烈兀, 쿠빌라이忽必烈 같은 대영웅들이셨죠. 나는 여자로 태어난 자신이 원망스러워요. 만약 남자로 태어났더라면…… 호호, 정말 이 세상을 번쩍 들었다 놓을 만큼 엄청나게 큰일을 할 수 있었을 거예요."

그러곤 제 손으로 술을 한 잔 따라 마시더니 장무기를 재촉했다.

"당신, 아직도 제 물음에 대답하지 않았네요."

그제야 장무기도 미리 생각해둔 말을 거침없이 밝혔다.

"만일 당신이 주 소저를 죽인다거나 누구 한 사람이라도 내 친근한 형제들의 목숨을 다치게 한다면 나는 더 이상 당신을 친구로 대하지 않을 테고, 당신과 만나지도 않을 것이며, 죽을 때까지 영원히 마주 앉아 대화를 나누지도 않을 거요."

이 대꾸에 조민의 얼굴에 웃음꽃이 환하게 피어났다.

"그렇다면 지금 당신은…… 나를 친구로 여기고 있단 말인가요?"

"내가 진정으로 당신을 미워했다면 지금 여기서 이렇게 마주 앉아 술잔을 나누고 있지도 않았을 거요. 나는 한 사람을 미워하기가 얼마나 어려운지 잘 알고 있소. 내가 평생토록 제일 증오하는 사람이 바로 혼원벽력수 성곤이었소. 하지만 그가 죽어버린 지금 왠지 가련하다는 느낌이 드는 걸 어쩔 수가 없소. 뭐라고 할까, 그 사람이 죽지 않았으면 하고 바라는 마음까지 드는 거요."

"만약에 말이에요, 내가 내일 죽어버린다면 당신은 어떤 마음일 것 같아요? 보나마나 빤하겠죠. '아이고, 천지 신령님, 고맙습니다! 간살맞고 흉악스럽기 짝이 없는 철천지원수가 죽어버렸으니, 앞으로는 골칫거리가 적지 않게 줄어들게 되었습니다!' 이렇게 말이죠."

"아니, 아니오! 그럴 리 없소!"

느닷없이 장무기가 펄쩍 뛰면서 큰 소리를 치더니, 자기가 생각해도 너무했다 싶었는지 이내 목소리를 가라앉혔다.

"난 정말 당신이 죽지 않기를 바라오. 아주 평안 무사하게 살아가기만 바랄 뿐이오. 우리 박쥐왕이 당신을 그렇게 협박했을 때, 정말 그 사람이 당신 얼굴에 칼자국을 닥치는 대로 그을까 봐 얼마나 가슴이 조마조마했는지 모를 거요."

조민이 방긋 웃었다. 얼굴에 발그레하니 달무리가 피어오르자, 그녀는 수줍음을 감추려고 머리를 숙였다.

"조 낭자, 제발 다시는 우리를 난처하게 하지 말고 육대 문파 고수들을 모두 석방해주시오. 그리고 우리 다 같이 즐겁게 친구가 되어 기쁨을 나눈다면 오죽이나 좋겠소?"

조민은 이 말뜻을 나름대로 새겨듣고 당장 얼굴빛이 환히 밝아졌다.

"좋아요! 나도 처음부터 그러기를 바라고 있었어요. 당신은 명교 교주이시니까 말씀 한마디가 곧 천만금보다 더 값어치가 있겠죠? 당신의 말이면 누구나 복종할 거예요. 정말 잘되었군요! 돌아가셔서 모든 분을 설득하세요, 조정에 귀순하라고. 우리 아버님이 황제 폐하께 아뢰면 모든 이에게 작위와 벼슬, 그리고 아주 큰 상을 내리실 거예요!"

그러나 장무기는 절레절레 고개를 내저었다.

"우리 한족 백성에게는 소원이 하나 있소. 당신네 몽골족 사람들이 모두 우리가 사는 이 땅에서 물러가는 것이라오."

이 말에 조민이 자리를 박차고 발딱 일어섰다.

"뭐라고요? 당신이 감히 그런 반역적인 언사를 입에 담다니! 한낱 백성의 신분에 '범상작란犯上作亂'의 죄가 얼마나 무거운지 모르는군요! 당신, 정말 공공연히 반란을 도모할 작정이에요?"

장무기도 엄숙하게 정색을 하고 그 말에 응수했다.

"나는 애당초 반역을 꾀하고 있었소. 당신이 설마 이제 와서야 그런 줄 알았다는 건 아니겠지?"

아주 한참 동안 조민은 그의 굳어버린 얼굴 표정을 하염없이 바라보았다. 눈길 한 번 돌리지 않고 물끄러미 보는 동안 서리 맺혔던 얼굴의 분노와 놀라움, 의아스러움이 천천히 사그라지면서 대신 좌절과 실망의 기색이 차츰 피어나기 시작했다. 끝내 그녀는 도로 주저앉고 말았다.

"나도 진작 그런 줄 알고 있었어요. 하지만 당신 입으로 직접 말하는 것을 듣고 나서야 믿을 수 있다고 생각했어요. 행여 아닐까 싶어 기대를 걸었는데……. 정말 다시 돌이킬 수 없다는 사실이 원망스럽기만 하네요."

조민의 목소리에는 괴로움과 서글픔이 촉촉하게 서렸다. 장무기도 덩달아 마음이 처량해졌다. 그녀가 이렇듯 가슴 아파하는 모습을 보고 있으려니 하마터면 목구멍에서 "그래요, 당신 하자는 대로 따르겠소"라고 말할 뻔했다. 하지만 이런 충동은 순식간에 스러지고 이내 심신을 다잡았다. 그러나 무슨 말로 달래주어야 좋을지 알 수가 없었다. 한참 동안 두 사람은 묵묵히 마주 앉아 있었다. 얼마나 지났을까, 술집 문밖을 내다보던 장무기가 먼저 입을 열었다.

"조 낭자, 밤이 깊었소. 내가 모셔다드리리다."

"나하고는 조금이라도 더 같이 앉아 있기가 싫으신가요?"

"아니, 아니오. 여기서 얼마든지 술 마시고 얘기를 나눕시다. 당신이 있고 싶을 때까지 같이 있어주겠소."

조민의 얼굴에 흡족한 웃음기가 희미하게 피어올랐다. 그리고 입에서 천천히 꿈같은 얘기가 흘러나왔다.

"나는 가끔 이런 생각을 해요. 만일 내가 몽골족 사람이나 귀족 출신의 군주가 아니고 주 소저와 같이 한족 출신의 평범한 여자로 태어났더라면 혹시 당신이 날 지금보다 더 잘 대해주었을 것이라고 말이에요. 장 공자님, 어디 말 좀 해봐요. 내가 예쁜가요, 아니면 주 소저가 더 예쁜가요?"

장무기는 그녀에게서 느닷없이 이런 질문을 받게 될 줄 전혀 예상치 못한 터라 삽시간에 마음이 흔들려 자기도 모르게 불쑥 한마디를 내뱉고 말았다.

"물론 당신이 더 아름답소!"

대답을 하고 나서야 떨떠름한 느낌이 들었다. 번방藩邦 오랑캐 출신의 여자라 성격이 솔직 담백한 것은 그렇다 치고, 다 큰 처녀가 남정네 앞에서 이렇게까지 거침없이 속내를 드러내리라곤 생각지도 못했다. 하지만 등잔 불빛 아래 비할 데 없이 아리따운 그녀의 모습을 마주 대하고 있노라니, 방금 자신이 대꾸한 말이 오래전부터 마음속에 담겨 있었던 것은 아닌가 싶은 생각도 들었다.

"날 속이려고 하는 말 아니죠?"

"마음속으로 그렇게 생각한 것이 무심결에 튀어나왔는데, 거짓말로 꾸며댈 겨를이 어디 있었겠소?"

조민의 오른손이 슬그머니 뻗어나오더니 장무기의 손등으로 올라갔다. 뭐라고 형용하지 못할 기쁜 빛이 눈망울에 가득 차 있었다.

"장 공자님, 언제나 이렇게 날 보고 있는 것이 좋은가요, 싫은가요? 만일 내가 아무 때나 당신을 이리로 초대해서 함께 술을 마시고 싶어 한다면 당신은 오시겠어요, 안 오시겠어요?"

보드랍고도 매끄러운 여인의 손바닥 한복판이 손등에 와서 닿는 순간, 장무기는 가슴이 마구 뛰기 시작했다.

"난 여기 오래 머물지 못하오. 며칠 내에 남쪽으로 내려가야 하오."

"남방에는 뭘 하러 가시나요?"

꼬치꼬치 따져묻는 소리에 장무기는 한숨이 절로 나왔다.

"내 입으로 말하지 않아도 짐작할 거요. 공연히 얘기해봤자 당신 기분이나 상하게 될 것을……."

조민이 창밖의 둥그런 보름달에 눈길을 던지면서 불쑥 말을 꺼냈다.

"나한테 세 가지 일을 해주겠다고 약속한 말씀, 잊지 않으셨죠?"

"물론 잊지 않았소, 낭자가 요청하는 대로 내 힘껏 해내리다."

조민이 고개를 돌려 장무기를 지그시 쏘아보았다.

"지금 막 첫 번째 일이 생각났어요. 당신이 날 데리고 도룡도를 찾으러 가줬으면 좋겠어요."

장무기는 그녀가 자기한테 요구하는 세 가지 일이란 게 극도로 해내기 어려운 것이라는 걸 짐작하고 있었다. 하지만 첫 번째 요구 사항부터 이처럼 하기 힘든 문제일 줄은 꿈에도 생각지 못했다.

그가 난처한 기색을 띠자, 조민은 딱 부러지게 밀어붙였다.

"왜 그래요? 하기 싫은가요? 이 일은 절대로 의협의 도리에 어긋나는 것도 아니고, 또 당신이 해내지 못할 일도 아니잖아요?"

궁지에 몰린 장무기는 기가 막혀 제대로 말이 나오지 않았다. '도룡도가 내 양부의 손에 들어 있다는 것은 강호 사람이면 누구나 다 아는 사실인데, 모른다고 잡아떼거나 속일 수도 없는 노릇 아닌가?'

"도룡도는 내 양부이신 금모사왕 사 대협의 소유물이오. 내 어찌 양부를 배반하고 칼을 빼앗아 당신한테 줄 수 있겠소?"

"난 당신더러 훔치거나 빼앗거나, 속임수로 빼돌리라는 게 아니에요. 그 칼을 진짜 원하는 것도 아니고요. 그저 당신이 양부님한테 빌려서 내가 한 시진만 손에 쥐고 볼 수 있게 해달라는 거예요. 보고 나서는 그분한테 즉시 돌려드리겠어요. 당신과 그분은 양부 양자 사이인데, 설마 한 시진도 빌려주시지 못할까요? 빌려보기만 할 뿐 내 배 속에 꿀꺽 삼켜버릴 것도 아니고, 또 그 칼로 남의 목숨을 해치거나 재물을 약탈하는 것도 아닌데, 그것이 의협의 도리에 어긋난다고는 말하지 못하시겠죠?"

"도룡도란 그 칼은 이름만 널리 알려졌을 뿐 별로 볼품도 없소. 다만 유별나게 무겁고 칼날이 예리할 뿐이지."

"이런 말이 있죠? '무림의 지존은 도룡보도라, 천하를 호령하니 감히 따르지 않을 자 없도다. 의천검이 나타나지 않으니 그 누가 예봉을 다투랴?' 의천검은 지금 내 수중에 있어요. 이제 난 그 도룡도가 어떻게 생겼는지 꼭 보고야 말 거예요. 당신이 정 마음을 놓지 못하시겠다면 내 곁에 서서 지켜보아도 좋아요. 당신이 그처럼 뛰어난 솜씨를 지녔는데, 내가 도룡도를 강제로 차지하고 반환하지 않을 수 있겠어요?

어림도 없죠."

장무기는 속으로 생각해보았다.

'애당초 나는 육대 문파 고수들을 구해내는 길로 곧장 여길 떠나서 양부님을 모셔와 그분께 교주의 중책을 떠맡겨드릴 작정이었다. 조 낭자가 도룡도를 한 시진 동안 빌려볼 때 또 무슨 흉계를 부릴지 장담은 못하겠으나, 내가 정신 바짝 차리고 감시한다면 이 처녀의 재간으로 칼을 빼앗아 달아나지는 못할 것이다. 양부님은 언젠가 도룡도에 무공 절학의 비밀이 숨어 있다고 말씀하셨다. 그분은 처음에 도룡도를 얻으셨을 때는 아직 두 눈을 잃기 전이었고, 총명한 재능과 지혜로도 시종 그 비밀을 밝혀내지 못하지 않았던가? 그런데 이 아가씨가 고작 한 시진이란 아주 짧은 시간 안에 무얼 어떻게 밝혀낼 수 있단 말인가? 더구나 내가 양부님과 헤어진 지 벌써 10년 세월이 지났다. 어쩌면 그동안 무인고도에서 이미 그 칼의 비밀을 밝혀내셨는지도 모른다.'

그가 깊은 생각에 잠겼을 뿐 좀처럼 대답할 기미를 보이지 않자, 조민은 피식 웃으면서 쏘아붙였다.

"싫다면 당신 좋을 대로 하세요. 그것도 당신 마음이니까. 하지만 내가 또 다른 일을 해달라고 요구할 때는 그것보다 더 어려운 줄이나 알고 계세요."

이 소리를 듣고 장무기는 겁이 더럭 나서 냉큼 대답했다.

"좋소! 내가 도룡도를 당신에게 빌려드리도록 주선하리다. 하지만 이것부터 분명히 해둡시다. 당신은 딱 한 시진만 빌려볼 수 있소. 만에 하나라도 꾀를 부리거나 억지로 차지하려 들 때는 내 결단코 그냥 두지 않을 거요."

"호호, 그래요! 칼부림도 할 줄 모르는 내가 그 무거운 걸 가져다 뭘 하겠어요? 당신이 두 손으로 떠받들어 공손히 선물하셔도 별로 달갑지 않을 거예요. 그래, 언제 가지러 떠날 거죠?"

"며칠 내로 떠날 작정이오."

"그럼 아주 잘됐군요. 나도 짐을 챙겨야 할 테니까, 언제 떠날 것인지 미리 알려주시고 찾아오세요."

이 말에 장무기는 깜짝 놀랐다.

"아니, 당신도 함께 가려고?"

"물론 당연하죠. 소문에 듣자니 당신 양부님은 먼 바다 바깥 무인도에 계시다더군요. 만일 그분이 중원 땅에 돌아오려 하지 않는다면, 당신은 그 머나먼 곳에서 칼을 빌려왔다가 나한테 보여주고 또다시 먼 길을 돌아가야 하잖아요? 칼 한 자루 때문에 수만 리 길을 두 차례나 왔다 갔다 왕복해야 하다니 세상에 그런 바보 같은 짓이 어디 있어요?"

장무기의 머릿속에는 10여 년 전 북극 바다의 험악한 파도와 빙산, 그리고 사나운 폭풍과 뼛속까지 에이는 추위가 떠올랐다. 더구나 철없는 시절 떠난 빙화도를 망망대해에서 과연 찾아낼 수 있을지 아득하기만 했다. 어디 그뿐이랴, 그 먼 바닷길을 오락가락 몇 차례나 왕복하는 도중에 뜻밖의 사고가 나지 말라는 법이 어디 있겠는가? 조민의 얘기가 옳았다. 양부는 빙화도에서 떠나지 못하고 줄곧 20년 세월을 살아오셨으니 어쩌면 늘그막에 그대로 무인도에서 외로이 만년을 보내려고 할지도 모른다.

"큰 바다 풍파는 무정하다오. 당신이 그 위험을 무릅쓰고 굳이 따라나설 것까지는 없지 않소?"

"당신이 위험을 무릅쓰는데, 나는 왜 안 된다는 거죠?"

말문이 막힌 장무기가 주저하며 말했다.

"당신 아버님이 떠나게 내버려두실까?"

하나 그것도 허사였다. 조민이 딱 부러지게 말했다.

"아버님은 나더러 강호 무림계의 호걸들을 통솔하라고 내놓으셨어요. 지난 몇 해 동안 내가 동쪽으로 가든 서쪽으로 가든 내 행동에 전혀 간섭하지 않으셨어요."

"아버님은 나더러 강호 무림계의 호걸들을 통솔하라고 내놓으셨어요"라는 말에 장무기는 퍼뜩 떠오르는 것이 하나 있었다. '내가 양부님을 모시러 빙화도에 갔다가 언제 돌아올지 모르는 일이다. 만약 이것이 조민의 조호이산지계調虎離山之計라면 어떻게 될까? 교주인 내가 아득히 머나먼 바다로 떠난 틈에 명교 세력을 토벌한다면 그 누구도 막아낼 길이 없을 게 아닌가? 안 되겠다. 여기에 무슨 방비책을 세워 놓지 않고서는 이대로 떠날 수 없다. 만약 내가 이 처녀를 데리고 함께 떠난다면? 그렇다. 신전팔웅과 현명이로 등 소민군주의 부하들은 주인이 다칠까 봐 꼼짝달싹 않고 기다릴지도 모른다. 그렇다면 뒷걱정은 없을 것이다.'

그는 단호하게 고개를 끄덕였다.

"좋소, 내가 떠날 때쯤 연락하리다. 반드시……."

한마디가 미처 끝나기도 전에 돌연 창밖에 시뻘건 화광이 번쩍 빛나더니 뒤미처 시끄러운 고함 소리가 어렴풋이 들려왔다. 창가로 달려가서 바라보던 조민이 깜짝 놀라 외쳤다.

"아이고머니, 만안사 보탑에 불이 났어! 고 대사! 고 대사, 어디 있어요? 빨리 와요!"

연거푸 몇 차례 불렀으나 고두타는 끝내 나타나지 않았다. 바깥채로 달려가보니 고두타는 어디로 갔는지 그림자도 보이지 않았다. 술집 주인에게 물었더니 고두타는 오자마자 휑하니 나가버렸다는 것이다. 대경실색한 조민은 불현듯 그가 이상야릇하게 웃음 짓던 모습이 떠올라 저도 모르게 두 뺨에 발그레하니 달무리가 지면서 고개를 떨어뜨렸다. 그러고는 자신의 감정이 들키지 않았나 싶어 곁눈질로 장무기를 훔쳐보았다.

장무기는 불길이 갈수록 치열해지자 덜컥 겁이 났다. 대사백 일행이 아직 공력을 회복하지도 않았는데 불이 난 것은 아닌지 걱정이 된 것이다.

"조 낭자, 먼저 실례해야겠소."

그러고는 말끝을 미처 다 맺지도 않고 급히 달려 나갔다.

"잠깐만! 나하고 같이 가요."

그러나 그녀가 문밖으로 나왔을 때, 장무기는 벌써 저 멀리 사라진 뒤였다.

녹장객은 골칫덩어리 고두타가 소민군주에게 불려가자, 마음이 푹 놓여 한희를 등에 업고 느긋이 만제자 우왕아푸의 숙소로 올라갔다.

만안사 보탑은 도합 13층에 높이가 113척에 달했다. 제일 꼭대기 세 층에는 불상과 불경, 사리자를 각각 한 층씩 모셨기 때문에 아무도 거처할 수가 없었다. 우왕아푸는 보탑을 지키는 총관 신분이라, 사람이 기거할 수 있는 가장 높은 층인 10층에 머물고 있었다. 곧 전체 상황을 가장 잘 통제할 수 있는 곳에 자리 잡은 것이다.

제자의 숙소에 들어서자마자 녹장객은 우왕아푸를 밖으로 내몰았다.

"너는 문밖을 지키고 있거라. 아무도 들여보내서는 안 된다."

제자가 영문을 모른 채 나가자, 그는 대뜸 방문부터 닫아걸었다. 그러고는 천천히 보따리를 풀어 한희를 내려놓았다. 얼마나 놀랐는지 꽃같이 아름답던 얼굴빛은 암울하게 시들었고, 두 눈빛에는 간절히 애원하는 기색만 가득했다.

"여기 온 바에야 두려워할 것 없소. 내가 잘 보살펴주겠소."

그는 부드럽게 속삭여 달래면서도, 아직은 혈도를 풀어줄 때가 아니라고 생각했다. 공연히 비명이라도 질렀다가는 산통이 다 깨져버릴 터였다. 하지만 속이 근질거려 도무지 참을 길이 없어 우선 그녀의 입술에 슬쩍 입맞춤을 했다. 나중에야 삼수갑산에 가는 한이 있더라도 절세미인과 입맞춤을 했으니 밑진 셈은 아닌 것이다.

그는 여인을 조심스럽게 안아다 우왕아푸 녀석의 침대에 누이고 이불로 온몸을 감싸 덮었다. 그러고는 다른 솜이불 한 채를 둘둘 말아서 한쪽 구석에 처박아두었다. 누가 보더라도 방금 자기가 둘러메고 올라온 고두타의 보따리처럼 꾸며놓은 것이다.

하지만 여양왕의 애첩을 숨겨둔 곳이니 곧 시비가 벌어질지도 몰랐다. 그래서 감히 더 머무르지 못하고 총총히 방을 나섰다. 그러고는 제자 우왕아푸에게 방 안에 절대로 들어가지 말 것과 다른 사람도 들여보내지 말도록 엄중히 당부해두었다. 그는 이 맏제자가 스승을 무척 존경하면서도 두려워하는 줄 뻔히 아는 터라, 스승의 명이라면 털끝만치도 어기지 않을 것이라고 확신했다. 우선 급한 일이 마무리되자, 그는 속으로 계산해보았다.

'이번 일만큼은 벙어리 두타 녀석이 입을 봉하고 비밀을 지켜주었으니 다행이다. 그랬으니 망정이지 하마터면 큰일 날 뻔했다. 누가 뭐래도 그 친구한테 인정 한번 크게 써주지 않으면 안 되겠구나. 무엇보다 이 빌어먹을 녀석의 늙다리 옛 애인하고 사생아 딸년부터 해독시켜 놓아줘야겠다. 때마침 잘됐지 않은가? 어젯밤 마교의 교주란 녀석이 그렇게 한바탕 대소동을 벌인 것도 알고 보면 주씨 성을 가진 아미파 어린 제자 때문에 벌어진 일이었으니, 마교 교주가 멸절 비구니와 주 소저를 구출해서 데려갔다고 둘러대면 소민군주도 의심하지 않을 것이다. 고 젊은 마귀 두목의 무공 실력이 그토록 강하니, 군주가 우리더러 간수를 잘못했다고 문책할 수만은 없을 게 아닌가.'

아미파 여제자들은 모두 보탑 7층에 갇혀 있었다. 멸절사태는 장문인으로서 존엄을 지켜준답시고 조그마한 방 한 칸에 따로 감금해놓았다. 녹장객은 감시자에게 명해 문을 열게 하고 안으로 들어섰다.

멸절사태는 돌바닥에 가부좌를 틀고 앉아 조용히 눈을 내리감은 채 심신을 수련하고 있었다. 음식을 끊은 지 벌써 며칠째라 용색은 초췌했으나 오히려 그 때문에 더욱 강한 집념과 오만스러움이 돋보였다.

"멸절사태, 안녕하시오?"

녹장객이 수작을 건네자, 멸절사태가 천천히 눈을 떴다.

"이렇게 불편한 데서 평안할 게 뭐 있겠소?"

"당신이 그토록 고집을 부리니, 주인께서 살려두어봤자 쓸모가 없다 하시고 나더러 서천 극락세계로 보내드리라 명하셨소이다."

멸절사태는 죽을 뜻을 굳힌 지 벌써 오래라, 그런 말에 추호도 흔들리지 않았다.

"호오, 그거 아주 잘됐군! 한데 귀하께 수고를 끼치고 싶지 않으니 단검 한 자루만 빌려주시구려. 내 스스로 목숨을 끊을 테니까……. 그리고 귀하께 부탁이 하나 있소. 내 제자들 가운데 주지약을 좀 불러주지 않겠소? 죽기 전에 그 아이한테 몇 마디 당부할 말이 있소이다."

문을 열고 나간 녹장객이 부하더러 주지약을 데려오라고 명하면서, 속으로 고개를 끄덕거렸다. '역시 모녀간의 정리는 남다르구나. 그렇지 않고서야 어째서 큰 제자를 부르지 않고 그 아이만 부른단 말이냐?'

얼마 안 있어 주지약이 스승의 방으로 건너오자, 멸절사태는 녹장객을 돌아보고 말했다.

"녹 선생, 바깥에서 잠시만 기다려주시겠소? 내 이 아이한테 몇 마디만 당부해두고 싶소."

녹장객은 고개를 한 번 끄덕이고 순순히 방에서 나가 문밖에 지켜섰다. 한참을 기다리다 짜증이 난 그는 불현듯 이들 '모녀'가 무슨 비밀 얘기를 주고받는지 엿듣고 싶어 슬그머니 내공을 끌어올리고 문짝에 귀를 바싹 갖다 붙였다. 안에서는 훌쩍훌쩍 흐느껴 우는 소리가 들렸다. 그 울음소리에 섞여 아주 나지막하면서도 착 가라앉은 목소리가 들려나왔다. 중후한 어조로 보아 멸절사태의 음성이 틀림없었다. 녹장객은 이 늙은 비구니의 얘기를 귀담아들으려고 애썼으나 한참이 지나도록 일언반구도 알아들을 수 없었다. 그저 간간이 주지약의 외마디 섞인 놀란 목소리만 들려나올 뿐이었다.

"사부님, 그 말씀 거두어주세요. 불초 제자는 나이도 어린 데다 입문

한 지 오래되지 않아…… 어르신네는 반드시 이 곤경에서 벗어날 수 있을…….”

드문드문 끊겨나오는 목소리를 들으면서, 녹장객은 별 희한한 일도 다 있구나 싶었다. 원 세상에, 자길 낳아준 어미더러 ‘어머니’라고 부르지 않고 ‘사부님’이라 부르는 딸년이 어디 있단 말인가? 설마 자기가 고두타와 멸절사태 사이에 배가 맞아 태어난 사생아라는 사실을 아직 모르고 있는 건 아니겠지?

한사코 거절하는 주지약의 울음소리가 그치지 않고 들려나왔다.

“사부님, 이 제자는 못 합니다! 해낼 수도 없고요……. 저는 정말 못 할 일입니다!”

멸절사태가 매섭게 호통쳐 꾸짖었다.

“내 당부 말을 듣지 않으면 ‘기사멸조欺師滅祖’의 죄를 범한다는 걸 네가 모르느냐!”

한쪽에서는 거부하느라 앙탈 부리고, 또 한쪽에서는 엄한 명령으로 다그치고 있었다. 오락가락 주고받는 얘기는 좀처럼 끝날 것 같지 않았다. 녹장객은 멸절사태가 ‘딸년’에게 무슨 요구를 받아들이라고 윽박지르는지, 또 주지약은 무엇을 못 하겠다고 한사코 뻗대는지 그 대목만큼은 단 한마디도 알아들을 수 없었다. 이제는 그저 주지약이 목놓아 서럽게 우는 소리만 들려왔다. 한참을 견디다 못한 녹장객이 방문을 두드렸다.

“어이, 얘기 다 끝났소? 앞으로 얘기할 날이 쇠털같이 많은데, 이런 골방에서 무슨 할 말이 그리도 많은 거요?”

그러자 방 안에서 멸절사태의 사나운 호통 소리가 터져 나왔다.

“웬 놈의 잔소리가 그리도 많은 거요!”

멸절사태다운 거칠고 조급한 성깔이 폭발한 모양이었다. 하지만 녹장객은 고두타가 언짢아할까 봐 이들 ‘모녀’를 죄인 다루듯이 마구 대하고 싶지 않았다. 그래서 말씨도 한결 친절하게 내뱉았다.

“그래그래 좋소! 내가 잔소리를 안 하면 그만이지. 두 분 모녀께서 천천히 얘기들 하시구려.”

뒤미처 멸절사태의 노성이 또 한 번 터져 나왔다.

“당치도 않은 헛소리! 우리는 사제지간인데 무슨 모녀지간이란 말인가?”

“헤헤헤, 암 그렇고말고! 내 입 꾹 봉하고 헛소리 안 하리다.”

죄수에게 느닷없이 꾸지람을 들은 녹장객은 아첨을 떠느라고 간살맞게 웃으면서 고분고분 입을 다물었다. 그런 뒤 또 한참을 기다렸다. 그러나 맏제자 녀석의 숙소에 감춰둔 한희가 마음에 걸려 정말 더는 참을 수가 없었다. 그래서 녹장객은 잰걸음으로 부리나케 10층 우왕아푸의 숙소로 올라갔다.

또 한참이 지났다. 멸절사태는 주지약에게 아미파 본문의 중대한 사무를 낱낱이 일러주어 인계하느라 정신이 팔려 있었다. 이때 갑자기 바깥에서 누군가 문을 두드렸다. 멸절사태는 오늘 이 제자에게 무공마저 가르쳐주기는 다 글렀구나 싶어 쓴 입맛을 다시면서 거칠게 소리쳤다.

“그새를 못 참고…… 들어오시구려!”

그런데 뜻밖에도 두터운 목제 문짝이 열리고 들어선 것은 녹장객이 아니라 장발의 땡추중 녀석이었다. 그러나 멸절사태는 별로 이상스럽게 여기지 않았다. 이놈이나 저놈이나 모두 한통속인데 누가 들어온들 무슨 상관인가?

"됐소, 이 아이를 데려가도록 하시구려!"

그녀는 주지약이 보는 앞에서 자결하고 싶지 않았다. 어린 제자가 너무 큰 충격을 받고 감당하지 못할까 봐 걱정되었기 때문이다.

고두타가 슬금슬금 다가오더니 귓속말로 속삭였다.

"이건 해독약이니 얼른 드시오. 좀 있다가 바깥에서 고함 소리가 들리거든 모두 결사적으로 뛰쳐나가야 하오."

멸절사태는 이것 봐라 싶어 두 눈이 휘둥그레졌다.

"귀하는 뉘시오? 무슨 심보로 내게 해독약을 주는 거요?"

"소생은 명교 광명우사 범요라 하오. 사태 어른 일행을 구하려고 마음 써서 해독약을 훔쳐다 드리는 거요."

'명교' 소리만 들어도 치가 떨리는 그녀는 당장 노기가 충천해서 냅다 호통을 쳤다.

"이 간악한 마교 놈들! 지금 이 지경에 와서까지 나를 희롱할 작정이냐?"

느닷없이 불벼락을 맞은 범요는 어처구니가 없어 웃음밖에 나오지 않았다.

"그래 좋소! 당신을 희롱했다고 칩시다. 아무튼 이 약은 독약에 독약을 섞어 무시무시한 극독으로 조제한 것인데, 어디 배짱이 있거든 잡숴보시구려. 이 독약이 배 속에 들어가면 불과 한 시진 만에 오장육부가 토막토막 끊겨 말도 못 하게 참혹한 꼬락서니로 죽을 거외다."

멸절사태는 두말없이 자기 눈앞에 내민 약봉지를 받아 들더니 입을 한껏 벌리고 가루약을 한 모금에 털어 넣었다. 그러고는 입을 꾹 다문 채 꿀꺽 삼켜 배 속으로 넘겼다.

"사부님! 사부님……!"

기절초풍한 주지약이 악을 쓰면서 울부짖으려 하자, 범요가 얼른 손을 내뻗으면서 호통쳐 꾸짖었다.

"쉿! 소리 내지 말고, 너도 이 독약이나 먹어라!"

찔끔 놀란 주지약이 앙탈 부리려 했으나 이미 늦었다. 솥뚜껑 같은 손바닥이 어느새 볼따구니를 비틀어 잡고 아픔에 겨워 딱 벌어진 입에 가루약을 툭툭 털어 넣더니 미리 준비해온 병을 쳐들고 맑은 물까지 몇 모금 쏟아부었다. 그러자 삽시간에 가루약이 물에 녹아 목구멍을 타고 흘러 들어갔다.

"앗, 안 돼!"

멸절사태의 놀라움이야말로 이만저만 큰 게 아니었다. 주지약이 죽어버렸다가는 자기가 고심참담 애써온 보람이 한낱 물거품으로 돌아가고 말 게 아닌가? 외마디 소리를 지른 그녀가 허약해질 대로 허약해진 몸을 돌보지 않고 와락 덤벼들더니 손바닥으로 범요를 냅다 후려갈겼다. 그러나 해독약을 먹었어도 공력은 아직 회복하지 않은 터라 공격 초식은 비록 정교해도 힘줄기가 없으니 그저 상대방을 툭 밀치기만 했을 뿐, 오히려 자신이 제힘에 떠밀려 벽을 들이받고 나자빠졌다.

"소림파 땡추중 녀석들하고 무당의 여러 협사들도 모조리 그 독약을 드셨다는 걸 모르는군. 우리 명교가 좋은 짓을 했는지 나쁜 짓을 했는지 좀 있으면 알게 될 거요. 하하하!"

껄껄대며 후딱 돌아선 범요가 문턱을 넘어서더니 뒷손질로 문짝을 끌어당겨 "꽝!" 소리가 나도록 거세게 닫아버렸다.

앞서 느닷없이 조민에게 이끌려 장 교주를 만나러 간 범요는 해독약을 탈취할 일이 마음에 걸려 안절부절 애를 태워야 했다. 조민이 그더러 술집 바깥채에서 기다리라는 분부를 내리자, 그는 즉시 쏜살같이 만안사로 뛰어갔다. 그러고는 녹장객과 약속한 대로 보탑으로 들어가 단숨에 10층 우왕아푸의 숙소까지 뛰어올랐다.

문밖에 서성거리던 우왕아푸는 그를 보자 공경스러운 자세로 몸을 굽혀 인사했다.

"어서 오십시오, 고 대사님."

범요는 위엄 있게 고갯짓 한 번 끄덕였다. 그러나 속으로는 웃음이 나왔다.

'잘들 논다. 늙은 영감은 스승인 주제에 체통머리 없이 혼자 방 안에 틀어박혀 왕 전하의 애첩과 풍류 놀음이나 즐기고, 제자 녀석은 문밖에서 바람잡이 노릇이나 하다니……. 아무튼 잘됐구나. 저 늙은이가 재미를 보느라 정신없는 틈에 덮치면 그놈의 해독약을 빼앗기가 한결 수월하겠다.'

그는 허리를 잔뜩 구부리고 우왕아푸 곁을 지나가며 느닷없이 뒷손질로 그 아랫배의 혈도를 찍었다. 우왕아푸는 "앗" 소리도 질러보지 못한 채 꼼짝달싹 못 하는 신세가 되고 말았다. 전혀 방비할 마음가짐도 없었거니와 설령 온 신경을 집중시켜 경계 태세를 취했다 하더라도 고두타의 기습적 공격을 피해내지는 못했으리라. 혈도를 찍혀 팔자에 없는 말뚝 신세가 된 우왕아푸는 영문을 모른 채 그저 속으로 이상한 일도 다 있구나 싶었다. 도대체 자기가 이 벙어리 두타 어른께 무슨 죄를 지었는지 아무리 생각해봐도 알 길이 없었다. 혹시 방금 '고 대사'라고 부른 것이 불경죄라도 된단 말인가?

범요는 방문을 밀어 열기가 무섭게 번개 벼락 치듯 침대 위로 덮쳐들었다. 두 발이 바닥에 미처 닿기도 전에 번쩍 휘두른 일장이 침대 이부자리 속에 누운 사람을 후려쳤다. 녹장객의 무공 실력이 얼마나 지독스러운가? 만약 일격으로 중상을 입히지 못하는 날이면 꼼짝없이 목숨 걸고 승부를 겨뤄야 할 판이었다. 그런 줄 뻔히 아는 터라 범요가 후려갈긴 일장에는 10할의 공력이 송두리째 얹혀 있었다.

"퍽!"

둔탁한 소리와 함께 침대 위에 덮였던 이부자리가 산산조각 찢겨나가면서 온 방 안에 솜뭉치들이 어지러이 흩날렸다. 솜이불을 휙 낚아챘더니, 한희가 코와 입으로 피를 흘리면서 맥없이 축 늘어져 있는 게 아닌가. 무지막지한 사내의 뚝심에 꽃다운 목숨이 바스러진 것이다. 그런데 녹장객은 어딜 갔을까?

속으로 실성을 터뜨린 그는 퍼뜩 정신이 들었다. 방문을 나선 그는 말뚝 신세가 된 우왕아푸를 끌고 들어와 손가락으로 다시 한 군데 혈도를 찍은 뒤 침대 밑에 쑤셔 박았다. 그러고는 방문을 막 닫아걸려는데, 문밖에서 성난 녹장객의 목소리가 들려왔다.

"아푸, 아푸! 이놈이 어딜 함부로 싸돌아다니는 거야?"

방 안에서 범요는 가슴을 쓸어내렸다. 한순간 뒤늦게 손을 썼더라면 꼼짝없이 들킬 뻔했지 않은가?

녹장객은 방금 7층에서 올라오는 길이었다. 멸절사태 '모녀' 둘이서 무슨 할 얘기가 그리도 많은지 눈물콧물 짜내며 주절대는 소리가 언제 어느 때 끝날지 몰라 넌덜머리가 나는 데다 한희의 어여쁜 얼굴 모습이 자꾸만 눈에 밟히는 터라 더는 견디지 못하고 제자 녀석의 숙소로 돌아온 터였다. 그런데 여느 때 같으면 스승의 분부를 고분고분 잘 듣던 맏제자 녀석이 지키라는 방문은 지키지 않고 어디로 갔는지 그림자도 보이지 않았다. 성미가 불끈 치밀어 오른 그는 방문을 활짝 열어젖히고 안으로 들어섰다. 천만다행히도 한희는 여전히 침대 위에 엎어진 채 누워 있고 이부자리가 얌전히 덮여 있는 것이 아무런 이상도 없는 듯했다.

녹장객은 우선 빗장부터 집어 들어 문짝에 질러놓았다. 그런 뒤 침대를 향해 돌아서면서 음흉한 미소를 지었다.

"요것아, 내가 혈도를 풀어줄 테니까 찍소리도 내지 말아야 한다."

녹장객은 혼잣말로 중얼거리며 이부자리 속으로 더듬더듬 손을 집어넣었다. 손끝이 보드라운 한희의 등줄기에 닿았다고 느끼는 순간, 이부자리 속으로 푹 들어간 팔뚝이 무엇엔가 꽉 붙들렸다. 강철 집게 같은 다섯 손가락이 맥문 혈도를 단단히 움켜잡고 놓아주지 않는 것이다. 기절초풍하도록 놀란 그는 삽시간에 힘줄기라곤 반 톨도 쓰지 못하는 신세가 되고 말았다.

훌쩍 들춰진 솜이불 안에서 머리 터럭을 길게 기른 장발 두타 한 사람이 꿈지럭거리며 나타났다. 바로 고두타였다.

오른손으로 녹장객의 맥문을 움켜쥔 범요는 왼손 다섯 손가락을 바람개비 돌리듯 위아래로 휘저으며 그의 전신 열여섯 군데 급소의 혈도를 모조리 찍어놓았다. 녹장객은 순식간에 물 먹은 소금 자루처럼 스르르 주저앉은 채 두 번 다시 꼼짝달싹할 수 없었다. 할 수 있는 것이라곤 그저 분노에 들떠 불덩어리처럼 이글거리는 두 눈초리로 고두타를 잡아먹을 듯 노려보는 일밖에 없었다.

범요가 삿대질을 해가며 능글맞은 말투로 자기 신분을 밝혔다.

"이 늙은이는 앉으나 서나, 자나 깨나 성씨와 이름을 바꿔본 적이 없는 몸이야. 내가 바로 명교 광명우사 범요라네. 오늘 내 암습에 걸리고 보니 기분이 어떠신가? 지혜롭고 눈치 빠르기로 세상에 짝이 없다고 자부하던 늙다리 사슴이 이제 보니 아둔하고 쓸모없기로 세상에 둘도 없는 영감이었군. 이제 내 손으로 그대를 죽이기는 여반장이겠으나, 여기서 목숨을 끊어놓는대서야 영웅호걸이 할 짓은 아니지. 내 잠시 그 한 목숨 붙여둘 테니까, 배짱 있거든 훗날 서역 광명정으로 범요란 사람을 찾아와 복수하시게."

전신 혈도를 찍어놓고도 성에 차지 않았는지 범요는 내친김에 녹장객의 위아래 겉옷 속옷 가릴 것 없이 옷가지를 몽땅 벗겨서 알몸으로 만들고 한희의 시체와 나란히 누여놓은 다음, 솜이불을 끌어다 한꺼번에 덮어씌웠다.

그러고 나서야 녹장객의 애용 병기 녹각장을 집어 들고 눈여겨보아 둔 대로 사슴뿔 한 가닥을 돌려서 그 안에 감춰둔 해독약을 모조리 쏟아냈다.

원하던 물건을 손에 넣자, 그는 층층마다 포로들이 갇힌 방을 차례차례 돌아가며 공문대사, 송원교, 유연주를 비롯한 육대 문파 고수들에게 해독약을 나눠주었다. 여섯 층을 오르내리며 한바탕 해독약을 선사하다 보니 시간이 적지 않게 걸렸다. 찾아가는 곳마다 포로들에게 단 몇 마디씩이나마 상황 설명을 하느라 혓바닥 놀림에 시간을 숱하게 잡아먹었기 때문이다.

마지막으로 찾아든 곳이 바로 멸절사태가 억류된 감방. 그녀가 해독약을 믿지 않고 포달을 부리자, 범요는 밉살스러운 나머지 한번 골탕을 먹여줄 셈으로 아예 '독약'이라고 거짓말로 속여서 내밀었다. 그녀가 본교 형제들의 목숨을 숱하게 해쳤을 뿐 아니라 적지 않은 사람을 불구자로 만든 행위에 깊은 원한을 품고 있던 터라 이렇듯 거짓말을 퍼붓고 나니 그렇게 통쾌할 수가 없었다.

해독약 분배를 마치고 홀가분한 마음으로 기분이 한창 좋은 판에 갑자기 보탑 아래쪽에서 왁자지껄 시끄러운 고함 소리가 어수선하게 들려왔다. 흠칫 놀란 범요가 귀를 기울여 가만히 들어보니 그중에 학필옹의 목소리가 누구보다 더 우렁찼다.

"고두타는 첩자다! 어서 빨리 그놈을 잡아 끌어내려라!"

"아뿔사, 이거 낭패로구나……. 어떤 놈이 저놈을 구해냈을꼬?"

속으로 실성을 지르면서 고개를 길게 뽑아 탑 아래쪽을 내려다보았더니, 어느새 학필옹이 호위 무사 한 떼를 거느리고 사면팔방으로 탑 둘레를 철통같이 에워쌌다.

신전팔웅 가운데 손삼훼와 이사최가 무심결에 내민 범요의 머리통을 발견하자 일제히 쌍전雙箭을 쏘아 올리며 냅다 욕설을 퍼부었다.

"저 육시랄 놈의 두타 녀석! 어쩌자고 사람을 그토록 골탕 먹였느냐? 당장 죽여버릴 테다!"

학필옹을 비롯한 세 사람이 어떻게 이 시각에 나타났을까? 범요에게 혈도를 찍힌 이들은 애당초 곤경에서 금방 벗어날 처지가 아니었다. 이들 셋은 녹장객의 처소에 처박힌 채 꼼짝달싹 못 하고 있었다. 다른 사람들은 현명이로의 거처라면 아예 얼씬도 못 하는 터라 어느 누구도 녹장객의 처소에 함부로 들어서지 않았던 것이다. 그런데 뜻밖의 일이 벌어졌다. 여양왕 저택에서 나온 무사들이 만안사 일대를 이 잡듯 샅샅이 뒤지고 다녔어도 왕 전하의 애첩을 찾아내지 못하자, 그들 중 누군가 한 사람이 평소 녹장객이 계집이라면 사족을 못 쓰는 호색한이라는 사실을 떠올리고 급기야 그 처소로 달려가기에 이르렀다. 하지만 무사들은 현명이로를 맹수보다 더 무서워하는 터라, 전하의 애첩이 그와 연관이 있으리라는 심증을 품었으면서도 언감생심 호랑이의 수염을 뽑겠다는 엄두는 내지 못했다. 한참을 기다린 끝에 무사들을 지휘하는 합 총관哈摠管이 한 가지 꾀를 내어 말단 졸개 한 명을 시켜 녹장객의 처소 방문을 두드리게 했다. 녹장객으로 말하자면 지위나 신분이 아주 높은 어른이라, 노염을 탔다 하더라도 체면상 무명 졸개 하나 붙잡고 어쩌지는 못할 터였다. 또 설령 홧김에 졸개 녀석을 때려죽여봤자 별것 아니므로 밑져야 본전밖에 더 되랴 싶어 내세운 것이다.

말단 졸개가 몇 차례 문을 두드렸으나 안에서는 쥐 죽은 듯 아무 소리도 나지 않았다. 응답하는 기척이 없으니, 합 총관도 큰맘 먹고 이를 악문 채 졸개더러 문을 열고 들여다보게 했다. 머리를 들이밀고 이리저리 둘러보니 학필옹과 손삼훼, 이사최 세 사람이 땅바닥에 쓰러져 버둥거리고 있는 게 아닌가? 그 무렵 학필옹은 진기를 끌어올려 혈도에 그칠 새 없이 충격을 가한 끝에 10분의 3~4쯤 몸이 풀려가고 있었다. 그는 합 총관이 나머지 혈도를 풀어준 덕분에 그 즉시 행동할 수 있었다.

분노가 머리끝까지 치밀어 오른 학필옹은 펄펄 뛰어가며 녹장객과 고두타의 행방을 수소문한 끝에 그들이 보탑으로 올라갔다는 사실을 알아내고 우선 손삼훼와 이사최의 혈도마저 풀어준 다음, 그들과 함께 무사들을 이끌고 달려와 우선 보탑부터 철통같이 포위했다. 그러고 나서 고두타를 끌어내려고 천둥 벼락같이 고함을 지른 것이다.

"고두타, 이 죽일 놈아! 그 속에 처박혀 뭘 하고 있는 거냐? 이리 썩 내려와서 나하고 죽기 살기로 한판 붙어보자!"

범요는 속으로 조바심이 들기 시작했다. 학필옹의 도전을 받고 여느 때 같았으면 득달같이 뛰어 내려갔을 것이나 지금은 사정이 달랐다. 탑 밑에서 온갖 욕설과 저주 악담이 그치지 않고 올라오는데, 그저 속으로 투덜거리기나 할 뿐 어떻게 처신해야 좋을지 알 수가 없었다.

'죽기 살기로 결사전을 벌이자고? 그야 못 할 것도 없지! 이 범요가 네까짓 늙은이를 겁낼 줄 아는가? 하지만 저 고린내 나는 땡추중 녀석들, 암내 나는 비구니들이 해독약을 먹은 지 얼마 안 되었으니 단시간에 공력을 회복하지 못하는 게 걱정스럽다. 저 주정뱅이 학필옹은 내가 녹장객과 주고받는 대화를 모조리 들었으니 이제 늙은 사슴 한 마리 죽여봤자 입막음을 하기는 다 틀린 노릇인데, 이 일을 장차 어쩌면 좋으랴?'

한동안 뾰족한 수가 없어 그저 망설이고 있으려니, 탑 아래쪽에서 또다시 학필옹의 욕설이 버럭버럭 들려왔다.

"이 벼락 맞아 죽을 두타 놈아! 이리 썩 내려오지 못할 테냐? 안 내려오면 내가 올라가마!"

범요는 후딱 돌아서서 방 안으로 들어가더니 녹장객과 한희를 한꺼번에 덮어 싼 이불 보따리를 껴안고 다시 보탑 언저리 복도로 나왔다. 그러고는 두 사람을 머리 위에 번쩍 치켜들고 마주 고함쳤다.

"학필옹! 잘 봐둬라, 보탑 문 앞에 한 걸음이라도 다가오는 날이면 내 이 늙은 사슴을 내던져버리고 말 테다!"

탑 둘레에는 무사들이 횃불을 높이 쳐들고 있어 사면팔방이 대낮처럼 밝았으나, 13층 보탑이 워낙 높아 그쪽까지는 불빛을 비춰볼 수가 없었다. 그러나 어른거리는 불빛 그림자 속에 녹장객과 한희의 생김새만큼은 알아볼 수 있었다.

사형의 모습을 알아본 학필옹이 깜짝 놀라 까마득히 높은 10층을 올려다보며 고함쳤다.

"형님! 형님! 별일 없소?"

연거푸 악을 써가며 불러보았으나 녹장객은 대답이 없었다. 학필옹은 사형이 고두타의 손에 죽어버린 줄로 알고 그만 기가 꺾이고 말았다.

"이 단매에 때려죽일 놈의 고두타! 네놈이 내 사형을 죽였구나? 어디 두고 보자. 내 맹세코 네놈과는 같은 하늘 아래에 살지 않을 것이다!"

이 말을 듣고 범요는 녹장객의 아혈을 풀어주었다. 예상한 대로 입이 열린 녹장객이 참고 참았던 욕설을 한꺼번에 터뜨리기 시작했다.

"이 죽일 놈의 두타 녀석! 네놈은 여기서 안팎으로 내통하려고 기어들어온 첩자지? 육시처참을 해도 시원치 않을 첩자 놈……."

몇 마디 욕설쯤 하게 내버려둔 범요는 녹장객의 아혈을 찍어 다시 말을 하지 못하게 만들었다. 귀에 익은 목소리를 듣자, 학필옹은 사형이 아직 죽지 않은 것을 알고 다소 마음이 놓였다. 그러나 고두타가 진짜 사형을 탑 아래로 내던질까 봐 겁이 나서 탑문 근처에는 얼씬도 하지 못했다.

이렇듯 오래도록 대치 상태가 지속되었으나, 학필옹은 도무지 사형을 구해낼 방법이 떠오르지 않아 속만 타들어갔다. 그렇다고 무작정 탑문으로 다가들 수도 없어 그 자리에 선 채 발만 동동 굴렀다.

범요는 될 수 있는 대로 시간을 길게 끌려고 애를 썼다. 한 시진이라도 좋고 일각이라도 좋았다. 시간을 끌면 끌수록 육대 문파 고수들이 한 사람이라도 더 공력을 회복할 수 있을 터였다. 그는 보탑 변두리 난간 곁에 우뚝 선 채 껄껄대고 비웃었다.

"모주꾼 학 늙은이! 자네 사형 되신 분은 여색에 미쳐서 제 상전의 애첩마저 보쌈질해 덮칠 만큼 간덩어리가 부어터졌어. 나는 지금 배가 맞은 연놈을 현장에서 붙잡았으니 '간통쌍벌죄'로 다스릴 참일세. 이래도 자넨 사형을 감싸고돌 작정인가? 총관 나리! 어서 그 늙은이를 잡아 꿇리시오. 저들 두 형제가 하극상을 저지르고 반역을 도모했으니 그 죄는 주륙誅戮을 면치 못할 거요. 총관 나리께서 그자를 체포하시면 왕 전하께서 아주 무거운 상을 두둑이 내리실 거외다."

그 소리에 마음이 흔들렸는지 합 총관이 곁눈질로 힐끗 학필옹을 쳐다보았다. 손이 꿈틀하는 것을 보니 체포하고는 싶은데 좀처럼 용기가 나지 않는 모양이었다. 그는 벙어리 고두타의 입이 별안간 열린 것을 보고 비록 이상하게 여겼으나, 자기 두 눈으로 녹장객과 한희 마님이 한 이불 속에 싸여 있는 꼬락서니를 똑똑히 보았으니 그 말을 믿지 않을 수 없었다. 게다가 녹장객이 호색한이라는 사실이 선입관으로 작용했으므로 고두타가 한 말을 십중팔구 확신하기에 이르렀다.

"고 대사, 이리 내려오시오! 우리와 함께 왕 전하 앞에 나아가 시비를 가려봅시다. 당신네 세 분은 모두 선배 고인들이시니 소인의 입장으로서는 어느 누구도 무례하게 대할 수 없소이다."

범요는 그야말로 간덩어리가 큰 위인이었다. 무서울 것도 없고 꺼릴 바도 없었다. 합 총관이 여양왕 앞에 가서 시비 흑백을 가리자고 제의하자 귀가 솔깃해졌다. 생각해보라, 여양왕의 부중으로 건너가 삼자대질하고 이러쿵저러쿵 시비를 가리자면 적지 않게 시간이 걸릴 것이다. 그 정도 시간이면 보탑 위의 육대 문파 고수들은 체내의 독성이 말끔히 풀려 삼십육계 줄행랑을 놓고도 남음이 있지 않겠는가?

"그것참 좋은 생각이오! 그러잖아도 나 역시 어떻게 하면 왕 전하께 상을 받을까 궁리하고 있었는데 마침 잘되었소. 총관 나리, 그 학 늙은이를 단단히 지키고 계셔야 하오. 한눈이라도 팔았다가는 어느 틈에 도망칠지 모르니 절대로 놓쳐선 안 되오!"

바로 그때 갑자기 말발굽 치닫는 소리가 요란하게 울리면서 말 탄 기수 한 명이 절간으로 뛰어들더니 곧바로 보탑을 향해 돌진해왔다. 탑을 에워싸고 있던 무사들이 기수를 보자 일제히 몸을 굽혀 인사했다.

"왕세자 저하!"

무사들의 외침을 들으면서 범요가 탑 아래를 내려다보니, 말 탄 기수는 묶은 머리에 황금빛이 번쩍거리는 금관을 쓰고 비단 전포戰袍 차림새로 몸통이 우람한 백마 위에 떡 버텨 앉아 있었다. 바로 여양왕의 뒤를 이을 왕세자 쿠쿠테무르, 중국식 이름으로 왕보보였다.

키가 훤칠하게 큰 마상에서 왕보보가 매섭게 호통쳐 물었다.

"한희는 어디 있느냐? 부왕께서 크게 진노하셔서 내가 직접 살펴보러 왔다."

합 총관이 왕세자 앞으로 나아가 여쭈었다.

"녹장객이 한희 마님을 보쌈질해서 탑 위로 데려갔사온데, 지금 고두타에게 붙잡혀 있습니다."

"뭣이, 녹장객이?"

노발대발한 왕보보의 호통에 다급해진 학필옹이 얼른 변명하고 나섰다.

"왕세자 저하! 합 총관의 터무니없는 소리를 듣지 마십시오. 저 탑 위에 서성거리는 고두타야말로 첩자이옵니다. 그놈이 제 사형을 모함해서……."

그 순간 왕보보의 양 눈썹이 곤두서더니, 누구에게랄 것도 없이 냅다 호통쳐 분부했다.

"모두 이리 내려와서 얘기하라!"

범요는 여양왕의 부중에 오랜 세월 몸담고 있던 터라 이 젊은 왕자가 얼마나 영악스럽고 똑똑한 인물인지 잘 알고 있었다. 지혜와 모략은 그 아비 되는 여양왕에 못지않았다. 범요 자신이 휼계로 남을 속일 수 있을망정 이 사람만큼은 속일 수 없었다. 이제 까마득히 높은 탑 위에서 내려다보며 두세 마디 수작을 주고받았다가는 당장 허점을 간파당하고, 명령 한마디 떨어지는 날에는 호위 무사들이 벌 떼처럼 공격을 개시할 터였다. 지금은 학필옹 하나만 상대해도 싸우기 껄끄러운 상황이다. 자기 혼자서 탈출하기는 어렵지 않다 하더라도 보탑 안의 포로들까지 구해서 빠져나가기란 하늘의 별 따기보다 어려운 일이다. 그는 생각다 못해 탑 아래를 굽어보고 왕보보를 향해 버럭 고함쳐 불렀다.

"왕세자 저하! 소인이 녹장객을 붙잡았더니, 아우 되는 자가 소인을 뼈에 사무치게 미워하고 있습니다. 이제 내려갔다가는 저 사람의 손에 죽임을 당하고 말 것입니다."

"고 대사, 학 선생은 그대를 죽이지 못할 테니 빨리 내려오기나 하시오!"

왕보보가 좋은 말로 타이르며 재촉했다. 그러나 범요는 내려갈 생각은 않고 목청을 돋워 낭랑하게 외쳤다.

"소인은 아무래도 이 탑 위에 있는 게 편할 듯싶습니다. 세자 저하, 소인 고두타는 평생 말을 하지 않았으나, 오늘만큼은 부득이 입을 열었습니다. 이 모두가 왕 전하께서 내리신 은혜에 일편단심 충성으로 보답하기 위한 일이었습니다. 저하께서 믿지 못하시겠다면 할 수 없군요. 불초 고두타는 이 높은 탑에서 뛰어내려 땅바닥에 머리를 들이받고 죽을 수밖에요!"

왕보보는 그 말을 곧이곧대로 믿지 않았다. 들어보나마나 일부러 시간을 끌어보려고 터무니없는 소리를 늘어놓는 게 분명했다. 그는 목소리를 잔뜩 낮추어 합 총관에게 속삭여 물었다.

"저자가 지금 무슨 짓을 꾸미고 있는가? 아무래도 시간을 질질 끄는 품이 누군가 올 때까지 기다리는 모양인데?"

"소인은 잘 모르옵니다만……."

합 총관이 송구스러움을 이기지 못하고 쩔쩔매면서 대꾸하려는데, 곁에 있던 학필옹이 불쑥 나섰다.

"세자 저하, 저 도적놈의 두타는 소인의 사형이 보관 중인 해독약을 빼앗아 보탑에 갇힌 반역도들을 해독시켜 구출하려는 겁니다."

이 말을 듣자 왕보보도 이내 사태의 내막을 깨달았다. 그는 보일 듯 말 듯 고개를 한 번 끄덕이더니 탑 위를 올려다보고 큰 소리로 외쳤다.

"고 대사, 나도 그대가 얼마나 큰 공을 세웠는지 알겠소. 어서 빨리 내려오시오. 내가 무거운 상을 내리리다!"

탑 위에서 고두타의 목소리가 떨어져 내렸다.

"소인은 녹장객의 발길질에 두 번이나 걷어차여 다리뼈가 부러졌습니다. 지금 여기서 꼼짝달싹할 수가 없습니다. 왕세자 저하, 조금만 기다려주십시오. 소인이 내력을 끌어올려 상처부터 치료하고 나서 당장 내려가겠습니다."

그러자 왕보보가 곁을 돌아보고 호통쳐 분부했다.

"합 총관, 어서 사람을 올려보내 고 대사를 업고 내려오너라!"

합 총관이 미처 응답하기도 전에 범요가 또 큰 소리로 엄살을 떨었다.

"안 됩니다, 안 돼! 누가 내 몸에 손을 대기만 해도 두 다리를 못 쓰는 앉은뱅이가 될 겁니다."

왕보보도 이제 확신을 가졌다. 한희와 녹장객이 솜이불 한 채를 덮어쓰고 있는 것이 사실인 만큼 설령 이들 두 사람 사이에 아무런 일이 없었다 하더라도 앞으로 부왕이 그런 계집과 잠자리를 같이할 리 만무했다. 그럼 방법은 하나뿐, 모조리 죽여 없애는 길만 남았다. 그는 호위 무사의 우두머리를 돌아보고 나직이 분부했다.

"합 총관, 저 보탑에 불을 질러 태워버려라. 강한 활을 지닌 사수들을 대기시켰다가 탑에서 뛰어내리는 자가 있거든 누구를 막론하고 모조리 쏘아 죽여라!"

"예에, 저하!"

응답 한마디에 허리 굽혀 분부를 받든 합 총관이 그 즉시 부하 무사들에게 명령을 내리자, 삽시간에 궁수들이 보탑을 중심으로 빙 둘러서서 활시위에 화살을 먹인 채 포위망을 치고, 다른 무사들은 불씨와 마른 나뭇단을 옮겨다 보탑 둘레에 척척 쌓아놓기 시작했다.

이 광경을 본 학필옹이 대경실색, 고함을 질렀다.

"세자 저하, 저 탑 위에 제 사형이 있습니다!"

그러나 왕보보의 대꾸는 차갑기만 했다.

"저 두타 놈이 내려올 때까지 우리가 한평생 기다릴 수야 없는 노릇 아닌가? 탑 아래서 불을 지르면 내려오지 않고 못 배길 거요."

"만약 저놈이 사형을 내던지면 어떻게 합니까? 저하, 부탁입니다. 제발 불은 놓지 말아주십시오!"

학필옹이 애타게 간청했으나, 왕보보는 코웃음만 칠 뿐 거들떠보지 않았다.

잠시 후 여양왕부 직속 무사들이 불쏘시개와 불씨를 가져다 보탑 아래 쌓아놓은 나뭇단에 돌아가며 불을 놓기 시작했다.

당황해서 어쩔 바를 모르던 학필옹은 보탑에 불길이 치솟는 것을 보자 결단을 내렸다. 그는 사형 녹장객과 더불어 무림계 인사들 가운데서도 신분이 대단한 인물에 속했다. 그래서 여양왕이 깍듯이 예를 갖춰 왕부에 초빙해 이날 이때껏 누구보다 더 존중하고 경의를 표해 왔는데, 오늘 뜻밖에 고두타의 간계에 빠져든 것은 고사하고 젊은 왕세자마저 예우하지 않고 박대하니, 사형 녹장객의 목숨이 경각에 달린 마당에 눈이 뒤집혀 왕세자고 뭐고 따져볼 겨를도 없었다. 그는 학취쌍필鶴嘴雙筆 두 자루를 양손에 들고서 댓바람에 몸을 날려 이제 막 나뭇단에 불을 놓던 무사 두 명에게 덮쳐갔다.

"퍽, 퍽!"

둔탁한 타격음과 더불어 무사 두 명의 몸뚱이가 허깨비처럼 공중에 붕 떠오르더니 뒤로 멀찌감치 나가떨어졌다.

그것을 본 왕보보가 노발대발 호통을 쳤다.

"학 선생! 그대마저 하극상의 죄를 범할 작정인가?"

"불을 놓지 말라고 하십시오. 그럼 나도 저하의 일을 막지 않겠습니다!"

학필옹이 조건을 내걸었으나, 왕보보는 한마디로 응수했다.

"불을 놓아라, 어서!"

뒤미처 왼손을 번쩍 휘두르자 등 뒤에서 붉은 가사를 걸친 라마승 다섯이 우르르 달려 나오더니, 무사들의 손에서 횃불을 빼앗다시피 넘겨받아 보탑 둘레에 겹겹이 쌓아놓은 나뭇단을 겨누고 일제히 내던졌다. 바싹 마른 나뭇단 장작더미에서 삽시간에 불길이 활활 타오르기 시작했다.

풋내기 젊은 왕자에게 완전히 무시당한 원로 고수 학필옹은 머리끝까지 치밀어 오른 분노를 참지 못하고 곁에 서 있던 무사의 손아귀에서 장창長槍 한 자루를 선뜻 빼앗아 들고 불붙은 장작더미를 미친 사람처럼 이리저리 돌아가며 흩어놓기 시작했다.

왕보보가 버럭 고함쳐 명했다.

"잡아 꿇려라!"

라마승 다섯이 계도를 한 자루씩 들고 나서더니 눈 깜짝할 사이에 학필옹을 에워쌌다.

이쯤 되자 학필옹의 분노도 극에 달했다. 불구덩이를 흩어놓던 장창을 툭 던져버리기가 무섭게 손길을 내뻗어 포위망 왼쪽에 있는 라마승의 병기를 낚아채려 했다. 그러나 이들 라마승은 하나같이 보통 솜씨가 아니었다. 학필옹의 손길이 날아들자 계도를 번뜻 뒤채어 반대로 그의 어깨머리를 후려 찍어 내렸다. 학필옹이 선뜻 피하려는 순간, 등 뒤에서 칼바람 소리가 "씽!" 하고 날아들었다. 배후를 차단하고 있던 라마승의 계도 두 자루가 한꺼번에 들이닥친 것이다.

여양왕의 세자 쿠쿠테무르의 휘하에는 무공 실력이 출중한 라마승 열여덟 명이 있었다. 통상 '십팔금강十八金剛'이라 불리는 이 라마승들은 다섯 조로 나뉘어 있다. 계도 다섯 자루를 쓰는 패거리가 '오도금강五刀金剛', 장검 다섯 자루를 쓰는 이들이 '오검금강五劍金剛', 강철 선장禪杖 넉 자루를 쓰는 이들이 '사장금강四杖金剛', 승려들이 범패梵唄 춤을 출 때 쓰는 바라 네 켤레를 사용하는 이들을 '사발금강四鈸金剛 '이라 불렀다. 이렇게 병기 종류에 따라 특기를 지닌 번승番僧끼리 넷 또는 다섯 명씩 편성한 것이다.

이들 패거리 넷 가운데 지금 학필옹을 공격하는 다섯 라마승이 바로 오도금강이었다. 만약 이들이 각자 일대일로 단독 대결을 벌인다면 학필옹의 무공 실력에 한참 뒤떨어져 적수가 못 된다. 하지만 다섯 명이 손잡고 연합 공세를 펼치면 얘기가 전혀 달라진다. 공격과 수비가 치밀하게 조화를 이룬 다섯 자루의 계도가 전후좌우에서 수레바퀴 전법으로 번갈아가며 집중 공격을 퍼붓자, 아무리 무공이 뛰어나다고 자부하던 학필옹도 그 실력을 제대로 발휘하지 못하고 당장 수세에 몰리기 시작했다. 앞서 대웅전에서 구양신공이 얹힌 장무기의 일장에 얻어맞아 피를 토할 정도로 내상을 크게 입은 데다 눈앞에서 활활 타오르는 불길에 사형의 처지가 극도로 위험해진 것을 생각하니 정신마저 혼란스러웠다. 그러니 승기를 잡지 못하는 것도 어쩌면 당연한 일인지 몰랐다.

왕보보의 지시에 따라 호위 무사들은 나뭇단을 계속 옮겨다 불구덩이에 던져 넣었다. 불길은 갈수록 치열하게 타올랐다. 만안사 보탑은 목재와 벽돌로 쌓은 것이라 왕성한 불길 속에서 보탑 아래층부터 옮겨붙어 "툭탁, 툭탁" 소리를 내며 타오르기 시작했다.

거센 불꽃에 아래 두세 층까지 파묻혀드는 것을 보자, 범요는 이불째 안고 있던 녹장객을 미련 없이 내려놓고 무당파 협사들이 갇힌 방으로 뛰어들었다.

"오랑캐 놈들이 보탑에 불을 질렀소! 여러분 내력은 회복되었습니까?"

소리를 지르고 보니 아무도 대꾸하는 이가 없었다. 송원교, 유연주를 비롯한 일행은 저마다 돌바닥에 두 다리를 틀고 단정한 자세로 앉아 운기 행공을 하고 있었다. 정신을 집중시켜 진기를 모으는 막바지 고비에 다다른 터라 입을 열어 대꾸하지 못하는 것이다.

이들을 지키고 있던 무사 몇몇이 들이닥쳐 훼방을 놓으려 했으나 모조리 범요의 손에 붙잡히는 족족 난간 바깥으로 내던져졌다. 팔자에 도 없는 날짐승 신세가 되어버린 무사들은 하나같이 지상으로 추락해 비명횡사를 당하고 말았다. 그중에서도 눈치 빠른 몇몇은 잽싸게 돌아서서 아래층으로 뛰어 내려가 불꽃 연기를 무릅쓰고 탈출하는 데 성공했다.

얼마 안 있어 불길은 4층까지 번져 올랐다. 그곳에 갇혀 있던 화산파 제자들은 미처 공력을 회복하기도 전에 불길에 휩싸이자 낭패스러운 몰골로 허겁지겁 위층으로 도망쳐 올라왔다. 거센 불길은 잠시도 쉬지 않고 삽시간에 5층까지 옮겨붙었다. 5층에 있던 공동파 제자들도 쫓겨 올라온 화산파 제자들과 뒤죽박죽 섞여 6층으로 뛰어 올라갔다. 발걸음이 느린 몇 사람은 뒤처지다가 입고 있던 의복과 수염까지 그슬렸다. 이젠 아래층으로 내려갈 길은 완전히 막혔다. 범요는 어쩔 바를 모른 채 허둥거렸다. 바로 이때 누군가 큰 소리로 외쳐 불렀다.

"범 우사, 받으시오!"

바로 박쥐왕 위일소의 목소리였다.

범요는 너무나 반가워 급히 난간 쪽으로 달려나갔다. 소리 나는 곳을 내다보니, 위일소가 만안사 대웅전 뒤채 지붕 위에서 기왓장을 딛고 선 채 밧줄을 휘두르고 있었다. 양손으로 휘두른 밧줄이 길게 뻗어 나오면서 이쪽으로 날아왔다. 범요가 손을 내뻗어 밧줄 한 끄트머리를 움켜잡자, 위일소의 호탕한 웃음소리가 들려왔다.

"난간에 단단히 묶으시구려! 광대놀이 재주만 있으면 아주 훌륭한 밧줄 다리가 될 거요. 하하하!"

범요가 시키는 대로 밧줄을 팽팽하게 잡아당겨 난간 기둥에 간신히 묶었을 때였다. 별안간 "씽!" 하는 소리가 나더니 탑 아래쪽에서 날아든 화살 한 대가 밧줄 한 중턱을 뚝 끊어놓았다. 신전팔웅 가운데 만형 조일상이 쏘아 보낸 솜씨였다. 범요와 위일소가 이구동성으로 입이 터져라 욕설을 퍼부었다.

"제밀할 놈, 네놈의 조상 할아비나 쏘아 죽이지 못하고! 활을 던져버려라! 어느 놈이든지 활을 쏘는 놈은 이 어르신네가 그놈부터 죽이겠다!"

버럭 고함을 지른 위일소가 장검을 뽑아 들더니 지붕 위에서 훌쩍 뛰어내렸다. 그러나 두 발바닥이 땅에 막 닿는 순간, 청색 가사를 걸친 라마승 다섯 명이 다가들어 삽시간에 포위했다. 왕보보의 수하 열여덟 명 가운데 오검금강이었다. 다섯 라마승의 손아귀에 각각 들린 장검 다섯 자루가 시퍼런 서슬을 번뜩거리면서 괴상야릇한 검초를 펼쳐가며 전후좌우로 빠져나갈 틈도 없이 위일소를 에워싼 채 어우러져 싸우기 시작했다.

한편에서는 다섯 자루 계도와 맞서 악전고투를 벌이던 학필옹이 고래고래 악을 썼다.

"세자 저하! 불을 끄십시오. 안 그러면 나도 무례하게 굴겠습니다!"

그러나 왕보보는 들은 체도 하지 않았다. 선장을 짚은 라마승 넷이 왕세자를 전후좌우로 둘러싼 채 단단히 호위하고 있었다. 누구든지 암습을 가하면 그 즉시 집중 공격을 퍼부을 태세였다. 학필옹은 초조해지기 시작했다. 양손에 갈라 잡은 쌍필 두 자루가 벼락같이 횡소천군橫掃千軍의 초식을 펼쳤다. 오도금강 중 셋이 흠칫하면서 저마다 두어 걸음 물러나자, 그 틈에 진기 한 모금을 끌어올리고 급히 치달리더니 단

걸음에 보탑 곁까지 들이닥쳤다. 진용을 다시 추스른 라마승 다섯이 발꿈치를 물어뜯을 듯 바싹 뒤쫓았다. 그러나 학필옹은 벌써 두 발로 땅을 박차고 단숨에 1층 처마 끝에 뛰어오르고 있었다. 라마승들은 불길이 거센 것을 보고 더는 추격하지 못한 채 위를 쳐다보며 엉거주춤했다.

학필옹이 한 층 한 층씩 뛰어 올라가더니 마침내 4층에 이르렀다. 범요가 7층에서 머리통을 불쑥 내밀고 녹장객을 이불째 번쩍 치켜든 채 고함질렀다.

"학 늙은이, 냉큼 걸음을 멈추시오! 한 발짝만 더 움직였다가는 내 이 늙다리 사슴을 아래로 내던져 고기 떡을 만들어버리겠소!"

아니나 다를까, 학필옹이 주춤하더니 그 자리에 서서 꼼짝달싹하지 않았다.

"고 대사, 내 사형이 그대와 옛날에 원수를 맺은 적도 없고 요즘에도 감정 상할 일이 없었는데, 어째서 우리를 자꾸 괴롭히는 거요? 당신 옛 애인 멸절사태를 구출하든 따님 주 낭자를 구출하든 당신 좋을 대로 얼마든지 구해가면 그만 아니오? 내 맹세코 절대로 막지 않으리다."

한편에서, 멸절사태는 고두타가 준 해독약을 먹은 후 그게 정말 독약인 줄로만 알고 모든 것을 단념하고 있었다. 한 가지 마음에 걸리는 것이 있다면, 고두타란 놈이 주지약의 입에마저 '독약'을 쏟아부은 것이었다. 그로 인해 필생의 염원이 물거품으로 돌아갔다고 생각하니 이루 말할 수 없는 고통과 번민이 밀려왔다. 한창 서글픈 상념에 사로잡혀 있는데, 갑자기 탑 위아래에서 떠들썩한 고함 소리가 오르내리더니 고두타와 학필옹이 말다툼을 벌이는가 하면 왕보보가 부하들에게 불을 놓으라고 명령하는 소리까지 뒤섞여 시끄럽게 들려왔다. 그녀는 가만히 앉은 자리에서 사태가 어떻게 돌아가는지 그 소리만 듣고도 분명히 알 수 있었다. 그러면서 속으로는 이상한 생각이 들었다. '정말 저 도깨비 낯짝으로 생긴 두타 녀석이 우리를 구하러 왔단 말인가?'

혹시나 하는 마음에 그 자리에서 진기를 끌어올려보았다. 그러자 정말 단전에서 한 가닥 따뜻한 기운이 모락모락 피어오르는 것 아닌가? 독약을 먹었다고 살기를 단념한 그녀는 꿈을 꾸는 것만 같았다. 그 현상은 중독당한 이후 지난 몇 달 동안 느끼던 상태와는 전혀 다른 것이었다.

멸절사태는 조민이 대웅전에 나와서 무공 대련을 하라는 명을 거부하고 스스로 단식에 들어간 지 벌써 이레째였다. 텅 빈 위장 속에 해독약이 들어가자마자 녹아 신속하게 혈관을 따라 퍼졌고, 약 기운이 포로들 가운데 어느 누구보다 빠른 속도로 효력을 나타냈다. 게다가 그녀의 공력은 소림파의 장문 공문신승에 비해 조금 손색이 있을 뿐 송원교나 유연주, 하태충 같은 사람들보다 한 수 윗길이었다. 따라서 십향연근산의 독성이 해독약과 마주친 후 점점 사그라지면서 운기 행공에 따라 급속도로 내력이 솟구쳐 올라 불과 반 시진 만에 5~6할 정도나 회복했다.

바야흐로 그녀가 부지런히 운기 행공에 박차를 가하고 있을 때, 별안간 학필옹이 탑 아래쪽 난간 복도에서 고함을 지르는 소리가 들려왔다. 고두타에게 통사정하는 내용이 한마디도 빼놓지 않고 귓속의 고막을 파고들었다.

"당신 옛 애인 멸절사태를 구출하든 따님 주 낭자를 구출하든 당신 좋을 대로 얼마든지 구해가면 그만 아니오? 내 맹세코 절대로 막지 않으리다……."

자기가 흉측하게 생겨먹은 두타 녀석의 '옛 애인'이라니, 그 말을 듣고 노발대발하지 않으면 멸절사태가 아니다. 벌떡 일어선 그녀는 방문을 활짝 열고 난간 곁으로 걸어가더니 4층 난간 쪽에서 머리통을 내밀고 올려다보던 학필옹을 향해 냅다 호통쳐 물었다.

"이 육시랄 놈의 영감태기! 따따부따 무슨 터무니없는 소리를 함부로 지껄이는 거야?"

느닷없이 불호령을 들은 학필옹이 그녀를 보자 도리어 애걸복걸 빌었다.

"노 사태 마님, 제발 저 옛 애인…… 아니지, 옛 친구 되시는 분 좀 말려주시오! 우선 내 사형부터 내려놓으면, 내가 장담하거니와 당신네 일가족 세 분이 무사히 이곳을 떠날 수 있게 해드리겠소. 현명이로는 한 입 가지고 두말해본 적이 없는 사람들이오. 절대로 식언하거나 신의를 저버리는 사람이 아니오. 그러니까 제발……."

멸절사태가 그 말을 중간에서 딱 끊어버렸다.

"아니, 뭐가 '일가족 셋'이라는 거야?"

비록 위험한 지경에 처한 몸이었으나, 범요는 이들 두 사람이 하는 수작을 듣고 보니 웃음보가 터져 견딜 수가 없었다. 그는 의기양양한 기색으로 허리를 잡고 껄껄댔다.

"노 사태 마님! 저 늙다리 주정뱅이가 지금 당신더러 내 '옛 애인'이라는 거요. 어디 그뿐인가? 주 낭자는 나하고 당신하고 배가 맞아서 낳은 사생아라고까지 얘기합디다. 하하하하!"

멸절사태의 노기 띤 얼굴이 온통 일그러졌다. 탑 아래 일렁거리는 횃불 빛이 밝아졌다 어두워졌다 끊임없이 바뀌는 가운데 그녀의 표정은 한마디로 악귀를 연상시킬 만큼 무시무시한 형상으로 변해갔다. 그러나 호통치는 소리는 이상하게도 착 가라앉았다.

"학 늙은이, 이리 올라오시오. 나하고 딱 100장만 겨뤄보고 얘기합시다."

여느 때 같았으면 학필옹은 두말 않고 휑하니 뛰어 올라갔을 것이지만 지금은 사정이 달랐다. 골육을 나누지는 않았어도 친형이나 다를 바 없는 녹장객이 적의 수중에 붙잡혀 있는 마당에 사리를 분별하지 못하고 난폭한 행동을 보일 수는 없었다. 그는 범요 쪽을 돌아보고 크게 소리쳤다.

"고두타! 생사람 잡지 말고 얘기 좀 해주시오. 그건 당신이 한 말이잖소? 내가 미쳤다고 입에서 나오는 대로 헛소리를 했겠소?"

멸절사태가 독 오른 두 눈을 부릅뜨고 범요를 노려보았다.

"그 말, 당신이 한 소린가?"

상대방이 진위를 물어오자, 범요도 더는 참지 못하고 허리가 끊어질 듯이 웃음보를 터뜨렸다. 기왕 말이 나온 김에 몇 마디 더 약을 올려주려고 할 때였다. 갑자기 탑 아래쪽에서 함성이 크게 일더니 수많은 인파가 이리 몰리고 저리 몰리며 일대 혼란을 일으키는 기척이 들려왔다. 범요는 결국 마지막 순간이 왔구나 지레짐작하고 황급히 난간 아래쪽을 내려다보았다.

사면팔방 대낮같이 밝은 횃불 속에서 그림자 하나가 동에 번쩍 서에 번쩍 종횡무진으로 왕보보의 호위 무사들 한복판을 휘젓고 다녔다. 동작이 얼마나 날렵하고 민첩한지 마치 나비 한 마리가 잠시도 날갯짓을 쉬지 않고 꽃나무 숲을 이리 뚫고 저리 뚫고 어지러이 춤추며 돌아가듯 인파 속을 헤집고 있었다. 그림자가 한 차례씩 훑고 지나가는 곳마다 그 뒤에는 시끄러운 쇳소리가 요란하게 울리면서 열여덟 명의 라마승, 호위 무사들이 손에 쥐고 있던 온갖 종류의 병기가 허공으로 흩날리다가 분분히 땅바닥으로 떨어져 내렸다. 그림자의 정체는 다름 아닌 명교 교주 장무기였다.

장무기의 손찌검 한 번에 위일소를 에워싸고 공격을 퍼붓던 오검금강의 손아귀에서 장검 다섯 자루가 한꺼번에 허공으로 날아갔다.

교주가 나타난 것을 보자, 위일소는 너무나 반가워 번개같이 몸을 날려 그 곁으로 달려갔다. 그러고는 귓속말로 여쭈었다.

"제가 여양왕 부중으로 가서 저택에 불을 지르겠습니다."

장무기는 고개를 끄덕였다. 그 말뜻을 알아들은 것이다. 지금 이 자리에는 자기네 인원수가 몇 되지 않았다. 급박하게 바뀐 상황에서 육대 문파 호걸들을 구해내기가 점점 어려워지는데, 상대방의 구원병은 시간이 갈수록 늘어날 것이 분명했다. 이제 위일소가 여양왕의 저택에 불을 놓기만 하면, 호위 무사들은 왕과 그 일족들을 보호하기 위해 그쪽으로 몰려갈 것이 아닌가? 그야말로 "사나운 호랑이를 엉뚱한 데로 끌어내어 맥을 못 쓰게 만드는 조호이산調虎離山"• 격이요, "가마솥 밥

• 계략으로 유리한 지형이나 거점에 자리 잡은 상대방을 불리한 지점으로 유인해내어 공격한다는 전법. 《서유기》 제53회에서 손오공이 낙태천을 지키는 여의진선을 멀찌감치 끌어내고 그사이에 사오정이 샘물을 훔쳐간 경우가 바로 그 계략이다.

타기 전에 아궁이 속 장작불을 끄집어내는 부저추신釜底抽薪"•의 기막힌 계략이었다.

이윽고 위일소의 그림자가 번뜩하더니, 어느새 적들의 포위망을 뚫고 맞은편 담장 너머로 모습을 감췄다.

주변 정세를 살펴본 장무기가 보탑 위를 향해 낭랑한 목청으로 물었다.

"범 우사, 어떻게 되었습니까?"

범요도 버럭 고함쳐 상황을 일러주었다.

"이거 야단났습니다! 불길이 번져 올라와 나갈 길을 끊어놓는 통에 한 명도 빠져나갈 수 없습니다."

이때 왕보보의 수하 열여덟 라마승 가운데 열넷이 우르르 달려 나와 장무기 한 사람을 철통같이 에워싸고 공격을 퍼붓기 시작했다. 장무기는 그 즉시 결단을 내렸다. 속담에 "도적을 잡으려거든 우선 그 두목부터 잡아 꿇려야 한다擒賊先擒王"••고 했다. 그는 머리에 황금관을 쓴 젊은이가 여양왕의 아들 쿠쿠테무르일 것이라고 짐작했다. 이제 만약 이 왕세자를 사로잡기만 하면 협박을 가해서 불을 끄고 탑 안에 갇힌 사람들을 석방시킬 수 있으리라. 생각이 여기에 미치는 순간, 그의 몸뚱이가 벌써 비스듬히 한 곁으로 기울어지는가 싶더니 어느새 진흙탕

• 일을 그르치기 전에 근본 문제부터 해결한다는 비유. 《여씨춘추呂氏春秋》 〈수진數盡〉에 나온 말로, 《유림외사儒林外史》 제5회에서도 인용되었다. 화근을 뿌리 뽑는다는 뜻의 '참초제근斬草除根'과 같은 의미로 쓰인다.

•• 적을 잡으려거든 먼저 그 주요 인물부터 처치해야 한다는 뜻. 당나라 시인 두보의 〈새외塞外로 나가기 전에前出塞〉에서 "적을 사살하려면 우선 타고 가는 말부터 쏘아 쓰러뜨리고, 도적을 잡으려면 두목부터 잡아야 한다射人先射馬 擒賊先擒王"는 대목을 인용한 것이다.

의 미꾸라지처럼 날렵하게 라마승들의 포위망을 빠져나가 곧바로 왕보보가 탄 말 머리 앞에 덮쳐들었다.

그때 갑자기 왼쪽에서 누군가 일검을 찔러들었다. 칼날이 미처 닿기도 전에 써늘한 기운이 먼저 온몸을 엄습했다. 칼끝이 곧바로 앞가슴을 겨냥하자, 장무기는 엉겁결에 후딱 한 걸음 물러섰다. 뒤미처 여인의 목소리가 들려왔다.

"장 공자님, 이분은 내 오라버니예요. 해치지 마세요."

장검의 칼날만이 파르르 떨릴 뿐 그녀는 함초롬한 자세로 서 있었다. 얼음보다 더 차가운 칼날은 의천보검이었고, 꽃처럼 아리따운 용모의 주인공은 소민군주 조민이었다. 술집에서 장무기를 놓치고 급히 뒤쫓아왔으나, 겨우 잠깐 늦었을 따름이었다.

"어서 불을 끄고 사람을 석방하라고 명하시오. 그러지 않으면 내 두 분께 무례를 범하겠소."

그러자 조민이 라마승들을 돌아보면서 크게 외쳤다.

"십팔금강! 이 사람의 무공이 대단하니 금강진金剛陣을 쳐서 막으세요!"

라마승 열여덟 명은 방금 장무기의 손에 쓴맛을 본 터라, 소민군주가 굳이 한두 마디 말로 일깨워주지 않았다 해도 상대방이 얼마나 무서운 적수인지 모를 턱이 없었다. 십팔금강 가운데 사발금강의 양손에 들린 놋쇠 바라 여덟 짝이 한꺼번에 맞부딪치면서 "챙!" 하는 금속성이 주변 사람들의 고막을 찢어놓았다. 그것이 신호였는지 열여덟 명의 라마승이 좌우로 오락가락 움직이면서 왕세자와 소민군주 앞을 물샐틈없이 가로막아 장무기를 격리시켰다.

라마승 열여덟 명은 상전 두 사람을 옹위한 채로 끊임없이 맴돌며 동료 간에 서로 위치를 바꾸어갔다. 열여덟이 잠시도 멈추지 않고 돌아가는 기괴한 보법으로 '인간 장벽'을 치밀하게 짜놓은 것이다. 장무기는 그 진용 속에 변화가 적지 않게 감춰져 있음을 한눈에 알아보았다. 숱한 변화를 감춘 '금강불괴金剛不壞'의 진용이라고 생각하니, 이를 한번 깨뜨려보고 싶은 충동이 솟구치는 것을 억제할 수 없었다.

바로 그때 "꽈다당!" 하는 굉음이 울리더니 보탑 위에서 커다란 기둥 하나가 불붙은 채 거꾸로 떨어져 내렸다.

흘끗 올려다보니 불길은 이미 7층까지 옮겨붙어 무서운 기세로 번져가고 있었다. 시뻘건 불꽃이 마치 거령신巨靈神의 혓바닥처럼 널름거리며 잠시도 멎지 않고 휘말려 올라가는데, 그 뜨거운 화염지옥 한복판에서 두 사람이 양 손바닥을 맞부딪쳐가며 생사를 도외시한 채 격렬하게 싸우고 있었다. 바로 멸절사태와 학필옹이었다. 그 위쪽 10층 난간에는 수많은 사람이 기대선 채 우글거렸다. 모두 소림파, 무당파, 아미파, 곤륜파, 화산파, 공동파 제자들이었다. 가만 보아하니, 이들은 아직도 무공이 완전히 회복되지 않은 게 분명했다. 더구나 보탑의 10층은 지상에서 어림잡아 100척이나 까마득히 높은 터라 제아무리 뛰어난 경공술과 내력을 지니고 또 털끝만 한 실수가 없는 최정상급 고수라 하더라도 일단 뛰어내렸다가는 영락없이 고기 떡 신세를 면치 못할 터였다. 그것을 본 장무기의 머릿속에 한 가지 생각이 계속 맴돌았다.

'금강불괴진은 여간해서 단시간에 격파할 수 있는 게 아니다. 더구나 이들 열여덟 명의 라마승을 모조리 때려눕힌다 해도 보나 마나 또

다른 고수들이 떼 지어 달려들 터이니 짧은 순간에 조 낭자와 그 오라비를 사로잡기란 거의 불가능에 가깝다. 멸절사태와 학필옹이 여태껏 맞서 싸우면서 어느 한쪽도 패배하지 않은 것을 보건대 멸절사태의 공력이 회복된 것이 틀림없다. 그렇다면 대사백 일행의 공력도 지금쯤 완전히 회복되었으리라. 안타깝게도 탑이 너무나 높아 뛰어내릴 수 없는 게 유감이다…….'

다음 순간, 영감 하나가 번갯불처럼 떠올랐다. 생각이 그것이다 싶었을 때 벌써 그는 실행에 옮기고 있었다. 조민 오누이를 비롯한 왕부의 호위 무사와 고수들은 지금 눈앞에서 무슨 일이 벌어지고 있는지 영문을 알 수 없었다. 만안사 보탑 둘레 널찍한 광장에 유령 같은 그림자 하나가 동서남북 가릴 것 없이 온통 휘젓고 다니면서 정신을 못 차리게 기습 공격을 퍼붓기 시작했다. 공격 목표는 오직 하나, 활과 화살을 지닌 사격수들이었다. 양손으로 번갈아가며 후려치기를 하는가 하면, 어느새 낚아채기로 바뀌고, 주먹질이 뻗어나가는가 하면 어느 결에 빼앗기로 바뀌고……. 도대체 누가 언제 어떤 공격을 받았는지 알아차릴 틈도 없었다. 누구보다 먼저 신전팔웅 여덟 명이 눈 깜짝할 사이에 주먹질을 받고 모조리 나가떨어졌다. 그다음으로 호위 무사 가운데 수중에 활과 화살을 잡은 사수들의 활대가 꺾이거나 시위가 끊어져 날아가고 손길이 미처 닿지 않으면 어김없이 혈도를 찍혀 말뚝 신세가 되었다.

삽시간에 보탑을 사면팔방으로 에워싼 채 활을 겨누고 있던 솜씨 좋은 사수들을 깡그리 무용지물로 만들어버린 장무기가 목청을 한껏 드높여 탑 위의 사람들을 향해 고함을 질렀다.

"여러 선배님들! 한 분씩 뛰어내리십시오. 제가 여기서 받아드리겠습니다!"

10층 높은 탑 난간에서 이 고함 소리를 들은 사람들은 한순간 멍해졌다. 100척이나 되는 까마득한 탑에서 뛰어내리라니 그게 제정신으로 하는 말인가? 100척 높이에서 뛰어내리면 그 중력이 얼마나 무거울지 모를 터인데, 아무리 1,000근 무게를 들어 올리는 힘이 있다 한들 체중에 가속도가 붙은 사람의 몸뚱이를 받아내겠다니 이게 어디 될 법이나 한 소린가?

아니나 다를까, 10층 보탑 난간 위에서 공동파, 곤륜파 제자들 가운데 왁자지껄 시끄럽게 악을 쓰는 소리가 들려왔다.

"천만의 말씀을…… 우린 죽어도 못 뛰어내리겠다! 여보게들 저 어린 녀석의 수작에 절대로 넘어가면 안 되네. 우리를 속여서 분골쇄신하게 만들려는 소리야! 여기서 뛰어내렸다가는 에누리 없이 죽고 말 걸세."

바야흐로 탑 건물을 자욱하게 에워싼 불꽃 연기가 이제 육대 문파 고수들의 신변까지 옮겨붙은 상태였다. 만약 뛰어내리지 않았다가는 너 나 할 것 없이 불구덩이 속에 한 몸뚱이를 장사 지내야 할 판이었다. 그래도 하나같이 엄두를 내지 못하고 요지부동이었다.

안타까움을 이기지 못한 장무기가 다시 한번 목청을 드높였다.

"둘째 사백님! 당신이 제게 베풀어주신 은혜가 태산같이 무거운데, 설마 제가 마음먹고 어른을 해칠 리 있겠습니까? 어서 둘째 사백님부터 뛰어내리십시오!"

유연주는 장무기의 말이라면 무조건 믿어 단 한 번도 의심해본 적이 없었다. 그러나 지금은 경우가 달랐다. 이 어린 조카 녀석의 무공이 제아무리 강하다 하더라도 이 높은 탑 위에서 뛰어내리는 자신을 무사히 받아내겠다니, 그것은 아예 불가능하다고밖에 생각되지 않았다. 하지만 이 불구덩이 지옥에서 몸부림치며 타 죽기보다는 차라리 허공으로 속 시원히 몸을 던져 박살 나 죽는 한이 있더라도 그쪽이 더 통쾌하리라는 생각이 들었다.

"좋다! 내가 먼저 뛰어내리마!"

버럭 고함을 지르면서 난간 바깥 허공으로 몸을 던진 유연주는 새가 날 때처럼 양팔을 활짝 펼치고 탑 아래로 곤두박질쳐 떨어져 내렸다.

보탑 아래 지상에서, 장무기는 두 눈을 딱 부릅뜬 채 거리와 방향을 똑똑히 가늠하고 있었다. 추락하는 몸뚱이가 지상에서 어림잡아 5척 가까이 되었을 때, 그는 양 손바닥을 번쩍 치켜들어 가볍게 후려쳤다. 정확한 가늠으로 양 손바닥은 바로 유연주의 허리께에 정통으로 들어맞았다. 그 일장에 실린 것은 다름 아니라 건곤대나이 심법의 제7단계 절정무공. 일단 받아들이는 듯싶었을 때 도로 밀어내기의 수단으로 이제 막 무서운 속도로 떨어져 내리는 거대한 중력의 힘줄기를 좌로부터 우로 흩뿌려 분산시킨 것이다.

건곤대나이 신공의 힘에 부딪친 유연주의 몸뚱이가 무게를 받지 않은 채 갑자기 수평으로 길게 뻗어 날아갔다. 곤두박질친 거리는 불과 20~30척, 이때쯤 유연주의 공력도 7~8할가량 회복된 터라 공중제비 한 바퀴를 돌고 났을 때에는 이미 안정된 자세로 사뿐히 지면을 딛고 내려섰다. 어디 그뿐이랴, 두 발이 땅바닥에 닿는 것과 동시에 손길 내키는 대로 뻗어나간 일장은 어느덧 몽골족 호위 무사 한 명을 후려쳐 피를 토하게 만들었다. 마수걸이로 분풀이를 한 유연주가 보탑 위를 향해 버럭 고함을 질렀다.

"큰형님! 얼른 뛰어내리십시오! 그리고 넷째 사제, 자네도 어서!"

"와아아!"

유연주가 무사한 것을 본 사람들이 탑 위에서 일제히 환호성을 질렀다.

부자간의 정이 유난히 깊은 송원교는 아들 송청서에게 먼저 탈출할 기회를 주었다.

"청서야, 네가 먼저 뛰어내려라!"

송청서는 감금되었던 방에서 나온 이후 줄곧 주지약 곁에 서 있었다.

"주 소저, 어서 뛰어내리시오."

그러나 주지약은 아직도 공력이 회복되지 못한 상태라 스승을 도와드릴 수가 없었다. 그렇다고 자기 혼자서 목숨 건져 달아나고 싶지 않았다. 그녀는 송청서의 권유에 고개를 흔들었다.

"저는 사부님을 기다리겠어요!"

이 무렵, 하태충과 반숙한 부부는 벌써 앞서거니 뒤서거니 차례로 뛰어내리고 있었다. 그리고 장무기가 건곤대나이 신공을 얹어 후려쳐 보내는 장력에 힘입어 수직으로 추락하던 몸뚱이를 수평으로 이동시켜 한 사람씩 차례차례 위험에서 벗어났다.

유연주를 비롯한 탈출자들은 지상에 안착하는 즉시 병기를 빼앗아 들고 장무기의 주변을 경호했다. 왕보보와 조민의 호위 무사들이 달려들어 장무기를 저지하려 했으나 유연주와 하태충, 반숙한 부부의 방어

벽에 가로막혀 좌절되었다. 결국 탑 위에서 한 사람이 뛰어내릴 때마다 장무기에게는 협력자가 그만큼 늘어나는 셈이었다. 더구나 이 사람들은 조민의 간계에 중독되어 끌려온 후, 탑에 갇힌 채 온갖 굴욕을 다 맛본 데다 얼마나 많은 사람이 불공평한 무공 대련에서 일방적으로 패배당하고 그 벌칙으로 손가락을 끊겼는지 모른다. 이제 이 사람들은 한마디로 철창에서 벗어난 맹수나 다를 바 없어, 하나같이 격한 분노에 들뜬 나머지 목숨 걸고 몽골족 호위 무사들을 들이쳐 삽시간에 20여 명을 쓰러뜨렸다. 잠깐 사이에 만안사 뒤뜰 바닥에는 피투성이 시체가 즐비하게 널렸다.

왕보보가 합 총관에게 긴급명령을 하달했다.

"냉큼 가서 내 친위병 비노대飛弩隊를 이끌고 오너라!"

'비노대'라면 치닫는 마상에서 쇠뇌를 발사하는 기병 사격 부대로, 곧 왕세자의 친위 부대 가운데서도 최정예에 속하는 병력이었다. 합 총관이 왕세자의 호령을 전달하려는 찰나 갑자기 동남쪽 모퉁이에서 화광이 충천하더니 뒤미처 바람결에 아우성이 들려왔다. 대경실색한 그는 왕세자를 돌아보고 소리쳤다.

"세자 저하, 왕부에 불이 났습니다! 어서 빨리 왕부로 달려가서 전하를 보호하는 일이 더 시급합니다."

왕보보는 부왕의 안위가 크게 걱정스러워 더는 반역도들을 체포하는 일에 신경 쓸 겨를이 없었다. 마음이 다급해진 그는 거칠게 말고삐를 낚아채면서 조민을 향해 당부했다.

"먼저 왕부로 돌아가야겠다. 아무쪼록 조심해서 이곳 일을 해결해라!"

조민이 미처 응답하기도 전에 그는 말 머리를 홱 돌리더니 곧장 만안사 절간 바깥으로 달려 나갔다. 이렇듯 왕세자가 급히 떠나버리자 십팔금강 라마승들도 일제히 뒤따르고, 호위 무사들의 인원수는 순식간에 절반으로 줄어들었다.

현장에 남은 무사들 역시 왕부에 화재가 난 것을 보았으나, 그것이 위일소 한 사람의 소행일 줄은 꿈에도 생각지 못했다. 그저 반역도들이 대거 습격해온 줄로만 알고 모두 당황해 어찌할 바를 몰랐다. 그 무렵 송원교와 송청서 부자, 장송계, 막성곡 등 무당파 일행이 모조리 보탑 위에서 뛰어내리면서 피아 쌍방 간의 형세는 삽시간에 역전되고 말았다. 뒤미처 공문 방장, 공지대사 이하 소림파의 달마당, 나한당의 솜씨 좋은 제자들마저 차례차례 뛰어내리고 났을 때 소민군주가 거느린 무사들은 저항력을 완전히 상실했다.

조민은 결단을 내렸다. 지금 이 형편에서 도망치지 않았다가는 반역도들을 붙잡기는커녕 오히려 자신이 장무기의 포로가 될 판이었다. 생각을 굳힌 그녀는 즉석에서 퇴각 명령을 내렸다.

"모두 만안사 밖으로 빠져나가자!"

부하들이 전열을 거두고 물러서는 와중에 그녀는 얼른 장무기 쪽을 돌아보고 외쳤다.

"내일 황혼 무렵, 다시 술 한잔 살 테니 그리로 나오세요!"

영문을 모르는 장무기가 어리둥절한 기색으로 미처 대꾸하지 못하는데, 그녀는 방그레 미소를 짓더니 만안사 절간 뒷문으로 모습을 감추었다. 그때 보탑 위에서 고함치는 소리가 들려왔다. 범요의 목소리였다.

"주 소저, 어서 빨리 뛰어내리시오! 머뭇거리다가는 불길에 눈썹까지 그슬리겠소! 까맣게 탄 숯덩어리 미녀라도 될 작정이오?"

주지약이 말했다.

"전 사부님과 함께 있어야 해요!"

멸절사태와 학필옹은 격렬한 공방전을 주고받으면서 불길이 번져오를 때마다 한 층씩 위쪽으로 자리를 옮겨가던 끝에 드디어 10층 한 모퉁이까지 몰리고 나서도 여전히 싸움을 그치지 않았다. 악에 받칠 대로 받친 멸절사태는 공력이 아직도 완전히 회복되지 않았으나, 이미 생사를 도외시한 채 일방적으로 공격만 퍼부을 뿐 단 한 차례도 수비를 하지 않았다.

학필옹은 사형의 안위가 걱정스러워 마음이 둘로 갈린 데다 앞서 장무기에게 얻어맞은 상처가 완치되지 못한 상태에서 조금 전 가짜 십향연근산 마취약에 중독되고 혈도마저 오랫동안 봉쇄되었다가 겨우 풀린 뒤끝이라, 평소에 발휘하던 솜씨가 극히 무뎌지고 민첩하지 못했다. 따라서 이들 두 사람은 줄기차게 싸움을 계속하면서도 좀처럼 승부가 판가름 나지 않았다.

한창 정신없이 학필옹을 몰아붙이던 멸절사태는 귓결에 제자가 고두타에게 던지는 말을 듣고 버럭 고함쳐 분부했다.

"지약아, 난 상관 말고 어서 뛰어내려라! 이 늙은이가 내게 그토록 심한 모욕을 안겨주었는데, 내 어찌 살려둘 수 있겠느냐? 내 한사코 이 늙은이를 죽이고야 말 테다!"

학필옹은 속으로 비명을 질렀다. '제 목숨도 안 돌보고 죽기 살기로 공격만 퍼붓고 있으니, 이 찰거머리 같은 비구니를 어떻게 떨쳐버려야 한단 말이냐? 난 지금 사형의 목숨을 구하는 일이 다급한데, 설마 이 늙다리 귀신과 불구덩이 속에서 함께 죽어야 할 운명이란 말인가?' 그는 다시 한번 고함쳐 변명했다.

"멸절사태, 제발 정신 좀 차리시오! 그 말은 고두타가 한 거요! 나하고는 아무 상관도 없단 말이오."

일방적으로 공격을 퍼붓던 멸절사태의 손길이 후딱 걷히더니, 매서운 눈초리로 범요를 쏘아보았다.

"장발 두타! 그 미친 소리, 정말 당신이 한 거야?"

"미친 소리라니, 뭘 말이오?"

피식 웃으며 되묻는 범요의 말에 분명한 의미가 담겨 있었다. 멸절사태의 입으로 그 기막힌 말을 다시 한번 되풀이하게 하려는 못된 심보였다.

'……나 멸절사태가 네 옛 애인이요, 주지약은 내가 너하고 배가 맞아서 낳은 사생아 딸년이라고 했다…….'

그렇다. 명교 예금기 제자들을 무차별로 도륙한 불구대천지 원수의 입에서 자신의 정조와 명예를 실추시키는 말을 직접 듣는다면 이 얼마나 통쾌한 보복이 되겠는가?

그러나 멸절사태도 바보 멍텅구리가 아닌 바에야 이 시점에 와서 고두타가 무슨 의도로 피식 웃으며 그렇게 대꾸했는지 못 알아들을 리가 없었다. 그녀는 당장 학필옹의 변명이 결코 거짓이 아님을 깨달았다. 분노에 들뜬 그녀의 전신이 당장 부들부들 떨리기 시작했다. 범요가 해독약으로 자기네 일행을 구해준 것은 분명하다만, 그따위 거짓말로 자신의 명예를 짓밟아놓았으니 도저히 용서할 수 없었다.

학필옹은 멸절사태가 자신과 등지고 선 것을 분명히 보았다. 더구나 이 순간에 시꺼먼 연기가 휘말아 올라와서 둘 사이를 뒤덮었다. 그야말로 암습을 가할 수 있는 절호의 기회였다. 자욱하게 가려진 연무 속에서 불쑥 내뻗은 양 손바닥이 한꺼번에 멸절사태의 등 쪽 심장부를 호되게 후려쳤다. 학필옹이 혼신의 기력을 다 쏟아부은 일격 필살이었다.

그 광경을 주지약과 범요는 똑똑히 보았다. 두 사람은 약속이나 한 것처럼 이구동성으로 고함쳐 경고했다.

"사부님, 조심하세요!"

"늙다리 비구니, 조심하시오!"

멸절사태가 본능적으로 일장을 되돌려 쳐서 반격했다. 그러나 학필옹이 기습적으로 후려친 음양쌍장陰陽雙掌을 완벽하게 막기에는 너무 늦었다. 왼 손바닥이 상대방의 손바닥 하나와 맞부딪치는 순간, 나머지 오른 손바닥으로 후려쳐낸 현명신장은 끝내 그녀의 등줄기에 정통으로 들어맞았다. 현명신장이 얼마나 지독한 무공인가? 저 옛날 무당산 진무대제 도관에서 장삼봉과 맞서 무승부를 이루었던 장력이다.

일순, 멸절사태의 몸뚱이가 휘청하더니 그대로 넘어가려는 것을 주지약이 달려들어 부축해 일으켰다.

격노한 범요의 입에서 대갈일성 호통이 터져 나왔다.

"이 음흉하고도 야비하기 짝이 없는 소인배 늙은이! 너희 같은 놈들을 어찌 이 세상에 살려두겠는가?"

그러곤 두말없이 이불 보따리에 싸인 녹장객과 한희를 난간 바깥 허공으로 내던져버렸다.

"우왓!"

혼비백산하도록 놀란 학필옹이 외마디 소리를 지르면서 난간 바깥으로 몸뚱이를 절반이나 내밀고 이불 보따리를 움켜잡으려 했다. 누구보다 동문 형제간의 정리가 깊은 터라 위험을 무릅쓰고 이불 보따리 한 귀퉁이를 가까스로 움켜잡았다. 그 순간 학필옹의 몸뚱이마저 이불과 함께 난간 바깥 허공으로 딸려나가 추락하기 시작했다.

보탑 아래에서 장무기는 안개처럼 자욱한 연기 불꽃 사이로 탑 위의 몇몇 사람이 뒤얽혀 싸우는 광경을 똑똑히 보지는 못했어도 큼지막한 물체 하나가 한 사람을 꽁지에 매달고 지상으로 떨어져 내리는 것만큼은 명확히 볼 수 있었다. 그리고 보따리 안에 사람이 말려 있고, 또 보따리에 꽁지처럼 매달린 자가 학필옹이라는 것을 알아보았다. 일순, 그는 심한 갈등을 했다. 그는 학필옹 때문에 적지 않은 고생을 했고, 자기 부모의 죽음도 그와 관계가 있다고 생각했다. 그러나 그는 끝내 모른 척할 수 없었다. 즉시 앞으로 양 손바닥을 좌우로 나누어 무서운 기세로 추락하던 이불 보따리와 학필옹의 몸뚱이를 후려쳐 수평으로 30여 척이나 날려 보냈다.

학필옹은 허공에서 훌쩍 공중제비를 한 바퀴 돌며 땅바닥에 내려섰다. 그러고는 안도의 숨을 내쉬고 방금 자신을 구해준 이가 장무기라는 사실을 깨달았다. 학필옹은 장무기가 덕으로 원수를 갚으리라고는 꿈에도 생각지 못했다. 머쓱해진 표정으로 돌아서서 사형 녹장객을 찾으려던 그는 다시 한번 깜짝 놀랐다. 장무기가 후려쳐 올린 장력에 산산이 찢어진 이불 보따리에서 굴러 나온 두 사람의 알몸뚱이가 곧바로 활활 타오르는 불구덩이 속으로 떨어져 내리는 것이 아닌가? 미처 혈도가 풀리지 못한 채 꼼짝없이 불구덩이 속에 빠져든 녹장객의 머리 터럭과 수염에 곧 불이 옮겨붙기 시작했다.

"형님!"

학필옹은 목이 터져라 소리를 지르며 불속으로 뛰어들어 사형의 몸뚱이를 안아들었다. 사형을 안고 불길 속에서 뛰쳐나온 그의 두 다리가 미처 땅바닥을 내딛기도 전에 유연주의 성난 목소리가 귀청을 때렸다.

"내 일장부터 받아라!"

왼 손바닥이 냅다 학필옹의 어깨머리를 후려쳤다. 학필옹은 섣부르게 대적할 엄두를 내지 못하고 어깻죽지를 축 늘어뜨려 피하려 했다. 그러나 유연주의 일격도 노련하기 짝이 없어 상대방의 어깨가 밑으로 처지자 덩달아 아래쪽을 겨냥했다. 일장을 얻어맞는 순간, 학필옹은 어깻죽지가 으스러지듯 극심한 고통을 참느라 이마에 식은땀이 부쩍 돋아났다. 하나 사형의 목숨을 구해내는 일이 더 급하고 중한지라 황급히 녹장객을 껴안고 몸을 날려 담장 위로 솟구쳐 올라섰다.

바로 그때 보탑 위에서 또 불붙은 나무 기둥 하나가 거꾸로 떨어져 내려 죽은 한희의 시신을 덮쳤다. 시체는 삽시간에 불덩어리로 변했다. 탑 아래 사람들이 허공을 올려다보면서 큰 소리로 외쳐대기 시작했다.

"뛰어내려! 빨리 뛰어내리시오!"

불타는 보탑 난간 위에서 범요가 거센 불길을 피하느라 이리저리 쫓겨 다녔다. 탑은 기둥과 대들보가 불타버리고 벽돌이 사면팔방 어지러이 떨어지기 시작했다. 그리고 탑 꼭대기 부분에 해당하는 노반露

盤에서 보개寶蓋에 이르기까지 기우뚱 흔들리며 금세라도 무너져 내릴 것만 같았다.

"지약아, 어서 뛰어내려라!"

멸절사태가 소리쳤다.

"사부님 먼저요. 그다음에 저도 뛰어내릴게요!"

제자가 대꾸하는 소리를 귀담아듣지도 않은 채 멸절사태는 별안간 몸을 솟구쳐 올리더니, 손바닥을 모로 세워 범요의 왼쪽 어깨를 냅다 후려 찍었다.

"마교의 악적들! 내가 용서할 듯싶으냐?"

범요가 소리 내어 웃더니 훌떡 몸을 뒤채어 난간 바깥으로 뛰어내렸다. 장무기는 기다렸다는 듯이 손바닥을 휘둘러 추락하는 몸뚱이를 다시 밀어 올린 다음, 거뜬히 땅에 내려서게 했다.

"범 우사, 대성공이오! 정말 어려운 일을 해내셨습니다."

범요가 자세를 가다듬고 나서 겸사했다.

"교주님께서 하늘을 뒤덮는 신공을 베풀지 않으셨더라면, 모두 저 탑 위에서 꼼짝달싹 못 하고 통돼지구이가 될 뻔했습니다. 불초 범요는 제대로 한 일도 없는데, 무슨 공을 세웠다고 하십니까?"

10층 탑 위에서 멸절사태가 팔뚝을 길게 내뻗더니 주지약을 덥석 껴안고 난간 아래로 몸을 던졌다. 그러나 지면에서 10여 척쯤 떨어진 높이까지 내려왔을 때, 그녀는 양 팔뚝에 공력을 얹어 껴안고 있던 주지약의 몸뚱이를 위로 번쩍 던져 올렸다. 결국 주지약은 추락 위치에서 또다시 2~3척 높이로 떠받들린 처지가 되었다. 이렇게 되고 보니 주지약은 고작 10여 척 높이 허공에서 떨어져 내리는 형국이 되어 무사히 안착할 수 있었으나, 멸절사태는 제자를 떠받들어 올린 힘의 반작용으로 추락하는 기세가 더욱더 빨라질 수밖에 없었다.

재빨리 앞으로 달려든 장무기가 건곤대나이 신공을 일으켜 그녀의 허리 부위를 후려쳐 올렸다. 멸절사태는 이미 죽을 뜻을 굳히고 있었던 터라 명교의 은혜는 조금이라도 지고 싶지 않았다. 장무기가 후려쳐 올린 힘줄기가 허리께에 닿기 직전, 그녀는 온 몸뚱이에 남아 있던 기력을 모조리 손바닥에 쏟아붓고 번수 자세로 마주쳐 보냈다. 혼신의 공력을 얹은 두 손바닥이 마주치면서 "펑!" 하는 소리가 울렸다. 장무기가 쳐올린 장력은 상대방의 반격에 떠밀려 빗나가고, 뒤미처 땅바닥으로 떨어져 내린 멸절사태의 등줄기에서 "으지직!" 하는 소리가 났다. 삽시간에 등줄기 척추가 서너 토막으로 부러져 나가는 소리였다.

장무기도 무사하지 못했다. 그녀가 후려쳐 보낸 장력뿐 아니라 추락하던 기세에 실린 힘줄기로 말미암아 가슴속 기혈이 훌러덩 뒤집힐 만큼 큰 충격을 받고 두세 걸음이나 밀려나고서야 가까스로 중심을 잡고 설 수 있었다.

그는 도무지 이해할 수 없었다. 멸절사태가 후려친 그 일장은 확실히 자살행위나 마찬가지였다.

"사부님, 사부님!"

주지약이 달려와 스승의 몸뚱이를 덮치면서 통곡하기 시작했다. 뒤미처 아미파의 남녀 제자들도 우르르 몰려와 스승을 에워싼 채 울부짖었다.

"지약아…… 오늘부터 네가 우리 아미파의 장문인이다……. 내가 너한테 부탁한 일들을…… 다 해낼 수 있겠지?"

멸절사태는 모든 제자가 알아들으라고, 마지막 남은 힘까지 다 끌어내어 당부 말을 남겼다. 주지약이 울먹이며 대답했다.

"예, 사부님…… 불초 제자 감히 잊지 않겠습니다!"

다짐을 받아낸 멸절사태의 입가에 희미한 미소가 서렸다.

"그럼 내가 죽어도 눈을 감을 수 있겠구나……."

장무기가 걸어오더니 멸절사태의 맥을 잡으려고 했다. 다음 순간, 축 늘어져 있던 멸절사태의 오른손이 홀떡 뒤집히면서 맥을 짚으려던 그 팔목을 단단히 움켜쥐었다.

"이 마교의 음적, 네놈이 내 사랑하는 제자 지약의 순결을 더럽히는 날엔…… 내가 죽어 귀신이 되어서라도 네놈을 용서하지 않을 테다……."

마지막 끝마디가 희미하게 새어나왔을 때 숨결은 이미 끊겼다. 두 눈을 부릅뜬 채 절명한 것이다. 그러나 팔목을 움켜쥔 다섯 손가락은 여전히 풀리지 않았다. 이내 장무기의 팔목에서 피가 배어나왔다.

범요가 크게 외쳤다.

"모두 날 따라오시오! 서문 바깥에서 만나기로 약속했소. 여기서 지체했다가는 여양왕의 대부대가 다시 들이닥칠 것이오!"

장무기는 팔목을 움켜잡힌 채로 멸절사태의 시신을 껴안고 일어섰다.

"자, 우리 떠납시다!"

주지약이 다가오더니 말없이 장무기의 팔뚝에서 스승의 손가락을 하나씩 풀어 떼어내고 시신을 넘겨받았다. 그러고는 장무기 쪽에 눈길 한 번 던지지 않고서 곧바로 절간 바깥으로 걸어 나갔다. 다른 제자들도 줄줄이 따라나섰다.

만안사 절간 보탑 광장에는 이미 곤륜파, 공동파, 화산파 고수들이 벌 떼처럼 우르르 몰려나가고 소림파와 무당파 제자들만 남았다. 소림의 공문과 공지 두 고승은 선배다운 풍모를 잃지 않고 명교 교주 장무기를 향해 두 손 모아 합장해 감사의 뜻을 표했다. 그리고 무당파 송원교, 유연주를 비롯한 제자들과 서로 위안의 인사를 나눈 다음, 길을 양보해가며 차례차례 절간 문을 나섰다.

건곤대나이 신공으로 육대 문파 고수들을 탑 아래로 받아낸 이후, 장무기는 내력이 거의 소진되었다. 게다가 멸절사태와 일장까지 겨뤘으니 더욱 원기가 상해 걸음도 제대로 걷지 못했다. 막성곡이 그 기미를 눈치채고 말없이 안아 일으켜 등에 업었다. 막내 사숙의 등에 업힌 장무기는 두 눈을 감고 묵묵히 구양신공을 일으켰다. 그러고 나서야 내력이 점차 늘어나기 시작했다.

날이 훤히 밝아오고 있었다. 서문에 도착한 군웅은 그곳을 지키던 관군 병사들을 모조리 쫓아 보내고 홀가분하게 성문을 나섰다. 도성을 벗어나 2~3리쯤 갔을 때는 마차와 마필을 거느린 양소가 기다리고 있다가 무사히 탈출한 일행의 노고를 치하했다.

집결지를 떠나기 전에 공문 방장은 새삼스레 명교 사람들에게 고마운 뜻을 표했다.

"이번에 명교의 장 교주와 여러분께서 구해주지 않으셨다면 우리 중원 육대 문파의 운명이 과연 어찌 되었을는지 모르겠소이다. 속담에 큰 은혜는 입으로만 사례할 것이 아니라 했습니다. 우리가 앞으로 어떻게 해야 좋을지 장 교주께서 지시를 내려주시기 바랍니다."

"식견이 얕은 제가 무슨 주장을 하겠습니까? 아무래도 소림의 방장 스님께서 일행을 이끌어주셨으면 합니다."

장무기가 사양했으나 공문대사 역시 고집을 꺾으려 하지 않았다. 이때 장송계가 나섰다.

"이곳은 도성에서 그리 멀지 않습니다. 간밤에 우리가 그토록 경천동지할 대사건을 벌였는데, 여양왕 쪽에서도 그냥 보고만 있지는 않을 것입니다. 여양왕 저택의 불길을 잡고 나면 곧바로 추격대가 뒤쫓아 올 것이 분명합니다. 우선 이곳을 떠나 추격권에서 벗어난 다음, 안전한 곳을 찾아놓고 거기서 거취를 결정하도록 하지요."

이 제안에 철금선생 하태충이 반대하고 나섰다.

"여양왕 쪽에서 추격대를 보내 뒤쫓는다면 그보다 더 좋은 일이 어디 있겠소? 우리 여기서 기다렸다가 그놈들을 모조리 박살 내어 지난 몇 달 동안 수모를 당했던 분풀이나 속 시원히 해봅시다!"

"모두 공력이 회복되지 않았으니 오랑캐를 도륙하는 일은 뒤로 미루는 게 좋겠습니다. 우선 이 자리를 피하는 것이 좋을 듯싶군요."

장송계가 완곡한 말로 하태충의 감정을 누그러뜨렸다. 공문대사 역시 그 의견에 동조했다.

"장 사협의 말씀이 옳소이다. 오늘 이 자리에서 오랑캐를 얼마나 죽이든 간에 우리 측 사상자도 적지 않게 나올 터이니, 일단 피하는 것이 상책이겠소."

소림파 장문이 이렇게 말하니 그 누구도 이의를 제기하는 이가 없었다. 공문대사가 다시 물었다.

"장 사협의 고견으로는 우리가 어느 쪽으로 피신해야 좋겠소?"

"저들은 우리가 남쪽 아니면 동남쪽으로 달아날 것이라 예상할 것입니다. 따라서 우리는 아예 그 반대편으로 길을 잡아 서북방으로 갔으면 좋겠는데, 여러분의 뜻은 어떠신지요?"

서북방으로 길을 잡다니, 그쪽은 거의 황량한 무인 지대가 아닌가? 일행은 말뜻을 알아듣지 못하고 어리둥절해했다. 이때 양소가 손뼉을 치면서 찬동하고 나섰다.

"과연 장 사협의 고견이 지당하시외다! 서북 지방은 면적이 너르고 인구가 드문 곳이라 아무도 찾아오는 사람이 없습니다. 아무 데나 으슥하고 험준한 골짜기를 한 군데 찾아들면 한동안 마음 놓고 은신할 수 있을 것입니다. 오랑캐 녀석들이야 우리가 그런 황막한 곳으로 피신했을 줄은 꿈에도 생각지 못할 테니까요."

일행도 생각해보니 장송계가 내놓은 의견이 절묘했다. 그래서 모두 말 머리를 북쪽으로 돌려 치닫기 시작했다.

50여 리쯤 갔을 때, 그들은 무척 험준하고 깊은 산골짜기로 들어섰다. 오랜 나날 감금당해 지칠 대로 지친 몸을 쉬면서 때늦은 식사 준비를 했다. 양소가 진작 마른 식량과 술, 고기를 빠뜨리지 않고 준비해 온 덕분에 그들은 오랜만에 포식하면서 여유 있게 환담을 나눌 수 있었다. 화제는 지난 몇 달 동안 절간 탑에 갇혀 모욕을 당하고 시달리던 고생담이었다. 그리고 예외 없이 자기네를 구해준 장 교주와 범요에게 감사를 표했다. 언뜻 아미파 장문 멸절사태의 이름이 나오자 군웅은 한결같이 애도의 뜻을 표했다. 비록 성격이 준엄하고 까다롭기 짝이 없어 남에게 두려움을 안겨주기는 했어도, 멸절사태는 일세를 풍미한 대여협이었다. 그리고 고결함을 잃지 않는 그녀의 기백에 무림 사람들은 존경을 표했다.

멸절사태를 애도하는 일행의 대화를 들으면서, 장무기는 아미파 제자들이 걱정스러웠다. 호랑이 소굴에서 탈출했는지 아니면 빠져나오지 못했는지, 시종 마음이 놓이지 않았다. 만약 곤경에 처했다면 어떤 방법을 써서라도 구해내야 했다. 교주가 안절부절못하고 애간장을 태우자, 위일소가 자청해서 도성으로 달려갔다. 그러고는 곧 돌아와 아미파 제자들 역시 성밖 어느 안전한 장소에 은신 중이라며 여양왕의 추격 부대는 발견하지 못했다고 보고했다. 그제야 장무기도 마음이 놓였다.

공문대사는 지난날을 되새기면서 새삼 울분을 토했다.

"이번 귀환 도중에 저 간악한 자들이 독을 넣어 우리 모두 엄청난 곤욕을 치렀소. 우리 소림파는 공성 사제마저 오랑캐의 손에 죽임을 당했으니, 이 원수를 갚지 않을 수 없소. 어떻게 복수해야 할 것인지 앞으로 시일을 두고 천천히 의논합시다."

공지대사도 한마디 거들었다.

"중원 육대 문파는 어제까지만 해도 명교를 적대시해왔소. 그러나 장 교주께서 지난날의 원혐을 개의치 않고 덕으로 갚아 오히려 우리에게 구원의 손길을 내밀어주셨소. 오늘 이후로 쌍방 간의 원한은 말끔히 청산해버립시다. 그리고 이제부터 우리 모두 한마음으로 협력해 오랑캐를 이 땅에서 몰아내기로 합시다!"

"지당하신 말씀이오!"

모든 사람이 일제히 찬성했다. 하지만 장차 어떻게 보복하고 오랑캐를 물리칠 것인가는 저마다 이론이 분분해 결론이 나지 않았다.

공문 방장이 입을 열었다.

"이 막중한 대사는 하루아침에 결판날 일이 아니오. 우리 여기서 며칠 쉬고 나서 각자 본산으로 돌아가도록 하고, 훗날 천천히 좋은 방책을 상의하기로 합시다."

모두 고개를 끄덕여 동의했다. 이윽고 장무기가 일어섰다.

"큰일은 일단 마무리된 것 같습니다. 저희 일행은 아직 할 일이 남아 있어 여러분과 작별하고 다시 대도로 돌아가야겠습니다. 오늘부터 저희 명교는 여러분과 손잡고 몽골 오랑캐와 결사 항전을 벌일 수 있기를 빕니다."

이 말에 군웅들도 이구동성으로 외쳤다.

"옳소! 우리 모두 손잡고 몽골 오랑캐를 물리칩시다!"

우렁찬 함성이 온 산골짜기를 쩌렁쩌렁 뒤흔들었다.

소림을 비롯한 다섯 문파 사람들이 골짜기 입구까지 배웅하러 나왔다. 장무기와 양소, 범요, 위일소 일행은 공손히 허리 굽혀 작별 인사를 건넨 다음, 말고삐를 다 풀어주고 남쪽을 향해 치달렸다.

느닷없이 시꺼먼 광채가 번쩍 빛나더니 "쐬악!" 하는 소리와 함께 병기 석 자루가 뭉텅 끊겼다. 뒤미처 다섯 공격자 가운데 네 사람의 허리가 한꺼번에 베여 여덟 토막이 나고 말았다. 얼마나 세찬 칼바람이었던지 몸통 윗부분과 아랫부분으로 잘려나간 네 사람의 시체가 사면팔방으로 튕기듯이 흩날리더니 산기슭 아래로 떨어져 내렸다. 천만다행으로 정장로만이 오른팔이 끊긴 채 땅바닥에 쓰러져 있었다.
정신을 가다듬고 사손을 바라보았을 때 그의 손에는 거무튀튀한 대도 한 자루가 들려 있었다. 바로 강호 무림계에서 '무림지존'이라 일컫는 도룡보도였다.

28. 자삼용왕은 동문 형제들과 의절하고 은원마저 끊었다네

단숨에 50여 리 길을 치달려 대도 근교에 다다른 장무기 일행 네 사람은 도성 밖에서 다 허물어져가는 사당 한 채를 발견하고 그리로 들어가 앞으로 해야 할 일을 놓고 구수회의鳩首會議를 거듭했다.

장무기는 조민이 도룡도를 한 시진만 쥐어보고 싶다고 요구했다는 사실, 그리고 자신이 그 요구를 받아주기로 약속했다는 얘기를 일행에게 밝힌 다음 이렇게 덧붙였다.

"이 일이 원래 타당치 못하다는 것은 나도 잘 알고 있습니다만, 어차피 무당산에서 해독약과 흑옥단속고를 받았을 때 그녀에게 세 가지 일을 해주겠노라고 언약했고, 또 이것이 그녀가 요구한 첫 번째 조건이었습니다. 만일 내가 딴 핑계를 대고 그 요구를 거절했을 경우, 이보다 더 어려운 문제를 내놓을 것이 분명합니다. 우리 같은 사람이 한번 입 밖에 낸 말은 천금보다 무거운 법인데, 신용과 의리를 지키지 않을 수 없는 일 아니겠습니까?"

양소도 사뭇 난처한 기색으로 한참 생각하더니, 이내 장무기를 위안해주었다.

"교주님, 우리는 어차피 사 법왕을 모시러 가야 하는데, 차라리 그 오랑캐 여자를 데리고 가는 것도 나쁘지는 않을 듯싶군요. 기껏해야 빙화도 외딴섬에서 한 시진 동안 도룡도를 보게 해주면 되는 일 아닙니까?

우리 넷이서 전후좌우로 단단히 에워싸고 감시한다면, 제아무리 하늘만큼 뛰어난 재간을 지녔다 하더라도 술수를 부리지는 못할 겁니다."

그제야 장무기도 가슴을 짓누르던 무거운 바윗덩어리를 내려놓은 듯 홀가분한 심정이 되었다.

"그렇게 이해해주시니 마음이 한결 편해졌습니다. 그녀가 요구한 첫 번째 난제도 해결하고 사 법왕도 모셔올 수 있으니, 그야말로 일거양득이 아니겠습니까?"

일행 넷은 그 자리에서 각자 할 일을 분담했다. 양소와 범요 그리고 위일소는 먼저 남쪽으로 내려가 홍수기 제자들을 소집하는 한편, 먼 바다를 항해할 수 있는 원양 선박을 물색해 세내고, 식량과 식수 등 여행길에 필요한 물품을 빠짐없이 사들여 배에 실어놓고 포구에 정박시키기로 했다. 그리고 모두 경원로慶元路• 정해현定海縣에서 합류해 다 같이 출항하기로 약정했다. 정해 포구는 장강 하구로 20여 년 전 장취산과 은소소가 천응교 '양도입위' 대회에 참석했다가 사손에게 납치되어 망망대해로 끌려나간 왕반산도 근처에 있었다.

의논이 끝나자 일행과 헤어진 장무기는 아소와 조민을 데리러 다시 도성으로 돌아갔다. 대도가 가까워질 무렵, 장무기는 여양왕 휘하의 그 많은 무사가 자기 얼굴을 봤으니 여러모로 귀찮은 일이 벌어지리라 예상하고, 어느 허름한 농가에 들어가 농사꾼의 헌 옷을 한 벌 사서 갈아입었다. 그런 뒤 머리에 삿갓을 쓰고 석탄재로 얼굴과 손등을 시

• 원나라 때 지방 행정구역의 하나로 강절행성江浙行省에 소속된 주요 대외 무역항. 지금의 저장성浙江省 닝보시寧波市 주변 일대에 속한다. '로路'는 방면이나 도로를 뜻하는 게 아니라, 주州 밑의 부府에 해당하며 군郡보다 상위 개념이다.

꺼멓게 칠한 다음 도성 안으로 들어갔다.

서성 객점을 찾아간 그는 대문 밖에서 사방을 둘러보고 아무런 이상이 없음을 확인한 다음에야 재빠른 몸놀림으로 자기가 묵은 객실로 들어갔다.

마침 아소는 창가에 걸터앉아 바느질을 하고 있었다. 장무기가 방 안에 불쑥 들어서자, 일순 흠칫 놀라다가 이내 그를 알아보고 만면에 기쁜 빛을 띠었다. 방그레 웃는 모습이 마치 봄날 꽃봉오리 터지듯 화사했다.

"교주 오라버니였군요. 난 또 웬 농사꾼이 방을 잘못 알고 뛰어든 줄 알았지, 교주님인 줄은 생각도 못 했어요."

"하하, 그래 뭘 하고 있었지? 혼자 심심하고 답답하지 않았어?"

아소는 얼굴에 홍조를 띠면서 바느질하던 옷감을 등 뒤로 감추고 수줍게 말했다.

"바느질을 배우고 있었어요. 남이 보면 안 되는데……."

그러고는 옷가지를 베개 밑에 숨겨놓더니 장무기에게 차를 따라주었다. 그러다가 그의 얼굴에 온통 시꺼멓게 숯검정이 칠해진 것을 보고 웃음보를 터뜨렸다.

"세수 안 하시겠어요?"

장무기도 멋쩍게 덩달아 웃었다.

"일부러 숯검댕 칠을 했는데, 씻어버릴 수야 없지."

그는 찻잔을 든 채 생각에 잠겼다.

'이제 빙화도에 가서는 어떻게 해서든지 양부님을 대륙으로 모셔와야 한다. 양부님은 중원 땅에 원수가 너무 많아 걱정하셨는데, 눈까지 멀어버리셨으니 저들의 보복에 대응하기가 어려울 것이다. 지금은 무림계 영웅호걸들과 마음 합쳐 오랑캐에게 저항하겠다고 맹세했으니, 개인의 사사로운 원한과 복수심은 모두 잊어야 한다. 내가 그 어른과 함께 있는 한 아무도 그분을 건드리지 못할 것이다. 큰 바다에는 풍랑이 심하고 험악하니 아소를 데리고 갈 수는 없다. 옳거니, 조 낭자더러 아소를 여양왕의 저택에 머물게 해달라고 부탁해보자. 오히려 딴 데 두고 가는 것보다 훨씬 편하고 안전할지도 모르겠다.'

장무기는 이런 생각을 하며 저도 모르게 웃음 지었다. 아소가 그 모습을 보고 물었다.

"교주 오라버니, 지금 무슨 생각을 하고 계시는 거예요?"

장무기가 비록 누이동생으로 여기고는 있지만, 그녀는 다른 사람 앞에선 철저히 몸종 행세를 해왔다. 어쩌다 아무도 없이 단둘이 있을 때에만 겨우 '교주 오라버니'라고 부를 따름이었다.

"이제 난 아주 먼 곳으로 여행을 떠나야 하는데, 널 데리고 갈 형편이 못 되거든. 그래서 네가 거처할 만한 데를 하나 생각했어."

이 말을 듣자 아소의 얼굴빛이 금세 어두워졌다.

"저는 꼭 당신을 따라갈 거예요. 아소는 날마다 지금처럼 당신의 시중을 들어드릴 거예요."

"널 위해서 그러는 거야. 내가 지금 가는 곳은 아주 멀고 위험하거든. 그리고 언제 돌아올지도 모르고."

장무기가 좋은 말로 타일렀으나, 아소는 고집불통이었다.

"교주 오라버니가 처음 날 데리고 사 법왕을 모시러 가자고 약속했을 때는 그곳이 멀지 않았나요? 광명정 비밀 통로 지하 궁에 갇혔을 때 난 이미 마음을 굳혔어요. 당신이 어딜 가든 나도 꼭 따라가겠다고.

날 죽이지 않고서는 떨쳐버리지 못할 거예요. 내가 보기 싫어서 안 데려가는 거예요?"

"아니, 그건 아니야! 내가 널 얼마나 좋아하는지 너도 알 거야. 난 그저 네가 부질없이 위험을 무릅쓰는 걸 바라지 않을 뿐이야. 돌아오는 대로 곧 널 찾을 테니까 아무 걱정 말고 기다려줘."

아무리 달래도 아소는 고개를 내젓기만 했다.

"당신 곁에만 있으면 아무리 위험해도 난 마음 쓰지 않아요. 교주 오라버니, 날 꼭 데려가줘요!"

장무기는 아소의 자그만 손을 부여잡았다.

"나도 널 속이고 싶지 않구나. 사실 나는 조 낭자를 데리고 큰 바다로 나가겠다고 약속했어. 큰 바다는 하루 온종일 파도가 거세게 몰아치는 위험한 곳이야. 나도 부득이해서 가는 거야. 하지만 너마저 그런 위험을 무릅쓰고 갈 필요는 없잖아?"

아소의 얼굴이 빨갛게 달아올랐다.

"조 낭자와 함께 간다면 더더구나 따라가야겠어요."

이 두 마디가 나왔을 때는 눈에 눈물까지 글썽글썽 맺혔다.

"더더구나 따라가야겠다니, 그건 왜?"

"조 낭자는 심보가 아주 못돼먹었고 악독한 여자예요. 그런 여자가 당신한테 무슨 짓을 저지를지도 모르잖아요. 내가 따라가야만 당신을 그나마 잘 돌봐드릴 수 있을 거예요."

이 말을 듣고 장무기는 가슴이 뜨끔했다. '요 어린 아가씨가 혹시 내게 연정을 품고 있는 건 아닐까?'

사실 장무기도 아소와 오랜 나날을 함께 지내다 보니 헤어지고 싶지 않았다. 그가 웃으면서 말했다.

"좋아, 데리고 가지! 큰 바다에 나가서 뱃멀미를 해도 난 몰라. 그게 보통 고역이 아닐 텐데, 불평 한마디도 해서는 안 되는 거야. 알겠지?"

"그래요! 난 멀미 같은 거 안 하니까, 우는 소리도 안 낼 거예요!"

함께 데려간다는 말에 아소가 팔짝팔짝 뛰어가며 좋아라 했다. 그리고 이렇게 덧붙였다.

"제가 교주님을 언짢게 해드리거든, 아예 날 바닷물에 던져서 물고기 밥이 되게 해도 좋아요!"

"하하, 요렇게 착한 누이동생을 내가 어떻게 저버릴 수 있겠어?"

이들 두 사람은 만 리 길을 함께 여행하면서 때로는 묵을 곳이 여의치 않아 한방에서 같이 투숙하기도 했다. 비록 장무기가 누이동생이라고 부르기는 했어도 아소는 몸종 신분을 저버리지 않았다. 장무기 역시 이날 이때껏 아소에게 실없는 농담을 건네본 적이 없었다. 그런데 방금 제 입에서 "내 어떻게 저버릴 수 있겠어?"라는 말이 스스럼없이 나올 줄이야 꿈에도 생각지 못했다. '오라버니哥哥'라든가 '누이동생妹妹'이란 말은 엄밀히 따져보면 한집안 오누이 간에 부르는 호칭이긴 하지만, 일반적으로 부부지간이나 아주 친근한 젊은 남녀끼리 상대방을 부를 때 쓰는 말이기도 했다. 충동적으로 입 밖에 말을 낸 장무기도 새삼스레 자신이 실언했음을 깨닫고, 저도 모르게 얼굴이 화끈거려 얼른 고개를 돌려 창밖을 내다보았다.

아소가 한숨을 내쉬더니 멀찌감치 한 곁으로 물러나 앉았다.

"한숨은 왜 쉬지?"

장무기의 물음에 그녀는 또 한숨을 내쉬면서 대꾸했다.

"당신에게는 정말 저버리지 못할 사람이 많잖아요? 아미파 주 낭자도 그렇고, 여양왕의 따님 소민군주도 그렇고…… 앞으로 또 얼마나 더 생길지 모르죠. 그런데 저같이 미천한 계집아이를 어떻게 저버리지 않을 리 있겠어요?"

장무기는 그녀 앞으로 바짝 다가섰다.

"아소, 지금까지 넌 정말 나를 끔찍이도 위해줬어. 그걸 내가 모르는 줄 알아? 설마 내가 배은망덕하여 무엇이 좋고 나쁜지도 모르는 그런 사람인 것 같아?"

이렇게 말하는 장무기의 표정은 매우 진지했고 말투도 더없이 성실했다.

마주 바라보던 아소의 얼굴에 수줍음과 기쁨이 한꺼번에 배어나왔다. 부끄러움에 겨워 고개를 떨어뜨린 그녀의 입에서 들릴 듯 말 듯 나지막한 목소리가 흘러나왔다.

"전 당신더러 뭘 어떻게 위해달라고는 하지 않겠어요. 다만 제가 당신을 영원히 모실 수 있게 허락해주시기만 하면 돼요. 당신 곁에서 시중드는 계집아이로 있기만 하면 저는 만족해요. 간밤에 한잠도 주무시지 못했으니 고단하시겠죠. 어서 침대에 올라 쉬도록 하세요."

그녀는 이부자리를 들춰놓고 그가 편히 잠들도록 시중들었다. 그리고 다시 창가에 걸터앉아 바느질을 시작했다.

장무기는 어쩌다 그녀의 손목에 감긴 쇠사슬이 골무와 부딪칠 때마다 잘그랑대는 소리를 들으면서 한갓지게 평온한 기쁨을 느꼈다. 이 평화롭고도 포근한 느낌이 세상 끝날 때까지 길이길이 갈 수만 있다면 오죽이나 좋으랴. 얼마 안 있어 두 눈이 스르르 감기면서 깊은 잠에 빠져들었다.

장무기는 그날 해 질 녘에야 잠에서 깨어나 국수 한 그릇을 시켜 먹고 나서 아직도 바느질감을 잡고 있던 아소를 재촉해 일으켰다.

"아소야, 나하고 조 낭자한테 가자. 그녀에게 의천검을 빌려 네 손목과 발목에 묶인 쇠사슬을 끊어야겠다."

두 사람이 길거리에 나섰을 때 몽골군 기병대가 오락가락 치달리면서 삼엄한 경계 태세를 보였다. 길거리를 오가는 행인의 검문검색도 사뭇 엄격했다. 두 사람은 말발굽 소리가 들릴 때마다 원나라 관군에게 들키지 않으려고 집 모퉁이 뒤로 돌아 웅크리고 숨었다.

얼마 안 있어 장무기는 엊저녁에 왔던 허름한 술집에 당도했다. 아소를 데리고 술집 문을 열고 들어서자, 조민이 어젯밤 그 자리에 앉아 있다가 방그레 미소를 머금은 채 일어섰다.

"장 공자님, 정말 신의가 있는 분이로군요."

장무기는 어젯밤에 아무 일도 없었다는 듯 여느 때나 다름없는 표정을 짓는 그녀를 보고 깜짝 놀랐다. '이 여자는 정말 속을 알 수가 없다. 내가 사람을 보내 부왕의 애첩을 죽이고, 자신이 애써 사로잡은 육대 문파 고수들까지 모조리 놓아주었으니 땅을 치고 통분할 노릇이 아닌가! 그런데도 평소와 다름없이 날 대하고 있으니 정말 뜻밖이다. 그래, 이제 곧 어떻게 발작하나 두고 봐야겠다.'

식탁 위에는 어제처럼 술잔과 젓가락이 한 벌씩 마주 놓여 있었다. 엉거주춤 서 있던 장무기가 허리 굽혀 인사를 건넸다.

"조 낭자, 엊저녁에는 정말 여러모로 죄를 지었소. 양해해주시기 바라오."

조민은 아무렇지도 않다는 듯이 웃으며 대꾸했다.

"아버님의 애첩 한희는 요사스러운 불여우라 나 역시 무척 싫어했어요. 당신이 사람을 시켜 죽여주셨으니 정말 고맙지 뭐예요. 어머니도 당신 재간이 뛰어나다고 얼마나 칭찬하셨는지 몰라요. 오죽하면 나하고 당신한테 어떻게 사례할까 의논까지 하셨을까요."

장무기는 일순 멍해졌다. 그 아수라장의 결과가 이렇게 될 줄이야 실로 뜻밖의 반응이었던 것이다.

조민이 얘기를 계속했다.

"당신이 그 사람들을 구출해 가셔도 괜찮아요. 어차피 조정에 귀순하지 않을 사람들이니 계속 붙잡아놓아도 쓸모가 없죠. 당신 손에 구출되었으니 모두 감격할 정도로 고마워했겠죠? 이제 중원 무림계에서 당신의 명성을 따를 자는 없을 겁니다. 장 공자님, 그런 의미에서 제가 당신께 존경의 잔을 들겠어요!"

그녀는 함박웃음을 지으며 술잔을 번쩍 들었다.

바로 그때 누군가 술집 문턱을 넘어섰다. 휘적휘적 걸어 들어온 사람은 다름 아닌 고두타였다. 그는 우선 장무기에게 예를 갖추고 다시 조민에게 큰절을 올렸다.

"소민군주 마마, 고두타가 사죄드립니다."

조민은 답례하지 않고 차갑게 쏘아붙였다.

"고 대사가 정말 이 사람을 기막히게 속였더군요. 당신이 군주라고 부른 내가 얼마나 골탕을 먹었는지 알고나 하는 소리예요?"

범요가 허리를 펴더니 떳떳한 태도로 대꾸했다.

"이 고두타는 본명이 범요, 바로 명교 광명우사자입니다. 조정과 우리 교는 적대 관계에 있는 만큼 본인이 신분을 속이고 여양왕의 부중에 섞여 들어간 것도 물론 나름대로 할 일이 있었기 때문이고, 이제 일을 다 마쳤으니 본교로 돌아갔을 뿐입니다. 지난날 군주마마께서 각별히 예우해주셨기에 오늘 이렇게 하직 인사를 드리러 온 겁니다."

"그대가 심상치 않은 인물이라는 것쯤은 내 진작부터 눈치채고 있었죠. 하지만 명교에서 그토록 지위가 높은 줄은 몰랐군요. 떠나고 싶으면 그냥 떠날 것이지 번거롭게 예를 차릴 필요가 있나요?"

쌀쌀맞기 짝이 없는 말이었으나, 범요도 지지 않았다.

"사내대장부는 무슨 일을 하든 정정당당하고 떳떳이 마무리를 지어야 한다고 생각합니다. 군주마마는 앞으로 내 적이 되었으니 지금 확실히 밝혀두지 않으면 평소 군주마마께서 베풀어주신 후의를 이 고두타가 저버렸다고 배은망덕한 자로 여길 것이 아니겠습니까."

조민은 기가 막혀 장무기에게 눈길을 던지고 물었다.

"도대체 당신한테 무슨 재주가 있기에 부하들이 외곬으로 목숨을 걸고 충성을 다하게 만든 거죠?"

"우리는 나라와 백성을 위해서 어질고 의로운 기백으로 의협을 행하는 사람들이오. 범 우사와 나는 평소 알고 지내던 사이도 아니었소. 하지만 이번에 처음 만났을 때부터 의기가 투합해 골육을 나눈 형제처럼 서로 마음을 터놓고 진심으로 사귈 수가 있었소. 우리는 형제간의 의리에 보람을 느끼고 있을 따름이오."

그러자 범요가 호탕하게 웃었다.

"하하, 교주님의 그 말씀이 바로 제 마음입니다! 교주님, 저 군주마마는 비록 나이는 어려도 심보가 모질고 솜씨 또한 매섭습니다. 반면 교주님은 마음씨가 너무 좋아서 군주마마의 발치 밑에도 따르지 못하니 정말 걱정스럽군요."

"알았소. 내 방심하지 않으리다."

두 사람이 주고받는 얘기를 듣고서 조민이 피식 웃었다.

"고 대사, 칭찬해주어 정말 고맙군요."

조민의 비아냥대는 소리를 들으며 범요는 곧바로 돌아서서 주점 밖으로 나가려다가 아소 곁에서 갑자기 발걸음을 우뚝 멈췄다. 마치 무시무시한 악령이라도 본 것처럼 얼굴에 공포의 기색이 떠오르면서 자기도 모르게 실성을 터뜨렸다.

"너…… 너는……?"

아소 역시 흉측한 그 얼굴에 기가 질렸는지 떨리는 목소리로 되물었다.

"왜…… 그러세요?"

범요는 한참 동안 물끄러미 바라보다가 고개를 내저었다.

"아니지…… 아냐…… 그럴 리가 있나. 내가 사람을 잘못 봤어."

그러곤 긴 한숨을 내리쉬더니 암울한 기색으로 문을 밀치고 나가면서 나직이 중얼거렸다.

"닮았군, 너무 닮았어……."

조민과 장무기는 영문을 모르고 마주 바라보았다. 도대체 아소가 누굴 닮았다는 얘긴지 전혀 알 수 없었다.

그때 갑자기 멀리서 휘파람 소리가 몇 차례 계속 들려왔다. 세 번은 길게, 두 번은 짧게 휘파람 부는 소리가 무척 날카로웠다.

장무기는 잠시 멈칫하다가 이내 아미파 제자들이 흩어진 동문을 불러 모으는 긴급 신호임을 알아차렸다. 오래전 장무기는 서역에서 멸절사태 일행과 마주쳤을 때 저들끼리 이런 휘파람 신호로 연락을 주고받는 걸 보았다. 그런데 문득 이상한 느낌이 들었다. 아미파 제자들이 어째서 다시 대도로 돌아왔을까? 혹시 적을 만나서 쫓겨온 것은 아닐까?

조민 역시 휘파람의 정체를 알아차렸다.

"저건 아미파 연락 신호예요. 무슨 긴급한 일이 생긴 모양이군요. 우리 한번 가보는 게 어때요?"

장무기의 눈이 휘둥그레졌다.

"당신이 그걸 어찌 아오?"

"호호, 서역 땅에서 부하들을 이끌고 저 여자들을 나흘 밤낮 뒤쫓은 끝에 멸절사태를 겨우 사로잡았는데, 어찌 모를 리가 있겠어요?"

"좋소, 그럼 우리도 한번 가봅시다. 조 낭자, 먼저 한 가지 부탁이 있는데, 당신의 그 의천검을 좀 빌려주시오."

이 말에 조민이 웃으며 말했다.

"당신은 아직 도룡도를 빌려주지 않았는데, 나더러 먼저 의천검을 빌려달라는 거예요? 계산 한번 똑 부러지게 잘하시네."

말은 그렇게 하면서도 허리에 찬 보검을 끌러 선선히 건네주었다. 칼집째 넘겨받은 장무기가 장검을 뽑아 들면서 아소에게 손짓했다.

"아소, 이리 와."

아소가 앞으로 다가서자, 그는 장검을 휘둘러 손발에 묶인 사슬과 쇠고랑을 단칼에 끊어버렸다. 보검의 칼날 아래 현철玄鐵로 녹여 만든 사슬이 무 썰리듯 맥없이 끊겨 땅바닥에 소리를 내며 떨어졌다.

"고맙습니다, 교주님. 고맙습니다, 군주마마!"

손발이 홀가분해진 아소가 두 사람 앞에 절을 하며 말했다. 조민이 빙그레 웃었다.

"참 어여쁜 아가씨네요. 교주님이 당신을 무척 좋아하나 보죠?"

시샘인지 부러움인지 뜻 모를 찬사에 아소의 얼굴이 당장 붉어지면서도 눈망울에는 희열의 빛이 반짝였다.

장무기는 장검을 칼집에 도로 꽂아 조민에게 넘겨주었다.

"고맙소!"

그사이에도 휘파람 소리는 동북쪽으로 사라져가고 있었다.

"자, 어서 가봅시다."

조민은 은화 하나를 탁자 위에 던져놓고 자신이 앞장서서 주점을 나갔다. 장무기는 아소가 따라오지 못할까 봐 오른손으로 그녀의 팔목을 잡고 다른 손으로 허리를 껴안은 채 조민과 가깝지도 멀지도 않게 일정한 거리를 두고 뒤따라 달렸다. 100여 척 남짓 뛰다 보니 어인 일인지 아소의 몸뚱이가 종잇장처럼 가벼워지는 느낌이 들었다. 발걸음을 옮겨 떼는 속도 역시 무척 빠르기에 이상하다 싶어 거들어주던 손길에 힘을 거두었다. 언젠가부터 자기와 어깨를 나란히 치달리면서도 시종 뒤처지지 않았다. 비록 상승의 경공신법을 쓰지는 않았다 해도 발걸음이 급속도로 빠른 셈인데 아소가 어엿이 따라붙고 있었던 것이다.

잠깐 사이에 조민은 벌써 후미진 뒷골목길을 몇 군데나 가로질러 반쯤 무너진 어느 집 담장 밖에 도달했다. 장무기는 담장 안쪽에서 여자들끼리 다투는 목소리를 듣고 아미파 제자 일행이 그 안에 모여 있다는 걸 알아차렸다. 그는 아소의 손목을 잡고 담장 안으로 훌쩍 뛰어 들었다. 캄캄한 어둠 속, 담장 안에 웃자란 풀이 무성한 것으로 보아 아무도 쓰지 않는 황폐한 정원이 분명했다. 조민이 뒤따라 담장을 넘어오고, 세 사람은 수풀 속에 엎드린 자세로 조심스레 다가갔다.

황폐한 정원 북쪽 한 귀퉁이에 다 허물어져가는 정자가 한 채, 그 안에 어슴푸레하니 20여 명의 그림자가 일렁거렸다. 이윽고 여인의 날카로운 목소리가 들려왔다.

"너는 우리 동문 중에서 가장 어린 제자야. 자질이나 덕망, 무공 실력, 어느 것을 놓고 따져도 우리 아미파의 장문이 될 수는 없지!"

장무기는 목소리의 주인공이 누군지 곧 알아보았다. 독수무염 정민군이었다. 그는 수풀 속에 납죽 엎드린 자세로 정자가 있는 쪽으로 20~30척 접근해갔다. 희미한 별빛 아래 주변이 온통 뿌옇기만 할 뿐 뚜렷이 보이는 게 하나도 없었다. 두 눈에 신경을 모으고 주시해보니 정자 안에 아미파 남녀들이 뒤섞여 서 있었다. 모두가 아미파 제자들, 그중에는 멸절사태의 직속이던 '정靜' 자 항렬 큰 제자들도 포함되었다. 왼편에 키가 훤칠한 여인이 푸른 치맛자락을 땅에 끌리도록 길게 늘어뜨린 채 홀로 서 있었다. 바로 주지약이었다. 그녀를 다그치는 정민군의 목소리가 매우 준엄했다.

"말해봐! 직접 말해보라니까!"

이윽고 주지약이 천천히 입을 열었다.

"정 사저 말씀이 옳아요. 저는 본문에서 가장 나이 어리고 자질이나 경력, 무공 실력, 재간이나 품덕, 어느 하나도 장문인이 되기에 부족합니다. 사부님께서 이 막중한 대임을 맡기셨을 때, 저 역시 한사코 사양했습니다. 그러나 사부님은 엄한 말씀으로 저를 꾸짖으시고 독한 맹세를 하라고 하셨습니다. 저는 그 어른의 무거운 당부 말씀을 저버릴 수 없었습니다."

아미파 대제자 정현사태가 고개를 끄덕이며 수긍했다.

"사부님은 영명하신 분이셨으니 주 사매에게 장문직을 이어받게 하신 데는 반드시 깊은 뜻이 있었을 것일세. 우리 모두 사부님의 은혜를 입었으니 마땅히 그 어른의 유지를 받들어 한마음 한뜻으로 주 사매를 보좌하여 우리 아미파의 무덕武德을 빛내도록 하세."

그러자 정민군이 싸느랗게 말했다.

"정현 사저는 사부님에게 반드시 깊은 뜻이 있었을 것이라고 하셨는데, 그 '깊은 뜻'이라는 말이 과연 틀림없는 것 같군요. 우리가 앞서 까마득히 높은 탑 위에서 고두타와 학필옹이 악을 써가며 떠드는 소리를 두 귀로 똑똑히 듣지 않았나요? 주 사매의 부모가 누구며, 또 사부님이 어째서 이 어린 풋내기를 특별히 봐주셨는지, 그래도 모른단 말입니까?"

만안사에서 고두타는 녹장객에게 "멸절사태가 자기 옛 애인이고, 주지약은 자기네 두 사람 사이에서 태어난 사생아였노라"고 분명히 말했다. 하지만 그 말은 사마외도의 괴팍한 성격이 발작해 입에서 나오는 대로 지껄인 소리였다. 그러나 이 우스갯소리를 진짜로 알아들은 학필옹이 공공연히 떠벌리는 바람에 일부 이 말을 의심하는 사람도 있었다. 남녀 간의 은밀한 애정 행각이 풍문으로 나돌면 사람들은 이 말을 믿고 싶은 게 인지상정이다. 게다가 멸절사태가 평소에 왜 그렇게 주지약을 특별히 아꼈는지 여러 제자는 그 까닭을 몰랐으나, '사생아'란 이 소리를 듣자 스승의 의도가 바로 파악되었다. 정민군의 말을 듣고서 아미파 동문은 모두 침묵 속에 아무런 의견도 내놓지 않았다. 어떻게 보면 정민군의 주장을 인정하는 태도였다.

주지약의 목소리가 분함에 못 이겨 떨려 나왔다.

"정 사저, 제가 장문직을 이어받는 데 승복하지 못하시겠다면 차라리 인정 못 한다고 분명하게 말씀하세요. 그런 터무니없는 소리로 사부님이 평생 맑게 지켜오신 명예를 손상시키다니, 그 죄과가 적지 않습니다. 사저도 알다시피, 제 선친은 성이 주씨, 한수강 변에서 나룻배를 젓던 사공이셨습니다. 무공이라곤 털끝만치도 못 하셨고요. 돌아가신 어머님 설씨薛氏는 조상이 양양 출신의 명문세가로 100여 년 전 양양성이 몽골군에게 함락당한 후 남쪽으로 피난하셨으나 의지할 곳이 없어 선친에게 시집을 가셨습니다. 저는 무당파 장 진인의 천거를 받아 아미파 문하 제자로 들어왔고, 그 이전에는 사부님과 일면식도 없는 남남이었습니다. 정 사저는 사부님께 그토록 큰 은혜를 입은 몸이면서도 오늘 사부님이 돌아가시자 그런 욕된 말을 함부로 …… 어찌 이럴 수가…… 이럴 수가……!"

주지약은 격한 감정에 더는 말을 맺지 못하고 눈물만 흘리고 있었다. 정민군이 또 한 번 차갑게 비웃었다.

"너는 우리 아미파의 장문인 노릇을 하고 싶은 모양이지만, 아직 동문들에게 공인을 받지 못했어. 신분도 명확지 못한 주제에 함부로 사부님의 명예를 더럽혔다느니, 죄과가 적지 않다느니 하며 내게 죄를 뒤집어씌우다니! 그럼 나도 하나 물으마. 네가 사부님의 당부 말씀을 듣고 장문인의 자리를 계승했다면, 그날 곧장 아미산으로 돌아갔어야 했다. 사부님이 세상을 뜨셨으니 우리 문파에 산더미같이 쌓인 그 많은 일을 손수 처리해야 하는데도 홀로 살그머니 대도에 다시 돌아온 까닭은 도대체 무엇이냐?"

"사부님께서 아주 막중한 임무를 주셨기 때문에 대도로 올 수밖에 없었습니다."

"막중한 임무라, 그게 뭐지? 지금 여기에는 우리 문파 동문들만 있고 외부 사람이라곤 없으니 마음 놓고 얘기해보려무나."

"그건 우리 문파의 가장 큰 비밀입니다. 본파 장문인을 제외하고는 어느 누구에게도 알려서는 안 됩니다."

"흐흥! 네가 '장문인의 권위'로 밀어붙일 심산인가 본데, 나만큼은 속지 않는다. 우리 아미파는 마교의 무리와 바다보다 더 깊은 원수를 맺고 있다. 우리 동문들이 마교도의 손에 적지 않게 목숨을 잃었고, 마교 놈들 역시 우리 사부님의 의천검 칼날 아래 목숨을 잃었다. 사부님이 세상을 뜨신 까닭도 따지고 보면 마교의 교주가 쌍장으로 떠받쳐 준 힘을 받아들이려 하지 않으셨기 때문이 아니냐? 그런데 사부님의 시신이 채 식기도 전에 네가 무슨 속셈으로 남몰래 그 장가 성을 가진 음탕한 마교 교주 놈을 찾으러 왔느냐?"

장무기는 독수무염이 던진 마지막 몇 마디를 듣고 저도 모르게 몸을 떨었다. 바로 그때 보드랍고도 매끄러운 손가락 하나가 뺨을 꾹 찔렀다. 곁에 있던 조민이 남부끄러운 줄 알라고 손찌검을 한 것이다. 삽시간에 장무기의 얼굴은 불에 덴 것처럼 벌겋게 달아올랐다. '설마 주소저가 진짜 날 만나러 여길 왔단 말인가?'

"정 사저, 무슨 터무니없는 소리…… 당치도 않게……."

정민군이 큰 소리로 말했다.

"아직도 잡아뗄 셈이냐? 네가 우리더러 먼저 아미산으로 돌아가라고 하기에, 우리는 네게 무슨 일이 있어서 대도로 돌아가려느냐고 물었지. 그때 넌 우물쭈물 딴청을 부리고 횡설수설하면서 대답하지 않았어. 그래서 동문들이 수상하다 싶어 네 뒤를 밟아온 거야. 너는 네 아비 고두타를 만나 고 음탕한 녀석이 어디 있느냐고 은근슬쩍 떠보았지. 그걸 우리가 모를 줄 알아? 또 네가 고 음탕한 녀석을 찾아서 객점까지 갔다는 사실을 우리가 모를 줄 알았어?"

정민군이 말끝마다 '음탕한 녀석'이라고 욕하자 장무기는 울화통이 치밀었다. 갑자기 목덜미에 누군가가 "후" 하고 입김을 불었다. 보나마나 조민이 또 놀려대는 짓거리였다.

"네가 누굴 찾아가든, 누구하고 좋아서 어울리든 남이야 상관할 바 아니겠지. 그러나 고 장가 성을 가진 음탕한 놈은 우리 아미파의 불구대천지 원수야. 어젯밤 만안사에서 모두 생사의 갈림길에 직면했을 때, 너는 왜 그놈에게 정겨운 눈으로 추파를 던졌지? 이건 내가 입에서 나오는 대로 함부로 지껄이는 소리가 아니라, 여기 있는 동문들이 두 눈으로 똑똑히 목격한 거야. 그리고 광명정에서 사부님이 너더러 그놈을 단칼에 찔러 죽이라고 명하셨을 때, 그놈은 칼끝을 피하기는커녕 오히려 너한테 싱글벙글 눈웃음을 보냈고, 너 역시 그놈한테 눈짓을 보내며 아프지도 가렵지도 않게 살짝 한 번만 찔렀지 않느냐? 의천검으로 찔렀는데 어째서 그놈을 죽이지 못했을꼬? 거기에 아무 사연이 없다고 한다면 누가 믿어주겠느냐?"

주지약은 울음보를 터뜨렸다.

"누가 눈짓을 보냈다는 거예요? 듣기 거북한 말로 남을 중상모략하다니, 어디 하고 싶은 대로 실컷 떠들어보세요!"

"옳아! 내 얘기는 듣기 거북하고 자기가 저지른 소행이 남의 눈에 거슬리는 것은 무섭지 않다 그 말이냐? 그럼 네 말은 듣기 좋은 줄 알아? 흥! 좀 전에 객점 주인더러 뭐라고 물었지? '수고하십니다. 여기 장씨 성을 가진 손님이 있지요? 나이는 한 스물쯤 되고 키가 후리후리한데, 어쩌면 장씨라고 하지 않고 다른 성씨를 댔는지도 몰라요'라고 하지 않았어?"

정민군이 그 뾰족한 목소리로 주지약의 느릿느릿한 말투를 흉내 내면서도 아양까지 떨며 말하는 모습이 듣는 사람으로 하여금 온몸에 소름이 끼치게 했다.

장무기는 속에서 분노가 들끓었다.

'독수무염 정민군, 저 여자는 아미파 제자들 가운데 누구보다 더 간살맞고 표독한 여자다. 타고난 인품이 여린 주지약은 도저히 독수무염의 상대가 되지 않는다. 그렇다고 공연히 내가 나서서 주지약을 도와준다면 괜히 아미파 내부의 문제에 엉뚱한 남이 끼어들어 왈가왈부하는 격이라 공연히 오해나 불러일으키기 십상이요, 또 주지약의 입장만 더 난처해질 것이 분명하다.'

그는 눈앞에서 주지약이 독수무염에게 당하는 것을 뻔히 보면서도 속수무책이었다.

아미파 제자들 중 대다수는 애당초 스승의 유명에 따라 주지약을 장문인으로 추대할 생각이었다. 그러나 정민군이 날카로운 언사로 기세등등하게 몰아붙이는 얘기를 듣다 보니, 어딘가 모르게 마음이 흔들리기 시작했다. '사부님은 마교와 너무나 깊은 원한을 맺고 계셨다. 이런 마당에 주 사매가 마교 교주와 관계가 심상치 않다면 장차 그녀의 손으로 우리 아미파를 마교 측에 팔아넘길지도 모르는 일 아닌가?'

동문들의 마음이 흔들리는 낌새를 채자, 정민군은 마침내 주지약에게 미리 준비해둔 말을 꺼냈다.

"주 사매, 너는 네 입으로 무당파 장 진인의 천거를 받아 우리 사부님의 문하 제자로 들어왔다고 말했지! 하나 그 마교 교주 노릇을 하는 고 음탕한 놈은 바로 무당파 장취산의 아들이야! 무당파와 마교, 이들 사이에 무슨 해괴한 음모가 숨어 있을지 누가 알겠어?"

이윽고 정민군이 동문들을 돌아보고 목청을 드높여 말했다.

"사저, 사형 여러분! 그리고 사매와 사제들! 비록 스승님은 주 사매에게 장문인직을 이어받으라고 유언을 남기셨지만, 그 어르신은 당신의 원적한 유해가 미처 식기도 전에 본파 장문인 될 사람이 곧바로 마교 교주를 찾아가 정을 통하리라고는 전혀 예상치 못하셨을 겁니다. 이 문제는 우리 아미파의 흥망성쇠가 걸린 일입니다. 만약 돌아가신 사부님께서 오늘 일을 아셨더라면 반드시 다른 이를 장문으로 선택하셨을 것입니다. 사부님께서 남기신 뜻은 오로지 우리 아미파의 명성을 크게 빛내는 데 있지 결코 간악한 마교의 손에 복멸당하기를 원치 않으셨을 겁니다. 제 소견으로는, 우리가 사부님의 이런 유지를 받들어서 주 사매가 넘겨받은 장문인의 표지 철지환鐵指環을 도로 내놓게 하고, 우리 동문들 가운데 재덕을 겸비한 사저를 별도로 추대해 장문으로 모셔야 한다고 생각합니다."

독수무염의 일장 연설이 끝나자, 동문 중 대여섯 명이 맞장구를 치고 나섰다.

주지약이 울음 섞인 목소리로 항변했다.

"저는 사부님의 명으로 본파 장문인의 직분을 이어받았으므로 이 철 반지는 절대로 넘겨드릴 수 없습니다. 솔직히 말씀드려서, 저는 사실 장문이 되고 싶지 않습니다. 하지만 사부님 앞에 거듭 맹세한 몸이라, 절대로…… 절대로 그 어르신의 당부를 저버리지 못하겠습니다!"

말뜻은 단호했으나 목소리에 전혀 힘이 들어가 있지 않았다. 처음부터 누구 편도 들지 않은 몇몇 동문마저 이 말을 듣고는 보일 듯 말 듯 고개를 흔들었다.

정민군이 매섭게 호통을 쳤다.

"그 장문인의 철 반지를 어서 내놓아라! 우리 아미파의 엄한 계율 가운데 스승을 속이고 조사를 능멸한 '기사멸조欺師滅祖'의 죄, 음탕하고 사악한 행위와 염치없는 행위를 금하는 '음사무치淫邪無恥'의 죄가 있다는 걸 너도 알겠지? 네가 이 두 가지 계율을 범했으면서도 아미파 문호를 장악할 수 있을 듯싶으냐?"

조민이 장무기의 귀에 대고 낮게 소곤거렸다.

"당신의 주 소저가 야단났네요. 나한테 '누님'이라고 한마디만 불러 주면 내가 나서서 주 소저의 곤경을 풀어드리죠."

장무기의 마음이 흠칫 흔들렸다. '조민, 이 여자는 세상에 보기 드문 꾀보다. 필시 주지약을 곤경에서 벗어나게 해줄 묘책이 있는 게 분명하다.' 하지만 나이도 어린 여자에게 '누님'이라고 부르다니 생각만 해도 속이 근질거렸다. 차마 입이 떨어지지 않아 망설이고 있는데 조민이 으름장을 놓았다.

"불러주지 않겠다, 그거죠? 마음대로 하세요. 나는 가버릴 테니까."

하는 수 없이 장무기는 그녀의 귓가에 대고 나지막하게 "누님"이라고 속삭였다. 조민이 "푸웃!" 하고 웃음보를 터뜨리다 얼른 제 입을 막았다. 그러고는 막 허리를 펴고 일어서려 할 때 정자 안의 사람들이 무슨 낌새를 챘는지 술렁거렸다. 뒤미처 정민군이 호통을 질렀다.

"거기 누구냐? 어떤 작자가 도깨비처럼 숨어서 남의 말을 엿듣는 거냐?"

그 말에 응답이라도 하듯 난데없이 담장 밖에서 "콜록콜록!" 기침소리가 몇 번 울리더니 뒤이어 해맑은 목소리가 되물어왔다.

"칠흑같이 어두운 밤중에 너희 아미파 떨거지들이 여기서 무슨 꿍꿍이짓을 벌이고 있는 거냐?"

뒤미처 옷자락에 바람 이끌리는 소리가 허공에 울리더니, 어느새 정자 밖에 두 사람의 그림자가 나타났다.

때마침 이들의 얼굴이 달빛에 반사되어 장무기는 두 사람을 똑똑히 알아볼 수 있었다. 허리가 구부정하게 휜 노부인이 손에 괴장拐杖을 짚고 우두커니 서 있었다. 바로 금화파파였다. 다른 하나는 몸매가 날씬했지만 얼굴 생김새는 추악한 은야왕의 따님이요, 장무기에게는 사촌 누이뻘 되는 거미 아리였다. 그날 흡혈박쥐 위일소는 아리를 납치해 달아나다가 광명정에 미처 오르지 못한 채 한독이 발작했는데, 사람의 더운 피를 마셔야 했으나 억지로 참고 버티다가 끝내 쓰러지고 말았다. 나중에 주전의 도움을 받아 깨어났을 때 아리는 이미 어디로 사라져 행방불명이었노라고 했다.

장무기는 거미와 헤어진 이래 그녀를 늘 잊지 못하고 그리워했다. 그런데 뜻밖에 그녀가 이곳에 나타나자 너무나 반갑고 기쁜 나머지 하마터면 소리 내어 부를 뻔했다.

정민군이 냉랭하게 물었다.

"금화파파, 여긴 뭘 하러 오셨소?"

"네 사부는 어디 계시냐?"

"저희 사부님은 간밤에 원적하셨소. 정원 바깥에서 그토록 오래 엿들었으면 뻔히 알 텐데 뭘 또 물으시는 거요?"

"멸절사태가 원적했다니! 그래, 어떻게 죽었느냐? 어째서 나를 한 번 더 만나지 않고 죽었단 말인가? 아하, 정말 애석한 노릇이구나, 애석한 노릇이야."

더 말을 잇지 못하고 허리를 구부리더니 "콜록콜록!" 기침을 토해냈다. 아리가 노파의 등을 가볍게 두드려주더니 정민군을 향해 씩 웃어 보였다.

"가뜩이나 골치 아픈데 누가 하릴없이 당신네 얘기를 엿듣겠어? 할머니하고 여기를 지나가다가 당신이 시끄럽게 주절대는 소리가 들리기에 들어와본 것뿐이야. 그건 그렇고, 우리 할머니가 묻는 말씀 못 들었어? 너희 사부는 어떻게 죽은 거야?"

어린 처녀에게 반말짓거리를 당했으니 정민군도 화가 날 수밖에 없었다.

"그게 너하고 무슨 상관이냐? 내가 왜 너한테 얘기해줘야 하지?"

금화파파가 땅이 꺼지게 긴 한숨을 내쉬더니 천천히 입을 열었다.

"내 평생 남과 싸우면서 살아왔으나, 딱 한 번 너희 스승에게 패했다. 하지만 무공 초식이 달려서 진 것이 아니라 의천보검의 예리함을 막아내지 못했기 때문이야. 지난 몇 해 동안 날카로운 병기 한 자루를 얻어서 너희 사부와 다시 한번 겨뤄보는 것이 내 소원이었다. 이 늙은이가 온 천하를 두루 돌아다니며 애쓴 보람이 있어서 어느 옛 친구가 내게 보도를 빌려주기로 했다. 그리고 여기저기 수소문한 끝에 너희 아미파가 만안사에 갇혔다는 소식을 들었지. 그래서 너희 사부를 구해 다시 한번 진짜 무공 실력을 겨뤄보려고 한 것이다. 그런데 오늘 가보니 만안사 보탑은 잿더미로 변했더구나. 에이! 하늘의 운명이 그렇게 정해진 걸 어쩌겠는가? 이 금화파파는 이제 죽을 때까지 그 패배를 설욕할 길이 없게 되었으니……. 멸절사태! 그대는 왜 하루 반나절이나마 죽음을 늦추지 못했는가?"

금화파파의 장탄식에 정민군이 입빠르게 빈정거렸다.

"우리 사부님이 지금껏 이승에 살아 계셨다면 당신은 한 번 더 패했겠지 무슨 뾰족한 수가 있었을라고? 아마 졌어도 아주 철두철미하게 져서 목숨까지 끊겼을……."

돌연 맑고 여린 소리가 네 차례나 연거푸 울려 퍼졌다. 순간, 정민군은 극심한 통증과 함께 어지럼증이 일어 그 자리에 제대로 서 있지 못하고 쓰러질 뻔했다. 두 뺨에는 어느새 손바닥과 손등으로 번갈아 후려친 금화파파의 손자국이 벌겋게 돋아나 있었다. 병색이 짙어 끊임없이 콜록대는 늙은 노파의 손찌검이 이렇게 재빠르고 괴상야릇할 줄은 꿈에도 몰랐다. 정민군은 조금도 저항하지 못하고 어떻게 피해볼 여지도 없이 따귀 넉 대를 고스란히 얻어맞았다. 애당초 그녀와 금화파파는 20척 정도 떨어져 있었는데, 순식간에 다가와서 따귀 넉 대를 후려

치고 곧장 물러난 것이다. 그 동작이 마치 귀신같았다.

정민군은 놀라움과 분노가 엇갈려 득달같이 장검을 뽑아 들고 금화파파 앞으로 달려들었다.

"이 거지발싸개 같은 늙다리 할망구, 정말 죽지 못해 환장을 했구나!"

하나 금화파파는 욕설이 들리지 않는 듯 느릿느릿 말문을 열었다.

"너희 사부는 도대체 어떻게 죽은 거냐?"

말투가 쓸쓸한 것이 무척이나 실망한 기색이었다. 정민군의 칼끝은 그녀의 가슴에서 석 자도 떨어져 있지 않았으나, 끝내 찔러들 엄두를 내지 못하고 욕설만 퍼부었다.

"거지 할망구! 내가 미쳤다고 너 따위한테 대답을 하겠느냐?"

이 말을 듣고 금화파파가 장탄식을 터뜨리더니 혼잣말로 중얼거렸다.

"멸절사태, 그대는 일세의 영웅으로 무림계에서 출중한 인물이었거늘, 하루아침에 죽은 몸이 되어 제자들 가운데 그럴듯한 인재 하나 배출하지 못했구려!"

그제야 정현사태가 한 걸음 나서더니 두 손 모아 합장하고 예를 갖춰 물었다.

"빈니貧尼 정현이 금화파파께 인사드립니다. 저희 스승님께서 원적하실 때 주지약 사매더러 장문의 직분을 이어받도록 명을 남기셨는데, 저희 문파 동문 중 몇몇이 불복하는 자가 있어 소란을 일으켰을 따름입니다. 선사께서 이미 원적하셔서 소원을 이루지 못한 금화파파 어른의 상심이 크신 줄 아오나, 천명이 그러한데 예서 무슨 말을 더하겠습니까? 저희 문파의 장문인이 아직 결정되지 않았으니 금화파파 어른과 어떤 약속도 드리지 못하겠습니다. 하오나 저희 아미파는 무림계의 명문 정파요 큰 문파이니만치 결코 돌아가신 사부님의 위엄과 명성을 떨어뜨릴 수는 없습니다. 파파께서 무슨 분부가 있으시면 말씀하십시오. 훗날 저희 문파 장문 되는 사람이 무림 규칙에 따라 파파 어른과 결판을 내도록 하겠습니다. 그러나 만약 파파께서 선배의 위세를 믿고 저희를 능멸하신다면, 아미파가 비록 스승을 잃은 엄청난 환난에 부닥쳤지만 이 황폐한 정원에 모조리 피를 뿌리고 죽는다 하더라도 끝까지 싸울 것입니다."

정현의 비굴하지도 거만하지도 않은 떳떳한 기상에 남몰래 엿듣던 장무기와 조민마저 속으로 찬탄을 금치 못했다.

한순간 금화파파의 눈빛이 번뜩였다.

"그러고 보니 스승 되신 분이 원적하실 때 유명遺命으로 후임 장문을 정해놓으셨단 말씀이로군! 그것참 잘되었구려! 그래, 어느 분이 장문직을 계승하셨는지 한번 보기나 합시다."

말투가 정민군을 상대할 때보다 한결 겸손했다. 주지약이 선뜻 앞으로 나가더니 다소곳이 머리 숙여 인사를 건넸다.

"아미파의 제4대 장문인 주지약이 선배님께 인사드립니다."

그러자 곁에서 정민군이 버럭 악을 썼다.

"남부끄러운 줄도 모르고 제멋대로 자기를 본파 제4대 장문이라 자처하다니! 누가 널 장문인으로 책봉했다더냐?"

곁에서 지켜보던 아리가 싸느랗게 비웃었다.

"이 주씨 언니는 누가 뭐래도 인품 좋고 따뜻한 분이지! 내가 서역 땅에 있을 때 주씨 언니의 보살핌을 얼마나 많이 받았다고! 이런 분에게 장문인 될 자격이 없다면 설마 너 따위한테 자격이 있다는 얘기는 아니겠지? 다시 한번 우리 할머니 앞에서 방자하게 날뛰었단 봐라. 내 네년이 주둥아리를 놀리지 못하게 따귀 몇 대 안겨주고 말 테다!"

노발대발한 정민군이 칼끝을 홱 돌리더니 곧바로 아리의 가슴을 겨누고 찔러들었다. 아리는 슬쩍 몸을 뒤틀어 피한 다음 손바닥을 내뻗어 정민군의 얼굴에 일격을 가했다. 솜씨나 동작은 금화파파와 한결같았으나 그렇게 재빠르지는 않아 독수무염이 슬쩍 머리를 숙여 피해냈다. 금화파파가 빙그레 웃었다.

"요것아, 내 벌써 몇 번이나 가르쳐주었는데도 그렇게 쉬운 초식마저 아직 배우지 못했단 말이냐? 이번에는 자세히 봐둬라!"

그러더니 오른손을 휘둘러 정민군의 왼뺨을 철썩 소리가 나도록 호되게 후려치고, 다시 뒤집힌 손등으로 오른 뺨마저 철썩 후려쳤다. 뒤미처 또 한 차례 손길이 날아갔다. 따귀 넉 대를 후려치는 품이 절도가 분명해서 정자 안에 있던 사람들이 모두 똑똑히 볼 수 있었다. 정민군은 온 몸뚱이가 거대한 무형의 압력에 덮어씌워 사지 팔다리를 꼼짝달싹 못 한 채 따귀 넉 대를 연거푸 얻어맞으면서도 어떻게 피하거나 막아낼 도리가 없었다. 그나마 금화파파가 손바닥에 공력을 싣지 않았기 때문에 중상을 입지는 않았다.

"아이, 재밌어라! 할머니, 그 솜씨는 나도 배웠어요. 이렇게 힘을 주지 않고 때렸죠? 나도 다시 한번 해봐야지!"

아리가 까르르 웃더니 대뜸 손바닥을 내뻗었다. 정민군은 여전히 금화파파의 공력에 눌린 상태라, 따귀를 때리려고 날아드는 아리의 손바닥을 빤히 보면서도 어쩔 수가 없어 분노에 겨워 까무러칠 지경이 되었다.

"잠깐만!"

돌연 주지약이 그 앞으로 다가들더니 왼손을 내뻗어 아리의 일격을 가로막았다. 그러고는 금화파파를 향해 돌아섰다.

"파파, 방금 정현 사저께서 분명히 말씀드리지 않았습니까. 저희 문파 동문들은 비록 무학 면에서 파파 어른의 실력에 미치지 못한다 하더라도 파파께서 당신 멋대로 얕잡아보시고 괴롭히는 것만큼은 용납하지 못하겠습니다!"

금화파파가 빙그레 웃었다.

"이 정가 성을 가진 계집은 주둥이가 날카로워 말끝마다 그대에게 장문의 자격이 없다고 몰아세우는데, 그래도 이런 계집을 대신해 나서 보겠단 말인가?"

"저희 아미파의 일에 외부 사람이 간여할 수 없습니다. 소녀가 세상을 뜨신 사부님의 명을 받든 바에야 비록 솜씨는 보잘것없이 미약하나, 외부 사람이 저희 문파 제자를 욕되게 하는 일만큼은 용납하지 않겠습니다."

"허허, 좋아. 정말 좋군, 좋아!"

좋다는 말 세 마디 끝에 또다시 극렬한 기침을 쏟아냈다. 곁에 있던 아리가 냉큼 환약을 한 알 건네주자, 금화파파는 그것을 입에 털어 넣고 삼키더니 한바탕 거친 숨을 몰아쉬었다. 그러더니 느닷없이 쌍장을 한꺼번에 내뻗었다. 손바닥 하나는 주지약의 앞가슴에 닿고 또 한 손바닥은 등 쪽 심장 부위에 닿은 채로 그녀의 몸뚱이를 가지런히 양 손바닥 사이에 끼워 넣은 것이다. 더구나 두 손바닥이 닿은 곳은 하나같이 치명적인 급소 대혈이었다.

주지약은 비록 공력이 얕다고 해도 멸절사태의 진수眞髓를 열 가운데 셋쯤은 가르쳐 받아 깨친 몸인데, 영문도 모른 채 느닷없이 상대방의 손에 가슴 앞뒤 심장부 요혈을 속수무책으로 제압당하자 꽃 같은 얼굴에 핏기가 싹 가시고 제대로 말 한마디 하지 못했다.

금화파파의 목소리가 기분 나쁘도록 음산하게 들려왔다.

"주 낭자, 그대는 일개 문파의 장문이라면서 무공 실력은 정말 형편없군. 설마 스승 되신 분이 아미파 장문의 중책을 그대 같은 어린 풋내기 아가씨한테 넘겨주었단 말인가? 아니지! 내가 보기에는 아무래도 그대가 허풍을 떠는 게 분명해. 안 그런가?"

이 말을 듣는 동안 앞뒤 가슴의 치명 요혈을 제압당한 주지약도 차츰 정신을 가라앉히고 생각에 잠겼다. '이 괴팍한 할멈이 손길에 내공을 조금만 쏟아붓는 날이면 내 심장부 맥박은 그 즉시 끊길 것이다. 하지만 그렇다고 내가 어찌 사부님의 위풍을 떨어뜨릴 수 있단 말인가?' 스승 멸절사태를 생각하자, 용기가 부쩍 돋아났다. 그녀는 왼손을 금화파파 앞에 번쩍 들어 보였다.

"보세요! 아미파 장문임을 상징하는 철지환입니다. 사부님께서 운명하시기 직전에 이 손가락에 끼워주셨는데, 이게 가짜로 보이십니까?"

금화파파가 피식 웃었다.

"방금 그대의 사저 되는 분이 말하더군. 아미파는 무림계의 명문 정파요 큰 문파라고. 하긴 그 말이 틀림없지. 그러나 그대같이 무공 초식 하나 변변히 쓸 줄 모르는 사람이 과연 무림계의 명문 정파 장문인 노릇을 제대로 할 수 있을까? 내가 보건대, 아무래도 그대는 내 분부를 얌전히 따르는 게 이로울 듯싶군."

"금화파파, 저희 스승님이 원적하셨다 해서 이대로 아미파가 무너지는 것은 결코 아닙니다. 내 어차피 당신 손에 잡힌 몸이니 죽이고 싶거든 마음대로 죽이세요! 하지만 제게 뭔가 해선 안 될 일을 하라고 협박할 생각은 아예 꿈도 꾸지 마세요. 우리 아미파가 조정의 간계에 빠져 만안사 높은 탑 위에 갇힌 몸이 된 적은 있지만, 어느 누구 한 사람 굴복한 이가 있는 줄 아십니까? 불초 주지약이 비록 나이 어리고 연약한 몸이긴 해도 중책을 맡은 이상 이미 생사를 도외시했습니다."

장무기는 앞가슴과 등 쪽 치명 요혈이 모조리 금화파파에게 꼼짝없이 제압당했는데도 그녀가 완강히 뻗대는 것을 보고 가슴이 철렁 내려앉았다. 만약 금화파파가 괴팍한 성미에 분통을 터뜨리는 날이면 주지약의 목숨은 눈 깜짝할 사이에 끝장날 것이 아닌가? 마음이 다급해진 그는 당장 뛰쳐나가 그녀를 구하려 했다. 이때 움찔거리던 팔뚝이 누군가의 손에 잡혀 가볍게 흔들렸다. 그 심사를 알아챈 조민이 살그머니 흔들어 붙잡은 것이다. 조급하게 서두르지 말라는 뜻이었다.

금화파파가 입을 딱 벌리고 껄껄대며 웃었다.

"멸절사태가 눈은 멀지 않았군. 요 어린 장문 어른께서 무공 실력은 보잘것없어도 성격 하나만큼은 제법 굳세니 말씀이야. 으음, 그것도 괜찮겠지. 변변치 못한 무공은 장차 연마하면 될 테니까. '산천은 쉽사리 변해도 인간의 본성은 고치기 어렵다江山易改 本性難移'• 했으니, 장문

• 명나라 때 풍몽룡馮夢龍이 지은 삼언소설 가운데 《성세항언醒世恒言》 제35권, 〈늙은 종 서씨가 의분에 못 이겨 일가를 이루다〉에서 인용한 관용어. "강산의 모습은 그나마 쉽사리 바뀌어도, 사람의 타고난 품성을 고치기는 어렵다江山易改 稟性難移"라고 했다.

인 되실 분의 기백이 그 정도는 되어야겠지!"

상대방에게 찬사를 듣고 있으면서도, 실상 지금 이 순간의 주지약은 두려움에 못 이겨 제정신이 아니었다. 다만 스승이 운명하기 직전에 떠맡긴 그 무거운 책임을 생각하며 공포심을 극복하고 억지로 버텨 서서 굴복하지 않을 따름이었다.

아미파 선후배 동문들은 애당초 신임 장문으로 지명된 주지약을 얕잡아보고 있었다. 그러나 지금 이 시각에 그녀가 사사로운 원혐을 따지지 않고 용감히 나서서 정민군을 두둔할 뿐 아니라 강적에게 붙잡혀 협박당하는 상태에서도 본파의 위엄과 명성을 털끝만치나마 떨어뜨리지 않는 태도를 보자, 모두 탄복을 금치 못하고 존경심이 우러나기 시작했다. 아니나 다를까, 정현사태가 장검을 번뜩 휘저으면서 두세 번 휘파람 신호를 보내자, 그들은 정자 바깥으로 훌쩍 뛰어나가더니 좌우로 흩어져 간격을 벌린 채 저마다 병기를 뽑아 들고 정자를 단단히 에워쌌다.

"어쩔 텐가?"

금화파파가 웃으며 묻자, 정현사태는 엄숙한 기색으로 되물었다.

"파파께선 무슨 의도로 아미 장문을 인질로 잡고 협박하시는 겁니까?"

이 물음에 금화파파는 두세 차례 쿨럭쿨럭 기침 소리를 내더니 얼음같이 차가운 목소리로 비웃었다.

"그대들이 다수의 힘을 믿고 이겨볼 작정인가? 헤헤헤, 이 금화파파의 눈엔 이보다 열 배가 더 많다 한들 그리 달라질 게 뭐가 있는지 모르겠군."

말끝이 떨어지기 무섭게 돌연 제압하고 있던 주지약을 놓아주더니, 곧바로 정현사태 앞으로 덮쳐가 식지와 중지로 그녀의 두 눈알을 후벼 파내려 했다. 정현사태는 황급히 장검을 되돌려 그녀의 양 팔뚝을 한꺼번에 끊어 내렸다.

바로 그때 "어흑!" 하는 숨 막힐 듯 답답한 외마디 소리와 함께 곁에 섰던 동문 사매 하나가 맥없이 쓰러졌다. 금화파파는 검지와 중지 두 손가락으로 분명히 정현사태를 공격하면서도 왼발은 그 곁 아미파 여제자의 옆구리 혈도를 정통으로 걷어차 쓰러뜨린 것이다.

기습 공격은 그것으로 끝나지 않았다. 어느새 정자 바깥으로 날아갔는지 금화파파는 정자 주변을 미끄러지듯 한 바퀴 돌았다. 헐렁헐렁한 긴 소맷자락이 춤을 추듯 움직이고 어쩌다 두세 번 콜록콜록 기침소리가 들렸을 뿐 그 형체를 알아본 사람은 아무도 없었다. 반격을 개시한 아미파 제자들의 장검이 일제히 뻗어나갔으나 유령 같은 그녀의 옷깃 한 귀퉁이조차 꿰찌르지 못하고 허공만 갈랐다. 정자 둘레에는 벌써 일곱 명이나 되는 아미파 남녀 제자가 혈도를 찍혀 무더기로 쓰러져 있었다. 실로 괴이하기 이를 데 없는 타혈수법, 금화파파의 손가락에 찍힌 사람은 에누리 없이 고래고래 비명을 터뜨렸다. 일시에 정원 안은 여기저기서 울려 퍼지는 비명 소리로 가득 찼다.

이윽고 금화파파가 먼지 털 듯 손뼉을 한 번 철썩 치더니 정자 안으로 들어왔다.

"주 낭자, 그대의 아미파 무공이 나 금화파파에 비해 어떻던가?"

주지약은 두 번 생각해볼 것도 없이 내처 응수했다.

"그야 물론 저희 아미파 무공이 파파보다 한 수 높지요. 어느 해엔가 저희 스승의 칼날 아래 패하신 적이 있을 텐데, 설마 잊으신 것은 아니겠지요?"

여유만만하게 실력을 과시하던 금화파파의 이마에 힘줄이 불끈 돋았다.

"못된 것! 그걸 끄집어내다니……. 흐흠, 아무러면 어떤가? 멸절 비구니가 고작 보검의 날카로움에 의존해서 요행으로 이겼을 뿐인데 그게 뭐 대수라고?"

"파파, 양심껏 말씀해주세요. 만약 저희 사부님과 맨손으로 권법이나 장법을 겨루셨다면 과연 승부가 어떻게 났을까요?"

금화파파는 심각한 기색으로 생각에 잠기더니 한참 만에 대답했다.

"모르겠군. 내 원래 생각도 그대의 스승과 나, 둘 중 누가 강하고 약한지 알아보고 싶어 오늘 대도에 온 거야. 에이…… 그런데 멸절사태가 이렇듯 훌쩍 이승을 떠나고 말았으니 무림계에 고인 한 분이 줄어든 셈 아닌가! 앞 세대의 옛사람은 보이지 않고, 뒤를 이을 인재가 배출되지 않았으니 앞으로 아미파도 쇠퇴의 길을 걷게 되었네그려."

둘이서 가시 돋친 대화를 주고받는 동안에도 고통을 호소하는 아미파 일곱 제자의 아우성이 마치 금화파파의 그 말을 증명이라도 하듯 끊일 줄 몰랐다. 정현사태를 비롯한 연장자들이 추궁과혈推宮過血 수법으로 풀어주느라 무진 애를 썼으나 효과는 나타나지 않았다. 보아하니 당사자인 금화파파가 손을 써야만 풀릴 모양이었다.

장무기는 10여 년 전 금화파파의 손에 다친 무림 고수들을 적지 않게 치료해본 경험자라, 이 노파의 손속이 강호에서 보기 드물게 악랄하다는 사실을 너무나 잘 알고 있었다. 그는 당장에라도 뛰쳐나가 구해주고 싶은 충동이 일었다. 하지만 생각은 이내 바뀌었다.

'만약 주 소저 일행을 도와준다면 그것은 아리에게 죄를 짓는 것과 마찬가지다. 사촌 누이는 내게 무척 잘 대해주었고 골육을 나눈 인척인데 어찌 불공평하게 한쪽만 우대하고 한쪽을 매정하게 박대할 수 있단 말인가?'

금화파파의 목소리가 들렸다.

"주 낭자, 승복하겠는가?"

그러자 주지약도 고집스레 대거리를 했다.

"저희 아미파의 무공 수준은 바다만큼이나 깊어 하루아침에 배울 수 없습니다. 저희들은 아직 나이가 어려 지금은 파파 어른에게 미치지 못하지만, 훗날 진전을 보게 되면 우열을 가리기 힘들 것입니다."

"호오, 그것참 묘한 대답이로군! 그럼 이 금화파파는 이만 작별을 고하고 떠나야겠네. 훗날 그대의 무공이 한량없이 진전되거든 내 그때 다시 찾아와서 저 일곱 동문의 혈도를 풀어드림세!"

말을 마치자, 그녀는 아리의 손을 잡고 돌아섰다. 주지약은 무한 고초에 시달리고 있는 동문들을 보고 조바심이 들끓었다. 이제 금화파파가 훌쩍 떠나버리고 나면 동문들은 죽을 때까지 고통에 시달릴 터였다. 그녀는 황급히 금화파파를 불러세웠다.

"파파, 잠깐만요! 제발 부탁이니 우리 동문 사형제들의 혈도를 좀 풀어주세요."

"나더러 구해달라고? 그야 별로 어려운 일은 아니지. 하지만 오늘 이후 이 금화파파와 그 제자가 어딜 가든지 서로 마주쳤을 때, 아미 문하 제자들은 반드시 길을 비켜 피해가야 해! 알겠나?"

뜻밖의 조건이 나왔다. 주지약의 마음속은 삽시간에 갈등으로 들끓었다. '내가 장문의 직분을 맡자마자 이런 엄청난 적수와 마주쳤구나. 만약 이 조건을 수락했다가는 장차 우리 아미파가 어떻게 강호 무림에 발을 딛고 떳떳이 설 수 있단 말인가? 그렇게 되면 명문 아미 일파가 내 손에서 무너지는 것이 아닌가?'

그녀가 대꾸 없이 망설이는 것을 보자, 금화파파는 빙그레 웃으며 또 다른 조건을 제시했다.

"그대가 아미파의 위신과 명성을 떨어뜨리고 싶지 않은 거로군. 그것도 어쩔 수 없겠지. 그럼 의천검을 한 번 빌려준다면 내 당장 그대의 동문 사형제들을 구해주지!"

"저희 문파는 스승과 제자 모두 조정의 간계에 빠져 몇 달 동안 탑 위에 갇혀 있었는데, 그 의천보검이 어떻게 아직껏 우리 수중에 남아 있을 리 있겠습니까?"

사실 금화파파 역시 그렇게 예상은 하고 있었다. 그럼에도 의천검을 한 번 빌려 쓰자는 조건을 제시한 까닭은 혹시 만에 하나라도 가망이 있지 않을까 하는 기대감에서였는데, 막상 주지약의 입에서 우려한 대꾸가 나오자 이내 실망하고 말았다. 그녀는 잠시 무엇인가 생각에 잠기더니 별안간 매서운 목소리로 호통을 쳤다.

"그대가 아미파의 명성을 보전하느라 별수단을 다 쓰는 모양이군! 하지만 동문들을 구하려면 그대 목숨을 부지 못할 거야. 알겠나? 가만 있거라……."

금화파파가 호통을 치다 말고 품속에서 알약을 하나 꺼내 들었다.

"이건 오장육부를 마디마디 끊어놓고 심장을 갈기갈기 찢어놓는

'단장열심환斷腸裂心丸'이란 독약이지! 그대가 이 알약을 삼킬 수 있겠나? 그럼 내가 동문들의 목숨을 구해주지!"

한순간, 주지약은 스승이 당부한 일을 떠올렸다. 생각하면 할수록 애간장이 끊기는 듯 아프기만 했다. '사부님은 나더러 장 공자를 속여 그 일을 해내라고 유언을 남기셨다. 하지만 나는 해낼 자신이 없다. 이렇듯 살아생전에 끝없는 고통에 시달리기보다 차라리 오늘 이대로 죽는 게 낫지 않을까……?' 생각을 굳힌 그녀는 와들와들 떨리는 손길로 독약을 받아 들었다.

"주 사매, 먹으면 안 돼!"

기겁을 한 정현사태가 호통쳤다.

정세가 위급하게 돌아가자, 장무기는 다시 뛰어나가 제지하려 했으나 조민이 또 귓가에 대고 속삭였다.

"바보! 가짜라니까. 독약이 아니에요!"

장무기가 멍청해진 틈에 주지약은 이미 알약을 목구멍에 털어 넣고 꿀꺽 삼켰다.

정현사태를 비롯한 남녀 제자들이 고래고래 악을 써가며 금화파파와 죽기 살기로 싸우려고 한꺼번에 덤벼들었다.

"아주 좋아! 하나같이 기백들은 대단하군! 방금 삼킨 독약 성분은 한날한시에 금방 발작을 일으키지 않아. 주 낭자, 날 따라오라고. 얌전히 말을 잘 듣는다면 기분이 좋아서 해독약을 줄지도 모르니까."

능글맞게 이죽거리면서 금화파파는 혈도 찍힌 아미파 제자들 앞으로 천천히 걸어가더니 몇 차례씩 톡톡 두들겨주었다. 고통에 시달리며 비명을 지르던 사람들은 이내 통증이 멎었는지 비명 소리를 내지 않았다. 다만 사지 팔다리가 저려 금방 움직일 수가 없었다.

그들은 주지약이 목숨 걸고 독약을 삼키며 고통에 시달리던 자기네들을 구해주는 것을 똑똑히 보았다. 몇몇은 감동한 나머지 저도 모르게 소리를 질렀다.

"고맙습니다, 장문인!"

금화파파가 주지약의 손목을 잡아끌면서 부드럽게 말했다.

"얘야, 착하지? 날 따라가자꾸나. 이 할멈이 널 괴롭히지는 않을 거야."

미처 대꾸도 하기 전에 주지약은 상상하기도 어려운 힘이 자기를 끌어들이는 것 같은 느낌을 받았다. 몸뚱이가 말을 듣지 않고 허공으로 둥실 떠오르고 있었다.

"주 사매!"

대경실색한 정현사태가 고함을 지르면서 그 앞을 가로막으려 했을 때 느닷없이 곁에서 실낱같은 힘줄기가 찌르고 들어왔다. 뼈를 쑤시듯 차갑고도 예리한 지풍指風이었다. 금화파파 곁에 서 있던 아리가 기습적으로 찌른 것이었다. 정현사태는 돌아보지도 않고 왼 손바닥을 휘둘러 맞받아쳤다. 그러나 아리의 공격은 뜻밖에도 허초였다. 다음 순간 "철썩!" 소리가 나더니 정민군의 뺨에 따귀 한 대가 후려치고 지나갔다. 이른바 '성동격서聲東擊西'로 금화파파가 곧잘 쓰는 무학의 절기였다. 까르르 통쾌하게 터뜨린 아리의 웃음소리가 벌써 담장 머리를 스쳐 바깥으로 사라져가고 있었다.

"어서 쫓아갑시다, 빨리!"

수풀 속에서 벌떡 몸을 일으킨 장무기가 한 손으로 조민을, 또 한 손으로 아소를 부여잡은 채 동시에 담장을 뛰어넘었다.

허리까지 웃자란 잡초 더미 속에서 느닷없이 세 사람씩이나 뛰쳐나오자, 정현사태를 비롯한 아미 제자들은 너 나 할 것 없이 기절초풍하고 말았다. 금화파파 일행 두 사람 말고 또 다른 염탐꾼이 셋씩이나 더 숨어 있을 줄은 생각지도 못한 것이다.

금화파파나 장무기나 모두 상상을 초월할 정도로 뛰어난 경공신법의 대가였다. 놀란 가슴을 가라앉히고 정신을 차린 아미파 제자들이 담장 머리에 뛰어올랐을 때, 여섯 사람의 뒷모습은 이미 어둠 속에 파묻힌 채 사라지고 없었다.

장무기 일행이 단숨에 100여 척 거리를 뒤쫓아갔을 때, 금화파파는 발걸음을 멈추지 않은 채 버럭 소리쳤다.

"아미파 제자들 중 이 금화파파를 뒤쫓을 만큼 간덩어리 큰 자가 있다니……. 헤헤헤, 정말 대단하군!"

조민이 장무기에게 속삭였다.

"먼저 숨어 있어요. 내가 의천검으로 상대할 테니."

장무기가 미처 대꾸하기도 전에 그녀는 훌쩍 몸을 날려 20~30척 앞으로 달려들면서 마주 호통쳤다.

"우리 아미파 장문을 놓고 가시오!"

말끝이 떨어졌을 때 의천보검의 예리한 칼끝이 금화파파의 등줄기를 겨냥하고 날아갔다. 금정불광金頂佛光 일초, 바로 아미파 적통 제자들만 배울 수 있는 비전절기였다. 만안사에서 아미파 여제자를 윽박질러 배운 것으로, 멸절사태에게 직접 배운 게 아닌 터라 상승 검법의 정교한 맛은 훨씬 뒤떨어졌다.

등 뒤에서 칼날이 바람을 끊는 예리한 쇳소리가 들리자, 금화파파는 주지약을 내려놓고 후딱 돌아섰다. 그 순간 조민의 손목이 파르르 떨리더니 공격 검초가 천봉경수千峯競秀로 바뀌었다. 그녀의 수중에 들린 병기가 바로 의천보검이란 것을 알아본 금화파파는 놀라움과 기쁨에 겨워 눈꼬리가 씰룩하더니 대뜸 손길을 뻗쳐 칼을 낚아채려 했다. 조민이 천봉경수 초식으로 두세 차례 공격을 퍼부었을 때 금화파파는 벌써 조민의 정면까지 들이닥쳤다. 상대방의 손길이 닿는 순간, 의천보검이 급회전하더니 어느새 검초가 싹 바뀌었다. 바로 곤륜파 검법 신타준족神駝駿足의 일초, 광활한 사막에서 네 발굽 모아 질주하는 낙타 모습을 연상시키는 활달하고도 힘찬 쾌속 검초였다.

금화파파는 젊은 계집이 손에 의천보검을 쥐고 아미파의 정통 검법을 구사하는 것을 보고 조민을 아미파 제자로 여겼다. 사실 그녀는 멸절사태를 이기기 위해 수년 동안 고심참담하게 아미검법만 연구했다. 조민이 몇 초의 공격을 퍼붓고 났을 때 그녀는 상대방의 공력이 별것 아니라는 사실을 간파했고, 다음 초식도 능히 짐작할 수 있었다. 그런데 이 젊은 계집의 검초가 느닷없이 곤륜검법으로 바뀔 줄이야……. 금화파파에게 선입감만 들지 않았던들 설령 곤륜검법의 비전절초라 해도 그녀를 어쩌지는 못했으리라. 그런데 신타준족의 일초가 예상을 완전히 뛰어넘어 돌발적으로 기습해오는 바람에, 제아무리 무공이 뛰어난 그녀로서도 어떻게 대응할 방법을 찾지 못했다. 그녀는 엉겁결에 땅바닥을 한 바퀴 뒹굴고 나서야 겨우 보검을 피해낼 수 있었다. 하지만 왼쪽 소맷자락이 예리한 칼바람에 이끌려 한 자락이 뭉텅 베어져 날아가고 말았다.

경악과 분노에 정신을 잃다시피 한 금화파파가 다시 한번 덮쳐들었다. 조민은 자신의 무공이 금화파파와 큰 차이가 난다는 사실을 너무나 잘 알고 있었다. 그래서 감히 맞받아치지 못하고 상대방이 접근하지 못하도록 멀찌감치 떨어져 교란 술책으로 판단을 흐려놓고 틈을 엿보아 결정타를 먹이는 수밖에 없었다. 그녀는 의천보검을 동에 번쩍 서에 번쩍 어지러이 휘둘렀다. 왼쪽으로 찌르기, 오른쪽으로 후려 찍기, 여기서 칼춤을 추다가 급히 반대편으로 쳐들어가고 공동파 검법을 쓰는가 싶으면 어느새 화산파 검법, 뒤미처 아미파 금정석조金頂夕照 일초를 선보이는가 하면 곧이어 펼쳐진 것은 소림파 달마검법 가운데 금침도겁金針度劫 일초였다. 어느 공격 초식이든 하나같이 각 문파의 정화였기 때문에 그 위력은 대단했다. 거기에다 의천보검의 날카로움마저 더해졌으니 금화파파는 그저 놀라움과 의아스러움을 금할 길 없어 좀처럼 다가들 엄두가 나지 않았다.

급박한 상황에 몰린 금화파파를 보자, 아리가 허리에 찬 장검을 훌쩍 던져주었다. 질풍 같은 조민의 공세가 7~8초를 넘어 아홉 번째에 다다랐을 때 금화파파는 부득불 병기로 가로막지 않을 수 없었다. 그러나 "철썩!" 하는 소리와 함께 강철 장검이 무 썰리듯 단칼에 두 동강으로 끊겨 날아갔다.

금화파파의 얼굴빛이 싹 변했다. 엉겁결에 20~30척 거리를 뒷걸음쳐 피한 그녀가 버럭 고함을 질러 물었다.

"요런 발칙한 것! 도대체 넌 누구냐?"

조민이 얄밉게도 방그레 웃으며 되물었다.

"도룡도는 왜 쓰지 않으시나요?"

"내 손에 도룡도가 있었던들 네까짓 것이 내 10초, 8초를 당해내기나 했겠느냐? 어디 날 따라가서 한번 맛 좀 보련?"

"호호, 당신이 진짜 도룡도를 가지고 계시다면 좋겠죠. 하지만 나는 당신이 그 칼을 들고 와서 다시 도전할 때까지 대도에서 기다리는 게 낫겠군요."

"어디 이쪽으로 좀 돌아서봐라. 내 똑똑히 봐둬야겠다."

조민이 몸뚱이를 비스듬히 뒤틀어 보였다. 혓바닥을 길게 내뽑고, 왼쪽 눈을 찡그려 째보 눈으로 만들고, 오른쪽 눈은 왕방울만 하게 딱 부릅뜬 채 두 뺨의 근육을 일그러뜨렸다. 괴상망측한 도깨비 낯짝을 지어 보인 것이다.

노발대발한 금화파파가 분에 못 이겨 들고 있던 반 토막짜리 장검을 내동댕이치더니 땅바닥에 침을 탁 뱉고 나서 아리와 주지약의 손을 잡아끌며 빠른 걸음걸이로 내뛰기 시작했다.

"우리 더 쫓아갑시다!"

어둠 속으로 사라져가는 그들의 뒷모습을 보고 마음이 다급해진 장무기가 재촉했다.

"서두르지 말고 날 따라오기나 하세요. 내가 보증하죠. 당신이 좋아하는 주 소저는 무사할 테니까 걱정하지 않아도 돼요."

"금화파파더러 방금 뭐라고 했소? 도룡도라니……?"

"폐원에서 저 노파가 하는 말 듣지 못했어요? 멸절사태의 의천검과 겨루기 위해 온 세상을 다 뒤져 어느 옛 친구가 보도를 빌려주기로 했고요. '의천검이 세상에 나오지 않으면 누가 감히 예봉을 다투랴?'는 말처럼 의천보검과 예봉을 다툴 수 있는 칼이라면 당연히 도룡도밖에 없죠. 그래서 나는 혹시 저 노파가 당신의 양아버지 사손에게서 도룡도를 빌리지 않았을까 싶어, 방금 일부러 의천검을 뽑아 들고 한판 싸운 거예요. 다급해지면 그 칼을 꺼낼 수밖에 없을 테니까. 하지만 그 노파에게는 도룡도가 없었어요. 그래서 나더러 자기를 따라오면 보여주겠다고 하지 않았어요? 아무래도 저 할망구는 도룡도가 어디 있는지 알고 있는 게 분명해요. 다만 가져다 쓰지 못할 따름이죠."

"그것참 이상하군……."

"내 짐작으로 저 할멈은 바닷가로 나가서 배를 띄우고 도룡도를 찾으러 갈지도 몰라요. 그러니까 우리가 한 걸음 앞질러 가서 두 눈 멀고 마음씨 착한 사 선배님이 저 악독한 노파에게 수모를 당하지 않게 막아드려야 하지 않겠어요?"

장무기는 그녀의 마지막 몇 마디를 듣자 가슴에 뜨거운 피가 용솟음쳤다.

"그래, 옳은 말이오! 우리 그렇게 합시다!"

애당초 그는 조민을 데리고 명교 군웅과 함께 빙화도로 가서 무엇보다 먼저 사손을 찾아낸 다음 도룡도를 빌려 조민에게 보여주기로 약속했다. 그런데 저 흉악하기 짝이 없는 금화파파가 양부를 찾아가 괴롭힐 것이라고 생각하니, 날개가 없어 단숨에 빙화도까지 날아가 구해드리지 못하는 자신이 원망스러울 지경이었다. 이제 경원로 정해현 포구에서 양소 일행과 만날 때까지 기다릴 여유는 없었다. 무슨 수를 써서든지 금화파파보다 한발 앞서 달려가 양부를 보호해드리는 일이 더 시급한 것이다.

조민은 두 사람을 데리고 여양왕의 저택 앞에 이르렀다. 그러고는 문지기 호위 무사들에게 한참 동안 이것저것 분부를 내렸다. 문지기 호위 군관은 공손히 머리 숙여 연신 응답하며 득달같이 저택 안으로 사라지더니, 얼마 안 있어 왕부의 집사총관執事摠管을 데리고 나타났다. 총관이 끌고 나온 것은 힘센 준마 아홉 필, 그리고 큼지막한 금은 보따리 하나였다. 조민과 장무기, 아소는 준마 세 필에 나눠 타고 질풍같이 동쪽 방향으로 치닫기 시작했다. 나머지 여섯 필이 고삐를 묶인 채 줄지어 따라붙었다.

다음 날 이른 새벽녘, 번갈아 타던 준마 아홉 필이 모두 감당할 수 없을 만큼 지쳐 헐떡거렸다. 조민은 현지 아문으로 들이닥쳐 그곳을 다스리는 수령 앞에 금패金牌를 제시했다. 중원 천하 어디서든지 관군 병력과 마필을 동원할 수 있는 여양왕 차칸테무르의 금패였다. 수령은 지체 없이 아홉 필의 준마를 내놓았다. 새 준마로 갈아탄 이들은 그날 밤 이슥해질 무렵 해진진海津鎭(천진시)의 동쪽 바닷가 계하구현界河口縣에 도달했다.

조민은 기세등등하게 말을 휘몰아 곧바로 현성縣城 안으로 뛰어들었다. 그러고는 현령에게 시각을 다투어 가장 견고한 해양 선박 한 척을 준비하게 하고 솜씨 좋은 키잡이와 선원, 식량과 식수, 병기, 겨울옷 일체를 빠짐없이 갖추어놓도록 명했다. 그 한 척 외에 현지의 모든 해양 선박은 모조리 남쪽으로 몰아내 바닷가 50리 안에는 다른 배가 일체 정박하지 못하도록 명령을 내렸다. 조정의 병마 대권을 한 손에 쥐락펴락하는 태위太尉 여양왕의 금패를 코앞에 들이밀었으니, 일개 지방 말단 벼슬아치가 어찌 거절할 수 있겠는가?

조민과 장무기, 아소는 현청 아문에서 술을 마시며 기다렸다. 하루가 못 되어 현관이 모든 준비가 완료되었다고 보고해왔다. 때맞춰 장무기는 서둘러 편지 한 통을 써서 해진진 일대의 명교 신도들을 주관하는 연락참聯絡站으로 보냈다. 양소 일행에게 이곳의 바뀐 상황을 전하는 내용이었다.

이윽고 세 사람은 현관의 안내를 받아가며 해변에 이르렀다. 바닷가에 닻을 내린 해양 선박을 바라보던 조민이 기가 막혀 발을 동동 굴렀다.

"아이고 맙소사!"

그도 그럴 것이 바닷가에 정박 중인 해양 선박은 선체가 워낙 큰 데다 선실마저 2층으로 이뤄졌고 뱃머리와 갑판, 좌현과 우현에 하나같이 화포를 장착한 몽골 수군의 포함砲艦이었던 것이다.

지금으로부터 70~80여 년 전, 원 세조 쿠빌라이 칸 재위 시절 두 차례에 걸쳐 일본 원정을 단행한 몽골군은 고려 남단에 대형 선박을 대규모로 집결시키고, 바다 건너 일본 땅에 상륙을 시도했다. 그런데 뜻하지 않게 두 차례 모두 태풍을 만나 몽골·고려군 원정 함대가 풍비박산으로 전멸당하고, 모처럼 꿈꾸었던 일본 침공은 물거품으로 돌아갔다. 그러나 몽골 수군의 규모는 그때부터 크게 바뀌어 기마 유목 민족이 먼 바다까지 항행할 수 있는 함선을 보유하게 되었고, 그 대형 함선을 건조하는 유풍遺風이 오늘날까지 전해 내린 것이다.

백 가지 일을 치밀하게 꾸리다가 한 가지 일은 빠뜨린다더니, 매사에 꼼꼼하던 조민의 경우가 바로 그랬다. 현관이란 작자가 수군 영채로 달려가 큼지막한 포함을 빌려올 줄이야 생각지도 못한 것이다. 그녀는 떨떠름하니 웃으면서 하는 수 없이 선원들을 시켜 화포에 그물을 덧씌워놓고 갑판 위에 생선을 늘어놓아 낡은 포함을 어선으로 고친 것처럼 위장하게 했다. 이 무렵 출항할 배에는 식량과 식수 등이 고스란히 갖춰져 있었고 해변의 다른 배들은 이미 여양왕의 금패가 내린 엄명에 따라 남쪽 수십 리 바깥으로 쫓겨나가 배를 바꾸고 싶어도 다른 배가 없었던 것이다.

조민과 장무기, 아소도 허름한 선원 복장으로 갈아입었다. 기름칠로 얼굴빛을 싯누렇게 만들고 알량한 쥐꼬리 수염까지 붙였더니 서로 알아보지 못할 만큼 변장이 감쪽같았다. 세 사람은 선실에 앉아서 금화파파 일행이 나타나기만 기다렸다.

과연 소민군주의 예상은 귀신같이 들어맞았다. 이튿날 아침이 되자 커다란 마차 한 대가 해변에 나타나더니 금화파파가 아리와 주지약의 손을 부여잡고 내려섰다. 그녀는 바닷가에 덩그러니 닻을 내린 배 한 척을 발견하고 다가와서 선장에게 배를 전세 내자고 요구했다. 그러나 선상의 수부들은 벌써부터 조민의 지시를 받은 터라, "이 배는 수군이 쓰던 포함인데 너무 낡아서 어선으로 개조해 고기잡이나 할 뿐 승객을 태우는 여객선이 아니다"라면서 금화파파의 요청을 거절했다. 한동안 실랑이를 벌이던 끝에 금화파파가 뱃삯으로 황금 두 덩어리를 꺼내놓자 선장은 못 이기는 척 승선을 허락했다.

이윽고 아리와 주지약과 함께 배에 오른 금화파파는 선장에게 돛을 올리고 곧바로 동쪽을 향해 출항하라는 지시를 내렸다.

끝없이 펼쳐진 망망대해에 외로운 배 한 척이 거센 물결을 받아 나뭇잎처럼 흔들리면서 둥글게 휜 해안선을 멀리 끼고 곧바로 동남쪽을 향해 나아갔다.

항해를 시작한 지 이틀째 되던 날, 금화파파의 눈을 피해 배 밑창 노젓는 격군格軍들이 쓰던 방으로 들어간 조민 일행은 창구멍을 통해 바깥을 내다보며 방향을 가늠했다. 한낮의 해, 한밤중의 달이 시종 좌현에서만 떠오르는 것으로 보건대, 배가 줄곧 남쪽으로 향하고 있음이 분명했다. 때는 바야흐로 초겨울이라 북쪽에서 거센 높새바람이 불어닥쳐 활짝 펼쳐진 돛폭마다 바람을 가득 안은 채 배는 무척 빠른 속도로 미끄러져가고 있었다.

이틀 동안 장무기는 조민에게 벌써 몇 차례나 물었다.

"내 양부님은 북극 빙화도에 계시니 북쪽으로 가야 할 터인데, 어째서 반대편 남쪽으로 방향을 잡았을까?"

그럴 때마다 조민의 대답 역시 한결같았다.

"아무래도 저 금화파파에게 뭔가 꿍꿍이속이 있는 모양이에요. 더구나 지금 시절이 초겨울이라 남쪽에서 마파람도 불어오지 않으니 북쪽으로 배를 몰아가고 싶어도 방법이 없잖아요?"

엿새째 되던 날 오후, 키잡이가 격군 선실로 내려와 보고했다. 금화파파가 이 일대 바닷길에 무척 밝아 어느 곳에 큰 모래 여울이 있는지, 또 어느 곳에 암초가 숨어 있는지 키잡이보다 더 훤히 알고 있다는 얘기였다. 이 말을 듣고 나서야 장무기도 퍼뜩 감이 잡혔다.

"아, 그렇군! 금화파파가 지금 영사도로 돌아가는 게 아닐까."

"영사도라뇨?"

"금화파파의 고향 집이 영사도에 있소. 그녀의 남편이 은엽선생이지. '영사도, 금화 은엽'이란 소문을 못 들어본 것은 아니겠지?"

장무기의 반문에 조민은 피식 웃었다.

"나보다 몇 살 더 먹었다고 강호 일에 제법 전문가 행세를 하는군요."

"하하! 명교는 사마외도의 무리라, 애당초 조정의 높으신 소민군주 마마보다 강호에 쓸데없이 떠도는 일을 더 많이 안다는 걸 모르오?"

이들 두 남녀는 처음 만났을 때부터 불구대천지 원수가 되어 제각기 내로라하는 호걸들을 거느리고 벌써 몇 차례나 정면으로 충돌해 호된 싸움을 벌여온 사이였다. 그러나 금화파파를 공동의 적으로 생각하며 어두컴컴한 격군 선실에서 며칠 동안을 함께 거처하다 보니 어느새 우스갯소리까지 주고받을 만큼 허물없는 사이가 되었다. 두 사람의 관계는 하루가 다르게 간격이 좁아졌다.

키잡이는 보고를 올린 후 금화파파에게 눈치채일까 두려운 나머지 휑하니 뱃고물 조타석으로 올라갔다.

조민이 웃음 섞어 장난스러운 말로 물었다.

"대교주님, 귀찮으시겠지만 '영사도, 금화 은엽' 부부가 강호에 위명을 떨쳤다는 얘기 좀 들려주지 않겠어요? 이 배운 것 없고 식견 좁은 계집아이도 안목 좀 넓혀보게요."

장무기는 덩달아 쑥스러운 듯이 웃음보를 터뜨렸다.

"그렇게 말하니 부끄럽소. 사실 소생도 은엽선생이 어떻게 생겼는지 알지 못한다오. 금화파파와는 예전에 한 번 맞닥뜨려본 적이 있었지만 말이오."

어차피 지루한 뱃길 여행에 할 일도 없는 터라, 그는 10여 년 전 자기가 무슨 까닭으로 호접곡에 찾아갔다가 접곡의선 호청우를 만나 의술을 배우게 되었는지, 또 어떤 경위로 강호 여러 문파 제자들이 금화파파의 독수에 걸려들어 죽지도 살지도 못하는 중상을 입고 호접곡에 찾아오게 되었는지, 자신은 또 어떻게 호청우의 지도를 받아가며 그들을 완치시켰는지 그 사연을 낱낱이 얘기해주었다. 그리고 금화파파가 멸절사태와 마주쳐 무공을 겨룬 끝에 참패하고 나서 호청우와 왕난고 부부를 죽여버린 사연까지 숨김없이 털어놓았다. 얘기를 하다 보니 호청우가 비록 성미는 괴팍스러운 악질 명의이면서도 장무기 자신에게는 무척 잘 대해주었다는 사실이 생각났다. 그리고 이들 부부의 시체가 나무에 처참한 몰골로 대롱대롱 매달려 있던 광경이 떠오르자, 저도 모르게 눈시울이 뜨거워졌다.

그러나 그는 아리가 자기를 영사도로 끌고 가려 했을 때 옥신각신 다투던 끝에 자기가 그녀의 손등을 물어뜯은 얘기는 하지 않았다. 어째서 그 대목을 생략했는지 자신도 그 까닭을 알 수 없었다. 어쩌면 그 행위가 무척 점잖지 못한 짓이었다고 여겨서 그랬는지도 모른다.

조민은 숨소리 하나 내지 않고 조용히 이야기를 들었다. 그녀의 얼굴빛이 심각하게 굳어졌다.

"처음에는 저 노파가 무공만 아주 강한 고수인 줄 알았어요. 그런데 이제 얘기를 듣고 보니 은원 관계가 무척 복잡하게 얽혀 있군요. 당신 말대로라면 저 노파는 우리가 맞서 싸우기 힘든 상대예요. 절대로 방심해선 안 되겠어요."

"하하, 우리 군주마마께선 문무를 겸비하셨고 휘하에 기막히게 유능한 인재를 수두룩하게 거느리고 계신데, 보잘것없는 할멈 하나를 걱정하시오? 아마 그 많은 부하를 다 써먹고도 남아돌 거요."

"호호, 이 망망대해 한복판에서는 내 휘하 무사들이나 솜씨 좋은 라마승을 불러 모을 방법이 없으니 그게 안타깝군요."

"무슨 말씀을! 이 배 안에서 밥 짓는 주방장, 돛줄잡이 선원 할 것 없이 모두 강호의 일류 고수는 못 된다 하더라도 이류급은 되지 않겠소?"

이 말을 듣고 조민이 일순 흠칫하더니 이내 까르르 웃음보를 터뜨렸다.

"정말 탄복했어요! 위대하신 장 교주님의 눈썰미가 과연 대단하시네요. 이건 도무지 속여 넘길 수 없으니 말이죠."

그녀는 여양왕 부중에 돌아가 마필과 금은 보따리를 챙길 때, 남모르게 총관에게 밀명을 내려 자기 부하 중 솜씨 좋은 고수들만 골라 한 패거리를 만들게 하고 해진진으로 보내 분부를 받들도록 대기시켜놓았다. 이들 역시 발 빠른 준마를 타고 밤낮없이 길을 재촉한 끝에 소민군주 일행보다 겨우 반나절 늦게 도착했다. 그녀가 동원한 부하들은 앞서 만안사 일전에 참여하지 않았기에 장무기와는 얼굴을 맞대본 적이 없었다. 그래서 이들은 소민군주의 밀명에 따라 부엌일하는 요리사나 선원으로 변장하고 배에 올라 은연중 소민군주를 경호하고 있었던 것이다. 하지만 애당초 무학을 몸에 익힌 무사들이라 행동거지나 얼굴 표정에 그 기색이 자연스레 드러날 수밖에 없었고, 아무리 감추려 애써도 예리한 장무기의 눈썰미에 출항하기 전부터 모조리 간파당하고 말았던 것이다.

장무기의 말을 듣고 났을 때, 조민은 속으로 경각심을 드높이지 않을 수 없었다. 그의 눈에 간파당했다면 금화파파처럼 식견이 너르고 교활하기 짝이 없는 노파가 그 내막을 꿰뚫어보지 못했을 리 만무한 것이다. 하지만 다행히도 이쪽은 수가 많고 장무기의 무공이 고강하니

설사 그녀가 알아차렸더라도 상관이 없었다. 일단 싸움이 붙게 된다 해도 그쪽은 아리를 포함해 겨우 두 사람뿐일 테니 두려워할 상대는 아니었다. 그녀 쪽에서 일부러 들추고 나오지 않는 바에야 이쪽도 모르는 척하고 있어도 괜찮다고 생각했다.

며칠 동안 장무기의 가장 큰 걱정거리는 주지약이 금화파파의 알약을 삼킨 후 독성이 발작하지 않았나 하는 점이었다. 누구보다 눈치 빠른 조민은 장무기의 이마에 깊은 주름살이 잡힌 표정을 보았을 때 이미 그 심사를 알아차렸다. 그녀는 부하들을 시켜 위층 선실에 차를 대접하는 척하고 동정을 살펴보게 했다. 얼마 안 있어 보고가 들어왔다. 주 소저의 행동거지나 말씨가 여느 때와 다름없이 정상이라는 것이었다. 이런 일이 몇 번 거듭되자 장무기도 어딘지 겸연쩍은 느낌이 들어 더 이상 주지약에 대해 마음 쓰는 기미를 보일 수 없었다.

그는 선실 한 귀퉁이에 조용히 앉아 오랫동안 잊고 있었던 기억을 더듬기 시작했다. 황량한 서역 땅, 천야만야 까마득한 절벽 중턱에서 굴러떨어져 두 다리가 부러진 채 눈 덮인 벌판에 누워 있던 날, 거미 아리는 자기와 이 세상에 둘도 없는 벗으로 맺어졌다. 하태충 반숙한 부부와 무열 무청영 부녀, 위벽, 그리고 독수무염 정민군 일당에게 포위된 거미는 죽기 전에 한 번만이라도 자기와 만나보고 싶다고 했다. 그 자리에서 자신은 거미에게 뭐라고 다짐했던가? 하태충 일당이 다 들으라고 이렇게 외쳤었다.

"아가씨, 내 진정으로 말하겠소! 나는 당신을 아내로 맞아들이고 싶소. 그저 내가 당신에게 어울리는 짝이 못 된다고 말하지만 말아주시오."

그리고 또 뭐라고 했던가? 한마음 한뜻으로 이렇게 다짐까지 했다.

"오늘 이후로 나는 전심전력으로 당신을 아끼고 보살피고 돌봐줄 거요. 아무리 많은 사람이 당신을 괴롭히고 못살게 군다 하더라도, 제아무리 무섭고 지독한 자가 당신을 능멸하고 모욕하더라도 내 목숨 걸고 끝까지 당신을 지키고 보살펴주겠소. 당신의 마음을 늘 기쁘고 즐겁게 만들어주어 지난날의 온갖 고초를 다 잊게 해줄 것이오."

자신이 외쳐댄 이 몇 마디를 떠올리자 그는 저도 모르게 얼굴이 화끈 달아올랐다.

"피이! 또 주 소저 생각을 했군요!"

곁에서 느닷없이 조민의 비웃음이 들려와서 장무기는 화들짝 놀랐다.

"아니오!"

"흥! 생각하고 싶으면 하는 것이지 내가 무슨 상관이람? 사내대장부라면서 속에 없는 거짓말도 하나요?"

"내가 무슨 거짓말을 했다는 거요? 분명히 말하지만 주 소저를 생각한 게 아니오."

"당신이 고두타나 위일소를 생각했다면, 얼굴에 그런 기색이 떠오를 턱이 없겠죠. 마주 보기에도 끔찍스러울 정도로 사납고 추악한 괴물을 생각했다면 어떻게 그렇듯 부드럽고도 따사로운 표정을 짓겠어요?"

꼬치꼬치 따져 묻는 그녀 앞에서 장무기는 그저 멋쩍게 웃을 수밖에 없었다.

"당신이란 사람은 정말 너무 똑똑하다 못해 지독스럽기까지 하구려. 어쩌면 내가 머릿속으로 생각하는 사람이 준수하게 생겼는지 아니면 추악하게 생겼는지조차 알아맞힌단 말이오? 내 솔직히 말씀드리리다. 방금 내 머릿속에 떠올린 사람은 아주 밉살맞게 생긴 추팔괴였소."

조민은 그가 진실된 표정으로 말하자 희미하게 미소를 지어 보일 뿐 더는 따지고 들지 않았다. 그녀가 제아무리 똑똑하고 영악스럽다 해도 그가 그리워하는 이가 지금 위층 선실에 있는 그 못생긴 거미일 줄은 상상조차 못 했으리라.

조민의 관심이 멀어지자, 그는 또다시 상념에 잠겼다.

그녀는 천주만독수를 수련하느라 독기에 부풀어 오른 부종이 얼굴 전체를 울퉁불퉁 거칠게 만들어놓았다. 폐원에서 다시 보았을 때 그 증상은 옛날보다 더 심해지지 않았던가? 장무기의 입에서는 기나긴 한숨이 절로 흘러나왔다. 이 무시무시한 독공을 수련하면 할수록 중독 증세도 깊어져 육신뿐 아니라 영혼마저 좀먹어들까 봐 안타까웠다.

여섯째 사숙 은리정이 자기가 천길만길 깊은 절벽 아래로 떨어져 죽었다는 말을 하자, 거미는 땅바닥에 엎어져 목 놓아 통곡했다. 그 정경을 떠올리니 더욱 가슴 아프고 비감해졌다. 그는 광명정에 오른 이후 불철주야로 건곤대나이 신공을 수련하느라 바빴고, 명교 일 때문에 분주다사하게 뛰어다니느라 편안히 앉아서 자기 심사를 조용히 되새겨볼 겨를이 없었다. 이따금 거미 생각이 날 때마다 위일소에게 묻기도 하고 또 양소에게 부탁해서 사면팔방을 샅샅이 뒤져보게도 했다. 하지만 줄곧 그녀의 행방을 찾아내지 못했다.

'거미는 그토록 나를 알뜰살뜰 곰살궂게 대해주었는데, 나는 결국 거미에게 끝끝내 매정하고 의리 없는 사내밖에 될 수 없었는가? 어찌하여 지난 세월 동안 나는 그녀를 마음속에 전혀 담아두지 않았을까?'

명교 교주 자리에 오른 이후, 그는 자신의 사사로운 일 따위는 일체 뒷전에 제쳐두고 까맣게 잊었던 것이다.

"또 뭘 후회하고 계시는 거예요?"

조민의 물음에 미처 대꾸도 못 했는데, 난데없이 갑판 위에서 왁자지껄 떠드는 소리가 들려왔다. 곧이어 수부 하나가 내려와서 급보를 전했다.

"앞쪽에 육지가 나타났습니다! 노파는 저희더러 그리로 뱃머리를 갖다 대라고 하는데 어찌할까요?"

조민은 말없이 고개만 끄덕였다. 요구대로 하라는 시늉이었다. 그리고 장무기와 함께 선실 창문을 통해 바깥쪽을 내다보았다.

2~3리 바깥에 푸른 나무숲이 우거진 바다 섬이 보였다. 섬 둘레가 어지간히 너르고 큰 데다 기암절벽으로 둘러싸인 봉우리가 절경을 이루고 있었다. 순풍을 가득 머금은 배가 곧바로 섬을 향해 미끄러져갔다. 그리고 밥 한 끼 먹을 시각이 되었을 무렵에는 벌써 해안에 다다르고 있었다. 바다 섬 동쪽 끄트머리는 온통 깎아지른 암벽이 수직으로 바닷물 속에 파묻혀 들어가고, 수심이 얕은 여울목은 보이지 않았다. 전투용 포함은 흘수선吃水線이 깊기는 해도 선불리 해안에 접근하지 못했다.

배가 정박하기도 전에 난데없이 그리 높지 않은 산마루턱에서 대갈일성 호통치는 소리가 들려왔다. 정력과 기운이 철철 흐르는 목소리에 사나우면서도 위엄 있는 기풍이 가득 서렸다. 바로 양부 금모사왕 사손의 목소리였다. 장무기는 놀랍고도 반가웠다. 헤어진 지 벌써 10여 년, 양부의 위풍당당함은 옛날이나 다름없었다. 그 우렁찬 음성을 다시 듣게 되었는데 어찌 기쁘지 않으랴? 그는 사손이 어떻게 아득히 머나먼 북극 빙화도에서 이 남쪽 바다 섬까지 오게 되었는지 곰곰이 생각해볼 겨를도 없이, 또 금화파파에게 자신의 정체가 간파당할 위험성마저 돌아보지 않고 즉시 급한 걸음걸이로 사다리를 타고 돛대 위로 올라가 방금 목소리가 들려온 산마루턱을 바라보았다.

건장하게 생긴 남자 넷이 손에 병기를 잡은 채 키가 후리후리하고 몸집이 우람한 사람 하나를 에워싸고 무섭게 공격을 퍼붓고 있었다. 맨손으로 네 명의 적을 맞아 싸우는 이는 바로 금모사왕 사손이었다.

장무기는 그를 한눈에 알아보았다. 양부는 비록 두 눈이 멀고 4대 1의 수적 열세에 몰려 있으면서도 두 주먹만으로 네 가지 병기를 막아내면서 털끝만치나마 적들에게 밀리지 않았다. 사실 그는 양부가 남과 싸우는 광경을 난생처음 보았다. 그러나 몇 초식이 지났을 때 가슴 뿌듯한 만족감을 지우지 못했다. '지난날 금모사왕이 천하에 위엄을 떨쳤다더니 과연 헛된 소문이 아니었구나. 내 양부님의 무공은 아직도 위일소보다 한 수 높다. 아니, 외조부 백미응왕과도 어깨를 나란히 하고 명성을 떨칠 만한 수준이구나.'

사손을 에워싸고 협공을 가하는 네 사람 역시 무공 실력이 자못 대단했다. 돛대 위에서 바라보이는 산마루턱, 네 사람의 얼굴 모습이 뚜렷하지는 않으나 꾀죄죄한 옷차림과 등에 짊어진 자그만 포대 자루를 보아하니 개방 인물들이 분명했다. 한 곁에는 또 다른 세 사람이 멀찌감치 둘러서서 금모사왕이란 맹수가 공격권을 벗어나 달아나지 못하게 막고 있었다. 공격자들 가운데 하나가 고함을 질렀다.

"도룡도를 넘겨주면…… 죽이지 않고…… 목숨을…… 보도와 목숨을 바꾸면……."

산등성이 사이로 불어닥치는 거센 바닷바람 탓인가, 고함치는 소리가 멀리서 듣는 사람의 귀에 또렷하지는 않아도 저들이 도룡도를 탈취할 의도인 것만큼은 충분히 알 만했다.

느닷없이 껄껄대는 사손의 웃음소리가 쩌렁쩌렁 울렸다.

"도룡도는 내게 있지! 군내 나는 개방의 거지 녀석들, 어디 재주가 있거든 가져가보려무나!"

입으로 대거리를 하면서 손발 놀림은 단 한순간도 늦추지 않았다.

금화파파의 꾸부정한 형체가 시야에 번뜩 비쳤는가 싶더니 어느새 뭍으로 뛰어내렸다. "콜록콜록!" 기침 소리에 이어 불청객들에게 던지는 인사말이 들렸다.

"여어, 개방의 협사님들! 영사도에 왕림하셨으면 이 할망구와 말씀을 나눌 것이지, 어쩌자고 영사도의 귀한 손님을 건드려 귀찮게 하시는 거요?"

돛대 위에서 이 말을 들은 장무기는 속으로 사뭇 의아한 느낌이 들었다. '여기가 과연 영사도였구나. 금화파파의 말대로라면 내 양부님을 손님으로 초대한 모양인데, 저분이 언제 빙화도를 떠나셨는지 모르겠군. 하늘이 두 쪽 나는 한이 있더라도 중원 땅에는 발을 딛지 않겠다던 분이 어째서 덜컥 돌아오셨을까? 금화파파는 또 어떻게 저 어른이 계신 곳을 알아냈을까?'

삽시간에 의문이 꼬리에 꼬리를 물고 일어났다.

영사도 주인이 돌아왔다는 말을 듣자, 산마루턱 괴한들은 한시바삐 도룡도를 빼앗으려는 초조감에 공격을 더 급박하게 서둘렀다. 조급한 공격, 그것은 무학에서 가장 꺼리는 금기 중 금기였다. 이러고 보니 공세는 더욱 거세졌으나 동료끼리 맞춰야 할 보조가 삽시간에 흐트러지기 시작했다. 사손은 두 눈이 먼 장님이라 순전히 적이 휘두르는 병기의 바람 소리에 의존해서 차근차근 대응했다. 이들 네 사람의 공세가 급박하게 빨라지니 바람을 가르는 소리 또한 세차게 울렸다. 누구보다 예민한 사손의 두 귀가 쫑긋하는가 싶더니 그 입에서 득의에 찬 웃음소리가 길게 터져 나왔다.

"우하하하핫!"

그다음 순간, "퍽!" 하는 소리가 둔탁하게 울리면서 공격자 넷 가운데 한 사람이 앞가슴을 정통으로 얻어맞고 뒤로 벌렁 나가떨어졌다.

"으와아!"

처절한 비명이 꼬리를 길게 끌며 주인의 몸뚱이와 함께 산마루턱 절벽 아래로 곤두박질치더니 이내 "털썩!" 소리가 올라왔다. 두개골이 박살 나 뇌수를 사방으로 흩뿌린 채 숨이 끊긴 것이다. 한 곁에서 몰이꾼 노릇을 하며 가만히 지켜보던 셋 가운데 하나가 버럭 호통을 질렀다.

"물러나라!"

나머지 공격자들 셋이 물러나는 것과 때를 같이해서 호통을 친 목소리의 주인공이 날렵한 동작으로 싸움판에 뛰어들더니 대뜸 한 주먹을 내질렀다. 힘줄기가 담겼는지 말았는지 유야무야로 내지른 일권에 바람 소리가 없으니 사손으로서는 도대체 공격자의 방향을 판별해낼 도리가 없었다. 과연 주먹 끝이 제 몸뚱이 앞 두세 치까지 들이닥쳤을 때에야 그는 겨우 낌새를 채고 황급히 대응 초식을 펼쳤으나, 손발은 이미 흐트러질 대로 흐트러져 낭패스럽기 짝이 없는 형국이 되고 말았다.

앞서 공격하던 셋이 선뜻 비켜서서 길을 터주자, 몰이꾼 중에서 또 한 명의 나이 지긋한 늙은이가 싸움판에 뛰어들었다. 그 역시 앞서 공격하는 사람처럼 사손을 후려치는 일장이 날렵하면서도 부드러웠다. 몇 초가 지나자 사손의 동작이 이리 틀어막고 저리 피하느라 허둥거리며 삽시간에 적의 험초險招 속으로 빠져들었다.

금화파파가 버럭 고함쳤다.

"계季 장로, 정鄭 장로! 금모사왕은 두 눈이 불편하신데, 이렇듯 비열한 수단을 쓸 거요? 그러고 보니 강호에 떠도는 영웅호걸의 명성이 말짱 헛것이었군!"

그녀는 불청객들을 꾸짖으며 용두괴장龍頭拐杖으로 땅을 짚고 산마루턱을 향해 올라갔다. 허리 구부정하게 휜 할멈이라고 얕잡아볼 사람이 아니었다. 산바람이 불기만 해도 당장 곤두박질쳐 굴러내릴 듯싶으면서도 몸놀림 하나만큼은 비상할 정도로 빨랐다. 지팡이를 땅바닥에 툭 짚었다 싶으면 몸뚱이가 바람을 타고 허공을 뛰어넘듯 표연히 앞으로 날아가더니 잠깐 사이에 산허리 중턱에 도달했다. 아리가 바짝 뒤따랐으나 마음만 급할 뿐 한참이나 뒤처졌다.

양부의 안위가 걱정스러운 장무기 역시 빠른 걸음걸이로 산을 오르기 시작했다. 조민이 따라붙으면서 목소리를 낮춰 속삭였다.

"저 할망구가 있는 한 사자왕은 절대로 위험하지 않으니 공연히 손찌검할 생각 말고 행적부터 감추세요."

장무기는 고갯짓 한 번 끄덕하더니 곧바로 아리의 뒤를 밟았다. 눈에 익은 뒷모습, 길게 뻗은 허리와 하느작거리는 몸매를 바라보며 따라가고 있으려니 새삼스레 어느 해 눈 덮인 벌판 어둠 속에서 토라진 기색으로 사라져가던 그녀의 모습이 떠올랐다. 정면으로 얼굴을 보지 않고 뒷모습만 본다면 어찌 절세미인이라고 여기지 않으랴? 조민이나 주지약, 아소에 견주어도 손색없을 아리따운 처녀가 아닌가? 불현듯 떠오른 상념에 한눈을 팔던 그가 이내 소스라쳐 자신을 꾸짖었다. '장무기, 이 얼빠진 녀석아! 네 양부님은 지금 위험하기 짝이 없는 처지에 놓이셨는데, 너는 팔자 좋게 남의 처녀 뒷모습이나 훔쳐보고 있단 말이냐?'

네 사람은 순식간에 산마루 꼭대기에 올라섰다. 금모사왕이 양손으로 쓰는 방어 초식은 범위가 극도로 짧고 좁았다. 일방적으로 수비에만 치중할 뿐 공격은 없었다. 적들의 주먹질이나 발길질이 몸에 닿을 정도로 접근해왔을 때에만 재빠른 소금나수로 낱낱이 풀어버리곤 하는 것이다. 이런 방어 수법은 일시적인 보신책으로 다칠 우려는 없다 해도 상대방을 쓰러뜨리고 승리를 거두기에는 거의 불가능에 가까웠다.

조민의 권고대로, 장무기는 커다란 소나무 뒤에 몸을 숨긴 채 양부사손이 적들과 맞서 싸우는 광경을 조마조마한 심경으로 지켜보았다. 얼굴은 온통 주름살투성이, 사자의 갈기털처럼 누렇던 머리카락도 이제는 거의 반백을 넘겨 희끄무레했다. 10여 년 전 헤어질 때만 해도 장년이었는데 지금은 백발의 노년기로 접어들고 있는 것이다. '지난 10년 동안 황막한 무인고도에서 홀로 외로이 지내셨으니 하루하루 간난고초가 얼마나 심했을까?' 장무기는 생각만 해도 쓰라린 마음에 심장박동이 격렬하게 빨라졌다. 당장 뛰쳐나가 양부를 대신해서 두 명의 적수를 단번에 쓰러뜨리고 싶은 충동에 몸뚱이가 저도 모르게 움찔거렸다. 눈치 빠른 조민이 또 한 차례 그 손바닥을 꼬집더니 절레절레 도리질을 해 보였다.

금화파파의 목소리가 울렸다.

"계 장로, 당신은 강호 무림계에서 음산장 대구식陰山掌大九式으로 유명한 분이신데 하필이면 도깨비같이 부드러운 면장綿掌 초식으로 바꿔 쓸 필요가 뭐 있소? 정 장로는 더더구나 말씀이 아니로군! 당신의 비전절기 회풍불류廻風拂柳 초식을 팔괘권八卦拳 속에 은근슬쩍 감춰 쓰고 계시니, 그래서야 금모사왕 사 대협이 알 턱이 있나? 콜록콜록!"

사손은 상대방의 공격 초식을 두 눈으로 볼 수 없는 만큼 적들과 맞설 때마다 번번이 손해를 보았다. 게다가 계 장로나 정 장로는 아주 교활해서 공격할 때마다 일부러 초식을 바꾸어 사손이 종잡을 수 없게 만들었다. 그런데 이제 금화파파가 한마디로 일깨워주니 사손은 곧 대책을 마련했다. 그는 이제 막 들이쳐온 정 장로의 공격 초식이 변화를 일으키려는 순간, 주먹을 "훅!" 소리가 나도록 힘껏 내질렀다. 그야말로 정확하고도 재빠른 역습이었다. 사손이 내지른 주먹은 정 장로의 주먹과 정면으로 충돌했다. "딱!" 하는 소리와 함께 정 장로는 제대로 서 있지 못한 채 털썩털썩 두 걸음이나 물러서고 나서야 겨우 버텨 설 수 있었다. 곁에 서 있던 계 장로가 일장을 후려쳐 엄호 공격을 가했다. 뒷걸음치는 동료에게 사손이 추가로 공격하지 못하도록 차단해버린 것이다.

이윽고 두 장로가 멀찌감치 간격을 벌리고 다시 공격 태세를 가다

듣었다. 장무기는 양부에게 협공을 가하는 이들의 얼굴 모습을 뚜렷이 보았다. 계 장로는 키가 작달막한 땅딸보 영감으로, 얼굴에 불콰한 기운이 가득 서린 것이 마치 푸줏간의 백정을 연상시켰다. 반면 정 장로는 비쩍 마른 몸매에 용색이 초췌하고 얼굴빛조차 시퍼렇게 우거지상을 한 것이 누가 보더라도 개방 인물이었다. 두 사람은 하나같이 등에 자그만 보따리 여덟 개를 지고 있었다. 개방 서열로 따져 최고위급인 '구대 장로'보다 고작 한 급수 떨어지는 '팔대 장로'였다.

멀찌감치 또 한 사람이 서 있었다. 어림잡아 30세가량의 청년인데 개방 복색을 하고 있으면서도 옷차림은 깔끔했다. 그 역시 등에 작은 포대 자루를 여덟 개 매달고 있었다. 그 젊은 나이에 벌써 개방의 팔대 장로 자리에 올랐다니 참으로 희한한 노릇이었다.

그 청년이 입을 열었다.

"금화파파, 당신은 사손을 힘으로 돕지 않고 입으로만 거들어주고 계시군요. 혹시 도와줄 의향이 없으신 건 아닌지 모르겠소이다."

금화파파가 싸느란 눈초리로 청년을 쏘아보았다.

"귀하도 개방 장로이신가? 이 할망구의 눈이 어두워 그런지 본 적이 없는 듯싶군!"

"소생이 개방에 입문한 지 얼마 안 되었으니 파파께서 알아보지 못하셔도 무리는 아니지요. 불초 소생 진우량陳友諒•이라 합니다."

• 진우량(1320~1363): 원나라 말엽 혼란기의 지방 군벌. 어부 출신으로 서수휘徐壽輝의 홍건군紅巾軍에 가담해 몽골 세력을 몰아내는 데 큰 공을 세우고 원수 자리에 올랐으나, 1360년 서수휘를 죽이고 스스로 황제가 되어 장강 중·하류 일대에 웅거했다. 1361년 주원장 세력이 남진하면서 옛 상관 서수휘의 부하들이 속속 이탈하자, 3년간 연속 패배를 당한 끝에 파양호에서 결전을 시도했으나 구강구九江口 전투에서 사살되었다.

"진우량? 진우량이라…… 들어본 적이 없는걸."

금화파파가 혼잣말로 되뇌는데, 느닷없이 호통과 기합 소리가 크게 터져 나왔다. 정 장로가 또 사손의 주먹에 왼 팔뚝을 얻어맞자, 멀찌감치 서서 지켜보던 개방 제자 셋이 고함을 지르면서 병기를 뽑아 들고 한꺼번에 달려드는 소리였다. 응원군으로 포위 공격에 가세한 이들 셋은 무공 실력이 애당초 두 장로보다 한참 뒤떨어져 오히려 거치적거릴 뿐이었으나, 장님이 된 사손에게는 적지 않게 위협이 되었다. 두 눈이 멀어버린 이후 남과 싸워본 적이 없던 그는 오늘 처음으로 강적과 맞닥뜨렸다. 게다가 적은 손발에 병기까지 가세했으니 여러 소리가 뒤섞여 그 예민한 청각으로도 좀처럼 공격자의 방향을 판별해내지 못했다. 아니나 다를까, 그는 순식간에 누군가 호되게 내지른 주먹질에 어깻죽지를 강타당하고 말았다.

상황이 위급해진 것을 보고 장무기는 다시 뛰어나가려 했으나 조민이 만류했다.

"가만 계세요. 금화파파가 구해줄 거예요."

조민이 속삭이는 소리에 장무기는 결단을 내리지 못하고 머뭇거렸다. 하나 금화파파는 용두괴장을 짚은 채 차가운 미소만 띠고 있을 뿐 좀처럼 도와줄 기미가 보이지 않았다. 바로 그때 사손이 또 정 장로의 호된 발길질에 왼쪽 넓적다리를 걷어차여 금방에라도 쓰러질 듯이 휘청거렸다.

장무기는 어느새 자그만 돌멩이 일곱 개를 쥐고 있었다. 양부가 위기에 몰린 것을 보는 순간, 더는 참지 못하고 오른손을 번뜩 휘둘렀다. 손아귀에 감춰둔 돌멩이 일곱 개가 허공에서 쫙 갈라지더니 공격자

다섯 명을 노리고 질풍같이 날아갔다. 그러나 돌멩이가 들어맞기 바로 직전에 느닷없이 시꺼먼 광채가 번쩍 빛나더니 "쫘악!" 하는 소리와 함께 병기 석 자루가 뭉텅 끊어졌다. 뒤미처 다섯 공격자 가운데 넷의 허리가 한꺼번에 베어져 여덟 토막이 나고 말았다. 얼마나 세찬 칼바람이었던지 몸통 윗부분과 아랫부분으로 잘려나간 네 사람의 시체가 사면팔방으로 튕기듯이 흩날리더니 산기슭 아래로 떨어져 내렸다. 천만다행으로 정 장로만이 오른팔이 끊긴 채 땅바닥에 쓰러져 있었다. 등판에는 장무기가 쏘아 보낸 돌멩이 두 개가 상감象嵌하듯 가지런히 박혀 있었다. 누군가 검시를 해보았다면 아마 허리 끊긴 네 사람의 몸뚱이에도 자그만 돌멩이가 하나씩 박혀 있음을 확인할 수 있으리라. 무지막지한 칼날이 먼저 베고 나서 돌멩이가 들어맞았으니, 결과적으로 장무기의 돌멩이 기습은 덤이나 얹어준 셈이었다.

너무나 순식간에 벌어진 변고라 사람들은 이만저만 놀란 게 아니었다. 정신을 가다듬고 사손을 바라보았을 때, 그의 손에는 거무튀튀한 대도 한 자루가 들려 있었다. 바로 강호 무림계에서 '무림지존'이라 일컫는 도룡보도였다. 칼날을 수평으로 누인 채 산머리 위에 우뚝 선 자세가 마치 하늘에서 강림한 신장神將이라도 되는 듯 위풍당당하고 늠름하기 이를 데 없었다.

장무기는 속으로 혀를 내둘렀다. 어릴 적부터 그 칼을 보아왔지만, 무겁기만 하고 보잘것없는 칼일 뿐이었다. 그런데 그 칼날의 위력이 이 정도로 예리할 줄은 꿈에도 생각지 못했다.

금화파파 역시 놀란 가슴을 쓸어내리면서 혼잣말로 중얼거렸다.

"무림지존 도룡보도라. 무림지존 도룡보도라……."

한 팔뚝이 통째로 끊겨나가고 등판에 돌멩이까지 얻어맞은 정 장로가 고통을 이기지 못하고 땅바닥을 뒹굴면서 돼지 멱따는 소리로 고래고래 비명을 질렀다. 진우량은 얼굴빛이 종잇장처럼 하얗게 질린 채 넋을 잃고 서 있다가 별안간 목청을 드높여 낭랑하게 외쳤다.

"세상을 뒤엎을 만한 사 대협의 무공에 진정 탄복했소이다! 사 대협, 이분 정 장로를 놓아보내주시기 바라오. 이분을 목숨 붙여 하산하게 해주신다면 불초 소생이 대신 목숨을 걸고 사 대협의 공격을 받아보리다!"

이 말 한마디에 사람들은 너 나 할 것 없이 감동을 금치 못했다. 상처 입은 동료의 목숨을 살리기 위해 자기가 대신 죽기로 나서다니, 세상에 이렇듯 의리 깊은 대장부가 어디 또 있으랴? 장무기는 내심 존경하는 마음이 절로 일었다.

사손 역시 그 기백에 감탄했는지 느릿느릿 대꾸했다.

"진우량이라 했던가? 으음, 보아하니 그대는 제법 사나이다운 구석이 있군. 좋아, 그 정가 놈을 안고 떠나게! 나 역시 그대를 난처하게 몰아붙이지는 않겠네."

"불초 소생, 살려주신 은혜에 깊이 감사드립니다. 제가 10년 안에 무공에 성취가 있으면 마땅히 다시 찾아뵙고 오늘의 이 은원 관계를 깨끗이 청산하리다!"

사손은 말없이 고개를 끄덕였다. '내가 한 걸음만 더 나가서 보도를 휘두른다면 이 친구는 절대로 목숨을 건질 수 없다. 이 위험한 순간에도 어엿이 훗날 보복하러 오겠다고 다짐하다니 이 얼마나 담보가 큰 놈이냐.'

"노부가 10년만 더 살 수 있으면 당연히 그 도전을 받겠네."

진우량은 더는 사손을 상대하지 않고 금화파파 쪽으로 돌아서더니 포권의 예를 올렸다.

"금화파파, 저희 개방이 귀하의 섬에 함부로 뛰어들어 소란을 피운 죄 사과드리겠습니다."

말을 마친 그는 정 장로를 두 팔로 껴안고 휘적휘적 산 밑으로 내려갔다.

금화파파의 눈초리가 장무기를 사납게 흘겨보았다.

"요 늙다리 녀석! 겨냥이 정확하고 타혈수법도 제법 강하던데, 어째서 돌멩이 일곱 개를 한꺼번에 던졌느냐? 한 개는 물론 진우량을 때려 맞힐 작정이었을 테고, 한 개는 이 늙은 할망구한테 던질 속셈이었으렷다?"

늙수그레한 선원으로 변장했으니, '늙다리 녀석'이란 말을 들을 만도 했다. 장무기는 제 손아귀에 돌멩이 일곱 개를 거머쥐고 있었다는 사실을 간파당하자 속으로 흠칫 놀랐으나, 자신의 정체마저 발각당하지 않은 점을 다행스럽게 여겼다. 그는 어설픈 미소만 지을 뿐 대꾸하지 않았다.

금화파파가 다시 한번 매섭게 호통쳤다.

"늙은이 존함은 어찌 되시는가? 무엇 때문에 선원으로 변장하고 바닷길 내내 이 늙은 할망구를 따라왔는지 말씀해보게! 이 금화파파가 보는 앞에서 농간을 부리려 들다니, 그 목숨이 아깝지도 않단 말인가?"

장무기는 애당초 거짓말에 서투른 숙맥이라 금화파파의 잇따른 추궁에 대꾸하지 못했다. 곁에서 조민이 거칠게 목소리를 꾸며 말했다.

"우리 배는 거경방 소속이오. 바다에서 밥벌이나 하고 밑천 없는 장사를 해왔소. 할멈이 내놓으신 금덩어리가 두둑해서 여기까지 온 것이오. 이 아우님은 개방 친구들이 다수의 힘만 믿고 남을 괴롭히는 걸 보고 의분에 못 이겨 구원의 손길을 뻗친 거요. 애당초 호의를 베풀려고 한 짓인데, 사 대협께서 무공이 그토록 대단하실 줄이야 생각지 못하고 공연히 참견을 한 셈이 되었구려."

그녀가 아무리 남자 목소리를 흉내 낸다 해도 날카롭고 뾰족한 어투는 감추지 못해 몹시 귀에 거슬렸다. 그러나 변장술이 워낙 교묘해서 금화파파의 예리한 눈썰미에도 간파당하지 않았다.

금모사왕이 고맙다는 표시로 왼손을 번쩍 들어 보였다.

"고맙소! 허어, 그것참……! '호랑이가 들판에 내려오면 동네 강아지한테 물린다'더니, 이 금모사왕이 어쩌다 이 지경이 되어 거경방의 도움을 받는 신세가 되었을꼬? 강호를 떠난 지 벌써 20년, 무림에 이렇듯 훌륭한 능력자가 배출되었는데, 나 같은 늙은이가 무얼 하러 돌아왔는지 모르겠소."

그의 말 한마디에는 의기소침한 기색, 서글픈 감회가 가득 서렸다. 방금 장무기가 던진 돌멩이에는 세상에 보기 드문 강력한 힘줄기가 담겨 있었고, 사손 역시 그것을 똑똑히 느낄 수 있었다. 무림을 진동시키고도 남을 만큼 뛰어난 고수가 태어났는데, 자신은 온전히 도룡도의 힘에 의존해서야 겨우 곤경을 모면할 수 있었으니 이 얼마나 서글프고 가슴 아픈 노릇인가? 20여 년 전 왕반산도에서 뭇 영웅호걸을 위압하던 아련한 추억을 떠올리니 참으로 격세지감을 느끼지 않을 수 없었다.

금화파파의 목소리가 들렸다.

"셋째 오라버니, 나는 당신이 남의 도움을 받는 것을 싫어하시는 걸 알기 때문에 나서지 않았어요. 이런 나를 원망하지는 않겠지요?"

장무기는 의아스러움에 못 이겨 저도 모르게 흠칫했다. 금화파파는 방금 자신의 양부더러 '셋째 오라버니'라고 불렀다. 금모사왕 사손의 항렬이 '셋째'라니, 금화파파는 양아버지보다 더 나이가 많지 않은가?

"원망하고 자시고 할 것이 뭐 있겠나? 그래, 이번에 중원 땅에 돌아가서 우리 무기란 녀석의 소식 좀 알아보았는가?"

이 말을 듣고 장무기의 가슴이 덜컥 내려앉았다. 바로 그때 보드랍고도 자그만 손바닥이 그의 손을 꼭 붙잡았다. 지금 이런 때에 자신이 나서서 알은척하기를 조민이 바라지 않는 줄 뻔히 알면서도 방금 그녀의 말을 듣지 않고 무작정 돌멩이를 던졌으니 이 얼마나 경솔한 행동이었는가? 물론 양부 사손이 남에게 수모를 받지 않게 하려는 의도가 지나친 탓이었다고 할 수는 있다. 하지만 이제 또 조민의 뜻을 거스르고 한때의 충동을 억누르지 못한다면 그녀에게 너무 미안할 듯싶었다.

금화파파는 딱 한마디로 끊어 대답했다.

"아니요, 없었어요!"

매정한 대꾸에 사손은 기나긴 한숨을 토해내더니 한참 만에 다시 입을 열었다.

"한 부인, 우리는 한때 의남매로 지내온 사이였어. 내가 눈먼 장님이라고 속여서는 안 돼. 우리 무기 녀석이 정말 이 세상에 살아 있기는 한 거요?"

금화파파가 쭈뼛쭈뼛 망설이며 미처 대답을 못 하는데, 곁에서 아리가 불쑥 한마디 던졌다.

"사 대협님……."

그와 때를 같이해서 금화파파의 왼손이 번뜩하더니 아리의 팔목을 단단히 움켜잡았다. 두 눈을 딱 부릅뜨고 흘겨보자, 아리는 더 말을 잇지 못했다. 그 장면을 보지 못하는 사손이 재촉했다.

"은 소저, 자네가 말해보게. 파파 할멈이 지금 날 속이고 있지? 어서 말해봐."

아리의 눈에서 두 줄기 눈물이 뺨을 타고 흘러내렸다. 금화파파가 입술을 악문 채 오른 손바닥을 소리 안 나게 번쩍 들더니 그녀의 정수리에 가만히 얹어놓았다. 한마디라도 자기 뜻과 어긋나는 말을 내뱉으면 당장 내력을 쏟아부어 목숨을 빼앗겠다는 시늉이었다.

"사 대협님, 할머니는 당신을 속이지 않으셨어요. 이번에 저희가 중원에 가기는 했지만 장무기의 소식을 알아보지는 않았어요."

그제야 정수리에 얹혔던 금화파파의 손이 슬그머니 뇌문 요혈을 벗어났다. 그러나 왼손만큼은 여전히 아리의 팔목을 움켜잡은 채 놓을 줄 몰랐다.

"그럼 무슨 소식을 알아봤다는 건가? 명교는 어찌 됐나? 우리 옛 친구들은 어떻게 살고 있던가?"

사손의 잇따른 물음에 금화파파는 한마디로 부인했다.

"모르겠어요. 강호 일은 하나도 알아보지 않았어요. 난 그저 내 남편을 죽게 한 라마승을 찾아내 복수하고, 아미파의 늙은 비구니 멸절을 찾아가 의천검에 패한 앙갚음이나 하려고 했을 뿐, 다른 일은 아예 마음에도 두지 않았단 말이오."

이 말을 듣자 사손의 목소리에 노기가 서렸다.

"잘했소, 한 부인. 그대가 빙화도에 찾아오던 날 뭐라고 했지? 내 의형제 장취산 부부가 내 은신처를 털어놓지 않으려고 무당산에서 나란히 자결했노라고 말했어. 어린 무기는 돌봐줄 사람이 없는 고아가 되어 강호를 떠돌아다니며 가는 곳마다 남에게 업신여김을 받아 이루 말 못 할 참혹한 신세가 되었다고 했지. 안 그랬나?"

"맞아요, 그랬어요!"

"그 어린것이 현명신장에 얻어맞고 밤낮으로 큰 고통에 시달렸다고 했지. 호접곡에서 병든 그 아이를 두 눈으로 똑똑히 보았다고 분명히 말했어. 이 영사도에 데려오려고 했지만 그 아이가 고집불통으로 말을 듣지 않았다고 하지 않았는가?"

"그래요! 내가 당신을 속였다면 천벌을 받겠어요! 당신에게 거짓말을 했다면 이 금화파파는 강호의 하류 잡배만도 못하며, 죽은 남편이 지하에서 편히 눈감지 못할 거예요!"

사손이 고개를 끄덕끄덕하더니 아리에게 물었다.

"은 소저, 정말 무기 녀석을 보았었나?"

"네, 보았어요! 그때 저도 영사도에 함께 오자고 얼마나 졸랐는데……. 하지만 그 아이는 내 말을 듣지 않았을 뿐 아니라 도리어 날 물어뜯기까지 했어요. 손등에 아직도 이빨 자국이 남아 있다니까요. 절대로 거짓말이 아니에요. 난 정말…… 그 아이가 얼마나 걱정스러웠는지 몰라요."

장무기의 손바닥을 움킨 채 조민이 힘주어 바싹 끌어당겼다. 함초롬히 올려다보는 두 눈빛에 조롱기와 원망스러운 기색이 뒤섞여 있었다. 말은 없으나 의미는 또렷이 드러나 보였다. '당신이 나를 잘도 속였군요. 저 아가씨를 나보다 먼저 알고 있었으면서도 시침 뚝 떼고 있었다니, 당신네 두 사람 사이에 저렇듯 갈등과 우여곡절이 많았을 줄이야 미처 몰랐네요.'

장무기는 저도 모르게 얼굴이 화끈 달았다. 비록 괴상야릇한 방식이긴 해도 거미가 자신에게 품은 감정을 떠올리니 새콤달콤한 맛이 느껴졌다. 돌연, 조민이 그의 손을 확 끌어당겨 제 입가에 대더니 손등을 힘껏 물어뜯었다. 한입에 덥석 깨물린 손등에서 피가 흘러나오자, 체내의 구양신공이 저절로 발동하면서 조민의 입술을 튕겨냈다. 거센 힘줄기에 충격을 받은 입술이 터져 나가면서 조민의 입에서도 피가 흘렀다. 하지만 두 사람 모두 감히 소리를 내지 못하고 꾹 참아야 했다.

장무기가 조민을 바라보았다. 어째서 느닷없이 손등을 깨물었는지 도대체 알 수 없었다. 그러나 조민의 눈빛에는 만족스러운 미소가 서려 있었다. 얼굴 가득 생글생글 웃음 띤 기색이 그렇게 정겨울 수가 없었다. 가짜 수염을 붙이고 누리끼리하게 변장한 얼굴빛 뒤편에 감춰진 어리광스러움과 교태가 요염하다 싶을 만큼 아름답기만 했다.

사손의 목소리가 들렸다.

"좋소! 한 부인, 나는 고아가 된 무기 녀석이 얼마나 외롭게 고생하고 있을까 걱정스러워 그대의 말만 믿고 아득히 머나먼 북극 빙화도를 떠나 중원 땅에 돌아왔소. 그대는 분명히 내게 무기 녀석을 찾아 데려오겠노라고 약속했소. 그런데 이제 와서 왜 약속을 지키지 않는 거요?"

이 말을 듣는 순간, 장무기의 눈에서 눈물이 방울져 뚝뚝 떨어지기 시작했다. 이제야 양부가 온 천하에 원수들이 깔려 있음을 뻔히 알면서도 위험을 무릅써가며 이 중원 땅에 돌아온 이유를 분명히 알 수 있었다. 오로지 '외톨박이 고아'가 되어버린 수양아들 하나만을 위해 돌아온 것이다.

금화파파가 대꾸했다.

"옳아요. 그날 우리는 분명히 약속했죠. 나는 당신에게 양아들 장무기를 찾아서 데려다주고, 당신은 내게 도룡도를 빌려주기로 말이에요. 셋째 오라버니, 그 칼을 먼저 빌려주세요. 반드시 그 아이의 소식을 확실히 알아오겠어요."

그러나 사손은 절레절레 고개를 흔들었다.

"먼저 무기를 찾아서 데려와. 그럼 나도 칼을 빌려주지."

"날 믿지 못하겠다는 건가요?"

금화파파의 목소리가 싸늘하게 바뀌었으나, 사손은 요지부동이었다.

"세상만사를 한마디 말로 다 하기 어렵지. 부모 형제처럼 가까운 사이에도 믿지 못할 때가 있는 법이야."

장무기는 그가 성곤과의 과거지사를 떠올리고 있다는 것을 알고 또 다시 서글픔이 밀려들었다.

"그렇다면 내게 칼을 먼저 빌려주지 못하겠단 말이군요?"

"나는 좀 전에 개방의 장로 진우량을 놓아 보냈어. 그러니 오늘 이후로 이 영사도는 단 한시도 편안할 날이 없을 거야. 장차 얼마나 많은 무림계 원수들이 보복하겠다고 날 찾아와 괴롭히겠는가? 금모사왕은 이제 왕년의 금모사왕이 아니야. 이 도룡도 말고는 더 이상 의지할 데가 없으니 말이지. 흐흐흐……."

보이지 않는 눈으로 하늘을 우러른 채 허망한 냉소를 터뜨린 사손이 다시 금화파파 쪽을 향했다.

"한 부인, 조금 전 개방 거지 다섯 명이 나를 포위 공격했을 때 보잘것없는 거경방의 친구조차 날 도와주려고 했지. 그런데 한 부인은 날 돕겠다는 기미를 보이지 않았어. 혹시 날 해치려는 뜻을 품고 있었던 것은 아닌가? 그대는 내가 개방 친구들의 손에 목숨을 잃기를 바랐을 거야. 그래야만 공짜로 도룡도를 손에 넣을 수 있을 테니까. 이 사손은 비록 두 눈이 멀었어도 마음만큼은 장님이 아니라네. 한 부인, 내 다시 묻겠어. 사손이 당신을 따라 이 영사도에 온 것은 아무도 모르는 일인데, 개방 친구들이 어떻게 알아냈을까?"

"나도 그 점을 조사해보려던 참이었어요."

사손은 이제껏 들고 있던 도룡도의 칼날을 손가락으로 탁 퉁기더니 도포 자락 안에 거두어들였다.

"그대가 무기의 행방을 수소문해주지 않겠다면 어쩔 수 없지. 그것도 그대의 자유니까 말이야. 그렇다면 금모사왕 사손이 다시 한번 강호 무림에 뛰어들어 천지가 떠들썩하게 뒤집어놓을 수밖에 더 있겠나?"

말을 마치자 그는 하늘을 우러러 사나운 들짐승처럼 포효를 터뜨리더니, 훌쩍 몸을 솟구쳐 산등성이 서쪽 비탈길로 오르기 시작했다. 빠른 걸음걸이가 바다 섬 북편에 우뚝 솟은 산봉우리를 향해 곧바로 걷고 있었다.

산꼭대기에는 이엉으로 지붕을 덮은 오두막 한 채가 외롭게 주인을 기다리고 있었다.

사손의 뒷모습이 멀리 사라질 때까지 두 눈을 부릅뜨고 지켜보던 금화파파가 고개를 돌려 장무기와 조민을 흘겨보고 냅다 호통쳤다.

"어서 꺼져라!"

조민은 장무기의 손을 잡아끌고 당장 산 밑으로 내려왔다. 배에 돌아왔을 때 장무기는 또다시 떠날 준비를 서둘렀다.

"난 양부님을 뵈러 가야겠소."

"당신 양부님이 떠나셨을 때 금화파파의 눈초리에 드러난 흉악스럽고 포악한 빛을 못 봤어요?"

"난 금화파파 따위는 두렵지 않소."

"내가 보기에 이 섬에는 뭔가 알지 못할 일들이 숱하게 많은 것 같아요. 개방 제자들이 어떻게 이 영사도엘 찾아왔는지, 금화파파는 또 어떤 경로로 당신 양부님의 소재를 알아냈으며 그 머나먼 북극 빙화도까지 찾아갈 수 있었을까요? 여기에는 풀지 못할 의문점이 너무나 많아요. 이제 당신이 가서 금화파파를 일장에 때려죽이기는 쉬운 일이겠죠. 하지만 그렇게 한다고 해서 명백히 밝혀질 것은 아무것도 없잖아요?"

"나 역시 금화파파를 죽일 생각은 없소. 단지 양부님이 날 그토록 그리워하시는데, 가서 그분을 만나봐야 하지 않겠소?"

그러나 조민은 여전히 고개를 내저었다.

"헤어진 지 10년이 넘었는데, 고작 하루 이틀쯤 더 못 기다리겠어요? 장 공자님, 우리가 금화파파의 계략에도 방비해야겠지만, 진우량이란 자도 경계하지 않으면 안 됩니다."

"진우량을 경계하라니? 그는 의리를 중히 여기는 훌륭한 사람이 아니오?"

"정말 그렇게 생각하세요? 날 속이려고 하는 말은 아니죠?"

장무기는 이게 무슨 소린가 싶어 뜨악한 기색으로 되물었다.

"무엇 때문에 당신을 속인단 말이오? 진우량이야말로 정 장로를 대신해서 기꺼운 마음으로 죽으려고까지 했으니 보기 드물게 의리 깊은 사나이 아니오?"

조민의 까만 눈동자가 또렷한 눈길로 그를 바라보더니, 깊은 한숨을 내리쉬었다.

"장 공자님, 당신이란 사람은 정말 한심하군요. 그 흉악하고 난폭하고 고집스러운 영웅호걸들을 거느리고 명교 안팎의 대소사를 도모하시는 교주란 분이 그렇듯 쉽사리 남의 속임수에 넘어가다니, 도대체 어쩌려고 그러는 거예요?"

"남의 속임수에 넘어가다니?"

"진우량이란 자는 분명히 사 대협을 속였는데, 당신 두 눈으로 똑똑히 보고도 간파하지 못했다는 거예요?"

이 말에 장무기가 펄쩍 뛰었다.

"그 사람이 내 양부님을 속였다고?"

"잘 생각해보세요. 사 대협이 도룡도를 휘둘러 단칼에 개방 고수 넷 가운데 셋을 죽이고 하나를 다치게 했을 때, 진우량은 어떻게 하려 했죠? 진우량은 그 상황에서 죽음을 무릅쓰고 덤벼들거나 아니면 땅바닥에 무릎 꿇고 구차스레 목숨을 빌어야 했죠. 여기서 잘 생각해보세요. 사 대협은 당신의 행적을 남이 아는 걸 바라지 않기 때문에, 진우량이 골백번 이마를 조아리고 애걸해봐도 소용이 없었을 거예요. 그러니 목숨을 부지하기 위해선 의협심을 중히 여기는 것처럼 가장해서 사 대협을 감동시키는 길밖에 없었던 거죠."

그녀는 입으로 상황을 설명하면서 장무기의 손등에 난 상처에 고약을 바르고 제 손수건으로 싸매주었다.

장무기도 진우량의 처지를 생각해보고 과연 그럴 수도 있겠구나 싶었다. 하지만 그 당시 진우량의 말투에는 거짓이 섞여 있지 않은 것 같았다. 상대방이 믿는 둥 마는 둥 어정쩡한 기색을 보이자, 조민이 안타까운 표정으로 다시 물었다.

"좋아요! 그럼 내 한 가지 더 묻죠. 진우량이 사 대협에게 그 몇 마디 말을 던졌을 때, 양손을 어디다 두었으며 또 두 다리 자세는 어떠했죠?"

장무기는 이 질문에 그만 벙어리가 되고 말았다. 진우량이 얘기할 당시 그 입과 사손의 표정만 번갈아 살펴보느라 그의 손발이 어떻게 놓였는지 전혀 신경 쓰지 않았던 것이다. 그러나 이제 조민의 말을 듣고 나서 기억을 되새겨보니 구태여 남이 일깨워주지 않아도 진우량의 전신 동작과 자세가 또렷이 떠오르기 시작했다.

"으음…… 진우량이 오른손을 약간 쳐들고 왼손을 가로누인 자세로 무엇인가 가리키고 있었지. 옳거니, 그건 사자박토獅子撲兎 일초였군! 두 다리라……? 그렇지! 그 자세는 항마척두식降魔踢斗式이었어. 두 초식 모두가 소림파 권법인데, 그래도 뭐 대단한 초수라곤 할 수 없소. 그렇다면 진우량이 의협심을 빙자하고 실상 내 양부님을 암습하려 했단 말이오? 그건 옳지 않소. 두 초식 모두 내 양부님한테는 아무짝에도 쓸모없는 것이니까."

"흐흠, 장 공자님! 당신은 이 험악한 세상인심에 대해 정말 아는 게 너무 없군요. 진우량의 무공 실력이 몇 푼이나 된다고 사 대협을 암습해 성공할 수 있었겠어요? 그자는 눈치 빠르고 똑똑하기가 으뜸가는 인물이에요. 자기 실력이 얼마나 되는지, 또 상대방의 눈을 속여 제 한 목숨 구하려면 어떻게 해야 하는지 훤히 내다보고 있었어요. 자신이 의리 깊은 협객으로 꾸며대고 간사하게 악독한 수법을 쓴다는 사실이 만에 하나라도 사 대협에게 간파당하는 날이면 절대로 용서받지 못하는 줄 알고 있었죠. 다시 한번 잘 생각해보세요. 그자가 서 있던 위치에서 항마척두식 자세를 취했다면 누구를 걷어차려 했을까요? 또 사자박토 일초는 과연 누구를 움켜잡으려던 자세였죠?"

사실 장무기는 천성이 그 사람의 좋은 면만을 보려고 노력했기 때문에 진우량의 간계를 깊이 생각해보지 않았다. 그런데 이제 조민이 일깨워주자 머릿속에 퍼뜩 스치고 지나가는 것이 있었다. 생각이 거기에 미치자 저도 모르게 등줄기에 식은땀이 돋아났다.

"그 사람의…… 걷어차려던 것은…… 땅바닥에 누운 정 장로…… 사자박토 일초로 움켜잡으려던 것은 은 소저…… 거미였어……."

그제야 조민이 활짝 웃었다.

"맞았어요! 그자는 정 장로를 걷어차 사 대협 앞으로 날려 보내고, 장 교주님의 죽마고우이자 이빨로 손등을 깨물어 자국을 남긴 은 소저를 붙잡아 사 대협에게 떠밀어 보내려 했죠. 그렇게 해서 장애물에 걸려 사 대협이 주춤하는 틈에 도망치려 한 거예요. 사 대협이 세상을 뒤엎을 만한 신공을 지니고 있고 수중에 보도까지 들려 있는 만큼 그 계략이 먹혀들어 갔을지 모르겠으나, 달리 다른 방법은 없었을 거예요. 진우량이 아니라 내가 그와 같은 처지에 놓였더라도 당연히 똑같은 행동을 취했을 거예요. 지금까지 아무리 생각해봐도 더 좋은 방법이 떠오르지 않거든요. 순식간에 그런 임기응변을 짜낼 수 있다니, 정말 재치가 뛰어난 인물이지 않나요?"

장무기는 갑자기 마음이 서글퍼졌다. 자신도 어릴 적부터 신산고초를 무수히 겪어봤지만 진우량처럼 지독하고 악랄한 사람을 본 적은 없었다. 한참 만에 그는 조민에게 실없는 찬사를 던졌다.

"진우량의 그런 속셈을 한눈에 꿰뚫어보다니, 조 낭자야말로 그자보다 한술 더 대단한 인물인 것 같소."

이 말을 듣자 조민의 얼굴빛이 당장 굳어졌다.

"날 비꼬는 거예요? 내 심보가 고약하고 험악하니까 싫다는 거죠? 그럼 내 곁에서 멀찌감치 피하는 게 상책이겠네요!"

"꼭 그럴 필요까지야 없소. 당신이 나한테 적지 않은 휼계를 부려왔지만, 나 역시 사사건건 적절히 막아왔지 않소?"

그러자 조민이 피식 웃으면서 반박을 했다.

"호호! 사사건건 내 휼계를 막아오셨다고? 그럼 어째서 내가 당신 손등에 무시무시한 독약을 발라놓았는데도 못 알아보셨을까?"

장무기는 깜짝 놀라 손등을 내려다보았다. 과연 상처가 근질거리고 얼얼한 느낌이 들었다. 황급히 손수건을 풀고 냄새를 맡아보다가 그만 외마디 실성을 터뜨렸다. 상처에 바른 것은 거부소기고去腐消肌膏란 고약이었다. 외과용으로 심하게 곪아 문드러진 근육을 녹여버리고 새살이 돋아나게 만드는 약이라, 독성은 없어도 손등에 바르면 이빨에 물어뜯긴 상처 자국이 더욱 깊숙이 파여 들어간다. 고약 자체는 원래 시큼한 냄새를 띠고 있었으나, 조민이 약을 바를 때 입술연지를 섞은 데다 얼른 제 손수건을 꺼내 싸맸기 때문에 향기가 고약 냄새를 덮어버려 미처 알아차리지 못한 것이다.

장무기는 허둥지둥 뱃고물 쪽으로 달려가 깨끗한 물로 상처를 씻어냈다. 조민이 등 뒤에서 빙글빙글 웃으면서 거들어주려 했으나, 장무기는 그녀의 어깨를 떠밀고 성난 기색으로 꾸짖었다.

"내 곁에 얼씬도 하지 마시오. 무슨 못된 장난을 이렇게 하는 거요? 남이 아프다는 걸 모르고 하는 짓이오?"

조민이 까르르 웃음보를 터뜨렸다.

"호호, '동네 개가 착한 사람 나쁜 사람 가릴 줄 모르고 여동빈을 물어뜯었다狗咬呂洞賓, 不識好人心'•더니 바로 그런 격이군요! 나는 당신이 너무 아파할까 봐 그런 방법을 썼는데, 남의 호의를 너무 몰라주시는군요."

장무기는 그녀를 더 이상 상대하지 않고 씨근벌떡 혼자 선실로 돌아가 두 눈을 딱 감고 누워버렸다. 조민이 뒤따라 들어왔다.

"장 공자님!"

• 여동빈은 중국 전설의 '여덟 신선' 가운데 한 사람. 본명은 여암呂嵒, 자가 동빈洞賓이다. 진사시에 두 번 낙방하고 나이 64세에 종리권鍾離權이란 이인을 만나 득도하고 세상 사람을 구제하다 신선이 되었다고 한다. 이 관용어는 《홍루몽紅樓夢》 제25회에서 따온 것이다.

장무기는 잠든 척하고 대꾸도 하지 않았다. 조민이 연거푸 두 차례나 불렀으나, 그는 아예 코를 골기 시작했다.

"진작 이럴 줄 알았으면 진짜 독약을 발라서 당신의 개 같은 목숨을 빼앗아버렸을 거야! 그게 당신한테 업신여김을 당하기보다 훨씬 낫겠는데!"

조민이 바락바락 악을 쓰자, 그제야 장무기는 두 눈을 번쩍 뜨고 물었다.

"내가 어째서 여동빈을 물어뜯은 개란 말이오? 내 언제 착한 사람 나쁜 사람을 몰라본 적이라도 있었소? 어디 말 좀 해보시구려."

조민이 배시시 웃으며 말했다.

"만약에 내 말이 맞다면 어쩌시겠어요?"

"당신이야 원래 당치도 않은 말로 억지떼를 쓰는 데 능숙하니, 나는 물론 입으로 당신을 이길 재간이 없겠지!"

"호호, 내 말을 다 들어보지도 않고 지레 겁을 먹는군요. 내가 당신한테 호의를 베푼 줄 아셔야죠!"

"피이! 세상 천하에 이런 호의가 어디 있소? 남의 손등을 물어뜯고도 사과하기는커녕 독약까지 발라놓다니, 그런 호의라면 내 차라리 안 받는 게 낫겠소."

"으음, 내 한 가지 묻겠어요. 내 이빨로 물어뜯은 상처가 깊은가요, 아니면 당신이 은 소저를 깨문 상처가 더 깊은가요?"

얄궂은 질문에 장무기는 얼굴이 벌겋게 달아올라 말을 더듬었다.

"그건…… 그건 아주 오래전의 일인데, 새삼스레 들춰서 어쩌자는 거요?"

"난 꼭 들춰내야겠어요. 자, 내가 묻고 있잖아요. 이리저리 딴청 피우지 말고 어서 대답하라니까요!"

"내가 은 소저를 아주 깊이 깨물었다고 칩시다. 하지만 그때 그녀는 날 꽉 붙잡은 상태였고, 당시 내 무공 실력은 그녀보다 훨씬 못했으니 아무리 발버둥을 쳐도 벗어날 길이 없었소. 어린 마음에 다급해지니까 그저 입으로 물어뜯기나 할 수밖에 더 있겠소? 그런데 지금 당신은 어린애도 아니고 나 또한 당신을 붙잡아 영사도에 같이 가자고 떼를 쓰지도 않았잖소?"

조민이 두 눈을 동그랗게 뜨고 피식 웃었다.

"그것참 이상하군요. 당시 그녀는 당신을 붙잡아 이 영사도에 데려오려고 했는데, 당신은 한사코 오려 하지 않았다면서요? 그런데 지금은 남이 청하지도 않았는데 얌전히 따라왔단 말인가요? 결국 사람은 어른이 될수록 마음도 자라서 뭐든지 다 바뀌나 보죠?"

장무기의 얼굴이 또 한 번 붉어졌다.

"이곳에 날 데리고 온 것은 바로 당신이잖소?"

조민 역시 이 말을 듣고 얼굴을 붉혔다. 어느덧 마음속에 달콤한 느낌이 가득 찼다. 장무기가 한 말을 뒤집어보면 이렇게 들렸던 것이다.

'그녀가 나더러 같이 오자고 했으면 난 죽어도 오지 않았겠지만, 당신이 가자고 하는 곳이면 내 어디든지 따라가리다.'

한동안 두 사람은 말이 없었다. 어쩌다 눈길이 마주 닿자 황급히 상대방의 눈길을 피해버렸다. 조민이 고개 숙인 채 나지막하게 속삭였다.

"좋아요! 그럼 내 말하겠어요. 당신이 은 소저의 손등을 깨물고 났을 때부터 그녀는 이렇듯 오랜 세월이 지나도록 당신을 그리워하며 잊지 않았죠. 그녀의 말투를 들어보니 아마도 죽을 때까지 잊지 못할 것 같아요. 나도 당신을 한번 깨물어서 당신이 평생 죽을 때까지 날 잊지 못하게 만들고 싶었어요."

여기까지 들었을 때 장무기는 비로소 그녀의 깊은 뜻을 깨닫고 뭐라 형언하기 어려운 감동을 느꼈다.

조민의 속삭임이 계속 들려왔다.

"나는 그녀의 손등에 난 상처 자국을 똑똑히 봤어요. 당신이 얼마나 세게, 또 깊숙이 깨물었는지. 나는 당신이 그녀를 깊숙이 깨물었던 만큼 그녀가 당신을 깊이 그리워한다고 생각했어요. 만일 나도 당신을 그만큼 깨물어주면 오죽이나 좋으련만 내 마음이 모질지 못해 가볍게 깨물었죠. 그러고는 겁이 났어요. 당신이 앞으로 날 쉽사리 잊어버리지나 않을까 하고요. 이런저런 궁리 끝에 한 가지 방법을 생각해냈죠. 우선 당신의 손등을 깨물어놓고 그 상처에 거부소기고를 발라놓으면 이빨 자국이 좀 더 깊숙이 새겨져 좀처럼 지워지지 않을 거라고. 사실 나한테는 그 방법밖에 없었거든요."

장무기는 우스꽝스러운 느낌이 들었다. 그러나 다음 순간 그녀의 행동이 자신에 대한 깊은 정을 나타낸 것이라고 여기면서 저도 모르게 한숨이 새어나왔다.

"난 당신을 탓하고 싶지 않소. 내가 사람의 좋은 마음씨를 알아보지 못하고 여동빈을 물어뜯은 개가 된 셈으로 치리다. 그대가 날 이토록 대해주고 있으니, 그렇게까지 하지 않아도 결코 그대를 잊지 못할 거요."

가뜩이나 정겨운 마음에 들떠 있던 조민은 이 얘기를 듣자 갑작스레 눈빛이 달라졌다. 장난꾸러기의 눈빛처럼 사뭇 교활하면서도 짓궂은 기색이 피어올랐다.

"방금 뭐랬죠? '그대가 날 이토록 대해주고'라는 그 말, 내가 당신에게 잘못 대해주었다는 뜻인가요, 아니면 잘 위해주었다는 뜻인가요? 장 공자님, 솔직히 말해서 난 당신께 잘못한 일이 많았고, 잘 대해준 것은 하나도 없었어요."

"앞으로 잘 대해주는 일이 많으면 다 되는 것 아니겠소?"

장무기가 그녀의 왼손을 부여잡더니 입가로 가져다놓았다.

"어디, 나도 한번 이 손등을 호되게 물어뜯어볼까? 당신이 평생 날 잊지 못하게 말이오."

"아이고머니!"

조민이 갑작스레 부끄러움을 이기지 못하고 손목을 뽑아내더니 곧바로 선실 문 쪽으로 도망쳤다. 선실 문짝을 열어젖히다가 하마터면 아소와 정면으로 부딪칠 뻔했다. 도둑이 제 발 저리다더니, 흠칫 놀란 그녀는 저도 모르게 얼굴이 온통 홍당무가 된 채 갑판으로 뛰어 올라가면서 속으로 투덜거렸다.

'맙소사, 이런 낭패가 있나! 나하고 저 사람하고 얘기하는 말을 요 어린 계집아이가 엿듣기라도 했으면 어쩔꼬. 정말 부끄러워 죽겠네!'

아소는 영문을 모른 채 심각한 표정으로 선실로 들어섰다.

"교주 오라버니, 좀 전에 금화파파하고 그 얼굴 못생긴 아가씨가 저쪽으로 사라졌어요. 둘이서 등에 커다란 포대 자루를 하나씩 짊어지고 갔는데, 무슨 꿍꿍이속인지 모르겠네요."

"음, 그랬나?"

방금 조민과 농담으로 시작한 대화가 차츰 속내까지 드러내는 지경에 이르렀다가 느닷없이 들어선 아소에게 들킨 형국이라, 장무기는 어딘가 모르게 창피스러운 느낌이 들었다. 이 어린 누이동생에게 못 할 짓을 저지른 것처럼 마음 한구석에 양심의 가책을 느꼈다. 사실 아소는 이 세상에서 누구보다 더 자기를 끔찍이 위해주었다. 그런데 자신은 아소에게 단 한 번이라도 마음속에 담긴 말을 건네본 적이 없었다. 마음의 갈등을 느끼면서 한참 동안 물끄러미 아소를 쳐다보던 그는 겨우 금화파파의 심상치 않은 거동을 생각해내고 비로소 물었다.

"섬 북쪽 산머리 위에 있는 오두막으로 올라가던가?"

"아니요. 두 사람이 줄곧 북쪽 길로 가긴 했는데, 산에 오르지는 않고 도중에 서서 무언가 말다툼을 벌이는 것 같았어요. 금화파파의 목소리가 사나운 걸 보니 굉장히 화가 난 모양이에요."

장무기는 더 이상 묻지 않고 부리나케 선실 밖으로 나갔다. 뱃고물 쪽으로 가보니 멀리 뱃머리 쪽에 조민의 가녀린 뒷모습이 보였다. 눈길은 망망대해를 향한 채 좀처럼 돌아설 기미가 보이지 않았다. 뱃전을 두드리는 세찬 파도 소리에 장무기 역시 가슴속의 풍파가 일렁거려 도저히 평정심을 되찾기 어려웠다.

이주 한참 동안이나 우두커니 서 있다가, 그날 하루해가 파도치는 서녘 수평선 너머로 사라지고, 바다 섬 위의 나무숲과 산봉우리에 어슴푸레하니 땅거미가 질 때가 되어서야 선실 안으로 돌아왔다.

저녁 식사를 마친 후, 장무기는 조민과 아소에게 당부했다.

"난 이 길로 양부님을 찾아볼 테니, 당신들은 배 안에서 지키고 있어요. 인원수가 많으면 금화파파에게 들키기 십상이니 말이오."

조민이 신중하게 의견을 냈다.

"이왕 기다린 김에 한 식경만 더 기다렸다가 완전히 어두워지거든 떠나세요."

"그것도 좋겠군요."

대꾸는 시원스레 했으나, 양부의 안위가 걱정스러워 안절부절못했다. 고작 밥 한 끼 먹는 시간밖에 안 되는데도 도대체 견딜 수가 없었다. 얼마나 속을 끓이며 기다렸는지 마침내 사방 천지에 칠흑 같은 어둠이 깔렸다. 앉은자리를 박차고 벌떡 일어선 장무기는 조민과 아소에게 한 번씩 웃음 짓고 선실 문 쪽으로 나갔다.

뒤따르던 조민이 허리에 찬 의천보검을 끌러 내밀었다.

"장 공자님, 호신용으로 가져가세요."

장무기는 어정쩡한 기색으로 대꾸했다.

"당신이 차고 있는 게 좋겠소."

"아니에요. 어딘지 모르게 염려스러워서 그래요."

"뭐가 염려스럽다는 거요?"

"나도 뭐라고 꼭 짚어 말할 수는 없어요. 금화파파는 모략이 변화무쌍하고 진우량이란 자도 간계가 백출하는데, 또 양부 되는 분이 당신을 진짜 '무기 녀석'으로 알아볼 것인지도 확신할 수 없잖아요. 이 섬의 이름이 영사도라고 붙여졌으니 어쩌면 독사 같은 무서운 동물이 많을지도 몰라요. 더더구나……."

그녀는 여기까지 말하고 나서 입을 꾹 다물었다.

"더더구나 뭐요?"

그러자 조민은 제 손등을 입술에 가져다 깨무는 시늉을 하더니 "푸웃!" 하고 웃음보를 터뜨렸다. 장무기는 그녀가 자신의 사촌 누이를 두고 하는 말인 줄 알아차리고 웃으며 손사래를 쳤다. 그러고는 휘적휘적 선실 바깥으로 걸어 나갔다.

"받아요!"

조민이 의천보검을 던져주었다. 엉겁결에 칼집을 잡으면서 장무기는 가슴이 뜨겁게 달아올랐다. 자신에게 이렇듯 마음을 풀어놓고 목숨처럼 아끼는 보검까지 빌려주는 그녀의 정성이 애틋하게 여겨졌다.

장검을 허리띠에 꾹 질러 넣고 진기 한 모금을 끌어올린 장무기가 뱃전에서부터 몸을 솟구쳐 섬 북쪽 산봉우리를 향해 줄달음질치기 시작했다. 그는 조민의 당부 말대로 수풀 속에 독사 같은 것들이 있을까 봐 일부러 민둥민둥한 바위 더미만 골라 딛고 달려갔다. 산자락 아래 당도해 고개를 쳐들고 올려다보니 산봉우리 오두막은 그저 어두컴컴하기만 할 뿐 등잔 불빛 한 줄기 보이지 않았다.

"큰아버님이 벌써 잠드셨나?"

그러다 곧 그 이유를 알아차렸다. '그렇지, 두 눈이 먼 소경이신데 등불 같은 것을 밝혀서 뭣에 쓴단 말인가?'

바로 그때 왼쪽 산허리에서 사람 목소리가 어렴풋이 들려왔다. 그는 몸을 바짝 낮추고 목소리가 나는 쪽을 향해 접근해갔다. 그러나 목소리는 이내 뚝 끊겨 들리지 않았다.

북쪽에서 차가운 높새바람이 불어닥쳐 수풀과 나뭇가지들이 "와수수" 소리를 내며 세차게 흔들렸다. 장무기는 바람 소리를 틈타 재빠른 걸음걸이로 질주했다. 이윽고 40~50척 앞에서 목소리를 잔뜩 낮춘 금화파파의 속삭임이 들려왔다.

"아직도 손을 쓰지 않고 뭘 꾸물대는 거냐?"

뒤미처 아리의 대꾸가 들렸다.

"할머니, 이렇게 하시면…… 옛 친구분께 미안스럽지 않아요? 사 대협은 할머니와 수십 년 동안 우정을 나누신 분이에요. 오죽하면 할머니 말씀을 믿고 중원 땅으로 돌아오셨겠어요?"

"흐흥! 저 늙은이가 내 말을 믿었다고? 정말로 별 우스운 소릴 다 듣겠구나. 날 그렇게 믿었다면 어째서 칼을 빌려주지 않는 거냐? 그가 중원 땅에 돌아온 목적은 그저 제 양아들 녀석을 찾기 위해서일 뿐인데, 그게 나하고 무슨 상관이냐?"

어둠 속에서 금화파파의 구부정한 모습이 희미하게 보이는데, 갑자기 "짤그랑!" 하는 금속성이 가볍게 들렸다. 그녀 앞에서 쇳조각이 바윗돌에 부딪치는 소리였다. 한참 만에 또 같은 쇳소리가 들렸다. 장무기는 이게 무슨 소린가 싶어 의아한 마음이 앞섰으나 두 사람에게 들킬까 봐 접근해서 살펴볼 엄두는 내지 못했다.

다시 아리의 목소리가 들려왔다.

"할머니, 그분의 도룡도를 빼앗고 싶으면 정식으로 도전해서 떳떳이 싸워 승부를 결판 짓는 게 영웅으로서 위신을 잃지 않는 행위가 아니겠어요? 이 일이 강호에 소문이라도 퍼지는 날이면 강호 무림계의 호걸들에게 비웃음이나 사기 십상이죠. 멸절사태도 이미 죽어버리고 없는데, 도룡도는 어디다 쓰시려는 거예요?"

이 말에 금화파파가 불끈 성을 내더니 허리를 곧게 펴고 일어서서 아리를 사납게 꾸짖기 시작했다.

"요년의 계집아이 봤나! 옛날 네 아비의 손에서 네 목숨을 구해준 게 누구냐? 이젠 자랄 만큼 다 자랐으니 이 할멈의 분부도 듣지 않겠다, 그 말이로구나! 사손이 너하고 일가친척도 아니고 연고도 없을 텐데, 어째서 기를 써가며 감싸고도는 거냐? 어디 네 말 좀 들어보자!"

말투가 준엄하면서도 나지막이 깔린 품이 산봉우리 위의 사손에게 들릴까 봐 두려워하는 기색이 역력했다. 그러나 산봉우리는 여기서 무척 멀리 떨어진 터라 내력으로 전달하지 않는 한 아무리 큰 소리를 쳐도 들릴 염려가 없는 거리였다.

아리는 들고 있던 포대 자루를 땅바닥에 내동댕이쳤다. 포대 자루 속에서 쇠붙이끼리 맞부딪는 소리가 상큼하게 들려왔다.

"어쩔 테냐? 깃털이 자랐으니 훨훨 날아가고 싶은 거로구나. 안 그러냐?"

장무기는 비록 어둠 속이었으나 금화파파의 수정같이 맑던 눈초리가 번갯불처럼 번뜩거리는 것을 똑똑히 보았다. 차가운 눈빛이 사람을 위압하고도 남음이 있었다.

"할머니, 저는 할머니가 제 목숨을 구하고 무공까지 가르쳐주신 은혜를 절대로 잊지 않아요. 하지만 사 대협은…… 그 사람의 양부 아닌가요?"

아리가 떠듬떠듬 항변하자, 금화파파는 껄껄대고 억지웃음을 터뜨렸다.

"세상에, 이런 바보 천치 같은 계집아이 봤나! 장가 성을 가진 고 녀석은 벌써 오래전에 서역 땅 천야만야한 절벽 아래 떨어져 죽었단 말이다. 그건 네 귀로 똑똑히 들었잖느냐? 무열과 무청영 부녀가 뭐랬더냐? 그런데도 네년은 단념하지 않고 그 부녀 두 사람을 강제로 끌어다가 모진 고문을 가했지? 초주검이 되도록 고문을 당하고 실토한 말에 어디 거짓이 있는 듯싶더냐? 아마 지금쯤 고 장가 녀석의 시체는 뼛조각마저 삭아 먼지가 되어버렸을 거다. 그래도 네년은 잊지 못하고 그리워하다니, 참말 바보 멍청이가 따로 없구나."

"할머니, 저는 정말 제 마음속에서 그 사람을 떨쳐버릴 수가 없어요. 어쩌면 이게 바로 할머니가 얘기해주신 전생의 업보인지도 몰라요."

금화파파의 입에서 한 모금 탄식이 흘러나왔다.

"에이, 말도 마라! 고 녀석이 호접곡에서 우리를 따라 영사도에 오려고 하지 않은 것은 그렇다 치자. 너하고 부부가 되었다 치더라도 명이 짧아 일찌감치 죽어버렸다면 또 어쩔 뻔했느냐? 그놈이 일찍 죽어서 다행이지, 만일 지금껏 죽지 않고 살아서 네 그 꼬락서니를 보았으면 널 사랑했을 리 있겠니? 아마 그때는 네년이 두 눈 멀뚱멀뚱 뜬 채 고 녀석이 딴 계집을 사랑하는 꼴이나 보고 있었을 텐데, 그럼 네 마음이 어떻겠느냐?"

금화파파의 말투는 한결 따사롭고 부드럽게 바뀌어 있었다.

아리는 침묵을 지켰다. 대꾸할 말이 없는 듯했다. 금화파파가 얘기를 계속했다.

"다른 사람은 말할 나위도 없고, 우리가 붙잡아온 그 아미파 주 낭자만 하더라도 얼마나 예쁘장하게 생겼니? 장가 성을 가진 그 녀석이 보았더라면 아마도 가슴이 흔들리지 않고 배겨나지 못했을 거다. 그때 가서 네가 주 낭자를 죽이겠느냐, 아니면 고 녀석을 죽일 테냐? 흐흥, 너도 그놈의 천주만독수를 익히지만 않았다면 애당초 절세가인이었을 텐데…… 그래, 지금은 모든 게 다 끝장났구나."

"그 사람도 죽고…… 내 얼굴 모습도 망가지고…… 예서 더 할 말이 뭐 있겠어요? 하지만 사 대협은 그 사람의 양부님이에요. 할머니, 우리 그분의 머리카락 하나라도 건드리면 안 돼요. 할머니, 제가 이렇게 빌게요! 다른 것은 할머니 말씀대로 다 들을 테니까, 제발 그분만큼은 괴롭히지 마세요!"

아리가 그 자리에 무릎 꿇고 애걸했다.

멀찌감치 숨어서 지켜보고 있던 장무기는 문득 의아스러움을 금치 못했다.

'이상하다. 이 장무기가 명교 교주가 되었다는 소문이 강호 무림계를 뒤흔들어놓은 지 벌써 오래일 터인데, 어째서 이들 두 사람은 까맣게 모르고 있단 말인가? 옳거니 그랬구나! 두 사람은 아득히 머나먼 북극 빙화도에 가서 양부님을 모셔오느라 시일이 오래 걸렸을 테니 아무 소식도 못 들었을 거다. 그러니 어디서 명교 교주가 된 내 이름 석 자를 들어봤겠는가?'

아리의 말을 듣고 생각에 잠겼던 금화파파가 대뜸 분부를 내렸다.

"좋다, 일어나거라!"

"고맙습니다, 할머니!"

아리가 기뻐하며 얼른 일어섰다.

"내 그 사람 목숨만은 다치지 않겠다고 약속하마. 그러나 도룡도는 어떻게 해서든지 내 손에 넣어야 한다."

"하지만……."

아리가 단서를 붙이려는데, 금화파파가 말머리를 딱 끊었다.

"더 이상 지껄여서 날 화나게 하지 마라!"

통명스레 쏘아붙인 금화파파의 손이 번쩍 휘둘리더니 또 "짱그랑!" 하는 쇳소리가 울렸다. 그녀는 양손을 잇따라 휘두르면서 점차 어둠 속으로 멀리 사라져갔다. 경쾌한 쇳소리 역시 끊이지 않고 짤그랑거리면서 뒤따라 멀어져갔다. 아리는 바윗돌에 앉은 채 머리를 두 손으로 감싸 안고 흐느껴 울었다.

오랜 세월이 지나도록 자신에 대해서 이렇듯 깊은 정을 품고 있는 아리를 바라보는 동안, 장무기는 이루 말할 수 없는 감동에 저도 모르게 두 눈에 뜨거운 눈물이 맺혔다. 한참 있으려니, 100여 척 바깥 어둠 속에서 외쳐대는 목소리가 들려왔다.

"이리 가져오너라!"

아리는 어쩔 수 없이 포대 자루 두 개를 짊어지고 금화파파가 기다리는 곳으로 걸어갔다.

몇 걸음 뒤따라가던 장무기가 무심결에 고개를 숙이고 땅바닥을 내려다보았다. 정말 이만저만 놀랄 일이 아니었다. 땅바닥에는 3척 간격을 두고 길이가 일고여덟 치나 되는 강철 송곳이 바위 틈서리에 가지런히 박혀 있었던 것이다. 송곳 끄트머리를 위로 향한 채 번쩍번쩍 빛을 발하는 것이 보기만 해도 섬뜩했다.

그는 생각할수록 놀라웠다. 금화파파는 양부 사손에게 도전하러 가면서도 당해내지 못할까 두려워하는 게 분명했다. 암기를 쏘아봤자 바람 소리만 듣고도 피해낼 게 뻔했다. 그러나 땅바닥에 강철 송곳을 박아놓으면 두 눈이 먼 양부가 무슨 수로 피하겠는가? 그는 가슴속에 들끓어오르는 분노를 참을 수가 없었다. 그는 당장 손을 뻗어 땅바닥에 꽂아놓은 송곳들을 모조리 뽑아내어 금화파파의 간계를 폭로해버릴까 생각했다.

'이 몹쓸 할망구가 내 양부님을 셋째 오라버니라고 불렀다. 그렇다면 옛날에는 두 사람이 매우 친한 사이였을 것이다. 우선 할망구가 안면 몰수하고 싸움을 벌일 때까지 기다렸다가 결정적 순간에 간계를 폭로해야겠다. 오늘 천지신명께서 이 장무기를 이곳으로 이끌어내 양부님을 보호하게 해주시는구나.'

생각을 굳힌 그는 바윗돌 뒤에 무릎을 껴안고 앉은 채 조용히 그들을 지켜보았다. 이때 배후에서 바람 소리가 휘몰아치고 낙엽이 땅바닥을 휩쓸고 지나가는 듯한 미세한 기척이 뒤따라 들려왔다. 경공신법이 아주 뛰어난 고수가 살그머니 다가드는 기척이었다. 흘끗 뒤돌아보니, 유령 같은 그림자 하나가 번개같이 접근해오고 있었다. 개방의 젊은 장로 진우량이었다. 손아귀에 만도彎刀 한 자루를 쥐고 있었는데, 칼날이 번쩍거리지 않게 헝겊 조각으로 둘둘 말아 가리고 있었다. 과연 조민의 예상대로 이 작자는 선량한 부류는 아니었다.

금화파파가 길게 외쳐 부르는 소리가 들려왔다.

"셋째 오라버니! 죽고 싶어 환장한 개잡놈이 당신을 또 찾아왔소!"

그 소리에 장무기가 먼저 놀랐다. 정말 지독스럽기 짝이 없는 할망구였다. 혹시 나도 발각된 것은 아닐까? 그건 결코 있어서는 안 될 일이다. 흘낏 뒤돌아보니 진우량은 수풀 속에 납죽 엎드린 채 꼼짝달싹도 하지 않았다.

장무기는 다시 앞으로 도약해서 20~30척 거리를 뛰쳐나갔다. 양부가 거처한 곳에 가까워질수록 금화파파의 기습을 막아낼 가능성이 높아지는 것이다.

얼마 안 있어 키가 후리후리하고 몸집이 우람한 그림자 하나가 산마루 오두막 앞에 나타나더니 느린 걸음걸이로 천천히 산을 내려오기 시작했다. 금모사왕 사손이었다. 그는 금화파파가 있는 곳에서 20~30척 거리를 둔 채 발걸음을 멈췄다. 그러고는 아무 말도 하지 않았다.

"헤헤헤! 우리 셋째 오라버니가 옛 친구는 경계하면서 오히려 외부 사람 말은 쉽게 믿으시는군요. 당신이 아까 낮에 놓아 보낸 진우량이 또 찾아왔다는 걸 모르시나?"

사손이 냉랭하게 말했다.

"보이는 곳에서 찔러대는 창은 피하기 쉬우나, 어둠 속에서 몰래 쏘는 화살은 막기 어려운 법明槍易搶 暗箭難防•이라 했네. 이 사손은 일평생 친한 사람에게만 손해를 봤네. 한데 그 진우량이란 자가 또 무엇 하러 날 찾아왔을꼬?"

"그따위 간사하고 교활한 소인배를 따져 뭘 하겠어요? 대낮에 당신이 목숨을 살려주었을 때, 그자의 손발이 어떤 자세로 펼쳐졌는지 알기나 해요? 양손은 사자박토, 그게 설마 진우량이 사자처럼 토끼를 덮치려던 것은 아닐 테고…… 또 두 다리 밑에 힘을 단단히 주고 버텨선 자세는 바로 항마척두식이었다오. 하하, 하하하!"

설명하는 목소리는 맑고 곱게 들렸으나, 웃음소리는 마치 사나운 올빼미의 울음 같아 깊은 밤에 들으니 등골이 오싹해졌다.

• 공개적인 공격은 대처하기 쉬우나 암암리에 해치려 드는 자는 막기 어렵다는 비유. 명나라 때 무명씨 작《위봉상 고옥환기韋鳳翔古玉環記》열다섯 번째 마당과 주즙周楫의《서호이집西湖二集》에 인용된 관용어다.

사손이 흠칫 놀랐다. 얼굴에 불안한 기색이 피어났다. 금화파파의 말이 거짓이 아님을 그는 알고 있었다. 자신이 앞 못 보는 장님이었기에 진우량의 술수에 속은 것이다. 그는 무덤덤한 말투로 이렇게 대꾸했다.

"사손이 남의 속임수에 넘어간 게 어디 이번이 처음이겠는가? 저런 쥐새끼 같은 무리는 강호에 얼마든지 있지. 하나 더 죽이고 덜 죽인다 해서 달라질 게 뭐 있겠는가? 한 부인, 그대는 역시 내 좋은 친구야. 하지만 그때는 귀띔도 않다가 이제 와서 알려주는 의도가 뭔가? 내 성미를 돋우어놓고 무슨 이득이라도 챙겨볼 속셈이었나?"

말끝이 다 떨어지기도 전에 훌떡 솟구쳐 오른 거구가 번개 벼락 치듯 진우량 앞으로 덮쳐갔다. 느닷없는 기습에 대경실색한 진우량이 외마디 소리를 지르며 허둥지둥 만도를 후려 찍었다. 그러나 금모사왕의 왼손이 이미 그의 만도를 가볍게 낚아챘다. 그리고 연달아 호되게 따귀 석 대를 올려붙였다. 그러고는 오른손으로 진우량의 뒷덜미를 움켜 위로 번쩍 쳐들었다.

"내가 지금 네놈의 목숨을 죽이자고 작정하면 닭 모가지 비틀기나 다를 바 없을 것이다. 그러나 이 사손은 앞서 언약한 말이 있으니 10년 후에 복수하러 올 때까지 기다려주겠다. 하지만 이 섬에서 두 번 다시 나와 마주쳤다가는 그 개 같은 목숨을 당장 빼앗아버릴 줄 알아라!"

차분한 으름장 끝에 덜미 잡은 오른손이 번쩍 휘둘리더니 진우량을 멀찌감치 내던져버렸다. 진우량의 몸뚱이가 추락한 지점은 하필 금화파파가 강철 송곳을 잔뜩 꽂아놓은 장소였다. 이대로 떨어져 내렸다가는 영락없이 몸뚱이가 꿰뚫려 고슴도치가 될 판이었다. 그렇게 되면 금화파파가 한밤중 내내 귀신도 모르게 꾸며놓은 간계가 들통나고 말게 아닌가? 금화파파는 급히 그쪽으로 몸을 날리기가 무섭게 지팡이로 진우량의 허리를 툭 찍어 20~30척 밖으로 멀찌감치 날려 보냈다.

"두 번 다시 이 영사도에 한 발짝이라도 내디뎠단 봐라, 내가 너희 개방 거지 100명을 죽여버릴 테니까! 이 금화파파가 입에 올린 말은 반드시 지킨다는 걸 모르느냐? 우선 네놈한테 상으로 황금 꽃 한 닢 선사해주마!"

번쩍 쳐들린 왼손 끝에서 금빛 광채가 번뜩 날아가는 듯싶더니 어느새 황금 매화꽃 한 송이가 진우량의 왼뺨 협거혈頰車穴에 꽂혔다. 송곳 함정의 기밀이 새어나가지 못하게 입막음을 해버린 것이다. 진우량은 왼뺨을 감싸 쥐고 낭패스러운 몰골로 허둥지둥 산 밑으로 뛰어 내려갔다.

이 무렵 사손은 송곳 함정에서 겨우 20~30척도 못 되는 거리에 있었고, 장무기는 반대로 그 배후에 자리 잡은 형국이 되었다. 장무기의 내력으로 말하자면 진우량 따위보다 월등하게 높은 터라 금모사왕이나 금화파파는 알아차리지 못했다.

금화파파가 돌아서면서 찬탄을 금치 못했다.

"셋째 오라버니, 멀어버린 두 눈 대신에 귀를 쓰면서도 총기와 민첩성만큼은 조금도 줄어들지 않았군요! 앞으로 한 20여 년은 종횡무진으로 누비고 다닐 수 있겠어요."

"그래도 나는 사자박토, 항마척두 초식을 알아채지 못했다네. 난 그저 두 귀로 무기 녀석의 소식만 들을 수 있다면 죽어도 편히 눈감을 수 있겠어. 이 금모사왕 사손은 혈채血債가 태산 같은 몸이야. 세상에 다시없을 만큼 비참하게 죽더라도 한스러울 게 없는데, 이런 몸으로 강호를 종횡무진으로 누비다니 그게 말이나 되는 소린가?"

사손이 의기소침한 기색으로 대꾸하자, 금화파파는 실눈을 가늘게 뜨고 웃었다.

"명교 사대 호교법왕 가운데 한 분이 몇 사람쯤 죽였다고 해서 대수로울 게 뭐 있겠어요? 아무튼 그 도룡도나 한번 쓸 수 있게 빌려주세요."

사손은 말없이 도리질만 할 뿐 응낙하지 않았다.

"이 영사도가 다른 사람 눈에 노출된 이상, 셋째 오라버니도 여기서 더는 머물러 계시지 못하겠죠. 내가 다른 곳에 적당한 은신처를 마련해놓을 테니 거기서 몇 달만 쉬고 계세요. 그럼 내가 도룡도를 가지고 아미파의 대적들과 싸워 이긴 다음, 당신을 위해 장 공자의 행방을 수소문해드리죠. 내 무공 실력과 재간으로 장 공자를 당신 면전에 데려다놓는 것쯤이야 뭐 그리 어렵겠어요?"

하지만 사손은 여전히 고개를 내저었다.

"셋째 오라버니, 아직도 '사대 법왕 자백금청紫白金青' 이 여덟 자를 기억하고 계시나요? 오랜 옛날 우리가 양 교주 휘하에 있을 때 둘째 오라버니 백미응왕, 넷째 오라버니 청익복왕, 그리고 우리 두 사람이 천하를 종횡무진 누비고 다녔을 때 감히 누가 막을 수 있었던가요? 속담에 '호랑이는 늙었어도 영웅심은 여전하다虎老雄心在'고 했는데, 이 늙은 여동생 자삼용왕紫衫龍王이 남에게 수모를 당했는데도 도와주시지 않으시겠단 말인가요?"

장무기는 깜짝 놀랐다. 그렇다면 이 늙은 할멈이 본교 사대 법왕 가운데 으뜸인 자삼용왕이었단 말인가? 세상에 이렇듯 기막힌 일이 어디 또 있으랴? 그런데 나이가 더 들어 보이는 할망구가 어째서 위일소를 '넷째 오라버니'라고 부른단 말인가?

사손이 감개무량한 듯 기나긴 한숨을 토해냈다.

"그런 옛일은 뭣 하러 또 들먹이나? 이젠 늙었어…… 모두 다 늙었어!"

"셋째 오라버니, 내 눈이 늙기는 해도 흐리멍덩해지지는 않았어요. 설마 내가 지난 30여 년 이래 당신의 무공이 크게 진전되었다는 사실을 못 알아볼 줄 알았어요? 그런데 뭘 그리 내숭을 떠는 거예요? 우리가 이 세상에 살아갈 날도 얼마 남지 않았어요. 내 솔직히 말해볼까요? 명교 사대 법왕이 죽지 않고 살아 있는 한 넷이서 손잡고 다시 한 번 강호 천하를 뒤흔들어봐야 하지 않겠어요?"

그러나 사손의 입에서는 탄식만 흘러나왔다.

"둘째 형님 은 교주는 연세가 워낙 높고, 넷째 아우 위일소는 몸에 한독을 평생 달고 다니는 상태라 아직 살아 있을 리가 없지."

"호호, 짐작이 틀리셨네요. 백미응왕과 청익복왕 두 사람 모두 지금 광명정에 있답니다."

"아니, 그 사람들이 또 광명정에 올라갔다고? 거긴 뭘 하러?"

사손이 믿지 못하겠다는 듯이 두 눈썹을 꿈틀거리자, 금화파파는 아리를 손짓해 앞으로 불러냈다.

"그건 아리가 직접 두 눈으로 본 사실이에요. 아리는 둘째 오라버니의 친손녀죠. 제 부친에게 죄를 얻어 죽임을 당할 뻔했지요. 그런 것을 처음에는 내가 구해주었고 두 번째는 넷째 오라버니가 구했어요. 넷째 오라버니 박쥐왕이 저 아이를 데리고 광명정으로 올라가는 도중에 내가 또 살그머니 빼돌려 데려왔지요. 아리야, 육대 문파가 어떻게 광명정을 에워싸고 들이쳤는지 네가 보고 들은 대로 사씨 할아버님께 말씀드려라."

아리는 서역에서 보았던 일들을 간략하게나마 사손에게 설명했다. 그러나 광명정에 미처 오르기도 전에 금화파파가 빼돌린 탓으로 그 후 광명정에서 무슨 일이 벌어졌는지는 전혀 알지 못했다.

사손은 조바심을 감추지 못하고 연신 재촉하기만 했다.

"그래서, 그다음에는 어찌 되었느냐? 어떻게 되었어?"

그러나 명확하게 뒷일을 듣지 못하자 버럭 성을 내며 금화파파를 꾸짖었다.

"한 부인, 그대가 비록 혼사 문제로 형제들과 불화를 일으켰다고는 해도 본교에 환란이 생겼는데 어찌 수수방관하고 모른 척할 수 있었는가? 양 교주는 그대의 양부님이셨어! 그분이 얼마나 그대를 끔찍이 위해주셨는데 전혀 마음에도 두지 않았단 말인가? 둘째 형님 은 교주, 넷째 아우 위일소, 오산인과 오행기를 봐서라도 함께 광명정에 올라가 힘써주었어야 옳은 일 아니겠나?"

그러나 금화파파의 대꾸는 냉랭하기만 했다.

"나는 도룡도를 얻지 못해 끝끝내 멸절사태의 손에 패군지장이 된 몸이에요. 그런 내가 광명정에 올라가 뭘 하겠어요? 아무짝에도 소용없는 일이겠지요."

두 사람은 말없이 묵묵히 마주 보고 서 있었다. 한참이 지나서 사손이 다시 물었다.

"그대는 어떻게 해서 내 거처를 알아냈지? 무당파 사람들이 말해주던가?"

"무당파 제자들이 그걸 어찌 알겠어요? 장취산 부부가 그 숱한 문파 사람들에게 협박당했을 때 차라리 제 목숨을 끊을망정 당신의 은신처를 끝끝내 실토하지 않았는데, 무당파 제자들이 알 턱이 없죠. 좋아요, 오늘 내가 당신 앞에 숨김없이 다 털어놓죠! 나는 서역에서 무열이란 자를 우연히 만났어요. 그자는 오랜 옛날 대리국 황실 단씨 가문의 무예를 전해 받은 무삼통武三通의 자손이었는데, 어쩌다 그자가 제 딸년과 주고받는 얘기를 엿듣게 되었죠. 그래서 그들 부녀와 한바탕 싸운 끝에 산 채로 잡아 꿇려놓고 혹독한 형벌을 가해서 실토하게 한 겁니다."

사손은 한참 동안 깊이 생각하더니, 고개를 갸우뚱하면서 입을 열었다.

"그렇다면 무씨 성을 가진 자는 우리 무기와 만나본 적이 있었다는 얘기로군. 안 그런가? 아무래도 그자가 철부지 어린것을 속여서 비밀을 알아낸 게 분명해."

장무기는 이 말을 듣자 마음속으로 부끄러움을 금할 길이 없었다. 지난날 자신이 주씨네 장원에서 숱하게 수모를 겪고 또 주장령, 주구진 부녀의 간교한 계략에 넘어가 스스로 비밀을 토로한 행위를 돌이켜보자니, 정말 쥐구멍에라도 들어가고 싶었다. 만약 그 때문에 양부님이 간악한 자들의 손에 떨어졌다면, 자신은 골백번 죽어도 속죄하지 못할 대죄인이 되었을 게 아닌가? 양부님은 비록 눈이 멀었어도 그때의 일을 직접 본 것처럼 추측하고 있는 것이다.

사손이 다시 물었다.

"육대 문파가 명교를 협공했다면 보통 큰일이 아닐 텐데, 그대가 어찌 외면할 수 있단 말인가? 결코 있을 수 없는 일이야. 자, 그럼 나는 도대체 앞으로 어떻게 해야 옳은지 모르겠군……."

"명교가 흥하든 쇠망하든, 나하고는 아무 상관이 없어요. 바로 그해, 광명정에서 모두 한 패거리가 되어 나를 난처한 지경에 몰아넣고 괴롭힌 일을 당신은 까맣게 잊었는지 모르겠지만, 나는 아주 똑똑히 기억하고 있어요. 물론 양 교주와 셋째 오라버니만이 나를 진정으로 위해주었지요."

"에이…… 사사로운 원한이야 작은 일이고 명교를 보호하는 일이 더 큰 것 아닌가? 한 부인, 그대의 속이 너무 좁구려."

이 말에 금화파파가 벌컥 성을 냈다.

"그래요! 당신네들은 사내대장부고, 나는 도량이 좁은 부녀자예요! 내가 파문당하고 교단에서 쫓겨나던 해, 나는 하늘을 두고 맹세했어요. 두 번 다시 명교 일에는 상관하지 않겠다고! 만일 그러지 않았던들 접곡의선 호청우가 어찌 나를 외부 사람으로 취급했겠어요? 그자가 어떻게 나더러 '명교에 다시 들어가야만 은엽선생의 독상을 고쳐주겠노라'고 말할 수 있었겠어요? 호청우는 내가 죽였어요! 그자를 내 손으로 죽여 앙갚음한 그날부터 자삼용왕은 이미 교중의 가장 큰 계율을 어긴 셈이지요. 이런 내가 명교 일에 뭘 또 참견한단 말이에요?"

사손은 고개를 가로저었다.

"한 부인, 이제야 그대의 심사를 알겠네. 지금 내게서 도룡도를 빌려 아미파 측에 복수하겠노라고 말했으나 사실은 양소, 범요를 죽이려고 한 것이었지. 그리고 그대는 지난 30여 년 동안 오로지 어떻게 하면 광명정 비밀 통로에 들어갈 수 있을지 궁리해왔겠지. 그렇다면 나는 더욱 빌려줄 수가 없네."

금화파파는 시무룩한 기색으로 말이 없었다. 한참이 지나서 그녀가 쿨럭쿨럭 두어 번 기침하더니 사손에게 엉뚱한 질문을 던졌다.

"셋째 오라버니, 우리가 광명정에 있었을 때 당신과 나, 두 사람의 무공 수준은 어땠었죠? 누가 더 높았던가요?"

"사대 법왕은 저마다 장점이 있었지!"

"하지만 당신은 지금 눈이 멀었으니 오늘 나하고 겨룬다면 어떻게 될까요?"

이 말을 듣자 사손은 고개를 번쩍 치켜들고 떳떳이 대꾸했다.

"그대가 정녕코 강한 힘만 믿고 도룡도를 빼앗아보겠다, 그 말이군? 하지만 이 금모사왕의 수중에 도룡도가 있는 한 눈이 멀었다고 해서 그대의 공격을 못 받아낼 것도 없겠지!"

기나긴 한숨 끝에 한 발짝 성큼 내디딘 사손이 광명을 잃어버린 두 눈으로 금화파파를 정확히 쏘아보았다. 딱 버텨 선 모습이 천신과도 같이 위풍당당했다.

아리는 보기만 해도 두려워 몇 걸음 뒤로 물러섰다. 금화파파는 구부정하게 휜 몸뚱이를 지팡이에 의지하고 선 채 또렷한 눈초리로 사손을 마주 바라보았다. 어쩌다 한두 차례 기침 소리를 내뱉는 모습이, 금모사왕이 손길만 내뻗는 날이면 당장 두 동강이 날 것 같았다. 그녀는 꼼짝달싹도 않고 그 자리에 서 있었다. 사손 따위는 안중에도 없는 듯한 태도였다.

한구석에서 장무기는 가슴이 마구 뛰기 시작했다. 몇 차례 겨뤄본 적이 있는 만큼 그녀의 기습적인 공격 속도가 얼마나 빠른지 누구보다 잘 알고 있었다. 비할 데 없이 빠른 솜씨야말로 흡혈박쥐 위일소를 능가할뿐더러 뭐라고 형언하기 어려운 기괴하고도 신비스러운 몸놀림은 한마디로 유령이나 귀신이라고밖에 표현할 길이 없었다. 이제 그녀는 사손과 정면으로 맞섰다. 한쪽은 언제든지 칼날을 뽑고 잔뜩 당겨진 활시위를 놓아버릴 듯한 일촉즉발의 자세였고, 다른 한쪽은 서두르는 기색 하나 없이 여유만만했다. 장무기는 금화파파, 아니 자삼용왕의 항렬이 자신의 외조부 백미응왕이나 양부 금모사왕, 청익복왕 위일소보다 위에 있는 만큼 그 무공 실력 또한 높으리라 짐작했다. 그래서 저도 모르게 사손의 처지가 걱정스러웠다.

사방에서 질풍이 휘몰아치는 소리, 바다 쪽에서 들려오는 거센 파도 소리가 가뜩이나 일촉즉발의 긴박한 상황 속에 처절하고도 비장한 분위기를 한층 북돋우고 있었다. 정면으로 마주 선 거리는 불과 10여 척. 그러나 어느 쪽에서도 먼저 공격을 시도하지 않았다.

한참 후, 사손이 불쑥 입을 열었다.

"한 부인, 그대가 오늘 기어코 나를 윽박질러 손을 쓰게 하는구려. 우리 사대 법왕이 저 옛날 의형제를 맺고 생사고락을 함께 나누자고 맹세한 말을 어겨야 하다니, 사손은 정말 괴롭기 짝이 없소."

"셋째 오라버니, 난 당신의 마음씨가 이렇듯 여릴 줄은 정말 몰랐어요. 그런데도 그 숱한 영웅호걸이 당신 손에 죽임을 당했다니 믿을 수가 없군요."

사손의 입에서는 또다시 탄식이 흘러나왔다.

"그때 나는 내 부모 처자를 죽인 원수를 갚는 데만 정신이 팔려 아무것도 돌아보지 않았소. 그러다가 칠상권 13초식으로 소림파 공견신승을 타살했지. 내 평생 가장 후회되는 일이야."

이 말에 금화파파가 찔끔 놀랐다.

"공견신승이 정말 당신 손에 죽었단 말인가요? 당신이 언제 그토록 무서운 무공을 수련했죠?"

애당초 그녀는 자기 실력이면 사손을 충분히 대적할 수 있으리라 생각했는데, 이제 그 말을 듣고 겁을 집어먹기 시작했다.

"그대는 두려워할 것 없어. 당시 공견신승은 그저 일방적으로 얻어맞기만 했을 뿐 반격하지 않았으니까. 그분은 한없이 너른 부처님의 자비로 사악한 마도에 빠진 이 사람을 교화하려 했거든."

"흥! 그러면 그렇지. 이 늙은 할멈도 공견신승의 발치 밑바닥에도 따라붙지 못할 테니까. 당신이 칠상권 13초식으로 공견을 죽였다면 나 같은 사람은 그저 주먹질 아홉 번 열 번 쓸 것도 없이 너끈히 처치할 수 있겠구려."

사손이 한 걸음 뒤로 물러서더니 부드러운 목소리로 말했다.

"한 부인, 옛날 광명정에 있었을 때 그대는 정말 내게 잘 대해주었소. 이 오라비가 병든 날, 아내는 산후조리로 허약해져 침상에서 몸을 일으키지 못했지. 그때 병든 나를 달포 남짓 온갖 정성을 다하여 돌보아준 게 그대였어."

그는 손바닥으로 잿빛 무명 외투 자락을 탁탁 두드려 보이면서 말을 계속했다.

"난 북극 해외 무인도에서 스무 해 동안 짐승 가죽으로 옷을 해 입었지. 그대가 이런 옷을 지어주니 이제야 사람 꼴을 하게 되었군. 안팎으로 몸에 꼭 맞는 걸 보니 광명정에서 의형제로 맺어진 정분이 아직은 남아 있는 모양이지? 이제 가보라고! 오늘 이후 우리는 더 만날 필요가 없어. 그대한테 바라는 것은 오직 하나뿐, 내가 여기 있다는 소문을 강호에 퍼뜨려 무기 녀석이 날 찾아오게 하면 돼."

금화파파가 처연히 웃었다.

"아직도 지난날의 정리를 잊지 못하고 계시는군요. 나도 숨김없이 말하죠. 내 남편 은엽선생이 죽은 뒤 난 오래전부터 인간 세상의 정리에 담담해졌어요. 다만 아직 몇 가지 원수를 갚아야 할 일이 남아 있기 때문에 이대로 포기하고 죽을 수는 없어 지하에 잠든 은엽선생을 따라가지 못했어요. 셋째 오라버니, 광명정에 있는 그 사람들의 무공이 제아무리 대단하고 계략이 남보다 뛰어나다 해도 이 동생은 안중에도 두지 않았어요. 그저 셋째 오라버니, 당신 하나만 달리 봐왔죠. 왜 그랬는지 아세요?"

질문을 받은 사손이 보이지 않는 눈으로 하늘을 우러른 채 한동안 깊은 생각에 잠기더니 고개를 가로저었다.

"나 사손은 그저 평범하고 무능하고 속된 위인이라, 그대가 그토록 아껴줄 값어치도 없는 사람이야."

금화파파가 몇 걸음 다가들더니 커다란 바윗덩이를 하나 골라 손으로 쓰다듬고 그 위에 천천히 자리 잡고 앉았다.

"옛날 광명정에 있을 때 양 교주님과 셋째 오라버니 두 분만이 내 마음에 들었어요. 내가 은엽선생에게 시집갔을 때 당신네 두 분만 나더러 기대를 저버렸다고 나무라지 않았으니까요."

사손 역시 바윗덩이에 앉았다.

"한 형이 비록 우리 명교 출신은 아니라 해도 정말 대단한 영웅이었지. 무공 실력은 나보다 못하지만 담력 하나만큼은 뒤지지 않았으니까. 내 얼마나 탄복했는지 모른다네. 그런 영웅의 명이 짧아 일찍 세상을 뜨다니 애석한 노릇 아닌가? 그 당시 모든 형제가 극력 이의를 제기했지만, 사실 알고 보면 너무 속이 좁았어. 그나저나 육대 문파가 광명정을 에워싸고 들이쳤다는데, 형제들이 모두 무사한지 모르겠군."

"셋째 오라버니, 당신은 해외 무인도에 몸을 두고 있으면서도 마음은 중원 땅에 있었군요. 오매불망 옛날 형제들 걱정만 하고 있으니 말이에요. 사람의 한평생 수십 년 세월이 눈 깜짝할 사이에 지나가고 마는데, 남을 생각해줄 겨를이 어디 있어요?"

이 무렵 두 사람의 간격은 불과 2~3척, 서로 숨결이 들릴 만큼 가까워졌다. 사손은 금화파파가 몇 마디 얘기할 때마다 기침 소리를 내는 걸 듣고 물었다.

"그해 벽수한담碧水寒潭에서 허파에 동상을 입더니, 오늘날까지도 시달림을 받는군. 끝내 완치될 수 없는 모양이지?"

"날씨가 차가울 때마다 기침이 더 심해져요. 으음, 콜록거린 지도 벌써 몇십 년이라 이젠 습관이 되어버렸죠. 셋째 오라버니도 숨결이 고르지 않은데, 혹시 칠상권을 수련하다 내장을 다친 건 아닌가요? 아무쪼록 몸조심하셔야죠."

"여러모로 걱정해주니 고맙군."

대꾸하던 사손이 갑자기 고개를 번쩍 들더니 아리를 손짓해 불렀다.

"아리야, 이리 가까이 오너라."

아리는 그 말에 따라 순순히 다가섰다.

"사씨 할아버지, 여기 왔어요."

"있는 힘껏 나한테 손가락을 한번 찔러봐라."

터무니없이 엉뚱한 요구에 아리는 흠칫 놀랐다.

"전 못 해요."

"하하, 네 천주만독수 가지고는 날 다치게 하지 못하니까, 마음 놓고 힘써도 된다. 난 그저 네 공력을 시험해보고 싶어서 그러는 거야."

"전 정말 못 하겠어요."

아리는 여전히 똑같은 말로 거부했다. 그러고는 이렇게 말했다.

"할아버지하고 할머니는 옛날 의남매를 맺은 사이이니 말로 해결하시지 못할 게 뭐 있겠어요? 칼 한 자루 때문에 다투지 마세요."

사손이 서글프게 웃으면서 또다시 재촉했다.

"나를 손가락으로 한번 찔러봐. 두려워하지 말고!"

두 번 세 번 거듭 요구해오니 아리도 어쩔 수가 없었다. 그녀는 손수건을 꺼내 오른쪽 검지를 감싸고 사손의 어깨를 쿡 찍었다. 그러나 다음 순간, 아리는 "아얏!" 하고 비명을 지르더니 무려 10여 척 바깥으로 날아가 "쿵!" 소리가 나도록 엉덩방아를 찧고 땅바닥에 주저앉았다. 전신의 뼈가 부러진 듯한 아픔을 느꼈다.

금화파파가 얼굴빛 하나 바뀌지 않고 느릿느릿 말했다.

"셋째 오라버니, 심보가 어지간히 독하시군요. 내게 응원군이 늘어날까 먼저 제거해버렸으니 말이에요."

사손은 대꾸하지 않고 한참 동안 깊은 생각에 잠기더니 고개를 주억거렸다.

"저 아이 마음씨가 너무 착하군. 날 찌른 손가락 힘이 겨우 10분의 3밖에 안 됐고, 또 독기를 내뿜지 않으려고 손가락을 수건으로 감쌌으니 말이야. 좋아, 아주 잘했어! 그러지 않았던들 천주만독수의 독기가 거꾸로 저 아이의 심장부를 공격해서 지금쯤 목숨이 없어졌을 거야."

이 말을 엿듣는 순간 장무기는 등골에 식은땀이 부쩍 돋아났다. 방금 양부는 아리가 천주만독수에 혼신의 기력을 다 쏟아부었다면 지금쯤 목숨이 날아갔을 것이라고 말했다. 명교 사람들이 옛날부터 모진 심보로 악명을 떨쳐온 줄은 잘 알고 있었지만, 양부조차 그럴 줄은 꿈에도 생각지 못했다. 사손과 금화파파는 오랜 세월 동안 함께 지낸지라 서로가 상대방의 속셈을 잘 알고 있었다. 천연덕스러운 대화가 끝이 나면 곧 인정사정없는 악전고투가 시작될 터였다. 그래서 사손은 먼저 계략을 써서 아리를 처치해버린 것이다.

혼잣말로 중얼거린 사손이 아리에게 물었다.

"아리야, 어째서 나를 착한 마음씨로 대했느냐?"

"당신…… 당신은 그 사람의 양부님이에요. 그리고 또…… 또 그 사람 때문에 여길 오셨고요. 이 세상에 당신과 나, 둘만이 아직도 마음속으로 그 사람을 기억하고 있어요."

"아하……!"

사손의 입에서 외마디 실성이 터져 나왔다.

"네가 우리 무기 녀석을 그토록 마음속에 담아두고 있는 줄도 모르고 하마터면 네 목숨을 다치게 할 뻔했구나. 이리 가까이 와서 귀를 대려무나."

아리가 버둥버둥 안간힘을 써서 기어 일어나더니 조심스레 그 곁으로 다가섰다. 사손은 그녀의 귀에 입술을 대고 금화파파가 듣지 못하게 속삭였다.

"너한테 내공심법을 하나 전해주마. 이건 내가 빙화도에 혼자 살면서 터득한 심법으로, 내 필생의 무학을 집대성한 것이다."

그러고는 아리가 미처 대꾸하기도 전에 소곤소곤 내공심법을 처음부터 끝까지 일러주었다. 아리는 그 자리에서 깨치기 어려운 줄 아는 터라 정신을 집중시켜 암기하는 데만 열중했다. 사손은 그녀가 기억하지 못할까 싶어 다시 두 차례나 거듭해 일러주었다.

"다 기억했느냐?"

"예, 모두 암기했어요."

"그럼 됐다. 앞으로 5년 정도 수련하면 작은 성취가 있을 거다. 내가 왜 너한테 무공심법을 가르쳐주는지 알겠느냐?"

이 물음에 아리는 갑작스레 울음보를 터뜨렸다.

"으와아……! 저는…… 저는 알아요! 하지만 저는 그렇게…… 할 수가 없어요!"

"뭘 안다는 거냐? 어째서 못 하겠다는 거냐?"

사손이 매섭게 꾸짖어 묻더니, 대뜸 왼 손바닥에 불끈 힘을 주었다. 아리가 엉뚱하게 대답하면 당장 때려죽일 기세였다. 아리는 두 손바닥으로 얼굴을 가린 채 바락바락 악을 써가며 대꾸했다.

"전 알아요! 저더러 무기를 찾아서 이 무공심법을 전해주라는 거죠? 전 다 알아요! 저더러 상승 무공을 익히고 나서 무기를 보호해 세상의 나쁜 사람들한테 해코지를 당하지 않도록 돌봐주란 말씀이죠? 하지만…… 하지만……."

'하지만'이라는 두 마디 끝에 그녀는 땅바닥에 엎어져 대성통곡하기 시작했다. 사손이 벌떡 일어나 호통쳤다.

"하지만 뭐냐? 우리 무기 녀석에게 불행한 일이라도 생겼단 말이냐?"

아리는 사손의 품 안에 뛰어들더니, 목이 메도록 흐느껴 울며 대꾸했다.

"그 사람…… 그 사람은 벌써 6년 전…… 서역 땅에서…… 깊은 골짜기에 떨어져 죽었단 말이에요!"

사손의 우람한 몸뚱이가 휘청하고 흔들렸다. 뒤미처 목소리가 떨려 나왔다.

"그 말…… 그 말이…… 정말이냐?"

"정말이에요. 천야만야한 절벽에서 그 사람이 떨어져 죽는 것을 무열과 무청영 부녀가 두 눈으로 직접 보았다니까요. 저는 그들 부녀 두 사람의 몸뚱이에 각각 천주만독수를 일곱 차례나 찍어 중독시키고 다시 그들의 목숨을 번번이 살려내면서 캐물었어요. 그처럼 혹독한 고문에 시달렸으니…… 거짓말을 하고 싶어도 할 수가 없었을 거예요."

금화파파는 장무기가 죽었다는 소식을 아리가 털어놓자 황급히 입막음을 하려다 이내 생각을 바꿔먹었다. 양아들이 죽었다는 소식을 들으면 사손은 필연코 정신적으로나 육체적으로 대혼란을 일으켜 싸움이 벌어졌을 때 비록 사납게 날뛰기는 하겠지만 신중함은 그만큼 떨어질 것이 분명했다. 그렇다면 흥분에 들뜬 사손을 강철 송곳 함정으로 끌어들이기가 한결 쉬울 게 아닌가?

사손은 하늘을 우러러 사나운 들짐승처럼 크게 울부짖었다. 두 뺨에 어느덧 눈물이 뚝뚝 흘러내렸다.

양부와 사촌 누이가 자기 때문에 이토록 슬퍼하는 광경을 보고 있으려니, 장무기는 더는 참을 수가 없어 당장 뛰쳐나가려 했다. 그들 앞에 모습을 드러내어 장무기가 살아 있다는 사실을 밝혀주고 싶었다.

그러나 금화파파의 목소리가 충동을 억누르게 만들었다.

"셋째 오라버니, 당신의 알량한 양아들 장 공자도 이미 죽었으니 그 도룡보도를 지켜봤자 어디다 쓸 거예요? 그러지 말고 나한테나 빌려줘요."

사손의 목소리가 쉬어버린 듯 갈라져 들려왔다.

"그대가 참으로 날 기막히게 속였군……. 보도를 얻고 싶거든 내 목숨부터 먼저 가져가게!"

그러고는 아리를 가볍게 한 곁으로 밀어놓더니 "찌익!" 하는 소리와 함께 걸치고 있던 외투 앞자락을 찢어내려 금화파파에게 휙 던져 보냈다. 이른바 '할포단의割袍斷義'로 상대방에게 선사받은 옷자락을 쪼개어 의절하는 풍습이었다.

장무기는 갈등에 휩싸였다. 이제 앞으로 달려 나가 진상을 해명하지 않으면 안 된다고 생각했다. 그래야만 두 사람의 무의미한 다툼을 막을 수 있고, 의리를 상하지 않게 할 수 있을 듯싶었다.

바로 그때였다. 왼쪽 머나먼 곳 길게 웃자란 수풀 속에서 아주 미약한 숨소리가 두세 번 들려왔다. 거리도 워낙 먼 데다 들숨과 날숨 모두 미약하기 짝이 없어 장무기의 예민한 청각이 아니고선 도저히 듣지 못할 숨소리였다. 한 가지 상념이 퍼뜩 뇌리를 스쳐 지나갔다. '아차! 이제 보니 금화파파가 또 다른 조력자를 암암리에 매복시켜놓았구나. 그렇다면 나도 무턱대고 모습을 드러낼 수는 없지!'

허공을 쪼개는 칼바람 소리가 사납게 들려왔다. 사손과 금화파파 사이에 격돌이 벌어진 것이다.

사손이 수중에 들린 보도를 어지러이 휘두르자, 마치 한 마리 흑룡

이 용틀임하듯 금화파파의 전후좌우 신변을 친친 휘어감았다. 급작스레 빨라졌다가 급작스레 느려지는데, 그 변화를 예측할 수가 없었다. 금화파파는 보도의 예리한 칼날을 꺼려 멀찌감치 맴돌았다. 이따금 사손이 일부러 허점을 드러내면 금화파파는 몸을 던져 공격을 퍼붓다가 보도의 칼날이 방향을 바꾸어 후려 찍으면 그 즉시 회피 동작으로 빠져나가곤 했다. 두 사람 모두 상대방의 무공 초식을 훤히 꿰뚫어 아는 만큼 적어도 100~200초식 이내에는 승부가 가려질 가능성은 없었다. 사손이 보도의 예리한 칼날에 전적으로 의존한다면, 금화파파는 상대방이 아무것도 보지 못한다는 약점을 이용했다. 두 사람 모두 공격 초식이나 내력 따위는 제쳐두고 오로지 자기네들의 장점만 이용해 이길 방도를 모색했다.

갑자기 바람을 가르는 소리와 함께 누른빛이 번뜩였다. 금화파파가 황금 매화 암기 두 송이를 쏘아 보낸 것이다. 사손이 도룡도를 선뜻 돌려대자, 매화꽃 두 송이는 모조리 칼날에 달라붙었다. 원래 이 암기는 순수한 강철로 주조해 겉면에 순금을 도금한 것이고, 하늘에서 떨어진 현철로 주조한 도룡도는 자력이 극도로 강해 쇠붙이와 마주치면 곧바로 끌어당겼다. 이 황금 매화는 금화파파를 유명하게 만든 암기로 그 변화가 매우 복잡다단해서 사손이 멀쩡한 시력을 지니고 있다 하더라도 전력을 다해야만 피하거나 막아낼 수 있을 정도로 매서웠다. 그런데 뜻하지 않게 도룡도가 쇠붙이와 상극일 줄이야 누가 알았으랴. 금화파파는 사면팔방으로 유령같이 위치를 옮겨가면서 잇따라 매화꽃 암기를 여덟 송이나 쏘아 날렸다. 그러나 번번이 도룡도의 칼날에 고스란히 달라붙기만 할 뿐 상대방의 몸에는 단 한 송이도 들어맞지 않았다.

희미한 달빛, 듬성듬성한 별빛 아래 밤기운은 참담할 정도로 썰렁한데, 사손이 칼날을 휘두르자 거무튀튀한 칼날에 달라붙은 여덟 송이 황금 매화꽃이 마치 수백 마리의 반딧불이가 허공에서 어지러이 춤추듯 휘황찬란하게 빛을 발했다.

"콜록콜록!"

돌연 금화파파가 기침 소리를 내더니 이번에는 매화꽃 암기를 한꺼번에 열대여섯 송이나 발사했다. 사손이 도포 소맷자락을 휘둘러 그중 일곱 송이를 휘감아 들이고, 나머지 여덟 송이는 도룡도에 달라붙게 했다.

"한 부인! 그대의 별호는 자삼용왕이 아닌가? 그 이름과 이 보도가 천적이라는 것을 모르는가? 계속 미련을 버리지 못하고 싸웠다가는 그대에게 불리할 거야!"

금화파파는 몸서리를 쳤다. 무학에 몰두하는 사람이면 누구나 목숨을 칼날 위에 굴리면서 하루하루를 살아가는 만큼, 불길한 어휘나 금기를 극도로 꺼렸다. 금화파파의 별호는 자삼용왕인데 사손의 수중에 들린 칼 이름은 '용을 도륙한다'는 도룡도屠龍刀였으니, 이 얼마나 불길한 명칭인가. 그녀는 용왕의 목이 칼날에 잘려나가는 끔찍한 상상을 억지로 떨쳐버리면서 음산하게 비웃었다.

"어쩌면 내 '살사장殺獅杖'이 먼저 눈먼 사자를 때려죽일지도 모르지!"

말끝이 떨어지기 무섭게 용두괴장 지팡이가 번개 벼락 치듯 후려쳐 나갔다. 사손이 비틀거리며 어깻죽지를 감싸 쥐었다.

"어흑!"

사손의 짧은 외마디 신음 소리가 들렸다. 용두괴장 끄트머리가 사손의 왼쪽 어깻죽지를 강타한 것이다. 사손은 회피 동작으로 힘줄기의 절반 정도는 해소시켰으나, 정통으로 얻어맞아 충격이 가볍지만은 않았다.

장무기가 기쁨에 겨워 속으로 갈채를 터뜨렸다. 사손이 일부러 피하지 못한 척하고 지팡이에 한 대 얻어맞은 것을 보자, 이내 양부의 속셈을 알아차린 것이다. 이제 사손은 왼쪽 소맷자락에 휘감긴 매화꽃 암기를 도로 흩뿌려내면서 도룡도를 천산만수千山萬水 일초로 베어나가기만 하면 금화파파는 왼쪽 방향으로 뒷걸음쳐 피할 터였다. 연속 두 차례 물러날 경우 금화파파는 내력을 잇지 못하게 되고, 그 순간 사손이 칼날에 달라붙은 매화꽃 암기들을 내력으로 한꺼번에 쏘아 보내기만 하면 금화파파는 피할 기력이 없어 중상을 면치 못하게 되는 것이다.

장무기의 예상은 어김없이 들어맞았다. 과연 황금빛 광채가 번뜩이는 순간, 사손이 왼쪽 소맷자락으로 황금 매화꽃을 한꺼번에 흩뿌려 날리자 금화파파는 질풍같이 왼쪽 방향으로 물러났다. 그때 이 동작을 본 장무기의 머릿속에 한 가지 상념이 퍼뜩 떠올랐다.

'아차, 큰일 났다! 금화파파가 양부의 계책을 역이용하는구나!'

지금의 장무기는 무학에 관한 한 어떤 영역이든 완벽하게 두루 갖추고 꿰뚫어 아는 실력자였다. 이들 양대 고수가 시도하는 공격과 수비 모두가 그의 계산에서 절대 빗나가지 않았다. 이제 눈앞에서 천산만수 일초가 펼쳐져 바람막이 외투 자락으로 베어나가자, 금화파파는 왼쪽 방향으로 물러나며 멀찌감치 빠져나갔다. 방향을 틀어 피하는 거리가 장무기의 예상보다 훨씬 더 멀어진 것이다.

사손이 대갈일성을 터뜨리며 칼날에 달라붙어 있던 10여 송이의 황금 매화꽃을 질풍 같은 속도로 흩뿌렸다. 금화파파가 외마디 소리를 지르면서 뒤쪽으로 몸을 솟구쳐 몇 걸음 물러났다.

사손은 이미 자삼용왕과 의절하기로 뜻을 굳힌 사람이었다. '할포단의'까지 해 보였으니 공격하는 손길에 인정사정이 없었다. 훌쩍 몸을 솟구쳐 도룡도를 가로 휘두르면서 금화파파의 허리께를 냅다 후려 찍었다.

바로 그때 아리가 고함을 질렀다.

"조심하세요! 발밑에 송곳이 깔려 있어요!"

느닷없는 고함 소리에 흠칫 놀란 사손이 칼부림의 기세를 거둬들이려 했으나 때는 벌써 늦었다. 세차게 바람을 쪼개는 파공음과 더불어 황금 매화꽃 10여 송이가 한꺼번에 들이닥친 것이다. 금화파파가 허공에 덩그러니 떠 있는 사손이 다른 곳으로 옮겨가지 못하게 암기를 쏘아 묶어놓은 것이다. 이대로 지상에 떨어져 내렸다가는 두 발바닥이 송곳에 찔려 발등까지 꿰뚫릴 터였다. 사손은 어쩔 도리가 없어 칼날을 휘둘러 날아드는 암기를 후려쳐 떨어뜨렸다. 바로 그때 느닷없이 발치 밑에서 쇳소리가 몇 차례 상큼하게 울리더니 때맞춰 내려선 두 발바닥이 무사히 땅바닥을 디뎠다. 허리를 구부리고 이리저리 더듬어보았더니, 사면팔방에 온통 뾰족한 강철 송곳이 박혀 있었다. 송곳들은 길이만도 일고여덟 치, 게다가 끄트머리가 날카롭기 이를 데 없었다. 그러나 자기의 두 발이 떨어져 내린 곳 주변에는 분명 있어야 할 송곳 네 자루가 만져지지 않았다. 누군가 돌멩이를 던져 송곳 네 자루를 후려쳐 날려 보낸 것이 틀림없었다. 돌멩이로 송곳을 후려친 힘줄기나 기세로 보건대, 낮에 돌멩이 일곱 개를 던져 도와준 그 거경방 청년의 솜씨가 분명했다. 그 사람이 한 곁에 숨어서 줄곧 염탐하고 있었는데도 전혀 낌새를 채지 못했을 줄이야. 만약 이 사람이 도와주지 않았다면 자신의 두 발바닥은 여지없이 중상을 입고 금화파파에게 목숨을 내맡기는 처량한 신세가 되었으리라. 게다가 송곳에 독약이라도 발라놓았다면 그 자리에서 목숨마저 잃을 뻔했지 않은가? 머릿속에 이런 생각이 감돌자 등줄기에 식은땀이 부쩍 돋아났다.

결국 두 사람은 피차 고육지계苦肉之計를 쓴 셈이었다. 사손은 어깻죽지에 지팡이 한 대를 얻어맞았고, 금화파파 역시 황금 매화꽃 암기를 두 대나 얻어맞았다. 상처는 하나같이 급소를 피했지만, 막강한 공력이 실린 힘줄기에 당한 것이라 그 충격이 보통이 아니었다.

금화파파가 한바탕 격심한 기침을 토해내더니 장무기가 엎드려 있는 곳을 향해 버럭 호통을 쳤다.

"거경방의 잡놈! 한 번도 아니고 두 번씩이나 이 할망구의 대사를 망쳐놓다니, 냉큼 이리 나와서 이름을 대지 못하겠느냐!"

장무기가 미처 대꾸하기도 전에 돌연 황금빛 광채가 번쩍하더니, 한 곁에 서 있던 아리가 답답한 외마디 신음 소리를 내면서 그 자리에 털썩 주저앉았다. 가슴에 매화꽃 암기 석 대가 박혀 있었다. 생각해보나 마나 금화파파가 저지른 짓이었다. 그녀는 '거경방 잡놈'의 무공 실력이 엄청나다는 것을 아는 만큼 자신이 아리에게 벌을 주었다가는 분명 이 잡놈이 또 나서서 훼방을 놓을 게 뻔한 터라, 상대방에게 호통을 치면서 손길만 움직여 아리에게 암기를 쏘아 날려 보낸 것이다.

대경실색한 장무기가 번개같이 몸을 솟구치더니 반공중에 떠오른 채 또다시 아리에게 날아가던 매화꽃 암기 두 송이를 받아냈다. 그러고는 지면에 떨어져 내리는 것과 동시에 아리를 품에 껴안았다.

엄청난 타격에 정신이 흐려진 아리가 몽롱한 눈길로 자신을 껴안고 있는 사람을 바라보았다. 알량한 쥐꼬리 수염에 얼굴빛마저 누리끼리

한 궁상맞은 늙은이가 눈앞에 보이자 황급히 손을 내뻗어 있는 힘껏 떠밀었다. 항거하느라 힘을 쓰다 보니 가슴속 기혈이 벌컥 뒤집히면서 입으로 선지피를 연거푸 토해냈다.

그제야 장무기도 아리가 무슨 생각을 했는지 깨닫고 한 손으로 얼굴을 쓱쓱 문질러 쥐꼬리 수염과 누런 기름때를 말끔히 닦아냈다. 갑작스레 달라진 얼굴 모습을 본 아리가 일순 멍해지더니 이내 고함을 질렀다.

"송아지 오라버니, 당신이었어요?"

장무기는 빙그레 웃어 보였다.

"그래, 나야."

긴장감이 풀린 아리는 그대로 품에 안긴 채 까무러치고 말았다.

그녀의 상처가 위중한 것을 본 장무기는 선불리 가슴에 박힌 암기를 뽑아낼 엄두를 내지 못하고, 우선 급한 대로 신봉혈神封穴, 영허혈靈墟穴, 보랑혈步廊穴, 통곡혈通谷穴을 찍어 환자의 심맥心脈부터 보호했다.

혈도를 봉쇄하는 동안 귓결에 사손의 낭랑한 목소리가 들려왔다.

"귀하께서 두 번씩이나 구원의 손길을 뻗쳐주셨으니, 진심으로 감사하오. 사손이 여러모로 큰 은덕을 입었소이다."

"큰아버…… 큰…… 무슨 말씀을 그리하십니까?"

대꾸하는 장무기의 목소리에 울음이 섞여 나왔다. 말끝이 울음에 흐려져 그토록 부르고 싶었던 '큰아버지'라는 말이 끊기고 말았다.

오후가 되자 불현듯 광풍이 휘몰아치면서 비가 억수같이 퍼붓기 시작했다. 세찬 미치광이 바람에 휩쓸려 조각배는 남쪽으로 표류했다.

그러나 추위는 둘째로 치고 무엇보다 하늘에서 쏟아져 내리는 빗물이 문제였다. 작은 배에는 쓸 만한 그릇 하나 보이지 않았다. 그렇다고 뾰족한 수를 짜낼 사람도 없었다. 이제 노젓기는 포기하고 일행 넷이 저마다 벗은 신발 여덟 짝으로 잠시도 쉬지 않고 배 안에 고인 빗물을 퍼내야만 했다.

29. 네 처녀와 한배 탔으니 풍랑에 시달린들 더 바랄 게 무어랴

바로 그때 등 뒤에서 난데없이 괴이한 소리가 두어 차례 들려왔다.

"텅, 텅!"

쇳소리도 나무토막 소리도 아닌 괴상한 음향과 더불어 세 사람의 그림자가 전속력으로 질주해왔다. 흘낏 뒤돌아보니 괴한 셋 모두 헐렁헐렁한 백색 장포를 걸쳤는데, 그중 두 사람은 키가 무척 큰 남자였고 왼쪽 끝은 여자가 분명한데, 달빛을 등지고 있어 저들의 얼굴 모습이 또렷이 보이지 않았다. 그러나 흰 도포 자락 한끝에 보라는 듯이 불꽃 형태가 수놓여 있는 것이 명교 소속인 것만은 분명했다.

남녀 세 사람은 양손을 머리 위에 높다랗게 치켜들었다. 왼쪽, 오른쪽 양손에는 각각 두 자 길이의 검정 패가 하나씩 쥐여 있었다. 셋 가운데 키가 제일 큰 꺽다리가 낭랑한 목청으로 수작을 걸어왔다.

"명교 성화령이 나타났는데, 호교 용왕과 사자왕은 무릎 꿇어 영접하지 않고 어느 때를 기다리는가!"

중국어 발음이 정확치 못하고 서투른 어조가 딱딱하기 이를 데 없었다.

장무기는 깜짝 놀랐다. '본교의 성화령은 제33대 석石 교주 때 잃어버려 행방불명이 된 지 100년에 가깝다고 양 좌사가 얘기한 적이 있는데, 어떻게 해서 저들 세 사람의 수중에 들어갔단 말인가? 혹시 가

짜 영패는 아닐까? 저들 셋이 과연 우리 명교 제자들인지, 그 여부도 모르는 일 아닌가?'

금화파파의 대꾸가 들려왔다.

"본인은 벌써 오래전에 파문당해 명교에서 쫓겨난 몸이니, 호교 용왕이란 말은 내 앞에서 두 번 다시 들먹이지 마시오! 귀하들의 존함은 어찌 되시는가? 또 그 성화령이 진짜인지 가짜인지 밝히고 어디서 얻었는지 얘기하시오."

이 말을 듣자 꺽다리 사내가 버럭 호통쳐 꾸짖었다.

"그대는 파문당해 명교를 떠났다면서 뭘 그리 꼬치꼬치 캐묻는고?"

금화파파는 냉랭한 말씨로 맞받아쳤다.

"이 금화파파는 평생토록 듣기 싫은 소리 한마디 들어본 적이 없고, 또 양 교주가 세상에 생존해 계실 적에도 내게 예우를 갖춰 대했거늘, 당신들이 뭔데 감히 나한테 떠들썩하게 큰소리를 칠 수 있단 말인가?"

돌연 세 사람의 그림자가 번뜩 움직이는 듯싶더니 어느새 바짝 다가들기가 무섭게 저마다 왼손을 하나씩 내뻗어 금화파파를 움켜잡아 왔다. 금화파파도 미리 경각심을 높이고 있던 터라 재빨리 용두괴장을 휘둘러 세 사람을 한꺼번에 가로 휩쓸어 쳤다. 그러나 뜻하지 않은 일이 벌어졌다. 세 사람의 걸음걸이가 어떻게 움직였는지도 모르게 위치가 싹 바뀌어 용두괴장은 허공을 후려치고 말았다. 어디 그뿐이랴. 다음 순간 세 사람의 오른손이 귀신처럼 뻗어와 어느새 금화파파의 뒷덜미를 동시에 움켜잡더니 툭툭 흔들며 멀찌감치 바깥쪽으로 내던져 버리는 게 아닌가?

금화파파의 무공 실력이 얼마나 강하던가? 천하에 가장 무서운 정상급 고수 세 명이 한꺼번에 달려들어 협공해도 단 일초 만에 그녀를 움켜잡아 내던질 수는 없었다. 그런데 이들 흰 장포를 걸친 세 사람은 보법도 괴상야릇하거니와 저마다 손을 내뻗어 공격하는 솜씨의 배합이 절묘하기 이를 데 없어 마치 '삼두육비三頭六臂'의 괴물처럼 절도 있게 움직여 순식간에 금화파파를 거뜬히 제압한 뒤 보기 좋게 내던져 버린 것이다.

장무기의 입에서 "엇!" 소리가 절로 나왔다. 세 사람의 몸뚱이가 겹쳐지듯 수평으로 이동하는 순간, 그는 저들의 모습을 똑똑히 보았다. 키가 제일 큰 꺽다리는 텁석부리에 짙푸른 벽안의 사나이, 또 하나는 노랑 수염에 매부리코 사내였다. 여자는 새까만 머리카락이 중국인과 다름없으나, 눈동자만큼은 거의 빛깔이 없을 정도로 옅은 데다 갸름한 얼굴 모습에 어림잡아 30세가량 들어 보여 사뭇 야릇한 느낌을 주긴 해도 생김새는 무척 아름다웠다. 장무기는 아무래도 이들 세 남녀가 서역 일대의 호인胡人일 것이라는 생각이 들었다. 그러니 말씨가 생경스럽고 점잖은 선비가 소리 내어 책 읽듯 유식한 문투를 섞어 쓰고 있는 게 아닌가 싶었다.

텁석부리 사내가 낭랑한 목소리로 다시 한번 꾸짖어 재촉했다.

"그대의 머리카락이 누른 것으로 보건대 금모사왕 사손이렷다? 성화령을 보면 교주를 뵙듯 대해야 하거늘, 사손은 어찌하여 무릎 꿇어 영접하지 아니하는고?"

사손이 대꾸했다.

"세 분은 도대체 뉘시오? 본교 제자들이라면 나 사손이 몰라볼 리가 없소! 만약 본교 제자가 아니라면 성화령은 당신네 세 분과 아무 상관도 없지 않소?"

"중토 명교의 연원이 어느 땅이던고?"

"물론 페르시아가 발원지요."

"옳도다, 옳아! 본인은 페르시아 명교 총교단 소속 유운사流雲使요, 이 두 분은 묘풍사妙風使, 휘월사輝月使로다. 우리는 총단 교주의 특명을 받들어 페르시아에서 중토에 이르렀노라."

사손과 장무기가 흠칫 놀랐다. 장무기는 앞서 양소가 지은《명교 중토 전래기》를 읽어본 적이 있기에, 명교가 페르시아에서 전래되었다는 사실을 알고 있었다. 그러고 보니 이들 세 남녀는 페르시아 호인의 생김새에 서투르기 짝이 없는 중국어도 그렇거니와 무공이나 신법까지 괴상야릇한 점으로 보아 거짓이 아닌 게 분명했다.

묘풍사로 소개한 노랑 수염이 텁석부리의 말을 이어받았다.

"우리 교주께서는 중토 지파의 교주가 실종되고, 여러 제자가 서로 골육상쟁을 벌여 본교의 위세와 명성이 크게 쇠퇴해간다는 소식을 접하시고, 특별히 유운·묘풍·휘월 세 사자를 중토에 파견하시어 명교 업무를 정리하라 명하셨도다. 이제부터 중토 지파는 페르시아 총교단과 상하로 합쳐졌으니 모두 총교주의 명을 삼가 받들되 어긋남이 없도록 할 것이로다!"

이 말을 듣자 누구보다 먼저 장무기가 펄쩍 뛸 듯이 기뻐했다. '페르시아 총교단의 교주님이 특명을 전해오다니 정말 이보다 더 반가운 일이 어디 있으랴. 나이 어리고 경험과 식견도 옅은 내가 오늘 이후로 명교 교주라는 중책을 그만둬도 되지 않겠는가?'

그러나 사손의 입에서는 차가운 반응이 나왔다.

"중토 명교가 비록 페르시아에서 갈라져 나왔다고는 하나, 지난 수백 년 세월 동안 페르시아 총교단의 간섭을 받아본 적이 없었소. 세 분께서 불원천리 머나먼 길을 마다 않고 중토에 오셨으니 불초 사손은 기쁘고 감사하기 그지없으나, 무릎 꿇어 영접하라 하신 말씀은 어떤 의도에서 나온 것인지 모르겠소이다."

그러자 텁석부리 유운사가 양손에 들고 있던 검정 패를 세차게 마주쳐 소리를 냈다. 쇠붙이도 아니고 금도 옥돌도 아닌 것이 실로 괴상야릇하기 짝이 없는 소리가 났다.

"이것은 중토 명교의 성화령이로다! 석씨 성을 가진 전임 교주가 외부에서 잃어버린 것을 나중에 총교단이 회수하였도다. 성화령을 대하면 교주를 뵌 듯이 공경하라 하였거늘, 사손이 어찌하여 호령을 듣지 않는가!"

사손이 입교할 당시 성화령은 실종된 지 오래되어 한 번도 본 적이 없었다. 그러나 성화령의 신비스러움과 기이한 점은 소문으로 들어 알고 있었기 때문에 방금 유운사가 마주친 검정 패의 이상한 소리를 듣자 이내 그것이 중토 명교의 성화령이라는 사실을 알아보았다. 더구나 이들 세 사람이 금화파파를 공격해서 내던져버린 솜씨야말로 보통 사람으로서는 도저히 해낼 수 없는 것이라, 더는 의심할 여지가 없이 확신하기에 이르렀다.

"불초 사손은 귀하께서 하신 말씀을 믿겠소이다. 하온데 어떤 분부를 내리시려는지요?"

사손이 솔직히 수긍하고 나오자, 유운사가 왼손을 번쩍 휘둘렀다. 그러고는 자신과 묘풍사, 휘월사 셋이서 동시에 몸을 솟구치더니 오르락내리락 단 두 번의 도약만으로 어느새 금화파파 곁에 들이닥쳤다. 그와 때를 같이해서 금화파파의 손이 번개 벼락 치듯 움직였다. 손아귀에서 벗어난 황금 매화꽃 암기들이 세 사람을 각각 노리고 빗발같이 쏘아져 날아갔다. 그러나 유운사, 묘풍사, 휘월사의 동작은 귀신이나 다를 바 없어 동에 번쩍 서에 번쩍 움직여 그 숱한 암기를 모조리 피해냈다. 금화파파가 공세를 가다듬으려는 순간, 휘월사의 움직임이 번뜩하는가 싶더니 곧바로 그녀의 정면에 육박해 들면서 손가락으로 목젖을 찍어갔다. 금화파파 역시 용두괴장을 휘둘러 가로막고 나서 곧이어 지팡이 끝을 되돌려 반격했으나, 어찌 된 노릇인지 몸뚱이가 말을 듣지 않고 허공으로 불쑥 떠올랐다. 휘월사가 정면으로 공격하는 사이에 배후로 돌아간 유운사와 묘풍사가 그녀의 등 쪽 심장부를 움켜 번쩍 치켜든 것이다. 금화파파는 영문도 모른 채 솔개한테 낚아채인 병아리 신세가 되고 말았다. 뒤미처 세 걸음 바싹 다가든 휘월사의 손바닥이 그녀의 앞가슴과 아랫배를 연속 세 차례나 후려갈겼다. 손길이 무겁지는 않았으나 금화파파는 그 즉시 저항력을 모조리 잃어버린 채 꼼짝달싹하지 못 했다.

졸지에 방관자가 되어버린 장무기는 냉정한 눈길로 이들의 움직임을 지켜보았다. 도약 자세나 신법에는 별로 특이한 점이 보이지 않았다. 다만 셋이서 짝을 맞춰 움직이는 배합이 교묘했다. 휘월사가 정면에서 적을 유인하는 동안 나머지 두 동료는 신출귀몰하게 배후로 감돌아 저마다 손을 하나씩 내뻗어 금화파파를 제압했다. 한 사람씩 나누어보면 개인의 무공 실력은 절대 금화파파에게 미치지 못했다. 휘월사가 후려친 손바닥 공격은 중원 무림계에서 쓰는 점혈수법이나 타혈

수법과 비슷했다. 병아리 낚아채기로 금화파파를 번쩍 치켜든 유운사가 냅다 왼손을 휘둘러 사손 앞에 그녀를 던져 보냈다.

"사자왕, 본교 계율은 누구든지 명교에 투신했으면 죽을 때까지 배교할 수 없게 되어 있노라. 이자는 제 입으로 자신이 명교를 떠났다고 했으니 본교의 반역도가 되었도다. 그대는 우선 이 여자의 수급을 베도록 하라!"

금화파파의 목을 베라는 요구에 사손이 또 한 번 흠칫 놀라더니 이내 차가운 말투로 응수했다.

"중토 명교에는 그런 계율이 없소이다!"

유운사도 지지 않고 냉랭하게 윽박질렀다.

"오늘 이후로 중토 명교는 페르시아 총교단의 호령을 받들어야 하노라. 본교에서 쫓겨난 반역도를 세상에 남겨두면 다른 제자들에게 후환이 될 것이니 모름지기 속히 제거할 것이다!"

사손은 고개를 바짝 쳐들고 떳떳이 응대했다.

"명교의 사대 호교법왕은 의형제의 정리로 맺어진 몸, 오늘 자삼용왕이 비록 사손을 무정하게 대했다고는 하나, 그렇다고 사손마저 이 여인을 의리 없이 대할 수는 없소. 나는 절대로 이 여인의 목숨을 해치지 못하겠소!"

그러자 묘풍사가 껄껄대며 비웃었다.

"중국인은 할망구처럼 웬 잔소리가 그리도 많을꼬? 명교를 배반한 자에게 죽음을 내리지 않는다니, 그런 도리가 어디 있단 말인가? 진실로 해괴망측한 노릇이요, 영문 모를 일이로다!"

"사손이 외눈 하나 깜짝하지 않고 무수히 살인을 저질러왔으나, 본교 형제 친구들은 단 한 사람도 죽여본 적이 없소이다."

"저 배교한 여자에게 살생을 저지르고 싶지 않더라도 죽여야 한다! 총교단의 호령을 듣지 않겠다면 우리가 그대를 먼저 죽일 것이로다!"

"세 분 사절께서 중토에 오시자마자 제일 먼저 하는 짓이 금모사왕을 협박해 자삼용왕을 죽이는 것이라니, 이렇게 해야만 명교 위엄을 세울 수 있단 말씀인가? 공연히 사람 놀라게 하지 마시오!"

휘월사가 빙그레 웃더니 한마디 던졌다.

"그대는 두 눈이 멀었어도 속셈 하나만큼은 뚜렷한 줄 알겠노라. 신속히 손을 쓸 것이로다!"

사손은 하늘을 우러르고 웃음을 터뜨렸다. 산골짜기가 들썩거리도록 기나긴 웃음소리 끝에 버럭 고함쳐 대꾸했다.

"금모사왕은 한평생 모든 일에 떳떳한 남아대장부로 살아온 몸, 본교 형제나 친구들은 더 말할 나위도 없거니와 설령 자삼용왕이 사손과 불구대천지 원수를 맺었다 할지라도 죽이지 못하겠소. 더구나 당신네 손에 붙잡혀 반항할 힘도 없는 사람에게, 이 사손이 어찌 차마 칼을 댈 수 있단 말인가?"

실로 호기 만만하고 명쾌하기 이를 데 없는 양부의 말을 듣자, 장무기는 속으로 아낌없이 갈채를 보냈다. 그리고 또 한편으로 저도 모르게 페르시아 사절들에 대한 반감이 싹트기 시작했다.

묘풍사의 목소리가 들려왔다.

"그대 역시 명교의 반역도로다! 성화령을 보거든 교주를 대한 것처럼 공경하라 했으되, 언감생심 배교할 작정인가?"

"이 사손이 눈먼 소경이 된 지 벌써 20년, 당신네가 성화령을 내 눈앞에 갖다놓더라도 볼 수 없는데, '성화령을 보거든 교주를 대하듯 공경하라'니, 그게 무슨 망발인지 모르겠소이다."

위축된 기색 하나 없이 떳떳하게 대꾸하는 그 말에 묘풍사가 노발대발 호통을 질렀다.

"좋다, 그렇다면 배교하기로 결심했단 말이렷다?"

"사손이 어찌 배교할 리 있겠소. 그러나 중토 명교의 가르침은 선을 행하고 악을 물리치며 의로운 기백을 중시하는 데 있소. 사손은 차라리 목이 땅에 떨어질망정 의리 없이 몹쓸 짓을 저지르는 못난이가 아니오."

금화파파는 꼼짝달싹 못 하는 처지였으나, 사손이 하는 말 한마디 한마디를 두 귀로 똑똑히 듣고 있었다.

양부의 생사가 눈앞에 닥쳤음을 깨달은 장무기는 안고 있던 아리를 땅에 슬그머니 내려놓았다. 그때 유운사의 목소리가 다시 들려왔다.

"명교 신자로서 성화령의 명을 받들지 않는 자는 일률적으로 용서 없이 죽일 것이로다!"

사손이 마주 호통쳤다.

"본인은 호교법왕으로서 교주가 날 죽이려면 제단을 설치하고 천지신령과 본교 명존 앞에 죄상을 명백히 아뢰어야만 처형할 수 있소!"

묘풍사가 끌끌대며 비웃었다.

"명교가 페르시아에선 멀쩡하게 잘 운영되었는데, 중토에 들어와서 그따위 형편없는 계율만 잔뜩 늘어났군!"

말끝이 떨어지자마자 셋이서 동시에 휘파람으로 신호를 주고받더니 득달같이 사손에게 덤벼들었다. 사손은 도룡도를 휘저어 앞을 보호했다. 페르시아 사자 셋은 연속 3초를 공격했으나 무서운 칼바람에 질려 선불리 접근하지 못하고 전후좌우를 빙빙 돌아가며 틈을 엿보기 시작했다. 이윽고 휘월사가 정면으로 달려들어 왼손에 들고 있던 성화령으로 사손의 천령개를 곧바로 내리쳤다. 사손은 선뜻 칼을 머리 위에 치켜들어 가로막았다.

"텅!"

괴상야릇한 소리가 울렸다. 세상에 쪼개내지 못할 것이 없다는 도룡도가 영패를 토막내지 못한 것이다. 바로 그 순간, 왼쪽에 있던 유운사가 땅바닥으로 뒹굴며 다가들더니 성화령으로 사손의 넓적다리를 후려갈겼다.

사손이 비틀거리는 찰나, 이번에는 묘풍사가 성화령 끄트머리로 등쪽 심장부를 내질렀다. 그러나 영패가 등줄기에 미처 닿기 직전, 그는 갑자기 손목이 강철 집게에라도 물린 듯 바짝 조여드는 느낌과 더불어 손바닥이 허전해진 것을 깨달았다. 들고 있던 성화령을 누군가의 집게손에 빼앗겨버린 것이다. 대경실색한 그가 후딱 돌아서보니 웬걸! 풋내기 젊은 녀석의 오른손에 성화령이 천연덕스레 들려 있는 게 아닌가?

그야말로 재빠르면서도 교묘한 탈취 동작이 한순간에 이루어졌다. 놀라움과 분노가 한꺼번에 복받친 유운사와 휘월사가 공격 목표를 바꾸어 좌우 양쪽에서 장무기를 협공하기 시작했다. 장무기는 여유 만만하게 몸을 돌이켜 피하려다 뜻하지 않게 등줄기에 극심한 통증을 느꼈다. 유령처럼 배후로 돌아간 휘월사의 영패가 등 쪽 심장부를 강타한 것이다. 이 성화령이란 것은 그 재료도 괴이한 데다 딱딱하기 짝이 없어 한 대 얻어맞고 났더니 장무기는 거의 까무러칠 정도로 큰 충격을 받았다. 그나마 천만다행으로 호체신공이 즉각 위력을 발휘했다. 그는 흐트러진 정신을 가다듬고 앞으로 털썩털썩 세 걸음을 내디뎌서야 겨우 중심을 제대로 잡았다. 하지만 안심하기에는 아직 일렀다. 페르시아 세 사절이 곧바로 달려들어 그를 포위했다.

장무기는 정신을 바싹 차렸다. 오른손의 빼앗은 성화령으로 유운사를 향해 당장 후려칠 듯이 허초를 쓰는 것과 동시에 왼손을 불쑥 내뻗어 휘월사의 왼손에 들린 영패마저 덥석 움켜잡았다. 그런데 뜻밖의 일이 또 벌어졌다. 휘월사가 느닷없이 손을 놓아버리자 움켜잡은 성화령의 한쪽 끄트머리가 용수철 튕기듯 발딱 젖히더니 장무기의 손목을 "딱!" 소리가 나도록 호되게 후려치는 것이 아닌가? 기역자로 구부러진 괭이 끄트머리를 밟으면 자루가 튕겨져 이마를 후려 때리는 격이나 마찬가지 원리였다. 장무기는 극심한 통증과 함께 왼손의 다섯 손가락이 마비되어 영패를 도로 놓을 수밖에 없었다. 성화령은 주인 휘월사가 선뜻 내민 섬섬옥수에 고스란히 돌아가고 말았다.

장무기로 말하자면 건곤대나이 심법을 익히고 다시 태사부 장삼봉에게서 태극권법의 오묘한 정수를 완전히 터득한 이래 세상 천하에 제대로 된 적수가 없었다. 그런데 뜻하지 않게 휘월사라는 일개 여인에게 연거푸 두 대씩이나 호되게 얻어맞고, 거의 손에 넣었던 물건까지 도로 빼앗기고 말았다. 두 번째 타격을 받았을 때 만약 호체신공이 자연스럽게 우러나오지 않았던들 손목뼈는 진작 부러졌을 것이다. 한순간, 장무기는 경악과 두려움에 질려 공격할 엄두를 내지 못하고 그 자리에 서 있기만 했다. 감정에 휩쓸려 무턱대고 적과 맞서 싸우기보다는 일단 상대방의 공격 초식을 똑똑히 눈여겨볼 필요가 있다고 판단했다.

페르시아 사절 셋도 놀라기는 마찬가지였다. 두 차례의 호된 공격을 받고도 상처를 입기는커녕 멀쩡하게 서서 자기네들을 지켜보는 젊은 풋내기가 마치 도깨비라도 되는 듯 이상하게 보였다. 그러나 세 사람은 마냥 서 있지만은 않았다. 셋이서 눈짓을 교환하고 났을 때, 묘풍사가 고개를 숙이더니 머리통으로 박치기하듯 냅다 들이받아왔다. 자신의 가장 치명적 급소를 적에게 내밀어 보내다니, 그것은 무학을 하는 사람들에게는 가장 큰 금기였다. 그러나 장무기는 단정한 자세로 우뚝 서서 꼼짝달싹하지 않았다. 얼핏 보기에는 일초의 공격이 아둔해 보이는 듯싶으면서도 실로 교묘하기 짝이 없어 그다음에 무서운 뒷수가 감춰져 있음을 내다본 것이다. 머리통이 자기 앞 1척 가까운 지점에까지 들이닥쳤을 때 그는 비로소 한 발짝 뒤로 물러섰다.

장무기가 박치기 공격에 온 신경을 집중하고 있는 순간, 이번에는 텁석부리 유운사가 느닷없이 반공중으로 뛰어오르더니 장무기의 머리 쪽을 향해 앉은 자세 그대로 떨어져 내렸다. 궁둥이로 적을 깔아뭉개다니, 세상 천하의 무학이 복잡다단하다고는 하나 이렇듯 졸렬하고 쓸모도 없는 초수는 생전 처음 보았다. 장무기는 침착하게 곁으로 한 걸음 물러서 피해냈다. 그러나 양면 공격에 정신이 팔린 순간 갑자기 앞가슴에 숨이 턱 막히도록 엄청난 고통이 들이닥쳤다. 묘풍사가 팔꿈치로 호되게 내지른 것이다. 그러나 묘풍사 역시 구양신공에 튕겨 세 발짝 뒷걸음치더니 곧이어 다시 세 걸음 뒤로 물러났다. 이어 여전히 몸을 가누지 못하고 또다시 뒤로 세 걸음이나 물러났다.

페르시아 사절 세 사람은 아연실색, 얼굴빛이 허옇게 질린 채 속으로 혀를 내둘렀다. 그것도 잠시뿐, 휘월사가 양손에 갈라 잡은 영패를 급박하게 가로 휩쓸어 치는 것과 동시에 유운사의 몸뚱이가 허공 높이 솟구쳐 오르더니 연거푸 세 바퀴나 공중제비를 돌았다. 장무기는 무슨 속셈인지 모르니 일단 피하는 게 상책이라 생각하고 이제 막 왼쪽으로 한 발 내디디려는데, 갑자기 눈앞에 시꺼먼 기운이 번쩍 스치면서 오른쪽 어깨머리를 호되게 얻어맞았다. 어느새 유운사의 영패가 떨어져 내리면서 후려친 것이다. 이 일초는 상상도 하지 못했다. 유운사는 분명히 공중제비를 돌고 있었고, 공격할 기미는 전혀 없었다. 그런데 언제 성화령을 느닷없이 내뻗어 자신의 어깻죽지를 후려쳤단 말인가? 장무기의 놀라움은 이만저만 큰 게 아니었다. 그는 선부르게 맞서 싸우겠다는 미련을 버렸다. 어깻죽지를 강타한 힘줄기가 워낙 커서 구양신공으로 튕겨내기는 했어도 뼛속까지 아파왔다. 그는 즉시 결단을 내렸다. 이대로 물러섰다가는 양부 사손의 목숨을 보전하지 못할 것은 불 보듯 훤한 노릇이다. 그는 숨 한 모금 깊숙이 들이켠 다음 어금니를 악물고 온 몸뚱이를 던지다시피 앞으로 날려 보내면서 유운사의 가슴에 일장을 후려쳤다.

유운사도 만만치 않았다. 장무기의 일장이 날아드는 것과 때맞춰 그 역시 앞으로 몸을 던져오면서 양손에 나눠 쥐고 있던 영패 두 쪽을 힘차게 마주쳤다. 그러자 "웅!" 하는 소리가 울렸고, 그 소리 때문에 장무기는 머리통이 터져 나갈 듯 무서운 충격을 받았다. 묘풍사가 발길질을 날렸다. 장무기는 즉시 허리에 통증을 느꼈고, 그와 동시에 이번에는 휘월사의 영패가 오른쪽 어깻죽지를 강타했다.

한 곁에서 사손이 두 귀로 이 상황을 똑똑히 듣고 있었다. 거경방의 젊은이가 자기를 돕느라 연거푸 호된 곤혹을 치르고 있는 것이다. 억지로 버티고는 있으나 얼마 못 가서 쓰러질 것이 뻔했다. 그는 아무것도 보지 못하는 자신의 두 눈이 원망스러웠다. 쫓아나가서 도와줄 방법이 없으니 그저 마음만 아플 뿐이었다. 자기 혼자서 적과 맞서 싸운다면 바람 소리만 듣고도 적의 병기나 주먹질 발길질의 방향을 판별해서 대응할 수 있겠으나, 친구를 돕기 위해 나설 경우에는 어느 쪽이 우군의 것이고, 어느 쪽이 적의 병기에서 나는 소리인지 무슨 수로 판별해낼 수 있단 말인가? 공연히 도룡도 칼춤이라도 추었다가 친구를 단칼에 베어 죽이기라도 한다면 평생을 두고두고 후회할 게 아닌가? 그는 생각다 못해 큰 소리로 외쳐 불렀다.

"소협! 어서 빨리 이 자리를 빠져나가시오! 이 일은 우리 명교가 해결할 문제이니 귀하와는 아무 상관이 없소. 오늘 소협께서 두 번 세 번 도와주신 은혜만 해도 나 사손은 감사하기 이를 데 없소!"

장무기가 고함쳐 응답했다.

"저는…… 저는…… 아니, 사 대협께서 빨리 도망치십시오! 제 말을 들으시고 어서 빨리 도망치세요!"

장무기가 고함을 지르는 사이에 유운사가 또다시 영패 한 쌍을 휘둘러 공격해왔다. 장무기는 수중의 성화령으로 공격을 가로막았다. 영패와 영패가 마주치자 가죽이 늘어진 북을 두드리는 듯한 김빠진 소리와 해묵은 솜뭉치를 두드리는 듯한 맥 빠진 소리가 침울하게 울려 나와 듣기조차 거북스러웠다. 유운사는 손아귀가 터져 나갈 듯 엄청난 충격을 받고 영패를 놓치고 말았다. 상대방의 손아귀에서 빠져나온 성화령이 허공으로 날아가자, 장무기는 곧바로 몸을 솟구쳐 빼앗으려 했다. 바로 그 순간, 등줄기에서 "찌익!" 하는 소리가 들리더니 휘월사의 손길에 움켜잡힌 옷이 한 자락이나 듬뿍 찢겨나갔다. 그의 드러난 맨살 위로 할퀸 상처 자국이 서너 줄기나 생겼다. 얼얼하게 느껴지는 아픔 때문에 성화령을 빼앗으려던 손길마저 늦춰졌다. 잠깐 지체하는 사이에 성화령은 또다시 유운사의 수중으로 돌아갔다.

몇 차례 곤혹을 호되게 치르고 나자 장무기는 이들 세 적수의 공력이 하나씩 떼어놓고 보면 자기보다 훨씬 뒤떨어진다는 사실을 간파했다. 문제는 괴상야릇하기 짝이 없는 무공 수법과 신비한 병기를 쓰는 방식이었다. 아니 그보다 더 무서운 것은 세 사람의 연합 공세였다. 그것은 진법 같으면서도 진법이 아니고, 격식을 갖춘 것 같으면서도 일체 격식을 무시한 공격 방식이었다. 한마디로 음독한 공격법, 불가사의한 협공 방식이었다. 셋 가운데 하나만 때려누이면 이들의 연합 공세를 와해시키고 오늘 싸움에서 승리를 거둘 수 있을 터인데, 한 명을 공격하는 순간 나머지 두 명이 잇따라 공세를 펼칠 뿐 아니라 권법마저 변화무쌍하게 바뀌어가니 도저히 이 세 명의 연합 공세를 깨뜨릴 수가 없었다. 이런 전법을 손자병법에서 '수미상응首尾相應'•이라 했던가. 아무튼 장무기는 상대방을 하나 쓰러뜨려야 이기는 줄 뻔히 알면

• 《손자병법》 제11편 〈구지九地〉에서 따온 관용어. "용병술에 능한 자는 솔연率然처럼 부대를 지휘한다. 솔연은 상산常山 지방의 뱀 이름이다. 그 뱀의 머리를 치면 꼬리가 달려들고, 꼬리를 치면 머리가 달려들며, 허리 중턱을 치면 머리와 꼬리가 한꺼번에 달려든다. 군대의 운용도 솔연처럼 할 수 있다"고 했다. '솔연'은 《신이경神異經》《서황경西荒經》에 나오는 신화적 동물로, 머리와 꼬리가 무척 크며 몸뚱이는 오색 무늬로 얼룩진 뱀이라고 했다. 상산은 중국 오악五嶽 가운데 항산恒山의 별칭이다.

서도 오히려 적의 영패 공격에 연속 두 차례나 호되게 얻어맞고 일방적으로 몰리는 열세에 처하고 말았다.

그나마 다행인 것은 페르시아 사절 셋도 주먹질이나 발길질 공격이 성공할 때마다 구양신공의 반격에 충격을 받자 함부로 손과 발을 쓰지 않고 아예 성화령이란 괴상한 병기를 쓰는 데 주력했다는 점이다.

"이여업!"

사손의 입에서 대갈일성 기합이 터져 나왔다. 도룡도를 곧추 세워 가슴에 품은 채 싸움터 한복판으로 뛰어들기 무섭게 장무기 앞으로 들이닥쳤다.

"소협, 이 칼을 쓰시게!"

장무기는 일단 들고 있던 성화령을 품속에 집어넣고 그가 넘겨주는 도룡도를 두 손으로 받았다. 어쩌면 보도의 신통한 위력으로 강적들을 격퇴할 수 있을지도 모른다고 생각한 것이다.

칼을 넘겨준 사손이 오른발로 지면을 툭 찍고 뒤로 도약해 물러갈 때 눈 깜짝할 사이에 들이닥친 묘풍사의 주먹질 한 대가 등줄기를 강타했다. 얼마나 호되게 후려쳤는지, 사손은 가슴과 배 속의 오장육부가 모조리 뒤틀려 제자리를 이탈한 것처럼 무서운 충격과 아픔에 정신이 아찔해졌다. 주먹질이 기척도 없이 들이닥쳤다가 흔적 없이 물러가는 통에 바람 소리라곤 눈곱만큼도 들을 수 없었던 것이다.

장무기가 도룡도를 휘둘러 유운사를 후려 찍었다. 유운사는 양손에 갈라 쥔 두 자루의 영패를 번쩍 쳐들더니 그대로 방향을 되돌려 도룡도 칼날 위에 얹었다. 다음 순간, 장무기는 손바닥 한복판이 격렬하게 날뛰는 감촉을 느끼고 하마터면 칼자루를 놓칠 뻔했다. 깜짝 놀란 그는 황급히 내력을 끌어올려 성화령의 흡인력에 빨려가는 칼날을 붙잡았다. 이날 이때껏 성화령으로 적의 병기를 빼앗는 데 단 한 번의 실수도 없었던 유운사는 상대방의 칼을 빼앗을 수 없자 의아스러움을 금치 못하고 입이 딱 벌어졌다. 이때 휘월사가 야무지게 기합을 터뜨리더니 수중에 들고 있던 성화령 두 자루를 도룡도 칼날 위에 걸터앉혔다. 영패 넉 자루가 얹히자 보도를 끌어가려는 흡인력이 더욱 맹렬해졌다.

장무기는 벌써 일고여덟 군데나 상처를 입었다. 하나같이 경상이기는 해도 내력만큼은 크게 줄어든 상태였다. 몸뚱이의 절반이 열을 받고 뜨겁게 달아올랐는가 하면 칼자루를 쥔 오른손이 잠시도 그칠 새 없이 푸들푸들 떨리고 있었다. 그는 이 칼에 양부 사손의 목숨이 걸려 있음을 너무나 잘 알고 있었다. 양부는 자기가 누군지도 모르는데 목숨처럼 소중한 보도를 선뜻 빌려주었다. 그 호탕한 기백이야말로 하늘을 찌르고도 남음이 있지 않은가! 만에 하나 이 칼을 자기 손에서 잃어버리기라도 한다면 장차 무슨 낯으로 양부를 대할 것인가? 가슴속에 들끓어오르는 벅찬 호기를 감당하지 못한 그는 대갈일성 기합을 터뜨리며 체내의 구양신공을 줄기줄기 격발시켰다. 그러자 유운사와 휘월사의 얼굴빛이 한꺼번에 싹 바뀌었다. 상황이 불리하게 돌아가는 것을 본 묘풍사가 재빨리 한 자루 남은 영패마저 도룡도 칼날 위에 얹었다.

1 대 3으로 맞서 싸우면서도 장무기는 털끝만치도 위축되지 않았다. 한편으로는 안심이 되기도 했다. 생각지도 않게 묘풍사의 성화령 한 자루를 빼앗았으니 망정이지 셋이서 여섯 자루로 한꺼번에 공격했

더라면 정말 당해내기 어려웠을 것이다.

이제 네 사람은 저마다 내력을 최대한으로 끌어올리고 결사적으로 맞붙는 처지가 되었다. 삽시간에 네 사람은 땅바닥에 말뚝 박힌 듯 꼼짝달싹도 않고 선 채 한 방울이라도 내력을 더 끌어올리기 위해 안간힘을 썼다.

이렇듯 팽팽하게 대치한 상태로 얼마쯤 지났을까, 장무기는 급작스레 가슴 한복판이 뜨끔해지는 느낌을 받았다. 아주 가느다란 바늘 끝에 쿡 찔린 느낌이었다. 바늘 끝보다 더 날카로운 기운이 곧바로 심장으로 파고드는 바람에 장무기는 손의 힘을 늦추고 말았다. 그 순간 도룡도는 다섯 자루 성화령에 빨려들어 이미 손아귀를 벗어나고 있었다. 창졸간의 급변이었다. 그러나 장무기는 당황하지 않고 허리에 찬 의천보검을 뽑아 들었다. 그러고는 태극검법의 원전여의圓轉如意 초식을 펼쳤다. 둥그렇게 원을 그리던 칼끝이 비스듬히 허공을 긋다가 벼락같이 페르시아 사절 세 사람의 하복부를 동시에 점찍듯 찔러갔다. 세 사람이 엉겁결에 뒷걸음질 도약 자세로 피하려 했을 때 장무기는 어느새 의천보검을 허리께 칼집에 도로 꽂아 넣고 번뜩 내민 손길로 다시 도룡도를 빼앗아왔다. 도룡도를 빼앗겼는가 싶을 때 어느새 의천보검을 뽑았다가 다시 칼집에 꽂아넣고 손길을 내뻗어 도룡도를 되찾아온 동작은 그야말로 번갯불보다 더 빨랐다. 그것이 바로 건곤대나이 심법 가운데 일곱 번째 단계였다.

페르시아 사절 셋이 놀라 이구동성으로 외마디 경악성을 터뜨렸다. 내력 면에서 장무기보다 훨씬 뒤떨어지는 이들 세 사람이 입을 벌리는 순간 진기가 모두 흩어져버렸다. 그 바람에 오히려 성화령 다섯 자루마저 도룡도에 이끌려 손아귀를 벗어나기 시작했다. 세 사람은 큰일 났다 싶어 황급히 내력을 쏟아 도로 끌어들이려고 안간힘을 썼다. 쌍방 간에 끌고 당기는 대치 국면이 또 이어졌다.

장무기는 또 한 번 가슴이 바늘로 찔리는 듯한 느낌을 받았다. 이번만큼은 장무기도 미리 방비하고 있던 터라 도룡도를 빼앗기지 않았다. 두 번에 걸쳐 가슴을 찌른 바늘 침의 공격은 분명히 고통스러웠으나 형체가 없었다. 그것은 얼음장보다 더 차가운 일종의 한기로, 구양진기의 호체신공을 여지없이 돌파하고 곧바로 오장육부에까지 침투했다. 두 번째 습격을 받고났을 때에야 그는 이 음한한 바늘 끝 공격의 정체를 알아챘다. 페르시아 사절 셋은 극도로 음한한 내력을 한 점에 응축시켜 성화령을 통해 내보내고 있었던 것이다.

원래 지음至陰으로 지양至陽을 공격했다면 이들의 내공 수준으로 구양신공을 이길 수는 없다. 그러나 장무기의 구양신공은 전신 구석구석을 보호하느라 분산되어 있는 반면, 이들의 음한한 기운은 머리카락보다 더 가늘게 응축되어 부지불식간에 적의 몸통 속으로 뚫고 들어와 딱 한 부위에만 공격력을 집중시키고 있었다. 그것은 거대한 코끼리가 제아무리 힘이 세다 해도 아녀자가 수바늘 한 개로 살가죽을 찔러서 미쳐 날뛰게 만드는 경우와 같은 이치였다. 그 음한한 힘줄기는 장무기의 몸통 속에 들어가기 무섭게 눈 녹듯 사라졌으나, 뼛속까지 쑤셔대는 고통이야말로 도저히 견뎌낼 재간이 없었다.

내력으로 응축시킨 투골침透骨針 두 대를 연거푸 쏘아 보낸 장본인은 휘월사였다. 그녀는 상대방이 전혀 힘들이지 않고 막아내자 놀란 나머지 무색 투명에 가까운 두 눈동자를 휘둥그레 뜨고 장무기를 멀뚱멀뚱 바라보았다. 투골침이 어째서 효력을 발휘하지 않는지 의아스러워하는 기색이 역력했다. 성화령 한 자루를 빼앗긴 묘풍사는 왼손 하나가 비었으나 혼신의 기력을 오른팔에 집중시켜놓은 터라 그 손은 마비된 것이나 다를 바 없었다.

장무기도 이렇듯 대치 상태를 유지하다가 바늘 끝처럼 뾰족한 적의 힘줄기가 꼬리에 꼬리를 물고 찔러든다면 끝내 버티지 못하고 무너지리라는 사실을 알고 있었다. 그러나 대책이 없었다. 등 뒤에서 사손의 거친 숨결이 들려왔다. 한 걸음 한 걸음씩 다가드는 기척으로 보건대 자기를 도와 적을 치려는 태세가 분명했다. 그러나 지금 네 사람의 전신에는 공력이 풍선처럼 가득 차 있어 사손이 장력으로 적을 치는 날이면 그 충격이 곧바로 장무기에게 전달되어 결국 우군을 때리는 격이 될 터였다. 사손도 그 점을 아는 만큼 시종 머뭇거리기만 할 뿐 선불리 공격에 가담하지 못했다.

장무기는 곰곰이 생각했다. 정세가 이렇듯 험악하니 무엇보다 양부 사손부터 탈출시키는 일이 시급했다. 그는 목청을 돋우어 등 뒤에다 대고 소리쳤다.

"사 대협 어른! 이들 페르시아 사절 세 사람의 무공이 괴상야릇하기는 해도 제 한 몸 빠져나가기는 어렵지 않습니다. 그러니 우선 어르신부터 잠시 피하도록 하십시오. 이 싸움을 마무리 짓고 나면 즉시 보도를 돌려드리겠습니다."

페르시아 사절 세 사람은 다시 한번 소스라쳤다. 전심전력으로 내공을 겨루고 있는 마당에 입을 열고 천연덕스레 얘기하다니, 어쩌면 이럴 수 있단 말인가?

"소협의 존함은 어찌 되시는가?"

사손의 물음에 장무기는 이내 대꾸를 못 하고 망설였다. 지금 이런 급박한 시기에 자신의 정체를 밝히는 것은 천부당만부당한 일이다. 만일 양부가 알아차리는 날이면 페르시아 사절 셋과 죽기 살기로 맞서 싸워 죽는 한이 있더라도 끝까지 자기를 보호하려 들 게 뻔했기 때문이다.

"제 성은 증씨, 이름은 그저 송아지라고 부릅니다. 사 대협 어르신, 어서 떠나십시오. 혹시 저를 믿지 못하셔서 그러는 것은 아닙니까? 제가 당신의 보도를 꿀꺽 삼켜버리고 돌려드리지 않을까 걱정되십니까?"

사손은 어이없다는 듯 껄껄대고 웃었다.

"증 소협, 격장법으로 날 충동질하실 것 없네. 그대와 나는 이미 마음을 터놓고 사귄 벗이나 마찬가지야. 사손이 늘그막에 그대 같은 사람과 친구가 될 수 있다니, 정말 내 한평생 이보다 더 통쾌한 일은 없네. 증 소협, 내가 칠상권으로 저 여자를 후려칠 테니까, 용쓰는 기미가 보이거든 얼른 손을 놓고 그 도룡도일랑 내던져버리게!"

칠상권……. 그 권법이 얼마나 무서운 것인지 장무기는 너무나 잘 알고 있었다. 이제 도룡도를 포기하고 적의 수중에 넘겨버리기만 하면 양부는 주먹질 한 대로 휘월사를 거뜬히 죽일 수 있을 것이다. 하지만 그런 일이 벌어졌다가는 중토 명교와 페르시아 총교단 사이에 깊은 원한이 맺어질 게 분명하다. 성화령의 가장 큰 계율은 본교 형제들끼리 다투거나 때리거나 잔혹하게 살육하는 행위를 엄격히 금하고 있다. 그런데 오늘 자신이 불문곡직하고 총교단에서 온 사자를 죽게 한 대서야 어찌 중토 명교 교주로서 할 짓이겠는가?

"잠깐만!"

그는 사손이나 페르시아 사절들, 어느 누구를 지칭하지 않고 우선 제동부터 걸었다. 그러고는 다시 유운사 쪽으로 눈길을 돌렸다.

"우리 잠시 손을 놓고 휴전합시다. 제가 세 분께 명백히 말씀드려야 할 일이 있소이다."

유운사가 말없이 고개를 끄덕였다.

"저 역시 중토 명교와 깊은 관련이 있는 사람입니다. 세 분께서 성화령을 지니고 이렇듯 멀리 오셨는데, 저희가 귀한 손님으로 모셔야 할 것을 오히려 무례하게 대했으니 여러모로 죄를 지었습니다. 이제라도 쌍방이 때맞춰 공력을 거둬들이고 싸움을 중단하는 것이 어떻겠습니까?"

유운사가 또 고개를 끄덕거렸다.

장무기는 이제 됐구나 싶어 활짝 웃으면서 즉시 공력을 흩어버리는 한편, 도룡도마저 가슴 앞에 거둬들였다. 그런데 안심하기에는 때가 너무 일렀다. 페르시아 사절 셋이 엉뚱하게도 한꺼번에 공력을 쏟아냄과 동시에 뒷걸음질로 부챗살 펼치듯 좌에서 우로 쫙 갈라져 나가는 것이 아닌가? 그것은 분명 기습 공격을 가한 다음의 회피 동작이었다. 그다음 순간, 장무기의 앞가슴 옥당혈玉堂穴에 음한하기 짝이 없는 힘줄기 세 가닥이 들이박혔다. 예리한 도검의 칼끝, 비수나 송곳처럼 날카로운 힘줄기가 속속 들이박힌 것이다.

비록 형체도 없고 질감도 느끼지 못하는 무형무질의 음한지기였으나, 몸속으로 뚫고 들어왔을 때는 강철로 벼린 칼날보다 더 예리했다.

삽시간에 숨통이 막혀버린 장무기는 전신이 뻣뻣하게 굳어진 채 땅바닥에 맥없이 쓰러지고 말았다. 쓰러지는 순간, 머릿속에는 무수한 상념이 떠올랐다.

'아아, 내가 이대로 죽는구나……. 내가 죽고 나면 큰아버님도 저들의 독수에서 벗어나지 못하시겠지. 페르시아 총교단에서 왔다는 사자들이 이렇듯 신의를 저버릴 줄이야 생각지도 못했다. 아리의 목숨은 어찌 될까? 과연 살아날 수 있을까? 조민 낭자와 주 소저는 또 어떻게 될까? 아소…… 불쌍한 누이동생! 도탄에 빠진 백성을 구하고 원나라 폭정에 저항하기로 다짐한 우리 명교의 대업은 장차 어찌 될 것이냐……?'

눈앞에서 유운사가 오른손의 영패를 번쩍 치켜들더니 곧바로 천령개를 겨냥하고 내리쳤다. 다급해진 장무기는 필사적으로 내력을 끌어올려 봉쇄당한 옥당혈에 충격을 주기 시작했다. 하지만 끝내 한발 늦고 말았다.

"꼼짝들 마라! 중토 명교 인마가 대거 도착했노라!"

난데없는 여인의 고함 소리가 영사도 북쪽 산골짜기에 쩌렁쩌렁 울려 퍼졌다. 찔끔 놀란 유운사의 손길이 영패를 치켜든 채 반공중에 우뚝 멈췄다. 잿빛 그림자 하나가 번개 벼락 치듯 들이닥치더니 다짜고짜 장무기의 허리춤에서 의천보검을 뽑아내기가 무섭게 곧바로 유운사의 품속으로 뛰어들었다.

도마 위의 생선 꼴이 되어버린 장무기는 꼼짝달싹 못 하는 상태에서도 두 눈은 똑똑히 볼 수 있었다. 다름 아닌 조민, 바로 그녀였다. 이젠 살았구나 싶어 기뻐하던 그는 뒤미처 아연실색하고 말았다. 조민이 펼친 검법 일초가 하필이면 곤륜파의 살초 옥쇄곤강玉碎崑岡일 줄이야. 글자 그대로 곤륜산에 불이 붙으면 바윗돌뿐만 아니라 옥돌마저 구별하지 못하고 한꺼번에 불타 없어진다는 필사의 검법, 적과 함께 반드시 동귀어진하고야 말리라는 최후의 수단이 아닌가?

장무기는 이 검법 초식의 명칭을 모르기는 해도, 조민이 이런 자세로 검초를 구사하면 의천보검의 예리한 칼끝 아래 유운사가 중상을 입기는 하겠지만, 그녀 자신도 적의 치명 일격에서 벗어나지 못하리라는 사실만큼은 알 수 있었다.

눈앞에 들이닥친 장검의 공세가 필사적이라는 것을 알아본 유운사는 동료 두 사람과 협공을 하기는커녕 제 목숨 하나 보전하지 못한다는 사실을 깨닫자, 장무기의 정수리를 깨부수려던 영패를 번쩍 내밀어 가로막는 것과 동시에 땅바닥에 몸뚱이를 거꾸로 처박고 떼굴떼굴 구르기 시작했다.

성화령은 의천보검을 가로막는 데 성공했으나, 유운사는 자기 왼뺨에 섬뜩한 기운이 스쳐 지나가는 느낌을 받았다. 혼비백산한 그는 자신이 죽었는지 살았는지 모른 채 한동안 얼이 빠져 멍하니 주저앉아 있었다. 겨우 정신을 가다듬고 일어서면서 무심결에 손바닥으로 왼뺨을 더듬어보니 축축하고 끈적거리는 감촉과 더불어 머리통이 지끈거릴 정도로 아파 견딜 수가 없었다. 왼뺨을 뒤덮었던 텁석부리 수염이 날카로운 의천보검에 한 줌이나 베여 살가죽 근육까지 잘려나간 것이다. 그나마 다행인 것은 성화령이란 신비로운 보배가 의천검의 칼날을 제때 막아준 덕분에 목숨을 겨우 부지했다는 점이었다. 그러지 않았던들 지금쯤 유운사는 머리통 절반을 날려 보낸 시체가 되어 땅바닥에 널브러졌을 것이다.

앞서 장무기가 사손을 만나러 떠날 때, 조민은 아무래도 금화파파의 휼계가 두렵기도 하거니와 또 진우량의 수상쩍은 행적에 마음이 놓이지 않아 살그머니 그 뒤를 따라왔다. 그녀는 자신의 경공 수준이 상승 경지에 다다르지 못했다는 점을 뻔히 아는 터라 멀찌감치 떨어져 뒤를 밟았다. 그래서 장무기가 페르시아 사자 셋과 어우러져 공방전을 벌일 무렵에야 겨우 현장에 도착했다. 그녀는 장무기가 내력으로 겨루는 것을 보고 흐뭇한 마음을 금치 못했다. 호인 세 사람의 무공이 비록 괴상야릇하기는 해도 장무기가 지닌 웅혼한 구양신공에 미치지 못한다는 사실을 내다보았기 때문이다. 그런데 장무기가 느닷없이 상대방에게 휴전을 제의한 후 내력을 거두어들이고, 적들이 심상치 않은 낌새를 보이자 즉각 장무기에게 "조심하라"는 경고를 발하려 했다. 하지만 상대방은 벌써 암습에 성공하고 장무기는 땅에 쓰러진 뒤였다. 조민은 다급한 심정에 이것저것 돌아볼 겨를도 없이 무작정 달려 나가 우선 의천보검을 낚아챈 다음, 만안사 보탑에서 곤륜파 제자를 윽박질러 배운 필사의 검초를 전개해 이제 막 성화령으로 장무기의 머리통을 박살 내려던 유운사를 공격했다.

유운사는 단 일격에 텁석부리 수염과 살가죽마저 찢겨 퇴각했다. 조민은 의천검의 공격 방향을 돌리느라 한 바퀴 원을 그리다가 힘을 너무 주는 바람에 칼끝에 그만 자신의 모자를 절반이나 베어서 날려 보냈다. 모자가 벗겨지면서 여인의 고운 머리카락이 치렁치렁 드러났다. 장검 끝이 경사 각도로 원을 그리고 한 바퀴 돌아가는 동안 그녀의 몸뚱이는 벌써 묘풍사를 향해 덮쳐가고 있었다. 이렇게 되자 의천보검은 주인의 뒤를 바싹 따르는 형국이 되어버렸다. 몸뚱이를 던져 날리고 주인의 뒤에 병기가 따르는 초식은 바로 공동파의 절초 인귀동도人鬼同途로, 사람과 귀신이 함께 저승길에 오른다는 무서운 검초였다. 곧 곤륜파의 옥쇄곤강과 동일한 목적, 동일한 원리로 만든 것이었다. 적과 맞서 싸울 때 결정적으로 패배가 확실해질 경우, 한목숨 버려서라도 적과 함께 저승길로 떠나겠다는 '옥석구분玉石俱焚'의 비전절초였다.

이렇듯 처절이 극한 필사의 검법은 소림파나 아미파처럼 불문佛門의 무공을 전문적으로 발전시켜온 문파에는 애당초 존재하지 않았다. 옥쇄곤강과 인귀동도는 하나같이 패배 속에서 승리를 쟁취한다거나, 죽음 속에 자신을 던져 넣고 살아남기를 추구하는 따위의 구명절초救命絶招가 아니라, 오로지 너 죽고 나 죽자는 식으로 상대방과 더불어 목숨을 함께 끊고 저승길에 동반자로 삼고야 말리라는 양패구상兩敗俱傷에 목적이 있을 뿐이었다.

육대 문파 제자들이 만안사 보탑에 억류당해 있을 때, 곤륜과 공동 양대 문파 고수들은 여러 달에 걸쳐 숱한 굴욕을 당하고 무공을 겨룰 때 하나같이 공력을 상실해 도저히 조민의 부하들을 이겨낼 도리가 없었다. 그래서 성질이 불같은 사람들은 이 필사의 초식을 써서 적과 함께 죽기로 작심했다. 그러나 내력이라곤 하나도 없는 마당에 목숨을 던지고 싶어도 그럴 기력조차 없으니 어쩌겠는가. 공연히 본문 비장의 절초만 고스란히 적의 머릿속에 담아줄 수밖에 없었다.

조민의 공세가 사납고 필사적인 것을 깨달은 묘풍사는 대경실색한 나머지 그 자리에 꼼짝달싹도 하지 못한 채 얼어붙고 말았다. 그는 무공 실력이 뛰어나기는 해도 담보가 어지간히 작은 겁쟁이였다. 이제 눈앞까지 들이닥친 공격 초식을 막아낼 도리가 없게 되자, 묘풍사는 공포감이 극한점에 이르러 속수무책으로 죽기만 기다렸다.

조민은 몸뚱이가 묘풍사의 성화령에 닿을 지경에까지 이르렀을 때 손목이 파르르 떨리더니 쥐고 있던 장검을 그대로 묘풍사의 앞가슴에 찔러 넣어갔다. 이 초식이 바로 자신의 몸뚱이를 먼저 적의 병기 앞에 던져 넣는 일격 필살의 방식으로, 상대방의 수중에 들린 병기가 도검이든 장창이든 도끼든 상관없이 미끼로 던진 자기 몸에 들어맞는 그 찰나적인 순간, 적의 기세가 주춤하는 틈에 장검을 곧바로 찔러 넣는 것이었다. 그러면 상대방의 무공이 제아무리 뛰어나더라도 절대로 빠져나갈 수 없었다. 묘풍사의 경우가 바로 그랬다. 조민의 공격 초식이 자신의 목숨까지 희생해가며 적과 함께 동귀어진하려는 일격 필살임을 첫눈에 알아보았기 때문에 혼비백산한 끝에 말뚝 신세가 되어버린 것이다. 천만다행히도 그 손에 들린 병기는 창칼도 아니고 도끼도 아닌 철척鐵尺(쇠막대 자)처럼 생긴 영패로, 뾰족한 끄트머리도 예리한 날도 없는 것이라 조민은 몸통으로 그 위를 덮쳤으면서도 상처를 입지 않았다. 그러나 장검은 단 한순간도 멈추는 기미가 없이 여전히 목표를 찔러 들어갔다.

그때 갑자기 등 뒤에서 휘월사가 양팔로 그녀를 껴안았다.

페르시아 세 사자가 손발 맞춰 적을 상대할 때 그 배합의 절묘함이란 실로 불가사의할 정도였다. 그러나 조민이 별안간 들이닥쳐 두 번씩이나 필사의 검초를 전개하자 이들 세 고수는 진용이 삽시간에 무너지고 말았다. 그러다가 이제 와서야 휘월사가 가까스로 조민을 배후에서 껴안아준 덕택에 묘풍사에게 벌어질 끔찍한 일격 필살을 저지할 수 있었다. 얼핏 보아서 이 껴안기 동작은 그저 평범한 듯싶었다. 하지만 휘월사의 동작은 정확했고 신속했다.

조민이 내찌른 일검은 매서웠다. 그러나 칼끝이 미처 묘풍사의 몸통을 꿰찌르기 직전, 양 팔뚝이 급작스레 바싹 조여드는 느낌을 받았다. 그녀가 속으로 아차 싶었을 때, 휘월사는 잔뜩 껴안은 조민의 몸뚱이를 뒤로 힘껏 끌어당겼다. 그러나 다음 순간, 조민의 머릿속에도 영감이 퍼뜩 떠올랐다. 그녀는 자신의 몸뚱이가 상대방에게 끌려가는 대로 내버려둔 채 칼끝을 거꾸로 되돌려 자기 아랫배로 향했다.

그 일초야말로 곤륜파 옥쇄곤강, 공동파 인귀동도의 필사적 검법을 뛰어넘어 장렬壯烈하다고밖에 표현할 수 없는 절초였다. 무당파 사람들은 이 검초에 천지동수天地同壽란 명칭을 붙였다. 하늘과 땅이 영원토록 수명을 같이한다는 이 비장한 검법은 무당파의 창시자 장삼봉이 만들어낸 것이 아니라, 바로 무당칠협 가운데 여섯째 은리정이 고심참담한 끝에 이룩한 검초였다. 그가 이 검초를 만든 의도는 오직 하나, 마교의 광명좌사 양소와 동귀어진하기 위해서였다. 약혼녀 기효부가 비참하게 죽고 나서부터 그의 마음속에는 양소를 죽여 복수하겠다는 일념밖에 없었다. 하지만 자신의 무공 실력으로 양소에게 적수가 되지 못한다는 사실이 문제였다. 스승은 비록 천하에 으뜸가는 고수이긴 해도, 은리정 자신의 자질과 오성에 한계가 있어 스승의 무학을 3~4할도 따라 배우지 못했다. 양소를 죽이고 나서 자기 자신도 기효부가 없는 이 세상에 더는 살아가고 싶지 않았다. 원수도 갚고 자신도 죽는 수법, 은리정은 오로지 그 일념만을 품은 채 무당산에서 이와 같은 필사의 검법 몇 초를 구상한 것이다.

은리정이 남몰래 필사의 검법을 익히고 있었으나 결국은 스승에게 발각되고 말았다. 여섯째 제자가 무슨 의도로 이 무서운 검법을 익히는지 그 속을 빤히 아는 만큼 장삼봉은 그저 장탄식을 내뱉으며 이 검초에 천지동수란 이름을 붙여주었다. 아울러 검법 이름의 뜻풀이를 이렇게 해주었다.

"사람의 육신은 죽더라도 그 정신이 썩지 않는다면 만고불후萬古不朽의 명성을 남기게 된다. 만고불후의 명성을 어떻게 전할 수 있는지 아느냐? 한갓지게 복수하는 데만 이 검법을 쓸 것이 아니라, 제 목숨을 희생해 인仁의 세계를 이룩하는 살신성인, 삶을 버리고 대의를 선택하는 사생취의捨生取義, 바로 이 두 가지 협사의 도리를 다하는 데 써야 할 것이다. 이것을 쓰는 자의 목숨까지 던질 만큼 비장한 검초이니 항상 대의를 염두에 두고 신중해야 한다."

은리정의 큰 제자는 만안사 보탑에서 시달림을 받은 끝에 조민의 부하와 대련 도중 이 검초로 적과 더불어 자결하려다가 범요의 눈에 발각되어 목숨을 건진 일이 있었다. 조민은 그때 이 무당파 비장의 검초를 배운 것이다.

검초를 구사하는 방식은 간단했다. 자신의 등 뒤에 찰싹 달라붙은 적을 척살刺殺하려면 우선 예리한 칼끝으로 자기 아랫배를 꿰찌르고 다시 그 칼끝이 적의 하복부를 계속 찔러 들어가기만 하면 됐다. 칼 한 자루로 두 몸뚱이를 맞뚫다니, 조민의 등 뒤에서 깍지 손으로 단단히 껴안고 있는 휘월사가 무슨 재간으로 피해낼 수 있으랴? 만일 묘풍사가 놀란 끝에 말뚝이 되지 않았거나 유운사가 바로 곁에 가까이 서 있었다면 이들 두 동료와 휘월사는 여느 때나 다름없이 일심동체를 이루어 기민하게 대응책을 구사해 두 여인의 목숨을 건질 수도 있었겠지만 말이다.

의천보검이 조민과 휘월사의 하복부를 한꺼번에 꿰찌르려는 그 위기일발의 순간, 장무기는 비로소 막혔던 혈도를 뚫는 데 성공했다. 그러고는 땅바닥에 쓰러진 자세 그대로 손길을 내뻗어 조민의 손에 들린 의천검을 덥석 낚아챘다. 그와 동시에 조민도 안간힘을 다 써서 몸부림친 끝에 휘월사의 손아귀에서 빠져나왔다. 그 순간 그녀의 머릿속에 한 가지 영감이 퍼뜩 스쳤다. 조민은 대뜸 장무기의 품속에서 성화령을 끄집어내 멀찌감치 내던져버렸다.

묘풍사가 빼앗긴 한 자루 영패가 떨어진 곳은 하필이면 금화파파가 날카로운 강철 송곳을 잔뜩 깔아놓고 사손을 유인하려던 함정 한복판이었다. 이 성화령은 페르시아 사자들에겐 목숨같이 소중한 보배였다. 유운사와 휘월사는 지금까지 맞서 싸우던 장무기와 조민을 팽개치고, 심지어 동료인 묘풍사의 안위조차 돌아보지 않고 일제히 몸을 솟구쳐 성화령이 날아간 쪽으로 치달려갔다. 20~30척을 달린 두 사람은 어느새 강철 송곳이 가득 깔린 수풀 속으로 뛰어들었다.

"아악!"

다음 순간, 고통에 찬 외마디 소리가 어두운 밤하늘을 깨뜨렸다. 강철 송곳을 밟은 휘월사가 내지른 비명이었다. 초승달은 있으나 마나 캄캄한데, 거센 바닷바람이 휘몰아쳐 무릎까지 차는 수풀을 이리저리 마구 휘젓는 바람에 강철 송곳과 성화령을 구별하기가 쉽지 않았다. 두 사람은 할 수 없이 허리를 구부리고 손길 닿는 대로 쉴 새 없이 강철 송곳부터 뽑아내며 더듬더듬 영패를 찾았다. 두려움에 질려 말뚝처럼 얼어붙은 채 멀거니 서 있던 묘풍사 역시 동료가 지른 비명 소리에 놀랐는지, 긴 악몽에서 깨어난 사람처럼 냅다 고함을 지르며 동료들 쪽으로 쫓아갔다.

조민은 맥 풀린 신음 소리를 내며 장무기의 품속으로 뛰어들었다. 방금 정신없이 필사의 검초를 세 차례나 펼쳐내는 동안 그녀는 오로지 사랑하는 이의 목숨을 구해야겠다는 일념밖에 없었다. 그런데 이제 놀란 넋이 다소 가라앉고 긴장감이 풀리자 더는 두 다리로 서 있을 수 없었던 것이다.

장무기가 한 손으로 그녀를 부여안았다. 가슴 벅찬 감동이 복받쳐 올랐다. 그러나 지금은 한가롭게 고마워하고 있을 때가 아니었다. 페르시아 사자들이 일단 성화령을 찾아내기만 하면 곧바로 되돌아올 게 분명했다.

"우리 어서 떠납시다!"

그러고는 도룡도를 사손에게 넘겨준 다음, 중상을 입은 아리를 껴안고 일어섰다.

"사 대협 어른, 아무래도 잠시 저들의 예봉을 피해야겠습니다."

"그러세!"

'거경방 젊은 협객'의 뜻을 흔쾌히 받아들인 사손이 몸을 굽혀 금화파파의 혈도부터 풀어주었다. 그 모습을 바라보면서 장무기는 마음이 한결 놓였다. 금화파파, 이 성질 사나운 할멈도 저승의 문턱을 넘나들 만큼 호된 꼴을 겪었으니 양부 사손과 맺은 지난날의 원혐도 이젠 말끔히 풀렸으리라 싶었던 것이다.

네 사람이 산 아래 20~30척가량 내려왔을 때, 장무기는 아리가 비록 자신의 외사촌이요 환자의 몸이긴 하지만 역시 다 큰 남녀 간에 직접 살을 맞대고 있는 것이 꺼림칙스러워 아리를 금화파파에게 넘겨주었다.

조민이 앞장서서 길을 인도했다. 그 뒤로 금화파파와 사손이 따라붙고 장무기는 적들의 추격에 대비해 맨 뒤에 섰다. 흘낏 뒤돌아보니 페르시아 사절 셋은 여전히 웃자란 수풀을 헤쳐가며 영패 찾기에 혈안이 되어 있었다. 불현듯 가슴 한구석에 부끄러움이 솟구쳤다. 절세신공을 익혀 세상에 따를 자가 없노라고 자부하던 자신이 오늘 이렇듯 참담한 패배를 당할 줄이야 누가 알았으랴? 좀 전에 겪은 아슬아슬한 위기를 생각하면 아직도 가슴이 두근거렸다. 저토록 중상을 입은 아리도 걱정이 되었다.

이런저런 상념에 싸여 비탈진 산길을 내려가는데, 갑자기 사손이 외마디로 냅다 호통을 치더니 금화파파의 등줄기에 주먹을 내질렀다. 금화파파는 뒷손질로 그 주먹을 홱 뿌리치면서 안고 있던 아리를 땅바닥에 내던졌다. 깜짝 놀란 장무기가 쏜살같이 앞으로 달려갔다. 뒤미처 호통쳐 꾸짖는 사손의 목소리가 들려왔다.

"한 부인! 어째서 그 아이를 죽이려는 거요?"

금화파파가 코웃음을 치며 대꾸했다.

"당신이 날 죽이든 말든 그야 당신 마음대로 할 일이고, 내가 요 계집아이를 죽이든 말든 그건 내 마음인데, 당신이 무슨 상관이에요?"

그 소리를 듣고 장무기가 딱 부러지게 경고를 발했다.

"내가 있는 한 당신이 함부로 사람을 다치게 내버려두지 않을 거요."

금화파파가 잡아먹을 듯이 노려보면서 물었다.

"그대는 오늘 이것저것 부질없이 참견을 많이 하셨는데, 그러고도 싫증이 안 나시는가?"

"꼭 부질없는 참견은 아니오. 이제 곧 페르시아 총교단 사람들이 추격해올 텐데 속히 떠나지 않고 뭘 하는 거요?"

"흥!"

금화파파는 콧방귀로 응수하더니 서쪽으로 냅다 뛰어 달아나기 시작했다. 그러나 몇 걸음 못 가서 느닷없이 뒷손질로 황금 매화꽃 암기 석 대를 던져 보냈다. 암기 석 대가 곧바로 아리의 뒤통수를 노리고 질풍같이 날아들었다.

장무기의 손가락이 연달아 튕겨졌다. 기막히도록 절묘한 탄지신공에 아리를 향해 들이닥치던 황금 매화꽃 세 송이가 중도에서 일제히 방향을 정반대로 틀더니 주인 금화파파 쪽으로 날아갔다. 허공을 찢어발기는 날카로운 바람 소리가 강궁에서 발사된 살촉보다 한결 더 매서웠다. 그는 앞서 부상당한 아리를 안아 일으켰을 때 입술 위에 붙인 수염과 변장하느라 누렇게 칠한 기름을 모조리 지워버렸다. 따라서 금화파파 역시 그의 본래 모습을 똑똑히 봐둔 터였다. 그런데 이 젊은 풋내기 녀석의 공력이 이렇듯 깊고 두터울 줄이야 꿈에나 생각했으랴. 무서운 기세로 자신에게 날아오는 황금 매화꽃 세 송이를, 그녀는 감히 손으로 받아낼 엄두조차 내지 못하고 엉겁결에 온몸을 땅바닥에 던지다시피 납죽 엎드려 피해야 했다. 그와 동시에 "씽!" 하는 소리와 더불어 암기 석 대가 등줄기를 훑고 지나갔다. 등 쪽 심장 부위를 덮고 있던 무명 적삼에 길게 찢겨나간 자국이 세 군데나 생겼다. 혼비백산

한 금화파파는 뒤도 돌아보지 않고 허겁지겁 내뛰더니 삽시간에 어디론가 사라졌다.

장무기가 땅바닥에 쓰러진 아리를 안아들려 할 때였다. 갑자기 조민이 고통스러운 외마디 소리를 내면서 주저앉더니, 양 손바닥으로 아랫배를 억눌렀다.

"어찌 된 거요?"

황급히 다가가서 묻는 소리에 그녀는 입술만 깨문 채 고개를 가로저었다. 어느새 두 손바닥이 온통 피로 물들었는가 하면 열 손가락 틈새로 아직도 피가 배어나오고 있었다. 조금 전, 마지막 천지동수 일초를 구사했을 때 결국 칼끝이 아랫배를 찌르고 말았던 것이다. 대경실색한 장무기는 얼굴빛이 종잇장보다 더 하얗게 질렸다.

"어…… 어떻소, 중상을 입은 거요?"

바로 그때 산중턱 쪽에서 뭐라고 떠드는 소리가 들려왔다. 목소리의 주인은 묘풍사가 틀림없는데, 저들끼리 페르시아어로 주고받는 말뜻을 알아들을 수가 없었다. 하지만 환호성이 뒤섞여 나오는 품이 들어보나 마나 이런 뜻일 게 분명했다.

"찾았다, 찾았어!"

조민이 다급하게 재촉했다.

"난 상관 말고 어서 가요! 어서요!"

장무기는 대답 대신 한 팔로 그녀를 껴안고 질풍같이 산 아래로 치달렸다.

"배로 가요! 배를 띄워서 도망쳐야 해요!"

조민이 잇따라 지시를 내렸다.

"알았소!"

장무기도 한마디로 응답했다. 한 팔은 아리를 껴안고 또 한 팔은 조민을 껴안은 채 산자락 밑으로 급히 치닫는 기세가 마치 허공을 나는 새처럼 날렵하고 재빨랐다. 뒤따르던 사손이 속으로 깜짝 놀라 혀를 내둘렀다. 세상에 이렇게 대단한 젊은이가 다 있을까? 아무리 여인의 몸이 가볍다지만 양손에 두 사람씩이나 껴안고도 홀가분하게 저렇듯 날쌘 동작으로 내뛸 수 있다니, 참으로 놀라운 일이었다.

그러나 장무기의 심정은 삼 가닥처럼 헝클어져 혼란스럽기만 했다. 양 팔뚝에 껴안은 두 처녀 가운데 한 사람이라도 상처가 위중해 목숨을 구해내지 못한다면 평생을 두고 한이 될 것만 같았다. 천만다행히도 두 처녀의 몸에 온기가 느껴지고 더는 차가워지는 기미가 보이지 않아 다소 마음이 놓였다.

성화령을 찾아낸 페르시아 사자 셋이 산 밑으로 달려오기 시작했다. 그러나 이들의 경공 수준으로는 장무기를 도저히 따라잡을 수 없었고 사손보다도 뒤떨어졌다.

제일 먼저 뱃전에 들이닥친 장무기가 소리 높여 외쳤다.

"소민군주의 명이오! 우리가 곧 떠나야 하니 모든 선원은 시각을 다투어 돛을 올리고 출항 준비를 서두르시오!"

과연 소민군주의 전령은 기막히게 신통력을 발휘했다. 장무기에 이어 사손이 뱃머리에 뛰어올랐을 때는 앞뒤 돛대 위에 돛폭이 활짝 펼쳐 올라가고 닻을 거두어들여 출항 준비를 완벽히 끝냈다.

선장이 다가왔다. 소민군주에게 직접 지시를 받아야겠다는 투였다. 조민은 피를 많이 흘려 힘없이 낮은 목소리로 분부했다.

"앞으로…… 장 공자님의 호령을…… 듣도록 하게!"

조타수는 즉시 키를 돌려 출항했다.

추격해온 페르시아 사자 셋이 바닷가에 도착했을 때, 일행을 태운 원양 선박은 벌써 해안에서 200~300척 거리나 떨어져 둥실둥실 떠나가고 있었다.

장무기는 조민과 아리를 선실 안에 들여다 나란히 누였다. 곁에서 아소가 거들어 두 사람의 옷을 풀어 헤치고 상처를 드러내주었다. 상처가 어느 정도인지 살펴보니, 조민은 아랫배에 반 치 깊이로 칼자국이 났다. 비록 출혈은 심하지만 생명에는 지장이 없었다. 아리는 금화파파가 쏜 황금 매화꽃 암기 석 대를 고스란히 급소에 맞았다. 그 할멈의 솜씨가 워낙 무겁기 짝이 없어 구해낼 수 있을지는 판단이 서지 않았다. 아무튼 장무기는 두 사람의 상처에 약을 바르고 헝겊으로 싸매주었다. 아리는 혼수상태에 빠진 지 이미 오래였다. 조민은 두 눈에 눈물이 글썽글썽 맺힌 채 기분이 어떠냐고 물어도 이를 악물기만 할 뿐 대답하지 않았다.

우선 급한 대로 치료가 끝나자 사손이 물어왔다.

"증 소협, 이 사손은 세상과 동떨어져 살아온 사람일세. 이번에 내 뜻과는 달리 중원 땅에 돌아왔으나, 그대처럼 의리 깊은 친구를 알게 되다니 얼마나 기쁜지 모르겠네."

장무기는 대답 대신 그를 선실 한가운데 의자에 모셔 앉힌 다음, 조용히 무릎 꿇고 엎드려 큰절부터 올렸다. 인사말을 하려니 울음이 먼저 터져 나왔다.

"큰아버님, 불초 무기가 문안 인사 드립니다. 하루 한시라도 조속히 모셔왔어야 할 것을 제가 불효하여 큰아버님께 너무나 많은 신산고초를 겪게 해드렸습니다!"

이 말을 듣고 사손은 앉은 자리에서 벌떡 일어났다. 그러고는 떨리는 목소리로 다시 물었다.

"그대…… 그대가 지금 무슨 소리를 하는 건가?"

"큰아버님, 제가 바로 장무기, 아니 사무기謝無忌입니다!"

그러나 천만뜻밖의 말에 충격을 받은 사손이 좀처럼 믿으려 하지 않았다.

"네가…… 네가 누구라고? 다시 말해봐라……."

장무기는 이 물음에 대꾸하지 않고 엉뚱한 내용을 외워나가기 시작했다.

"권법을 배우는 도리는 정신을 집중시키는 데 있느니, 힘줄기보다 뜻을 앞세워야 승리를 거둘 수 있으며……."

단 한 대목 끊기거나 막힘없이 도도하게 읊어 내리는 문장, 그것은 사손이 빙화도에서 전수한 무공 요결이었다. 당시 나이 어린 그에게 요결만 죽도록 암기시켰을 뿐 그 내용대로 단련시키지는 않았다. 장무기의 입에서 스무 구절쯤 나왔을 때에야 사손은 놀라움과 반가움을 못 이겨 그의 양 팔뚝을 와락 거머쥐고 거듭 확인해 물었다.

"네가…… 네가 정말 우리 무기였단 말이냐……? 네가 무기 녀석이었어?"

장무기는 일어서서 양부를 얼싸안았다. 그러고는 지난날 겪은 사연을 긴요한 대목만 골라 간략하게 말했다. 단지 자신이 명교 교주가 되었다는 사실만큼은 밝히지 않았다. 양부가 교단에서 위아래를 엄격히 가리는 분이니만치 오히려 교주가 된 자신에게 예를 갖출까 두려웠던 것이다. 사손에게는 모든 것이 꿈만 같았다. 그러나 이제 와서 믿지 않고 싶어도 안 믿을 도리가 없어 그저 같은 말만 되풀이해서 중얼거렸다.

"저 빌어먹을 놈의 하늘도 눈을 뜰 때가 다 있구나! 하늘이 눈을 떴어……!"

'빌어먹을 놈의 하늘'이란 말투에도 예전처럼 악담 저주가 아니라, 이제는 친근감이 배어나왔다.

그때 갑자기 뱃고물 쪽에서 수부들의 고함 소리가 왁자지껄 들려왔다.

"적선이 추격해온다!"

장무기는 황급히 뱃고물 조타석으로 달려갔다. 어렴풋이 수평선 아래 거대한 배 한 척이 다섯 폭이나 되는 돛을 활짝 펼쳐 쾌속으로 뒤쫓아오고 있었다. 칠흑같이 어두운 밤중이라 적선의 몸체는 똑똑히 보이지 않으나, 흰색 돛 다섯 폭만큼은 유난히 눈에 띄었다. 뱃전에 서서 한참 동안 바라보던 장무기는 차츰 초조해졌다. 돛이 여러 폭 달린 데다 선체가 가벼워 접근해오는 속력이 무척 빨랐던 것이다.

두 배 사이가 점점 좁혀들자 그는 어찌해야 좋을지 모르고 자꾸 마음만 조급해졌다. 아무리 생각해도 적선을 따돌릴 묘책이 떠오르지 않았다. 이제 방법은 하나뿐, 페르시아의 세 사자가 이쪽 배로 오르면 갑판이나 선실 안에서 마주쳐 싸우는 수밖에 없었다. 선실은 면적이 비좁은 만큼 셋이서 호흡을 맞춰 연합 공세를 퍼붓기에는 불리할 것이다. 그렇다면 이쪽에서 거치적거리는 물건을 더 많이 설치해놓는 것이 유리하다. 그는 조민과 아리를 한 곁으로 옮겨다 누여놓고 큼지막한 무쇠 닻 두 개와 육중한 쇠사슬을 얼기설기 엮어 선실에 늘어놓았다. 그것을 장애물로 삼아 페르시아 사자 셋을 분산시킬 속셈이었다.

장애물 설치가 막 끝났을 때 느닷없이 뱃고물 쪽에서 "쿵!" 하는 굉음이 들려오더니 선체가 한쪽으로 사납게 기울어졌다. 뒤미처 반공중에서 바닷물이 소나기처럼 쏟아져 내려 선실 안에까지 밀려들었다. 뱃고물 쪽 키잡이가 고래고래 악을 써댔다.

"적선에서 대포를 쏜다! 적선에서 대포를 쏜다!"

첫 번째 날아든 포탄이 명중되지 않은 게 천만다행이었다. 정통으로 들어맞았더라면 꼼짝없이 격침당하고 말았을 것이다.

조민이 자리에 누운 채 장무기를 손짓해 불렀다.

"우리 배에도 대포가 있어요!"

이 한마디가 장무기를 일깨웠다. 정신이 번쩍 든 그는 즉시 갑판으로 뛰어나갔다. 그러고는 수부들을 지휘해 위장해놓은 엄폐물을 걷어치우게 하고 포신에 화약과 철탄을 잿였다. 도화선에 불을 댕기자 "펑!" 하는 소리와 함께 포탄이 발사되었다. 그러나 이들은 모두가 선원으로 변장한 조민의 부하 무사들로서 무공 실력은 약하지 않으나 해전에서 함포를 쏘는 일에는 먹통이었다. 모처럼 한 발 쏘아 보낸 포탄은 두 함선 중간 바닷물에 떨어져 수십 척 높이의 물기둥만 일으켰을 뿐 적선에는 영향을 미치지 못했다. 그러나 포탄이 날아가고 보니 적선에서도 이편에 함포가 장착되어 있음을 알아차리고 선부르게 근접해오지 않았다.

얼마 안 있어 적선에서 또다시 대포를 쏘기 시작했다. 불행히도 이번에는 포탄 한 발이 뱃머리에 정통으로 들어맞아 삽시간에 불길이 치솟았다.

장무기는 허둥지둥 선원들을 지휘해 불길을 잡게 했다. 선원들이 한창 바쁘게 물을 날라 불을 끄느라 정신이 없는데, 이번에는 2층 선실에까지 불길이 번졌다. 그것을 본 장무기는 양손에 큼지막한 물통을 하나씩 들고 뛰어 올라가 냅다 문짝부터 걷어차면서 물을 끼얹어 선실 안의 불길을 잡았다. 자욱한 연기 속으로 들여다보니 여자 하나가 침대 위에 길게 누워 있었다. 방금 끼얹은 물에 온몸이 흠뻑 젖은 여인은 바로 아미파 주지약 소저였다. 장무기는 물통을 내던지고 뛰어 들어가 황급히 물었다.

"주 소저, 아무 일 없소?"

난데없이 물벼락을 맞은 주지약은 낭패스러운 몰골이 되었다. 그러나 느닷없는 화재에 몰려 위급하기 짝이 없을 때 장무기가 나타나자, 반가움에 겨워 헤엄치듯 양손을 허우적거리면서도 한편으로는 놀라움과 의아스러움에 두 눈이 휘둥그레졌다. 양손을 움직이자 "철그렁철그렁!" 쇳소리가 울렸다. 자세히 보니 손발에 수갑과 족쇄가 채워지고 쇠사슬로 연결되어 있었다. 금화파파가 납치해올 때 도망치지 못하도록 사슬로 묶어놓은 것이다. 장무기는 아래층으로 내려가 의천보검을 가지고 돌아와서는 족쇄와 수갑 쇠사슬을 단칼에 모조리 끊어주었다.

주지약이 놀란 넋을 가라앉히며 물었다.

"장 교주님, 당신…… 당신이 여길 어떻게 오셨어요?"

그러나 장무기가 미처 대답하기도 전에 갑자기 요란한 굉음과 함께 선체가 격심하게 뒤흔들렸다. 발밑이 허전해진 주지약이 몸을 제대로 가누지 못하고 장무기의 품으로 덥석 안겨들었다. 장무기는 황급히 손을 내밀어 부축했다. 때마침 선실 창문 밖에 불빛이 비쳐들면서 그녀의 얼굴을 비췄다. 창백한 얼굴, 두 뺨에 방그레하니 달무리가 피어올랐는데 물방울이 구슬처럼 한 알 한 알 방울진 품이 마치 새벽이슬 맺힌 수선화처럼 해맑고도 고왔다.

장무기도 그제야 정신을 가다듬고 재촉했다.

"아래층 선실로 내려갑시다."

두 사람이 막 선실 문을 나섰을 때였다. 기우뚱하던 선체가 그 자리에서 빙글빙글 맴돌기 시작하더니 좀처럼 멈출 기미를 보이지 않았다. 적선에서 날아온 포탄 한 발이 조타석을 산산조각 때려 부숴 날려 보내고, 키잡이마저 바닷물에 떨어져 죽어버린 것이다.

다급해진 선장이 손수 대포를 조작하기 시작했다. 그는 한 발에 적선을 격침시킬 욕심으로 잠시도 손을 쉬지 않고 포신에 화약을 듬뿍 쟁여 넣었다. 그러곤 쇠몽둥이로 몇 번 착실하게 다지더니 무쇠 포탄을 한 발 안아다가 포구에 굴려 넣은 다음 포신 각도를 높이고 도화선에 불을 당겼다. 그리고 불심지가 거의 다 타들어갔을 때였다.

"꽈당!"

급작스레 붉은 빛깔 벼락불이 사람들의 눈앞에 번쩍이는가 싶더니 천지를 뒤흔드는 엄청난 폭발음이 귀청을 때리면서 육중한 포신이 눈 깜짝할 사이에 산산조각 나고 말았다. 시뻘건 불덩어리와 무쇠 조각 파편이 사면팔방으로 튀어 날면서 대포 곁에 있던 선장과 부하 선원들의 몸뚱이를 갈기갈기 찢어놓았다. 포좌가 놓인 주변에는 온통 인간의 핏물이 물보라처럼 흩뿌려지고 살점이 여기저기 흩날렸다. 무공만 뛰어났을 뿐 해전이나 포술에 먹통인 선장이 조급한 마음에 발사 위력을 높인답시고 포신에 화약을 적정량보다 몇 배나 꾸역꾸역 쟁여 넣은 탓에 오히려 멀쩡한 대포 한 문을 통째로 박살내고, 자신과 애꿎은 부하들의 목숨까지 날려 보낸 것이다.

장무기와 주지약이 갑판 위에 내려섰을 때, 배는 어딜 돌아보나 온통 불바다였고 거의 발 디딜 틈조차 없었다. 흘낏 스친 눈길에 좌현 뱃전 가까이에 작은 배 한 척이 묶여 있었다. 구명정이었다.

"주 소저! 빨리 저 배로 뛰어드시오!"

그때 아소가 아리를, 사손이 조민을 떠안은 채 당황한 기색으로 아래층 선실 안에서 앞서거니 뒤서거니 뛰쳐나왔다. 방금 포좌를 박살낸 대폭발로 말미암아 선체 밑바닥에 커다란 구멍이 뚫리고 바닷물이 용솟음쳐 들어오는 바람에 모두 허둥지둥 쫓겨나온 길이었다.

장무기는 주지약과 환자를 안은 사손, 아소가 구명정에 들어앉을 때까지 기다렸다가 장검을 휘둘러 배가 묶여 있던 밧줄을 단칼에 끊어버렸다. "철썩!" 하는 소리를 내며 바다로 떨어져 내린 작은 구명정은 거센 파도에 휩싸여 금방이라도 뒤집힐 듯 요동쳤다. 뒤미처 배 위로 날렵하게 뛰어내린 장무기가 두 손으로 노를 잡기 무섭게 힘껏 저어나가기 시작했다.

어선으로 위장한 몽골 수군 포함 한 척이 이제는 불덩어리로 바뀌어 무섭게 타오르면서 주변 해면을 온통 시뻘건 불빛으로 물들이고 있었다. 장무기는 혼신의 기력을 다 쏟아 노를 젓느라 정신이 하나도 없었다. 어떻게 해서든지 불빛이 비치지 않는 어둠 속으로 배를 몰아가야만 했다. 그래야 구명정을 발견하지 못한 페르시아 전함 쪽에서 장무기 일행이 불타는 배와 함께 모조리 바닷물 속에 빠져 물고기 밥이 되었으리라 믿고 더는 추격해오지 않을 테니 말이다.

사손이 배 안을 더듬거리더니 널판 한쪽을 찾아들고 물살을 헤치기 시작했다. 공력이 절정에 다다른 고수 두 명이 필사적으로 노를 저은 덕분에 자그만 구명정은 잔잔한 밤바다 해면을 미끄러지듯이 치달려 잠깐 사이에 불빛이 환한 수역水域 바깥으로 빠져나갈 수 있었다.

불덩어리가 된 거대한 포함이 엄청난 굉음을 울리면서 기울어졌다. 배 안에 가득 실은 화약통이 연쇄 폭발을 일으킨 것이다. 대폭발이 일어나자 페르시아 함선은 접근할 엄두를 내지 못하고 멀찌감치 정박한 채 감시만 하고 있었다. 조민이 데려온 호위 무사 가운데 수영에 익숙한 몇몇이 적선으로 헤엄쳐 가서 살려달라고 구원을 요청했으나, 갑판 위에 늘어선 페르시아인들은 활로 쏘아 그들을 모두 죽여버렸다.

장무기와 사손은 여전히 단 한순간도 노 젓는 손길을 멈추지 않았다. 육지에서 쫓겼다면 그래도 죽기 살기로 싸우겠지만 이런 망망대해에서 적함이 대포 한 발 쏘는 날이면 포탄이 20~30척 바깥에 떨어지더라도 물보라에 꼼짝없이 전복당하고 말 것이다. 다행히 두 사람의 내력이 끈덕지게 솟구쳐 한밤중 내내 노를 저어도 지치지 않았다.

동이 트고 날이 밝았지만, 온 하늘에 먹구름이 덮이고 사방 천지가 잿빛 장막처럼 짙은 안개 속에 휩싸여 아무것도 보이지 않았다.

그제야 장무기는 기분이 한결 나아져 혼잣말로 중얼거렸다.

"이렇게 짙은 안개가 끼다니 정말 잘됐군! 이대로 반나절만 더 보내면 적들이 아무리 찾아 헤매고 다녀도 우리를 발견하지 못할 거야."

그런데 생각지도 않게 오후가 되자 불현듯 광풍이 휘몰아치면서 비가 억수같이 퍼붓기 시작했다. 세찬 미치광이 바람에 휩쓸려 조각배는 남쪽으로 표류했다. 시절이 한창 추운 엄동이라 모질게 퍼붓는 비바람에 일행의 옷은 너 나 할 것 없이 흠뻑 젖었다. 내력이 깊고 두터운 장무기와 사손 두 사람은 별 상관이 없었으나, 주지약과 아소는 된바람을 견디지 못하고 이를 악물어야 했다. 그러나 추위는 둘째로 치고 무엇보다 하늘에서 쏟아져 내리는 빗물이 문제였다. 작은 배에는 쓸 만한 그릇 하나 보이지 않았다. 그렇다고 뾰족한 수를 짜낼 사람도 없었다. 이제 노 젓기는 포기하고 일행 넷이 저마다 벗은 신발 여덟 짝으로 잠시도 쉬지 않고 배 안에 고인 빗물을 퍼내야만 했다.

부지런히 빗물 퍼내기 작업을 하면서도 사손은 기분이 좋았다. 오매불망 그리워하던 양아들 장무기를 드디어 만났으니 그럴 수밖에 없었다. 몸은 비록 위험한 지경에 처했어도 사손은 빌어먹을 하늘과 바다의 신령에게 욕설을 퍼부을 뿐 억수같이 휘몰아치는 비바람에도 아랑곳하지 않고 웃으며 일행에게 환담을 건넸다.

아소는 천진난만하게 사손이 건네는 말에 대꾸도 하고 웃기도 했지만, 눈치 빠른 조민은 아소의 이마에 어딘지 모르게 수심이 서려 있는 걸 발견했다. 하지만 용모가 어여쁜 주지약 소저 때문에 그런가 싶어 무시해버리고 말았다. 주지약은 시종 침묵을 지킨 채 말 한마디 없었다. 어쩌다가 장무기와 눈길이라도 마주치면 이내 고개를 돌려 외면했다.

네 처녀의 심사를 까맣게 모르는 사손은 한껏 기분이 좋아 양아들에게 우스갯소리를 던졌다.

"무기야, 내가 네 부모와 한배를 타고 먼 바다 바깥으로 나갔다가 중도에 폭풍을 만났지 뭐냐. 비바람이 어찌나 거센지 오늘 이것쯤은 아무것도 아니지! 그 통에 배가 부서져 우리 셋은 빙산을 기어 올라가 바다표범을 잡아먹고 살았단다. 그때는 남쪽에서 마파람이 불어와 우리를 북극 눈얼음 천지 무인도에 보내주더니, 오늘은 거꾸로 북쪽에서 된바람이 불어오니 어쩌자는 건지 모르겠다. 혹시 그놈의 빌어먹을 하늘이 사손을 거슬리게 보고 이번에는 남극선옹南極仙翁•이 계신 집으로 귀양 보내 거기서 또 한 20년 살게 하려는 건 아닌지 모르겠구나. 하하하……!"

한바탕 웃음 끝에 다시 말을 이었다.

"그때 네 부모님은 하늘이 맺어준 천정배필이었지. 그런데 너는 계집아이를 넷씩이나 데려왔으니 이게 또 어쩌자는 노릇인지 모르겠다. 이 처녀들 넷 모두 너한테 잘 대해준다는 건 나도 알고 있지. 그런데 누가 제일 어여쁜지 볼 수가 없어 안타깝구나. 하기야 밉게 생겼든 곱게 생겼든 아무러면 어떠냐. 인품이 좋아야 최고 미인이지. 하하, 하하하!"

주지약은 부끄러운 나머지 얼굴이 홍당무가 되어 고개를 숙인 채 들지 못했다. 아소는 천연덕스러운 기색으로 이의를 제기했다.

"사씨 어르신, 그 말씀 틀렸네요. 저는 장 공자님께 시중이나 드는 몸종이니까 거기서 빼주세요."

조민은 가볍지 않은 상처를 입었으면서도 줄곧 정신을 차리고 있던

• 도교에서 인간의 수명을 맡아본다는 남극 별자리를 의인화한 것. 남극노인성南極老人星 또는 남극수성南極壽星이라고도 부른다.

터라, 그 말을 듣자 대뜸 한마디 쏘아붙였다.

"사씨 영감님! 두 번 다시 그따위 허튼소리를 지껄이면 내 상처가 낫는 대로 따귀 한 대 올려붙일 줄 아세요!"

사손이 입을 딱 벌리고 혀를 내둘렀다.

"하하! 저놈의 계집아이 성깔 한번 사납군!"

그러고는 갑자기 웃음기를 거둬들이더니 심각한 기색으로 물었다.

"간밤에 네가 목숨 걸고 필사의 검법 세 초식을 구사했지? 첫 번째 것은 곤륜파의 옥쇄곤강일 테고, 두 번째 것은 공동파의 인귀동도가 분명했는데, 세 번째로 쓴 검초는 뭐였더냐? 이 늙은이가 보고 들은 게 별로 없어 그놈의 초식만큼은 모르겠구나."

조민은 속으로 깜짝 놀랐다. '금모사왕이 그 옛날 천하에 명성을 떨치고 강호가 뒤흔들리도록 대소동을 벌였다더니, 과연 헛소문이 아니었구나. 두 눈으로 사물을 보지 못하면서도 내가 펼친 두 문파의 비전 절초를 이름까지 알아맞힐 줄이야…….

"예, 말씀드리죠. 세 번째 검초는 무당파의 천지동수였습니다. 새로 창안한 지 얼마 안 되는 초식이라 노인장께서 몰라보시는 것도 무리는 아니지요."

그녀의 말투는 사뭇 공경스러웠다. 사손이 길게 탄식하며 다시 물었다.

"네가 전심전력을 다하여 무기를 구해주었으니 정말 고맙다만, 어째서 네 목숨마저 버려가며 그랬는지 모르겠구나."

"그건 저 사람이…… 저 사람이……."

조민은 말을 잇지 못하고 잠시 뜸을 들였다. 뒷말을 마저 해야 할지 말아야 할지 곤혹스러웠다. 그러나 결국 울음을 터뜨리며 실토하고 말았다.

"저 사람은…… 누가 저 사람더러 그렇게 정이 많으라고 했나요……? 은 낭자를 껴안고…… 껴안고…… 그때 난 정말 죽고 싶었어요!"

말을 마쳤을 때는 두 눈에서 눈물이 비 오듯 쏟아져 내리고 있었다. 젊은 처녀가 뭇사람 앞에서 자기 심사를 솔직히 토로하는 것을 본 일행은 모두 경악을 금치 못했다. 조민은 몽골족 야성을 지닌 여인이었다. 그녀는 한번 사랑에 빠지면 그 사람에 몰두했고, 미워지면 곧 미워하는 직선적인 성미였다. 중원 땅의 예의범절과 도덕에 순화된 한족 규수들과는 전혀 딴판으로 우물쭈물 부끄럼 타는 법이 없었다. 더구나 망망대해 거친 바다에서 일엽편주에 몸을 싣고 가는 마당에 언제 배가 뒤집혀 물고기 밥이 될지 모르는 상황에서 이것저것 체면치레할 것이 뭐 있겠는가.

조민이 하는 말을 듣고 장무기는 저도 모르게 가슴이 뭉클해졌다. '조민은 우리 명교의 둘도 없는 강적이다. 이번에 나와 함께 바다 멀리 나선 목적은 내 양부를 만나기 위해서였다. 그런데 내게 이렇듯 깊은 정을 쏟고 있을 줄은 정말 몰랐다.' 격탕하는 심사에 못 이긴 그는 슬그머니 그녀의 손을 잡으며 귓가에 입술을 대고 속삭였다.

"내 당신에게도 정이 많으니까, 앞으로 다시는 그렇게 속상해하지 말아요."

사실 조민도 방금 사람들 앞에서 그렇듯 충동적으로 속내를 드러내 보이고 여간 후회스러운 게 아니었다. 하나 입 밖에 나온 말을 어떻게 도로 주워담겠는가? 그저 부질없이 자신을 꾸짖을 뿐이었다. '아이참,

젊은 계집아이가 남들 앞에서 어찌 그런 말을 할 수 있담? 저 사람한테 내가 경망스러운 계집애로 비쳐서 업신여김을 당할지도 모르는 일 아닌가?' 그런데 이렇게 귓속을 간질이는 정겨운 속삭임이 들려오자, 조민은 한 가닥 품었던 우려가 봄눈 녹듯 스러지고 그저 놀라움과 기쁨, 수줍음과 사랑스러운 마음에 뭐라고 형언할 길 없는 애틋함을 느꼈다. '그래, 이 남자를 위해 어젯밤 생사의 문턱을 세 번씩이나 넘나들고 오늘 또 이렇듯 망망대해를 정처 없이 떠돌면서 고생하는 것도 모두 헛된 일이 아니었어.'

한바탕 무섭게 퍼붓던 큰비는 점차 그쳐가는데, 안개는 갈수록 짙어졌다. 갑자기 물속에서 "철썩!" 하는 소리가 들리더니 어림잡아 30근짜리 월척 대어 한 마리가 수면 위로 뛰어올랐다. 사손의 오른손 다섯 손가락이 선뜻 물고기의 배를 꿰어 배 안으로 끌어들였다. 일행은 손뼉을 치며 갈채를 보냈다. 아소가 장검을 뽑아 생선 배를 가르고 솜씨 좋게 내장과 비늘을 긁어낸 다음 먹기 좋게 한 덩어리씩 잘라놓았다. 일행은 하루 내내 굶은 터라 생선 비린내가 심하기는 했어도 억지로라도 배를 채워야 했다. 사손은 오히려 맛있게 쩝쩝 소리를 내가며 씹어 삼켰다. 황막한 무인도에서 20여 년 홀로 살아오는 동안 겪어보지 않은 고초가 없는 몸이라 생선의 비린내쯤이야 대수로울 게 없었다. 게다가 갓 잡은 생선은 살코기를 좀 더 오래 씹어 미각이 비린내에 무뎌지면 상큼한 뒷맛이 오히려 별미로 느껴졌다.

비바람에 거세게 날뛰던 파도가 점점 잔잔해졌다. 일행 여섯은 생선으로 배를 채우고 나서 모두 눈을 감고 휴식을 취했다. 어제 하루 낮과 밤을 꼬박 지내는 동안 격렬한 싸움을 거듭한 터라 하나같이 심신이 지쳐 있었다. 주지약과 아소는 비록 나서서 접전하지는 않았어도 적잖이 놀란 탓에 피곤하기는 마찬가지였다. 잔잔해진 물결, 망망대해에 둥실둥실 뜬 조각배는 물결이 일렁거릴 때마다 가볍게 흔들렸다. 배 안의 여섯 남녀는 차례차례 잠이 들었다.

일행의 단잠은 꼬박 세 시진이나 이어졌다. 일행 가운데 제일 연로한 사손이 먼저 깨어나더니 하릴없이 다섯 젊은 남녀의 숨소리에 귀를 기울였다. 젊은이들의 숨결 소리는 바다 위에 스치는 바람 소리와 가볍게 어우러져 묘한 조화를 이루었다. 두 처녀의 숨결은 다른 이들보다 촉박했다. 그렇다면 상처를 입은 조민과 아리 두 환자일 거다. 또 한 처녀의 숨결은 아미파의 내공인 듯 아주 가볍고 길었다. 그렇다면 주지약이란 아가씨일 것이 분명하다. 유일한 사내 장무기란 녀석의 들숨 날숨은 끊길 듯 말 듯 길게 지속되면서 호흡 간에 뚜렷이 나뉘는 경계가 없었다. 양아들의 숨소리를 귀담아들으면서 그는 속으로 경이로움을 느꼈다. 어린 나이에 이토록 내력이 깊은 사람을 평생 만나본 적이 없었던 것이다.

나머지 한 처녀의 호흡은 한순간 빨라졌다 느려졌다 하는 것이 어느 알지 못할 문파의 특이한 내공을 수련한 것이 분명한데, 물어보나 마나 아소라고 불리는 어린 계집아이의 숨소리였다. 사손은 이맛살을 찌푸리며 옛일을 떠올렸다. '그것참 이상하다. 설마 이 아이가……?'

느닷없는 아리의 고함 소리가 사손을 소스라치게 만들었다.

"장무기, 요 앙큼한 도깨비 녀석! 어째서 나하고 같이 영사도에 가지 않겠다는 거야?"

장무기와 조민, 주지약, 아소 네 사람 역시 그 호통 소리에 놀라 깨어났다. 아리의 목소리가 또 들려왔다.

"난 섬에서 혼자 외롭고 쓸쓸히 사는데…… 넌 왜 나하고 같이 있으려고 하지 않는 거야? 내가 이토록 널 간절히 그리워하는 걸…… 넌 저승에서 알기나 해?"

장무기는 손으로 아리의 이마를 더듬어보았다. 손끝이 불에 덴 것처럼 뜨거웠다. 중상을 입은 후유증으로 열이 나서 헛소리를 하는 것이다. 하지만 그는 아무것도 할 수가 없었다. 작은 구명정에 약초 한 뿌리 있을 리 없으니 그야말로 속수무책이었다. 할 수 있는 것이라곤 옷자락을 한 움큼 찢어 바닷물에 적셔서 불덩어리처럼 달아오른 이마에 덮어주는 일이 고작이었다.

아리의 헛소리는 그치지 않았다. 장무기를 부르던 그녀가 느닷없이 고함을 지르기 시작했다.

"아버지! 제발 엄마를 죽이지 마세요, 엄마는 죽이지 말란 말이에요! 둘째 엄마는 내가 죽였으니까, 나만 죽이면 돼요! 엄마하고는 아무 상관도 없다니까! 엄마, 엄마! 죽었어? 안 돼, 내가 죽게 한 거야! 엉엉, 엉엉……!"

얼마나 가슴 아프게 우는지, 곁에 앉은 사람들조차 억장이 무너졌다. 장무기가 부드럽게 달래주었다.

"아리, 아리, 정신 차려요. 당신 아버님은 여기 안 계셔. 그러니까 무서워할 것 없어요."

그러자 아리가 바락 성을 냈다.

"아버지, 어서 날 죽여줘! 엄마는 내가 죽게 했지만, 역시 아버지한테 구박을 받고 죽은 거나 마찬가지야! 난 아버지가 무섭지 않다니까!

아빠는 왜 둘째 엄마, 셋째 엄마를 자꾸 받아들이는 거야? 한 남자가 아내 한 사람으로는 부족하단 말이야? 아버지는 너무 우유부단해. 한 여자로 만족하지 않고 늘 딴마음을 품었어. 한 여자를 얻은 뒤에 또 한 여자를 받아들이고…… 정말 엄마 마음을 얼마나 괴롭히고 이 딸년에게마저 고통을 주었어. 당신은 내 아버지가 아냐. 변덕쟁이 사내, 아주 나쁜 대악당이야!"

곁에서 가만히 듣던 장무기는 소스라쳐 놀랐다. 놀란 정도가 아니라 입술마저 허옇게 질렸다. 그도 그럴 것이 조금 전 단잠에 빠졌을 때 그는 세상에 다시없을 기막힌 꿈을 꾸었다. 꿈속에서 그는 조민을 아내로 맞아들이고 다시 주지약과 결혼했다. 부종으로 흉측하게 일그러진 아리의 얼굴도 아리땁게 변해 아소와 함께 모두 자신에게 시집을 왔다. 한낮에는 감히 생각지도 못한 것들이 잠들었을 때 꿈속에서 모두 이루어졌다. 그는 네 아가씨가 모두 마음에 들었고 그들 중 하나와도 떨어질 수 없었다. 방금 아리의 이마를 짚어주고 달래줄 때만 해도 머릿속에는 여전히 꿈속에서 느낀 사랑스럽고도 달콤했던 기분이 남아 있었다. 그런데 이제 아리가 혼수상태에서 제 아버지를 책망하는 소리를 듣자, 그 달콤하고도 사랑스러웠던 꿈결의 환상이 삽시간에 냉혹한 현실로 바뀌고 말았다.

아리의 책망은 오랜 옛날 그녀가 '증송아지'에게 들려준 사연을 떠올리게 했다. 그녀는 어머니가 집안 식구들에게 수모를 당하자 분김에 아버지의 애첩을 죽였다고 했다. 그리고 자신이 저지른 짓 때문에 어머니는 칼을 물고 자결했노라고 말했다. 그래서 장무기의 외숙부 은야왕이 손수 칼을 들고 당신의 친딸을 죽이려 했다고 하지 않았던가? 이렇듯 삼강오륜에 차마 눈뜨고 보지 못할 대참변이 벌어진 까닭은 오로지 은야왕이 아내 한 사람에게 정을 쏟지 않고 처첩을 여럿 둔 탓이었다. 그 점을 장무기도 분명히 알고 있었다. 그는 슬그머니 조민의 눈치를 살폈다. 그리고 다시 주지약과 아소를 돌아보았다. 세상에 다시없을 그 아름다운 꿈이 심술궂게 뇌리를 스쳐 지나가자 부끄러움과 자책감을 깊이 느꼈다.

아리는 입속에서 맴도는 소리로 중얼중얼 몇 마디 잠꼬대를 더 하더니, 급작스레 애절한 목소리로 눈앞에 보이지 않는 상대를 졸라대기 시작했다.

"장무기야, 제발 나하고 같이 가자꾸나. 내가 이렇게 빌게, 나하고 같이 가. 너는 내 손등을 이토록 모질게 깨물었지만, 나는 널 하나도 미워하지 않는다니까. 내 평생 죽을 때까지, 아니 죽어 저승에 가서라도 네 시중을 들고 알뜰살뜰 보살펴주고, 널 내 주인으로 삼을 테야. 내 얼굴이 흉측하다고 싫어하지 말아줘. 네가 좋다고만 하면 천주만독수 따위는 얼마든지 포기할 수 있어. 그래서 너하고 처음 만났을 때와 똑같이 귀엽고 어여쁜 모습으로 바뀌면……."

그녀의 목소리는 아주 사랑스럽고 부드러웠다. 마치 정든 남자에게 응석 부리는 처녀의 애교가 묻어났다. 장무기는 새삼 아리를 다시 보았다. 무슨 일이든 제멋대로 행동하고 기쁨과 노여움, 슬픔과 즐거움의 감정이 변덕스럽게 자주 바뀌는 비뚤어진 성격에 청개구리처럼 엇갈리게만 나가던 이 괴팍한 처녀의 가슴속에 이렇듯 따사롭고 온순한 마음씨가 도사리고 있을 줄은 꿈에도 생각지 못한 것이다.

"장무기야, 나는 널 찾느라 안 가본 데가 없어. 하늘 끝 바다 모퉁이까지 두루 다녔어도 네 소식을 듣지 못했지. 나중에 가서 네가 서역 땅 천야만야한 절벽 아래 떨어져 죽었다는 걸 알고, 난 가슴이 아파서 정말 살고 싶지 않았어……. 난 서역 땅에서 우연히 증송아지란 젊은이를 만났지. 그 사람은 무공이 엄청나게 높고 인품도 무척 좋더군. 그 사람이 나를 아내로 맞아들이고 싶다고 했어……."

조민, 주지약, 아소 세 처녀의 눈길이 한꺼번에 장무기 쪽으로 쏠렸다. '증송아지'가 그의 가명이라는 사실을 빤히 아는 만큼 쳐다보는 눈초리들도 색달랐다. 느닷없이 눈총을 받은 장무기의 얼굴이 온통 새빨개졌다. 마음 같았으면 당장 시퍼런 바닷물 속에 풍덩 뛰어들어 숨고 싶었다.

아리의 잠꼬대 같은 소리가 계속 들려왔다.

"그 송아지 오라버니는 나한테 이렇게 말했어. '아가씨, 내 진정으로 말하겠소! 나는 당신을 아내로 맞아들이고 싶소. 그저 내가 당신에게 어울리는 짝이 못 된다고 말하지만 말아주시오. 오늘 이후로 나는 전심전력으로 당신을 아끼고 보살피고 돌봐줄 거요. 아무리 많은 사람이 당신을 괴롭히고 못살게 군다 하더라도, 제아무리 무섭고 지독한 자가 당신을 능멸하고 모욕하더라도 내 목숨 걸고 끝까지 당신을 지키고 보살펴주겠소. 당신 마음을 늘 기쁘고 즐겁게 해서 지난날의 온갖 고초를 다 잊게 해줄 것이오…….' 장무기야, 그 송아지 오라버니는 너보다 인품이 더 훌륭하단다. 무공 실력은 또 어떻고? 아미파 멸절사태인지 뭔지 하는 비구니보다도 훨씬 강했어. 하지만 내 마음속에는 심보 모질고 명 짧은 네 녀석이 들어앉아 있어서 그 사람에게 승낙하지 않았어. 네 명이 짧아 죽었으니까, 나도 한평생 죽을 때까지 생과부로 살아갈 거야. 장무기, 어디 말해봐. 아리가 언제 너한테 잘못한 적이 있었니? 호접곡에서 만났을 때 나를 거들떠보지도 않았는데, 지금은 후회되지 않아?"

장무기는 그녀가 오래전 서역 땅 설산 봉우리 절벽 아래 눈밭에서 자신이 다짐한 얘기를 되풀이할 때만 해도 난처하기 짝이 없었으나 이제는 절로 감동에 겨워 자꾸 눈물만 하염없이 흘러내렸다.

어느새 짙은 안개도 흩어져버리고 실낱같은 초승달만 일엽편주를 아련히 비춰주었다. 아리가 뱃전을 향해 돌아눕자 장무기의 서글픈 눈에 그녀의 애처로울 만치 가냘프고 호리호리한 뒷모습이 보였다.

"장무기야, 너도 저승에서 외롭고 쓸쓸하겠지? 그래도 여자 귀신이 벗 삼아줄 거야. 나는 파파 할머니하고 북쪽 바다 빙화도에 가서 네 양아버지를 찾아 모셔왔단다. 이제 난 무당산에 올라 네 부모님 무덤을 찾아 성묘하러 갈 거야. 그러고 나서 머나먼 서역 땅으로 다시 가서 네가 떨어져 목숨 잃은 설산 봉우리에서 뛰어내릴 거야. 그럼 죽어서 네 반려자가 되겠지. 하지만 그 일은 파파 할머니가 수명을 다 누릴 때까지 기다려야 하니까, 너하고 먼저 만날 수가 없어. 파파 할머니 혼자 외롭고 쓸쓸하게 살면서 인간 세상 고초를 겪으시게 내버려둘 수는 없으니까. 만일 그분이 날 구해주지 않았다면 내 진작 아빠 손에 죽었을 거야. 난 네 양부님 때문에 파파 할머니를 배반했지. 그분은 날 무척 미워하시겠지만 그럴수록 난 그분을 더 잘 모셔드려야 해. 장무기야, 말 좀 해봐. 그래, 안 그래?"

헛소리 잠꼬대라 해도, 얘기가 이쯤 나오면 장무기와 마주 앉아 진지하게 상의하는 격이나 다를 바 없었다. 그녀의 마음속 장무기는 이미 저승 세계 음귀陰鬼가 되었는데, 그녀는 귀신으로 돌아온 장무기를 마주하고 부드럽게 대화를 나누고 있었다. 바다 위의 초승달 빛마저 유별나게 밝아 보이는데, 고요한 밤 외로운 일엽편주에 도사려 앉은 이들에게 아리와 유령의 애처로운 대화는 처량하기만 했다.

이제 아리의 입에서는 헛소리가 두서없이 나오기 시작했다. 어떤 때는 놀라서 부르짖는가 하면 성난 목소리로 욕설을 퍼붓기도 했다. 그 한마디 한마디가 모두 그녀의 가슴속 깊숙이 쌓여 있는 고통과 수심을 쏟아내는 것이었다. 이렇듯 한바탕 마구 소리치고 울부짖던 끝에 목소리가 점점 낮아지더니 마침내 또다시 깊은 잠에 빠져들었다.

잠이 다 달아난 일행 다섯 사람은 서로 얼굴만 마주 바라볼 뿐 말이 없었다. 저마다 누구에게도 털어놓지 못할 시름과 신세를 생각하고 있으려니 공연히 외롭고 쓸쓸해졌다. 뱃전을 가볍게 찰랑찰랑 두드리는 파도 소리, 그저 끝없이 너른 바다에 일렁거리는 거대한 물결이야말로 아득히 머나먼 옛날부터 오늘날까지 그리고 또 앞으로도 영원히 변함없을 것이다. 인간 세상 한평생 살아가는 이들의 근심 걱정 또한 그와 같으리라.

불현듯 가벼우면서도 부드럽기 짝이 없는 희미한 노랫소리가 바다 위에 잔잔히 울려 퍼지기 시작했다.

끝에 가서 이 한 몸, 그날만큼은 피할 수 없지.
하루아침 누릴 수 있거든 그날만큼 실컷 즐기렴.
백 년 흐르는 세월 속에 칠십 인생 드물다네.
한해살이 급류와 같아, 출렁출렁 흘러 사라지는구나.

꿈결 속에 아리가 잠꼬대하듯 나지막이 부르는 노래였다. 장무기는 가슴이 철렁했다. 광명정 비밀 통로에서 유일한 출구를 간악한 성곤이 바위 더미로 틀어막아 빠져나갈 길을 찾지 못해 당황하고 있을 때, 아소가 바로 이 노랫가락을 부른 적이 있었다. 장무기는 저도 모르게 의혹에 찬 눈길로 아소를 바라보았다. 어스름한 달빛 아래 아소 역시 우두커니 자기를 바라보고 있었다. 속이 들여다보일 정도로 맑은 눈동자에 방금 아리가 쏟아놓은 그 숱한 하소연, 숱한 감정이 고스란히 담긴 채 그녀 역시 토로하고 있는 듯싶었다. 아직도 소녀다운 치기稚氣를 다 벗지 못한 귀여운 얼굴, 자그만 두 뺨에 보드랍고도 정겨운 빛이 담뿍 서렸다.

"아버님, 저는 어릴 적부터 바닷가에서 자랐기 때문에 물에 익숙하답니다."

그녀는 양 교주의 대꾸를 듣기도 전에 장검을 뽑아 들고 훌쩍 몸을 날려 못으로 들어가 얼음판 위에 우뚝 섰다. 그러고는 칼끝으로 얼음판에 지름 2척쯤 되는 원을 긋고 왼발로 툭 내디뎠다. "쩡!" 하는 소리와 함께 발밑에 얼음 구멍 하나가 뻥 뚫렸다. 뒤미처 몸뚱이가 풀썩 사라지는가 싶더니 어느덧 자취를 감추고 물속 깊숙이 가라앉았다.

• 이 장의 제목은, 원문에는 '삼상參商' 별자리로 표현되었다. 삼수參宿는 오리온에 가까운 별자리로 서쪽에서 뜨고, 상수商宿는 그 반대편 동쪽에서 뜰 뿐 아니라 출몰 시각마저 정반대여서 서로 마주칠 때가 없다고 한다. 원래는 화목하지 못한 형제들끼리 상종하지 않는 경우를 비유한 것인데, 삼국시대 저명한 시인 조식曹植과 당나라 때 두보가 헤어진 벗들이 너무 멀리 떨어져 만나지 못하는 애틋한 정을 시구로 표현한 이래 관용어가 되었다. 이를 우리나라 전설에 익숙한 '은하수'로 바꿔 의역하고 내친김에 장무기와 아소의 관계 또한 '견우와 직녀'에 비유해 제목을 붙였다.

30. 견우와 직녀, 은하수에 가로막히니 영이별이라네

아리는 계속해서 다른 노래를 부르기 시작했다. 이번만큼은 뭐라고 말로 형언하지 못할 노랫가락이 중원의 노래와는 생판 다르게 들렸다. 하지만 실낱처럼 가늘게 떨려나오는 억양과 가사의 뜻은 아소가 부른 내용과 비슷했다.

흐르는 강물처럼 왔다가 바람처럼 사라지니, 來如流水兮逝如風
어디서 오고 어디서 끝날지, 아! 난 모르네. 不知何處來兮何所終

그녀는 이 구절을 거듭해서 불렀다. 부를수록 노랫소리는 잦아들어 끝내 물결치는 소리, 바람 소리에 파묻혀 종적 없이 사라졌다.

일행은 아무 말이 없었다. 모두 인간의 삶과 죽음의 허무함, 인생의 무상함에 젖어들었다. 인간이 표연하게 이 세상에 태어나 흐르는 강물처럼 살아가는 것은 틀림없다. 그러나 자신이 어디에서 왔는지 모르고 사는 게 인생이다. 제아무리 뛰어난 영웅호걸의 삶이라 할지라도 결국 어느 한 시점에 와서는 죽음을 면치 못하고 태어났을 때처럼 표연히 세상을 떠나야 한다. 그 또한 맑은 바람이 어디로 불어가는지 모르는 것처럼…….

갑자기 조민이 손을 내밀어 장무기의 손을 살포시 부여잡았다. 매끄럽고도 가느다란 섬섬옥수, 장무기는 얼음같이 차가운 그녀의 손가락이 파르르 떨려오는 느낌을 받았다.

사손이 불쑥 입을 열어 일행의 무거운 침묵을 깨뜨렸다.

"이 곡은 페르시아 민요야. 한 부인이 가르쳐준 것이지. 30여 년 전 어느 날 밤, 광명정에서 그녀가 부르는 걸 나도 한 번 들은 적이 있거든. 에이, 참! 한 부인이 이토록 매정하게 변할 줄은 몰랐어. 이 아이한테 어쩌면 이렇게 모진 독수를 쓸 수 있단 말인가!"

조민이 물었다.

"어르신, 한 부인은 어떻게 해서 페르시아 민요를 알죠? 이게 명교 신도들이 부르는 노래인가요?"

"명교는 페르시아에서 전래했으니까, 이 페르시아 민요도 명교와 좀 연관이 있지. 하지만 명교 신도들의 노래는 아니야. 이 곡은 200여 년 전 페르시아에서 가장 유명한 시인 오마르 하이얌•이 지은 것으로, 페르시아 사람이면 누구나 다 부를 줄 안다고 하네. 그날 한 부인이 부르는 게 무척 감동적이어서 물어보았더니 자세히 얘기해주더군……."

그 당시 페르시아에는 예만野芒이란 대철학자가 있었다고 했다. 예만은 장막 학교를 세우고 문하에 제자들을 받아들였는데, 그중에서도 걸출한 제자 셋이 있었다. 오마르 하이얌은 문학에 능통했고, 니르

• 오마르 하이얌(1048~1131): 페르시아 시인, 수학자, 천문학자. 지금의 이란 니샤푸르 출신으로 술탄 말리크샤의 후원을 받아 철학, 법학, 역사, 수학, 의학, 천문학, 문학 등 모든 분야에 통달한 재사였다. 특히 인생의 무상함, 불확실성, 인간과 신의 관계로 번민하던 끝에 물질세계의 덧없고 감각적인 아름다움에 심취해 4행으로 된 시를 많이 썼다. 4행시 모음집 《루바이야트》가 전해온다.

므는 정치에 뜻을 두었으며, 하산은 정교한 무공의 강자였다. 의기가 투합한 이들 세 문하생은 출세하면 길흉화복을 함께하고, 어느 한 사람이 부귀공명을 누리게 되었을 때 서로 잊지 않고 돕기로 굳게 맹세했다.

나중에 니르므는 청운의 뜻을 얻어 이슬람교 교왕 밑에서 수석 재상이 되었다. 옛 친구 두 사람이 그 소문을 듣고 찾아와 의탁하자, 니르므는 교왕에게 청해 하산에게 관직을 내려주었다. 그러나 오마르 하이얌은 벼슬아치가 되고 싶지 않아 생활에 필요한 최소한의 연금만 달라고 요청했다. 천문天文과 역수曆數를 연구하며 술이나 마시고 시를 읊으면서 조용히 살아가겠다는 얘기였다. 니르므는 이 친구의 소원대로 다 들어주고 무척 후대했다.

그런데 하산은 남달리 야심만만한 사람이라, 남의 밑에 오래 있지 못하고 음모를 꾸민 끝에 반란을 일으켰다. 모반이 실패로 끝나자 그는 도당을 모아 거느리고 산악 지대로 들어가 거점을 확보한 다음, 하나의 종파를 만들어 수령이 되었다. 종파의 이름은 이스메일란파. 문하생 가운데 솜씨 뛰어난 암살 전문가를 숱하게 양성해놓고 의뢰자의 요구에 따라 내보내 살인하는 것이 주된 업무였다.

십자군 전쟁이 벌어졌을 때 서역 지방 사람들은 이른바 '산중노인山中老人'• 하산의 이름을 소문으로 전해 듣기만 해도 공포에 질린 나머지

• 마르코 폴로의 여행기《동방견문록》에 소개된 전문 암살 집단의 두목 하산 드 샤바흐의 별칭. 산중노인은 문하생을 자객으로 길러내어 파견할 때 '하시시'란 마약을 먹여 환각 상태에서 살인을 저지르게 했으므로 훗날 자객, 암살자를 가리켜 '하시시'의 음역인 어새신 assassin이라고 부르게 되었다고 한다.

얼굴빛이 바뀔 정도였다고 한다. 서역 일대에는 크고 작은 왕국이 여럿 산재해 있었는데, 산중노인의 부하 암살자들 손에 목숨을 잃은 왕이 그 수를 헤아리지 못할 만큼 많았다.

한 부인의 얘기에 따르면, 아주 머나먼 서쪽 땅끝에 잉글랜드라는 큰 섬나라가 있는데, 그 나라의 에드워드 국왕도 산중노인에게 죄를 지어 하산이 파견한 자객의 암습을 받았다. 에드워드 국왕은 독을 바른 칼날에 찔려 꼼짝없이 죽게 되었으나, 다행히도 왕비가 목숨 걸고 남편의 상처에 입을 대어 독액을 빨아낸 덕택에 겨우 목숨을 건졌다고 했다.

하산은 지난날의 은혜와 의리를 저버리고 자객을 보내 페르시아 재상으로 있던 옛 친구 니르므까지 죽였다. 니르므가 죽기 직전에 읊은 시 두 구절이 바로 또 다른 친구 오마르 하이얌이 지은 것으로, 방금 거미가 노래한 시였다.

> 흐르는 강물처럼 왔다가 바람처럼 사라지니,
> 어디서 오고 어디서 끝날지, 아! 난 모르네.

"……한 부인의 말로는 훗날 산중노인 일파의 무공을 페르시아 명교가 습득하게 되었다고 하네. 따라서 페르시아 사절 세 사람의 무공이 괴이한 것은 아마 산중노인의 무공에서 연유했기 때문인지도 모르지."

"어르신, 그러고 보니 한 부인의 성격도 어쩌면 산중노인을 닮아서 그렇게 매정해졌는지 모르겠군요. 어르신은 지극정성으로 의리를 다

했는데, 그 할멈은 음모를 꾸며 어떻게든 당신에게 해를 끼치려 했으니 말이에요."

조민의 말에 사손은 탄식을 뱉어냈다.

"세상에 은혜를 원수로 갚는 사람들이야 늘 수두룩하게 많은데, 누구 하나 꼭 집어 탓해 뭘 하겠나?"

조민은 고개를 숙이고 한참 생각에 빠져 있더니 다시 입을 열어 물었다.

"한 부인은 명교 사대 호교법왕의 으뜸이라지만 무공 실력은 어르신보다 높은 것 같지 않던데요. 어젯밤 페르시아 세 사절과 싸움이 벌어졌을 때 왜 천주만독수라는 그 무서운 초식을 쓰지 않았을까요?"

"천주만독수? 한 부인은 그런 독공은 쓸 줄 모를걸. 그녀 같은 절세미인이라면 자기 용모를 목숨보다 더 아낄 텐데, 어떻게 그런 무공을 수련할 리 있겠나?"

사뭇 엉뚱한 대꾸에 장무기와 조민, 주지약은 순간 어리둥절해졌다. 금화파파의 현재 모습으로 본다면 제아무리 30~40년을 줄인다 해도 절세미인은 아니었다. 코는 납작하고 두툼한 입술에 두 귀는 바람 맞으면 흔들릴 만큼 커다랗고 길쭉한 얼굴에 아래턱은 펑퍼짐한데, 이런 기형적인 얼굴을 어떻게 미인이라 할 수 있겠는가.

조민이 어색하게 웃었다.

"어르신, 내가 보기에 금화파파는 그 정도로 미녀는 아닌 듯싶네요."

"뭐라고? 자삼용왕은 하늘의 선녀같이 아름다운 여자야. 30여 년 전만 해도 무림계에서 으뜸가는 미녀로 손꼽혔지! 이젠 비록 나이를 많이 먹었으니 늙기도 했겠지만, 저 옛날의 아리따운 자태는 여전히 남아 있을 거야. 에이, 나는 두 번 다시 그 모습을 보지 못하겠구나……."

정중하고도 심각한 사손의 말을 듣고 보니, 조민은 아무래도 그 중간에 뭔가 사연이 있음을 어렴풋이나마 짐작했다. 추접스레 생긴 할망구, 병색이 완연하고 쉴 새 없이 콜록콜록 기침이나 해대는 허리 구부정한 노파가 무림계에서 으뜸가는 절세미인이었다니 도저히 믿을 수가 없었다.

"어르신께서 강호에 명성을 떨칠 만큼 무공이 뛰어나신 것은 두말할 나위도 없겠지요. 또 백미응왕은 스스로 교파를 세워 육대 문파와 정면으로 맞서 지난 20여 년 동안 무림의 영웅호걸들과 막상막하로 각축전을 벌여왔습니다. 그리고 청익복왕의 신출귀몰한 무공 실력은 천하가 다 아는 사실이지요. 예전 만안사에서 '칼로 얼굴을 찢어놓겠다'고 협박하던 때를 생각하면 아직도 가슴이 두근거리고 소름이 오싹 끼치는걸요. 금화파파가 비록 뛰어난 무공 실력에 깊은 계략을 품었다고는 해도 이들 세 분보다 서열이 높다는 것은 어울리지 않는 듯싶은데, 혹시 무슨 피치 못할 사연이라도 있는가 보죠?"

"그건 내 둘째 형님 백미응왕하고 넷째 아우 청익복왕, 그리고 나, 이렇게 셋이 기꺼운 마음으로 자청해서 그녀에게 양보한 일이야."

"어째서요?"

조민이 낄낄대고 웃으며 다시 말을 이었다.

"그녀가 천하에 으뜸가는 미녀이기 때문에 그런 거죠? 자고로 영웅호걸은 미인관美人關을 넘기 어렵다 했는데, 위대하신 세 분 영웅께서도 달가운 마음으로 미녀의 치마폭에 들어가기로 자청하셨군요. 아닌가요?"

그녀는 몽골족의 혈통을 이어받은 몸이라 예의범절이 없었다. 그저 생각나는 게 있으면 아무한테나 거리낌 없이 속내를 다 털어놓아야 직성이 풀렸다. 그러나 사손은 이런 말을 듣고도 화를 내지 않았다. 오히려 무거운 한숨을 내쉬기만 했다.

"달가운 마음으로 그녀의 치마폭에 들어가고 싶었던 사람이 어디 우리 셋뿐이었겠나? 그 당시 명교 안팎으로 다이치스黛綺絲의 사랑을 얻지 못해 안달하던 사람이 아마도 100명은 더 되었을 거야."

"다이치스라뇨? 그게 한 부인의 본명인가요? 그것참, 괴상야릇한 이름자도 다 있네요."

"페르시아 이름이지."

장무기와 조민, 주지약이 다시 한번 놀라 이구동성으로 물었다.

"그녀가 페르시아 사람이란 말인가요?"

이 말에 사손은 오히려 이상하다는 듯이 반문했다.

"자네들 두 눈으로 보고도 몰랐단 말인가? 그녀는 중국 사람과 페르시아 여자 사이에 태어난 혼혈이야. 머리카락과 눈동자는 새까맣지만 콧날이 오뚝하고 눈매가 움푹 파인 데다 살갗은 백설처럼 하얀 것이 우리 중원 여자들과는 아주 딴판으로 생겨서 한눈에 보고 가려낼 수 있어."

그러자 조민이 반박했다.

"천만의 말씀을! 절대로 아니에요. 그 여자는 납작코에 가느다랗게 실눈을 뜨고 사람을 쳐다보는 게, 당신이 말씀하신 것과는 전혀 달라요. 장 공자님, 어디 말 좀 해보세요. 그래요, 안 그래요?"

"사실 그렇소. 혹시 그녀도 고두타처럼 일부러 자기 얼굴을 망가뜨린 것은 아닐까?"

사손이 얼른 물었다.

"고두타라니, 그게 누구냐?"

"바로 명교 광명우사 범요입니다."

그는 즉석에서 범요가 자신의 얼굴을 흉측하게 훼손하고 여양왕 부중에 잠입해 염탐하던 사연을 간략하게 들려주었다. 얘기를 다 듣고 나서 사손은 탄식을 금치 못했다.

"범 형이 고심참담하게 그런 일까지 해가며 본교에 큰 공을 세우다니, 실로 보통 사람은 도저히 못할 일이지. 에이! 자기 얼굴을 칼로 마구 찢어놓다니, 그런 끔찍한 짓이 어떻게 보면 한 부인 때문에 자극을 받아서였는지도 모르겠군."

"어르신, 공연히 감질나게 하지 마시고 저희한테 자초지종을 말씀해주세요."

조민이 응석 부리듯 간청하자 사손이 건성으로 대답했다.

"으음……."

그러고는 하늘을 우러른 채 한동안 넋이 빠진 사람처럼 바라보더니 무거운 입을 천천히 열기 시작했다.

"30여 년 전 일이야……. 그 당시만 해도 우리 명교는 양 교주의 통솔 아래 세력이 무척 흥성했지……."

어느 날, 광명정에 페르시아 호인 세 사람이 갑자기 찾아왔다. 그들은 페르시아 총교 교주의 친필 서신을 휴대하고 양 교주와의 면담을 요구했다. 편지 내용을 간추려보면 대략 이러했다.

페르시아 총교에 중국인 출신의 정선사자靜善使者가 있는데, 그는 오랜 세월 페르시아 지방에 살면서 명교에 투신해 큰 공덕을 여러 차례 세우고, 현지 여인과 결혼해 딸을 하나 두었다. 정선사자는 1년 전에 세상을 떠났다. 임종할 때가 되자 그는 고국을 그리워한 나머지 딸더러 중국 땅으로 돌아가 살라는 유언을 남겼다. 총교 교주는 그 뜻을 존중해 사람을 시켜 그분의 딸을 중토 명교 총단 광명정에 보냈다. 그리고 중토 명교 사람들에게 그녀를 잘 돌봐주라고 부탁했다. 양 교주는 페르시아 총교 교주의 부탁을 즉석에서 쾌히 승낙하고 그녀를 불러들여 만나보았다.

처녀가 성화를 밝혀놓은 의사청에 들어섰을 때, 그 너른 대청 안이 갑작스레 휘황찬란한 빛이 감도는 듯 환히 밝아졌다. 그만큼 처녀의 용모가 이 세상 사람이 아닌 듯 아리땁고 매혹적이었던 것이다. 처녀가 양 교주 앞에 다소곳이 허리 굽혀 인사를 올리는 순간, 대청 안에 늘어서 있던 광명 좌우 사자, 세 호교법왕, 오산인, 오행기 장기사들은 그 아름다운 자태에 놀라 너 나 할 것 없이 모두 가슴이 설렜다.

그녀를 호송해온 페르시아 사절 셋은 광명정에서 하룻밤 묵고 나서 이튿날 즉시 떠나갔다. 이후 이 페르시아 미녀 다이치스는 광명정에서 살게 되었다.

"호호, 어르신도 그때 첫눈에 그 페르시아 미녀를 보시고 홀딱 반하셨겠네요. 안 그래요? 부끄러워하지 마시고 사실대로 말씀해보시죠."

조민이 궁금증을 못 참고 다그쳤으나 사손은 고개를 가로저었다.

"무슨 소리! 아닐세. 그때 나는 한창 신혼 중이어서 아내를 극진히 사랑하던 무렵이었거든. 아내가 임신까지 했는데, 내 어찌 딴마음을 품었겠나?"

"오, 그러셨군요!"

대꾸를 해놓고 나서 조민은 이내 후회했다. 사손의 아내와 자식이 모두 성곤에게 무참히 살해되었다는 사실을 뻔히 알면서 무심결에 그 일을 들춰내 아픈 상처를 건드렸으니, 이 얼마나 큰 실언이란 말인가? 그녀는 당황한 기색으로 얼른 화제를 바꾸었다.

"아, 맞았어요, 맞아! 그래서 한 부인이 그런 말을 했군요? 은엽선생에게 시집갔을 때 광명정 안의 모든 사람은 모두 반대했어도 양 교주와 당신 두 분만이 그녀를 무척 위해주셨다고요. 그러고 보면 양 교주의 부인 역시 아름다운 여인이었을 뿐 아니라 성격이 야무져서 자기 남편을 곁눈질 한 번 못 하게 공처가로 만든 모양이죠?"

"모르는 소리 말게. 양 교주는 긍지와 기백이 대단한 호걸이셨지. 다이치스의 나이는 기껏해야 그분의 딸 정도밖에 안 되었어. 더구나 페르시아 총교 교주가 잘 돌봐주라는 부탁까지 했으니, 양 교주야 의리상 온갖 정성을 다해 돌봐주기나 했을 뿐 결코 딴마음은 품지 않았지. 양 교주 부인은 내 스승의 사매로 내겐 사숙뻘 되는 분이었어. 양 교주는 부인을 무척 애지중지하셨지."

그에게 무공을 전수한 스승 성곤으로 말하자면 자신의 일가족을 몰살해버린 불구대천지 원수였다. 가슴속 밑바닥에는 오랜 세월이 지난 오늘날까지도 깊은 원한이 쌓여 있었다. 그러나 이제 스승의 존재를 입에 올리는 말투가 남의 얘기하듯 담담하기 짝이 없었다. 다만 '성곤'

이란 이름자를 직접 거론하지는 않았다.

"소문에 듣자니 고두타 범요는 젊은 시절 '소요이선'이라 불릴 만큼 대단한 미남자였다고 하던데, 그 사람 역시 다이치스에게 마음이 흠씬 기울었겠죠?"

이 물음에는 사손도 고개를 끄덕여 수긍했다.

"첫눈에 보고 반했지. 얼마나 마음이 기울었는지 끝내 뼈에 사무치도록 그리워하는 짝사랑으로 바뀌고 말았으니까. 하기야 어디 범 형 하나뿐이었겠나? 아마도 다이치스의 미색을 본 사람치고 가슴이 설레지 않은 남자가 없었을 거야."

하지만 명교 계율은 무척 준엄해 신도들은 누구나 예의범절을 지켜야 했다. 따라서 다이치스에게 사모의 정을 끊지 못한 사람은 역시 미혼의 청년들이었다. 그러나 뜻밖에도 다이치스는 어떤 남자에게도 정을 주지 않고 서릿발처럼 차갑게 대할 뿐 추호도 부드러운 낯을 보이는 법이 없었다. 누구 하나 그녀에게 조금이라도 애정을 드러내기만 하면 상대가 누구든지 또 장소가 어디든지 간에 한바탕 호되게 꾸짖어 도저히 얼굴을 들지 못할 정도로 만들곤 했다.

양 교주 부인은 광명우사 범요를 그녀와 짝지어주려고 말을 붙여보았으나, 다이치스는 일언지하에 딱 거절했다. 그래도 계속 말이 나오자, 그녀는 아예 뭇사람이 보는 앞에서 칼을 뽑아 들고 맹세했다. 자기는 절대로 시집을 가지 않을 것이며, 또 누구든지 자기더러 결혼하라고 핍박할 때에는 차라리 칼을 물고 자결할망정 결코 굴하지 않겠노라고. 다이치스가 이렇게까지 나오자, 사람들도 그때부터 마음이 식어버리고 말았다.

1년쯤 지났을까, 어느 날 동해 먼 바다 영사도란 섬에서 한 청년이 광명정을 찾아왔다. 이름은 한천엽韓千葉, 오랜 옛날 양 교주와 원수를 맺은 사람의 아들이었다. 광명정에 올라온 목적은 부친의 원수를 갚기 위해서라고 했다.

겉모습 생김새도 보잘것없는 데다 무공 또한 뛰어나 보이지 않는 평범한 풋내기 청년이 배짱 좋게 단독으로 광명정에 올라와 교주에게 도전하다니, 명교 수뇌부 사람들은 너무나 어처구니가 없어 모두 껄껄대고 비웃었다. 하지만 도전을 받은 당사자인 양 교주는 정중한 태도로 한씨 청년을 귀빈으로 맞아들였다. 그러고는 파격적으로 큰 잔치를 베풀어 환대했다.

환영 잔치가 끝난 후, 양 교주는 여러 형제에게 사연을 털어놓았다. 한씨 청년의 아버지는 중원 땅에서 이름 날리던 선배 호걸이었다. 양 교주는 여러 해 전 그 사람과 말다툼 끝에 싸움이 벌어졌는데, 대구천수大九天手 일장으로 중상을 입히고 땅바닥에 무릎 꿇려 일어서지 못하게 만들었다고 했다. 이때 중상을 입은 패배자는 훗날 복수를 다짐하면서, 자신의 무공 실력은 더 이상 증진될 가망이 없으므로 장차 아들이나 딸을 낳거든 그 자식들을 시켜 복수하겠다고 선언했다. 양 교주는 아들이든 딸이든 복수하러 찾아오면 그에게 반드시 3초를 양보해주겠노라고 약속했다. 그러자 그는 공격을 양보해줄 필요는 없고, 다만 무공을 겨룰 때 어떻게 싸울 것인지 그 방식만큼은 자식들이 선택할 수 있게 해달라고 요구했다. 양 교주도 그 요구를 흔쾌히 받아들였다. 사건이 벌어진 지 10여 년이 지나 양 교주는 그 일을 마음에 두지 않은 지 벌써 오래였는데, 느닷없이 패배자 한씨가 아들을 보내온 것이다.

명교 수뇌부 형제들은 이 기막힌 사연을 듣고 모두 생각이 한결같았다. '오라는 착한 사람은 오지 않고, 일껏 찾아오는 사람은 못된 녀석뿐善者不來 來者不善'이라더니, 이 청년도 혈혈단신으로 광명정에 올라온 만큼 필시 놀라운 무예를 지녔으리라고 생각한 것이다. 하지만 양 교주의 무공 실력으로 말하자면 당세에 거의 적수가 없다고 자부할 만큼 뛰어난 고수로서, 무당파 장삼봉 진인을 제외하면 어느 누구도 일초 반식이나마 그를 이겨내지 못할 터였다. 한씨 성을 가진 녀석의 나이가 제아무리 많고 능력이 뛰어나다 한들, 또 설령 하나가 아니라 네댓 명이 한꺼번에 덤벼든다 해도 양 교주는 외눈 하나 깜짝하지 않을 것이다. 다만 걱정스러운 게 있다면, 상대방이 어떤 난처한 결투 조건을 내놓을까 하는 점뿐이었다.

다음 날, 한천엽은 명교 수뇌부 사람들이 듣는 가운데 자신의 부친과 양 교주 사이에 약속한 일을 공개적으로 밝혀, 우선 한두 마디 말로 양 교주를 궁지에 몰아넣고 식언을 하지 못하게 만든 다음 느긋하게 조건을 제시했다. 대결 방식은 한 가지, 양 교주와 더불어 광명정 벽수한담碧水寒潭 물속에 들어가 단판으로 승부를 겨루겠다는 것이었다.

뜻하지 않은 조건이 나오자, 명교 고수들은 깜짝 놀라 멍해졌다. 벽수한담은 물이 뼛속까지 시릴 정도로 차가워 한여름철 삼복 무더위에도 물속에 들어가본 사람이 없는데, 하물며 지금은 엄동설한의 가장 추운 겨울이 아닌가? 양 교주로 말하자면 무공 실력이 뛰어나게 높다고는 해도 물속에 들어가 자맥질을 하기는커녕 개헤엄조차 못 하는 사람인데, 벽수한담에 빠졌다가는 무공 대결을 할 것도 없이 삽시간에 얼어 죽거나 돌멩이처럼 가라앉아 익사할 것은 보나마나 뻔한 노릇이었다.

의사청 너른 바닥에 앉아 듣던 영웅호걸들은 이 터무니없는 조건을 제시한 도전자 한천엽에게 이구동성으로 질책과 욕설을 퍼부었다.

사연이 여기까지 나왔을 때, 장무기가 고개를 끄덕이며 혼잣말로 중얼거렸다.

"그것참 난처하기 짝이 없는 일이네. 속담에 '대장부의 입에서 말 한마디 나왔으면, 네 필 준마가 끄는 수레를 타고 쫓아도 따라잡지 못한다大丈夫一言旣出 駟馬難追'• 고 하지 않았는가? 양 교주가 당년에 한씨 성을 가진 분에게 '무공 대결 방식을 그 자녀들이 선택할 수 있도록 하겠노라'고 언약하셨고, 따라서 그 한천엽 선배가 수중전水中戰을 조건으로 내건 이상 사리로 따져본다면 양 교주는 다른 핑계를 대고 거절할 도리가 없었겠군."

곁에 있던 조민이 그 혼잣말을 귀담아듣고 배시시 웃으면서 손등을 지그시 꼬집었다.

"지당하신 말씀! 대장부 입에서 말 한마디 나왔으면 네 필의 준마가 끄는 수레도 따라잡지 못하는 법이죠. 명교 교주님의 신분이 얼마나 높으신데, 당신 입으로 약속한 말을 저버리고 천하에 신용을 잃을 수 있겠어요? 남에게 약속한 일은 하늘이 두 쪽 나는 한이 있더라도 끝까

• 본래는 "입 밖에 낸 말 한마디는 네 마리 준마가 끄는 수레를 타고 쫓아도 따라잡지 못한다一言旣出 駟馬難追"였다. 어원은 공자의 《논어》〈안연편〉 "애석하다. 극자성이 군자다운 말을 했으나, 혀에서 나온 실언을 네 마리 말이 끄는 수레로도 따라잡을 수 없구나!惜乎 夫子之說君子也 駟不及舌"에서 나왔는데, 후세에 《원곡선 외편元曲選外編》〈공문경孔文卿〉 둘째 마당에서 위와 같은 관용어로 바꿔 쓰기 시작했다.

지 해내야겠죠."

그 말 속의 '명교 교주'는 양정천을 가리킨 게 아니라 사실 장무기를 대놓고 한 말이었다. 두 사람 사이에 맹세한 일을 다시 한번 일깨워준 것이다. 장무기는 이내 알아듣고 찔끔했으나, 사손이야 알 턱이 없었다.

"바로 그거야! 그날 한천엽도 뭇사람 앞에서 그 점을 분명히 밝혔지……."

그날 한천엽은 낭랑한 목소리로 명교 수뇌부 사람들 앞에 선언했다.

"소생이 혈혈단신으로 광명정에 올랐으니, 당초 살아서 이 산을 내려가리라고 바라지 않았습니다. 여러 영웅호걸께서 소생을 천 토막 만 토막 난도질해 죽인다 해도 명교 사람들 이외에는 강호의 어느 누구도 알지 못할 테니까요. 저같이 별 볼일 없는 무명 졸개 하나 죽인다고 해서 얘깃거리나 되겠습니까? 여러분이 저를 죽이고 싶으면 얼마든지 나서서 손을 써보십시오!"

사람들이 듣고 보니 그 말에 대꾸하기는커녕 입이나 다물 수밖에 없었다. 양 교주가 한참 생각에 잠기더니 이렇게 다짐했다.

"한씨 형제, 내가 당년에 영존과 확실히 그런 약속을 했네. 사내대장부라면 광명정대해야 하는 법, 이 무공 대결은 내가 진 셈으로 치겠네. 그대가 날 어떻게 처치하든지 그저 따르기로 할 테니 얘기해보게."

이 말을 듣자, 한천엽의 손목이 홱 돌아가더니 품속에서 비수를 한 자루 꺼내 자기 심장을 겨누었다. 수정처럼 맑은 광채가 번쩍거리는 예리한 칼날이었다.

"이 비수는 선친께서 남겨주신 유물입니다. 불초 소생은 양 교주님께 딱 한 가지만 요구하겠습니다. 이 비수 앞에 무릎 꿇고 엎드려 이마를 세 번 땅바닥에 조아려주십시오."

명교 호걸들이 이 말을 듣고 분노에 못 이겨 호통을 치기 시작했다. 천하에 당당한 명교 교주가 어찌 그런 굴욕을 받는단 말인가? 하지만 양 교주 자신이 패배를 자인했으니 어쩌랴? 강호 규칙에 따라서 상대방이 요구하는 조건대로 따르지 않을 수 없었다. 이제 정세는 분명해졌다. 한천엽이 목숨 걸고 찾아온 의도는 양 교주에게서 큰절 세 번 받아내어 부친의 한을 풀어준 다음, 그 즉시 비수로 심장을 찔러 자결할 속셈이었다. 그래야만 명교 군웅의 손에 처참하게 죽임을 당하지 않을 테니까.

삼시간에 널찍한 의사청 안은 숨소리 하나 들리지 않고 쥐 죽은 듯 조용해졌다. 광명 좌우사자, 백미응왕 은천정, 팽형옥 대사처럼 평소 하나같이 지혜와 모략이 뛰어나다고 자부하던 이들도 이렇듯 어려운 문제에 부닥치자 어찌해볼 도리가 없었다.

긴박하기 이를 데 없는 순간에, 느닷없이 다이치스가 동료들을 헤치고 앞으로 나섰다. 그러고는 차분한 어조로 양 교주에게 여쭈었다.

"아버님, 한씨란 분은 이렇듯 훌륭한 효자를 두었는데, 당신께는 그만한 효녀가 없단 말씀인가요? 한씨 도련님이 자기 부친의 원수를 갚으러 왔다 했으니, 저도 아버님을 대신해서 보복 공격을 받아보겠습니다. 윗대의 일은 윗대끼리 마무리 지으시고, 아랫대의 일은 아랫대끼리 해결해야만 윗대와 아랫대 간의 항렬이 문란해지지 않을 겁니다."

이 말을 듣고 사람들은 너 나 할 것 없이 어리둥절해했다. 다이치스가 어째서 느닷없이 양 교주를 아버지라고 부르는지 영문을 몰랐던 것이다. 하나 몇몇 사람은 그 의중을 이내 알아차릴 수 있었다. 그랬다. 지금 다이치스는 교주의 딸로 행세해 이 곤경을 풀어볼 작정이었다. 하지만 저렇듯 아리땁기만 하고 바람 한 점 불어도 넘어갈 것만 같은 약골이 무공 같은 것을 할 수나 있을까. 설령 무공을 할 줄 안다 쳐도 수준이 그리 높지는 못할 터인데, 벽수한담 차가운 물속에 뛰어들어 수중전까지 벌이겠다니 도대체 말이나 되는 소린가?

양 교주가 미처 대답하기도 전에 한천엽이 먼저 비웃음을 던졌다.

"낭자가 부친을 대신해 보복 공격을 받으시겠다니, 그야 안 될 것도 없겠지요. 그러나 만약에 낭자가 지더라도 조건은 똑같습니다. 소생은 여전히 양 교주님께 선친의 비수 앞에 무릎 꿇고 이마를 조아리도록 요구할 테니까요."

눈앞에 오뚝 선 처녀가 그저 아름답기나 할 뿐 아무리 보아도 약해 빠져 보였으니, 한천엽이 그녀를 안중에 두지 않는 것도 당연한 노릇이었다.

다이치스가 되물었다.

"만일 귀하께서 패배하실 때에는?"

당찬 질문을 받은 한천엽이 요것 봐라 싶어 두 눈을 휘둥그레 떠 보이더니 이내 빈정거리며 대꾸했다.

"배를 갈라 죽이든 능지처참을 하든, 귀하 뜻대로 하셔도 좋소. 소생은 그저 분부하시는 대로 따를 테니까."

"좋아요! 그럼 우리 벽수한담으로 가시죠!"

다이치스가 딱 부러지게 말하더니 발길을 돌려 자신부터 앞장섰다.

양 교주는 이것 큰일 났다 싶어 황급히 손사래를 치면서 만류했다.

"안 된다! 네가 끼어들어서 될 일이 아니다."

다이치스는 양 교주 앞으로 다시 돌아서더니 차분히 대답했다.

"아버님, 걱정하지 마십시오."

그녀는 말을 마치고 사뿐히 큰절을 올렸다. 어떻게 보면 그 큰절이야말로 지금 이 순간부터 양 교주를 자신의 수양아버지로 모시겠다는 무언의 의사표시라고 할 수 있었다. 그녀가 이렇듯 자신만만한 태도를 보이자, 양 교주 역시 할 수 없이 그녀의 주장을 받아들였다.

이윽고 명교 수뇌부 사람들은 일제히 다이치스와 한천엽의 뒤를 따라 산등성이 너머 웅달진 벽수한담으로 갔다. 시절은 한창 엄동설한, 북쪽에서 된바람이 맹렬한 기세로 불어와 못가에 서 있기만 해도 뼛속까지 스며드는 한기에 내력이 조금이라도 차이가 나는 사람은 그 추위를 견뎌낼 도리가 없었다. 깊은 못물은 진작 꽁꽁 얼어붙어 바라보는 이들의 눈길에 그저 벽옥 빛깔로 침침하기만 할 뿐 얼마나 깊은지 밑바닥이 들여다보이지 않았다.

양 교주는 아무래도 다이치스가 자기 때문에 죽어선 안 된다고 생각했다. 그래서 고개를 번쩍 쳐들고 앞으로 나섰다.

"얘야, 네가 모처럼 베푼 호의는 내 마음으로 받으마. 내가 저 한씨 아우님의 고명하신 초식을 받기로 하겠다."

그러고는 외투를 벗어 던지더니 육중한 단도單刀를 한 자루 꺼내 들었다. 비장한 기색으로 보건대, 못물에 뛰어들고 나서 두 번 다시는 떠오르지 않기로 결심한 것이다.

다이치스가 빙그레 미소 지었다.

"아버님, 저는 어릴 적부터 바닷가에서 자랐기 때문에 물에 익숙하답니다."

그녀는 양 교주의 대꾸를 듣기도 전에 장검을 뽑아 들고 훌쩍 몸을 날려 못으로 들어가 얼음판 위에 우뚝 섰다. 그러고는 칼끝으로 얼음판에 지름 2척쯤 되는 원을 긋고 왼발로 툭 내디뎠다. "쩡!" 하는 소리와 함께 발밑에 얼음 구멍 하나가 뻥 뚫렸다. 뒤미처 몸뚱이가 풀썩 사라지는가 싶더니 어느덧 자취를 감추고 물속 깊숙이 가라앉았다.

망망대해 너른 바다 위에도 차가운 북풍이 휘몰아쳐 일행의 옷자락을 거칠게 나부꼈다. 기막힌 사연을 털어놓던 사손이 하늘을 우러러보았다.

"그해 벽수한담 정경을 돌이켜 생각하면, 어제 갓 지나쳐간 일 같네. 다이치스는 그날 옅은 자줏빛 적삼을 걸쳤지. 깊은 못 한복판 얼음 위에 오뚝 선 모습이 정말 파도를 탄 선녀보다 훨씬 아리땁더구나. 그런데 돌연 아무 소리도 없이 얼음물 속으로 슬며시 사라졌고, 그 광경을 지켜보던 사람들의 표정은 정말 경이로웠어. 그제야 한천엽의 얼굴에도 오만방자한 기색이 싹 걷히더니, 그 역시 곧 손에 비수를 잡은 채 물속으로 뛰어들었지……."

벽수한담 물빛은 이름 그대로 짙은 벽록색이어서 두 사람이 싸우는 광경을 아무리 기웃거려도 들여다볼 수 없었다. 하지만 수면의 물결이 그칠 새 없이 일렁거려 치열한 싸움이 벌어지고 있음을 짐작할 수는 있었다. 얼마나 지났을까, 한창 일렁거리던 물결이 차츰 잦아들었다.

그러나 잠시 후에는 또다시 수면이 들끓듯 격렬하게 소용돌이치기 시작했다.

명교 호걸들의 근심 걱정은 이만저만 큰 게 아니었다. 이렇듯 두 남녀가 깊은 못물에 오래 잠긴 채 떠오르지 않다니, 제아무리 수영 솜씨가 뛰어나고 자맥질에 능숙하다 해도 어느 누가 얼음물 밑바닥에서 이렇듯 오랜 시간을 버틸 수 있단 말인가?

또 한참이 지났다. 이슥고 못물 위에 검붉은 선지피가 방울방울 떠오르더니 수면 위에 기름처럼 감돌기 시작했다. 느닷없이 불쑥 떠오른 핏방울을 본 군웅들의 심사는 더욱 애가 타고 입속이 마를 정도로 다급해졌다. 저 피가 누구 것인가? 혹시 다이치스가 상처를 입은 것은 아닐까?

"철퍼덕!"

갑자기 물보라 치는 소리와 함께 한천엽이 얼음 구멍에서 뛰쳐나왔다. 그러고는 숨통을 트느라 거칠게 헐떡거렸다.

그가 먼저 올라온 것을 보자, 사람들은 경악을 금치 못하고 너도 한마디 나도 한마디씩 소리쳐 물었다.

"다이치스는……? 다이치스는 어떻게 된 거야?"

그러나 한천엽은 대꾸가 없었다. 텅 비어버린 양손, 물속에 뛰어들었을 때 쥐고 있던 비수는 그의 가슴에 꽂혀 있고, 좌우 양 뺨에는 각각 칼자국 상처가 한 줄씩 기다랗게 그어져 있었다.

의혹과 놀라움에 벽수한담 둘레가 온통 술렁거리고 있을 때, 얼음 구멍 깊은 물속에서 또 하나의 그림자가 장검으로 몸을 보호한 채 불쑥 솟아올랐다. 수면을 박차고 한 마리의 날치와도 같이 맵시 있게 허공으로 뛰어오른 다이치스가 공중제비를 한 바퀴 돌더니 비로소 얼음판에 살포시 내려섰다.

"와아아……!"

군웅들의 환성이 벽수한담을 에워싼 골짜기에 쩌렁쩌렁 메아리쳤다. 양 교주가 앞으로 다가서더니 그녀의 젖은 손을 꼭 부여잡고 너무나 기쁜 나머지 할 말을 꺼내지 못했다. 그처럼 나약해 보이고 애교스럽기만 한 어린 아가씨의 자맥질 솜씨가 이렇듯 대단할 줄이야 누가 상상이나 해보았으랴?

물방울이 뚝뚝 떨어지는 얼굴로 한천엽에게 눈길 한 번 흘끗 던진 다이치스가 다시 양 교주 쪽으로 돌아섰다.

"아버님, 저 사람도 자맥질에 아주 익숙하더군요. 선친을 위해 복수하려던 효성을 생각해서 교주님께 무례하게 굴었던 일을 용서해주시면 안 되겠습니까?"

"아무렴, 용서하고말고!"

양 교주는 한마디로 응낙했다. 그러고는 부하들에게 명해 한천엽을 데려다 상처를 치료해주게 했다.

그날 밤 광명정에는 성대한 잔치가 열렸다. 사람들은 저마다 입에 침이 마르도록 다이치스가 명교의 대공신이라고 치켜세웠다. 사실이 그랬다. 만약 그녀가 용기 있게 나서서 곤경을 풀어주지 않았던들, 아마도 명교 교주 양정천 일세의 영명英名은 삽시간에 수포로 돌아가고 말았을 테니까.

즉석에서 직분의 안배가 이루어졌다. 양 교주 부인은 그녀에게 '자삼용왕'이란 아름다운 별호를 붙여주었다. 그리고 독수리왕 은천정, 사자왕 사손, 박쥐왕 위일소, 이렇게 세 명의 호교법왕과 동일한 반열에 올려놓았다. 이들 세 사람은 기꺼운 마음으로 양보해 자삼용왕을 사대 호교법왕 가운데 수석으로 모셔 앉혔다. 그날 자삼용왕 다이치스가 세운 막대한 공로는 과거 세 왕이 쌓은 모든 공적을 깡그리 압도한 것이다. 나중에 이들 세 호교법왕과 그녀는 의남매를 맺고 서로 '누이 동생, 오라버니'라고 부르게 되었다. 금화파파가 사손을 '셋째 오라버니'라고 부른 사유가 바로 여기서 비롯된 것이다.

그러나 '벽수한담 일전'은 뭇사람의 예상을 뒤엎고 사뭇 엉뚱한 방향으로 발전되어 생각지도 않은 결과를 초래했다. 한천엽이 비록 싸움에서는 패배자가 되었으나, 다이치스의 꽃다운 마음을 사로잡기에 이르렀던 것이다. 당초 사람들이 눈여겨본 것은 아니었으나, 그녀는 날이면 날마다 한천엽의 병상을 찾아가 문병했다. 그러는 사이에 애틋하게 여기던 마음이 차츰 연정으로 싹트게 되었는지도 모른다. 아무튼 한천엽의 상처가 완전히 아물고 나자, 그녀는 양 교주 앞에서 느닷없이 한천엽에게 시집을 가겠노라고 선언했다.

이 소식을 들은 사람들은 모두 큰 충격에 빠졌다. 실망한 끝에 가슴앓이를 하는 미혼의 젊은이가 있는가 하면, 분기탱천해 펄펄 뛰는 이도 있었다. 한천엽으로 말하자면 그날 본교 교주 이하 여러 사람을 윽박질러 낭패스럽기 짝이 없는 궁지에 몰아넣은 장본인이었다. 그런데 본교를 수호하는 호교법왕이 어떻게 그런 자에게 시집을 갈 수 있단 말인가? 성미 거칠고 난폭한 형제들은 다이치스 면전에서 맞대놓고 욕설을 퍼붓고 모욕을 주었다. 다이치스 역시 성질이 불같고 심지가 굳센 처녀라 의사청 한복판에 장검을 짚고 서서 떳떳하게 응수했다.

"내 수양아버님이신 양 교주님께서도 이 혼사를 허락하셨습니다.

오늘 이후부터 한천엽은 내 부군夫君입니다. 어느 분이든지 내 낭군에게 모욕을 가하는 이가 있을 때에는 자삼용왕의 장검 맛을 봐야 할 겁니다!"

사람들은 일이 이 지경으로 되어버린 것을 보자, 그저 앙앙불락 한을 품은 채 흩어질 수밖에 없었다.

그녀가 한천엽과 혼인하던 날, 명교 형제들 가운데 경사스러운 혼인 잔치에 나아가 축배를 마시지 않은 이가 태반이었다. 다만 두 사람, 양 교주와 사손만이 곤경을 풀어준 그녀의 은덕에 감사하는 마음으로 힘써 중재해 그날의 성혼 예식을 아무런 불상사 없이 무난히 마칠 수 있었다. 그러나 한천엽이 명교에 가입하려고 했을 때만큼은 반대자가 절대다수로 많아, 양 교주로서도 여론을 거스르기가 어려웠다.

이 사건이 있은 지 얼마 안 되어 양 교주 부부가 돌연 행방불명이 되고 말았다. 광명정 수뇌부 인심은 삽시간에 흉흉해졌다. 뭇사람이 사면팔방으로 흩어져 교주의 행방을 찾아 헤매고 있을 무렵, 어느 날 광명우사 범요는 한씨 부인이 된 다이치스가 비밀 통로에서 나오는 것을 목격했다.

"그녀가 비밀 통로에서 나왔단 말씀입니까?"

흠칫 놀란 장무기가 양부에게 내처 물었다.

"그랬지. 명교 계율은 엄격하기 짝이 없어 오로지 교주 한 사람만이 광명정 비밀 통로에 드나들 수 있었으니까……."

범요는 놀라움과 분노에 겨워 그 즉시 다이치스 앞에 모습을 드러내고 질책과 아울러 심하게 따져 물었다.

그러나 한 부인의 대답은 싸늘했다.

"내가 본교에 중대한 죄를 저질렀으니, 어떻게 죽이든지 당신네 마음대로 하세요. 나는 그저 처분에 따르겠다, 이 말 한마디밖에 할 것이 없습니다."

이날 밤 의사청에 명교 수뇌부 인사들이 긴급 소집되었다. 하지만 그 자리에서도 한 부인의 대답은 한결같았다. "비밀 통로에 드나들며 무슨 일을 했느냐"는 힐문에, 그녀는 "거짓말을 하고 싶지도 않거니와 진상 또한 밝히고 싶지 않다"고 응수했다. "양 교주가 어디로 갔느냐"는 질문에는 "일체 모른다"고 딱 잡아뗐다. 사사로이 비밀 통로에 드나든 일에 대해서는 "내가 저지른 일이니 내 한 몸으로 책임지겠다. 더 얘기해봤자 소용없는 일"이라고 끊어 말했다.

명교 계율에 따르자면, 그녀는 스스로 칼을 물고 자결하거나 사지 팔다리 가운데 하나를 베어내는 형벌을 받아야 했다. 하지만 범요가 옛정을 잊지 못하고 극력 비호해준 데다 금모사왕 사손 역시 곁에서 좋은 말로 변호해준 덕분에 수뇌부 사람들도 마음을 누그러뜨려 그녀에게 '유폐幽閉 10년'이라는 관대한 벌칙을 내렸다. 10년 동안 갇혀 살면서 조용히 자신의 허물을 반성하라는 것이었다.

뜻밖에 다이치스는 한마디로 그 결정을 거부했다.

"양 교주가 여기 계시지 않은 마당에 어느 누구도 저를 속박하지 못합니다."

"큰아버님, 한 부인이 무엇 때문에 비밀 통로를 드나들었을까요?"

장무기의 물음에, 사손은 침울한 기색으로 대꾸했다.

"음, 그 일은 얘기하자면 길어. 한 부인이 남몰래 나한테만 얘기했으니까 교내에서 아는 사람은 나 하나뿐이었지. 당시 모두 그녀가 양 교주 부부 실종 사건과 어떤 관계가 있으리라 의심했지만, 나는 그 일과 한 부인이 절대 연관되지 않았다고 역설했지. 결국 광명정 의사청에서 뭇 사람이 의견 충돌을 일으키고 마침내 한 부인은 파문 출교를 당하게 되었어. 그러나 한 부인은 파문 출교를 당하기 전에 스스로 명교 신도가 되지 않겠다고 선언했고, 앞으로도 중토 명교와 아무런 상관이 없을 것이라고 딱 잘라 말했지. 그녀는 명교에서 제 발로 걸어 나간 첫 번째 사람이 되어 그날 중으로 한천엽과 함께 산을 내려가 종적을 감추었지."

사손은 여기서 잠시 말을 끊었다. 아직도 광명정을 떠나 표연히 산 밑으로 사라져가는 그녀의 뒷모습이 선하게 떠오르는 기색이었다. 한참이 지나서야 그는 다시 입을 열었다.

"그 일이 있은 후, 교내의 형제들은 끝내 교주를 찾아내지 못한 채 2~3년이 지나면서 교주 자리를 놓고 쟁탈전을 벌이기 시작했지. 사태는 갈수록 나빠졌고 백미응왕 둘째 형님마저 광명정에서 내려가 스스로 천응교 일파를 창시했지. 나는 그러지 말라고 간곡히 만류했으나 그 사람은 끝까지 고집을 부려 내 권유를 듣지 않았어. 그래서 두 형제끼리 반목하고 사이가 틀어졌지. 20여 년 전, 왕반산도에서 천응교가 '양도입위' 대회를 열었을 때 내가 난장판으로 뒤엎어버린 것은 물론 도룡도를 빼앗기 위한 짓이긴 했으나, 알고 보면 둘째 형님의 고집을 꺾어버리지 못한 그날의 분풀이를 한 셈이기도 했어. 그러니까 당신이 명교를 떠났어도 제대로 되는 일이 없다는 사실을 깨쳐주고 싶어서 일부러 심술을 부렸던 거지. 에이…… 이제 와서 돌이켜보면 나도 분김에 너무 심한 짓을 한 게 아닌지 후회스럽군."

기나긴 탄식, 거기에는 자신이 겪은 온갖 쓰라린 과거지사와 무수한 강호 풍파가 스며들어 있었다. 한동안 일행은 저마다 시름을 안은 채로 깊은 침묵 속에 빠져들었다. 조민이 입을 열었다.

"어르신, 제가 궁금한 게 몇 가지 있어요. 훗날 '금화 은엽' 부부 한 쌍이 강호에 위엄을 떨쳤는데도 어째서 명교 사람들이 그녀를 알아보지 못했을까요? 은엽선생은 물론 한천엽이었을 텐데, 그 사람은 또 어떻게 중독되어 목숨을 잃었나요?"

"그간에 어떤 일이 벌어지고 경위가 어땠는지, 나 역시 전혀 모른다네. 북극 빙화도에 갇혀 20여 년이나 세상과 동떨어진 채 혼자 살았으니까. 어쩌면 그들 부부가 강호에 나돌았을 때 될 수 있는 대로 명교 사람들의 눈을 피했는지도 모르지."

장무기가 끼어들었다.

"맞는 말씀입니다. 금화파파는 명교 사람들과 얼굴을 맞댄 적이 없었으니까요. 육대 문파가 명교 총단을 에워싸고 들이쳤을 때 그녀는 분명히 광명정 아래에 와 있었으면서도 올라와 돕지 않았습니다."

조민이 고개를 갸우뚱하고 뭔가 생각하더니 혼잣말하듯 중얼거렸다.

"하지만 자삼용왕의 용모는 절세미녀였는데 금화파파는 왜 그리 추악한 얼굴로 바뀌었을까. 혹시 고두타처럼 얼굴에 독약 같은 걸 바르고 망가뜨린 것은 아닐까……?"

그러자 사손이 나름대로 추리한 바를 얘기해주었다.

"내 짐작건대 아마 어떤 교묘한 방법으로 얼굴 모습을 바꿨을 거야. 한 부인은 평생토록 하는 짓이 괴팍스럽긴 하지만, 사실 그녀 나름대로 말 못 할 고충이 있었지."

"말 못 할 고충이라뇨?"

"죽을 때까지 페르시아 총교단 사자들의 추적을 피해야 했으니까. 그런데 끝끝내 도망치지 못할 때가 올 줄이야 어찌 알았을꼬?"

이 말에 장무기와 조민이 흠칫 놀라 이구동성으로 물었다.

"페르시아 총교단에서 무슨 일로 그녀를 찾는단 말씀입니까?"

"그건 한 부인의 가장 큰 비밀이야. 본디 발설해서는 안 되지만, 너희가 영사도에 돌아가서 그녀를 구출하려면 얘기하지 않을 수 없구나."

조민이 그 자리에서 펄쩍 뛰었다.

"우리가 영사도로 돌아가다니요? 페르시아 사자 셋과 그토록 싸움을 대판 벌였는데, 또 만나러 가야 한단 말이에요?"

사손은 그 말에 대답하지 않고 자진해서 옛날이야기를 하나 끄집어냈다.

페르시아 명교가 중원 땅에 전래된 이후 수백 년 동안 중토 명교 교주 자리는 대대로 남자가 이어받는 것이 전통이었다. 이와 반대로 페르시아 명교 교주는 창시자인 제1대 교주를 제외하고는 여성이, 그것도 출가하지 않은 처녀가 교주의 직분을 계승했다. 총교 경전에는 "명교의 신성한 정결을 수호하기 위해 모름지기 성처녀가 교주의 임무를 맡아야 한다"는 규정이 엄격히 명시되어 있기 때문이다. 누구든지 교주 자리를 이어받고 나서는 그 즉시 원로급 최고위 인사들의 딸 가운데 셋을 간택해 '성녀聖女'로 임명하고, 이들 성녀의 직분을 맡은 세 처녀는 사방 천하를 떠돌아다니면서 명교를 위한 공덕을 쌓도록 맹세해야 했다. 그리고 현임 교주가 세상을 떠난 뒤에 장로 회의가 소집되면 그 회의에서 이들 세 성녀의 공덕을 심사하고, 그들 가운데 공덕이 가장 높은 성녀를 선정해 교주 자리를 이어받게 했다. 그러나 만일 이들 세 성녀 중 누구든지 정조를 잃은 처녀는 그 벌로 화형에 처했다. 설사 그녀가 형벌을 피해 하늘 끝까지 도피한다 해도 교단에서 추격대를 파견해 반드시 뒤쫓아 화형을 실행했다. 그렇게 명존의 성스러운 정결을 지켰던 것이다.

"아, 그럼 혹시 한 부인이 총교에서 간택받은 성처녀 셋 가운데 하나였단 말인가요?"

조민이 실성을 터뜨리자, 사손은 고개를 끄덕였다.

"바로 그거야! 범요가 비밀 통로 입구에서 그녀를 발견하기 전부터 나는 알고 있었지. 한 부인은 나를 지기지우로 여기고 있던 만큼 모든 일의 진상을 낱낱이 말해주었거든. 그녀는 벽수한담에서 한천엽과 어우러져 싸우는 동안 살갗을 맞댄 뒤부터 자기도 모르게 정이 움트기 시작한 거야. 나중에 병상에 마주 앉아 서로 위로하다 끝내 업보를 이루고 말았어. 정조를 잃어버린 거지. 그녀는 어느 날인가 페르시아 교단에서 추적 조사할 사람이 반드시 오리라는 것을 알고, 총교단에 큰 공을 세워 속죄하겠다고 결심했어. 무엇으로 큰 공을 세울 것인가? 광명정 비밀 통로에 들어가 건곤대나이 무공심법을 훔쳐내는 것이었지. 그 심법은 페르시아 총교단에는 실전된 지 오래였지만, 중토 명교에는 여전히 남아 있었거든. 총교단이 그녀를 광명정에 보낸 목적도 애당초 거기에 있었으니까."

"아……!"

장무기의 입에서 갑자기 외마디 실성이 나왔다. 꼭 짚어낼 수는 없었으나 뭔가 일이 잘못되었다는 느낌이 어렴풋하게나마 들었던 것이다. 하지만 그게 도대체 무엇인지 또렷이 생각나지 않았다.

사손의 얘기가 이어졌다.

"한 부인은 몇 차례나 비밀 통로에 드나들었으면서도 시종 그 무공심법을 찾아내지 못했어. 그 사실을 알고 나서 나도 여러 차례 한 부인을 심각하게 타일렀지. 그런 짓은 우리 교의 큰 계율을 범하는 행위요, 용서받지 못할 대역죄라고 말이야."

그때 조민이 불쑥 말참견하고 끼어들었다.

"아하, 나도 이제 알았다! 한 부인이 스스로 파문 출교를 하고 명교에서 제 발로 걸어 나간 것도 계속 비밀 통로에 몰래 드나들기 위해서였군요! 중토 명교 제자가 아닌 바에야 비밀 통로에 드나든다고 해서 더 이상 말릴 사람도 없을 테고, 구속받을 까닭도 없을 테니까요."

"허허, 조 낭자가 지나칠 정도로 똑똑하군! 하지만 광명정으로 말하자면 본교의 근거가 되는 요충지인데 외부 사람이 어떻게 함부로 드나들 수 있겠나? 그 당시 나도 한 부인의 그런 의도를 눈치채고 그녀가 하산하고부터는 내가 직접 비밀 통로 출입구를 지켰지. 그 뒤에도 한 부인은 세 차례나 몰래 광명정에 잠입했는데, 올라올 때마다 번번이 내가 지켜 서 있는 것을 보고 그제야 단념하더군. 그 뒤로 수뇌부 형제들끼리 교주 자리를 놓고 쟁탈전이 벌어져 끝내 제각기 무력을 써가며 충돌했어. 나는 그 소용돌이에 휘말리고 싶지 않아 곧바로 아내를 데리고 중원 고향 집으로 돌아갔지. 그리고 얼마 안 있어 내 사부 성곤이 찾아와 끔찍한 참극이 벌어지게 된 거야. 이때부터 나는 그저 복수하겠다는 일념만 가졌을 뿐 명교 일 따위는 일체 거들떠보지 않았고 관심도 없었지. 그러니까 한 부인이 또다시 비밀 통로에 잠입했는지 여부도 알 턱이 없지."

기막힌 사연을 남의 말 하듯 덤덤히 털어놓고 나서 그는 한참 동안 생각에 잠겼다. 그러고 나서 장무기에게 물었다.

"페르시아 세 사자 말이다. 그들의 옷차림새가 중토 명교 복장과 다른 점 같은 것이 없더냐?"

"모두 우리 명교 제자들처럼 흰색 도포를 걸쳤습니다. 옷깃에 붉은 불꽃 형상도 수놓았고요. 으음, 그러고 보니 흰색 도포에 검은빛 테두리를 둘렀더군요. 고작 그것 하나만 우리와 달랐을 뿐입니다."

이 말을 듣자 사손이 손바닥으로 뱃전을 탁 쳤다.

"옳거니, 그랬군! 페르시아 총교 교주가 세상을 떠났어. 서역 지방 사람들은 검은빛 상복을 입는 게 관습이지. 흰 도포자락에 검정 테두리를 둘렀다면 그게 바로 상복이야. 저들은 지금 새로운 교주를 선출해 세우려고 만 리 길이나 되는 머나먼 바다 건너 중원 땅까지 한 부인, 아니 다이치스의 행방을 추적해온 거였어."

"한 부인이 페르시아 출신이라면, 반드시 페르시아 세 사자가 쓰는 괴상야릇한 무공을 알아보았을 텐데, 어째서 단 일초도 안 되어 맥없이 사로잡혔을까요?"

곁에서 조민이 웃으며 핀잔을 주었다.

"당신, 참 바보 멍텅구리가 따로 없군요. 한 부인은 일부러 모르는 척 가장하고 있었던 거예요. 자기 신분을 철두철미하게 감추려면 페르시아 무공을 안다고 드러내 보일 수 없는 노릇 아니겠어요? 내 짐작으로는 금모사왕 어르신께서 페르시아 사자들의 분부를 받들어 그녀를 죽이려 들었다면, 한 부인에게도 분명 빠져나갈 계략이 있었을 겁니다."

그러자 사손이 고개를 흔들었다.

"한 부인이 정체를 드러내고 싶어 하지 않는 것만큼은 맞는 얘기야. 하지만 페르시아 세 사자에게 혈도를 찍히고 나서 과연 곧바로 빠져나가려 했을까? 아마 그러지 않았을 거야. 차라리 내 단칼에 깨끗이 맞아 죽을망정 산 채로 붙잡혀 처참하게 고통을 겪으며 화형당하고 싶지는 않았을 거야."

"저는 중토 명교만 사교인 줄 알았는데, 페르시아 명교가 더 사악할 줄은 생각도 못 했네요. 어쩌자고 꼭 처녀만 교주로 올려 세우고 또 어째서 정조 잃은 성녀를 불에 태워 죽일 수 있단 말이에요?"

그러자 사손이 엄한 말로 조민을 꾸짖었다.

"어린 아가씨가 당치도 않은 소릴 하는군! 어느 교파든 대대로 전해 내리는 계율과 의식 전례가 있는 법이야. 불가에도 오계五戒, 십계, 이백오십계가 있고, 승려와 비구니들이 시집 장가 못 가고 살생이나 비린 고기 음식을 입에 대어서는 안 되는데, 그런 것은 계율이 아니고 뭐란 말인가? 뭐가 사악하고 사악하지 않다는 거야?"

그때 갑자기 아리가 이빨을 딱딱 마주치면서 덜덜 떨기 시작했다. 장무기가 이마를 짚어보니 불덩어리였다. 오한과 고열이 번갈아 엄습하는 것으로 보건대 병세가 극도로 악화하는 모양이었다.

“큰아버님, 저도 영사도에 돌아가야겠습니다. 은 소저의 병세가 가볍지 않아 약을 쓰지 않고는 치료가 안 되겠어요. 우리가 최선을 다하면 비록 한 부인을 구해내지는 못하더라도 은 소저의 목숨만큼은 구할 수 있을 겁니다.”

“그렇구나. 은씨 아가씨가 너한테 그토록 깊은 정을 보이는데, 구해주지 않는대서야 쓰겠느냐. 주 낭자, 조 낭자, 두 분 의향은 어떠신가?”

사손의 물음에 조민이 입술을 뾰루퉁하니 내밀고 쏘아붙이듯 대꾸했다.

“은 소저 상처만 중요하고 내 상처는 중요하지 않다, 그 말이죠? 어차피 돌아가겠다는 데야 안 따라갈 수도 없겠죠, 뭐.”

반면 주지약은 아무런 감정도 내비치지 않고 담담히 대꾸했다.

“어르신께서 돌아가자고 말씀하셨으니 모두 따라가야지요.”

장무기가 하늘 쪽을 바라보더니 의견을 냈다.

“안개가 걷히고 별이 보여야만 방향을 가늠할 수 있겠군요. 그런데 큰아버님, 제가 하나 모를 게 있습니다. 유운사란 자가 분명 허공에서 공중제비를 돌았는데, 어느 틈에 성화령으로 절 다치게 할 수 있었는지 그 까닭을 도무지 모르겠습니다.”

안개가 걷힐 때까지 하릴없으니, 두 사람은 즉석에서 페르시아 사자들의 무공 초식을 놓고 토론을 벌이기 시작했다. 조민 역시 무학에 대한 식견이 너른 만큼 이따금 끼어들어 의견을 내놓았으나, 반나절이 지나도록 저들 세 사자가 구사한 연합 공세의 요체를 짚어낼 수가 없었다. 이윽고 햇빛이 비치면서 해상의 짙은 안개가 흩어졌다.

“우리가 북쪽에서 동남쪽으로 흘러왔으니 이제 다시 서북쪽으로 배를 저어가야겠습니다."

장무기와 사손, 주지약, 아소 이렇게 네 사람은 번갈아가며 노를 저었다. 바다에서 파도가 끊임없이 부딪쳐와 노를 젓기가 보통 어려운 게 아니었으나, 장무기와 사손은 내력이 깊고 두터운 데다 주지약과 아소 역시 상당한 수련을 쌓은 몸이라 노를 젓고 배를 몰아가는 고된 일도 무공을 단련하는 셈이 되었다. 망망대해 일엽편주는 잠시도 멈추지 않고 서북쪽으로 미끄러져 나아갔다.

이렇듯 며칠을 보내는 동안 사손은 이맛살을 잔뜩 찌푸린 채 페르시아 사자들의 괴이한 무공을 머릿속에 떠올려놓고 온갖 생각을 다 짜내가며 곰곰이 연구하는 데 몰두했다. 어쩌다 장무기에게 몇 마디 물었을 때만 빼놓고 꾹 다문 입에선 아무 말도 나오지 않았다.

사흘째 되던 날 저녁 무렵, 사손이 불쑥 주지약을 상대로 그녀가 배운 아미파 무공에 대해 꼬치꼬치 묻기 시작했다. 주지약은 아는 대로 솔직히 대답했다. 두 사람은 일문일답을 주고받으면서 밤이 깊도록 이야기를 나누었다. 끝에 가서 사손은 적지 않게 실망한 기색을 보이면서 대화를 마무리 지었다.

"소림과 무당, 아미, 세 문파의 무공은 하나같이 〈구양진경〉과 연관이 있지. 무기가 배운 것과 똑같이 음양 조화를 치중했다고는 하지만 역시 강력하고 굳센 양강 일변도에 치우쳐 있어. 만약 장삼봉 진인께서 이 자리에 계셨던들 그분의 음양강유陰陽剛柔하고 박대정심한 무학의 경지와 무기 녀석의 구양신공을 배합해 음양 조화를 이룬다면 저들 페르시아 세 사자를 이길 수 있을 텐데……. 멀리 떨어진 강물을 길어다 가까운 이웃집 불을 끌 수야 없으니 정말 안타까운 노릇 아닌가?

한 부인이 페르시아 사자들의 손에 떨어지기라도 하면 장차 이 일을 어쩐다?"

주지약이 갑자기 물었다.

"어르신, 100년 전 무림계에 〈구음진경〉에 정통한 고인이 계셨다는데 그 소문이 맞습니까?"

장무기도 무당산에 있을 때 태사부 장삼봉에게 〈구음진경〉의 이름을 들어보았다. 그리고 아미파 개창 조사 곽양 여협의 부친 곽정, 신조대협 양과를 비롯한 몇몇 분이 모두 〈구음진경〉에 수록된 비전무공을 익혔다고 했다. 그러나 경전 내용이 너무 어렵고 까다로워 곽정 대협의 친따님인 곽양 여협조차 습득하지 못했다고 했다. 그런데 이제 주지약이 불쑥 물어오자, 곁에서 듣던 장무기는 일말의 기대감이 생겼다. 아미파를 처음 세운 곽양 조사가 〈구음진경〉의 한 부분이나마 다음 세대에 전해준 것은 아닐까?

사손이 대꾸했다.

"옛사람들 사이에 그런 말이 전해오기는 하지만 그 진위는 아무도 모른다. 윗대 선배들의 말을 들어보면 불가사의할 정도로 신통하다던데, 현재 그런 무공을 익힌 고수가 진짜 있기만 하면 구양신공을 터득한 무기와 손을 맞잡고 페르시아 사자 셋쯤은 너끈히 제압할 수 있겠지."

"으음, 그렇군요."

주지약은 한마디로 수긍할 뿐 더 묻지 않았다. 그러자 조민이 또 질문을 던졌다.

"주 소저, 당신네 아미파에 그런 무공을 하는 분이 없는 모양이죠?"

주지약의 입에서 야멸친 대꾸가 나왔다.

"아미파에 그런 신공을 갖춘 사람이 계셨던들, 우리 사부님도 만안사 보탑에서 그렇듯 처참하게 세상을 뜨시지는 않았겠죠!"

멸절사태가 세상을 뜬 이유는 근본적으로 조민에게 있다고 봐도 좋았다. 그런 만큼 주지약은 조민을 극도로 미워한 나머지 구명정을 함께 타고 밤낮으로 모진 비바람에 시달리면서도 그녀와는 말 한마디 나누지 않았다. 그런데 이제 조민이 맞대놓고 질문을 던지자 즉각 한마디로 날카롭게 받아친 것이다. 그녀처럼 유순하고 점잖은 성격에 이런 말을 했다면 평생을 두고 남한테 가장 험악한 언사를 썼다고 해도 지나치지 않았다.

조민은 그저 빙긋 웃기만 할 뿐 성을 내지 않았다.

쉴 새 없이 노를 젓던 장무기가 멀리 수평선 쪽을 흘낏 바라보더니 누구에게랄 것 없이 냅다 고함을 쳤다.

"저길 좀 봐요! 저기 불빛이 있어!"

사람들의 눈길이 그 손가락 끝을 따라서 내다보았다. 과연 서북쪽 바다와 하늘이 맞닿은 수평선에 불빛이 가물가물 반짝이고 있었다. 사손은 비록 볼 수는 없으나, 마음속으로는 일행과 똑같이 기뻐하며 널판 조각을 부여잡고 부지런히 물살을 헤치기 시작했다.

불빛은 그리 멀어 보이지 않았으나, 너른 바다 위에서는 수십 리 밖이나 떨어져 있었다. 두 사람이 꼬박 한나절을 젓고 나서야 불빛이 점점 가까워지는 느낌이 들었다. 불빛이 훤히 치솟는 곳은 산봉우리가 우뚝우뚝 솟구쳐 오른 곳, 바로 눈에 익은 영사도였다.

"됐어요, 우리가 끝내 돌아왔어!"

육지만 봐도 장무기는 흐뭇했다. 그때 사손이 무슨 생각을 했는지 버럭 실성을 터뜨렸다.

"아차!"

기쁨에 겨운 일행이 돌아보았을 때 사손의 입에서 뜻하지 않은 말이 쏟아져 나왔다.

"어째서 영사도에 화광이 충천한다는 거야? 혹시 저놈들이 한 부인을 화형에 처한다고 불태워 죽이려는 것은 아닐까?"

바로 그 순간이었다. 느닷없이 "털썩!" 하는 소리가 나더니 아소가 뱃머리에 맥없이 나가떨어졌다. 깜짝 놀란 장무기가 그리로 달려가서 부축해 일으켰다. 아소는 두 눈을 질끈 내려감은 채 이미 기절해 있었다. 장무기는 그녀의 정신이 피어나도록 황급히 인중혈人中穴부터 문질러주었다.

"아소, 어떻게 된 거야?"

장무기의 물음에 아소는 눈물이 글썽글썽 맺히면서 떨리는 목소리로 대꾸했다.

"사람을 산 채로 불태워 죽이다니, 전 무서워요……. 무서워."

"그건 내 큰아버님의 추측일 뿐이지, 정말 그러지는 않을 거야. 한 부인이 저들 손에 붙잡혔다 하더라도 우리가 제때에 달려가면 구해낼 수 있을 테니까 너무 걱정 말아요."

위로의 말을 건네자, 그녀는 장무기의 손을 부여잡고 애원했다.

"교주님, 제발 부탁이에요. 한 부인의 목숨을 꼭 구해주세요."

"우리 모두 힘을 다해보자고!"

말을 끝내고 뱃고물 쪽으로 돌아와 노를 잡은 장무기는 체내의 공력을 북돋아 힘차게 젓기 시작했다. 배는 아까보다 더 빠른 속도로 미끄러져 나아갔다. 아소 역시 노 한 자루를 찾아 들고 떨리는 손으로 힘껏 저어 힘을 보탰다.

조민이 불쑥 질문을 던졌다.

"장 공자님, 내 두 가지 일을 오래전부터 생각해왔는데 시종 궁금증이 풀리지 않네요. 아무래도 당신이 좀 가르쳐주셔야겠어요."

그녀가 불현듯 예의를 갖춰 깍듯이 물어오자, 장무기는 별 이상한 일도 다 있구나 싶어 되물었다.

"무슨 일이오?"

"여러분이 녹류산장에 찾아들던 그날, 저는 부하들을 시켜 당신 외조부님과 양소 일행을 공격하게 했어요. 그런데 저 어린 아가씨가 병력을 이리저리 옮겨가며 보기 좋게 막아내지 않았어요? 속담에 '용맹스러운 장수 밑에 약한 병사 없다強將手下無弱卒'고 했지만, 명교 교주님 휘하에 일개 연약한 몸종마저 그런 재능이 있다니, 정말 이상한 일이군요……."

말끝을 흐리면서 눈치를 살피는데, 곁에서 사손이 불쑥 한마디 끼어들었다.

"명교 교주라니, 그게 무슨 소리야?"

"호호, 어르신 앞에 이젠 말씀드려야겠군요. 당신의 보배 같은 수양아드님이 바로 천하에 당당하신 명교 교주님이랍니다. 그러니까 당신이 수양아드님의 부하가 되는 셈이죠."

그러나 사손은 믿지도 못하고 안 믿을 수도 없어 한동안 말을 하지 못했다. 조민은 장무기가 어떻게 해서 명교 교주의 자리에 추대되었는지 간략하게나마 설명해주었다. 숱하게 많은 우여곡절과 세세한 내막까지는 그녀도 알지 못했다. 양부가 다그쳐 묻는 성화에 못 이긴 장무기 역시 더는 숨길 도리가 없어, 육대 문파가 광명정을 포위 공격하던 일부터 자신이 비밀 통로에 갇힌 채 건곤대나이 심법을 얻게 된 경위에 이르기까지 사실대로 다 털어놓았다.

아니나 다를까, 사손은 뛸 듯이 기뻐하면서 벌떡 일어나더니 뱃바닥 한복판에 무릎 꿇고 수양아들에게 큰절을 올렸다.

"속하 금모사왕 사손이 교주님을 뵙겠습니다."

장무기는 어마 뜨거라 싶어 부리나케 그 자리에 넙죽 엎드려 답례를 올렸다.

"큰아버님, 너무 예의를 차리실 것 없습니다. 양 교주의 유언에 큰아버님더러 잠정적으로 교주의 직분을 대행하라 명하셨습니다. 저야말로 만부득이해서 이 무거운 책임을 맡아왔는데, 이제 천행으로 큰아버님께서 무사히 돌아오셨으니, 정말 본교의 큰 복이라 하겠습니다. 우리가 중원에 돌아가고 나서는 교주 자리를 큰아버님께서 이어받으셔야 합니다."

사손의 얼굴 표정이 암울해졌다.

"이 양부가 돌아오긴 했다만, 두 눈이 멀어버렸으니 '무사하다'고 말하지는 못하겠구나. 실명한 사람이 어떻게 명교의 수령직을 떠맡을 수 있단 말인가? 조 낭자, 그대가 궁금해하던 일이 두 가지라고 했는데 그게 무엇이오?"

"아소 아가씨한테 묻고 싶어요. 그때 아가씨가 썼던 기문팔괘 진법과 음양오행 술법은 누가 가르쳐줬나요? 아주 어린 나이에 어떻게 그런 기발한 재간을 실전에 응용할 만큼 완전히 익힐 수 있었죠?"
"그건 우리 집안에 전해 내린 학문이에요. 군주마마께는 웃음거리도 못 되죠."
"부친이 뉘신가요? 따님을 이렇듯 대단한 규수로 길러내신 걸 보면 부모님도 천하에 소문난 고수가 분명할 텐데."
"저의 부친은 이름을 감추고 조용히 은거하시는 분이라, 군주마마께서 굳이 물어보실 필요도 없죠. 설마 내 손가락까지 몇 개 끊어 핍박해가면서 제 무공 내력을 캐묻겠다는 것은 아니겠죠?"
한창 어린 나이에도 날카롭게 되받아치는 말씨가 조민에게 털끝만치도 지지 않았다. 만안사에서 육대 문파 고수들의 손가락을 끊어내면서 핍박하던 일까지 들먹이는 것으로 보건대, 그녀는 주지약과 더불어 소민군주에게 적개심을 불태우고 있음이 분명했다.
두 처녀 간의 충돌이 갈수록 격화되는 것을 보자 장무기는 서둘러 화제를 바꾸어 조민에게 물었다.
"또 한 가지 궁금한 게 있다고 했는데, 그건 뭐요?"
조민이 배시시 웃으며 되물었다.
"그날 밤, 우리가 대도 허술한 술집에서 두 번째 만났을 때 고두타가 내게 하직 인사를 하러 찾아왔죠. 그 사람이 아소 낭자를 보고 두어 마디 중얼거렸는데, 그게 뭐였죠?"
장무기는 그 일을 까맣게 잊어버리고 있었다. 그러다 이제 조민의 말을 듣고서야 잠시 기억을 더듬은 끝에 어렴풋이 떠올렸다.
"자기가 알던 사람과 얼굴 모습이 무척 닮았다고 한 것 같았소."
"옳아요. 그럼 고 대사는 아소 낭자가 누굴 닮았다고 말했을까요?

어디 알아맞혀보세요."

"난들 어찌 알겠소?"

이런저런 얘기를 나누는 동안 작은 배는 영사도 해안에 더욱 가까워졌다. 서쪽 바닷가에는 거대한 배들이 적지 않게 나란히 정박해 있었다. 하얀 돛폭마다 붉은빛 화염이 큼지막하게 그려져 있고, 돛대 끝에 걸린 검정 띠가 바람결에 기다란 꼬리를 끌며 수평으로 나부끼고 있었다.

"우리 배를 섬 뒤편으로 저어가요. 저들의 눈에 뜨이지 않게 후미진 여울목을 찾아서 배를 대고 상륙하는 게 좋을 듯싶어요."

"그럽시다!"

장무기는 힘차게 노를 저어 30~40척쯤 더 나아갔다. 그때 돌연 거대한 함선 쪽에서 뿔 고동 소리가 요란하게 울리더니 뒤미처 "꽈당, 꽈당!" 하는 굉음이 수면 위에 진동하면서 포탄 두 발이 날아왔다. 한 발은 구명정 좌현에, 또 한 발은 우현에 떨어져 거대한 물기둥이 좌우 양편으로 치솟았다. 거센 파문이 들이닥치면서 작은 배는 당장에라도 뒤집힐 듯이 극심하게 뒤흔들렸다. 대포를 발사한 함선에서 누군가 큰 소리로 고함을 질렀다.

"이쪽으로 빨리 저어오라! 장령將令을 받들지 않는다면 즉시 격침시킬 것이로다!"

장무기는 속으로 큰일 났구나 싶었다. 방금 포탄 두 발은 적함에서 무력시위를 보이기 위해 일부러 좌우 양쪽 근처 수면에 떨어뜨린 것이 분명했다. 이렇듯 가까운 거리에서 조준이 빗나갈 턱이 없었다. 겨냥만 정확하면 포탄 한 발로 거뜬히 구명정을 격침시킬 수 있을 테고,

일행 여섯 가운데 누구 하나 살아남지 못할 것은 불 보듯 뻔했다. 장무기는 어쩔 수 없이 작은 배를 천천히 몰아 적 함대 쪽으로 다가갔다.

적함 세 척이 대포 아가리를 슬금슬금 옮겨가며 작은 배를 계속 겨누었다. 수상쩍은 기미가 보이면 그 즉시 풍비박산을 내버릴 태세였다. 구명정이 선체에 뱃전을 갖다 붙이자, 적함 갑판 위에서 기다렸다는 듯이 밧줄 사다리가 내려왔다.

"올라갑시다! 기회를 엿보아 배를 탈취하면 될 테니까."

누구보다 먼저 사손이 줄사다리를 더듬어 잡더니 첫 번째로 기어 올라갔다. 주지약은 말 한마디 없이 허리 굽혀 아리를 껴안고 한 손으로 줄사다리를 잡았다. 그다음은 아소 차례였다. 장무기는 조민을 품어 안은 채 마지막으로 올라갔다.

갑판 위에는 하나같이 노란 수염에 푸른 눈동자를 가진 우람한 체구의 거한들이 줄지어 늘어서 있었다. 페르시아 색목인들이었다. 어찌된 셈인지 유운사, 묘풍사, 휘월사 세 사자의 모습은 눈에 뜨이지 않았다.

페르시아인 가운데 중국어를 할 줄 아는 자가 첫 질문을 던졌다.

"그대들은 어떤 사람인가? 이곳에는 무슨 일로 왔는가?"

임기응변으로 둘러대기의 명수인 조민이 그 질문을 받았다.

"우리는 먼 바다를 항행하던 도중 폭풍우에 배가 전복되어 표류하던 끝에 구사일생으로 여기까지 떠내려왔소이다. 이렇게 구해주시니 실로 감사하외다."

질문자가 믿는 둥 마는 둥 고개를 돌려 갑판 한가운데 의자에 앉은 수령에게 뭐라고 몇 마디 건넸다. 페르시아 말이라 일행은 알아듣지 못했다. 수령이 부하에게 몇 마디 지시를 내렸다.

이때 돌연 아소가 몸을 솟구쳐 날리더니 대뜸 수령에게 일장을 후려쳐갔다. 흠칫 놀란 수령이 황급히 몸을 틀어 피하면서 앉아 있던 의자를 움켜잡기가 무섭게 아소를 내리쳤다.

아소가 이렇듯 재빠르게 공격할 줄이야 짐작 못했던 장무기는 얼떨결에 몸을 옆으로 3척가량 옮겨 나가면서 손가락으로 수령을 찍어 쓰러뜨렸다. 느닷없는 기습에 놀란 페르시아 호인 수십 명이 삽시간에 대혼란을 일으켰다. 색목인들은 허겁지겁 병기를 뽑아 들고 좌우로 흩어지더니 일행 여섯을 에워싸기 시작했다. 하나같이 무공의 소유자들이기는 해도 유운사, 묘풍사, 휘월사의 수준에 비하면 까마득하게 떨어지는 솜씨였다.

포위망이 좁혀들자, 장무기는 오른손으로 아리를 부축해 안은 채 왼손 하나만으로 이리 찍고 저리 후려쳐가며 눈앞에 닥치는 대로 쓰러뜨렸다. 도룡도를 뽑아 든 사손이 칼춤을 추기 시작하고 주지약의 손아귀에서 장검이 동에 번쩍 서에 번쩍, 상대방을 정신 못 차리게 몰아붙이는 데다 아소의 몸놀림까지 민첩하게 옮겨가며 적진을 어지럽혀 잠깐 사이에 20~30명이나 되는 페르시아인을 낱낱이 제압해버렸다. 10여 명은 도룡도와 장검의 칼날 아래 찍히고 베여 갑판 위에 널브러졌는가 하면, 바닷물에 추락한 일고여덟 명을 제외하고 그 나머지는 깡그리 혈도를 찍어 꼼짝달싹 못 하게 만들어놓았다.

삽시간에 해변 쪽은 경악성과 아우성, 뿔 고동 소리와 나팔 소리가 뒤죽박죽 얽히면서 아수라장이 되었다. 나머지 페르시아 함대가 슬금슬금 다가오더니 뱃전끼리 맞대고 당장 갑판 위의 사람들이 한꺼번에 우르르 옮겨 탈 기세였다.

장무기가 훌쩍 몸을 솟구치더니 돛대에 가로 걸친 활대 위에 뛰어올랐다. 손아귀에는 방금 혈도를 찍어 쓰러뜨린 수령의 덜미가 번쩍 치켜들려 있었다.

"누구든지 이 배에 올라서기만 하면 내 이 사람을 단매에 때려죽이겠소!"

장무기 일행이 탈취한 배를 에워싼 채 모든 페르시아 함선 여기저기서 고함 소리가 진동했다. 장무기의 귀에는 비록 한마디도 알아들을 수 없었으나, 이쪽 배로 뛰어오르는 자가 없는 것으로 보건대 사로잡힌 사람의 지위가 무척 높아 혹시라도 다칠까 두려워 공격할 엄두를 내지 못하는 게 분명했다.

다시 갑판으로 뛰어내린 장무기가 수령을 내려놓는 순간 느닷없이 등 뒤에서 "퍽!" 하는 소리와 함께 이름 모를 병기 한 자루가 등줄기를 찍어 내렸다. 엉겁결에 몸을 틀어 피하면서 뒷발길질로 냅다 걷어차는데, 이번에는 정면에서 또 한 자루 영패가 들이쳐 왔다. 그와 때를 같이해서 왼쪽에서도 다시 한 자루가 수평으로 휩쓸어 왔다. 기습적으로 삼면 공격을 받은 장무기는 속으로 비명을 질렀다. 풍운 삼사가 어느 틈에 들이닥친 것이다.

"모두 선실로 피해 들어갑시다!"

일행에게 고함쳐 알린 장무기가 수령을 번쩍 쳐들고 그대로 성화령 앞으로 맞서 돌진했다. 아니나 다를까, 휘월사가 황급히 영패를 거둬들였다. 그러나 촉박하게 공격 초식을 회수하느라 그만 하반신에 허점을 드러냈다. 눈썰미 좋은 장무기의 발길질이 가로후리기로 휩쓸어 치자, 발끝이 하마터면 그녀의 아랫배를 걷어찰 뻔했으나 때맞춰 유운사와 묘풍사의 협공이 좌우 양편에서 급박하게 들이닥치는 바람에 장무기의 걷어차기는 빗나갔다. 아홉 번째 초식을 교환하고 났을 때, 묘풍사의 왼손에 들린 영패가 들이닥쳤다. 영패는 비스듬히 위쪽으로 흔들어 붙이는가 싶더니 어느새 불쑥 내려앉으면서 괴이한 각도로 장무기의 아랫배 급소를 찍어왔다. 장무기도 저들의 괴상야릇한 수법에 혼뜨검이 나본 경험이 있는 터라 영패가 막 아랫배 급소에 닿는 순간, 쳐들고 있던 수령의 몸뚱이를 아래쪽으로 축 늘어뜨렸다. 묘풍사의 공격 초식도 괴상야릇했지만 장무기의 방어 수법 또한 절묘했다.

"딱!"

성스러운 영패가 무딘 소리를 내며 고귀하신 페르시아 수령의 왼쪽 뺨에 정통으로 들어맞았다. 묘풍사와 유운사, 휘월사 세 사자가 이구동성으로 경악성을 터뜨리더니 얼굴빛이 싹 바뀌었다. 동시에 뒷걸음질 도약으로 물러난 셋이 뭐라고 몇 마디씩 주고받더니 돌연 장무기의 수중에 움켜잡힌 페르시아 수령을 향해 공손히 허리 굽혀 예를 올렸다. 그러고는 사뭇 공경스러운 기색으로 뒷걸음쳐 자기네 함선으로 물러갔다.

잠시 후, 뿔 고동 소리가 여기저기서 한꺼번에 울려 퍼지더니 큰 배 한 척이 슬금슬금 미끄러지듯이 다가왔다. 뱃머리에는 금빛으로 수놓은 커다란 깃발 열두 폭이 가지런히 꽂히고 갑판 위에는 호랑이 가죽을 덮은 걸상 12개가 놓여 있었다. 걸상 하나만 비었고 나머지 11개에는 하나같이 주인이 앉아 있었다. 장무기 일행이 탄 구명정 가까이 접근해오던 배가 일정한 간격을 두고 멈춰 섰다.

눈치 빠른 조민이 주인 없는 호피 교의虎皮交椅가 여섯 번째 자리에 있는 것을 발견하고 퍼뜩 마음에 짚이는 게 있어 입을 열었다.

"우리가 잡은 포로와 저 큰 배 걸상에 앉은 11명의 복색服色이 똑같군요. 아무래도 이 사람까지 합쳐 12명이 대수령인가 봐요. 이 사람은 서열이 여섯 번째고요."

사손이 그 말을 받았다.

"대수령이 열둘이라? 으음, 그렇다면 페르시아 총교단 12보수왕十二寶樹王이 모두 중원 땅에 온 모양이군. 이거 보통 큰일이 아닌데."

"12보수왕이라니요?"

"페르시아 총교 교주 휘하에 도합 열두 명의 대경사大經師가 있지. 명교 경전 수호를 맡은 최고 원로들이야. 통상적으로 '12보수왕'이라고 부르는데, 신분과 지위가 우리 중토 명교의 사대 호교법왕에 해당한다고 보면 될 거야. 제일 으뜸은 대성 보수왕大聖寶樹王, 둘째가 지혜智慧, 셋째가 상승常勝, 넷째가 장화掌火, 다섯째가 근수勤修, 여섯째는 평등平等, 일곱째가 신심信心, 여덟째가 진악鎭惡, 아홉째는 정직正直, 열째가 공덕功德, 열한째는 제심齊心, 그리고 열두째를 구명俱明 보수왕이라고 부르지. 이들 열두 보수왕은 모두 교리에 정통하고 경전에도 능숙하기는 한데, 그렇다고 무공 실력까지 뛰어나다고는 할 수 없다더군. 무기의 손에 사로잡힌 이 사람의 서열이 여섯째라고 했나? 그렇다면 평등 보수왕이겠군."

장무기는 돛대 곁에 기대앉은 채 평등왕을 무릎 위에 가로 걸쳐놓았다. 이 사람은 페르시아 총교에서 지위가 아주 높은 인물이다. 자기네 일행 여섯이 위험에서 벗어나 목숨을 구하려면 아무래도 이 사람의 신상에서 실마리를 풀어나가지 않으면 안 되었다. 무심코 머리를 숙여 굽어보니 포로의 왼쪽 뺨이 퉁퉁 부어 있었다. 다행히 치명상은 아니었다. 영패로 일격을 가하던 순간, 묘풍사가 겨냥이 잘못된 것을 깨닫고 황급히 힘줄기를 거둬들인 데다 포로 역시 상당한 내공의 소유자라 나름대로 저항력을 끌어내어 버틴 탓이리라.

주지약과 아소는 갑판 위에 널브러진 페르시아 사람들을 수습하느라 한창 바쁘게 움직였다. 죽은 이의 시체들은 뱃고물 쪽 선실로 옮겨다 안치하고, 목숨 붙은 부상자들은 갑판 한 귀퉁이에 가지런히 누여 놓았다.

그동안에도 10여 척의 페르시아 함선은 전후좌우 사면에서 몰려들어 장무기 일행이 탄 배를 에워싼 채 포구를 조준해놓고 있었다. 함선 한 척 한 척마다 페르시아인들이 가득 늘어서고, 횃불 아래 숲을 이룬 도검들이 서슬 퍼렇게 번쩍거렸다. 갑판과 뱃머리, 뱃고물 어디에나 빽빽하게 들어찬 사람들이 도대체 얼마나 되는지 헤아릴 길이 없었다.

배짱이 어지간한 장무기도 이런 상황을 맞닥뜨리자 은근히 속이 떨려왔다. 각 함선에서 대포를 발사하는 것은 둘째로 치고, 수백 수천이나 되는 사람이 한꺼번에 벌 떼처럼 몰려드는 날이면 자신이 머리 셋 달리고 팔뚝 여섯 달린 천상의 나타태자哪吒太子로 둔갑한들 당해낼 재간이 없는 것이다. 또 설령 자기는 절정에 도달한 무공 실력에 힘입어 한 몸 빠져나갈 수 있다 치더라도 나머지 일행을 온전히 탈출시키기란 아예 불가능한 일이었다. 하물며 아리와 조민은 상처를 입은 환자이니 더욱 위험하지 않겠는가?

페르시아 함대 쪽에서 또다시 낭랑하게 외치는 소리가 들려왔다.

"금모사왕은 들을지어다! 우리 총교 열두 보수왕이 모두 여기에 와 계시도다. 그대가 총교에 지은 죄를 보수왕 여러분께서 너그러이 사면해주셨으니, 속히 선상의 교우 여러분을 내어놓고 그대들이 가고 싶은 대로 배를 몰아 떠날 것이로다!"

사손이 껄껄대고 너털웃음을 터뜨렸다.

"금모사왕 사손이 세 살 난 어린애도 아닌데, 우리가 포로를 풀어주기만 하면 그 즉시 당신네 함대에서 대포로 일제사격을 퍼부어 우리 일행을 송두리째 박살 내리라는 것을 모를 줄 아시는가?"

그러자 맞은편 함선에서 노성이 건너왔다.

"실로 고얀 노릇이로다! 그대가 포로를 석방하지 않는다고 해서 우리가 대포를 쏘지 못할 듯싶은가?"

사손은 잠시 궁리해보고 나서 대꾸했다.

"세 가지 조건이 있소. 귀하 측에서 응낙하시겠다면 우리 측도 여기 있는 총교단 교우들을 공손히 상륙시켜드리리다!"

"무슨 조건?"

"첫째, 오늘 이후로 페르시아 총교와 중토 명교는 서로 친하고 공경할 것이며, 상호 간섭하지 않기를 바라겠소."

"으음, 두 번째 조건은?"

"당신네가 사로잡은 다이치스를 석방해 이쪽 배로 보내고 정조 잃은 죄를 사면할 것이며, 앞으로 다시는 추궁하지 않기를 바라겠소."

그 말끝이 다 떨어지기도 전에 노기등등한 호통이 건너왔다.

"그것만큼은 절대로 안 되는 일이로다! 다이치스는 총교의 가장 큰 계율을 범했으니 마땅히 화형에 처할 것이니라. 그것이 중토 명교와 무슨 상관이 있단 말인가? 세 번째 조건은?"

"두 번째 조건을 수락하지도 않은 마당에, 세 번째 조건을 말해 무엇하겠소?"

"좋도다! 그렇다면 두 번째 조건도 수락한 셈 칠 것이니, 어디 세 번째 조건을 들어보기로 하겠노라."

"세 번째 조건? 그야 아주 쉬운 일이외다. 당신네 쪽에서 작은 배 한 척을 보내 우리가 탄 배 뒤를 따라오게 하시오. 우리 배가 50리 바깥으로 나간 뒤에, 당신네 측 함선이 추격해오지 않는 것을 확인하고 나서 포로들을 작은 배에 옮겨 태울 것이니, 당신네들 좋을 대로 데려가도록 하시오."

그러자 상대방이 펄펄 뛰는 소리가 건너왔다.

"오랑캐 여덟 소리! 오랑캐 여덟 소리!"

사손을 비롯한 여섯 일행은 한순간 어리둥절해졌다. '오랑캐 여덟 소리'라니, 이게 무슨 도깨비 같은 소리인지 영문을 알 수 없었다.

잠시 후 두뇌 회전이 빠른 조민이 그 뜻을 알아차리고 깔깔대기 시작했다.

"아이고, 우스워 죽겠네! 저 사람이 중국 책을 보고 흉내를 낸다는 것이 뜻풀이를 잘못하고 말았네요. 중국어로 '터무니없는 소리, 당치도 않은 허튼소리'를 뭐라고 하죠? '호설팔도胡說八道' 아닌가요? 그걸 한 자 한 자씩 풀어서 '오랑캐 호胡' '말씀 설說' '여덟 팔八', 그리고 여기에 '말씀하실 도道'자가 붙으니 중국 사람이 들으면 황당하겠지만 곧이곧대로 '오랑캐 여덟 소리'라고 부를밖에 더 있겠어요?"

사손과 장무기도 생각해보니 그른 말이 아니었다. 비록 눈앞에 긴박한 정세가 펼쳐져 있는데도 터져 나오는 웃음보를 참을 수 없었다. '오랑캐 여덟 소리'로 호통쳐 꾸짖은 사람은 열두 보수왕 가운데 막내인 구명 보수왕이었다. 그는 사손 일행이 대꾸는 하지 않고 느닷없이 웃음보를 터뜨리자, 더욱 화가 치밀어 곁에 앉은 동료에게 휘파람 신호를 보냈다. 그러고는 열한 번째 제심 보수왕과 함께 몸을 솟구쳐 이쪽 배로 뛰어올랐다.

장무기가 기다렸다는 듯이 한 발 앞질러 들이닥치더니 왼 손바닥으로 제심왕의 가슴팍을 냅다 쥐어박았다. 제심왕은 선불리 막아낼 엄두를 내지 못하고 엉겁결에 왼손으로 그의 정수리를 움켜잡아왔다. 장무기는 이제 자신의 일장이 먼저 상대방에게 들어맞으리라 분명히 확신했다. 그런데 뜻밖에도 구명왕이 한쪽 곁에서 비스듬히 다가들면서 양 손바닥으로 쌍장을 한꺼번에 밀어붙여 그 일격을 맞받아치는 것이 아닌가? 그와 때를 같이해서 독수리의 발톱같이 곧추세운 제심왕의 다섯 손가락은 곧바로 정수리 뇌문腦門을 찍어 내리고 있었다.

장무기는 황급히 앞쪽으로 한 걸음 내딛고서야 겨우 저들의 협공을 피해냈다. 그리고 이들 두 사람의 공격과 수비가 마치 네 손 네 발 달린 괴물처럼 연결되어 한꺼번에 이루어진다는 사실을 깨달았다. 이윽고 세 사람 간에 질풍 같은 공방전이 벌어지더니 눈 깜짝할 사이에 연속 7~8초를 번개 벼락 치듯 주고받았다.

비록 내색은 하지 않았으나 장무기의 놀라움은 이만저만 큰 게 아니었다. 두 보수왕의 무공 실력이 풍운 삼사에 비해 다소 뒤떨어지기는 해도 공격과 수비 초식만큼은 괴상야릇하기 짝이 없어 도대체 어디서부터 대응해야 좋을지 판단이 서지 않았다. 분명 건곤대나이 심법과 아주 비슷한데 일단 두 사람의 손발에서 펼쳐졌다 하면 초식과 동작에 큰 변화를 일으켜 도무지 종잡을 방법이 없는 것이다. 물론 공격 초식의 매서움이라든가 교묘한 점에서는 건곤대나이 심법의 발치 밑에도 따라붙지 못할 정도로 허술하고 엉성했다. 어떻게 보면 미치광이 두 사람이 어쩌다가 건곤대나이 무공 부스러기를 주워듣고 정신마저 혼란을 일으킨 상태에서 제멋대로 주먹질 발길질을 날리는 것과 같았다. 하지만 두 사람이 손발 맞춰 공격할 때의 긴박성과 치밀함이란 풍운 삼사의 그것과 판에 박은 듯이 닮아 있었다. 사세가 이러하니, 장무기는 역전에 역전을 거듭하면서도 고작 무승부 상태만 유지할 뿐 좀처럼 전세를 역전시킬 수가 없었다. 예상하기로는 계속 20~30초를 더 싸우고 나야만 우세를 차지할 수 있을 것 같았다.

바로 그때 풍운 삼사가 일제히 기합 소리를 터뜨리더니 또다시 이쪽 배로 공격해 올라왔다. 그리고 동시에 평등왕 쪽으로 달려들었다. 보아하니 평등왕을 탈취해 앞서 영패로 고귀하신 분의 뺨따귀를 후려친 실수를 속죄하려는 심산이 분명했다. 사손은 평등왕을 번쩍 치켜들고 좌우로 춤추듯이 그 자리에서 빙글빙글 맴돌았다. 쌍방 간에 커다란 원둘레가 그려지고 간격이 멀찌감치 벌어졌다. 눈앞에서 정신없이 돌아가는 평등왕의 몸뚱이를 보고 풍운 삼사는 감히 범접할 엄두를 내지 못한 채 이리 피하고 저리 빠져나가며 어떻게 해서든지 공격해 들어갈 틈을 찾느라 혈안이 되었다.

"어흑!"

갑자기 구명왕이 답답한 신음 소리를 내면서 그 자리에 털썩 넘어갔다. 일초를 얻어맞은 것이다. 기습 공격에 성공한 장무기가 허리 굽혀 포로를 낚아채려는데, 유운사와 휘월사의 두 자루 영패가 날아들었다. 흠칫 회피 동작을 취하고 났을 때는 어느 틈에 귀신처럼 끼어든 묘풍사가 구명왕을 껴안아 들고 자기네 배로 훌쩍 뛰어 돌아간 뒤였다. 하나가 빠지자, 그 공백을 제심왕이 잽싸게 메우고 유운사, 휘월사와 손발을 맞춰 계속 공격했다. 그러나 공세의 배합이 풍운 삼사처럼 빈틈없이 긴밀하지 못한 터라 두세 차례 접전하고 나서 승산이 보이지 않자 셋이서 휘파람 신호를 주고받더니 그 즉시 뒷걸음질 도약으로 훌쩍 뛰어 물러갔다.

겨우 정신을 가다듬은 장무기가 절레절레 고개를 흔들었다.

"저 사람들이 건곤대나이 술법을 배우기는 한 것 같은데, 엉터리로 배워서 그런지 정공법으로 대처하기가 무척 어렵더군요. 정말 혼났습니다."

사손이 고개를 끄덕끄덕했다.

"본교 건곤대나이 심법의 발원지는 당초 페르시아였다. 하지만 수백 년 전 중원 땅에 전래되고 나서 페르시아 본국에서는 오히려 그 심법이 실전되고 말았지. 저들에게 남겨진 것이라곤, 다이치스의 표현에 따르면 한낱 볼품없는 껍데기에 지나지 않는다더라. 그래서 다이치스를 광명정에 보내 그 심법을 훔쳐내려고 한 거지."

"저들의 무공 바탕이 무척 얕은 걸 보면 과연 껍데기에 지나지 않다는 말이 사실입니다만, 쓰는 수법만큼은 아주 교묘하더군요. 거기에 뭔가 중대한 관건이 있는 모양인데, 저로서는 도무지 추리해낼 수가 없습니다. 음…… 건곤대나이 심법 마지막 일곱 번째 단계 중에서 제가 끝부분을 완전히 수련하지 못했는데, 혹시 그것 때문이 아닐까 모르겠습니다."

말을 마친 장무기는 갑판 위에 털썩 주저앉더니, 머리통을 감싸 쥔 채 골똘히 생각하기 시작했다. 사손을 비롯한 일행은 그의 생각이 갈피를 잡지 못하고 흐트러질까 봐 아무 소리도 내지 않았다.

"아앗!"

갑자기 아소가 외마디 경악성을 터뜨리는 바람에 장무기는 정신이 번쩍 들었다. 흘끗 고개 들어 바라보았더니, 맞은편 적함에서 풍운 삼사가 웬 사람 하나를 끌어다 열한 명의 보수왕 앞에 내세웠다. 끌려나온 포로는 구부정한 몸뚱이를 용두괴장으로 버티고 엉거주춤한 자세로 서 있는 금화파파였다.

두 번째 걸상에 앉은 지혜 보수왕이 페르시아 말로 그녀에게 몇 마디 호통쳐 물었으나, 금화파파는 고개 돌려 외면한 채 목소리만 크게 외쳐 응수했다.

"무슨 소릴 하는 거야? 난 하나도 못 알아듣겠다!"

그러자 지혜왕이 싸늘하게 비웃으며 일어서더니, 왼손을 내뻗기가 무섭게 그녀의 정수리에 까마귀 둥지처럼 헝클어진 백발 머리카락을 홀떡 벗겨냈다. 다음 순간, 꿈같은 일이 벌어졌다. 벗겨진 가발 밑에서 새까만 머리카락이 삼단처럼 풍성하게 화르르 풀려 나온 것이다. 금화파파가 얼른 고개 돌려 피하려 했으나 이미 때는 늦었다. 뒤미처 지혜왕의 오른손이 번뜩 움직였는가 싶었을 때 어느새 그녀의 얼굴에서 살가죽 한 겹이 벗겨지고 있었다.

장무기를 비롯한 일행 다섯은 저마다 두 눈으로 똑똑히 보았다. 지혜왕이 벗겨낸 것은 바로 인피면구人皮面具, 종잇장처럼 얄팍한 가면이었다. 찰나지간에 금화파파의 주름살로 우글쭈글하던 얼굴이 굳기름처럼 뽀얗고 보드라운 살결로 바뀌었는가 하면, 은행알처럼 동그랗고도 까만 눈동자에 복사꽃처럼 발갛게 홍조 띤 두 뺨이 요염할 정도로 아름다운 중년 부인의 모습으로 바뀌고 말았다. 장무기는 그만 입이 딱 벌어진 채 다물 줄 몰랐다. 윤기가 흐르다 못해 눈부시게 빛나는 얼굴, 단정하고도 고운 탯거리야말로 뭐라고 형언할 길이 없었다.

금화파파, 아니 자삼용왕 다이치스는 지혜왕의 손길에 고스란히 정체가 드러나자 아예 짚고 있던 용두괴장 지팡이마저 내던져버리고 계속 차가운 미소만 지었다. 지혜왕이 다시 뭐라고 몇 마디 묻자, 그녀의 입에서도 페르시아 말이 나오기 시작했다. 두 사람이 일문일답을 주고받는 동안 지혜왕을 비롯한 보수왕들의 얼굴 표정이 갈수록 무겁게 굳어져갔다.

"아소 낭자, 저 사람들이 지금 뭐라고 하나요?"

조민이 물으면서 고개 돌려 바라보았을 때 아소의 두 눈에선 그칠 새 없이 눈물이 흘러내리고 있었다.

"정말 똑똑하시네요. 당신은 뭐든지 모르는 게 없군요. 그렇게 다 알면서도 어쩌자고 사씨 어른이 그 말씀을 못 하게 막지 않았죠?"

"무슨 말을 못하게 막으라는 거예요?"

터무니없이 원망을 들은 조민이 이상하다는 듯이 되물었다.

"저 사람들은 애당초 금화파파가 누군지 몰랐어요. 나중에 자삼용왕인 줄은 알았어도, 그 자삼용왕이 성녀 다이치스라는 사실만큼은 결코 생각지 못했죠. 금화파파가 저렇듯 고심참담 변장한 목적은 페르시아 사람들의 눈을 속이기 위해서였어요."

"그게 어째서 사씨 어른의 말을 못 하게 막는 것과 관계가 있죠?"

"방금 사씨 어른께서 내건 두 번째 조건이 문제였어요. 저 사람들더러 '성녀 다이치스'를 석방하라고 요구하셨지 않아요? 비록 호의적으로 하신 말씀이지만, 지혜 보수왕의 눈을 속이지는 못했죠. 만일 저들더러 '금화파파'를 석방하라고 요구하셨다면 아무 일도 없었을 겁니다. 어르신께선 물체를 보지 못하시니까 금화파파의 변장술이 얼마나 감쪽같았는지, 또 그래서 어느 누구도 속여넘길 수 있었다는 사실을 전혀 모르실 수밖에 없었죠. 조 낭자, 당신은 그 총명한 두뇌로 뻔히 알 수 있었고, 똑똑히 볼 수 있었으면서도 왜 거기까지 생각을 못 한 거예요?"

원망을 듣기엔 억울한 일이었으나 조민 역시 할 말이 없었다. 사실 구명정을 타고 망망대해에 표류하던 며칠 동안 사손이 털어놓은 기막힌 사연을 듣고 났을 때부터 그녀의 마음속에는 하나의 선입감이 자리 잡고 있었다. 금화파파는 바로 페르시아 명교의 성녀 다이치스였노라고. 그러나 페르시아인들의 눈에 그녀의 정체가 여전히 발각되지 않은 채 여전히 금화파파로 비치고 있을 줄은 미처 생각지 못한 것이다. 예전의 조민 같았으면 벌서 몇 마디 쏘아붙이고도 남았을 것이나, 이제 아소가 비탄에 잠긴 목소리로 원망하는 걸 보고 있으려니, 어렴풋이나마 그녀와 금화파파 사이에 뭔가 아주 심상치 않은 관계로 맺어져 있다는 느낌이 들어 차마 더는 반박할 용기가 나지 않았다.

"아소 동생, 난 정말 생각지도 못했어. 만일 내가 일부러 금화파파를 해치려고 했다면, 곱게 죽지 못하고 비명횡사를 당할 거야."

애꿎은 조민의 심사가 이러한데, 당사자인 사손의 미안스러움이야

더할 나위가 없었다. 입을 꾹 다물고 말 한마디 없었으나, 마음속으로는 이미 결심을 굳힌 상태였다. '오냐, 차라리 내 목숨을 버릴망정 다이치스를 저 위험에서 기필코 구해내고야 말리라.'

아소의 울음 섞인 목소리가 들려왔다.

"저 사람들은 지금 파파를 질책하고 있어요. 성처녀가 남한테 시집을 갔다느니, 배교를 했다느니…… 그래서 파파를 불태워 죽이겠다고……."

장무기가 위안의 말을 건넸다.

"아소, 너무 조급하게 굴지 마. 기회만 생기면 내 즉시 덮쳐가서 할멈을 구해낼 거야."

장무기는 금화파파를 알게 된 이후부터 '할멈, 할망구'란 말이 입에 붙었다. 그런데 지금 와서 자삼용왕의 진면목을 보게 되니, 비록 중년을 넘겼으면서도 아리따운 풍채는 조민이나 주지약에 못지않았다. 어떻게 보면 아소의 큰언니 같은 인상마저 주었다.

장무기가 위로의 말을 건넸으나, 아소는 울음보를 터뜨렸다.

"아냐, 아냐! 보수왕 11명에다 풍운 삼사까지 있는데, 당신 혼자서 무슨 재주로 이겨낼 수 있단 말이에요? 공연히 목숨만 잃을 뿐이지, 저 사람들과는 싸워 이길 수 없어요! 아이고머니, 저 사람들이 지금 평등왕을 어떻게 빼앗아올까 의논하고 있어요!"

이래저래 약이 오른 조민이 코웃음을 쳤다.

"흥! 평등왕이란 작자가 살아서 돌아간다 해도, 저놈의 낯짝에 글씨 몇 줄 찍혔으니 창피해서 얼굴도 못 들고 살겠군! 안 그래요, 장 공자님? 얼굴에 먹실로 글자를 뜬 사람은 하나같이 살인강도죄를 저지른 흉악범들뿐이니까."

"얼굴에 무슨 글씨가 찍혔다는 거요?"

영문 모르는 장무기가 묻자, 그녀는 평등왕의 왼쪽 뺨을 가리켰다.

"저 노랑 수염 매부리코 묘풍사가 영패로 고귀하신 평등왕 전하의 왼쪽 뺨을 잘못 때려서……. 아, 참! 아소!"

주절주절 사태를 설명하던 조민이 퍼뜩 무슨 생각을 했는지 아소에게 물었다.

"동생, 페르시아 문자를 알지?"

"알아요."

아소가 영문도 모르고 대꾸하자, 그녀는 옷깃을 잡아 끌어당겼다.

"빨리 이것 좀 봐줘. 평등왕의 뺨따귀에 무슨 글자가 찍힌 거야?"

아소는 혈도가 찍혀 말뚝처럼 빳빳이 굳어진 평등왕을 일으켜 앉힌 다음, 고개를 옆으로 돌려놓았다. 과연 퉁퉁 부어오른 뺨에 페르시아 문자 석 줄이 살갗 깊숙이 찍혀 있었다.

원래 성화령 여섯 자루에는 제각기 글자가 새겨 있었다. 묘풍사가 평등왕을 잘못 후려쳤을 때 고스란히 뺨따귀 살갗에 성화령의 문자마저 찍혀버린 것을 아무도 눈여겨보지 않았는데, 이제 눈썰미 좋은 조민이 발견한 것이다. 영패에 새겨진 문자는 움푹 파여 들어간 만치 살갗에 찍히자마자 부어오른 형태 그대로 볼록 튀어나와 있었다. 하지만 영패가 살갗에 닿은 부분이 겨우 두 치 너비에 길이가 세 치밖에 되지 않아 찍힌 글씨체가 온전치 못하고 남은 글자 수도 몇 되지 않았다.

아소는 장무기를 따라 광명정 비밀 통로에 들어가 건곤대나이 심법을 암기한 적이 있었다. 비록 장무기의 허락을 받지 못해 이 절세신공의 심법을 수련하지는 않았어도 내용만큼은 곤죽이 되도록 외워 자기 것으로 만들어놓은 상태였다. 또 그 당시 장무기가 비밀 통로 출구를 열어볼 생각에 이 심법의 마지막 최고 단계를 수련하다 어려운 대목에 부닥치자 이해 못 할 부분을 건너뛰었으나, 그녀는 난해한 부분까지 낱낱이 암기해두고 있었다. 그런데 이제 평등왕의 빰에 찍힌 문자를 번역하다가 저도 모르게 경탄을 터뜨렸다.

"아이고머니, 이것도 건곤대나이 심법이네요!"

"뭐라고! 이게 그 건곤대나이 심법이란 말인가?"

장무기가 의아스레 묻자, 그녀는 이내 도리질을 했다.

"아니, 아니에요! 처음 보았을 때는 저도 그런 줄 알았는데 아니네요. 중국어로 번역하면 이런 뜻이에요. '왼쪽으로 응하려면 앞으로, 모름지기 오른쪽은 바로 배후일세. 셋은 허하고 일곱은 실하니, 무에서부터 유가 생겨나도다應左則前 須右乃後 三虛七實 無中生有.' 그리고 이건 또 뭐야? '하늘은 모나고 땅은 둥글도다天方地圓.' 그다음 아래 글자는 흐려서 보이지 않아요."

불과 스무 자밖에 안 되는 낱말이었으나 그것을 듣는 순간, 장무기는 온 하늘에 깔린 먹구름 한 귀퉁이에서 번갯불이 번쩍 내리치듯 순간적인 영감을 받았다. 그리고 번갯불이 지나간 즉시 사면팔방이 도로 칠흑 같은 어둠에 잠기듯 머릿속은 또다시 캄캄절벽이 되고 말았다. 그러나 전광석화처럼 들이닥친 영감은 이미 오리무중 속에서 한 줄기 나아갈 길을 인도해주고 있었다.

"왼쪽으로 응하려면 앞으로, 모름지기 오른쪽이 바로 배후일세……."

입으로 몇 차례나 되뇌면서 그 몇 마디 구결을 앞서 익힌 건곤대나이의 무공심법과 결합시켜보려고 무진 애를 썼다. 뭔가 어렴풋이 떠오르고 그럴듯하게 보이기도 하는데 이내 물거품으로 변해버렸다. 아무리 머리통을 쥐어짜내도 그게 무엇인지 끝내 알아낼 수가 없었다.

갑자기 아소의 놀란 외침이 들려와 정신이 흩어졌다.

"교주님, 조심하세요! 저 사람들이 호령을 내렸어요. 풍운 삼사 셋이 교주님을 공격하는 동안에 근수왕, 진악왕, 공덕왕 셋이 한꺼번에 평등왕을 빼앗으러 덤벼들 거예요!"

그 말을 듣기가 무섭게, 사손이 평등왕을 가슴 앞에 번쩍 들어 가로놓더니 장무기에게 도룡도를 던져주었다.

"이 칼로 닥치는 대로 후려 찍으면 될 거다!"

조민 역시 서슴없이 의천보검을 주지약에게 넘겨주었다. 오월동주吳越同舟 원수지간이긴 하지만, 지금은 어깨 나란히 적을 맞아 쳐야 할 긴박한 때인 것이다.

장무기는 도룡도를 건네받고도 정신이 딴 데 팔려 칼을 허리춤에 꾹 질러 넣고서 입으로만 여전히 똑같은 소리를 중얼거렸다.

"셋은 허하고 일곱은 실하니, 무에서부터 유가 생겨나도다……."

다급해진 조민이 기가 막혀 빽 소리를 질렀다.

"저런 바보 멍텅구리! 지금 한가롭게 무학 연구나 하고 있을 때예요? 어서 적을 맞아 칠 준비나 하세요!"

말끝이 떨어졌을 때 어느새 근수왕, 진악왕, 공덕왕 셋이 몸을 솟구쳐 이쪽 배로 건너와 댓바람에 사손을 노리고 일장씩 후려쳐 보냈다. 이들 셋은 만에 하나라도 평등왕을 다칠까 봐 병기는 쓰지 않고 주먹질 손바닥 후리기로 육박전을 벌일 기세였다. 셋 중 누구든지 한 사람이라도 평등왕의 몸뚱이를 움켰다 하는 날이면 곧바로 채뜨려 물러갈 작정이었다. 주지약은 사손 곁에 지켜 서서 상황이 급박해질 때마다 의천보검 예리한 칼끝으로 평등왕을 겨누고 여차하면 당장 찔러버리겠다는 시늉을 해 보였다. 동료에게 좀처럼 다가들지 못하자 근수왕, 진악왕, 공덕왕은 어쩔 수 없이 공격 목표를 주지약에게 돌려, 그녀의 수중에 잡힌 칼끝이 평등왕을 찌르지 못하게 훼방이나 놓는 게 고작이었다.

한쪽에선 장무기가 또다시 풍운 삼사와 한판 어우러져 싸움을 벌이기 시작했다. 이들 네 사람은 앞서 몇 차례 맞붙어 제각기 혼뜨검이 나본 경험이 있는 터라 어느 쪽도 섣부르게 상대방을 얕잡아보지 못하고 경계심을 잔뜩 높였다. 서너 합을 겨루고 났을 때, 휘월사가 사나운 기세로 영패를 휘둘러 쳐왔다. 동작과 자세로 본다면 그 일격은 장무기의 오른쪽 어깻죽지를 노린 것이 분명했는데, 뜻밖에도 영패가 중도에 괴상야릇한 각도로 비스듬히 꺾어 돌아가더니 눈 깜짝할 사이에 "딱!" 소리가 나도록 호되게 뒷덜미를 후려치는 게 아닌가!

눈알이 쏟아져 나올 지경으로 덜미를 호되게 강타당한 장무기는 극심한 통증에 정신마저 아찔해졌으나, 그다음 순간 머릿속에 한 가닥 영감이 퍼뜩 떠올랐다. 이제껏 캄캄절벽 어둠 속을 헤매던 의문에 한 줄기 광명이 비친 것이다.

"아얏, 바로 이거다! '모름지기 오른쪽이 배후일세!' 오른쪽이 배후……. 맞아, 맞았어!"

깨달음은 순식간에 찾아왔다. 풍운 삼사가 쓰는 수법이 한낱 건곤대나이 제1단계 기초 입문에 지나지 않을 줄이야. 그러나 성화령에 따로 새겨진 기괴망측한 변화 용법이 기묘하고도 환상적인 맛을 보태주고 있었다. 장무기의 두뇌 회전은 번갯불보다 더 빠르게 돌아갔다. 방금 아소가 번역해준 네 마디 구결을 이제 완벽하게 이해할 수 있었다. 다만 '하늘은 모나고 땅은 둥글도다', 이 구결 하나만은 무슨 뜻인지 깨칠 수 없었다. 아무래도 이 구결을 비롯해 페르시아 무공의 정수를 이룬 요체를 알려면 풍운 삼사가 지닌 성화령 여섯 자루를 몽땅 빼앗아 거기에 새겨진 글자를 다 보아야만 통달할 수 있을 것 같았다.

목표가 정해지면 행동이 뒤따르는 법. 돌연 장무기의 입에서 맑은 기합 소리가 터져 나오더니 금나수법으로 번개 벼락 치듯 휘월사를 덮쳐갔다. 눈앞이 아찔하게 돌아갈 정도로 전후좌우 사면팔방 정신없이 뻗어가는 손길은 바로 '셋은 허하고 일곱은 실하도다'의 원리, 즉 적의 눈을 속여 공격을 집중시키는 양동작전의 기만 술책이었다. 휘월사는 자신의 양 손아귀에 쥐고 있던 성화령 두 자루를 고스란히 빼앗기고 말았다. 다음에는 '무에서 유가 생겨나도다'의 원리, 유운사마저 두 자루 성화령을 허망하게 빼앗겼다. 두 남녀가 멍하니 빈손을 굽어보고 있을 때 장무기는 벌써 넉 자루 성화령을 품속에 꾹 질러 넣고 양손을 좌우로 가르기가 무섭게 두 남녀의 덜미를 움켜잡아 손길 나가는 대로 획 내던져버렸다.

페르시아 함대 쪽에서 놀라움에 찬 고함 소리가 터져 나오는 와중에 묘풍사가 벼락같이 몸을 뒤틀어 자기네 배 쪽으로 달아났다. 그러나 마지막 성화령 한 자루마저 빼앗아야 하는 장무기가 호락호락 보낼 턱이 있으랴. 이제 상대방의 무공 요결을 정확히 터득한 만큼 비록 이해하는 데 한계가 있기는 해도 그의 눈에 묘풍사가 지닌 무공쯤이야 신비스러울 것이 하나도 없었다. 묘풍사의 두 다리가 뱃전을 건너뛰어 텅 빈 공간에 올랐을 때 불쑥 내뻗은 오른손이 벌써 그의 발목을 움켜 강제로 끌어당기고 있었다. 묘풍사는 몸뚱이가 반공중에 붕 떠오른 채 하나 남은 성화령을 빼앗기고 말았다. 어디 그뿐이랴, 번쩍 들린 몸뚱이가 떨어져 내리면서 하필 진악 보수왕의 정수리를 절구 찧듯 그대로 들이박는 게 아닌가!

"우와아!"

대경실색한 근수왕, 진악왕, 공덕왕 셋이 외마디 소리와 함께 서로 손짓 신호를 주고받기 무섭게 훌쩍 몸을 솟구쳐 자기네 함선으로 달아났다. 장무기의 손가락 끝이 느긋하게 묘풍사의 혈도를 찍어 발치 밑에 툭 던져놓았다.

장무기의 이번 승리는 돌발적이었다. 조민을 비롯한 일행의 기쁨은 이루 말할 수 없이 컸다. 모두 입을 모아 어떻게 이겼느냐고 비결을 물었다. 장무기는 멋쩍은 웃음을 지었다.

"사실 우연이었소. 평등왕의 뺨에 찍힌 글자들이 아니었다면 정말 큰일 날 뻔했으니까. 아소, 얼른 이 성화령 여섯 자루에 새겨진 글자를 번역해줘. 시간이 없으니까 어서 빨리 풀어봐!"

사람들은 그제야 신비로운 성화령 여섯 자루를 볼 수 있었다. 금도 옥도 아니고 강철도 아닌데 재질이 굳고 단단했다. 여섯 자루의 길이와 폭, 두께도 구구각색으로 다를 뿐 아니라 속이 들여다보일 정도로 투명한 것 같으면서도 투명하지 않고 바탕 속에 불꽃이 타오르는 형상만 어렴풋이 들여다보였다. 영패의 재질은 빛을 반사할 만큼 매끄러운데, 보는 각도에 따라 빛깔이 환상적으로 바뀌었다.

여섯 자루 영패에 새겨진 페르시아 문자는 상당히 많았다. 그 문장의 심오한 뜻을 꿰뚫어보기는 고사하고 처음부터 끝까지 한 차례 번역해서 들려주기에도 시간을 적지 않게 잡아먹을 것 같았다.

목전의 곤경에서 벗어나려면 무엇보다 먼저 페르시아 무공의 총체적 근원을 알아내지 않으면 안 되었다. 아소가 성화령에 새겨진 문자를 번역해 들려주기 직전, 장무기는 주지약과 사손에게 미리 당부를 해두었다.

"주 소저, 당신이 의천검으로 평등왕의 목을 겨냥하고 계시오. 그리고 큰아버님은 도룡도를 묘풍사의 목에 겨냥하시고 될 수 있는 대로 시간을 좀 끌어주세요."

사손과 주지약이 알았다는 듯이 고개를 끄덕였다.

아소는 성화령 여섯 자루를 하나하나씩 살펴보기 시작했다. 길이가 제일 짧은 것이 새겨진 글자도 적었고 거무튀튀한 게 가장 신통치 않아 보였다. 그녀는 이것을 골라 들고 거기에 새겨진 문자를 한 구절 한 구절 번역해주었다. 그러나 장무기는 무슨 뜻인지 한 구절도 이해할 수가 없었다. 머리통을 쥐어짜내면서 궁리해봐도 실오리만큼도 이해되지 않으니 공연히 마음만 다급해지고 조바심이 났다.

곁에서 보다 못한 조민이 아소에게 귀띔을 했다.

"동생, 그것 말고 아까 평등왕의 뺨을 때렸던 영패부터 먼저 해석해 봐요."

이 말에 아소는 정신이 번쩍 들어 부리나케 문제의 성화령을 찾았다. 그 영패는 길이가 두 번째로 긴 것이었다. 번역이 시작되자, 이번만큼은 장무기도 열에 일고여덟쯤 이해할 수 있는 내용이었다. 한 자루 번역을 마친 아소가 곧이어 제일 긴 성화령을 골라 들고 풀이해나가자, 그는 몇 구절을 다 듣기도 전에 반색을 했다.

"동생, 이제 알았다! 여섯 자루 가운데 문장이 긴 것일수록 수준이 얕은 기초 입문 무공이군!"

원래 명교 성화령은 도합 열두 자루였다. 그중 여섯 자루에 새겨진 것은 무공이었고, 그 밖의 여섯 자루에는 명교 계율인 '삼대령'과 '오소령'이 새겨져 있었다. 이 열두 자루는 애당초 옛날 페르시아의 자객왕 '산중노인' 하산이 주조한 것이다. 그는 이 여섯 자루 성화령에 자신이 완성한 필생의 무공 요체를 새겨 넣었다. 그리고 이 열두 자루 영패는 명교와 더불어 중원 땅에 전래되었고, 그때부터 중원 명교 교주의 영부令符가 되었다. 오랜 세월이 흐른 뒤, 중토 명교에는 성화령에 새겨진 페르시아 문자를 해독할 만한 사람이 없어졌다. 중토 명교 사람들은 문자가 새겨지지 않은 나머지 빈 여섯 자루에 중토 명교 신도들이 지켜야 할 기본 계율인 '삼대령'과 '오소령'을 새겨 넣었다. 그런데 수십 년 전 제33대 석 교주 당시 이들 성화령은 개방 제자들의 손에 빼앗겨 강호를 이리저리 굴러다니다가 페르시아 상인이 사들여 또다시 페르시아 명교로 흘러 들어갔다. 페르시아 총교단은 수십 년 동안 성화령에 새겨진 문자를 깊이 연구한 끝에 교내의 직분 높은 사람들의 무공이 일취월장으로 급진전을 보게 되었다. 그러나 영패에 새겨진 무공 분야가 무척 너른 데다 내용이 정교하고 심오하기 이를 데 없어 12보수왕 가운데 수련 정도가 최고에 도달했다는 대성 보수왕조차 이제 겨우 3~4할 정도밖에 터득하지 못한 것이다.

건곤대나이 심법은 애당초 페르시아 명교를 수호하는 데 쓰던 호교

신공으로서, 상승 내공을 바탕으로 수련해야 하는 무공이었기에 보통 사람들은 아예 이 심법을 익힐 수가 없었다. 또 페르시아 명교에는 지난 수백 년 동안 용렬하기 짝이 없는 여교주들이 잇따라 배출되었기 때문에 심법을 터득해 다음 대에 전해 내린 수준이 극도로 제한된 반면, 중토 명교에 오히려 심법의 정수가 온전하게 남은 셈이 되고 말았다. 이리하여 페르시아 명교 측은 고작 10분의 1도 남아 있지 않은 옛 건곤대나이의 무공심법과 2~3할 정도 새로 얻은 성화령의 무공을 함께 뭉뚱그려 일종의 괴상야릇하고도 기기묘묘한 무공으로 변화·발전시켰다.

이제 장무기는 뱃머리에서 두 무릎을 깍지 끼고 앉은 채 아소가 풀이해주는 페르시아 문자를 한 구절 한 구절 새겨듣고 있었다. 성화령에 포함된 무공 원리는 기묘하기 짝이 없는 것이었으나, "한 가지 방법에 통하면 나머지 모든 방법에도 통한다一法通 萬法通"고 했듯이, 여섯 자루 성화령을 순서대로 정리해놓고 보니 모두가 단계를 이루어 차근차근 연결되어 있음을 알 수 있었다. 그것은 마치 심오하기 짝이 없는 학문의 숱한 갈래가 극치에 도달하면 하나의 근본으로 귀일하는 원리와도 같았다.

장무기는 구양신공을 바탕으로 건곤대나이 심법의 최고 단계, 그리고 무당파 태극권법의 원리에 이르기까지 깊이 통달했다. 성화령의 무공이 비록 신기하다고는 하지만 결국은 좌도방문左道旁門의 무학이 절정에 도달한 것일 뿐, 그 규모나 깊이로 따져본다면 앞서 말한 세 무학에 견주어 까마득히 뒤떨어진 것이었다.

아소가 성화령 여섯 자루의 페르시아 문자를 완전히 해독하고 났을 때, 장무기는 워낙 창졸간이라 전체 내용 가운데 7~8할쯤 암기하고 깨친 부분도 겨우 5~6할밖에 안 되었다. 그러나 이 정도의 터득만으로도 열두 보수왕과 풍운 삼사가 드러내 보인 무공 따위는 이미 안중에도 없을 만큼 훤히 내다볼 수 있었고, 일소의 값어치도 없었다.

시간은 일각일각 지나갔다. 한마음 한뜻으로 무학 연구에 깊이 빠져든 가운데 장무기는 다른 것을 돌아볼 마음의 여유가 없었다. 하지만 조민과 주지약을 비롯한 일행은 애가 탈 대로 타들어갔다. 이제 다이치스의 손발에는 사슬 달린 수갑과 차꼬가 채워지고 11명의 보수왕은 머리를 맞댄 채 밀의를 거듭하고 있었다. 치렁치렁한 장포를 벗어버린 열한 몸뚱이는 언제 갈아입었는지 부드러운 황금빛 갑옷이 걸쳐지고 걸상 좌우 측근에는 형태가 괴상한 병기들이 세워져 있었다. 전후좌우로 에워싼 함선마다 뱃머리에서 뱃고물까지, 그리고 갑판에 이르기까지 페르시아인들이 우글우글 잔뜩 늘어선 채 보름달처럼 바싹 활시위를 당겼고, 그 화살의 날카로운 살촉이 모두 이쪽 일행을 겨냥하고 있었다.

가운데 자리를 차지하고 앉은 대성 보수왕이 대갈일성으로 호령을 내리자, 사면을 포위한 선상에서 북소리가 천둥 벼락 치듯 일제히 울리고 뿔나팔 소리가 잔잔한 밤바다 수면에 길게 울려 퍼졌다.

깜짝 놀란 장무기가 고개를 들어 바라보니, 보수왕 11명이 금빛 찬란한 연갑軟甲을 번쩍거리면서 저마다 손에 병기를 움켜잡은 채 무시무시한 기세로 이쪽 배를 향해 건너뛰고 있었다. 사손과 주지약이 도룡도, 의천보검을 나눠 잡고 평등왕과 묘풍사의 목덜미를 하나씩 겨누었다. 여차하면 당장 찔러 죽일 기세였다. 이런 광경을 본 보수왕들이 뱃머리에 뛰어오르고 나서도 감히 덮칠 엄두가 나지 않는지 멀찌감치 반달형으로 에워싼 채 호시탐탐 기회를 엿보았다. 11명이 하나같이 사납고 흉악한 생김새에다 훤칠한 키 우람한 체구를 지니고 있어 조민을 비롯한 여인들은 마주 바라보기만 해도 두려움에 질려 가슴살이 떨렸다.

지혜왕이 먼저 중국어로 수작을 건네왔다.

"그대들은 조속히 우리 교우들을 넘겨 보낼 것이로다! 그래야만 죽지 않고 용서를 받으리라. 그 몇몇 교우야 오등吾等의 눈에 개돼지나 다를 바 없는데 그대들이 피인彼人의 목에 칼을 얹었다 한들 무슨 소용이 있으랴? 담보가 있거든 피인들을 모두 죽여보라! 페르시아 성교聖敎에는 차인此人 같은 자가 1,000만 명이 넘을진대 한둘쯤 죽인다 한들 애석할 바 무엇이랴?"

조민이 냉큼 그 말을 받았다.

"그대들은 입으로만 큰소리쳐서 오등을 기망欺罔하지 말라! 오등은 이미 잘 알고 있느니라. 이 두 사람 중 하나는 바로 평등 보수왕이요, 또 하나는 묘풍사로서 그대들 페르시아 명교에서의 지위가 매우 높음을 익히 알고 있는데, 그런 터무니없는 허풍으로 오등을 속여 넘길 수 있단 말인가! 그대들은 피인들 두 사람이 개돼지만도 못하다 언급했으나, 그 언사야말로 대대적인 착오요, 크게 잘못된 것이로다!"

그녀가 쓰는 말투도 지혜왕을 따라서 똑같이 고리타분한 옛 말투였다. 지혜왕을 비롯한 페르시아 사람들은 중국어를 옛날 옛적 그 나라로 흘러 들어간 성현들의 책을 보고 배운 것이어서, 그대들을 가리켜 '이등爾等', 우리를 가리켜 '오등吾等', 그 사람을 가리켜 '피인彼人', 이 사람을 '차인此人'이라는 둥 책에서 쓰는 문장투를 그대로 옮겨 썼기 때문에 귀에 몹시 거슬리고 생경하기 짝이 없었다. 그런데 조민마저 그 우스꽝스러운 말투와 억양까지 흉내 내가며 대거리를 하고 있으니 일행은 비록 위험한 지경에 처해 있으면서도 터져 나오는 웃음보를 참을 수가 없었다.

상대방이 웃음보를 터뜨리자, 지혜왕은 기분이 언짢은 듯 이맛살을 찌푸렸다.

"오등의 거룩한 명교에는 보수왕이 360분이나 계시며, 그중에서 평등왕의 서열은 359번째밖에 아니 되도다. 또한 오등에게는 사자가 1,000 하고도 200명이 있으니, 그 묘풍사는 무공이 평범해 서열이 1,119번째밖에 아니 되는 까닭에 쓸모가 별로 없은즉, 그대들은 어서 속히 피인을 살해하여 버릴 것이로다!"

"그것참 잘되었도다! 수중에 도검을 잡은 붕우朋友들이여, 어서 속히 그 쓸모없는 두 사람을 도륙할 것이로다!"

조민의 대거리에, 사손이 한마디로 응답했다.

"삼가 명을 받드오!"

말끝이 떨어지기 무섭게 번쩍 쳐든 도룡도가 바람을 쪼개더니 평등왕의 정수리를 "휙!" 소리가 나게 훑고 지나갔다.

"우와앗!"

사람들의 입에서 경악에 찬 비명 소리가 터져 나왔다. 정수리를 가로 훑고 스쳐간 도룡도는 두개골에서 불과 반 치 남짓 거리를 뗀 채 평등왕의 더부룩한 머리털을 썽둥 베어 때마침 불어오는 바닷바람에 훨훨 날려 보냈다. 도룡도를 잡은 사손의 팔뚝이 또다시 왼쪽으로 한 칼, 오른쪽으로 한 칼씩 평등왕의 좌우 어깻죽지를 베어 내렸다. 눈먼 소경의 교묘한 칼부림, 도룡도의 예리한 칼날이 영락없이 평등왕의 양 팔뚝을 베어내고 있는 것이다. 그러나 살갗에 닿기 직전 슬쩍 비튼 손목놀림 덕분에 팔뚝은 떨어지지 않고 양팔 옷자락만 한 움큼씩 베어 내렸다. 수직으로 후려 찍는 칼부림이 워낙 거센 데다 겨냥 또한 정확하기 이를 데 없어 두 눈이 멀쩡한 사람도 거의 해내기 불가능한 솜씨였다.

순식간에 연속 세 차례나 저승 문턱까지 들락거린 평등왕은 까무러칠 지경이 되고 말았다. 11명의 보수왕, 풍운 삼사 역시 두 눈을 휘둥그레 뜬 채 입만 딱 벌리고 혀를 내둘렀다. 멍청하니 넋 빠진 '피인'들에게 조민의 목소리가 들려왔다.

"그대들은 중토 명교의 무공이 어떤 것인지 분명히 보았으리라. 이분 금모사왕으로 언급하자면 중토 명교 내에 서열이 3,500 하고도 아홉 번째밖에 아니 되는, 즉 그대들이 만약 다수의 힘을 믿고 이기려 들 때에는 중토 명교가 훗날 페르시아로 찾아가 반드시 보복할 것이며 그대들의 총교단을 소탕해 평지로 만들어버릴 것이니 그대들은 기필코 막아내지 못하리라! 그런 일이 벌어지기 전에 페르시아와 중토 명교 양 가문이 하루속히 화친함이 좋을 것이로다!"

지혜왕은 조민의 말이 사실이 아님을 뻔히 알면서도 한순간 속수무책이라 어떻게 해야 좋을지 모르고 허둥거렸다. 그러자 열두 보수왕 가운데 우두머리 대성왕이 뭐라고 몇 마디 지시를 내렸다. 페르시아어로 지껄이는 만큼 상대방이 알아듣지 못하리라 여기고 공공연히 소리 내어 분부한 것이다. 그러나 이편에도 페르시아어를 아는 사람이 있을 줄이야 뉘 알았으랴. 아소가 대뜸 소리쳐 경고했다.

"교주님, 저 사람들이 우리 배에 구멍을 뚫으려 해요!"

장무기는 속이 뜨끔해졌다. 배 밑바닥에 구멍을 뚫어 가라앉혔다가는 일행 모두 자맥질 하나 못 하는 소금 자루들인데 물귀신이 되지 않으려면 꼼짝 못 하고 손발 묶여 사로잡히기 십상이었다. 생각이 여기에 미쳤을 때, 그의 신형身形이 번뜩하는가 싶더니 어느새 유령처럼 대성왕 앞으로 들이닥쳤다.

"그대, 무슨 짓인가!"

지혜왕이 호통쳐 꾸짖었다. 그와 때를 같이해 대성왕의 좌우 양 곁에 서 있던 공덕왕의 강철 채찍과 장화왕의 팔각 모난 동추銅鎚가 장무기의 머리통을 겨냥하고 한꺼번에 후려 찍어 내렸다. 그러나 장무기는 이미 페르시아 무공을 제 손바닥처럼 훤히 꿰뚫어 아는 만큼 피하거나 물러서기는커녕 오히려 양손을 덥석 내뻗어 두 보수왕의 목젖을 움켜잡아갔다.

"땅!"

이가 갈릴 정도로 거슬리는 쇳소리, 무서운 기세로 맞부딪친 강철 채찍과 팔각 동추에서 불티가 사면팔방으로 튕겨 날고, 두 사람은 목젖의 급소 요혈을 움켜잡힌 채 상대방이 당기는 대로 질질 끌려가는 신세가 되고 말았다. 경악과 혼란의 와중에서 장무기의 연환퇴連環腿 발길질이 연속 네 차례나 뻗어나가더니, 두 발길질은 제심왕과 진악왕의 수중에 들려 있던 대감도大砍刀 두 자루를 하나씩 걷어차 날려 보내고, 그와 동시에 두 발길질은 근수왕과 구명왕의 몸뚱이를 하나씩 걷어차 바닷물 속에 풍덩 빠뜨리고 있었다.

돌연, 몸집이 깡마르고 키가 훤칠한 보수왕 하나가 무섭게 덮쳐오더니 양손에 갈라 잡은 단검 두 자루로 장무기의 앞가슴을 곧장 찔러들었다. 장무기는 발길질을 날려 그 손목을 걷어찼다. 그러나 그의 양손이 별안간 좌우로 엇갈리면서 방향을 바꾸어 이번에는 아랫배를 찌르고 들어왔다. 민첩하기 짝이 없는 공격 초식 변화에 장무기도 흠칫 놀라 황급히 도약 자세를 취하고서야 겨우 공세를 피해낼 수 있었다. 꺽다리 공격자는 상승 보수왕, 페르시아 총교 열두 보수왕 가운데 무공 실력이 으뜸이었다. 호기가 솟구친 장무기는 이미 사로잡은 공덕왕과 장화왕의 혈도를 찍어 눌러 선실 안으로 휙 던져놓고는 몸을 뒤틀기가 무섭게 상승왕의 단검 두 자루와 맞서 맨손으로 육박전을 벌이기 시작했다. 그는 열두 왕 가운데 세 번째이긴 해도 무공 실력의 강력함이 다른 동료 왕들과 크게 달랐다. 장무기는 공격 3초, 수비 3초, 연속 세 차례 진퇴를 거듭하면서 속으로 찬탄을 아끼지 않았다. 페르시아 호인들 중에도 이런 솜씨 좋은 고수가 있다니, 정말 놀라운 일 아닌가?

그는 성화령에 새겨진 무공심법을 터득한 후 아직 연습도 해보지 못한 채로 강적과 맞서게 되자, 그 즉시 마음 써서 기억을 더듬어가며 상승왕과 차근차근 싸워나갔다. 20여 초의 공방전을 주고받았을 때 성화령의 비결이 건곤대나이 심법에 융화되면서부터 차츰 의도하는 대로 손길을 자연스럽게 뻗을 수 있었다.

상승왕은 이름 그대로 '상승무패常勝無敗', 이날 이때껏 싸워 이겨보지 못한 적수가 없었는데 지금 여기서 정체 모를 젊은이에게 손발을 묶이다시피 제압당해 꼼짝달싹 못 하는 지경으로 몰리고 보니 속으로 은근히 놀라움과 두려움이 싹트기 시작했다.

이윽고 30여 초가 지났다. 장무기가 앞으로 한 걸음 내딛는가 싶더니 느닷없이 갑판 위에 털썩 주저앉으면서 양팔로 상승왕의 종아리를 덥석 껴안았다. 이 괴초 역시 성화령에 기재된 것이었으나, 아주 높고 깊은 무공 수준에 도달하지 않고서는 시도 자체가 불가능했다. 따라서 상승왕 역시 이 괴초를 알고 있으면서도 나름대로 실력이 모자란 터라 단 한 번도 써본 적이 없었다. 상대방의 종아리를 껴안은 채 열 손가락이 정강이뼈 중도혈中都穴과 그 안쪽 장딴지 축빈혈築賓穴 두 군데 급소를 꽉 움켜잡았다. 바로 중원 무공의 정통 나혈수법拿穴手法이었다. 상승왕은 하반신이 삽시간에 마비되어 꼼짝달싹 못 하게 되자, 그 즉시 외마디 장탄식을 뱉어내면서 들고 있던 단검 두 자루를 던져버리고 속수무책으로 상대방에게 붙잡히는 몸이 되고 말았다.

호적수를 사로잡고 났더니, 장무기도 인재를 아끼고 싶은 마음이 우러났다.

"그대의 무공이 매우 놀랍소. 내가 그대의 영명英名을 보전해줄 것이니 공연히 날 잡을 생각 말고 속히 돌아가시오!"

말끝이 떨어지자, 급소를 누르고 있던 양손을 놓아버렸다. 상승왕은 고마움과 부끄러움에 겨워 고개 숙이는 시늉으로 감사를 표하더니, 그대로 뒷걸음질해 자기네 배로 돌아갔다.

보수왕들의 우두머리 대성왕이 손을 번쩍 들면서 부하들에게 뭐라고 지시를 내렸다. 눈앞에서 무공의 제일인자 상승왕마저 악전고투 끝에 패배했을뿐더러 공덕왕과 장화왕조차 맥 한 번 제대로 써보지 못한 채 적의 수중에 떨어지고 말았으니, 설령 배 밑바닥에 구멍을 뚫어 가라앉혀본들 공연히 생쥐 한 마리 잡으려다 장독 깨뜨리는 격으로 평등왕을 비롯한 세 동료까지 목숨이 날아갈 판인데 무슨 수로 공세를 계속할 수 있겠는가? 이리하여 대성왕 이하 모든 공격자들은 일제히 썰물 빠지듯 자기네 배로 퇴각했다.

의기양양해진 조민이 목청도 낭랑하게 상대방을 향해 외쳐댔다.

"그대들은 어서 속히 다이치스를 이쪽 배로 놓아 보낼 것이로다! 그리고 금모사왕의 세 번째 조건을 수락하기 바라노라!"

나머지 보수왕 아홉 명이 머리를 맞대고 한동안 쑥덕공론을 하더니, 이윽고 지혜왕의 목소리가 크게 울렸다.

"그대들의 조건을 수락하기는 불가한 것도 아니로다. 그런데 저 나이 젊은 군자의 무공은 오등 페르시아 일파에서 나온 것이 분명할진대, 피인이 어디서 배웠는지 오등은 그 점을 명백히 알지 못하겠노라!"

또 그놈의 고리타분한 '오등'이요, '피인' 타령이었다. 조민은 웃음보가 터져 나오려는 것을 억누르고 장엄한 기색으로 응수했다.

"그대들은 명명백백히, 뚜렷이, 깔끔히, 이것저것도 알지 못할 것이로다! 오등의 이 젊은 군자로 언급하자면, 중토 명교 광명사자 휘하의 겨우 여덟 번째 제자 되는 분이시도다. 이분의 위로 일곱 사형과 아래로 일곱 사제가 얼마 안 있으면 이리로 올 것인즉, 그때는 피인들이 칠상팔락七上八落할 것이니• 이 어찌 즐거운 일이 아니겠는가? 오호, 애재라!"

지혜왕은 열두 동료 가운데 제일 머리가 잘 돌아갔다. 중국어 회화

• 직역하면 '일곱 번 오르다가 여덟 번 떨어진다'는 뜻. 그래서 당황하고 조급한 나머지 안절부절못한다는 관용어다. 조민은 여기에 "어찌 즐거운 일이 아니겠는가?" 하고 공자님의 찬탄을 덧붙여 비웃고, 또 마지막에 "오호, 애재라!" 하고 슬퍼 애통하는 말까지 얹어 지혜왕의 무식함을 조롱한 것이다.

에 별로 깊이는 없으나 조민이 하는 말뜻을 눈치로 때려잡아 열 중 예닐곱쯤은 알아들을 수 있었다. 그는 무공 실력이 놀라운 '젊은 군자'가 중토 명교 광명사자의 말단 제자라느니, 그 사형 사제가 14명씩이나 된다느니 하는 얘기가 모두 터무니없는 허풍인 줄 뻔히 알면서도 반박해보았자 쓸데없는 일이라는 것을 깨달았다. 그는 잠시 생각해본 끝에 고개를 끄덕끄덕했다.

"좋도다! 그럼 다이치스를 그쪽 배로 송환하겠노라!"

이윽고 페르시아 명교 신도 두 사람이 다이치스를 결박 지은 채 이쪽 배로 떠메고 건너왔다. 주지약의 손에서 의천보검이 번뜩 떨치자 "쩔그렁, 쩔그렁!" 하는 쇳소리가 상큼하게 울리더니 포로의 손발에 묶였던 수갑, 차꼬, 쇠사슬이 모조리 끊겨나갔다. 그 예리하기 짝이 없는 칼바람에, 포로를 압송하고 온 페르시아인들의 입이 딱 벌어지더니 으스스 몸서리를 치면서 뒤도 안 돌아보고 자기네 배로 허둥지둥 돌아갔다.

지혜왕의 목소리가 다시 들렸다.

"그대들은 어서 속히 출항하여 중토로 돌아갈 것이로다. 오등은 언약한 대로 소선 한 척을 그대들의 함선 뒤에 따라 붙이겠노라."

장무기가 두 손 맞잡아 사례했다.

"중토 명교의 연원이 페르시아에서 갈라져 나왔으니 그대와 우리는 형제의 정리로 맺어졌을 터, 오늘 뜻밖의 오해로 다투게 되었으나 부디 여러분께서 개의치 말아주시기 바라오. 훗날 광명정에 한번 초청할 터인즉, 그때에는 쌍방이 즐겁게 축배 들고 환담을 나누도록 합시다. 여러모로 죄를 지은 점, 불초 소생이 이렇듯 사과하리다."

이 말을 듣고 지혜왕이 껄껄대며 통쾌하게 웃었다.

"하하! 그대의 무공이 매우 훌륭하니 오등은 탄복해마지않는 바로다. 배우고 때때로 익히니 이 아니 즐거우랴? 먼 데 사는 벗이 찾아오니 어찌 기쁘지 아니하리오?• '칠상팔락'하니 이 또한 즐겁지 않으랴?"

처음 《논어》에 나오는 두 마디를 들었을 때만 해도 이 책벌레가 유식하게도 공자님의 말씀까지 인용할 줄 아는구나 싶어 희한하게 여겼으나, 뜻밖에 뒤이어 조민이 놀려대느라 써먹은 두 마디까지 본뜻도 모른 채 덧붙이는 것을 보고 그만 웃음보가 터져 나와 견딜 수가 없었다. 장무기 일행 쪽은 삽시간에 웃음바다가 되었다.

앙큼한 조민이 또 한마디 던졌다.

"그대의 말씀이 아주 훌륭하도다! 페르시아인 중에 그대같이 남다른 인재가 다 있다니 참으로 희한한 일이로다! 오등이 축원하건대, 그대들은 부디 바깥세상에 나설 때마다 큰 부자가 될 것이요, 다복하고 장수를 누릴 것이며, 오나가나 제삿밥 많이 흠향歆饗하시고 모름지기 화는 선고先考에 미칠 것이요, 무질無疾하게 살다가 생을 마치기 바라노라!"

지혜왕은 나름대로 중토에서 흘러든 먹물 좀 마셔본 유식꾼이라 "큰 부자가 되라, 다복하고 장수하라"는 말뜻쯤은 충분히 알아들었다. 그러니 뒤에 이어지는 세 마디도 축원하는 말뜻으로 알아들을 수밖에. 그러나 "제삿밥을 흠향하실 분"이라면 죽어서 세상을 떠난 망자亡者요, "화가 선고에 미친다"는 얘기는 재앙이 당사자뿐 아니라 조상대대

• 공자의 《논어》 〈학이편〉의 첫 대목, "배우고 그것을 때때로 익히면 기쁘지 않겠는가? 學而時習之不亦說乎" "뜻을 같이한 벗이 먼 데서 찾아온다면 즐겁지 않겠는가?有朋自遠方來不亦樂乎"의 두 문장을 인용한 것인데, 지혜왕은 나름대로 유식한 척하고 '안절부절못한다'는 뜻의 '칠상팔락'에마저 "이 또한 즐겁지 않으랴?"고 덧붙인 것이다.

로 미치라는 악담이며, "질병 없이 살다 생을 마치라"는 얘기는 비명횡사를 당하라는 저주인데, 학문 짧은 외국인이야 그 뒤에 감춰진 반어법의 뜻을 무슨 수로 알아차리겠는가?

"고마우신 그 말씀, 진정 고맙도다!"

지혜왕이 '축수의 말씀'을 몇 번씩이나 되뇌며 사례하는데, 장무기는 애가 타서 죽을 지경이었다. 요 버릇없는 조민이 또 얼마나 얄궂은 말로 상대방을 조롱하다 언제 들통이 날지 모르는 일인데, 호랑이 떼 한복판에 들어앉은 몸으로 그렇게 내버려두었다가는 보통 큰일이 아닌 것이다. '밤이 길면 꿈도 많아지는 법夜長夢多'•이라 했듯이, 한시바삐 이 위험한 지경에서 빠져나가는 게 상책이었다. 그는 조민이 미처 입을 더 열기 전에 뱃머리 쪽으로 가서 닻을 뽑아 올린 다음, 바다 바깥쪽으로 키를 돌려놓고 돛대의 돛폭까지 모조리 펼쳐놓았다.

이윽고 바닷가를 벗어난 배가 슬금슬금 외해外海를 향해 미끄러져 나가기 시작했다. 사면팔방 에워싸고 있던 페르시아 함대에서 박수갈채가 터져 나왔다. 한 손으로 육중한 무쇠 닻을 뽑아 올리고 양손으로 밧줄을 잡아당겨 그 엄청나게 큰 돛폭을 단번에 펼치다니, 선원 열 명이 해야 할 일을 한 사람의 힘으로 해내는 놀라운 신력에 새삼 탄복을 금치 못한 것이다.

작은 종선從船이 한 척 따라붙으면서 밧줄을 던져 보냈다. 장무기는 그 밧줄을 잡아 뱃고물에 묶었다. 멀찌감치 거리를 떼어둔 채 끌려오

• 시간을 오래 끌면 불리한 정세가 많이 나타난다는 뜻의 비유. 청나라 여유량呂留良의 〈가서家書〉에 "밤이 길면 꿈이 많아지는 법, 장차 뜻밖의 일이 벌어질지 모르니 어쩌랴!夜長夢多 恐將來有意外 奈何"라고 탄식한 데서 비롯한 관용어이다.

게 한 것이다. 작은 배에는 유운사, 휘월사 두 남녀 사자가 선원 몇 명을 데리고 얌전히 앉아 있었다. 동료 묘풍사가 붙잡혀가는 마당이라 속수무책으로 따라가는 수밖에 없는 것이다.

장무기는 직접 키를 잡고 서쪽으로 방향을 틀었다. 페르시아 함대가 쫓아올 기미는 보이지 않았다. 2~3리를 계속 항진하다 뒤돌아보니 멀리 영사도 해변에 정박한 배들이 겨우 1척 남짓 작게 보이면서 여전히 움직일 기척이 없었다. 일행은 그제야 마음이 놓였다.

아소더러 키잡이 역할을 떠맡기고 선실에 들어가 아리의 증세를 살펴보았다. 잠든 듯 마는 듯 흐리멍덩하니 반혼수상태에 빠져든 것이, 상태가 호전되지는 않았으나 그렇다고 악화된 것도 아니었다. 혹시 페르시아 함선 안에 쓸 만한 약물이 있는지 기대를 걸고 이곳저곳 뒤져보았으나 헛수고였다.

자삼용왕 다이치스는 뱃머리에 우두커니 선 채 망망대해를 바라보고 있었다. 장무기가 갑판에 올라왔으나 뒤돌아보지도 않았다. 구부정하던 노파의 허리가 곧게 펴지니 부드러운 허리 곡선을 그대로 드러낸 뒷모습이 아리땁기 이를 데 없는데, 고운 머리카락이 바람결에 나부낄 때마다 백옥처럼 하얀 뒷덜미 살결이 여실히 드러났다. 과연 사손이 그녀를 가리켜 "당년 무림의 으뜸가는 미녀"라 일컬었던 말이 거짓은 아니었다. 장무기의 눈에도 언젠가 광명정 응달진 벽수한담 못가에 자줏빛 적삼을 걸친 꽃다운 자태로 서릿발 같은 장검을 든 채 얼음판 위에 서 있었을 그녀의 모습이 선하게 비치는 듯했다. 아아, 그 아리땁고 야멸친 모습에 얼마나 많은 영웅호걸의 마음이 송두리째 기울었으랴!

저녁 늦게까지 항해하고 났을 때, 배는 이미 영사도에서 100리 가깝게 벗어났다. 줄곧 동쪽으로 향한 탓인지 수평선에는 돛대 그림자 하나 구경할 수 없었다. 페르시아 총교 함대가 위협에 눌려 감히 추격해올 엄두를 내지 못하는 게 분명했다.

장무기는 사손, 조민과 상의했다.

"평등왕을 비롯한 포로 넷을 어떻게 할까요? 아예 중원 땅에 상륙하고 나서 작은 종선으로 돌려보내는 것이 가장 안전할 듯싶기는 합니다만."

그러나 사손의 뜻은 달랐다.

"이만큼 멀리 떨어졌으면 저들이 추격해오고 싶어도 우리를 따라잡지 못할 거다. 여기서 포로들은 돌려보내자꾸나. 미우니 고우니 해도 저들은 페르시아 총교의 수뇌 인물이 아니겠느냐. 진짜 화목을 다쳐서는 안 된다. 우리 배는 선체가 크고 저들 배는 작은 종선이니까, 무슨 꿍꿍이수작을 부리지는 못할 거다."

장무기는 양부의 말에 따라 포로들을 놓아주기로 결심했다. 평등왕과 공덕왕, 장화왕 셋에 묘풍사의 혈도를 차례차례 풀어주면서 연신 미안하다는 사과의 말을 건넸다. 포로들이 뒤따라 붙은 종선으로 뛰어내릴 때 묘풍사가 요구를 했다.

"성화령 여섯 자루는 오등이 관리하던 보배들이오. 그것을 잃어버린 죄가 작지 않으니 마저 반환해주시기 바라오."

그러자 사손이 딱 부러지게 거절했다.

"성화령은 중토 명교 교주의 영부였소. 잃어버린 물건이 오늘 본주인에게 돌아왔는데, 당신들이 무슨 염치로 다시 가져가겠다는 거요?"

묘풍사 역시 설익은 중국어로 주절주절 계속 떠벌리면서 성화령 여섯 자루를 기어코 가져가야겠다고 끈덕지게 요구했다.

장무기는 오늘 이자들을 진심으로 굴복시키지 않았다가는 훗날 뒤탈이 더 많아지리라 생각했다.

"우리가 성화령을 넘겨주기는 그리 어렵지 않은 일이오. 하지만 그대들은 재간이 너무 낮아 제대로 보존하지 못할까 걱정스럽소. 다른 외부 사람에게 빼앗기기보다 차라리 중토 명교 측에서 보관하는 것이 낫겠소."

"가당치도 않은 말씀을! 우리 사자들의 수중에 있는 것을 외부 사람이 어떻게 함부로 탈취해갈 수 있단 말인가?"

"믿지 못하겠거든 어디 한번 시험해보시겠소?"

장무기는 성화령 여섯 자루를 꺼내 묘풍사에게 고스란히 넘겨주었다.

"고맙소, 고마워!"

노랑 수염 매부리코가 얼씨구나 좋다 싶어 고맙다는 말을 막 건네려 할 때였다. 장무기의 왼손이 슬쩍 갈고리처럼 구부러지더니 오른손으로 끌어당기는 동작을 보였을 때, 성화령 여섯 자루가 어느 틈에 고스란히 장무기의 손으로 넘어와 있었다. 대경실색한 묘풍사가 벌컥 성을 내면서 억지떼를 부렸다.

"이건 안 돼! 내가 단단히 부여잡지도 않았소!"

장무기는 빙그레 웃었다.

"그럼 다시 해보실까요?"

성화령 여섯 자루가 다시 한번 상대방의 손으로 건너갔다. 묘풍사는 우선 넉 자루를 품속에 집어넣고 두 자루만 양손에 갈라 잡았다. 그러고는 장무기의 손길이 덮쳐오기 무섭게 왼손에 잡은 영패로 그 손목을 힘껏 찍어 내렸다. 한데 이건 또 무슨 도깨비장난일까, 영패를 빼앗으려고 덮쳐오던 손길이 중도에서 훌떡 뒤집히더니 어느새 묘풍사의 오른 팔뚝을 움켜다 반대편으로 끌어당겼다. "퍽!" 하고 좌우 영패가 맞부딪치면서 듣는 사람의 가슴이 뒤흔들리도록 엄청난 충격음을 냈다. 웅혼하고도 두터운 장무기의 내력이 팔뚝을 거쳐 몸통으로 전해지자, 묘풍사는 양 팔뚝이 저릿저릿 마비되고 전신의 기력이 송두리째 빠져나가더니 삽시간에 탈진 상태에 빠져 단단히 쥐고 있던 성화령 두 자루가 저절로 갑판 바닥에 떨어져 내리고 말았다.

장무기의 손길이 여유만만하게 노랑 수염의 품속으로 들어가더니 깊숙이 간직해둔 영패 넉 자루를 끄집어냈다. 이어서 갑판에 떨어뜨린 두 자루마저 주워 들고 상대방에게 물었다.

"어떻소, 한 번 더 해보실까?"

물 먹은 소금 자루처럼 맥없이 갑판에 주저앉은 묘풍사가 연신 도리질을 해댔다. 종선에서 이 광경을 지켜보고 있던 유운사가 갑판 위로 훌쩍 뛰어오르더니 아무 말도 않고 동료를 껴안아 자기 배로 돌아갔다.

이윽고 종선 돛대에 돛폭이 활짝 펼쳐졌다. 공덕왕이 밧줄을 끊어버리자, 큰 배와 종선이 순식간에 떨어졌다. 장무기는 두 손 맞잡아 포권의 인사를 건넸다.

"여러모로 죄송합니다. 부디 여러분께서 양해해주시기 바라겠소."

공덕왕을 비롯한 페르시아 포로들의 눈에 원한과 표독스러운 기색이 가득 찼다. 그들은 고개 돌려 외면한 채 대꾸 한마디 하지 않았다.

배는 순풍을 타고 서쪽으로 치달리기 시작했다. 두 배 사이의 거리가 점점 멀어져갔다. 얼마쯤 달렸을까, 뱃머리에 우두커니 서 있던 다이치스가 야무진 목소리로 꾸짖었다.

"요놈들이 어딜 감히!"

말끝이 떨어졌을 때 그녀의 몸뚱이는 어느새 뱃머리를 박차고 솟구치는가 싶더니 "풍덩!" 소리를 내며 바닷물 속으로 뛰어들었다. 깜짝 놀란 장무기가 황급히 방향타를 돌렸다. 한 가닥 붉은 핏물이 바닷속에서 솟구쳐 나오더니 이어서 또 그리 멀지 않은 수면 위로 핏물이 용솟음쳤다. 잠깐 사이에 핏물은 모두 여섯 줄기가 솟구쳐 올라 수면을 벌겋게 물들였다. 불현듯 "쏴아!" 하고 물보라 치는 소리와 함께 다이치스가 물속을 뚫고 뛰어올랐다. 입에는 단도 한 자루가 물려 있었다. 바닷물 속에서 그녀는 날랜 물고기처럼 민첩한 몸놀림으로 물살을 가르더니, 얼마 안 있어 뱃전까지 헤엄쳐왔다. 그러고는 왼손으로 뱃전에 늘어뜨린 닻줄을 부여잡기 무섭게 탄력을 받아 허공으로 붕 떠올라 거뜬히 갑판 위에 내려섰다.

그제야 일행은 방금 무슨 일이 벌어졌는지 내막을 알아차렸다. 교활하기 짝이 없는 페르시아인들은 돛폭을 당겨 올려 떠날 준비를 하면서 활짝 펼쳐진 돛폭이 눈가림을 하는 동안 자맥질에 익숙한 수부 몇을 내보낸 것이다. 그러고는 뱃전에 달라붙은 채 공덕왕을 비롯한 포로들이 종선으로 옮겨 탈 때까지 기다렸다가 포로들이 모두 옮겨 타자마자 송곳으로 밑바닥에 구멍을 뚫어 침몰시키려 한 것이다. 그런데 다이치스가 뱃전 곁에서 잠수부들이 토해낸 공기 방울이 수면 위로 떠오르는 것을 발견하고 바닷속으로 뛰어들어 순식간에 잠수부 여섯을 모조리 처치해버린 것이다.

하나 장무기 일행이 안심하기에는 아직 일렀다. 사손이 다이치스에게 자세한 설명을 들으려는 순간, 갑자기 뱃고물 쪽에서 굉음이 터져 고요한 바다를 뒤흔들어놓았다. 요란한 폭발음과 더불어 시커먼 연기가 자욱하게 피어오르더니 마치 함포 사격에 얻어맞은 듯 선체가 무섭게 요동치기 시작했다. 살갗마저 데일 것처럼 뜨거운 열기와 더불어 뱃고물 쪽에서 어지러이 튕겨나가는 나뭇조각을 피하느라 일행은 모두 엉겁결에 그대로 넙죽 엎드려야 했다.

누구보다 먼저 다이치스가 뱃고물 쪽으로 달려갔다. 폭발로 선미에 큼지막한 구멍이 뻥 뚫리고 바닷물이 용솟음쳐 들어오는데, 배를 조종하던 방향타는 산산조각 부서진 채 벌써 어디로 날아갔는지 흔적조차 없었다.

다이치스가 분노에 못 이겨 뿌드득 이를 갈아붙이며 후회했다.

"죽일 놈들! 배 밑바닥에 구멍을 뚫는 줄만 알았지, 선미에 폭약 주머니까지 매달아놓았을 줄은 꿈에도 몰랐구나!"

하나 이를 갈아붙이며 원망한들 무슨 소용이 있으랴. 포로들을 태운 페르시아 종선은 벌써 까마득히 멀어져가고, 다이치스의 수영 솜씨가 제아무리 뛰어나다 한들 따라잡기란 불가능했다.

일행은 암울한 기색이 되어 서로 얼굴만 마주볼 뿐 어떻게 손써볼 대책이 없었다. 조민의 서글픈 눈빛이 흘끗 장무기 쪽을 쳐다보았다. 이제 머지않아 적함대가 추격해올 텐데 죽어서 묻힐 곳도 없는 신세가 되고 만 것이다.

그러나 일행이 탄 배는 페르시아 원양 선박이라 선체 규모가 무척 커서 한동안 가라앉을 우려는 하지 않아도 되었다.

장무기를 비롯한 몇몇이 망연자실한 표정으로 넋을 잃고 있으려니, 돌연 다이치스가 아소를 향해 뭐라고 알아듣지 못할 말로 몇 마디 건넸다. 앞서 들어본 적이 있던 페르시아어였다. 아소 역시 페르시아어로 대꾸했다. 무슨 내용의 대화를 나누고 있을까? 일문일답을 주고받는 동안 두 사람의 얼굴빛이 변화막측하게 바뀌어갔다.

대화 도중 아소의 눈길이 장무기를 보았다. 두 뺨에 발그레하니 홍조를 띠는 품이 무척 어색해 보였다. 다이치스가 매서운 어조로 따져 묻기 시작했다. 반나절이 지나도록 옥신각신하는 것이 무엇인가 심하게 말다툼을 벌이는 듯싶었다. 얼마쯤 지났을까, 다이치스는 아소더러 무엇인가 승낙하라고 타이르는 기색이 역력했다. 하지만 아소는 그저 고개만 흔들 뿐 그 요구를 받아들이지 않았다. 어쩌다 흘끗 장무기에게 눈길 한 번 던지고는 이내 한숨을 내쉬었다.

이윽고 그녀의 입에서 두어 마디가 나왔을 때 다이치스는 양손을 내밀어 그녀를 껴안고 두 볼에 그칠 새 없이 입맞춤을 퍼부었다. 이제 두 사람의 얼굴은 너 나 할 것 없이 온통 눈물로 범벅이 되었다. 아소는 훌쩍훌쩍 그치지 않고 소리 내어 우는데, 다이치스는 부드러운 말씨로 그녀의 마음을 위로해주느라 바빴다.

장무기와 조민, 주지약 세 사람은 서로 얼굴만 바라볼 뿐 도무지 영문을 모르겠다는 표정이었다. 장무기의 가슴속에 어렴풋하게나마 불길한 느낌이 들었다. 아소가 다이치스와의 대화 중에 어째서 그렇듯 깊은 정이 담긴 눈빛으로 자기를 바라보았을까? 쏘아보는 눈초리에 어쩔 수 없다는 좌절감, 차마 버리지 못하겠다는 안타까운 감정이 고스란히 담겨 있지 않았던가?

갑자기 귓결에 조민의 속삭임이 들려왔다.

"저걸 좀 봐요! 두 사람 얼굴 모습이 아주 닮았죠?"

장무기가 흠칫 놀랐다. 다이치스와 아소 모두 해맑고도 빼어나게 고운 얼굴 윤곽이 오이씨처럼 갸름한 데다 오뚝 높은 콧매, 백설처럼 희디흰 살결, 추파 어린 두 눈망울하며 두 눈썹의 생김새를 보면 정말 판에 박은 듯이 닮았다. 다만 아소의 얼굴 모습에는 페르시아 색목인의 기미가 흐릿한 그림자처럼 남아 있는 데 비해, 다이치스는 첫눈에도 중원 땅 한족 출신이 아님을 금방 알아볼 수 있었다. 장무기의 머릿속에 한 가지 기억이 불쑥 떠올랐다. 대도 허름한 술집에서 범요가 아소를 처음 보았을 때 중얼거리던 두 마디는 "닮았어, 아주 닮았어!"였다. 그러고 보니 범요가 아주 닮았다고 한 말은 바로 아소의 생김새가 자삼용왕을 빼닮았다는 얘기였다. 그렇다면 아소는 다이치스와 자매인가, 아니면 모녀간이란 말인가?

이어서 장무기의 뇌리에 또 하나의 연상이 떠올랐다. 양소, 양불회 부녀가 어째서 아소에게 그토록 경계심을 품었을까? 무엇 때문에 보잘것없이 어린 몸종을 그토록 강적이라도 되는 것처럼 꺼리고 학대했을까? 양소는 자세한 내막을 밝히지 않고 그저 아소의 용모가 옛사람과 아주 비슷하게 생겼다는 사실, 어쩌면 명교에 이롭지 못한 인물이라고만 얘기했을 뿐, 입을 다물어버리고 말았다. 그런데 이제 와서 모든 진상이 명백히 드러난 것이다. 양소는 이미 아소의 생김새가 자삼용왕과 판에 박은 듯이 닮았다는 사실을 꿰뚫어보았으면서도 그 밖에 달리 뚜렷한 증거가 없는 데다, 신임 교주 장무기가 그녀에게 정을 기울이고 있음을 눈치채고 분명히 밝혀 말하지 않은 것이다. 결국 아소가 일부러 비뚤어진 입술에 납작코, 째보 눈의 추녀로 변장한 의도 역시 지금에 와서 더욱 확연히 드러난 셈이었다.

돌연 그의 머릿속에 엉뚱한 생각이 하나 불쑥 떠올랐다. 도대체 아소는 무엇 때문에 광명정으로 섞여 들어갔을까? 그녀는 또 어떻게 해서 비밀 통로 출입구를 알아냈을까? 그것은 분명 다이치스가 시켜서 보냈다는 사실을 증명했다. 무엇 때문에? 건곤대나이 심법을 훔쳐내기 위해서였을 것이다. '아소는 1년 반이 넘도록 몸종 노릇을 하며 내 시중을 들어왔다. 그런데 나는 아소를 전혀 경계하지 않았다. 건곤대나이 심법은 그녀가 먼저 읽어보고 나서 내게 풀이해주었다. 나중에 한 벌쯤 베껴서 감춰두기란 주머니 속의 제 물건 꺼내기나 다를 바 없이 손쉬웠을 게 아닌가? 맙소사! 난 그저 천진난만한 어린 계집아이로만 여겨왔는데, 이렇듯 치밀하게 계략을 짜고 접근해왔을 줄이야 누가 알았으랴? 나는 지난 1년여 동안 꿈속을 헤매면서 이 어린것의 농간에 놀아나고 있었다. 장무기야, 장무기…… 너는 어찌자고 평생토록 남을 가볍게 믿고 때 없이 바보 천치 노릇을 해왔단 말인가?' 어린 계집아이조차 자기를 손바닥 위에 올려놓고 마음대로 주물렀다고 생각하니 분통이 터져 도무지 견딜 수가 없었다.

바로 그때 아소의 눈빛이 또다시 장무기에게 쏠렸다. 부드럽고도 한없이 다정한 눈빛, 깊은 애정이 듬뿍 담긴 그 눈길과 마주치는 순간, 장무기는 또다시 가슴이 뛰기 시작했다. 거짓이 아닌 진정한 사랑의 눈길이었다. 광명정에서 육대 문파 고수들과 대결했을 때 그녀는 몸을 던져가며 자신을 보호하려 들었다. 그리고 지난 1년 동안 꼼꼼하게 시중을 들어온 것을 보면 결코 사사건건 자기를 속이려 든 것도 아니었다. '그렇다면 혹시 내가 잘못 오해하고 무고한 누명을 씌우려는 것은 아닐까?' 생각을 정리하지 못한 채 한동안 망설이고 있을 때 갑자기 선체가 극심하게 흔들리더니 다시 한 차례 가라앉기 시작했다.

다이치스의 목소리가 들려왔다.

"장 교주, 여러분, 모두 놀라거나 당황하실 것 없습니다. 조금 후에 페르시아 함선이 도착하면 나하고 아소 둘이서 대처할 방도가 있으니 안심해도 좋을 겁니다. 자삼용왕이 비록 여류의 몸이긴 하나, 자신이 저지른 일에 스스로 책임질 줄은 알고 있습니다. 절대로 여러분에게 누를 끼치지는 않겠습니다. 장 교주와 셋째 오라버니께서 태산처럼 무거운 의리로 대해주신 점, 다이치스가 이렇듯 사례하겠습니다."

그러고는 두 사람 앞에 다소곳이 허리 굽혀 큰절을 올렸다. 장무기와 사손도 부리나케 답례를 건네면서 똑같은 생각에 잠겼다. '페르시아인은 하는 짓거리마다 악독하기 짝이 없는데, 무슨 대처할 방도가 있단 말인가? 얼마 안 있어 저들이 나타나면 보나 마나 당신을 붙잡아 화형에 처할 테고 우리 역시 놓아주지 않을 텐데.'

일행이 탄 배는 점점 물속으로 쉬지 않고 잠겨 들어갔다. 선실에는 바닷물이 들어차 이제는 갑판 위로 쏟아져 나오고 있었다. 주지약은 아리를 안고 장무기는 조민을 껴안은 채 저마다 돛대 망루 위로 기어올랐다.

"아앗, 저것 봐요!"

갑자기 아소가 동쪽을 가리키더니 외마디 소리 끝에 울음보를 터뜨렸다. 사람들의 눈길도 아소의 손가락 끝을 따라갔다. 아득히 머나먼 동녘 수평선 위에 돛대 그림자가 한 점 한 점씩 떠올랐다. 그리고 얼마 안 있어 활짝 펼친 돛폭이 차츰 크게 확대되어 나타났다. 페르시아 함선 10여 척이 바람을 가득 안고 질풍같이 추격해오고 있었다.

장무기는 아무것도 할 수 없는 자신이 서글픈 나머지 참담한 생각마저 들었다. 흘끗 다이치스를 바라보니 천연덕스러운 자세로 뱃머리에 우뚝 서 있었다. 나 같으면 온몸이 불에 타서 죽는 고통을 받느니 차라리 바닷물에 뛰어들어 깨끗이 자결하는 것이 낫겠다 싶었으나, 그녀는 태연자약한 표정으로 놀라거나 두려워하는 기색이라곤 털끝만치도 보이지 않았다. 그 자태를 눈여겨보면서 장무기는 속으로 찬탄을 금치 못했다. '과연 명교 사대 호교법왕의 우두머리로서 손색이 없구나!' 저 옛날 독수리왕, 사자왕, 박쥐왕이 모두 강호에 이름 날린 호걸들이었는데, 일개 묘령의 처녀로 그들 세 법왕의 윗자리를 차지할 수 있었다니, 역시 하루아침에 세운 공로 덕택이 아니라 그녀 나름대로 뛰어난 점이 있기 때문이었을 것이다.

이제 페르시아 함대는 눈앞에까지 슬금슬금 다가왔다. 장무기는 각오를 새롭게 다졌다. '내가 여러 보수왕에게 지은 죄는 실로 가볍지 않은 만큼 저들 손에 떨어지는 날이면 더는 목숨을 부지할 수 없을 터, 그렇다면 무슨 수를 써서라도 큰아버님과 조 낭자, 주 소저, 아리의 목숨만큼은 보호해야 한다. 그리고 아소, 내가 널 누이동생이라고 불렀지? 너는 내게 의롭지 못하게 대했을망정 나는 차마 너를 모질게 대할 수가 없구나.'

이윽고 페르시아 함대가 접근해왔다. 선상의 포구는 하나같이 침몰해가는 배의 돛대를 겨냥했다. 그들은 200여 척 거리까지 다가와 돛을 접고 물속에 닻을 내렸다. 지혜왕이 통쾌하게 껄껄대며 웃는 소리가 건너왔다.

"그대들은 항복할 것인가, 말 것인가?"

의기양양하게 외쳐 묻는 목소리에 장무기도 목청을 드높여 낭랑하게 응수했다.

"당신들은 모두가 명교의 수령들인데 어째서 하는 짓거리마다 떳떳하지 못하오? 사나이라면 사나이답게 무공 실력으로 누가 강자요, 누가 약자인지 결판내기로 합시다!"

"흐흐흐! 대장부는 지혜로 겨루지, 힘만으로 싸우는 법이 아니로다!"

지혜왕이 끌끌대며 비웃자 갑자기 다이치스가 목청껏 페르시아어로 몇 마디 외쳤다. 말씨와 기백이 엄정하기 이를 데 없었다. 장무기를 비웃던 지혜왕이 흠칫 놀라더니 역시 페르시아어로 두세 마디 대꾸했다. 이윽고 두 남녀 사이에 수십 마디가 오가더니, 이번에는 대성왕마저 끼어들어 질문을 던졌다. 다이치스는 서슴없이 응답했다. 서너 마디를 주고받은 끝에 여러 보수왕이 타고 있는 기함旗艦에서 작은 종선 한 척을 내려놓았다. 노를 잡은 수부가 모두 여덟 명, 부지런히 노를 저어 이쪽 배로 쏜살같이 미끄러져왔다.

다이치스가 장무기 쪽으로 돌아섰다.

"장 교주, 나하고 아소가 먼저 건너갈 테니 당신네들은 잠시만 기다려주시오."

사손이 버럭 호통쳤다.

"한 부인! 중토 명교는 그대를 박대한 적이 없소. 이제 본교의 안위, 흥망성쇠는 장 교주 한 사람에게 달려 있음을 모르는가? 만일 그대가 우리를 배반하고 저들에게 팔아넘긴다면 나 사손의 목숨 따위는 아까울 게 없소만, 무기가 조금이라도 다치는 날이면 사손이 죽어 원귀가 되어서라도 결코 그대를 용서치 않을 거요!"

다이치스가 차갑게 비웃었다.

"당신의 양아들만 보배같이 소중하고, 내 딸년은 진흙 덩어리에 기왓장이라도 된답디까?"

말을 마치자 그녀는 아소의 손목을 부여잡고 페르시아 종선 위로 가볍게 뛰어내렸다. 여덟 명의 선원도 기다렸다는 듯이 날랜 솜씨로 노를 저어 본선 쪽을 향해 쏜살같이 미끄러져갔다.

침몰해가는 배 돛대 위에서 흠칫 놀란 일행의 귓전에는 방금 다이치스가 남기고 떠난 두 마디가 맴돌았다. 조민이 혼잣말로 중얼거렸다.

"아소는 역시 그녀의 딸이었어……."

다이치스와 아소가 기함으로 올라가는 광경이 멀찌감치 보였다. 이윽고 뱃머리에 오른 그녀가 열두 보수왕 앞에 마주 서서 대화를 나누기 시작했다. 장무기 일행이 탄 배는 그동안에도 멈추지 않고 가라앉아, 돛대 망루에 이르기까지 한 치 한 치씩 수면 아래로 잠겨들었다.

사손의 입에서 탄식이 흘러나왔다.

"우리 족속이 아니니 그 심보도 다를밖에 없구나. 무기야, 내가 한 부인을 잘못 보았다. 너 역시 아소를 잘못 보았고 말이다. 얘야, 사내대장부라면 상황에 따라서 뜻을 굽힐 때는 굽히고 펼 때는 펼 줄 알아야 한다. 우리 모두 한때의 굴욕을 참았다가 기회를 엿보아 도망쳐 나가자꾸나. 네 어깨에 무거운 짐이 얹혔지 않느냐? 중원 땅 1,000만 백성이 모두 우리 명교가 의병을 일으켜 이 땅에서 오랑캐를 몰아내줄 때만 애타게 바라고 있다. 일단 기회가 오거든 누가 뭐래도 너 혼자 탈출하도록 해라. 절대로 곁의 사람까지 돌아봐서는 안 된다. 너는 한 교파의 주인으로서 무엇이 큰일이고 무엇이 사소한 일인지, 또 어떤 일이 무겁고 가벼운지 똑똑히 분별할 줄 알아야 한다. 내 말뜻 알아듣겠느냐?"

장무기는 깊은 신음 소리만 낼 뿐 대꾸하지 않았다. 그 대신 '오랑캐'란 말에 토라진 조민이 입술을 비죽 내밀고 비웃었다.

"자기 목숨도 부지 못 하는 판국에 오랑캐니 뭐니 따지다니 별꼴이야. 어디 말해봐요. 몽골 사람이 좋아요, 아니면 페르시아 사람이 좋아요?"

줄곧 침묵을 지키고 입 한 번 열지 않던 주지약이 비로소 한마디 끼어들었다.

"아소는 장 공자에게 깊은 정을 품고 있기 때문에 차라리 자기 목숨을 버릴망정 절대로 이분을 배반하지는 않을 겁니다."

그러자 조민이 이번에는 주지약을 물고 늘어졌다.

"당신, 자삼용왕이 아소를 두 번 세 번씩이나 윽박지르는 걸 보지 못했어요? 아소도 처음에는 요구를 받아들이려 하지 않다가 마지막에 가서는 강요에 못 이겨 끝내 수락하고 말았죠. 여우처럼 한바탕 거짓 눈물이나 찔찔 짜면서 말이에요."

이 무렵, 일행이 웅기중기 몰려 앉은 돛대 망루는 수면에서 불과 10여 척밖에 안 되어 거센 파도가 후려쳐올 때마다 사람들은 머리에서 발끝까지 바닷물을 흠뻑 뒤집어쓰고 물에 빠진 생쥐 꼬락서니가 되어야 했다. 얼굴에 물기를 뚝뚝 흘리면서 조민이 별안간 웃음보를 터뜨렸다. 자조 섞인 웃음소리였다.

"장 공자님, 우리 모두 당신하고 이렇게 죽는 것도 아주 괜찮군요. 아소란 계집아이, 음험하고 교활하기 짝이 없지만 불행하게도 우리와 같이 이렇게 깨끗이 죽지는 못하잖아요?"

우스갯소리로 입에 담은 몇 마디였으나, 정감이 가득 서려 있었다. 장무기는 이 말에 깊은 감동을 느꼈다. '내가 한꺼번에 이 처녀들을 모두 아내로 맞아들이지는 못한다만, 함께 죽을 수 있다니 억울한 삶을 산 것도 아니지 않은가?'

눈길이 저도 모르게 조민을 바라보고 다시 주지약을, 그리고 품속에 안긴 아리를 굽어보았다. 아리는 여전히 혼미 상태에 빠져들어 아무것도 모르지만, 조민과 주지약 두 처녀는 얼굴에 발갛게 홍조가 떠오른 채 고개를 숙이고 있었다. 물방울이 흩뿌려진 두 뺨이 마치 새벽 이슬 맞은 꽃떨기처럼 싱그러웠다. 조민이 화사한 장미꽃이라면 주지약은 함초롬히 갓 피어난 향기로운 한 떨기 난초를 연상시켰다. 삽시간에 가슴 뿌듯한 만족감, 평온하고도 안락한 느낌이 온몸을 휩쓸고 지나갔다. 그러나 생각이 아소에게 미쳤을 때는 서글픔을 이길 수 없으니 이게 또 무슨 심사인지 알 수 없었다.

불현듯 100여 척 바깥 해면에 정박한 함대 쪽에서 페르시아인들의 함성이 터져 나오더니 물 위를 거쳐 침몰해가는 난파선 돛대 망루까지 파문을 이끌고 울려왔다. 그 환희에 찬 함성은 기함 한 척에서만 터진 게 아니라 10여 척 함대 전체에서 한꺼번에 울려 나왔다.

흠칫 놀란 장무기 일행이 두 눈에 온 신경을 모아 응시했을 때, 페르시아 함대에서 울려 퍼지던 환호성이 뚝 멈추더니 함상 갑판 위에 있는 모든 사람이 일제히 무릎 꿇고 엎드려 이마를 조아리고 있었다. 기함 쪽을 향해 대례大禮를 올리고 있는 것이다. 기함의 열두 보수왕도 뱃머리에 나란히 꿇어 엎드렸다. 열두 개의 걸상 가운데 중앙에 자리 잡은 걸상에는 한 사람이 단정하게 앉아 있었다. 몸집이 자그만 아소 같았으나 거리가 너무 멀어 확인할 수가 없었다. 장무기 일행은 놀라움과 의혹에 휩싸여 마음이 불안해졌다. 페르시아 사람들이 무슨 꿍꿍이짓을 하고 있는지 알 길이 없었기 때문이다.

고요한 바다 위에 또 한 차례 환호성이 울려 퍼지더니 무릎 꿇었던 페르시아인들이 모두 일어섰다. 끊임없이 터져 나오는 함성, 마치 무슨 경사라도 난 것처럼 기쁨과 즐거움으로 가득 차 있었다.

한참이 지나서 다시 한 척의 종선이 노를 저어 이쪽으로 건너왔다. 뜻밖에도 작은 배 한복판에 다소곳이 앉은 사람은 바로 아소였다. 그녀가 일행에게 손짓을 보내왔다.

"장 교주님! 여러분 모두 저쪽 큰 배로 옮겨 타세요. 페르시아 명교 사람들은 절대로 여러분을 해치지 않을 거예요."

"왜 그렇게 됐죠?"

조민이 물었으나, 아소는 고개를 내저었다.

"가보시면 알아요. 만일 여러분을 해칠 뜻이 있다면 이 아소가 장 교주님을 어떻게 대할 수 있겠어요?"

그때 사손이 무슨 생각을 했는지 불쑥 질문을 던졌다.

"아소! 너…… 페르시아 명교 교주가 된 게 아니냐?"

아소는 고개 숙인 채 대꾸가 없었다. 잠시 후 종선이 수면 위로 돛대 망루만 겨우 남은 난파선 곁에 다가왔을 때, 일행은 그녀의 부리부리한 두 눈에서 수정처럼 맑은 눈물이 방울져 배어나오는 것을 발견했다. 눈물은 백옥같이 하얀 뺨을 타고 주르르 흘러내렸다. 곧이어 샘솟듯 배어나온 눈물방울이 그치지 않고 흘러내리기 시작했다.

삽시간에 장무기의 귓속에서 "윙!" 하는 귀울음이 천둥같이 울렸다. 이제야 무슨 일이 벌어졌는지 알아차린 것이다. 이루 형언하지 못할 쓰라린 가슴속에 벅찬 감동이 들끓어 올랐다.

"아소…… 이 모든 게…… 날 위해서였구나……."

아소는 대답 없이 고개를 옆으로 돌렸다. 그와 서로 눈빛이 마주치지 않으려고 외면해버린 것이다.

사손의 입에서 탄식이 흘러나왔다.

"다이치스에게 이런 딸이 있었다니, 과연 자삼용왕 일세의 영명을 저버리지 않았어……. 무기야, 우리 어서 건너가자!"

그는 자진해서 먼저 작은 배로 뛰어올라 탔다. 이어서 주지약이 아리를 안은 채 건너갔다. 장무기 역시 조민을 껴안고 종선으로 옮겨 탔다.

선원 여덟 명이 뱃머리를 되돌리더니 본선 쪽을 향해 힘차게 노를 젓기 시작했다. 기함까지는 아직도 100여 척 거리가 남았는데도 열두 보수왕은 이미 뱃전 앞에 가지런히 늘어서서 몸을 굽히고 공손하게 신임 여교주를 영접했다.

장무기 일행은 기함에 올랐다. 아소가 뭐라고 몇 마디 분부하자, 사람들은 벌써 준비해둔 수건, 음식물, 마른 옷가지 등을 공손히 대령했다. 일행은 그들이 안내하는 대로 선실에 따라 들어가 젖은 옷을 갈아입었다.

장무기가 들어선 곳은 면적이 엄청나게 커다란 선실, 누가 거처하는지 사면 벽에 보석과 진주의 광채가 번쩍거리고 어딜 돌아보나 적지 않게 많은 진귀한 장식물로 꾸민 으리으리한 방이었다. 수건을 들고 바닷물에 젖은 몸을 닦아내고 있으려니 선실 문이 "삐거덕" 열리면서 한 사람이 들어섰다. 바로 아소였다. 그녀는 양손에 남자 속곳과 겉옷, 자락이 기다란 장포 한 벌을 가지런히 떠받들고 있었다.

"교주 오라버니, 제가 시중들 테니 옷 갈아입으세요."

장무기의 가슴이 뭉클해졌다. 콧매가 시큰해지면서 쓰라린 심사가 전신을 찌르르하니 훑고 내려갔다.

"너는 이미 총교 교주가 된 몸 아니냐. 나는 네 밑에 속한 사람인데 어쩌자고 이런 일을 또 하려는 거냐?"

"교주 오라버니, 이게 마지막이에요. 오늘 이후 우리 두 사람은 동서로 천리만리 아득한 곳에 떨어져 두 번 다시 만날 날이 없을 거예요. 제가 당신의 시중을 더 들어드리고 싶어도 할 수 없고요."

장무기는 암울한 심정으로 몸을 내맡겼다. 여느 때 그녀가 하던 것처럼 옷을 갈아입히고 헝겊 단추를 채워주고 허리띠를 두르게 하는 대로 맡겨두는 수밖에 없었다. 그녀는 빗을 꺼내 단정하게 머리를 빗겨주었다. 흘끗 뒤돌아보니 눈물이 글썽글썽 맺혀 금세라도 주르르 흘러내릴 것만 같았다. 돌연, 장무기의 가슴에 격한 충동이 일었다. 저도 모르게 내민 손길이 그녀의 가냘픈 허리를 휘감더니 그대로 몸뚱이를 끌어당겨 품어 안았다.

"아이……."

신음 섞인 외마디 소리에 몸뚱이가 파르르 떨렸다. 앵두같이 빨간 입술에 장무기는 자신의 입술을 찍었다. 아주 깊고 깊숙하게.

"아소, 난 처음에 네가 날 속였다고 원망했어. 그런데 날 이토록 위할 줄은 생각 못 했구나."

아소는 머리를 그의 가슴에 기대었다. 아주 너르고도 푸근한 가슴에 싸인 채 자그맣게 속삭였다.

"교주 오라버니, 제가 종전에 당신을 속인 것은 확실해요. 내 어머니는 애당초 페르시아 총교 성처녀 셋 가운데 한 분이셨죠. 교주의 명을 받들고 중원 땅에 파견되어 공덕을 쌓고 페르시아로 돌아가 교주 자리를 이어받게끔 되어 있었거든요. 그런데 생각지도 않게 아버님과 만난 이후 당신 가슴속에 움튼 정을 억제하지 못하고 부득불 배교한 뒤 아버님과 혼인하셨지요. 어머니 자신도 계율을 범한 죄가 무겁다는 것을 아셨던 만큼, 성처녀를 상징하는 칠색 보석 반지를 저한테 넘겨주고 광명정에 숨어 들어가 건곤대나이 심법을 훔쳐내라고 명하셨답니다. 교주 오라버니, 그 일 하나만은 제가 이날 이때껏 당신을 속여왔어요. 하지만 제 마음속으로 당신에게 미안한 일을 해본 적은 단 한 번도 없었어요. 왜냐하면 저는 영원히, 죽을 때까지 페르시아 명교 교주가 되고 싶지 않았으니까요. 그저 당신의 어린 계집종으로 남아 제 한평생 다하도록 당신의 시중을 들어드리고 영영 당신 곁을 떠나지 않으려고 했으니까요. 제가 당신한테 말씀드린 적이 있죠. 안 그래요? 당신도 내게 그러마고 언약했고 말이죠. 안 그래요?"

장무기가 시무룩한 기색으로 고개를 끄덕끄덕했다. 가슴에 품어 안은 그녀의 보드랍고도 가벼운 몸뚱이를 무릎에 올려 앉히고 다시 한 번 입맞춤을 했다. 따스하고도 여린 입술이 눈물에 젖어 달콤하고도 씁쓸한 맛을 안겨주었다.

"저는 건곤대나이 심법을 암기했어요. 하지만 절대로 마음먹고 당신을 배반할 생각은 없어요. 오늘 이 시각에 이러지도 저러지도 못할 막다른 궁지에 처하지만 않았던들, 그런 일도 결코 밝히지 않았을 거예요."

"이젠 나도 다 알아."

장무기는 가볍게 대꾸했다. 아소의 원망 섞인 음성이 나지막하게 흘러나왔다.

"저는 어릴 적부터 어머니가 밤낮없이 불안에 떨고 계신 것을 보아왔어요. 언제 봐도 전전긍긍하셨죠. 그래서 그 곱디고운 얼굴 모습을 가면 속에 감추고 못생긴 노파로 변장하신 거예요. 어머니는 또 저를 당신 곁에 놓아두지 않고 남의 집에 떠맡겨 기르게 하셨죠. 한두 해씩 걸러서 절 보러 찾아오시곤 했으니까. 왜 당신 딸을 멀리 떼어놓고 가까이하지 않으려 했는지, 어린 마음에 무척 원망스러웠어요. 이제 와서 분명히 알았죠. 어머니가 왜 그 엄청난 위험을 무릅써가며 제 아버님과 결혼하려 하셨는지 깨달았어요. 교주 오라버니, 오늘 우리 사이가 이렇게 되지만 않았던들 저는 페르시아 명교 교주 자리는 둘째치고 이 세상 천하를 다스리는 여황女皇의 자리에 올려 앉혀준다 해도 원하지 않았을 거예요."

여기까지 말하고 났을 때 그녀의 두 뺨이 불덩어리처럼 달아올랐다. 슬며시 내뻗은 양팔이 장무기의 목덜미를 휘감더니, 부드러운 목소리로 다시 말을 이었다.

"교주 오라버니, 당신이 장차 누굴 아내로 맞아들이든지 저는 당신 곁에서 떠나려 하지 않았어요. 절대로……! 평생 죽도록 당신의 어린 계집아이로 살아가면서 그저 당신이 저를 곁에 두어 시중들게 허락만 해준다면 부인을 몇 분 맞아들여도 좋다고 생각했어요. 저는 저 나름대로 영원히 당신만을 사랑했을 거예요. 어머니도 제 아버님에게 시집 가는 일이 얼마나 위험했는지 아셨죠. 그런데도 교주 노릇을 하려 들지 않으셨고, 화형대에 묶인 몸으로 불타 죽는 고통마저 두려워하지 않으셨어요. 저도…… 저도 당신에게 어머니처럼 그렇게, 그렇게 똑같이……."

돌연, 장무기는 품속에 안긴 채 두 팔로 자기 목덜미를 감싸 안은 그녀의 몸뚱어리가 숯불처럼 뜨겁게 달아오른 것을 느꼈다. 그것은 무엇인가 애타게 갈구하는 몸짓이었다. 퍼뜩 떠오르는 한 가지 상념이 순간적으로 회오리처럼 머릿속을 휘젓더니 곧바로 가슴이 터져 나갈 듯 격렬한 감정을 억누를 길이 없었다.

바로 그때 선실 문 바깥에서 다이치스의 엄한 목소리가 들려왔다.

"아소, 네 정욕을 억누르지 못한다면 장 교주도 죽게 된다!"

그 한마디에 정신이 들었는지 아소의 몸뚱이가 부르르 떨렸다.

"교주 오라버니, 다시는 저를 기억하지 마세요. 은리(아리의 본명) 소저는 제 어머니를 여러 해 동안 따라다녀서 잘 알아요. 은 소저는 당신에게 줄곧 깊은 정을 쏟아왔으니 좋은 배필이 될 겁니다. 당신을 속인 적도 없고요……."

"아소, 나는 영원히 그대를 기억할 거야. 어젯밤 꿈에 당신을 아내로 맞아들였다니까. 앞으로도 그런 꿈을 계속 꿀 거야."

"교주 오라버니, 저는 지금 정말 당신이 절 품어주기를 바라고 있어요. 이대로 안긴 채 둘이서 바닷물 속에 풍덩 뛰어들어 바다 밑에 깊숙이 가라앉아 영원히 떠오르지 않았으면 오죽이나 좋으련만……."

장무기는 가슴속이 터져 나갈 듯 아프기만 했다. 이래도 한세상 저래도 한세상 살기는 마찬가지, 한번 죽어버리면 모든 시름이 끝날 테니 차라리 아소를 단단히 부여안은 채 바닷물 속에 빠져드는 것이 제일 좋은 해탈인지도 몰랐다. 그는 놓치지 않으려는 듯이 아소를 꼭 품어 안았다.

"좋아! 그럼 우리 둘이서 바닷속에 이대로 뛰어들자. 그리고 영원히 떠오르지 말자꾸나!"

"당신 양부님도 버리고? 주 소저, 조 낭자도 다 버리고?"

"아, 이제 생각났다! 이 세상에서 내가 버리지 못할 사람은 양부님과 아소 둘뿐이었어."

아소의 커다란 눈망울에서 희열의 빛이 나오더니 이내 단호하게 도리질을 했다.

"지금 저는 어머니를 죽게 할 수는 없어요. 당신도 양부님을 죽게 내버려두지 못할 테고요."

"이대로 나가서 보수왕 한둘만 사로잡고 저들을 협박해 다시 영사도로 돌아가면 되겠지!"

아소가 처연한 기색으로 절레절레 고개를 내저었다.

"안 돼요. 이번만큼은 저 사람들도 요령이 생겨서 호락호락 넘어가지 않을 거예요. 아마 지금쯤 사 대협, 은 소저, 조 낭자, 주 소저 신변에는 페르시아인들의 칼끝이 엇갈리게 얹혀 있겠죠. 우리 둘이서 무슨 이상한 낌새만 보이면 그 즉시 그분들의 목숨을 끊어버릴 거예요."

말을 마친 그녀가 선실 문짝을 열었다. 문턱 앞에는 다이치스가 서 있고, 과연 페르시아인 두 명이 손에 장검을 든 채 그녀 등 뒤에 버티고 있었다. 아소가 선실 밖으로 나서자, 그들 두 사람은 공손히 허리 굽혀 예를 올렸다. 그러나 손에 잡힌 장검의 칼끝은 시종 다이치스의 등줄기에서 떠날 줄 몰랐다.

아소가 고개를 바짝 치켜든 채 곧장 갑판 위로 올라섰다. 장무기는 맥없는 걸음걸이로 그녀 뒤를 따랐다. 아니나 다를까, 사손을 비롯한 일행의 배후에는 하나같이 페르시아 무사들이 칼을 들고 위협하고 있었다.

뱃머리 쪽에 있는 보수왕들 앞에 다다르자, 아소는 걸음을 멈추고 뒤돌아보았다.

"장 교주님, 이 배에 상처를 치료하는 데 쓸 만한 페르시아 영약이 있어요. 가져다 은리 소저에게 발라 치료해주세요."

그러고는 페르시아어로 몇 마디 분부하자, 공덕왕이 선뜻 고약 한 병을 꺼내 장무기에게 넘겨주었다.

"제가 여러분을 무사히 중원 땅에 돌려보내도록 여기 사람들에게 지시해놓았어요. 이제 우리 여기서 작별해야겠네요. 아소의 몸은 비록 페르시아에 가 있겠지만 날마다 장 교주님께서 복체 강녕福體康寧하시고, 하시는 일마다 순조롭게 성사되기를 축원드릴 겁니다."

가늘게 떨리는 목소리에 또다시 울음이 섞여 나왔다.

"호랑이 소굴이나 다름없는 그곳에서, 부디부디 몸조심하기 바라겠소."

격한 감정을 억누르느라 대꾸하는 장무기의 목소리도 침통하게 흘러나왔다.

아소는 더는 말하지 않고 고개만 끄덕였다. 이어서 부하들에게 배를 준비하라고 일렀다. 두 남녀의 얼굴에 다시 눈물 자국이 어렸다. 두 눈도 하나같이 벌겋게 상기되었다. 그것을 본 조민도 장무기의 심정을 생각하고 가슴이 아려오는 것을 어쩌지 못했다.

이윽고 떠날 배가 준비되었다. 금모사왕 사손, 은리, 조민, 주지약이 차례차례 배에 올랐다. 아소는 도룡도와 의천보검을 모두 장무기에게 넘겨주었다. 그러고는 처연히 웃으며 손을 흔들어 작별을 고했다.

장무기는 뭐라고 말해야 좋을지 모른 채 잠시 멍하니 서 있다 맞은편 배로 건너뛰었다.

"뿌우, 뿌우우……!"

페르시아 신임 여교주 아소가 탄 함상에서 뿔고둥 나팔 소리가 일제히 울려 퍼지고 때맞춰 돛을 올린 두 척의 배 사이가 점점 떨어져서 멀어지기 시작했다. 아소는 뱃머리에 못 박힌 듯 고요히 선 채 장무기가 탄 배를 하염없이 바라만 보았다.

두 남녀 사이에 벌어진 수면이 갈수록 넓어지더니 마침내 아소가 탄 배는 하나의 흑점으로 바뀌고, 해상은 끝내 칠흑같이 어두운 장막에 잠겨들었다. 길게 불어닥치는 바닷바람이 돛대를 스칠 때마다 펄럭펄럭 나부끼는 돛폭 소리가 울음 띤 여인의 하소연처럼 끊이지 않고 한없이 오열하며 뒤따르기 시작했다.

〈7권에서 계속〉